U0030103

ISAAC ASIMOV
以撒・艾西莫夫
基地後傳之一
Foundation's Edge
基地邊緣

【各界推薦】

「基地是我的經濟學啓蒙之作。」

——保羅．克魯曼（Paul Robin Krugman，二〇〇八年諾貝爾經濟學獎得主）

「科幻大師的星際預言，歷久不衰的璀璨經典。歷史與銀河交織而成的星圖，映照出人性的勇敢，同時也見證了人心的墮落，眼見時代無情遞嬗，人們該如何傳承寶貴的文明與記憶？且讓我們搭乘艾西莫夫巧手鑄造的太空船，航向不可知的宿命終站。」

——何敬堯（奇幻作家、《妖怪臺灣》作者）

「艾西莫夫的《基地》系列以充滿懸疑的精彩情節，形塑出瑰麗壯闊的銀河史詩！毫無疑問是一部老少咸宜、值得代代相傳的科幻經典！」

——李伍薰（海穹文化總編輯）

「『基地三部曲』與後續系列，一部接著一部翻轉讀者的思維，一步接著一步開展宏大的計劃。科幻界不可多得的巨構，不看到最後絕不能罷手！衷心期盼這部經典著作在台灣再度掀起熱潮。」

——李知昂（，科幻作家，第一屆倪匡科幻獎首獎得主）

「……科幻長篇作品之最，令人廢寢忘食的經典之作。」

——（台大星艦學院前任社長）

「我小時候就是看艾西莫夫長大的。」

——唐鳳

「本書所要描述的，便是全宇宙的精英們如何窮盡一切知識與智慧，來推演出一場橫跨千百年的鬥智決戰。」

——（作家，第二屆倪匡科幻獎首獎得主）

「艾西莫夫的重要科幻小說都能提出令人耳目一新的奇幻因素，成爲後來科幻小說的典範。」

——張系國（知名科幻作家）

「艾西莫夫從年輕就創造了一個宏大的宇宙，萬萬沒有料到，會是他終其一生都說不完的偉大史詩。」

「科幻小說是個極具彈性的文類，不只能夠帶領讀者探索未來，也能包容過去歷史的脈絡。且看艾西莫夫，如何藉著基地這千年的未來史詩，帶領我們穿越帝國衰亡的時代，反思人類文化發展途中的必然與意外。」

——張草（作者兼醫師兼科幻作家）

「基地的偉大，不是莎士比亞那種偉大，而是因爲它最初是刊登在一本兩毛錢的科幻雜誌上，讀者平均年齡是十二歲，而十二歲的孩子看到基地裡的人類遍布整個銀河，跨越幾萬年的興衰起落，他們對世界的想像就不一樣了，例如比爾·蓋茲和伊隆·馬斯克。」

——陳心一（交大科幻科學社前任社長）

「在艾西莫夫的《基地》中，歷史並非翻過的書頁，而是滾滾洪流，下一秒出乎讀者預料，卻都在謝頓的掌握中。」

——陳宗琛（鸚鵡螺文化總編輯）

——陳湘婷（交大科幻科學社前任社長與創社社員）

「基地三部曲，以及後續的『基地系列』，不僅是首開銀河史詩的一部經典科幻，還卓然傲立於其他一切太空科幻的創作之上。它的價值、內涵、深度、情節、構思，遠非其他作品所能望其項背。『基地三部曲』不只是一套提供娛樂故事的小說，它還飽藏了科學、人文、社會、歷史和哲學的豐富意涵。它也不只是一部科幻經典，還可列入世界文學經典而當之無愧。」

——陳瑞麟（中正大學哲學系講座教授）

「艾西莫夫以其無限想像展示其快意飛越，引領讀者馳騁銀河星空，穿梭億萬光年宇宙。」

——黃海（知名科幻作家）

「未來的歷史、科幻的極致、城邦的《基地》。」

——葉言都（科幻作家）

「沒有艾西莫夫的《基地》，大概就沒有喬治盧卡斯的《星際大戰》……」

——難攻博士（【中華科幻學會】會長兼常務監事）

「在『基地』系列中，本身便是科學家的艾西莫夫獨創了一個貫通全書的『心理史學』，綜合了『氣體運動論』（物理學）、『群衆心理學』（心理學）、『歷史決定論』與『群體動力論』（歷史學），以一位不世出的心理史學巨擘謝頓爲主要人物，讓他以宏觀的角度預知了書中銀河帝國行將出現的悲慘命運，並試圖力挽狂瀾，改變似乎無可避免的大黑暗時期到來……

——**蘇逸平**（科幻作家）

還有**冬陽**（推理評論人）、**郝廣才**（格林文化發行人）、**臥斧**（文字工作者）、**張元翰**（中央研究院物理研究所研究員）、**陳穎青**（資深出版人）、**廖勇超**（國立台灣大學台灣文學研究所副教授）、**詹宏志**（知名文化人）、**謝哲青**（《青春愛讀書》節目主持人）、**譚光磊**（知名版權人）等人列名推薦。

【譯者序】

生命中最美好的事物

葉李華

在元旦假期剛剛結束，即將恢復單調作息之際，心有不甘的加菲貓想方設法要延續節慶的氣氛，最後找到一個絕佳的藉口，開始大張旗鼓慶祝艾西莫夫的生日……

這是整整三十年前，發表在許多報紙上的一則漫畫。由於只是幽默小品，漫畫家並沒有特別指出，正如十二月廿五日之於耶穌，一月二日也並非艾西莫夫眞正的生日。原因有點難以置信，艾西莫夫的父母居然忘了他是哪天呱呱墜地的，於是他在懂事後，便很有主見地替自己做了決定。至於爲何選這一天，或許可說他希望自己盡量年輕點，因爲有證據顯示，他眞正的生日介於一九一九年十月和次年的年初。

這個看似無關痛癢的決定，後來在他生命中激起了一次蝴蝶效應。一九四五年九月，美國陸軍徵召了一批年齡不滿二十六歲的青年，名單裡赫然有艾西莫夫，據說還是最「年長」的一員。他就這麼陰錯陽差當了九個月的大頭兵，最後以下士官階退伍。幸好這時二次大戰已經結束，否則他爲國捐軀的機率恐怕不小。

假如在另一條歷史線上，艾西莫夫眞的英年早逝，當然是科幻界的一大損失。不過即便如此，我敢說他仍會在二十世紀科幻文壇享有盛名，甚至仍有可能和克拉克及海萊因鼎足而三，正如享年三十七歲的拉斐爾仍能躋身文藝復興三傑之列。

這主要是因爲艾西莫夫成名甚早，二十一歲就以科幻短篇《夜歸》（Nightfall）一炮而紅，而他最重要的兩大科幻系列——基地與機器人——在他從軍前已打下重要基礎，例如《基地三部曲》已經完成三分之二，機器人系列的重要角色也出現了大半。這麼豐盛的成果，已經超越不少奮鬥一生的專業作家，然而事實上，那時的他尙未正式踏出校園。

想必有人不禁要問，這位年紀輕輕的業餘作家怎能如此多產，而且靈感源源不絕？針對這個問題，艾西莫夫晚年寫了一篇短文，爲我們提供了第一手資料。在這篇題爲《速度》的文章中，他把自己的快筆歸納成三個原因：

一、他從未上過任何文學創作課程，也未曾讀過這類的書籍，所以心理上沒有包袱，只知道把自己想到的故事一股腦寫出來，然後不管成果如何，一律盡快交卷。

二、打從九歲起，他放學後還得在自家的雜貨店幫忙，寫作的時間少之又少，逼得他不得不下筆如飛，更正確地說是運鍵如飛，不過當然還不是電腦鍵盤。

三、他勤於筆耕有個非常實際的目的，那就是貼補自己的大學學費。當時的小說稿酬相當微薄，爲了確保收入穩定，他必須成爲多產作家，因爲並非每篇小說都賣得出去。

至於靈感源源不絕這個問題，我在他的第三本自傳《艾西莫夫回憶錄》中，找到了這麼一段話：

「原因之一，我不寫作時其實仍在寫。當我離開打字機的時候，不論是吃飯、打盹或盥洗，我的腦子仍在工作。偶爾，我能從自己的思緒中聽到幾句對白或幾段論述，內容通常都跟我正在寫或準備寫的故事有關。即使沒聽到這些聲音，我也知道自己的潛意識在朝這方面運作。因此之故，我隨時隨地都能寫作。或許可以說，我早已寫好完整的腹稿。只要坐下來，讓大腦開始複述，我便能以每分鐘最多一百字的速度打出來。」

除此之外，艾西莫夫的靈感偶爾也有意想不到的來源。在我搜集的資料中，要數下面三個最有代表性：

一、想當年，一位教父級的科幻主編相當賞識艾西莫夫，要他定期到雜誌社討論自己的寫作計畫，頗為類似指導教授和研究生的互動。話說一九四一年八月一日（這個日子比他的生日更眞實），雖然早已約好要面見主編，但由於忙著碩士課程，艾西莫夫的靈感掛零。他只好在前往雜誌社的途中，利用「自由聯想」強行製造一個點子；他隨手翻開一本書，讓思想不斷自由跳躍，如此連三跳之後，銀河帝國就在腦海中誕生了。

二、一九五七年，艾西莫夫已經是著名的教授作家，有一天，他正在校對一本生物化學教科書新版的校樣，突然接到科幻雜誌的邀稿電話。抽不出時間的他不得不忍痛推辭，因為校對雖然是苦功，他卻絕對不敢假手他人。沒想到剛掛了電話，正準備上樓工作的時候，他就在樓梯上想到一個好點子。等到進了書房，他不管三七二十一，把一大疊校樣丟到一旁，開始創作一篇以訴訟為主軸的科幻小說，主角則是協助教授校對文稿的機器人。

當年我翻譯這篇小說，最頭痛的就是題目，因爲艾西莫夫玩了一個巧妙的雙關語遊戲（Galley Slave），直到我將正文翻譯完畢，才終於想到《校工》兩字。

三、一九七五年年初，艾西莫夫接到一個頗具挑戰性的稿約，請他以「兩百歲的人」爲主題寫個短篇，用以慶祝美國開國二百週年。他覺得這是個有趣的構想，不久就完成了自己最滿意的機器人故事《雙百人》，並於一九七七年榮獲雨果獎與星雲獎雙料冠軍。唯一美中不足的是，原定的國慶科幻專集胎死腹中，因爲其他答應撰稿的作家，不是後來跳票了，就是寫得文不對題或品質不佳……

對我而言，艾西莫夫是個永遠談不完的話題（倪匡這位「東方艾西莫夫」也一樣），爲了避免一發不可收拾，今天就聊到這裡吧。最後請容我再引述一句「壽星」的自白，當作本文的結語：「我一生所做的事都是自己最想做的，我絕不惋惜花在寫作上的一分一秒，也從不覺得錯過了生命中任何美好的事物。」

葉李華・二〇二一年一月二日

【推薦序】

科幻大師艾西莫夫的三塊磨刀石

郝廣才

劍要鋒利需要什麼？

磨刀石。人呢？什麼是人的磨刀石？

一九四一年八月一日，紐約一個二十一歲年輕人，在地鐵坐立不安。他要去見科幻雜誌的大編輯坎貝爾（John W. Campbell），談寫書計畫。但腦中一片漆黑，沒有一點燭光。他翻開手邊的書，目光在字裡行間散步。突然看見「哨兵」，聯想到帝國，他讀過兩回《羅馬帝國興亡史》，寫一個「銀河帝國」興亡史如何？

坎貝爾聽了，毛髮都站起來，他要年輕人立刻寫，每集要有開放式結局。年輕人心虛的回家，開始動手，從一九四二年連載八年，寫完《基地系列》。是的，他就是三大科幻小說家艾西莫夫（Isaac Asimov）。

艾西莫夫是猶太人，出生在俄國，一九二三年三歲時，父母帶他移民到紐約，爸爸日夜打工，存錢開了糖果書報店。九歲起，天天清晨五點起床，六點顧店，再去上學。放學後繼續顧店，沒事就拿店裡雜誌來讀，特別愛讀科幻小說，十一歲動手自己寫。

大量閱讀，練就過目不忘的功夫。在功課比記憶力的時代，十五歲讀完高中，申請哥倫比亞大學。校方說他「年齡不足」，叫他讀附屬社區學院。入學後，他發現問題不是年齡，而是種族，當時猶太人等同有色人種受歧視。一九三八年，學院倒閉，哥大只好收了所有學生，他轉入哥大。轉學空檔，創作短篇小說，成功賣出第一篇作品。一九三九年，大學畢業。窮人翻身的捷徑是什麼？當醫生。他申請醫學院，收到五封拒絕信。不是不夠優秀，眞的原因是「猶太人」。不信邪再敲一次門，再吃五回閉門羹。等待中寫了第一則機器人故事，原本想寫令人同情的機器人，越寫越覺得，機器人是工程師設計的產品，內建的邏輯和安全機制，不該引發情緒，也不可能威脅人。這段思考，埋下日後「機器人三大法則」的種子。

被醫學院拒絕，沒有澆熄深造的熱情。他改申請哥大化學研究所，結果呢？被拒絕。他跟校方談先試讀一年，表現不好自動離開。哥大同意，他拼命讀書，用力打工，努力寫短篇小說投稿賺錢。兩年拿到碩士，累積登出三十一篇作品，認識很多編輯，他遇到文學生涯第一個高人《驚奇科幻》雜誌主編坎貝爾。

坎貝爾習慣找作者聊天，丟出問題給作者接招，激發創作潛力。他跟艾西莫夫談愛默生的詩：

「如果蒼穹繁星，千年方得一見。面對上帝之城乍現，人類如何敬畏、讚嘆、膜拜、世代流傳這份記憶？」

他好奇如果用這首詩爲題，能寫出什麼故事？艾西莫夫接過挑戰，二十二天寫出《夜幕低垂》Night Fall。坎貝爾投出變化球，艾西莫夫擊出全壘打！這篇作品讓艾西莫夫一炮而紅。

兩人不斷思想交鋒，推動他寫出架構龐大的《基地系列》。而且歸納出「機器人三大法則」，

一、機器人不得傷害人類，或坐視人類受到傷害。

二、在不違反第一法則的前提，機器人必須服從人類的命令。

三、在不違反第一與第二法則的前提，機器人必須保護自己。

他寫出《機器人系列》，被尊稱爲「現代機器人故事之父」。二戰期間，在海軍實驗室從軍三年。戰後再深造，一九四八年拿到化學博士，留在哥大研究瘧疾。隔年到波士頓醫學院擔任生化講師，堂堂學生爆滿。講課太受歡迎，即使沒有研究成果，也升任教授，得到終身俸。

期間寫出三大系列的《銀河帝國》首部曲，這是他第一本長篇小說，書在「雙日出版社」Doubleday 出版。編輯布雷伯利（Walter Bradbury）是第二個高人，他是科幻出版的造神手，他捧紅跟他同姓的雷．布雷伯利（Ray Bradbury），《華氏451度》的作者。

長篇小說出版，如同棒球員登上大聯盟。他興奮地寫新書，每一個句子都精雕細琢，反覆修改。布雷伯利客氣地問他，知不知道海明威會怎麼寫「第二天太陽升起」The sun rose the next morning？

他想了想，回答說不知道。布雷伯利說海明威寫的就是「第二天太陽升起」！這個當頭棒喝，敲醒艾西莫夫。從此他保持句子簡潔的風格，不再胡思亂想。同時用筆名「法國保羅」Paul French，寫兒童故事《幸運星》Lucky Star 系列。

一九五七年十月四日，蘇聯成功發射衛星史普尼克一號，震驚美國。他看到美國媒體如大夢驚醒，決定來寫科普文章來教育大衆。於是放下教書，專心寫作。一路寫了二十年，等於是最好看的科學百科全書。他一生寫超過五百本書，範圍涵蓋圖書所有分類，給書迷回了十萬封信；爲影集《星艦迷航記》Star Trek做科學顧問，打造科幻劇的經典。美國兒童能對科學深入理解，並產生巨大想像，都是經過艾西莫夫這道門。

他能有巨大產量，歸功三大習慣，

一，大量閱讀。他寫作的房間都堆滿上千本書。

二，專心寫作。他刻意在旅館租個房間來工作，只有一扇窗戶，打開看不見公園、街道，是一面磚牆。吃東西叫房間服務。早上八點寫到晚上十點，從不接受午餐和晚餐應酬。

三，快速切換。他在房間放六台打字機，每台顏色不一樣，上面要寫的東西也不同。一旦靈感卡住，立刻換到另一台打字機。他經常同時寫五個故事，最多是九個。

那人生的磨刀石是什麼？

三大磨刀石是書本、高人、還有挫折。寧靜的海是練不出傑出水手！如果你還沒有碰到什麼困境，那你的夢想就還沒有下床！

【推薦序】

宏大架構，有趣情節，以及重要啓發——關於「基地系列」

臥斧

一九四一年，美國紐約，年輕作家找雜誌編輯討論一個新點子。

雜誌編輯叫坎貝爾，一九一〇年生，二十出頭時以科幻作品邁入文壇成為作家，一九三七年成為《驚奇雜誌》的編輯；作家比編輯年輕十歲，十九歲時發表科幻小說，不到二十歲就拿到大學文憑。因為投稿的因緣，作家和坎貝爾成為好友，當時幾乎每週見面。一九四一年八月一日那天，作家告訴坎貝爾，他想寫個短篇小說，以眞實世界裡羅馬帝國衰亡的歷史為底，講一個正在緩慢頹傾的銀河帝國。坎貝爾很喜歡這個點子，兩人聊了很久，最後作家決定寫一系列短篇，描述銀河帝國逐步崩解及緩慢重建的過程，一個月之後，作家交出第一個短篇。

這個故事名為〈基地〉，這名作家叫艾西莫夫。

坎貝爾買下這個短篇，隔年在雜誌上發表，陸續交稿的三個短篇，分別在一九四二年及一九四四年刊登。艾西莫夫繼續創作系列故事，除了原先的四個短篇，又添四個中篇，《驚奇雜誌》在一九五〇年將八個故事全數發表完畢，一九五一年，原初的四個短篇集結成冊出版，艾西莫夫增寫了另一個短篇，做為全書的序章；後續四個中篇則兩兩集結，在一九五二、一九五三年出版。三部作品，合稱為「基地三部曲」。

艾西莫夫自承創作靈感來自吉朋的歷史鉅作《羅馬帝國衰亡史》，但「基地三部曲」讀來並無任何沉重遲滯。艾西莫夫的筆法平實流暢，尤其是收錄在首部曲《基地》中的五個短篇，幾乎可用「輕巧」形容。艾西莫夫選擇以短篇形式敘述宏觀歷史，將每個短篇發生的時點定在歷史即將發生劇變的關鍵，一方面簡化長時間裡的時局變遷，一方面聚焦短時間裡的勢力拉鋸，藉以創造情節轉折與劇情張力，技法相當巧妙。

故事能夠如此進行的重要因素，來自「心理史學」這個設定。

心理史學是艾西莫夫虛構的科學，揉合歷史學、社會學、社會心理學、統計學及數學等等學科，從設定裡還能發現艾西莫夫也參考了氣體動力學的部分理論。《基地》的故事由心理史學家謝頓的預言開場，按照心理史學的計算，他指出銀河帝國將在三百年內崩潰，人類會因此進入長達三萬年的黑暗時期；謝頓說服高層，在銀河邊陲行星建立「基地」，供各種專業人士居住並編寫百科全書，保存人類知識。此舉無法避免帝國毀滅，但能將黑暗時期縮短爲一千年。

「基地三部曲」以謝頓的預測爲主軸發展。

銀河歷史初看一如謝頓所言，轉變的關鍵都以謝頓的預言爲基礎變化；時序拉長之後，謝頓的預言似乎也失去精準，但在必要時刻又會發現謝頓明白心理史學的侷限，準備了不只一套應變措施。

「基地三部曲」出版三十年後，艾西莫夫寫了續集。

續集由兩部長篇構成，合稱為「基地後傳」。在這兩部長篇裡，艾西莫夫將他其他兩個系列作品——「機器人系列」及「銀河帝國三部曲」——的故事線也整合進來，形成他的完整架空宇宙。因此在「基地後傳」中有時會出現其他系列的角色，不過艾西莫夫會適時增補說明，單獨閱讀並無障礙。

又過幾年，艾西莫夫寫了前傳。

前傳由一部長篇、四個短篇構成，分成兩冊出版，合稱為「基地前傳」。「基地三部曲」中影響最深遠、但戲份非常少的謝頓，在前傳中成為主角，故事描述他的生平、發展心理史學的過程、預測銀河帝國未來及構思基地的經過，最後收尾在他完成佈局、接到《基地》故事開始的時分。

不計其他系列，以「基地」為主的七部作品都相當精采。

艾西莫夫寫作不賣弄花巧，讀來愉快，故事裡的科技想像現今看來自然不很實際——事實上，八〇年代之後與網際網路相關的科技發展，已經大幅顛覆了七〇年代之前大多數科幻作品的描述——但艾西莫夫對於人類社會轉變的觀察，對歷史的看法，對商業、宗教、軍事及政治制度等等交互影響的解讀，以及對人性的刻劃，仍然準確有力。閱讀「基地系列」，不只讀到有趣的科幻情節，也是思考歷史、社會，以及人類的重要啓發。

【導讀】

基地與機器人

葉李華

不朽的未來史

艾西莫夫雖然是公認的世紀級科幻大師（參見本書附錄「艾西莫夫傳奇」），不過他一生的科幻創作，卻集中於早年（1939-1957）與晚年（1981-1992）兩個時期。正如在《基地前奏》「作者的話」中，艾西莫夫所特別強調的「有長達二十五年的斷層」。這是因爲在那四分之一世紀的悠悠歲月裡，他將寫作重心從科幻轉移到科普（即通俗科學），立志以一己之力提振美國國民的科學水準。而他所撰寫的科普文章與書籍，內容從天文、數學、物理、化學、地球科學到生命科學與各種科技，幾乎涵蓋自然科學與應用科學所有的領域。後來，果然有許多功成名就的科學家和工程師，當面感謝艾西莫夫的啓蒙。而在許多英美讀者心目中，艾西莫夫早就是科普的同義詞。

一九八〇年代，在全世界科幻迷千呼萬喚之下，艾西莫夫終於與雙日（Doubleday）出版社簽約，重拾他最有名的兩大科幻系列「機器人」與「基地」。而且在一開始，他就悄悄立下一個心願——利用這個機會，建立一個統一的、龐大的「未來史」架構，以囊括早年所有的重要科幻系列。除了「機器人」與「基地」這兩大支，還要包括相對而言名氣較小的「帝國系列」。（其實三本『帝國系列』也都是一流作品，卻因爲三本書彼此間聯繫太弱，以致一直活在另外兩大系列陰影之下。）

然而，這個雄心壯志執行起來卻困難重重，甚至遭到不少出版界朋友反對。好在艾西莫夫擇善固執，無論如何也要克服所有的艱難險阻。難題之一，艾西莫夫早年寫科幻的時候，刻意不讓這兩大系列彼此間有任何關係。換句話說，「機器人系列」與「基地系列」的故事發生於不同的虛擬宇宙中，是兩套互相獨立的虛擬歷史。難題之二，在「基地系列」裡，科技顯然比「機器人系列」更爲先進，時代則更爲遙遠，卻偏偏看不到機器人的蹤跡（更誇張的是「基地三部曲」幾乎連電腦也沒有）。當然還有難題之三、之四……不過相對而言，其他困難也就不算什麼了。

艾西莫夫如何克服這兩大難題呢？一來，他藉著擴充「機器人系列」，建立起「機器人」與「基地」兩者的關係；讓兩段原本毫不相干的虛擬歷史，逐漸發生千絲萬縷的聯繫。二來，他在不違背「基地三部曲」的設定下，分別在「基地前傳」與「基地後傳」裡，巧妙地延續了機器人的氣數。三來，在那些晚年期作品中，他提出一個無懈可擊的理論，圓滿解釋了機器人爲何在早年的「基地三部曲」缺席。如此，「機器人系列」與「基地系列」終於得以隔著「帝國系列」遙相呼應，而最後的成果，則是三大系列融鑄成一個科幻有機體，化爲一部俯仰兩萬載、縱橫十萬光年的銀河未來史。

基地後傳

艾西莫夫一生總共寫了七大冊的基地故事，其中「基地三部曲」是早年的成名作，由九篇中短篇集結而成。至於兩本「前傳」與兩本「後傳」，則是艾氏暮年以爐火純青功力所創作的四部長篇小說。

必須強調的是，艾西莫夫當初是先完成「後傳」，才回過頭來補寫「前傳」。這是因爲「基地三部曲」擁有一個標準的開放式結局，照理說應該還有更精采的續集。根據艾西莫夫自己的說法，幾十年來，有無數的讀者向他抱怨：非常氣憤，故事居然就這麼結束了！因此一旦決心創作第四本基地小說，艾西莫夫自然而然接著三部曲寫下去。於是他以基地紀元四九八年爲時代背景，寫成《基地邊緣》以及《基地與地球》兩本後傳。

不過，雖然根據創作順序，「前傳」應該排在「後傳」之後，但是考慮到基地系列的整體脈絡，以及與機器人系列的呼應關係，對於首次接觸的讀者而言，還是先閱讀前傳較爲合適。正因爲如此，奇幻基地版的基地系列，採取三部曲→前傳→後傳這樣的出版順序。

凡是看過兩本前傳的讀者，一定都已經注意到，基地前傳的小說形式，和基地三部曲有著明顯的不同。一言以蔽之，三部曲是以浮光掠影的方式，敘述將近四百年的銀河歷史。而兩本前傳（尤其是《基地前奏》），則是以極其詳盡且細膩的文字，對謝頓這位「心理史學宗師」兼「基地之父」的一生，做了深入的分析與刻劃。

就小說形式而言，兩本後傳極爲接近《基地前奏》。換言之，這兩本書是以極長的篇幅，描寫一連串歷時僅數個月的重大事件（參見本書『時空背景與故事年表』）。然而，基地後傳最大的特色，在於捨棄「歷史演義」的筆法，也不再引用《銀河百科全書》的任何條目。這個嶄新的嘗試，讓整個故事不再像是早已發生的歷史，甚至無形中變成了「現在進行式」，令人感到一切尚在未定之天。如此一來，讀者自然更有參與感，並對故事的結局更能充滿樂觀的期待。

特別値得一提的是，無論《基地邊緣》或《基地與地球》，都曾經榮登《紐約時報》的暢銷書排行榜。尤其是前者，艾西莫夫尤爲驕傲，曾在自傳中這麼說：「我當了四十三年的作家，《基地邊緣》是我的第二百六十二本書，但在此之前，我一直和這個排行榜無緣。」後來，在那個最具指標性的排行榜上，這本書停留了二十五週，最高曾經衝到第三名。次年，《基地邊緣》果然不負衆望，贏得一九八三年雨果獎的最佳長篇小說獎。

集科幻大師與科普大師於一身的艾西莫夫，總是喜歡將最新的科學知識巧妙地融入科幻小說中。例如在撰寫基地前傳時，他就悄悄借用了當時頗爲熱門的「混沌理論」，爲心理史學的學理背書。而這兩本後傳，則是將出現於一九七〇年代的「蓋婭理論」，直截了當轉化成故事的核心科幻因素。至於轉化得多麼奇妙，就得由小說本身揭曉了。

機器人學法則

根據艾西莫夫的自述，十幾歲的他早已是堅定不移的科幻迷。他讀了許多機器人小說，發現它們可歸納為兩大類：佔絕大多數的是第一類「威脅人類的機器人」，而第二類「引人同情的機器人」則極爲罕見。前者幾乎千篇一律，很快便令他生厭，至於後者，「在這類故事中，機器人是可愛的角色，常常遭到人類的殘酷奴役。它們讓我著迷。」

雖然艾西莫夫對「引人同情的機器人」情有獨衷，但身爲理性主義者，他自己在創作機器人故事的時候，卻隱隱瞥見另一種機器人的影子。他逐漸將機器人想成是工程師所製造的工業產品，它們具有內建的安全機制，不會對主人構成「威脅」；又因爲是用來執行特定工作，所以它們和「同情」更沾不上邊。

經過一段時間的醞釀與摸索，艾西莫夫終於在一九四二年，在〈轉圈圈〉這篇小說裡，逐字逐句寫下「機器人學三大法則」。不久之後，西方科幻作家筆下的機器人紛紛改頭換面；上述兩類窠臼正式走入歷史，服從三大法則的「實用型機器人」成爲新的典範（請注意這是指科幻小說，並不包括科幻電影，尤其是好萊塢的科幻電影）。艾西莫夫因此十分得意，一直大言不慚地承認自己是「現代機器人故事之父」。當然，這也是科幻文壇公認的事實。

寫出「機器人學三大法則」的內容之後，艾西莫夫從未做過版本上的修訂。自始至終，三大法則都是如下的形式：

一、機器人不得傷害人類，或袖手旁觀坐視人類受到傷害。

二、除非違背第一法則，機器人必須服從人類的命令。

三、在不違背第一法則及第二法則的情況下，機器人必須保護自己。

然而在科幻世界裡，沒有任何事是一成不變的。一九八五年，在《機器人與帝國》這本書的後半，艾西莫夫破例將三大法則擴充成如下的四大法則：

零、機器人不得傷害人類整體，或袖手旁觀坐視人類整體受到傷害。

一、除非違背第零法則，機器人不得傷害人類，或袖手旁觀坐視人類受到傷害。

二、除非違背第零或第一法則，機器人必須服從人類的命令。

三、在不違背第零至第二法則的情況下，機器人必須保護自己。

如前所述，無論是在「基地前傳」或「基地後傳」中，都出現了機器人的神祕身影。這些機器人最大的特色，正是一律服從擴充自三大法則的「機器人學四大法則」。

艾西莫夫未來史（依故事序，括號內為出版年份）

◆機器人系列

機器人短篇全集（The Complete Robot, 1982）

鋼穴（The Caves of Steel, 1954）

裸陽（The Naked Sun, 1957）

曙光中的機器人（The Robots of Dawn, 1983）

機器人與帝國（Robots and Empire, 1985）

◆帝國系列

繁星若塵（The Stars, Like Dust—, 1951）

星空暗流（The Currents of Space, 1952）

蒼穹一粟（Pebble in the sky, 1950）

◆基地系列

前傳

基地前奏（Prelude to Foundation, 1988）

基地締造者（Forward the Foundation, 1993）

三部曲

基地（Foundation, 1951）

基地與帝國（Foundation and Empire, 1952）

第二基地（Second Foundation, 1953）

後傳

基地邊緣（Foundation's Edge, 1982）

基地與地球（Foundation and Earth, 1986）

參考資料：

Asimov, Isaac. I. Asimov: A Memoir. Doubleday, 1994.

Asimov, Isaac. It's Been a Good Life. Prometheus Books, 2002.

不朽的科幻史詩：http://sf.nctu.edu.tw/yeh/fundation_2.htm

科幻大師的科普緣：http://sf.nctu.edu.tw/yeh/fundation_5.htm

【目錄】

「基地系列」時空背景與故事年表

葉李華整理

科幻設定

1. 故事距今約二萬年，人類後裔早已移民銀河系各角落。然而除了人類，從未發現任何其他智慧生物。（在《永恆的終結 The End of Eternity》這本書中，艾西莫夫對此有詳細解釋。）
2. 銀河系已有二千五百萬顆住人行星，總人口數介於千兆與萬兆之間。
3. 整個銀河系皆在「銀河帝國」統治下，已長達一萬二千年之久。
4. 帝國的首都行星「川陀」位於銀河中心附近，是最接近「銀河中心黑洞」的住人行星。

科學事實

1. 銀河系的形狀：外形類似凸透鏡，但由內而外伸出數條螺旋狀的「旋臂」。
2. 銀河系的大小：直徑約十萬光年，或約三萬秒差距（一秒差距＝三．二六光年）。
3. 銀河系的規模：至少有二千億顆恆星，行星數目不詳。
4. 銀河中心的巨型黑洞：質量超過二百五十萬個太陽。

「基地系列」故事年表（銀紀：銀河紀元，基紀：基地紀元）

葉李華整理

銀紀一二〇二〇年	前傳《基地前奏》全書
銀紀一二〇二八年	前傳《基地締造者》第一篇：伊圖．丹莫刺爾
銀紀一二〇三八年	前傳《基地締造者》第二篇：克里昂一世
銀紀一二〇四八年	前傳《基地締造者》第三篇：鐸絲．凡納比里
銀紀一二〇五八年	前傳《基地締造者》第四篇：婉達．謝頓
銀紀一二〇六七年	三部曲《基地》第一篇：心理史學家
銀紀一二〇六九年（即基紀元年）	前傳《基地締造者》第五篇：尾聲
基紀四九－五〇年	三部曲《基地》第二篇：百科全書編者
基紀七九－八〇年	三部曲《基地》第三篇：市長
基紀一三四年	三部曲《基地》第四篇：行商
基紀一五四－一六〇年	三部曲《基地》第五篇：商業王侯
基紀一九五－一九六年	三部曲《基地與帝國》第一篇：將軍
基紀三一〇－三一一年	三部曲《基地與帝國》第二篇：騾
基紀三一六年	三部曲《第二基地》第一篇：騾的尋找
基紀三七六－三七七年	三部曲《第二基地》第二篇：基地的尋找
基紀四九八年	後傳《基地邊緣》全書
基紀四九八年	後傳《基地與地球》全書

主要參考資料：http://www.asimovonline.com/oldsite/insane_list.html

楔子

第一銀河帝國正在衰亡之中。這個衰敗與崩潰的過程已經進行了數個世紀，卻僅有一人全盤瞭解這個事實。

他就是哈里·謝頓，第一帝國最後一位偉大的科學家。心理史學在他手中發展至登峰造極之境，從此，人類行爲得以簡化爲數學方程式。

個體的行爲雖然無從預測，但是謝頓發現，人類群體的反應卻能以統計方式處理。群體的數目愈大，預測就能愈爲精確。而謝頓所研究的群體，則是銀河中數千萬住人世界的人口總和。

謝頓根據自己的方程式，預測到第一帝國終將滅亡，而人類要經歷三萬年悲慘痛苦的歲月，第二帝國才會自廢墟中崛起。但是，若能修正某些現有的歷史條件，三萬年的「大斷層」或可減至僅僅一個仟年。

爲了達到這個目的，謝頓建立了兩個科學根據地，命名爲第一基地與第二基地，並故意將兩者設在「銀河中兩個遙相對峙的端點」。其中，專注於物理科學的第一基地，一切發展過程完全公開，而由心理史學家與精神科學家組成的第二基地，則幾乎沒有留下任何線索。

大斷層前四個世紀的重要歷史，在「基地三部曲」中已有詳細記述。第一基地（一般都簡稱基地，因爲第二基地始終鮮爲人知）最初只是一個小型社群，在銀河外緣虛無的太空中漸漸爲人遺忘。週期性的危機一個接一個衝擊這個基地，各個危機都蘊涵著當時人類活動的各種變數。它的行動自由被限定在特定軌跡上，只要沿著這條軌跡不斷前進，必有柳暗花明的發展。這一切，都是早已作古的哈里．謝頓當年所規劃的。

第一基地憑藉優越的科技，首先征服了周圍數個落後的行星，隨即面臨從垂死的帝國脫離、割地稱雄的大小軍閥，並將他們一一擊敗。接著，它又和帝國的殘軀正面衝突，結果戰勝了帝國最後一名強勢皇帝，以及最後一位眞正的大將。

謝頓計畫看來進行得相當順利，似乎不會再有任何艱難險阻；第二帝國必定能夠準時興起，過渡期的動盪亦能減至最低程度。

然而心理史學是一門統計性科學，某個環節出差錯的機會在所難免。而接下來的變故，連哈里．謝頓都未曾預見。一個自稱爲騾的人無端崛起，他擁有銀河中獨一無二的精神力量，能夠隨意調整人類的情感，重塑他人的心靈。即使最強硬的死敵，也會被他改造成最忠誠的奴僕。任何軍隊都不能——也不會——與他爲敵。第一基地終於難逃一劫，謝頓計畫眼看就要成爲歷史的灰燼。

此時，只剩下神祕的第二基地是唯一的希望。由於騾的出現太過突然，第二基地措手不及，只好著手策劃長期的反攻計畫。第二基地最大的防禦力，就在於下落不爲人知。爲了完成征服銀河的壯舉，騾勢必要將它尋獲。第一基地流亡在外的忠貞之士，也在盡力找尋它的下落，冀望得到它的奧援。

結果雙方都無功而返。騾的第一波搜索行動，被一個平凡的女子貝泰．達瑞爾所阻止。這正好爲第二基地爭取到充分的時間，籌劃出一個天衣無縫的行動，終於徹底遏止騾的野心。他們的下一個任務，則是要將謝頓計畫慢慢導回正軌。

但是，第二基地可說因此曝了光。第一基地獲悉了第二基地的存在，卻不希望自己的未來被那群精神學家預定。第一基地的有形武力強大絕倫，而第二基地除了要化解武力的威脅，還要盡快完成一項雙重的任務：令第一基地放棄尋找，並讓自己再度隱身幕後。

在有史以來最偉大的「第一發言者」普芮姆．帕佛領導之下，第二基地順利完成這些使命。他讓第一基地自以爲大獲全勝，自以爲消滅了第二基地。從此之後，第一基地致力發展橫掃銀河的勢力，完全不知道第二基地依舊存在。

如今，第一基地已經屹立四百九十八年，勢力處於巔峰狀態。可是，有一個人卻不接受這個事實……

第一章　議員

1

「我當然不相信。」葛蘭·崔維茲說，他正站在謝頓大廳前面寬大的台階上，眺望著閃耀在陽光下的城市。

端點星是個宜人的行星，「海陸比例」相當高。自從引進氣候控制機制之後，整體環境變得更爲舒適，但也因此單調不少，崔維茲常這麼想。

「我一點也不相信。」他又說了一遍，同時微微一笑，潔白整齊的牙齒綻露在年輕的臉龐上。

崔維茲的死黨曼恩·李·康普議員（他不顧端點星的傳統，堅持要保留中間那個名字）在一旁不安地搖了搖頭。「你到底不相信什麼？不相信我們拯救了這座城市？」

「喔，這點我是相信的。我們不是做到了嗎？謝頓說過我們做得到，並且說我們這樣做是對的，他早在五百年前就預知了這一切。」

康普壓低聲音，用近乎耳語的方式說：「聽好，你跟我講這些事，我是不會介意的，因爲我認爲你只是隨便講講。可是假如你對大庭廣眾高聲吶喊，那麼每個人都會聽到。這樣的話，坦白講，一旦你遭到天打雷劈，我可不要站在你身邊。我對雷擊的準確性不大有信心。」

崔維茲依然笑意不減，他道：「我說這座城市獲救了，說我們未曾動武就做到了，這樣說說就有什麼大害嗎？」

「敵人根本不存在。」康普說，他有一頭乳黃色的頭髮，一對天藍色的眼珠。雖然這兩種色彩皆已不再流行，他始終按捺住染髮與改變珠色的衝動。

「難道你從來沒聽說過內戰嗎？康普？」崔維茲問道。他身材高大，黑髮微微鬈曲，此外他總是繫著一條寬厚的軟纖腰帶，並且習慣在走路的時候，將拇指勾在腰帶上。

「一場由於是否遷都而引爆的內戰？」

「這種問題足以引發一次謝頓危機。它毀掉了漢尼斯的政治前途，幫助你我在上次大選後雙雙進入議會，而這項爭議至今……」他一隻手緩緩擺來擺去，好像天平漸漸趨向平衡點。

他在台階上停下腳步，任由許多人從他身旁穿過。那些人包括政府官員、媒體記者，以及千方百計弄到一張邀請函，前來目睹謝頓重現（更正確地說是影像重現）的社會名流。

這些人沿著台階往下走，一路上談笑風生，讚美一切的發展正確無比，並陶醉在由謝頓背書的信心中。

崔維茲站在原地，任由擁擠的人潮從身邊捲過。康普又下了兩級台階，便也停下來，兩人好像被一條隱形繩索繫住一樣。康普說：「你不來嗎？」

「沒什麼好急的。布拉諾市長一定會以慣有的堅定口氣，一字一頓地對當前局勢發表評論。在她結束演說之前，議會是不會進行議程的，我可不急著去忍受另一場長篇大論。看看這座城市！」

「我看到了，每天都看到了。」

「沒錯，可是五百年前，它建立之初的面貌，你曾經見過嗎？」

「是四百九十八年前。」康普自然而然更正他，「兩年後，我們才要舉行五百週年慶。那時布拉諾市長想必仍然在位，但願如此，除非發生什麼機率極小的意外。」

「但願如此。」崔維茲冷冷地說：「可是五百年前，它剛剛建好時，你知道是什麼樣子嗎？一個孤獨的小城！裡面住著些準備編纂一套百科全書的人，結果那項工作一直沒有完成！」

「亂講，早就完成了。」

「你是指現在這套《銀河百科全書》嗎？現在的這一套，並不是他們當初所編的。我們現在的版本，內容全部存在電腦中，每天自動進行修訂。你見過那套沒有完成的原始版本嗎？」

「你是指放在『哈定博物館』的那套？」

「它叫作『塞佛．哈定原始資料博物館』。既然你對時間那麼斤斤計較，地點也請使用全名吧。你到底見過沒有？」

「沒有。我該看看嗎？」

「不，根本不値得看。反正，當時這座城鎭的核心人物，就是那群百科全書編者。當年，端點市只是一個小城鎭，建在這個幾乎沒有金屬的世界上，而這個世界圍繞著一顆孤獨的恆星，遠離銀河系其他部分，處於銀河最外緣的星空。如今，五百年後，我們成了一個邊陲重鎭。整個行星好像一座大公園，要什麼金屬有什麼金屬。這裡已經是萬事萬物的中心！」

「並不盡然。」康普說：「我們仍然圍繞著一顆孤獨的恆星，仍然遠離銀河系其他部分，仍然處於銀河的最外緣。」

「啊，不對，你這種說法有欠考慮。最近這個小小的謝頓危機，關鍵也正在這裡。我們並非僅僅端點星這一個世界，我們還是基地，觸角遍佈銀河各處，從最邊緣的位置控制著整個銀河。我們能夠如此，正是因爲我們並非孤立於銀河系，只有地理位置例外，這點卻不算什麼。」

「好吧，我姑且接受你的說法。」康普顯然對這個話題不感興趣，逕自跨下一級台階。兩人之間那條隱形繩索因此被拉長了一點。

崔維茲伸出一隻手，彷彿想將他的同伴拉回來。「你難道看不出其中的意義嗎，康普？變化如此巨大，我們卻不願接受。在我們心中，只想要一個小小的基地，就如同古時候——一去不復返的英雄與聖徒時代——那樣的一個單一小世界。」

「得了吧！」

「我是說眞的，你看看這個謝頓大廳。在塞佛．哈定的時代，最初幾個危機出現時，這個地方只是時光穹窿，只是一個小小的集會廳，專門爲了謝頓的全相影像顯像而設，如此而已。現在，它被改建成宏偉的紀念堂，可是這裡有沒有力場坡道？有沒有滑道？有沒有重力升降梯？沒有，仍舊只有這些台階。我們和當年的哈定一樣，必須一階一階爬上爬下。每當遇到困難或不可預料的狀況，我們就會懷著敬畏的心情，死守著過去的傳統。」

他激動地用力一揮手臂。「你四下看看，看得出任何建材是金屬的嗎？一樣也沒有。這根本是故意的，因爲在塞佛．哈定時代，本地完全不產任何金屬，而進口金屬也少得可憐。在建造這座龐然大物的時候，我們甚至刻意使用陳舊的、褪成粉紅色的高分子材料。這樣一來，其他世界的觀光客經過此地，就會忍不住駐足讚嘆：『銀河啊！多麼可愛的古舊建材！』我告訴你，康普，這是詐欺。」

「所以說，你不相信的就是這個嗎？謝頓大廳？」

「還有它裡面的一切。」崔維茲咬牙切齒地低語：「我可不信躲在這個宇宙邊緣有什麼意義，先人這樣做，並不代表我們就該效法。我堅信我們應該勇往直前，走進萬事萬物之中。」

「可是謝頓證明你錯了，謝頓計畫正在逐步實現。」

「我知道，我知道。端點星上的每一個兒童，從小就被灌輸了一個根深柢固的觀念：謝頓曾經擬定一個計畫，他早在五百年前就預見一切，他建立了這個基地，並預先設定好許多危機。每當危機發生，他的全相影像便會出現，向我們透露最少的訊息，剛好能幫助我們撐到下一個危機。藉著這個方式，謝頓將領導我們度過一千年的歲月，直到我們安全地建立一個更偉大的第二銀河帝國，用以取代早在五世紀前就四分五裂、兩世紀前完全煙消雲散的舊帝國。」

「你為什麼要告訴我這些，葛蘭？」

「因為我要告訴你，這是假的，通通是假的。即使當初是真的，現在也成了假的！我們不是自己的主人，因為並非我們主動追隨這個計畫。」

康普仔細打量著對方。「過去你也曾經跟我講過這些，葛蘭，我總是以為你在胡說八道，故意要戲弄我。銀河在上，現在我才確定你是認真的。」

「我當然認真！」

「不可能的。如果這不是捉弄我的高明惡作劇，就是你這個人已經瘋了。」

「都不是，都不是。」崔維茲改以平靜的口氣說，他兩手的拇指又勾住寬腰帶，似乎不再需要靠手勢來強調他的義憤。「我承認，過去曾經思考過這個問題，但那時我僅僅憑藉直覺。然而，今天早上這場鬧劇，使我一下子頓悟了一切，因此，我準備讓整個議會也大徹大悟。」

康普說：「你真的瘋了！」

「跟我來，馬上有好戲可看。」

兩人雙雙走下台階，此時台階上也只剩下他們兩個人。當崔維茲稍微超前一點時，康普的嘴巴動了幾下，衝著他的背後，無聲地罵了一句：「笨蛋！」

2

赫拉．布拉諾市長站上發言台，宣佈會議正式開始。她的目光盯著所有的議員，眼神沒有透露任何情緒。但是在場的人都明白，每位議員出席與否，她心裡已經全部有數。

她的一頭灰髮仔細梳成一個特殊的髮型，既沒有女性的味道，也並未模仿男士的風格，總之就是她獨一無二的髮型。她的臉孔嚴肅，談不上任何美貌，卻從來沒有人會注意這一點。

她是這顆行星上最能幹的管理者。雖然，相較於基地頭兩個世紀的大功臣塞佛·哈定以及侯伯·馬洛，她絕對略遜一籌，但從未有人敢做這個比較。話說回來，也不會有人將她和騾出現前的基地世襲市長——一代不如一代的茵德布爾家族聯想到一塊。

她的演講並不怎麼鼓動人心，也不擅長誇張的手勢，但是她具有做出穩當決定的能力，而且只要堅信自己是對的，她就會堅持到底。雖然看不出什麼領袖魅力，她總是有本事說服選民，使大家相信她的穩當決定正確無誤。

根據謝頓的學說，歷史的變遷極難脫出常軌。（不過，總有不可測的意外發生，例如騾所造成的災變，但大多數謝頓信徒都忘了這一點。）因此，不論發生任何情況，基地都應該一直定都於端點星。然而，請注意「應該」這兩個字。謝頓五百年前所錄製的擬像，剛才重現之際，曾經以平靜的口吻告訴大家，他們繼續留在端點星的機率爲百分之八七·二。

無論如何，即使對謝頓信徒而言，這也表示存在百分之一二·八的機率，對應於首都已經遷到接近基地聯邦中心的位置。剛才，謝頓也略述了該項行動將帶來的悲慘後果。而這個約有八分之一機率的事件沒有發生，無疑是布拉諾市長的功勞。

她當然不會允許這個企圖得逞。過去，即使在聲望下跌時，她也始終堅決認爲，端點星是基地的傳統根據地，必須永遠維持這個事實。因此，她的政敵曾在政治諷刺漫畫中，把她堅毅的下巴畫成一大塊花崗石（老實講，還眞有幾分神似）。

如今，謝頓也表示支持她的觀點，讓她至少在短時間內，取得了絕對的政治優勢。根據報導，她在一年前曾經表示，假如即將出現的謝頓影像果眞支持她的看法，她就會自認爲已經功德圓滿。這樣的話，她便要辭去市長，轉任資政的職位，以免日後再捲入前途難料的政爭。

沒有人眞正相信她這番話。她在政爭中一向表現得如魚得水，歷代市長大多望塵莫及。如今謝頓影像出現過了，果然看不出她有退休的意思。

她說話的聲音極爲清晰，帶著濃重的基地口音而毫不臉紅。（她曾經擔任基地駐曼綴斯的大使，卻沒有學到目前最流行的舊帝國腔調——在帝政時代，內圍星省一律使用這種腔調，幾乎凝聚了帝國的向心力。）

她說：「這次的謝頓危機已經過去，基於一項睿智的傳統，對於當初支持錯誤觀點的人士，我們不會做出言語上或行動上的任何報復。許多正直人士曾經相信，他們有很好的理由，要求謝頓不欲見到的結果。如今，這些人若要扳回自尊，唯一的辦法就是否定謝頓計畫本身，因此，任何人都不應該再羞辱他們。另一方面，曾經支持錯誤觀點的人士，應該欣然接受失敗的事實，不要再逞口舌之勇，這是政治人物的基本修養與風範。這件事已成爲過去，雙方都應該將它拋在腦後。」

她停了一下，以穩重的目光環視議場中每一張臉孔，這才繼續說：「各位議員，預定的歷程已經過了一半；距離新帝國的誕生，如今只剩五百年。過去的歷史充滿艱難險阻，但我們已經走過一段漫漫長路。其實，我們幾乎已經是一個銀河帝國，而且再也沒有強大的外敵存在。

「假使沒有謝頓計畫，新舊帝國之間的大斷層，將長達三萬年之久。歷經三萬年的分崩離析，人類可能再也無力重建一個新的帝國。銀河中，或許只會剩下許多互相隔離的垂死世界。

「我們能有今日的成就，全拜哈里．謝頓之賜。今後的歲月，我們仍將仰賴他當年的明智洞見。從現在起，各位議員，眞正的危險在於我們自己。因此從今以後，千萬不要再對這個計畫提出公開質疑。讓我們心平氣和並堅決地達成一項共識：今後對偉大的謝頓計畫，不會再有任何公開的質疑、批評或誣衊。我們必須徹底支持這個計畫。它已經自我驗證了五百年，它是人類安全的唯一憑藉，不容受到任何阻撓。大家同意嗎？」

會場中響起交頭接耳聲。市長幾乎沒有抬起頭來，就知道結果必定是一致同意。她對每位議員都一清二楚，知道他們會做出什麼反應。她剛剛贏得全面勝利，現在絕不會有人反對她。明年或許又會有麻煩，現在卻不可能。明年的問題，留到明年再解決吧。

凡事難免有例外……

「思想控制嗎，布拉諾市長？」葛蘭．崔維茲一面大步沿著通道走下來，一面使勁大聲問道，彷彿要代表所有噤聲的議員發言。由於他是新科議員，座位在議場最後一排，但他根本沒有走到自己的座位上。

布拉諾仍然沒有抬起頭，只是說：「你的看法呢，崔維茲議員？」

「政府無權干涉言論自由，任何人都有權討論當今的政事。尤其是在座的每位議員先生女士，選民託付我們的就是這件差事。而任何的政治議題，一律脫離不了謝頓計畫的範疇。」

布拉諾雙手一合，抬起頭來，臉上依舊毫無表情。她說：「崔維茲議員，你無端挑起這場爭辯，根本不符程序。然而，我還是請你表明自己的意見，然後我會當場答覆你。

「在謝頓計畫的範疇中，並沒有限制任何言論自由，只是計畫本身對我們造成了某些限制。在謝頓影像出現之前，大家都能對當前的問題，提出不同的解釋。但在謝頓公佈他的決定之後，即使在議會中，也不得再有任何質疑。而在謝頓現身前，也不可以有人說什麼：『假使哈里．謝頓這樣那樣說，他就大錯特錯了。』」

「可是，假如某人的確有這種感覺呢，市長女士？」

「假如他只是普通人，只是在私下討論這個問題，他仍舊可以提出來。」

「所以你的意思是說，你所提出的對於言論自由的限制，是專門規範政府官員用的？」

「正是如此。這並非基地法律的一項新原則，無論任何黨派的市長，都一直沿襲這項原則。個人私下的觀點無足輕重，具有官方身分的人所表達的意見，就會受到重視，因而構成危險。目前，我們還不能對這種行爲坐視不顧。」

「市長女士，能否允許我指出，你提到的這項原則，用於議會的例子極少，而且都是針對某些特殊議題。像謝頓計畫這種沒有定論的大題目，向來沒有受到它的規範。」

「謝頓計畫尤其需要保護，如果對它質疑，很可能引發不可收拾的後果。」

「請問你是否相信，布拉諾市長——」崔維茲轉過身來，面對著台下一排排的議員。所有的議員似乎不約而同屏住了氣息，好像在靜待這場對決的結果。「請問你們是否相信，各位議員同仁，其實，我們有理由懷疑謝頓計畫根本不存在？」

「今天，大家還親眼目睹它在運作。」布拉諾市長說。隨著崔維茲的口氣愈來愈慷慨激昂，她的聲音反倒愈來愈平靜。

「正是因爲我們今天還看到它在運作，各位議員先生女士，所以我們看得出來，我們一直被動相信的謝頓計畫，根本不可能存在。」

「崔維茲議員，你違反了議事程序，我不准你再繼續大發謬論。」

「市長，身爲議員，我有這樣的特權。」

「議員先生，你的特權已經被褫奪了。」

「你不能褫奪這項特權。你剛才提出的對於言論自由的限制，本身並不具備法律效力。這項提案尚未經過議會表決，市長，何況即使表決通過，我仍有權質疑它的合法性。」

「褫奪你的特權，議員先生，和我保護謝頓計畫的提議無關。」

「那麼，又是憑什麼呢？」

「你遭到意圖叛變的指控，議員先生。爲了表示對議會的尊重，我不希望在議會廳中逮捕你。不過，安全局的人正等在門口，一旦你離開議場，他們會立刻將你扣押。我現在請你乖乖退席，你如果輕舉妄動，當然就會被視爲現行犯，安全局的人就會進入議會廳。我相信，你並不希望發生這種事。」

崔維茲皺起眉頭，大廳中則是一片死寂。（難道大家早就知道會發生這種事，只有他和康普兩人例外？）他轉頭望向出口，並沒有看到什麼，但他絕不懷疑布拉諾市長並非虛張聲勢。

他火冒三丈，結結巴巴地說：「我代……代表一群重要的選民，布拉諾市長……」

「毫無疑問，他們一定會對你感到失望。」

「你有什麼證據，對我提出如此荒謬的指控？」

「我在適當時機自然會提出來，但我能向你保證，我們已經掌握充分的證據。你是個極爲魯莽的年輕人，但你應該瞭解一件事實，即使你的朋友，也不會願意加入你的叛變行動。」

崔維茲猛地轉身面對康普，那對藍眼珠則一動不動地回瞪著他。

布拉諾市長又以平靜的口氣說：「我請在場所有人士作證，在我剛才進行陳述時，崔維茲議員轉身向康普議員望去。你現在願意退席了嗎，議員先生？還是說，你要強迫我們在議場拘捕你，令你尊嚴盡失？」

葛蘭．崔維茲立即轉身，沿著台階一步步走到出口。他剛跨出議會廳，就有兩名身穿制服、全副武裝的安全人員，一左一右將他夾在中間。

赫拉．布拉諾冷冷地望著他的背影，嘴唇微微蠕動，輕聲吐出兩個字：「笨蛋！」

3

自從布拉諾市長掌權之後，里奧諾．柯代爾就一直擔任安全局局長這個職務。這並不是一件會累壞人的工作，他時常喜歡這樣講，可是他說的究竟是不是實話，當然誰也無法確定。他看來不像是個會說謊的人，但是這點不一定有任何意義。

他看上去相當和藹可親，這對他的工作有莫大的助益。他的身高在一般標準以下，體重卻在一般標準之上，留著兩撇濃密的鬍子（極少有端點星公民這樣做），但現在大多已經由灰轉白；他的眼睛是淺棕色，黃褐色的制服胸口處繡著一個原色的識別標誌。

他說：「坐下來，崔維茲，讓我們盡量維持友善的態度。」

「友善的態度？跟一名叛徒？」崔維茲將兩根拇指勾在寬腰帶上，站在原地一動不動。

「你只是『被控』為叛徒。我們還沒有進步到起訴就等於定罪的地步，即使指控來自市長本人也不例外：我相信我們從來沒有這麼做過。而我的工作，就是要盡我所能還你清白。我非常希望在尚未造成任何傷害之前——或許你的尊嚴是唯一例外——就能讓這件事圓滿收場，以免非舉行一場公開審判不可。我希望你也同意這一點。」

崔維茲並未軟化，他說：「我們不必彼此賣乖了。你的工作就是將我『視為』叛徒，用這個前提來審訊我。但我並不是叛徒，我也認為沒有必要在你面前為自己辯護。你又何必一直想要證明在為我著想呢？」

「原則上，我絕無此意。然而，現實是殘酷的，如今權力掌握在我這邊，而你卻一無所有。因此，發問權在我而不在你。萬一有一天，有人懷疑我不忠或意圖叛變，我相信自己馬上會被人取代，然後便會有人來審訊我。那個時候，我衷心希望那個審訊我的人，至少能夠像我對你這般客氣。」

「你又打算如何對待我呢？」

「只要你能夠禮尙往來，我相信，我會做到如同朋友與平輩那樣。」

「我該請你喝杯酒嗎？」崔維茲用挖苦的口吻說。

「等會兒吧，現在，請你先坐下。我是以朋友的態度這樣說的。」

崔維茲遲疑片刻，便坐了下來，任何敵對的態度似乎都突然變得毫無意義。「現在要怎樣？」他問。

「現在，我可否請你誠懇地，仔細地回答我一些問題，完全不做任何規避？」

「假如我不肯呢？我會受到什麼樣的威脅？心靈探測器嗎？」

「我相信不至於。」

「我也相信不至於，因爲我是一名議員。假使你們那麼做，結果只會證明我的清白。等到我無罪開釋之後，我就會結束你的政治生命，也許連市長也一併趕下台。這樣想來，或許讓你用心靈探測器整我一下相當値得。」

柯代爾皺著眉，輕輕搖了搖頭。「使不得，使不得。那很可能使你的腦部受到嚴重損傷，有時需要很長一段時間的療養。你犯不著冒這個險，絕對不値得！你也知道，有些時候，假如強行使用心靈探測器……」

「柯代爾，你在威脅我？」

「崔維茲，我只是就事論事──議員先生，請你不要誤解。如果必須使用心靈探測器，我絕不會猶豫。即使你是無辜的，你也無權追索任何補償。」

「你到底想知道些什麼？」

柯代爾打開辦公桌上的一個開關，然後說：「我的問話和你的回答，都會以錄音和錄影的方式保存下來。我不希望你說什麼題外話，更不希望你閉口不答。現在千萬別這麼做，我相信你懂得我的意思。」

「我當然懂，你只會錄下你想要的部分。」崔維茲用輕蔑的口氣說。

「沒錯，不過，請你別誤會。我不會扭曲你的任何一句話，我只會加以取捨，如此而已。你知道哪些話對我沒用，相信你不會浪費彼此的時間。」

「等著瞧吧。」

「崔維茲議員，我們有理由認爲，」他的語氣突然變得頗爲正式，表示他已經開始錄音和錄影。「你曾經在某些場合公開聲明，你不相信謝頓計畫的存在。」

崔維茲緩緩答道：「假如我在不少場合，曾經公開大聲疾呼，你還需要我再說些什麼呢？」

「議員先生，請不要把時間浪費在詭辯上。你該知道，我需要的只是你在絕對清醒，沒有受到任何影響之下，親口坦承這件事情。而在我們的錄音中，你的聲紋就能證明這一切。」

「我想這是因爲，假如利用任何催眠效應，不論化學藥物或是其他方法，都會使我的聲紋改變？」

「變化會相當明顯。」

「而你渴望證明，你並未採用非法手段審訊一名議員？這點我並不怪你。」

「議員先生，我很高興你能夠諒解，那就讓我們繼續吧。你曾經在某些場合公開聲明，你不相信謝頓計畫的存在。你承認這件事嗎？」

崔維茲說得很慢，措詞極爲謹愼。「我們稱之爲謝頓計畫的這個東西，一般人賦予它極重大的意義，可是我不相信。」

「這個陳述過於含糊，能否請你詳加解釋？」

「我的意思是，通常一般人都認為，哈里．謝頓在五百年前，運用心理史學這門數學，巨細靡遺地算出人類未來的發展；而我們目前所遵循的既定軌跡，是從第一銀河帝國通往第二銀河帝國的最大機率路徑。但我認為這種觀念過於天真，不可能是事實。」

「你的意思是說，你認為哈里．謝頓並不存在？」

「我絕無此意，歷史上當然有他這個人。」

「那麼，他從未發展出心理史學這門科學？」

「不，我當然也不是這個意思。聽好，局長，我剛才要是有機會，就能把這一點向議會解釋得清清楚楚，而我現在就要向你解釋。我要說的這番道理，其實非常明顯……」

安全局長並未作聲，卻顯然將記錄裝置關掉了。

崔維茲隨即住口，並皺起眉頭。「你為什麼要關掉？」

「你在浪費我的時間，議員先生，我並不是請你來演講的。」

「你明明要求我解釋自己的觀點，不是嗎？」

「絕對沒有，我只是要求你回答問題——用簡單、明瞭、直接的方式回答。針對我的問題作答，別說任何的題外話。只要你合作，我們很快就能結束。」

崔維茲說：「你的意思是，你想誘導我做一些陳述，用來支持官方說法，證明我的確認罪了。」

「我們只要求你據實陳述，我向你保證，我們絕對不會斷章取義。拜託，讓我再試一遍，我們剛才正談到哈里．謝頓。」記錄裝置再度開啟，柯代爾用平穩的語氣再問一次：「那麼，他從未發展出心理史學這門科學？」

「他當然發展出了我們稱之為心理史學的這門科學。」崔維茲已無法掩飾心中的厭煩，氣呼呼地揮動雙手。

「你對心理史學──如何定義？」

「銀河啊！心理史學通常被視為數學的一支，專門研究在特定的條件下，人類群體受到某種刺激之後的整體反應。換句話說，理論上，它能預測社會和歷史的變遷。」

「你用了『理論上』三個字。你是否以專業的數學觀點，對這個定義抱持懷疑的態度？」

「沒有。」崔維茲說：「我並不是心理史學家。而基地政府的每一個成員，以及端點星上的每一個公民，也沒有任何人是心理史學家，甚至……」

柯代爾舉起右手，輕聲說道：「議員先生，拜託！」崔維茲只好住口。

柯代爾又說：「我們都知道，哈里．謝頓根據他的分析結果，設計出了以基地當跳板，用最有效率的方式，結合最大的機率和最短的時程，使銀河系從第一帝國躍進至第二帝國的計畫。你是否有任何理由，質疑這個事實？」

「當時我還沒出生，」崔維茲用尖刻的語氣說：「又怎麼會知道？」

「你能確定他並未這麼做嗎？」

「不能。」

「或者，你是否懷疑，過去五百年來，每當基地發生歷史性危機，都必然出現的謝頓全相影像，並不是哈里．謝頓在去世前一年間，也就是基地設立的前夕，由他本人親自錄製的？」

「我想，我不能否認這一點。」

「你想？你願不願意乾脆說，這根本是一個騙局，是過去的某個人，為了某種目的，故意設計出來的騙局？」

崔維茲嘆了一聲。「不，我並不堅持這一點。」

「那麼你是否準備堅持，哈里．謝頓的影像所傳達的訊息，是某人暗中玩出來的把戲？」

「不，我沒有理由認爲這種把戲是可能的，或是有什麼用處。」

「好的。你剛才親眼目睹謝頓再度顯像，難道你認爲他的分析——早在五百年前就做出的分析——和今日的實際情況並不十分符合嗎？」

「正好相反，」崔維茲突然精神一振，「它和現狀非常符合。」

柯代爾似乎絲毫不受對方情緒的影響。「然而，議員先生，在謝頓影像顯現之後，你卻仍然堅持謝頓計畫並不存在？」

「我當然堅持。我之所以堅持它並不存在，正是因爲預測過於完美……」

柯代爾又關上記錄裝置。「議員先生，」他一面搖頭，一面說：「你害我要洗掉這段記錄。我只是問你，是否仍然堅持那個古怪的信念，你卻給我冒出一大堆理由來。讓我再重複一遍我的問題。」

於是他又問：「然而，議員先生，在謝頓影像顯現之後，你卻仍然堅持謝頓計畫並不存在？」

「你是怎麼知道的？自從謝頓影像出現之後，誰也沒有機會和我當初那位朋友——康普——講上一句話。」

「姑且算是我們猜到的吧，議員先生。此外，姑且假設你已經回答過一句『我當然堅持』。如果你願意把這句話再說一遍，不再自動添油加醋，我們的工作就算結束了。」

「我當然堅持。」崔維茲以諷刺的口吻答道。

「很好，」柯代爾說：「我會幫你選一個聽來比較自然的『我當然堅持』。謝謝你，議員先生。」接著記錄裝置又被關掉了。

崔維茲說：「這樣就完了嗎？」

「我所需要的，都已經做完了。」

「你所需要的其實相當明顯，就是一組問答記錄而已。然後，你就能向端點星公佈這段記錄，甚至傳到基地聯邦每個角落，好讓大家都知道，本人全心全意接受謝頓計畫這個傳說。將來，如果我自己再做任何否認，就能用它來證明我的行爲瘋狂，或者完全精神錯亂。」

「或者，在那些過激的群衆眼中，你的言行將被視爲叛逆。因爲他們都認爲，謝頓計畫是基地安全的絕對保障。如果我們可以達成某種諒解，崔維茲議員，剛才的記錄或許並不需要公開。不過萬一眞有必要，我們絕對會讓整個聯邦通通知道。」

「你是否眞的那麼愚蠢，局長，」崔維茲皺著眉說：「所以對我眞正想講的毫無興趣？」

「身爲人類的一員，我的確非常感興趣。而且如果有適當的機會，我樂意以半信半疑的態度聽你講講。然而，身爲安全局長，目前爲止，我已經得到所需要的一切。」

「我希望你能夠知道，這些記錄對你本人，以及對市長，都沒有什麼用處。」

「眞奇怪，我的看法和你恰恰相反。你可以走了，當然，還是會有警衛護送。」

「我會被帶到哪裡去？」

柯代爾卻只是微微一笑。「再見，議員先生。你並沒有充分合作，不過我也並未這麼指望，否則我就太不切實際了。」

說完，他伸出了右手。

崔維茲緩緩起身，根本不理會對方。他把寬腰帶上的皺褶撫平，然後說：「你只不過是在做無謂的拖延。一定有人和我抱持相同的想法，遲早會有的。如果將我囚禁或殺害，必將引起衆人的好奇，反而促使大家提早起疑。到頭來，眞理和我終將是最後的贏家。」

柯代爾抽回右手，緩緩搖了搖頭。「老實說，崔維茲，」他道：「你是個笨蛋。」

4

在安全局總部的一個小房間裡，崔維茲一直待到午夜，才由兩名警衛將他帶了出來。他不得不承認那是一間豪華的套房，只是外面上了鎖。不管怎麼說，它眞正的名字就是「牢房」。

在遭到拘禁的這四個多小時，崔維茲大部分時間都在房裡踱來踱去，痛定思痛地反省。

自己爲什麼要信任康普？

爲什麼不呢？他似乎顯然同意自己的觀點——不對，不是這麼回事。他好像很容易被說服——不，也不是那麼回事。他看來好像很蠢，很容易受別人左右，明顯地缺乏思想與主見，因此，崔維茲喜歡把他當成一個乖順的「共鳴板」。由於不時和康普討論，崔維茲才能不斷修正並改良自己的理論。他是個很有用的朋友，而崔維茲之所以信任他，其實也沒有什麼特別的理由。

事到如今，再來反省是否應該先徹底瞭解康普，卻是爲時已晚。當初自己應該謹遵一個簡單的通則：誰都不能信任。

然而，一個人一生中，難道眞能做到這一點嗎？

答案顯然是必須如此。

可是誰又想得到，布拉諾竟然如此大膽，敢在議場中公開逮捕一名議員——卻沒有任何議員挺身而出，保護他們之中的一份子？即使他們打心眼裡不同意崔維茲的見解，即使他們願意用身上的每一滴鮮血，來打賭布拉諾才是正確的一方，可是原則上，爲了維護自己崇高的權利，他們也不應該如此保持沉默。許多人稱她爲「銅人布拉諾」，她果眞是鐵腕作風……

除非，她本身已經受到控制……

不！如此疑神疑鬼，遲早會得妄想症！

然而……

這些念頭在他心中轉個不停，當警衛進來時，他尚未從這些循環不斷的徒勞思緒中解脫。

「議員先生，請您跟我們走。」開口的是較年長的那名警衛，他的口氣嚴肅，不帶半分感情。由胸章看得出他是一名中尉，他右頰有個小疤，並且看來一臉倦容，好像是嫌這份差事幹得太久，卻始終不能有什麼作爲。維持了一個多世紀的太平歲月，令任何軍人都難免有這種感覺。

崔維茲一動不動。「中尉，貴姓大名？」

「議員先生，我是艾瓦德．索佩婁中尉。」

「你應該知道你的行爲已經違法了，索佩婁中尉，你無權逮捕一名議員。」

中尉回答說：「議員先生，我們只是奉命行事。」

「話不能這麼說，誰也不能命令你逮捕一名議員。你必須瞭解，這樣做將使你面臨軍法審判。」

中尉答道：「議員先生，您並沒有遭到逮捕。」

「那麼我就不必跟你們走，對不對？」

「我們奉命護送您回家。」

「我自己認識路。」

「並且負責沿途保護您。」

「有什麼天災嗎？還是有什麼人禍？」

「可能會有暴民集結。」

「三更半夜？」

「議員先生，這就是我們等到半夜才來的原因。現在，爲了您的安全，我們必須請您跟我們走。我得提醒您，我們已經獲得授權，必要時可以使用武力。這並不是威脅，只是據實相告。」

崔維茲注意到他們兩人帶著神經鞭，他只好緩緩起身，盡可能維持尊嚴。「那就帶我回家吧。或者，到頭來我會發現，被你們帶進了監獄。」

「議員先生，我們並未奉命欺騙您。」中尉以傲然的口氣說。崔維茲這才發覺，對方是個一板一眼的職業軍人，就連說謊也得先有上級的命令——即使如此，他的表情與語氣也一定騙不了人。

於是崔維茲說：「請別介意，中尉，我並非暗示我懷疑你說的話。」

一輛地面車已經等在外面。街頭空空蕩蕩，毫無人跡，更遑論任何暴民。不過中尉剛才並未撒謊，他沒有說外面有一群暴民，或者有一群暴民將要集結。他說的是「可能會有暴民集結」，他只是說「可能」而已。

中尉謹慎地將崔維茲夾在他自己和車子之間，令崔維茲絕不可能掉頭逃跑。等到崔維茲上車之後，中尉也立刻鑽進車內，和他一起坐在後座。

然後車子就開動了。

崔維茲說：「一旦我回到家，想必就能還我自由了吧。比方說，只要我高興，隨時可以出門。」

「我們並未奉命干涉您的任何行動，議員先生，但是我們奉命持續保護您。」

「持續保護我？這話怎麼說？」

「我奉命知會您，回到家以後，您就不得再離開家門。您上街可能會發生危險，而我必須對您的安全負責。」

「你的意思是我將被軟禁在家裡。」

「我並非律師，議員先生，我不瞭解那是什麼意思。」

中尉直視著前方，手肘卻緊挨著崔維茲。崔維茲只要輕輕動一動，中尉一定會察覺。

車子停在崔維茲位於富列克斯納郊區的小房子前。目前他欠缺一位女伴——他當選議員之後，生活變得極不規律，芙勒薇拉在忍無可忍之下離去——所以屋內不該有任何人。

「現在我可以下車了嗎？」崔維茲問。

「我先下車，議員先生，然後我們護送您進去。」

「爲了我的安全？」

「是的，議員先生。」

在前門的內側，已有另外兩名警衛守在那裡。屋內的夜燈閃著微光，但由於窗玻璃被調成不透明，從外頭根本看不到裡面的情形。

發現有人侵入自己的住宅，他一時之間怒不可遏，但轉念一想，也只好認了。今天在議會廳中，整個議會都無法保護他，自己的家當然更算不上堡壘。

崔維茲說：「你們總共有多少人在我家裡？一個軍團嗎？」

「議員先生，沒有那麼多。」屋內傳出一個嚴厲而沉穩的聲音，「除了你所見到的，只不過還有一位而已，而我已經等你很久了。」

端點市的市長赫拉．布拉諾，此時正站在起居室門口。「難道你不覺得，該是咱們談談的時候了？」

崔維茲兩眼圓睜。「費了這麼大的周章……」

布拉諾卻用低沉而有力的聲音說：「安靜點，議員。你們四個，出去，出去！這裡沒你們的事了。」

四名警衛敬禮後轉身離去，屋內便只剩崔維茲與布拉諾兩人。

第二章 市長

1

布拉諾已經等了一個小時，在這段時間中，她的思緒始終沒有停過。嚴格說來，她已經犯了侵入私宅的罪行；更有甚者，她也侵犯了一名議員的特權，這更是一種嚴重違憲的舉動。將近兩世紀前，在茵德布爾三世與騾出現之後，基地訂立了數條嚴格的法令，規範市長在各方面的權限，而根據這些法令，她已經足以遭到彈劾。

然而在今天，在這短短的二十四小時之內，不論她做任何事，都是正確的。

可是今天終將過去，想到這一點，她便坐立不安。

基地歷史的頭兩個世紀，可以算是黃金時期，後人回顧那段歷史，都會承認它是「英雄時代」，但是不幸生在那個動盪歲月的人，大概不會同意這一點。塞佛．哈定與侯伯．馬洛是當年兩位最偉大的英雄，在後人心目中，他們的地位崇高神聖，直逼至高無上的哈里．謝頓。在有關基地的任何野史中（甚至正史也一樣），他們都是鼎足而立的三大偉人。

話說回來，在那個時代，基地是個單一的小世界，對四王國的控制力量極爲薄弱。對於謝頓計畫這個保護傘的範圍，只有一點模糊的概念。更沒有人知道，就連銀河帝國殘軀對基地的威脅，都早已在謝頓算計之中。

等到基地這個政治與經濟實體實力愈來愈強大之後，無論統治者或英勇的鬥士，地位似乎都不那麼重要了。拉珊．迪伐斯幾乎已經爲人遺忘，即使還有人記得他，想到的也只是他慘死在奴工礦坑中的悲劇，而不是他爲了瓦解貝爾．里歐思的攻勢而從事的反間計——那是個並沒有必要，卻十分成功的行動。

至於貝爾．里歐思——基地有史以來最高貴的敵手，也早已變得沒沒無聞，光芒被後來居上的騾所遮掩。遍數基地過去所有的敵人，唯有騾曾經顛覆謝頓計畫，並擊敗且統治過基地。只有騾才是唯一的「大敵」，事實上，他也是銀河歷史中最後一位「大帝」。

不過，並沒有什麼人記得，其實騾是被一個人，一位名叫貝泰．達瑞爾的女性所擊敗的，而且她的勝利全憑一己之力，甚至沒有謝頓計畫作爲後盾。後來，她的兒子與孫女——杜倫．達瑞爾與艾卡蒂．達瑞爾，又聯手擊潰第二基地，使這個基地（第一基地）獲得唯我獨尊的地位。但是這段事蹟，也毫無例外地塵封在歷史中。

這些基地歷史中的後起之秀，不再具有任何英雄形象。隨著時間軸不斷延展，英雄人物都被壓縮成普通的凡人。而艾卡蒂爲祖母撰寫的傳記，則是將她從一位女英雄，化約成了傳奇小說的女主角。

從此以後，再也沒有英雄出現，就連小說中的傳奇人物也消失了。「卡爾根之戰」是基地捲入的最後一場戰禍，不過只能算小場面而已。所以說，基地已經整整度過兩個世紀的和平歲月！而在過去一百二十年間，甚至未曾損失半艘船艦。

這實在是一段很不錯的太平歲月，是一段安和樂利的太平歲月，這點布拉諾絕不否認。雖然基地尚未建立第二銀河帝國（根據謝頓計畫，目前才完成一半的準備工作），但是分散在銀河各處的政治實體，已有三分之一被基地聯邦掌控經濟命脈；而在那些未受直接控制的領域，基地聯邦的影響力也非同小可。行遍銀河，只要報出「我是基地公民」，聽到的人鮮有不肅然起敬。而在上千萬個住人世界中，沒有任何人的地位能夠媲美「端點市長」。

「市長」這個頭銜一直沿用至今，始終沒有任何更動。五世紀以前，市長只是個小城市的領導者，那個城市是一個孤立世界上唯一的聚落，那個世界則處於銀河文明的最邊陲。但長久以來，從來沒有人想到過更改這個頭銜，或是再加上一點點敬稱。如今，市長已經成為令人敬畏的象徵，僅有完全遭人遺忘的「皇帝陛下」差堪比擬。

只有在端點星是唯一的例外，在這個世界上，市長的權限受到謹慎的規範。當年茵德布爾家族的殷鑑，一般人都還記憶猶新。不過人們無法忘懷的，並不是他們的專制極權，而是在他們的統治下，基地落入騾的手中。

而她，赫拉·布拉諾，就是現任的市長。自騾死後，她是銀河中最強有力的統治者（這點她自己也很清楚），亦是基地有史以來第五位女性市長。但也只有今天，她才有辦法公然施展自己的力量。

從政多年來，對於何事正確，何者當行，她始終堅持自己的信念，跟那些頑強的反對派奮戰到底——那些傢伙都在覬覦盛名遠播的銀河內圍，渴望為基地加上帝國的光圈。今天，她終於獲得全盤的勝利。

還早哩，她曾經這麼說。還早哩！過早跳進銀河內圍，可能會由於種種原因而遭到慘敗。如今，謝頓也站出來為她說話，甚至遣詞用字也幾乎和她一模一樣。

一時之間，在基地所有成員心目中，她成了與謝頓同樣睿智的人物。然而，他們隨時會忘掉這件事，這點她也心知肚明。

而這個年輕人，偏偏在今天，就敢當衆向她挑戰。

而且，恐怕他並沒有錯！

危險就在這裡，他的看法是對的！而只要他是對的，他就有可能毀掉基地！

現在，她終於和他面對面，沒有第三者在場。

她以惋惜的口吻說：「難道你不能私下來找我？難道你非得在議會廳咆哮不可？你的想法實在愚蠢，以爲這樣就能當衆羞辱我嗎？口沒遮攔的孩子，你可知自己闖了什麼禍？」

2

崔維茲覺得自己滿臉通紅，只好拚命控制住怒火。市長是個上了年紀的女人，就快滿六十三歲了。面對這樣一個年紀幾乎長他一倍的老太婆，他實在不想開口吵架。

何況，她早已在政治鬥爭中百鍊成鋼，瞭解只要一開始便將對手弄得手足無措，一場戰爭等於已經贏了一半。不過想要這種戰術奏效，必須有觀衆在場，可是如今連一個旁觀者都沒有，也就不會有人令他感到羞辱。算來算去，也只有他們兩人而已。

所以他對那番話充耳不聞，盡全力維持一副漠然的表情，仔細審視著對方。這個老女人穿著一身中性服裝，這種服飾已經流行了兩代，但穿在她身上並不適合。這位市長，這位全銀河的領袖（如果銀河中還有領袖，當然非她莫屬），看來像個平庸的老太婆，甚至很容易被誤認爲是個老頭。她與男性唯一的差別，在於她將鐵灰色的頭髮緊紮腦後，而傳統的男性髮式則完全不束不繫。

崔維茲露出一個魅力十足的笑容。這個上了年紀的對手，無論多麼努力把「孩子」這個稱呼當成羞辱，可是她面前的這個「孩子」，至少擁有年輕和英俊這兩方面的優勢，而且他完全明白這個事實。

於是他說：「完全正確，我今年才三十二歲，所以還能算個孩子。而且身爲一名議員，口沒遮攔正是我職責所在。關於第一點，我實在莫可奈何；至於第二點，我只能說聲抱歉。」

「你曉得自己闖了什麼禍嗎？別鬼頭鬼腦地站在那裡，坐下來。請你盡可能全神貫注，並且理智地回答我的問題。」

「我知道自己做了什麼，我將看穿的眞相說了出來。」

「你偏偏選在這一天向我挑戰？選在我的聲望如日中天的日子？今天，我有辦法把你趕出議會廳，再立刻將你逮捕，其他議員沒有一個敢站出來抗議。」

「議會遲早會回過神來，然後就會向你抗議。現在，他們可能已經在進行抗議了。你這樣迫害我，只會使他們更加聽信我。」

「誰也不會聽到你講什麼。只要我認爲你將繼續大鳴大放，我就會繼續視你爲叛徒，用最嚴厲的法律辦你。」

「那我就必須接受審判，我總有在法庭出現的機會。」

「你別指望這一點。市長的緊急處分權大得很，雖然市長通常很少動用。」

「你憑什麼宣佈進入緊急狀況？」

「我自然會想出名目來，這點智慧我還有，而且我也不怕面對政治危機。別逼我，年輕人。希望我們能在此地達成一個協議，否則你就永遠無法重獲自由。你將遭到終身監禁，這點我可以向你保證。」

他們彼此瞪著對方。布拉諾用灰眼珠盯著崔維茲，崔維茲則用駁雜的棕色眼珠回瞪著她。

然後崔維茲問道：「什麼樣子的協議？」

「啊，你感到好奇了，這樣就好多了。現在我們可以好好談談，不必再大眼瞪小眼。你的看法究竟如何？」

「你應該清楚得很。你一直和康普議員暗中勾結，對不對？」

「我想聽你親口說一遍——剛剛過去的這個謝頓危機，你有什麼看法？」

「很好，如果你眞想聽——市長女士！」（『老太婆』一詞差點脫口而出）「謝頓影像說得未免太正確，過了五百年還能那麼準，實在太不可能了。我相信，他這一次重現，是有史以來的第八次。過去有幾次，當影像出現時，根本沒有任何人在場。而至少有一次，在茵德布爾三世執政時期，他講的那番話，和實際情況完全不符——但那是在騾崛起的時候，對不對？可是過去七次當中，他何曾像今天這樣，一切都預測得那麼準確？」

崔維茲故意淺淺一笑。「市長女士，根據我們所掌握的記錄，謝頓從未將現況描述得如此完美，連最小的細節也分毫不差。」

布拉諾道：「你的意思是說，謝頓的全相影像是僞造的？謝頓的錄影是他人最近準備的，這個人也許正是我？而謝頓這個角色，則是某個演員扮演的？」

「並非不可能，市長女士，但我並不是這個意思。眞相其實還要糟得多，我相信我們所看到的，的確是謝頓本人的錄影，而他對於當代現況的描述，也的確是五百年前所準備的。這些，我都已經向你的手下柯代爾講過，可是他故意跟我打啞謎，讓我顯得也支持那些只有不用大腦的基地人才相信的迷信。」

「沒錯，若有必要，那個記錄就能派上用場，好讓基地上上下下，都認爲你從未眞正站在反對立場。」

崔維茲雙手一攤。「但我明明反對。我們心目中的那個謝頓計畫，其實並不存在，大概早在兩個世紀前，它就已經煙消雲散。這件事我懷疑了好幾年，而十二個小時之前，我們在時光穹窿的經歷，終於證明了這一點。」

「因爲謝頓過於準確？」

「正是如此。別笑，這就是鐵證。」

「你該看得出來，我並沒有發笑。說下去。」

「他怎麼可能預測得那麼準？兩個世紀前，謝頓對現狀的分析就完全錯誤。那時距離基地的建立已有三百年，他的預測已經離譜得過分，完全離譜了！」

「關於這一點，議員，你自己剛才解釋過了，那是因爲騾的關係。騾是一個突變異種，具有強大的精神力量，在整個謝頓計畫中，根本無法考慮到他。」

「不論考慮到了沒有，反正他就是出現了，謝頓計畫因此偏離了既定的軌跡。不過騾的統治時間並不長，而且他也沒有繼承者。基地很快就再度獨立，同時拾回昔日的霸權。問題是謝頓計畫變得支離破碎之後，又怎麼可能會回到正軌呢？」

布拉諾繃著一張老臉，兩隻蒼老的手掌緊緊纏在一起。「你自己知道答案，你總該讀過歷史。除了我們之外，還有另一個基地。」

「我讀過艾卡蒂爲祖母寫的傳記——畢竟，那是學校的指定讀物——我也看過她寫的那些小說。此外，我還讀過官方發佈的『騾亂』始末。我可不可以質疑這些文獻？」

「如何質疑？」

「根據公認的說法，我們這個第一基地，目的是保存所有的物理科學知識，進而發揚光大。我們的一切發展都光明正大，我們的歷史依循著謝頓計畫發展，姑且不論我們是否知情。然而除了我們，另外還有一個第二基地，它的功能是保存並發展各種心理科學，包括心理史學在內。而第二基地的存在必須保密，甚至連我們也不能知道。第二基地是謝頓計畫的微調機制，當銀河歷史的潮流偏離預定軌跡時，它負責將歷史導回正軌。」

「那麼你已經回答了自己的問題。」市長說：「貝泰．達瑞爾當年能夠擊敗騾，也許就是受到第二基地的激勵，雖然她的孫女一再強調並無此事。無論如何，在騾死去之後，銀河歷史能夠重歸謝頓計畫，無疑是第二基地努力的成果，他們顯然不辱使命。所以說，你究竟想說些什麼呢，議員？」

「市長女士，如果我們分析艾卡蒂．達瑞爾的說法，就能發現一個明顯的事實。第二基地在企圖修正銀河歷史的過程中，無意間破壞了整個謝頓計畫，因爲在進行修正之際，他們使自己曝了光。我們這個第一基地因而發現我們有一個鏡像，也就是第二基地。我們不甘心受他們操控，千方百計找出了第二基地的下落，並且一舉將他們消滅。」

布拉諾點了點頭。「根據艾卡蒂．達瑞爾的說法，我們後來的確成功了。不過很明顯的是，在此之前，一度爲騾所攪亂的銀河歷史，已經被第二基地導回正軌。直到如今，依然沒有任何偏差。」

「你能相信這一點嗎？根據她的說法，我們找到了第二基地的大本營，逮捕了所有的成員。那件事發生在基地紀元三七七年，也就是距今一百二十年前。過去整整五個世代，我們都認爲第二基地不復存在，一切都是我們獨立發展的結果。可是直到如今，我們仍然能夠瞄準謝頓計畫的目標，而你和謝頓影像所說的話，也幾乎一模一樣。」

「這也許可以做如下解釋：我具有敏銳的洞見，能夠洞察歷史發展的深層意義。」

「對不起，我無意對你的敏銳洞見表示懷疑，但我認爲還有一個更明顯的解釋，那就是第二基地並未遭到摧毀。它依舊在操控我們，依舊在支配我們，那才是我們重返謝頓計畫正軌的眞正原因。」

3

市長即使因爲這番話而震驚不已，也絲毫沒有表現出來。

現在已經是凌晨一點多了，她極其希望趕快結束這場談判，卻知道絕對不能著急。這個年輕人必須好好對付，她可不希望把釣魚線繃斷。而且，她也不想白白將他作廢，因爲在此之前，他或許還能發揮一項功能。

她說：「是嗎？那麼你是說，艾卡蒂寫的什麼卡爾根之戰，以及第二基地被摧毀的經過，全都是假的？是捏造的？是一個騙局？是一堆謊言？」

崔維茲聳了聳肩。「那倒不至於，這樣說就離題了。即使假定艾卡蒂的記述全部屬實，她的確做到了知無不言，言無不盡；假定所發生過的一切，和艾卡蒂的描述一模一樣；第二基地的巢穴確實被尋獲，成員也全部被捕。可是我們又憑什麼說，他們每一個成員都落網了呢？第二基地所操控的對象，乃是整個的銀河系，並非只是端點星上的歷史，也並不僅限於第一基地。他們並非只對我們這個首都世界，或者整個聯邦負責而已。一定還有某些第二基地份子，藏在一千秒差距之外，甚至更遠的地方。我們有可能把他們一網打盡嗎？

「假如我們並未將他們一舉成擒，能夠聲稱自己大獲全勝嗎？當年的騾能這麼說嗎？他先拿下了端點星，以及它直接控制的所有世界，但獨立行商世界仍在奮戰。後來行商世界也被他打垮了，卻溜走了三個人：艾布林・米斯、貝泰・達瑞爾，還有她的丈夫。騾將其中兩人置於控制之下，卻完全沒有控制貝泰，獨獨放過了她。如果我們願意相信艾卡蒂寫的小說，騾之所以如此做，乃是因爲感情用事，而這就足以改變一切。根據艾卡蒂的記述，全銀河只剩下一個人——只剩下貝泰能夠隨心所欲，而她的行動，果眞使得騾無法找到第二基地，因此導致了他最後的失敗。

「僅僅一個人保有自由意志，就能令驟全盤皆輸！個人的確能夠發揮重大的影響力——雖然圍繞著謝頓計畫的所有傳說，都在強調個體不值得一提，唯有群體才是有意義的。

「假如當初漏網的第二基地份子不只一名，而是好幾十個，這似乎是極有可能的，那又會怎麼樣？難道他們不會重新會合，重建第二基地，再到處招兵買馬，經過一段時間的勵精圖治，然後繼續進行他們的工作，使我們再一次成為他們的傀儡？」

布拉諾以嚴肅的口氣說：「你相信有這種可能嗎？」

「我絕對可以肯定。」

「可是請你告訴我，議員，他們又爲何自找麻煩呢？那些所剩無幾的可憐蟲，又何必死守著一個沒人歡迎的計畫？他們盡力使銀河朝向第二帝國發展，背後的原動力又是什麼？假如他們這一小撮人，堅持一定要完成這件使命，我們又何必在乎？爲什麼不能接受這個計畫的安排，並且對他們心存感激呢？因爲他們會盡一切可能，不讓我們的歷史腳步偏向或迷路。」

崔維茲揉了揉眼睛，雖然他年輕許多，卻似乎比對方還要疲倦。然後，他瞪著市長說：「我無法相信你的說法。難道你眞以爲，第二基地這樣做是爲了我們嗎？難道他們是一群理想主義者？難道你不能根據政治常識，根據權力鬥爭和領導統馭的實際經驗，清清楚楚地看出，他們這麼做，其實是爲了他們自己？

「我們是衝鋒陷陣的敢死隊，是整個機制的發動機和動力之源。我們拚命奮鬥，流汗、流血又流淚。他們卻只管控制和操縱——調整一下這個放大器，按動一下那個開關，既輕鬆又自在，而且不必親身涉險。等到一切大功告成，也就是說，經過一千年的辛苦努力，我們建立起第二銀河帝國之後，第二基地的人就會大搖大擺地出現，成爲眞正的統治階級。」

布拉諾道：「這麼說，你是想徹底消滅第二基地？建立第二帝國的工作，我們已經完成一半，你想試試讓我們自己當自己的主人，以一己之力完成其餘的工作？對不對？」

「當然！當然！這難道不也是你的希望嗎？雖然你我看不到這一天，可是你有兒孫，將來我也會有，而他們還會再有兒孫，一代一代綿延不絕。我要他們享受我們辛勤努力的成果，我要他們在回顧歷史時，將我們視爲源頭，對我們的成就讚美謳歌。我可不希望一切的心血，都被謝頓所設計的陰謀吸收——他並不是我心目中的英雄。我告訴你，如果我們眞讓他的計畫繼續下去，他的威脅會比騾更可怕。銀河在上，我眞希望當年的騾瓦解了整個計畫，令它萬劫不復。騾死了之後，我們便能好好活下去，他的壽命畢竟有限。可是，第二基地似乎是打不死的。」

「但你想要摧毀第二基地，是不是？」

「只要我知道該怎麼做，絕不猶豫！」

「既然你並不知道該怎麼做，難道就沒有想到，他們很可能先下手爲強？」

崔維茲露出了鄙夷的神色。「我甚至曾經懷疑，你可能也在他們控制之下。你準確地猜到謝頓影像將說些什麼，還有你後來對付我的那些手段，都有可能是第二基地的陰謀。你也許只剩下一副空殼子，裡面已經讓第二基地塡滿了。」

「那你爲何還要跟我說這麼多？」

「因爲，假如你的確受到第二基地控制，我無論如何是死路一條，這樣發洩一下，至少可以出一口怨氣——而且，事實上，我仍然賭你並未受他們控制，只是不知道自己在做什麼而已。」

布拉諾說：「無論如何，你顯然賭贏了。除了我自己，沒有任何人在控制我。話說回來，你能確定我說的是實話嗎？假如我的確受到第二基地控制，自己難道會承認嗎？甚至，我會知道自己受到他們的控制嗎？

「可是，討論這些問題一點用處也沒有。我相信自己並未受到控制，因此你也不得不買帳。然而，你想想看，假使第二基地的確存在，他們最大的需求，一定是希望銀河中誰也不知道這個事實。唯有謝頓計畫的棋子，也就是我們，對於計畫的內容毫不知情，也不曉得自己如何受支配，這個計畫才能順利進行。由於騾的出現，使得第一基地將注意力集中在第二基地身上，第二基地才會在艾卡蒂的時代遭到摧毀——或者我應該說，是幾乎被摧毀了，議員，你說對不對？

「從這一點，我們能推導出兩個引理。第一，我們可以合理地假定，他們所做的各種干預已經盡量降低。由此我們又可以假設，他們不可能完全控制我們。即使第二基地的確存在，它的力量也必定有某種限制。如果控制了一部分的人，卻使得其他人因而猜疑，便會令謝頓計畫遭到扭曲。因此之故，我們能得到一個結論，他們的干預盡可能做得精巧、間接和分散。所以我並沒有受到控制，而你也沒有。」

崔維茲說：「這算是第一個引理，我姑且接受吧——或許，是基於一廂情願的樂觀。另一個引理又是什麼？」

「那是個更簡單、更必然的結果。第二基地假如果眞存在，卻又希望保住這個祕密，那麼有一點是絕對肯定的。如果有誰認爲它仍舊存在，並且和他人討論這個可能，甚至在公開場合高談闊論，鬧到整個銀河人盡皆知，那麼他們一定會立刻用巧妙的手法，將這個人解決掉、剷除掉、消滅掉。你難道不也是這麼想嗎？」

崔維茲說：「市長女士，你將我逮捕，就是這個緣故？爲了保護我，以免我被第二基地謀害？」

「就某個角度而言，的確可以這麼說。里奧諾·柯代爾精心爲你錄製的自白，不僅是爲了向端點星以及基地的所有民衆澄清，讓大家不至於被你的妖言迷惑，另一方面，也是想藉此讓第二基地放心。假如他們眞正存在，我不希望你吸引到他們的注意。」

「眞是難以想像，」崔維茲以極盡諷刺的口吻說：「原來是爲我著想？因爲我有一對可愛的棕色眼珠？」

布拉諾頓時動容，然後，在沒有任何徵兆之下，她輕輕笑了幾聲，又說：「我還沒有老到那種程度，議員，自然注意到你有一對可愛的棕色眼珠。而且，若是三十年前，這也許就足以構成我的動機。然而現在，我不會爲了拯救這對眼睛，或是你身上的其他部分，而伸出半公釐的援手。問題是，假如第二基地的確存在，而且你招惹了他們的注意，那麼，他們不會解決了你就罷手。除了我自己這條老命，還有其他許多遠較你聰明、遠較你具有價值的人——以及我們擬定的所有計畫，都會遭到他們威脅。」

「哦？這麼說，你果眞相信第二基地的存在，因此行動才會如此謹愼，以防範他們可能的反應？」

布拉諾一拳打在面前的桌子上。「我當然相信，你這個絕頂的笨蛋！如果我不相信第二基地的存在，如果我沒有使出渾身解數跟他們奮戰，你拿這個題目大作文章，又干我什麼事？假使第二基地只是子虛烏有，你到處宣揚他們的潛在威脅，又有什麼關係嗎？早在幾個月前，我就想趁你尙未公開這件事之際，設法讓你閉嘴，可是對於一名議員，我沒有權力強行干涉。謝頓影像出現之後，我的聲望大振，權力也隨即擴張——即使只是暫時而已。就在這個時候，你果然當衆引爆這個問題，於是我立即採取行動。現在，如果你還不肯乖乖就範，我馬上就處決你，不會有一點點的良心不安，也不會有一微秒的猶豫。

「此時此刻，我早就該安穩地進入夢鄉，可是我卻跟你苦口婆心，就是爲了讓你相信我所說的一切。我要讓你知道，第二基地這個問題——我剛才仔細爲你分析過了——就讓我有足夠的理由和動機，不經審判便讓你的腦波終止。」

崔維茲準備有所行動了。

布拉諾說：「喔，不要輕舉妄動。我只是個老太婆，你心裡一定這麼想，可是在你碰到我一根汗毛之前，你就會是個死人。我的手下正在暗中監視，傻裡傻氣的年輕人。」

崔維茲只好又坐下來，聲音中帶著輕微的顫抖說：「你這樣做很不合理。如果你相信第二基地的存在，就不應該如此肆無忌憚地說這番話。你說我將自己暴露在危險中，你自己就該避免受到相同的威脅。」

「所以說，你自己也已經明白，我至少比你謹慎一點。換句話說，你相信第二基地的確存在，但你隨便亂講，因爲你是個笨蛋。我也相信它的存在，現在也敢隨便開口——只因爲我已經做好防範措施。你既然似乎熟讀艾卡蒂的歷史小說，就該記得她提到過，她父親曾經發明一種稱爲『精神雜訊器』的裝置。面對第二基地的精神力量，它起著防護罩的功能。這個裝置並未失傳，而且被改良得更有效，這是在極機密的情況下進行的。此時此刻，這棟房子可說是相當安全，不怕遭到刺探。現在你都瞭解了，我可以開始告訴你，將指派給你什麼任務。」

「什麼任務？」

「你我兩人已經達成一個共識，我要你替我證實這一點。你得去確定第二基地是否仍然存在，如果答案是肯定的，他們又藏身何處。這就表示，你必須離開端點星，雖然我也不知道你該去哪裡找——即使最後，你發現第二基地就在我們身邊，就跟艾卡蒂的時代一樣，你也得去轉一圈。這也就代表，在你得到我們需要的情報之前，絕對不可以回來。如果你始終未能有所發現，那就永遠不必回來，這樣，至少端點星上少了一個笨蛋。」

崔維茲竟然結結巴巴地說：「我怎麼可能一面去尋找他們，一面又保守祕密呢？他們會隨便想個辦法害死我，這對你根本沒有好處。」

「那就別去找他們，天眞的孩子，你可以去找別的東西。你只要全心全意去找別的，他們就會懶得注意你。如果在尋找的過程中，你無意間發現了他們的蹤跡，就再好不過了！你可以送一個密封的超波密碼給我們，等於是將功贖罪，便可以回端點星了。」

「我要去找什麼『別的東西』，我猜你心裡早就有數了。」

「我當然有數。你認識詹諾夫．裴洛拉特嗎？」

「從未聽過這個名字。」

「你明天就能見到他。他會告訴你該去找什麼，而且會跟你一起去，乘坐我們最先進的船艦出發。你們兩人將單獨行動，因爲賭你們兩條命就夠了。如果，你在尚未獲得我們需要的答案之前，就試圖返回此地，那麼在距離端點星一秒差距之外，你就會被擊毀在太空中。就這樣，這次的談話結束了。」

她站起來，看了看自己的雙手，然後慢慢把手套戴上。她向門口走去，外面立刻出現兩名警衛，兩人都持械在手。他們站定後再往兩旁一跨，爲她讓出一條路來。

她走到門口，又轉過頭來說：「外面還有更多的警衛，千萬不要驚動他們，否則你會幫我們省掉許多麻煩。」

「那樣的話，我也不可能爲你帶回任何情報。」崔維茲花了一番力氣，才將這句話說得輕描淡寫。

「試試看吧。」布拉諾皮笑肉不笑地說。

4

里奧諾．柯代爾早已等在屋外，他說：「整個對話我都聽到了，市長，你實在非常有耐心。」

「而且也實在非常疲倦，我覺得今天好像有七十二小時。從現在起，你來接手吧。」

「我會處理的，可是我想知道——在這棟房子附近，眞的設有精神雜訊器嗎？」

「喔，柯代爾，」布拉諾以疲憊的口氣說：「你自己應該很明白。有人在暗中監視的機會究竟多大？你以為那個第二基地，能夠一直監視一切的人地事物嗎？我可不是崔維茲那樣的浪漫青年；他心裡也許這麼想，但我可不。而且，即使事實的確如此，假如第二基地的耳目無所不在，我們若是輕易動用雜訊器，不是正好欲蓋彌彰嗎？一旦第二基地發現，他們的精神力量無法穿透某個區域，就會立刻知曉這個防護罩的存在，對不對？在我們尚未做好萬全準備之前，這個祕密武器不但比崔維茲重要，就連你我加起來也比不上它，你說是嗎？不過……」

此時他們兩人坐在地面車中，由柯代爾親自駕駛。「不過……」柯代爾問道。

「不過什麼？」布拉諾說：「喔，對了，不過那個年輕人相當聰明。我換了好幾種方式連連罵他笨蛋，只是希望他不要得意忘形，事實上他絕不笨。他只是太年輕，又讀過太多艾卡蒂．達瑞爾的小說，以為銀河眞是如同那些小說所描述的。話說回來，他具有敏捷的洞察力，失去他將是一件可惜的事。」

「那麼，你確定他會一去不返嗎？」

「相當確定。」布拉諾以哀傷的口吻說：「無論如何，這樣做總是比較好。我們可不需要這種浪漫青年去盲目地衝鋒陷陣，令我們辛苦多年的經營毀於一旦。何況他還能發揮一項功能，他一定會吸引第二基地的注意——假設他們眞正存在，並對我們極為關切。他們一旦被他吸引，就有可能忽略我們。除此之外，也許我們還能有更大的收穫。我們可以樂觀地希望，當第二基地對付崔維茲的時候，會無意中暴露自己的行蹤，而讓我們爭取到機會和時間，策劃出反制行動。」

「也就是說，讓崔維茲去吸引閃電。」

布拉諾嘴唇一噘。「啊，這正是我一直在找的譬喻。他就是保護我們的避雷針，讓我們免於遭到天打雷劈。」

「而那個裴洛拉特，也會暴露在閃電中？」

「他同樣會遭殃，那是無可避免的事。」

柯代爾點了點頭。「沒關係，你總該記得塞佛·哈定講過的一句話：『不要讓道德感阻止你做正確的事』。」

「此時此刻，我並沒有什麼道德感，」布拉諾喃喃道：「我只感到腰痠背痛。不過，我寧願犧牲其他一大串人，也不想失去葛蘭·崔維茲。他是個英俊的年輕人，當然，他自己也清楚這一點。」最後幾句話愈說愈模糊，而且她不知不覺閉上了眼睛，開始打起盹來。

第三章　歷史學家

1

詹諾夫·裴洛拉特滿頭白髮，在沒有任何表情的時候，他的面容看來十分空洞，不過他也絕少有任何表情。身高與體重皆屬中等的他，做起事來慢條斯理，說起話來深思熟慮。雖然只有五十二歲，他看起來卻老得多。

他從未離開過端點星，這是一件很不尋常的事，對於他這一行的人而言，更是極端不尋常。連他自己也不確定，是否因爲過於沉迷歷史，才會事事有如老僧入定。

他對歷史的迷戀始於十五歲那年，起因相當偶然。那次他生了一場小病，只好抱著一本講述早期傳說的書解悶。在那本書中，不斷提到一個與世隔絕的世界——那個世界甚至不知道自己是孤立的，因爲從未聽說其他世界的存在。

他的病馬上有了起色。兩天內，他把那本書從頭到尾讀了三遍，就已經能起床了。又過了一天，他坐在自己的電腦終端機前，聯線到端點大學圖書館，查詢類似傳說的藏書目錄。

從此以後，這類傳說成爲他生命的全部重心。端點大學圖書館在這方面的典藏，雖然已經十分權威，但是等到年紀再大一點，他又發現了藉由「館際合作」蒐集資料的樂趣。在他所蒐集的列印稿中，竟然有遠從伊夫尼亞經由超輻射波訊號所送達的。

三十七年後的今天，他早已成爲專攻古代史的教授。如今，他正開始休第一次的長假——他準備利用這一年的假期，進行一趟川陀之旅，這將是他生平首次的太空旅行。

裴洛拉特自己也明白，像他這種從未上過太空的人，在端點星可說是極稀有的動物。他並不是有意如此特立獨行，只不過每次有機會上太空的時候，總會有什麼新的書籍、新的研究結果、新的分析報告出現。於是，他不得不將計畫好的行程延期，直到把那些材料徹底消化為止。然後，如果可能的話，他會在已經堆積如山的資料中，再加上一條「事實」、「臆測」或「想像」。到頭來，他唯一的遺憾，就是川陀之旅始終未能成行。

川陀曾經是第一銀河帝國的首都，前後長達一萬兩千年之久。而在前帝國時代，川陀則是一個重要王國的京城，這個王國逐步鯨吞蠶食其他各個王國，最後終於建立空前的大帝國。

川陀是個環球的單一大都會，是個金屬包覆的城市。從蓋爾．多尼克的著作中，裴洛拉特讀到過有關川陀的一切。那位作者與哈里．謝頓同一時代，年輕時曾經遊歷川陀。多尼克的書早已絕版多年，裴洛拉特所珍藏的那一本，如果出售的話，應該能賺到一名歷史教授半年的薪水。不過光是聽到這個建議，這位歷史學家就會惶惶不可終日。

當然，裴洛拉特對川陀唯一感興趣的地方，只有該處的「銀河圖書館」。在帝政時代，它曾是銀河中最大的圖書館（當時的名稱為『帝國圖書館』）。第一銀河帝國是人類有史以來版圖最龐大、人口最眾多的帝國，而身為首都的川陀，則是由一個世界所構成的單一城市，擁有四百億餘的人口。因此那座圖書館的收藏，涵蓋了人類所有原創性（或輾轉抄襲）的智慧結晶，可謂人類一切知識的總和。它的作業完全電腦化，但由於電腦系統過於複雜，唯有專家才懂得如何操作運用。

更重要的是，銀河圖書館依然安在。對裴洛拉特而言，這才是最令人驚訝的事實。兩百多年前，當川陀陷落敵手並慘遭劫掠時，各地都遭到嚴重的破壞，無數燒殺擄掠、慘絕人寰的故事，實在令人不忍重述。然而銀河圖書館竟然倖免於難，（據說）這是川陀大學的學生誓死保衛的結果。

這些大學生發明出一些神祕的武器，因而能夠以寡敵眾。（不過也有人認為，這種學生志願軍的說法當然只是無稽之談。）

無論如何，總之銀河圖書館安然渡過一場浩劫。後來，艾布林．米斯來到這個廢墟世界，鑽進依舊完好的圖書館，在那裡進行過詳盡的研究，差一點就找到第二基地的位置（基地同胞至今仍舊相信這種說法，但歷史學家始終不以為然）。而達瑞爾家族前後三代——貝泰、杜倫以及艾卡蒂——也曾先後到過川陀。然而，艾卡蒂從未造訪過銀河圖書館，而且從她那個時代起，這座圖書館再也未曾躍上銀河歷史的舞台。

過去一百二十年來，沒有任何基地人去過川陀，但這並不代表銀河圖書館不復存在。銀河中沒有關於它的任何流言，就是它依然存在的最佳證明。如果它遭到摧毀，必然會引起軒然大波。

這座圖書館必定既陳舊又古老——在艾布林．米斯的時代已經如此——可是這樣再好不過。每當想到一座既老舊又過時的圖書館時，裴洛拉特就會興奮地猛搓雙手。愈是老舊，愈是過時，就愈可能保有他想要找的東西。他常常夢見自己走進銀河圖書館，緊張兮兮地問道：「這座圖書館已經現代化了嗎？你們有沒有將那些老舊的電腦磁帶丟棄？」每次在睡夢中，他都會見到一個滿身灰塵的古代圖書館員，答道：「一點都沒有變，教授，仍然和過去一模一樣。」

如今，他的夢想終於要實現了，市長親自向他保證過。至於她究竟如何獲悉他的工作，連他自己也不太清楚。他並沒有發表過多少論文，因為他的研究大多缺乏充分的佐證，很少為學術期刊接受；而他發表過的少數文章，也從未激起任何迴響。話說回來，據說銅人布拉諾對端點星上的一切都瞭若指掌，每一個角落都有她的耳目。裴洛拉特幾乎可以相信這個說法，可是，如果她原來就知曉自己的工作，為何沒有早點看出重要性，提供他一點經費補助呢？

或許最主要的原因，他以無比悲痛的心情沉思，是由於基地僅專注於未來，大家的注意力都集中在第二帝國以及自身的命運。所以他們沒有時間，也沒有心思，去回顧一下過去的歷史，甚至敵視有心回顧的人。

那些人當然愚不可及，可是他又無法憑藉一己之力，將愚昧一掃而盡。不過，這樣其實也不錯，讓他得以獨享一項偉大的研究工作。總有一天，後人會將他奉為一位偉大的「先驅者」。

當然，這也代表說（他對自己太過誠實，所以不會拒絕承認），他本人同樣極重視未來——那時人人都會知曉他的大名，視之為與哈里．謝頓齊名的英雄人物。其實，他應該更偉大些，因為謝頓只是明確規劃了未來一千年的歷史，他卻發掘出一個至少湮沒了兩萬五千年之久的重大史跡。

他終於等到了這一天，這一天終於來臨了。

市長曾經說，等到謝頓影像出現之後，第二天他就能展開工作。裴洛拉特之所以對這次的謝頓危機感興趣，這便是唯一的原因。事實上，過去數個月來，端點星上的居民，乃至聯邦的每一個人，都將所有的注意力集中在這個危機上。

在他看來，基地的首都究竟應該留在端點星，還是應該遷到別處，實在沒有絲毫差別。如今危機雖然已經圓滿解決，他還是不清楚哈里．謝頓到底支持哪一方，甚至根本不知道，謝頓究竟有沒有提到這個喧騰一時的問題。

只要謝頓出現過就行了，盼望已久的這一天終於來臨了。

下午二時剛過，在裴洛拉特位於端點市近郊、一座相當孤立的住宅前，一輛地面車停了下來。車子的後門立刻滑開，一名穿著「市長安全警衛隊」制服的警衛率先下車。接著下車的是一個年輕人，跟著又是兩名警衛。

裴洛拉特頗有受寵若驚的感覺。市長不但瞭解他的工作，顯然還對他極為重視。將要和他同行的這個年輕人，竟然還有警衛護送。市長答應提供他一艘一流的太空船，想必將由這個年輕人駕駛。簡直是太給面子了！簡直……

裴洛拉特的管家打開大門，那個年輕人便走了進來，兩名警衛則在門口兩側站崗。裴洛拉特由窗戶望出去，看見第三名警衛仍然待在外面，這時又有一輛地面車駛來，載來更多的警衛！

怎麼回事？

他轉過身來，看到那個年輕人已經走進房間。他驚訝地發現，自己竟然認得這個人，因爲曾經在全相電視上看過他。他立刻說：「你就是那位議員，你是崔維茲！」

「葛蘭．崔維茲便是在下。你是詹諾夫．裴洛拉特教授嗎？」

「是的，是的。」裴洛拉特說：「你就是那位將要——」

「我們兩人將要同行，」崔維茲木然道：「至少據我所知，是這樣安排的。」

「但你並不是歷史學家。」

「沒錯，我不是。正如你所說，我是一名議員，是個政治人物。」

「是的——是的——我的腦袋到底在想什麼？我自己就是歷史學家，何必還需要一位？你自己會駕駛太空船嗎？」

「會，這方面我很內行。」

「好極了，這正是我們需要的。太棒啦！年輕人，恐怕我不是一個行動派，所以只要你是，我們就能成爲很好的搭檔。」

崔維茲說：「此時此刻，我對自己的本事也沒多少信心，不過我們似乎別無選擇，只好盡量協調合作。」

「那麼，希望我自己能克服對太空的疑懼。你知道嗎，議員，我從來沒有上過太空。我是一隻土撥鼠，這樣講大概沒錯。對了，你要不要來杯茶？我可以叫柯羅達替我們準備一點吃的。反正據我瞭解，我們幾小時後才會出發。然而，我已經準備好了，我們兩人需要的東西都齊備了。市長表現得極爲合作，她對這個計畫的興趣令我驚訝不已。」

崔維茲問道：「這麼說，你已經曉得這件事？是多久以前？」

「市長來找我，」（裴洛拉特微微皺起眉頭，似乎是在算日子）「是兩個，或者三個星期以前的事，那天我簡直高興極了。現在我的腦袋終於想通了，我需要的是一名駕駛員，而不是另一位歷史學家。我很高興同行的是你，我親愛的夥伴。」

「兩三個星期以前。」崔維茲重複了一遍，聲音有點茫然。「她早就有所準備，而我……」他的聲音愈來愈小。

「請問你在說什麼？」

「沒什麼，教授，我向來有自言自語的壞習慣。如果我們的旅程會拖得很長，一路上你得多多包涵。」

「一定會是長途旅行，一定會的。」裴洛拉特一面說，一面將對方拉進餐廳，餐桌上早已準備好精緻的茶點。「行程相當自由。市長說，我們想去多久就去多久，愛到銀河哪一處便到哪一處，而且，不論我們去哪裡，都可以動用聯邦基金。當然，她說過，我們的花費得合情合理，我一口就答應下來。」他咯咯笑了幾聲，又搓了搓手。「坐下來，我的好夥伴，坐下來。吃完這一頓，不知何年何月，我們才會再回到端點星。」

崔維茲依言坐下，然後說：「教授，你有家室嗎？」

「我有一個兒子，他是聖塔尼大學的教授。我相信他研究的是化學，或是類似的學問，他走的是他母親的路子。我太太和我已經分開很久了，所以你看，我一個人無牽無掛，根本沒有任何家累。我相信你也沒有——吃點三明治吧，好孩子。」

「我現在也沒有家累。我有過幾個女人，但總是來來去去。」

「對，對，這樣子最輕鬆愉快。如果不必認真，那就更加輕鬆愉快。我猜，也沒小孩吧。」

「沒有。」

「好極了！你知道嗎，我現在的心情再好不過了。我承認，當你剛走進來的時候，我嚇了一大跳，可是我現在愈瞧你愈順眼。我需要的正是像你這樣的人，朝氣蓬勃，熱情洋溢，而且有辦法飛遍整個銀河。你知道嗎，我們要去從事一項探索，一項了不起的探索。」裴洛拉特一向穩重的面容與聲音，此時突然充滿生氣，不過表情與聲調並沒有明顯的變化。「不曉得你是否知道詳情。」

崔維茲瞇起眼睛。「一項了不起的探索？」

「一點都沒錯。有一顆無價的珍珠，隱藏在銀河系千萬住人世界之中，我們卻只有極其模糊的線索。話說回來，我們若能把它找到，就會得到不可思議的報償。如果你我能夠成功，好孩子——崔維茲，我這麼說，絕不是故意要你領情——我們的名字必定永垂不朽。」

「你所說的報償——那顆無價的珍珠——」

「我這番話聽來像是模仿艾卡蒂．達瑞爾——那個名作家，你知道吧——她提到第二基地的時候，就是用這種口氣，對不對？怪不得你看來那麼驚訝。」裴洛拉特腦袋向後一仰，好像準備大笑幾聲，結果只露出一絲微笑。「我向你保證，絕不是那麼愚蠢、那麼微不足道的東西。」

崔維茲又問：「既然不是第二基地，教授，你說的到底又是什麼？」

裴洛拉特的表情突然嚴肅起來，甚至略帶歉意。「啊，那麼市長還沒有告訴你？你知道嗎，這倒有點古怪。過去幾十年來，我對政府一直非常不滿，因為他們向來無法瞭解我的工作。現在，布拉諾市長卻大方得不得了。」

「沒錯，」崔維茲故意透出揶揄的語調，「她這個女人，骨子裡是大善人，可是她並未告訴我一切的來龍去脈。」

「這麼說，你對我的研究工作一無所知？」

「是的，很抱歉。」

「不必感到抱歉，絕對沒關係，反正我還沒有什麼驚人的成就。那麼我來告訴你吧，你和我將要去尋找『地球』，而且一定能找到，因爲我已經胸有成竹。」

2

那天晚上，崔維茲睡得很不好。

他覺得自己好像被關進一所監獄，是那個老太婆專門爲他蓋的監獄。他不斷四下衝撞，卻怎麼也找不到出路。

他即將遭到放逐，可是一點辦法也沒有。而她始終表現得冷酷無情，甚至連公然違憲也懶得掩飾。自己原先所倚仗的，是身爲議員和聯邦公民的種種權利，不料她連口頭上的尊重都沒有。

如今，又冒出這個叫作裴洛拉特的古怪學究。這個人根本像是活在另一個世界，而他竟然說，早在幾星期前，那個可怕的老太婆已經安排好這一切。

這時他才覺得，自己眞是她口中的「孩子」。

他馬上就要被流放，跟一個不停叫他「親愛夥伴」的歷史學家一起流浪。對於即將展開的泛銀河探索，這位歷史學家的興奮之情溢於言表，而他要去尋找的東西，叫作地球？

地球是什麼？大概只有騾的奶奶知道！

他曾經追問裴洛拉特。當然要問！他第一時間就問了。

當時他說：「對不起，教授，我對你的專業不大瞭解。如果我請求你，用簡單的方式解釋一下地球，相信你不會介意吧？」

裴洛拉特換上一副嚴肅的表情，足足瞪了他二十秒鐘，然後才說：「它是一顆行星，是人類的發源地。人類最早就是出現在這顆行星上，我親愛的夥伴。」

崔維茲瞪大眼睛。「最早出現？從哪裡出現的？」

「憑空出現的。在這顆行星上，人類是經由演化過程，從低等動物逐漸演化而來的。」

崔維茲想了想，然後搖了搖頭。「我不懂你在說些什麼。」

裴洛拉特臉上掠過一陣短暫的惱怒表情。他清了清嗓子，然後說：「幾百年前，端點星上也沒有人類。端點星上的居民，最早都是從別的世界移民而來的。我想，這點你總該知道吧？」

「沒錯，當然知道。」崔維茲不耐煩地說。對方突然給他上課，令他感到很不高興。

「很好，這種情形其他世界也完全一樣。安納克里昂、聖塔尼、卡爾根……每個世界都是如此。它們都是在過去某個年代，由人類所建立的殖民世界。其上的居民，都是從其他世界遷移過去的，就連川陀也不例外。川陀這個偉大的都會，雖然已有兩萬年的歷史，可是在此之前，它卻並非如此。」

「啊，兩萬年前它是什麼樣子？」

「空空如也！至少上面沒有人類。」

「實在令人難以置信。」

「是真的，古老的記錄中就是這麼記載的。」

「第一批殖民川陀的人類，又是從哪裡來的？」

「誰也不確定。至少有好幾百顆行星，都聲稱在遙遠模糊的遠古時代，就已經有人類生存其上。而那些行星對於第一代移民，一律有些奇妙的傳說。歷史學家通常並不接受那些說法，只專注於『起源問題』的研究。」

「那又是什麼？我從來沒聽過。」

「這點我倒不意外，我必須承認，現在它並不是一個流行的歷史題目。可是當年，在銀河帝國走下坡的那段時期，它曾經吸引一些知識份子的注意。塞佛．哈定在回憶錄中，也曾約略提到過。這個題目探討物種起源於哪顆行星，它的位置又在哪裡。假如我們能讓時光不斷倒流，就會發現人類從最近建立的世界，逐漸回流到那些較舊的世界，依此類推，最後則會通通聚集到某一個世界——人類的發源地。」

崔維茲馬上想到，這個推論有個明顯的破綻。「難道說，發源地不能有許多個嗎？」

「當然不能。銀河中所有的人類，全都屬於同一個物種。同一個物種，只可能發源自一顆行星，不會有其他可能。」

「你又怎麼知道？」

「首先——」裴洛拉特伸出右手食指，點了點左手食指。看來他原本想要發表一篇繁複無比的長篇大論，卻好像忽然想到一種比較簡單的講法。於是他將雙手放下來，以極爲誠懇的語氣說：「我親愛的夥伴，我以人格向你擔保。」

崔維茲對他一鞠躬，然後說：「我做夢也不會懷疑你，裴洛拉特教授。那麼，根據你的說法，起源行星只有一個，可是會不會有好幾百個世界，都宣稱這個光榮屬於他們的行星？」

「豈只會不會，而是眞的那麼講，但是那些說法通通沒有什麼價值。那數百個渴望爭取這份光榮的世界，都找不到任何『前超空間社會』的遺跡，更不存在低等生物演化成人類的跡象。」

「那麼你是說，這顆起源行星的確存在，可是由於某種原因，它自己並沒有張揚？」

「你完全說對了。」

「而你要去尋找這顆行星？」

「是我們要去，這就是我們的任務。布拉諾市長全部安排好了，你將負責駕駛太空船，直奔川陀。」

「直奔川陀？它並不是起源行星啊，剛才你自己明明說過的。」

「川陀當然不是，地球才是。」

「那麼你爲何不說，要我駕太空船直奔地球呢？」

「我並沒有說清楚。地球只是傳說中的一個名字，藉著古代的神話傳說保存下來，除此之外並沒有任何意義。但是用它來代表『人類起源的那顆行星』，總是一種比較方便的稱呼。可是在銀河系中，究竟哪顆行星才是我們所謂的地球，卻沒有任何人知道。」

「川陀上有人知道嗎？」

「當然，我希望能從那裡找到資料。川陀擁有銀河圖書館，那是全銀河最偉大的資料中心。」

「在第一帝國時代，你剛才說的那些對於『起源問題』有興趣的人，必定已經翻遍了那座圖書館。」

裴洛拉特若有所思地點了點頭。「沒錯，但是也許並不徹底。我對『起源問題』有極深入的研究，五世紀前的帝國學者，也許都不如我知道得那麼多。我若去翻查那些古老的記錄，瞭解的程度也許能勝過其他人，你懂了吧。我對這個問題已經思考很久，早已胸有成竹了。」

「我猜，你把這些都跟布拉諾市長說過了，而她都贊同？」

「贊同？我親愛的夥伴，她簡直樂壞了。她告訴我，想找到我需要的答案，當然就要到川陀去。」

「這點毫無疑問。」崔維茲喃喃地說。

上面這段對話，就是令他當晚輾轉反側的原因之一。布拉諾市長派他出去，是要他盡力探查第二基地的下落。她又故意派裴洛拉特與他同行，打著去尋找地球的旗號，以便掩護這個眞正的目的。這樣一來，他就能名正言順地在銀河中橫衝直撞。事實上，這眞是一個完美的掩護，他不禁對市長的智慧肅然起敬。

可是爲何要去川陀呢？去那裡有什麼意義？一旦他們抵達川陀，裴洛拉特便會鑽進銀河圖書館，再也不肯出來。那裡一定有無數的書籍、膠捲和影音記錄，還有數不清的電腦磁帶與符號媒體，他怎麼會捨得離開？

何況……

艾布林．米斯曾經去過川陀，那是騾剛崛起的時候。根據一則流傳甚廣的傳說，他在那裡找到了第二基地的下落，卻沒來得及透露就死了。後來，艾卡蒂．達瑞爾也來到川陀，並成功地揭露了第二基地的位置。不過，她發現第二基地就在端點星上，而那個大本營隨即被掃蕩乾淨。如今第二基地東山再起，必定隱藏在別的地方，所以說，川陀又能提供什麼情報呢？如果他想尋找第二基地，去哪裡都會比川陀有用。

再說……

布拉諾究竟還有什麼其他計畫，他並不清楚，可是他實在沒興趣討好她。布拉諾樂壞了，因爲他們要去川陀？好，如果布拉諾希望他們前往川陀，他們就偏偏不去！去哪裡都好，就是不要去川陀！

此時黑夜即將被黎明取代，崔維茲感到筋疲力盡，終於斷斷續續睡了一陣子。

3

崔維茲遭到逮捕的第二天，布拉諾市長心情好極了。對於她的成功，大家都歌功頌德不遺餘力，至於那段意外的插曲，則沒有任何人提及。

縱然如此，她曉得議會不久便會從癱瘓中恢復過來，開始質疑她的作爲。打鐵必須趁熱，因此，她把許多正事擱到一邊，打算先將崔維茲的問題做個解決。

當崔維茲與裴洛拉特討論地球的時候，布拉諾正在市長辦公室接見曼恩．李．康普議員。此時康普坐在市長辦公桌對面，表現得極爲輕鬆自然，而市長一開口，便又讚揚了他一番。

相較於崔維茲，康普的個子比較瘦小，年紀則大兩歲。兩人都是議會的新鮮人，既年輕又莽撞，這必定是他們結爲死黨的唯一原因，因爲除此之外，兩人在各方面都截然不同。

崔維茲似乎有點咄咄逼人，康普則流露出沉穩的自信，也許是因爲他擁有金髮與藍眼的關係，這種外貌的基地人並不多見。由於這兩項特色，他表現出一種近乎女性化的秀氣，（布拉諾判斷）使他對女性的吸引力遠遜於崔維茲。不過，他顯然對自己的外表十分自負，還故意發揮得淋漓盡致，不但將頭髮留得相當長，並仔細燙成波浪狀。他的眉下甚至塗有淡淡的藍色眼影，以突顯那雙湛藍色的眸子。（過去十年間，各色眼影已經在男士間相當流行。）

他並不是一隻花蝴蝶，一直與妻子過著安分的日子，但是直到目前爲止，兩人尚未爲人父母。康普從未有過祕密的戀情，這也是他和崔維茲完全不同的地方。崔維茲換「室友」的勤快程度，足以媲美他換洗那些色彩奪目俗麗的寬腰帶。

對於這兩位年輕議員的一舉一動，柯代爾主持的安全局鮮有不清楚之處。現在，柯代爾坐在市長辦公室的一角，照例散發出喜悅的情緒。

布拉諾說：「康普議員，你為基地立了一件大功，可惜的是，我們無法公開表揚，或是遵循一般方式獎賞你。」

康普微微一笑，露出潔白整齊的牙齒。布拉諾忽然閃過一個突兀的念頭：天狼星區的居民，全都是這種模樣嗎？天狼星區相當接近銀河外緣，康普本人與該處的淵源，要追溯到他的外祖母——她也有著金色的頭髮與湛藍的眼珠，而且始終堅持她的母親來自天狼星區。然而柯代爾調查的結果，並無任何有力證據支持這一點。

柯代爾曾經這麼解釋：即使已經具有致命的吸引力，女人還是喜歡宣稱她們的祖先來自遙遠的、充滿異國風情的地方，以便給自己再平添幾許魅力。

「這是女人的通病嗎？」布拉諾曾經用諷刺的口吻問道。柯代爾隨即微微一笑，低聲說他指的當然是普通的婦女。

這時，康普答道：「我的貢獻並不需要讓基地家喻戶曉，只要你知道就夠了。」

「我知道了，而且永遠不會忘記。此外我還要強調一點，你不要以為自己的責任已經完畢。既然你已經參與這個錯綜複雜的行動，就必須繼續下去。我們要挖出更多有關崔維茲的情報。」

「有關他的一切，我知道的已經全部告訴你了。」

「那些也許只是你希望我相信的一切，甚至你自己也可能真心相信那些話。無論如何，我要你回答我現在的問題，你認識一位名叫詹諾夫．裴洛拉特的人嗎？」

一時之間，康普的額頭皺了起來，但隨即又恢復原狀。他以謹慎的口吻說：「假如見到面，我也許認得出來，可是我對這個名字好像毫無印象。」

「他是一位學者。」

康普張開嘴巴，做了一個「哦？」的輕蔑口型，彷彿市長期望他會認識一位學者，令他感到十分驚訝。

布拉諾繼續說：「裴洛拉特是個有趣的人，為了自己的研究工作，他一心想到川陀去一趟，而崔維茲議員將要和他同行。好，你既然是崔維茲的好朋友，或許知道他的思考模式，現在告訴我──你認為崔維茲會乖乖去川陀嗎？」

康普答道：「假如你將崔維茲押上一艘太空船，而且那艘船預定飛往川陀，那麼他還能有什麼選擇？你該不會認為他將策動喋血事件，劫收那艘太空船吧。」

「你不瞭解。太空船上只會有他和裴洛拉特兩人，而且將由崔維茲負責駕駛。」

「你是想問我，他會不會自動自發地飛向川陀？」

「對，我問的就是這個。」

「市長女士，他會怎麼做，我又怎麼可能知道？」

「康普議員，你一直和崔維茲走得很近，知道他堅信第二基地的存在。難道他從來沒有跟你提到，他認為第二基地藏在何處，應該去哪裡找嗎？」

「從來沒有，市長女士。」

「你認為他找得到嗎？」

康普呵呵笑了幾聲。「我認為第二基地不論是何方神聖，不論過去多麼重要，也早就在艾卡蒂．達瑞爾的時代，便已經被摧毀了。我相信她寫的故事。」

「真的嗎？既然如此，為什麼你還要出賣朋友？假如他只是在尋找一樣並不存在的東西，那麼無論提出什麼荒誕離奇的理論，又能造成什麼傷害呢？」

康普說：「並非只有真實消息才會造成傷害。他的說法也許只是荒誕離奇，但仍有可能動搖端點星的人心。倘若對於基地在銀河大歷史中所扮演的角色，播下懷疑和恐懼的種子，便會削弱端點星在聯邦中的領導權，腐蝕我們建立第二銀河帝國的使命感。你自己顯然也想到了這一點，否則你不會在議場中公然逮捕他，也不會未經審判便強行將他放逐。我能否請問，市長，你爲什麼要這樣做？」

「我可否這麼說，我有足夠的警覺，懷疑他講的話仍有可能是正確的，因此，他的見解或許會造成具體而直接的危險。」

康普這次並沒有回答。

布拉諾繼續說：「其實我同意你的看法，但是基於職責所在，我必須考慮那個可能性。讓我再問你一次，在你看來，他對第二基地的下落有什麼想法？他可能打算到哪裡去？」

「我完全沒有概念。」

「他從未給你這方面的任何暗示嗎？」

「沒有，當然沒有。」

「沒有？不要那麼輕易放棄，好好想一想！從來沒有嗎？」

「從來沒有。」康普堅定地答道。

「從來沒有一點暗示？沒有半句玩笑話？沒有信筆寫下隻字片語？沒有突然若有所思地發呆？你好好回想一下，那些舉動都可能有重大意義。」

「沒有。我告訴你，市長女士，他對第二基地的幻想，是再虛無飄渺不過的夢話。這點你自己也很清楚，而你操這個心，只是在浪費自己的時間和心力。」

「你該不會突然又改變立場，轉而保護你親自交到我手中的朋友吧？」

「不。」康普說：「我向你舉發他，是因爲我自認這是正確和愛國的行爲。我沒有任何理由後悔這樣做，或是再改變立場。」

「那麼，一旦把太空船交到他手上，他會飛去哪裡，你無法為我提供任何線索？」

「我已經說過……」

「可是，議員，」市長臉上的皺紋擠在一起，使她看來一副愁苦的樣子。「我很想知道他會去哪裡。」

「既然如此，我想你應該在他的船上，裝一個超波中繼器。」

「我也這樣想過，議員。然而，他是個疑心病重的人，我怕他會把它找出來——不管放置得多麼巧妙。當然，我們可以把它固定在某個機件上，如果他硬要拆掉，就會使太空船受損，在這種情況下，他可能只好讓它留在那裡……」

「高明的招數。」

「只是這麼一來，」布拉諾說：「他的行動就會受到約束。倘若不能隨心所欲地自由行動，他也許就不會前往預定的地點。我即使知道他的行蹤，也一點用處都沒有。」

「這樣的話，看來你根本無法查出他的動向。」

「還是有可能，我打算用非常原始的辦法。他以為我總是用複雜巧妙的詭計，因此刻意小心提防，卻很可能因此忽略了原始的辦法——我準備派人跟蹤崔維茲。」

「跟蹤？」

「正是如此，由另一艘太空船上的駕駛員負責跟蹤。看，這個想法令你感到多麼驚訝？崔維茲一定會有相同的反應。他或許不會想到，他在太空中飛來飛去之際，還有另一艘太空船跟他作伴。反正，我們絕不會在他那艘太空船上，裝置我們最先進的質量偵測儀。」

康普說：「市長女士，我絕非有意冒犯，但是我必須指出，你欠缺太空飛行的實際經驗。用一艘太空船跟蹤另一艘，這種事從未成功過，因為根本辦不到。崔維茲藉著第一個超空間躍遷，就會逃之夭夭了。即使他不知道被人跟蹤，在首次躍遷之後，他也會變得無影無蹤。如果他的太空船上沒有超波中繼器，絕不可能追蹤他的航跡。」

「我承認我缺乏經驗，不像你和崔維茲那樣，曾經接受艦隊訓練。不過，我有很多顧問可供諮詢，他們都跟你們一樣，接受過完整的訓練。我的顧問告訴我，在一艘太空船躍遷之前的瞬間，跟蹤它的太空船若能觀測到它的方向、速率和加速度，一般說來，就能估計出它將躍遷到何處去。只要跟蹤者擁有一套良好的電腦，以及絕佳的判斷力，他就能做出極為接近的躍遷，足以咬住對方的尾巴。若是跟蹤者備有精良的質量偵測儀，那就更加事半功倍。」

「第一次躍遷也許行得通。」康普中氣十足地說：「如果跟蹤者運氣非常好，或許還有第二次，可是頂多到此為止。你不能把希望放在這上面。」

「也許可以。康普議員，你當年參加過超空間競速賽。你看，我對你的背景知之甚詳。你是一名優秀的駕駛員，曾經藉由一次躍遷咬住對手，創下空前絕後的紀錄。」

康普雙眼睜得老大，幾乎坐不住了。「那是我在大學時代的活動，如今我已不再年輕。」

「也不算太老，還不到三十五歲。因此，議員，我決定派你去跟蹤崔維茲。不論他到哪裡，你都要緊緊跟著他，並且隨時向我報告。崔維茲幾小時後便要出發，在他升空之後，你要馬上行動。假如你拒絕這項任務，議員，你就會因叛亂罪下獄。假如你登上太空船，卻把崔維茲跟丟了，那你就不必再回來。你若試圖硬闖，在外太空就會被擊毀。」

康普陡然跳了起來。「我有我自己的生活，有我自己的工作，我還有家室，我不能離開這裡。」

「你必須走。我們這些志願為基地效命的人，隨時都要準備接受各種任務，即使是份外的、艱苦的工作，也應該甘之如飴。」

「我太太當然得跟我一道走。」

「你當我是白癡嗎？她當然得留下來。」

「作人質嗎？」

「你喜歡這麼說也無妨。我倒寧可說，因爲你要去從事一件危險的任務，我仁慈的心腸不忍讓她一道去冒險，所以才要她留下來。沒有討價還價的餘地，你現在的處境和崔維茲一模一樣。我相信你應該瞭解，我必須盡速採取行動。端點星上的陶醉氣氛不久便要耗光，我擔心自己的福星很快就不再高照。」

4

柯代爾說：「你對他很不客氣，市長女士。」

市長嗤之以鼻：「我爲什麼該對他客氣？他出賣了朋友。」

「他那樣做對我們有好處啊。」

「對，這次有好處。然而，下一次可能就剛好相反。」

「爲什麼還有下一次呢？」

「得了吧，里奧諾，」布拉諾不耐煩地說：「少跟我來這一套。任何人表現了一次賣友求榮的本事，我們都得提防他一輩子。」

「他可能用這種本事再度聯合崔維茲。他們兩人聯手，也許就會……」

「你自己也不相信這句話。像崔維茲那種既愚蠢又天眞的角色，只知道瞄準目標勇往直前。他根本不懂得耍陰謀，從今以後，不論在任何情況之下，他都不會再信任康普了。」

柯代爾又說：「對不起，市長，我想確定一下是否搞懂了你的想法。這樣說來，你自己又能相信康普幾分呢？你如何肯定他會老老實實地跟蹤崔維茲，並且隨時報回？你是否算準了他毫無選擇餘地，因爲他擔心老婆的安危，因爲他想回到她的懷抱？」

「兩者都是重要的因素，但我並不完全指望這些。在康普的太空船上，會有一個超波中繼器。崔維茲會懷疑有人跟蹤，所以會搜查自己的太空船。然而，康普身爲一名跟蹤者，我猜他不會懷疑還有黃雀在後，所以不太可能發現那個裝置。當然，如果他著手尋找，而且找到了，那時我們就得仰賴他老婆的魅力了。」

柯代爾哈哈大笑。「眞難想像以前我還得爲你上課呢。那麼，跟蹤到底是爲了什麼？」

「作爲一種雙重保障。如果崔維茲被抓到了，也許康普能夠接替他的工作，繼續提供我們所需要的情報。」

「還有一個問題。如果說，崔維茲竟然找到了第二基地，也回報給我們，或者也許是康普報告的，或者他們兩人都遇難了，我們卻獲得充分的證據，足以懷疑第二基地的存在，那又該怎麼辦？」

「我倒希望第二基地的確存在，里奧諾。」她說：「無論如何，謝頓計畫不能再幫我們多久了。偉大的哈里・謝頓擬定這套計畫的時候，帝國已經奄奄一息，當時科技的發展幾乎等於零。謝頓總也是時代的產物，不管心理史學這門近乎神話的科學有多麼靈光，也一定有局限性，必定無法容納迅速進展的科技。然而，基地的科技發展就是如此神速，尤其是過去這一個世紀。我們現在所擁有的質量偵測儀，是前人做夢也想不到的；我們的電腦已經能夠靠思想控制；此外，還有一項最重要的發明，那就是精神防護罩。第二基地即使現在還能控制我們，也不能再維持多久。在我掌權的最後這幾年，我要將端點星帶上一條新軌。」

「假如事實上，根本沒有第二基地呢？」

「那我們就立刻躍上那條新軌。」

5

崔維茲好不容易才睡著一會兒，不多久便感覺有人在推他的肩膀，一次又一次。

他猛然驚醒，睡眼惺忪，搞不懂自己爲何躺在一張陌生的床上。「怎麼……怎麼……」

裴洛拉特帶著歉意說：「我很抱歉，崔維茲議員。你是我的客人，我該讓你好好睡個覺，不過市長已經來了。」他站在床邊，穿著一套法蘭絨的睡衣，身子好像有點顫抖。崔維茲勉強清醒過來，這才想起到底是怎麼回事。

市長坐在裴洛拉特的起居室，看來仍是一副氣定神閒的模樣。柯代爾也跟她一塊來了，正在輕撫著自己的白鬍子。

崔維茲調整了一下寬腰帶，突然冒出一個疑問：布拉諾和柯代爾兩人，到底有沒有眞正分開的時候？

他用揶揄的口吻說：「議會的元氣恢復了？議員們開始關切失蹤的同仁了？」

市長答道：「是的，議會恢復了一點生氣，可是還不足以幫得了你。毫無疑問，我仍然有權力強迫你離去。你將被帶到終極太空航站……」

「不是端點太空航站嗎，市長女士？連我接受上千民衆含淚送別的機會，你都要剝奪嗎？」

「我發現你又恢復了少年人的稚氣，議員。這令我感到高興，否則我會覺得有些良心不安。到達終極太空航站之後，你和裴洛拉特教授將悄悄離去。」

「一去不回嗎?」

「也許就一去不回。當然啦,」她淺淺一笑,「假如你發現了什麼非常重要、非常有用的東西,連我都樂於見到你帶著這些情報回來,你就可以返回此地,甚至還會受到英雄式的歡迎。」

崔維茲漫不經心地點了點頭。「這是有可能的。」

「幾乎任何事都是有可能的。無論如何,這將是一趟很舒適的旅程。我們撥給你的航具,是最近才研發成功的袖珍型太空艇**遠星號**,這是爲了紀念侯伯·馬洛當年那艘太空艇。它只需要一個人駕駛,不過內部空間足夠舒舒服服容納三個人。」

崔維茲原本故意擺出玩世不恭的樣子,此時突然板起臉孔。「全副武裝嗎?」

「沒有武裝,除此之外一應俱全。不管你們到哪裡去,你們都是基地公民,隨時能向我們的駐外領事求助,所以你們無需武器。有需要的時候,你們可以動用聯邦基金——我必須先聲明,並非毫無限制。」

「你好大方。」

「這點我也知道,議員。不過,議員,請你弄清楚我的意思。你是去協助裴洛拉特教授尋找地球,在你自己的腦袋裡,也只有地球這一個目標。不論你遇到任何人,都必須讓他們瞭解這件事。此外,千萬別忘記**遠星號**毫無武裝。」

「我是前去尋找地球的,」崔維茲說:「我完全瞭解這一點。」

「那麼你們現在可以走了。」

「對不起,但是顯然還有點事我們沒討論到。我的確駕駛過太空船,但是我對最新型的袖珍太空艇毫無經驗。萬一我不會駕駛,那怎麼辦?」

「據我所知,**遠星號**的一切完全電腦化。我知道你要問什麼,你不必知道如何操作一艘最新型太空艇上的電腦，你想知道的任何事它都會告訴你。還需要些什麼嗎？」

崔維茲以哀傷的目光，低頭打量了自己一下。「我想換件衣服。」

「在那艘太空艇上，你可以找到各種衣物。包括你穿的這種束腰，或者叫寬腰帶，不管它叫什麼，反正都不缺。教授所需要的一切也全準備好了，該有的東西太空艇上都有。不過我得補充一句，並不包括女伴在內。」

「太糟了，」崔維茲說：「否則會更有趣。不過嘛，此刻我也剛好沒有適當人選。話說回來，想必銀河處處有佳人，一旦離開此地，我就可以隨心所欲了。」

「女伴嗎？這個隨你的便。」

她緩緩起身。「我不送你們到太空航站了，」她說：「自然會有人送你們去。千萬不要試圖擅自採取任何行動，如果你想逃跑，我相信他們會馬上殺掉你。我既然不在場，就不會有任何人能阻止。」

崔維茲說：「我絕對不會輕舉妄動，市長女士，但還有一件事……」

「什麼事？」

崔維茲心念電轉，最後終於帶著笑容說出一番話：「總有一天，市長女士，你會求我伸出援手。那時我會依照自己的決定行事，但我不會忘記過去這兩天的遭遇。」他非常希望這個笑容看來毫不勉強。

布拉諾市長嘆了一聲。「省省這些戲劇性的台詞吧。如果真有這麼一天，該來的總是要來，不過目前──我什麼也不必求你。」

第四章　太空

1

遠星號遠比崔維茲想像中更為先進。他依稀記得，當這類新型太空艇正式公開時，有關單位曾大肆宣傳，但百聞果然不如一見。

令他驚嘆不已的並非太空艇的尺寸，因為它的確相當小。它的設計強調機動性、高速度、完全重力推進，以及最重要的一點——尖端的電腦化操控。所以它不必造得太大，否則反而會令性能大打折扣。

過去類似的太空艇，必須十幾個人才能伺候，**遠星號**卻只需要一名駕駛員，而且能表現得更好。如果還有一兩個人輪班執勤，單單一艘這種太空艇，就能擊敗異邦大型星艦所組成的小型艦隊。此外，它的速度天下第一，能輕易擺脫任何船艦的追擊。

整個船體光潤如玉，裡裡外外沒有任何多餘的線條。每一立方公尺的容積都發揮到極限，使得內部空間寬廣得不可思議。不論市長原先如何強調這趟任務的重要性，崔維茲如今最感驚訝的一點，是自己竟然要親自駕駛這艘太空艇。

銅人布拉諾利用詭計，他悲憤不已地想，迫使自己從事一項重大無比卻危險至極的任務。若非她精心策劃這樣一個圈套，讓他主動表示自己能證明些什麼，他或許根本不會接受這個安排。

至於裴洛拉特，現在則驚奇得心神恍惚。「你相信嗎？」在登上**遠星號**之前，他伸出一根手指輕撫著船體。「我從來沒有這麼靠近一艘太空船。」

「教授，凡是你說的話，我當然都相信，不過爲什麼會這樣呢？」

「老實跟你說，我自己也不大清楚，親愛的夥……我是說，親愛的崔維茲。我想，是因爲我對研究工作太過投入吧。一個人家裡如果有一台非常精良的電腦，能夠和銀河各個角落的電腦聯線，你知道嗎，他就根本不必走出家門。可是，我總以爲太空船應該更大一點。」

「這艘是小型的太空艇，不過，和同樣大小的船艦比起來，它的內部空間已經大了許多。」

「怎麼可能呢？你是看我什麼都不懂，故意跟我開玩笑。」

「不，不，我沒有開玩笑。這是第一批完全重力推進的船艦。」

「那又是什麼意思？但如果牽涉到太多的物理學，請你不必解釋，我相信就是了。就像昨天，我們在討論人類是單一物種，發源於單一世界時，你無條件接受我的說法一樣。」

「裴洛拉特教授，咱們試試吧。在數萬年的太空飛航史中，人類曾經使用過化學能發動機、離子發動機、超原子發動機，這些都是龐然大物。舊帝國艦隊的星艦，動輒長達五百公尺，內部的活動空間卻小得可憐，頂多一個小房間的容積。好在基地自從建立以來，一直致力於微型化的研究，這都要拜資源缺乏之賜。這艘太空艇便是我們的登峰造極之作。它使用反重力作爲推進動力，推進系統根本不佔任何空間，因爲完全隱藏在船體中。若不是我們仍然需要超原子……」

此時一名安全警衛走了過來。「兩位，你們該上去了！」

天色正逐漸明亮，不過距離日出還有半個小時。

崔維茲四下張望。「我的行李都裝上去了嗎？」

「是的，議員，你將發現裡面一應俱全。」

「我猜，衣物可能不太合身，也不合我的品味。」

警衛突然露出帶著稚氣的笑容。「我想不至於。」他說：「過去三、四十個小時，市長命令我們連夜加班。我們根據你原有的衣服，盡量蒐購類似的服裝，毫不考慮費用。我跟你們說——」他忽然變得十分親切，同時趕緊環顧四周，彷彿要確定沒有人在注意他。「你們兩個運氣實在太好了，這是全世界最棒的船艦。除了沒有武裝，設備一應俱全。你們簡直太走運了。」

「也可能是走霉運吧。」崔維茲說：「好了，教授，你準備好了嗎？」

「帶著這個，我就算準備好了。」裴洛拉特一面說，一面舉起一個銀色塑膠封套，裡面裝著一個正方形晶片，邊長大約二十公分。崔維茲這才想起來，自從離開家門，裴洛拉特就一直拎著這個東西，左手換到右手，右手又換到左手，始終不肯放下來。當他們在半途匆匆吃了一頓早餐的時候，那東西也沒有離開他的手。

「教授，那是什麼？」

「我的私人圖書館。我所擁有的一切資料，全都放進一片晶片中，按照主題和出處分門別類。如果你認爲這艘太空艇巧奪天工，這個晶片又如何？我所有的藏書！我所蒐集的一切！太妙啦！太妙啦！」

「嗯，」崔維茲說：「我們的確正在走運。」

2

崔維茲對太空艇的內部設計也讚不絕口，空間的利用簡直巧妙至極。儲藏室裡裝滿食品、衣物、影片與遊樂器材，此外還有一間健身房、一間起居室，以及兩間幾乎一模一樣的寢室。

「這間寢室一定是你的，教授。」崔維茲說：「至少，裡面有一台特效閱讀機。」

「太好了。」裴洛拉特志得意滿地說：「我以前眞是一頭笨驢，竟然一直排斥太空飛行。原來，親愛的崔維茲，我可以心滿意足地住在這裡面。」

「比我想像中還要寬敞。」崔維茲高興地說。

「引擎眞的裝在船體中，如你所說的那樣？」

「至少控制裝置一定是的。我們無需儲存燃料，也不必用任何燃料。我們使用的是宇宙本身所蘊涵的基本能量，因此可以說，燃料和引擎——全都在外面。」他隨手指了指。

「嗯，我突然想到，萬一發生什麼故障，又該怎麼辦？」

崔維茲聳了聳肩。「我受過太空飛航訓練，但不是在這種太空艇上。如果重力子裝置出了問題，只怕我根本束手無策。」

「但是你會開這艘太空艇？我是說，駕駛它？」

「我自己也在懷疑這一點。」

裴洛拉特說：「你想這會不會是一艘全自動太空艇？我們有沒有可能只是乘客？或許我們只要乖乖坐著就行了。」

「在恆星系之內，往返行星和太空站之間的太空交通船，的確是有全自動的。但我從來沒聽過全自動的超空間航行，至少目前爲止——目前爲止。」

他再次環顧四周，心中突然感到些許不安。那個巫婆市長是否早已佈置好一切？基地已經擁有全自動星際航行能力了？難道他就像太空艇內的陳設一樣，毫無選擇餘地，只能乖乖地等著被送到川陀？

他故意裝出快活的聲調，說道：「教授，你先坐一下。市長曾經說過，這是一艘完全電腦化的太空艇。既然你的艙房有特效閱讀機，我的艙房就該有電腦。你先好好休息一會兒，我一個人到處查看一下。」

裴洛拉特立刻露出憂慮的神情。「崔維茲，我親愛的兄弟，你不是想溜走吧？」

「教授，我絕對沒有這種打算。即使我眞要開溜，你也大可放心，我一定會被攔駕的，市長可不想讓我輕易溜掉。我現在唯一想做的，只是找到操縱**遠星號**的裝置。」他微微一笑，「我不會丟下你的，教授。」

當他進入那間想當然是自己的寢室時，還一直把笑容掛在臉上。等到他將艙門輕輕關上之後，表情卻漸漸變得嚴肅。照理說，太空艇上一定裝有某種通訊設備，以便跟附近的行星聯絡。因為實在很難想像，會故意將一艘船艦密封起來，使它與外界完全隔絕。所以說，在某個地方——也許是在哪個壁槽中——配備有聯絡器。只要找得到，他就可以聯絡市長辦公室，詢問操縱裝置究竟在何處。

他仔細查看每一面艙壁，又檢查了床頭板與其他各種光潔的陳設。如果這裡找不到，他決定搜遍太空艇的每個角落。

正打算轉身離去時，他突然看到淡棕色的平滑桌面發出閃爍的光芒。那是一圈光暈，裡面映著一行整齊的字跡：電腦介面。

啊哈！

不過他的心跳隨即加快。各式各樣的電腦種類實在太多，相關程式需要花費許多時間才能熟練。崔維茲從未低估自己的智慧，可是，他也並非萬事通。有些人天生有操作電腦的本事，卻也有人剛好相反——崔維茲非常清楚自己屬於哪一類。

在基地艦隊服役時，他官拜上尉，有時需要擔任值日官，所以偶爾得使用星艦上的電腦。然而，他從來沒有獨力操作電腦的經驗，而且，除了值日官必須懂得的例行程序之外，他向來不必知道更多的細節。

他想起那些厚重的程式手冊，上面密密麻麻印著寫滿註解的程式，一顆心不由得往下沉。他還記得那位名叫克拉斯乃特的電腦技術士官，每次坐在星艦電腦控制台前的樣子。他操作電腦的方式，彷彿在演奏銀河間最複雜的樂器，而且每次都流露出冷漠的神情，似乎嫌它太過簡單。但他難免也需要翻查那些手冊，而且一面翻，一面罵自己笨蛋。

崔維茲遲疑地伸出食指觸摸那圈光暈，光芒立刻擴散到整個桌面，上面顯現出兩隻手掌的輪廓：一左一右。此時桌面突然動了起來，平穩而流暢地形成四十五度的斜面。

崔維茲趕緊在桌前坐下。根本無需任何說明，他該怎麼做再明顯不過了。

他將雙手放到桌面的手掌輪廓上，無論距離或角度都恰到好處。桌面摸起來似乎很柔軟，近乎觸摸天鵝絨那種感覺，而且他感到手掌陷了進去。

他吃驚地瞪著自己的雙手，手掌明明還擺在桌面上。但那只是視覺送來的訊息，對觸覺而言，桌面似乎被穿透了，而雙手彷彿已被某種輕柔溫暖的質料所包裹。

怎麼回事？

現在該怎麼做？

他四下張望，隨即感受到一個訊息，便將眼睛閉了起來。

他什麼也沒聽到，什麼都沒有聽到！

可是在他的腦海，彷彿自行冒出一個飄忽的念頭，內容是：「請閉上眼睛，放輕鬆，我們即將進行接觸。」

藉著一雙手？

崔維茲一向認爲，若要藉由思想和電腦直接溝通，就必須戴上特製的頭罩，同時在頭顱與眼睛上貼滿電極。

用手？

爲何不能用手呢？崔維茲覺得有點恍惚，幾乎昏昏欲睡，可是神智依舊敏銳無比。又爲何不能用手呢？

眼睛只不過是一種感官，大腦只不過是中央交換機。大腦藏在頭蓋骨中，與身體的工作介面相距甚遠。雙手才是眞正的工作介面，人類就是依靠萬能的雙手，來感知和操控整個宇宙。

人類其實是利用雙手來思考的。雙手可以滿足一切的好奇心，可以感觸、掐捏、扭轉、抬舉。許多動物的腦容量也不小，但是牠們沒有手，因而形成天壤之別。

當他與電腦「手牽手」的時候，兩者的思想融合爲一，他的眼睛是睜是閉不再重要。睜開雙眼並不能增加視力，閉起來也不會模糊不清。

反正，他能將這個艙房看得一清二楚。並不僅限於正前方，而是包括上下左右和四面八方。此外，他能看見太空艇的每一間艙房，甚至看得到外面的景象。如今太陽已經升起，陽光在晨霧中有些朦朧。他能直接逼視太陽的光芒，並不會感到刺眼，因爲電腦已經自動將光波過濾一遍。

他感覺到微風的吹拂、空氣的溫度，還有周遭所有的聲音。他探觸到了這顆行星的磁場，以及太空艇外殼的微弱電荷。

他終於明白了如何操縱這艘太空艇，那些繁雜的細節根本不重要。他只需要知道，若想讓太空艇上升、轉向、加速，或者執行任何一項功能，過程就像讓自己的身體做出類似的動作，只要運用自己的意志即可。

但他的意志並非完全屬於自己，電腦隨時能凌駕其上。此時此刻，他的腦海中又形成了一個句子，使他明白太空艇將在何時以及如何升空。這些過程毫無適應性的問題。他可以完全確定，從現在開始，自己已經能決定一切。

當他將電腦輔助的意識向外投射時，發現自己能感測到高層大氣的狀況，能看出氣候的型態，還能探知周圍上上下下各艘船艦的活動。所有這些情況都必須納入考慮，而電腦的確在詳加分析。此外崔維茲領悟到，即使電腦沒有做到，他只要希望電腦那麼做，就再也不用操心了。

過去那些大本大本的程式手冊，現在完全沒有必要了。崔維茲又想到技術士官克拉斯乃特，不禁會心一笑。雖然許多報導都在強調，重力子學將會帶來重大的科技革命，其實，電腦與心靈的融合才是基地的最高機密，而它勢必引起一場更偉大的革命。

他也意識到時光的推移，並且知道現在的精確時間，包括「端點星當地時間」與「銀河標準時間」。

可是他怎樣離開呢？

就在這個念頭閃入腦海之際，他的雙手已經被鬆開，桌面也回復到原先的位置。下一瞬間，崔維茲便只剩下原先的感官。

他頓時感到孤獨無助，彷彿在體驗了神力的擁抱與保護之後，突然又遭到遺棄。若非曉得隨時能夠重建接觸，那種絕望感足以令他痛哭流涕。

現在他只需要調整自己的心態，重新適應局限的感官。然後他茫然地站起來，走出了那間寢室。

裴洛拉特顯然已經把特效閱讀機調整完畢。他抬起頭來，對崔維茲說：「這個裝置非常好用，具有優異的搜尋程式。好孩子，你找到操縱裝置了嗎？」

「找著了，教授，一切都很順利。」

「既然如此，我們是否該做些起飛前的準備工作？我的意思是，一些安全防範？我們是不是該綁上安全帶，或者做些什麼別的？我想找這方面的說明，卻什麼也沒找到，這令我神經緊張。我得專心安裝我的圖書館，萬一我在工作的時候……」

老教授喋喋不休，崔維茲忍不住伸手推他一下，希望他趕快閉嘴，可是一點用也沒有。崔維茲只好提高音量，以便蓋過對方的聲音。「通通沒有必要，教授。反重力和零慣性是等效的，當太空艇改變速度時，我們不會感到任何加速度，因為艇上每一件物體，都會同時改變速度。」

「你的意思是，當我們由這顆行星起飛，進入太空的時候，我們會毫無感覺？」

「我正是這個意思，因為在我跟你講話的時候，我們已經升空了。再過幾分鐘，我們即將切入高層大氣，半小時之內，我們就會進入外太空。」

3

裴洛拉特瞪著崔維茲，似乎有些畏縮。他那張長方形的臉孔一片空洞，除了顯得極不自在，完全看不出任何情緒。

然後，他的眼珠向右瞥，又一路轉到最左側。

崔維茲馬上想起來，當初自己首次離開大氣層，曾有過什麼樣的感受。

他盡可能以輕描淡寫的口氣說：「詹諾夫，」（這是他第一次如此親暱地稱呼老教授，不過這回是老手安慰新手，自己確有必要裝得『老大』一點）「我們絕對安全無虞，我們是在基地戰艦的肚子裡頭。雖然它毫無武裝，可是我們跑遍銀河，基地的名號都足以保護我們。即使有哪艘船艦發了狂，想要攻擊我們，我們也能在瞬間脫身。而且我向你保證，我發現自己完全能掌控這艘太空艇。」

裴洛拉特說：「我只是突然想到，葛……葛蘭，想到那種空無……」

「哎，端點星周圍同樣是一片空無。我們生活在行星的表面，和頭上空無的太空之間，隔的也只是一層稀薄的空氣。我們現在的行動，只是穿過那薄薄的一層而已。」

「那或許只是薄薄的一層，卻是我們呼吸的空氣。」

「我們在這裡照樣能呼吸。相較於端點星的自然大氣層，太空艇的空氣更清潔、更純淨，而且會永遠保持這般清潔和純淨。」

「那麼流星呢？」

「流星又怎麼樣？」

「大氣層可以阻擋流星的侵襲，同理，也可以擋住放射線。」

崔維茲說：「人類從事太空旅行，至今已有兩萬年之久，我相信……」

「兩萬兩千年。如果我們根據《霍爾布拉克年表》，顯然可以追溯到……」

「夠了！難道你聽說過，由於流星的襲擊或放射線的傷害，而造成的太空意外嗎？我是說最近有嗎？我的意思是，基地船艦遭遇過這種意外嗎？」

「我倒是從未眞正注意這些新聞，但我是歷史學家，好孩子，所以……」

「歷史上，沒錯，的確發生過這種事，可是科技在不斷進步。凡是大到足以危害我們的流星，只要接近到某個距離，我們都會採取必要的閃避措施。假使有四顆大流星，同時從四個不同方向襲來，就像來自正四面體的四個頂點，而太空艇位在正中心，那倒有可能被擊中。不過如果計算這種事件的機率，你將會發現，想要觀察到這種有趣的現象，在你老死一兆兆次之後，機率還不會超過百分之五十。」

「你的意思是，如果由你控制電腦的話？」

「不對。」崔維茲以輕蔑的口氣說：「如果我憑本身的感官和反應操縱電腦，那麼在我還渾然不覺的時候，我們可能就被流星擊中了。其實，眞正在工作的就是電腦，它的反應比你我快上千百萬倍。」他突然伸出手來抓住對方，「詹諾夫，來，我讓你看看電腦能做些什麼，並且讓你看看太空是什麼樣子。」

裴洛拉特兩眼圓睜，眼珠轉個不停。然後，他笑了兩聲。「葛蘭，我不確定自己想不想知道。」

「你當然會猶豫，詹諾夫，因爲你不曉得將會知道些什麼。試試看！來啊！到我的艙房去！」

崔維茲抓著對方的手，將他半推半拉到自己的艙房。等坐到了電腦前面，崔維茲又說：「你曾經見過銀河嗎，詹諾夫？你曾經仔細看過嗎？」

裴洛拉特說：「你是指天上的那個？」

「當然啦，還有另外一個嗎？」

「我見過，每個人都見過。只要抬起頭來，就能夠看到。」

「你曾經在晴朗的黑夜，當『鑽石群』降到地平線之下的時候，仔細端詳過銀河嗎？」

所謂的鑽石群，是指幾顆距離端點星不遠，而且光度夠強，因而能在夜空顯出中等亮度的恆星。這一小簇星辰在天球的範圍不超過二十度，而且夜晚大部分時間都處於地平線之下。除了這個鑽石群，夜空各處還散佈著一些黯淡的星辰，肉眼僅能勉強看見。此外，就只剩下模糊的乳白色銀河。由於端點星位於銀河旋臂最外環的端點，其上居民夜晚見到的天象，必然就是這個樣子。

「我想有吧，可是爲何要仔細端詳呢？那只是個普通的景象。」

「當然只是個普通的景象。」崔維茲說：「正因爲如此，誰也沒有好好看過。如果你隨時都看得到，又何必刻意仔細觀察呢？不過現在你有機會好好看一看，而且是從太空中眺望，你將看到前所未見的新面貌。從端點星表面觀察天象，總是會受到雲霧的干擾，不論你如何發揮目力，不論星空多麼晴朗，不論周圍多麼黑暗，你以前所看到的銀河，保證都無法媲美這一回。我多麼希望自己從未到過太空，這樣就能像你一樣，今天首次目睹銀河赤裸的美感。」

他推了一張椅子給裴洛拉特。「坐下來，詹諾夫。這得花點時間，我必須慢慢適應這台電腦。根據我已經感覺到的，我知道顯像是全相式的，所以不需要任何螢幕。顯像會直接輸入我的大腦，但我想可以叫它再產生一個客觀影像，讓你也能看到。請你把燈關上好嗎？不，我眞笨，我可以叫電腦做這件事，你坐在那裡就行了。」

崔維茲開始與電腦接觸，感到電腦熱情而親切地握住他的雙手。

燈光逐漸暗下來，終至完全熄滅，裴洛拉特在黑暗中坐立不安。

崔維茲說：「別緊張，詹諾夫。我正在試著控制這台電腦，也許會碰到些小麻煩，不過我會步步爲營，所以你得耐心一點。你看到了沒有？那個新月形？」

黑暗中，那個新月形懸垂在他們眼前。起初有點黯淡，也有些晃動，不過愈來愈清晰明亮。

裴洛拉特的聲音充滿著敬畏。「那就是端點星嗎？我們距離它那麼遠了？」

「對，太空艇飛得很快。」

此時，太空艇正沿著弧形軌道飛入夜面陰影，因此端點星看來是一彎明亮的半月形。崔維茲突然起了一股衝動，想要以大弧度飛到這顆行星的日面，看看它整體的美感，不過總算按捺住了。

裴洛拉特也許會覺得那是新奇的經驗，不過那種美感實在很平凡。它在數不盡的相片、地圖和天體儀上屢見不鮮，每個小孩都曉得端點星像什麼樣子。它是一顆多水的行星——多於大多數的行星——水源豐富而礦藏貧乏，適宜農業而不利重工業。但是，它卻擁有全銀河最先進的精密科技與微型化工業。

他若能讓電腦分析微波數據，再轉成一個可見光模型，端點星上一萬個住人島嶼都能一覽無遺。其中只有一個島比較大，勉強可以算是大陸，端點市便位於其上……

轉向！

只不過是一個念頭，一個意念的運用，顯像就瞬間改變了。有如新月的端點星移到了視線邊緣，隨即完全消失。現在他眼中只有黑暗的太空，連一顆星星也看不見。

裴洛拉特清了清喉嚨。「我希望你能把端點星找回來，好孩子，我現在感覺像個瞎子。」他的聲音中透著緊繃的氣息。

「你並沒有瞎。看！」

一團半透明的薄霧，陡然躍入他們的視野。薄霧漸漸擴散，變得愈來愈耀眼，直到整個艙房好像都燃燒起來。

縮影！

又是一次意念的運用，銀河隨即向後退卻，彷彿是將望遠鏡倒轉過來看，並且不斷增加縮小的倍率。銀河不停地收縮，最後變成一個光度變換不定的圓盤。

調高亮度！

圓盤變得愈來愈亮，尺度則始終固定。因爲端點星所屬的恆星系位於「銀河盤面」上方，他們看到的並非銀河的正側面。如今呈現他們眼前的影像，是縮小了無數倍的銀河雙螺旋。在靠近端點星的一側，許多黑暗星雲的縫隙呈現弧形暗紋。核心處則是乳脂狀的霧氣，由於距離太遠，幾乎收縮成了一點，看起來毫不顯眼。

裴洛拉特以敬畏的口吻，悄聲道：「你說對了，我從未見過這樣子的銀河，我做夢也想不到它的結構那麼複雜。」

「你怎麼可能看到過呢？端點星的大氣層擋在你和銀河之間，你根本看不見外面那一半。而且你從端點星上，也幾乎看不到銀河的核心。」

「眞可惜，我們只能從側面來看。」

「並不一定，電腦能顯現出各個方向所見的銀河。我只要表示出這個願望，甚至不必使勁想。」轉換座標！

這個意念等於一個明確的指令。當銀河的影像開始慢慢改變時，他的心靈繼續指導著電腦，讓它依照自己的心意運作。

整個銀河緩緩轉向，終於使得銀河盤面垂直於他們的視線。現在，銀河展成一個閃爍的巨大漩渦，其中有許多黑暗的曲線與光燦的節點，中心處則是近乎無形的熾焰。

裴洛拉特問道：「這樣的景象，必須在距離此地超過五萬秒差距的太空中才見得到，電腦怎麼有辦法顯現出來？」但他隨即壓低了聲音說：「請原諒我這麼問，我對這一切一無所知。」

崔維茲說：「我對這套電腦的瞭解，比你多不了多少。然而，即使是一台簡單的電腦，也具有調整座標的功能，可以從它眞正的位置──也就是電腦在太空中的方位──變換到其他任何方位，再來顯示銀河的景象。當然，電腦只能利用它觀測得到的資料，所以在轉換成廣角鏡頭時，顯像中就會出現縫隙和模糊之處。不過，現在……」

「怎麼樣？」

「我們看到一個逼眞的顯像。我猜這台電腦儲存有完整的銀河地圖，所以不論從哪一個角度顯像，都能做得一樣好。」

「完整的銀河地圖，那是什麼意思？」

「銀河中每一顆恆星的空間座標，電腦記憶庫裡一定都有。」

「每一顆恆星？」裴洛拉特似乎難以置信。

「嗯，也許並不是三千億顆都有。但是，一定包括每個住人行星所屬的恆星，也可能每一個屬於K型光譜，以及更熱的恆星都包括在內，這就代表至少有七百五十億顆。」

「每一個住人行星所屬的恆星？」

「我可不想打包票，也許不是全部。總之，在哈里．謝頓的時代，已經存在二千五百萬顆住人行星。聽來雖然很多，其實只是所有恆星的一萬二千分之一。而謝頓時代距今已有五個世紀，帝國的崩潰並沒有阻礙人類繼續殖民，我認爲反倒有鼓勵作用。銀河中還有許多適宜住人的行星，所以如今或許已有三千萬顆有人居住。在基地的記錄中，有可能漏掉一些新的世界。」

「但是那些老的呢？它們當然應該都在裡面，不會有任何例外。」

「我猜沒錯，當然我也無法保證。可是，如果有哪個歷史悠久的住人行星，在記錄中竟然查不出來，我會感到十分驚訝。讓我給你看一樣東西，希望我有足夠的能力控制電腦。」

崔維茲雙手微微用力，手掌便似乎陷得更深，而且被電腦抓得更緊。或許他沒有必要那麼做，或許他只需要隨隨便便、輕輕鬆鬆地默念：端點星！

他動的正是這個念頭，電腦也立即有了反應，在巨大漩渦的極邊緣處，出現一顆閃亮的紅寶石。

「我們的太陽在那裡，」他興奮地說：「它就是端點星所環繞的恆星。」

「啊。」裴洛拉特發出低沉而顫抖的嘆息。

接著，在銀河心臟地帶的群星叢聚之處，突然迸現一個閃亮的黃色光點。這個光點並非位於正中央，而是較偏向端點星那一側。

「那一顆，」崔維茲說：「是川陀的太陽。」

又嘆了一聲之後，裴洛拉特才說：「你確定嗎？可是人們總是說，川陀位於銀河的中心。」

「就某個角度而言，它的確如此。在所有的可住人行星中，川陀是最接近中心的一顆，遠比任何主要的住人星系更爲接近。銀河系眞正的中心，被一個巨大的黑洞佔據，它的質量超過百萬顆恆星，所以銀河中心是個可怕的地方。根據我們現有的資料，那個實際的中心沒有任何生命跡象，也許根本就不容許有生命存在。川陀位於銀河旋臂的最內環，而且請你相信，你若有機會目睹它的夜空，必定認爲它的確位於銀河中心，因爲它被無比稠密的星叢層層包圍。」

「你到過川陀嗎，葛蘭？」裴洛拉特帶著明顯的羨慕問道。

「其實也沒有，但我觀賞過川陀夜空的全相模型。」

然後，崔維茲懷著憂鬱的心情，凝視著面前的銀河影像。在騾的時代，整個銀河都在尋找第二基地，當時曾有多少人絞盡腦汁參研銀河地圖？後來，記載、討論、演義這段歷史的書籍又有多少？

這都是因爲哈里·謝頓一開始就說，第二基地將建立在「銀河的另一端」，一個名爲「群星的盡頭」之處。

銀河的另一端！崔維茲閃過這個念頭之際，一條細微的藍線已經出現，以端點星爲起點，穿過中心黑洞之後，又一路延伸到對角的盡頭。崔維茲差點就跳起來，他並未下令叫電腦畫出這條線，卻曾經清楚地想到這一點，這對電腦而言已經足夠了。

不過，當然，這條跨越銀河的直線，不一定就是指向謝頓所說的「另一端」。艾卡蒂·達瑞爾曾經使用「圓沒有端點」這句話（只要你願意相信她的自傳），來說明一個目前公認的事實……

雖然崔維茲趕快將這個想法壓下去，電腦卻比他快了無數倍。那條直線隨即消失無蹤，取而代之的是環繞銀河邊緣的藍色圓圈，它剛好穿過那個深紅色光點，也就是端點星的太陽。

圓沒有端點，如果這個圓周的起點是端點星，若想找出另一端，最後勢必回到端點星上。當年，果然在那裡發現第二基地，它和第一基地竟然處於同一個世界。

可是，倘若事實上，根本沒有眞正找到它，萬一所謂的「尋獲第二基地」只是個幌子，那又該怎麼辦？針對這個謎語，除了直線與圓周，還能有什麼合理的答案？

裴洛拉特問道：「你在製造什麼幻象嗎？爲什麼有個藍圓圈？」

「我只是在測試對電腦的控制。你想不想找出地球的位置？」

愣了一會兒或兩會兒之後，裴洛拉特才說：「你在開玩笑嗎？」

「沒有，讓我試試看。」

崔維茲試了試，並無任何反應。

「很抱歉。」他說。

「沒有嗎？沒有地球？」

「我猜大概是我沒把命令想對，但這又不大可能。更可能的原因，我猜是電腦並未收錄地球的資料。」

裴洛拉特說：「也許記錄中是用另一個名稱。」

崔維茲立刻追問：「什麼另一個名稱，詹諾夫？」

裴洛拉特卻什麼也沒說，崔維茲只好在黑暗中微微一笑。他突然想到，凡事必須等待時機成熟，才有可能水到渠成，姑且暫時不提這件事吧。於是，他故意改變話題說：「我想試試能否操縱時間。」

「時間！我們怎麼辦得到？」

「整個銀河系在不斷旋轉。端點星要花上將近五億年的時間，才能繞行銀河一大圈。當然，愈是接近中心的星體，轉完一周的時間就愈短。每一顆恆星相對於中心黑洞的運動，或許電腦中都有記錄，如果眞是這樣，就有可能叫電腦將運動速度加快千百萬倍，讓我們看得出旋轉效應。我可以試著做做看。」

他說做就做，當他驅動意念時，全身肌肉不自禁地緊繃起來。彷彿他隻手抓住整個銀河，用力推動它，扭轉它，使它克服了駭人的阻力而開始旋轉。

銀河動了。緩慢地，莊嚴地，順著將旋臂旋緊的方向，銀河開始旋轉了。

時間以不可思議的腳步掠過兩人眼前，那是一種虛幻的、人工的時間。隨著這個人工時間迅速流逝，星辰全部化作過眼雲煙。

各處都有一些較大的恆星，在逐漸膨脹成紅巨星的過程中，顏色愈變愈紅，光焰愈來愈強。然後在中央星叢裡，一顆恆星無聲地爆炸，發出眩目的光芒，令整個銀河黯然失色，但下一瞬間隨即煙消雲散。接著，在某個旋臂中，又出現一次這般的爆炸，不多久附近又爆了一顆。

「超新星。」崔維茲的聲音微微發顫。

難道說，電腦有本事精確預測哪顆恆星會在哪時爆炸？或者只是使用某種簡化的模型，概略地顯現群星未來的命運，而不是做出精準的預測？

裴洛拉特沙啞地悄聲說：「銀河看來像個生物，正在太空中爬行。」

「的確如此，」崔維茲說：「不過我卻累了。除非學到一種不那麼吃力的方法，這個遊戲我沒法再玩多久。」

說完他就放棄了。銀河隨即慢了下來，然後趨於靜止，接著又開始傾斜，最後回復到側面的影像，這正是他們一開始見到的銀河。

崔維茲閉起眼睛，做了幾次深呼吸。此時他們正穿過大氣層最外圍，他能夠感知端點星正在逐漸縮小，還能感知附近太空中的每一艘船艦。

他並未想到要偵察一下，看看是否有哪艘船艦特別不同；是否還有一艘同樣以重力推進的太空艇，和他們的軌跡太過接近，絕非只是巧合。

第五章　發言者

1

川陀！

曾經有八千年的歲月，銀河中一個強大的政治實體以它為首府。這個政體不斷對外擴張，形成一個愈來愈龐大的行星系聯盟。之後的一萬兩千年，一個掌控整個銀河的政權定都於此，川陀就是銀河帝國的中樞、心臟與縮影。

任何人想到帝國，絕不可能不聯想到川陀。

帝國走了很長一段下坡路之後，川陀的物質文明才臻至巔峰。事實上，由於川陀表面的金屬始終燦爛耀眼，當時誰也沒注意到帝國業已失去原動力，前途已經毫無希望。

當川陀變成一個環球都會時，它的發展達到了極致。此時人口總數（藉著法律）固定在四百五十億，而行星表面唯一的綠地，只剩下皇宮的所在地，以及「銀河大學／圖書館」的複合體。

整個川陀表面皆被金屬包覆，沙漠與沃土一視同仁被掩埋在金屬之下。其上則是擁擠的住宅區、林林總總的行政機關、電腦化的精密工廠，以及儲存糧食與零件的巨大倉庫。所有的山脈皆被剷除，每一個斷層都被填平，市區數不清的地下迴廊一直延伸到大陸棚。至於海洋，則變成巨大的地底水產養殖場，是這個世界唯一的糧食與礦物產地（當然無法自給自足）。

川陀所需的一切資源，絕大多數依靠與外圍世界的交通。這個龐大的運輸網，包括川陀的上千座太空航站、上萬艘戰艦、十萬艘太空商船，以及百萬艘太空貨輪。

銀河中再也沒有另一座大城市，新陳代謝如川陀這般頻密，也沒有任何行星的太陽能使用率超過此地，或是像它這般走極端地排放廢熱。在川陀世界的夜面，無數閃亮的散熱器伸入稀薄的高層大氣，而在另一側的日面，同樣的散熱器盡數收進金屬層中。隨著這顆行星的自轉，當某地漸漸夜幕低垂時，散熱器便緩緩升起，而在黎明破曉時分，又一個接一個沉入地下。因此，川陀表面永遠存在一種人工的不對稱，幾乎已經成為它的標誌。

在川陀的巔峰時期，它統治著整個帝國！

它的統治相當差勁，不過也沒有任何世界，能將帝國治理得差強人意。帝國實在疆域太過遼闊，無法讓單一世界君臨天下，即使最強而有力的皇帝也不例外。而在帝國走向敗亡之際，當權者都是狡獪的政客與愚蠢無能之輩，他們將皇冠視為私相授受的囊中物，而官僚政治則發展成貪污和賄賂，在這種情況下，川陀又怎能將帝國治理得好？

但即使一切跌到谷底，整個體制仍然需要一個引擎，因此，銀河帝國絕對不能沒有川陀。

雖然帝國一步步土崩瓦解，但只要川陀仍舊是川陀，帝國的核心便依然存在，便能繼續維持各種假象——得意與驕傲，傳統與權力，以及黃金時代。

意料不到的事竟然發生了，川陀終於陷落敵手，而且遭到燒殺擄掠。數百億居民慘遭殺害，數百萬倖存者面臨大饑荒。「蠻子」的艦隊將強固的金屬表層炸得百孔千瘡，甚至將許多處融毀殆盡。直到這一天，大家才認為帝國真正滅亡。在這個曾經獨步銀河的世界上，餘生者為了活口，只好將剩餘的金屬表層逐一拆解。又過了一個世代，川陀便從人類有史以來最偉大的行星，轉變成難以想像的一片廢墟。

「大浩劫」已經過去兩百多年，但在銀河其他各處的人，始終未能忘懷川陀當年的盛況。川陀永遠是歷史小說的熱門題材，是集體記憶最珍貴的象徵，也將永遠保存在格言成語之中，例如「艘艘星艦落川陀」，「大海撈針，川陀尋人」，「這玩意跟川陀一樣獨一無二」等等。

在銀河每一個角落……

可是唯獨川陀不然！在這裡，昔日的川陀已遭到遺忘，金屬表層幾乎完全消失。川陀現在成了一個農業世界，散居著一些自給自足的農民。難得有太空商船來到此地，即使偶爾眞有一艘降落，也不見得特別受歡迎。而「川陀」這個名稱，雖然正式場合仍然出現，但是在口語中已不再通用。根據今日川陀人使用的方言，這個世界稱作「阿姆」，翻譯成銀河標準語，它的意思就是「母星」。

這些思緒在昆多．桑帝斯的腦海中此起彼落，此外他還想到了更多更多。此時他正安穩地坐在那裡，進入一種舒適的假寐狀態。在這種境界中，他的心靈可以自動運作，產生許多雜亂無章的意識之流。

他擔任第二基地的第一發言者已有二十餘年，只要他的心靈依舊強健，能夠繼續投入政治鬥爭，這個位子當然還能再坐上十年到十二年。

他可算是端點市長的鏡像，但是兩者在各方面又大不相同。端點市長統治第一基地，威名響徹銀河；對於其他世界而言，第一基地就是唯一的基地。而第二基地的第一發言者，只有身邊的同僚才認識他。

事實上，眞正掌握實權的是第二基地，而第二基地的領導人，便是歷代的第一發言者。在有形力量、科技與武器的領域中，第一基地有著至高無上的成就。而在精神力量、心靈科學和心智控制這方面，第二基地無疑擁有絕對的權威。倘若雙方發生衝突，第一基地即使擁有再多的星艦與武器，如果控制這些武力的人，心靈受到第二基地的控制，那麼一切又何足爲懼？

然而這個神祕的力量，還能再使他志得意滿多久？

他是第二十五代第一發言者，相較於歷代第一發言者，他在位已經略微超過平均年數。他是否應當不再如此眷戀這個位子，讓年輕一輩有出頭的機會？例如那個堅迪柏發言者，他是圓桌會議上最新的成員，也是心靈最敏銳的一位。他們今晚將要碰面，桑帝斯欣然期待這個機會。而他是否也該欣然期待，堅迪柏有朝一日可能繼任第一發言者？

這個問題，標準答案是桑帝斯尚未認真考慮退位，他實在太喜歡這個職位了。

現在，他默默坐在那裡，雖然年紀一大把了，仍然能夠完美地履行職務。他的頭髮已經灰白，可是由於髮色一向很淡，又剪得只剩寸許，所以變化並不顯著。此外，他的藍眼珠也開始褪色。他的一身衣服式樣單調，則是有意模仿川陀農民的穿著。

只要他願意，這位第一發言者能夠隨意混跡阿姆人之間，不會露出任何馬腳。可是，他的精神力量始終如影隨形。他隨時能將目光與心靈聚焦在某人身上，而那人便會遵循他的心意行事，事後根本毫無記憶。

不過這種事很少發生，幾乎從來沒有。第二基地的金科玉律是：「除非萬不得已，不要輕舉妄動；必須採取行動時，仍要三思而後行。」

想到這裡，第一發言者輕嘆了一聲。他們生活在銀河大學昔日的校園中，皇宮廢墟的莊嚴古蹟就在不遠之處，偶爾環顧四周，難免令人懷疑金科玉律究竟有什麼價值。

大浩劫發生之際，這條金科玉律差一點被放棄。想要保護川陀，必須犧牲建立第二帝國的謝頓計畫。拯救四百五十億生靈雖然符合人道，可是這樣一來，第一帝國的核心就不會消失，整個計畫便注定遭到延擱。數個世紀後，將會帶來更大的災難，也許第二帝國永遠無法出現……

早期幾位第一發言者，曾經花了數十年光陰，研究這個早已預見的大浩劫，卻苦於找不出解決之道。拯救川陀與建立第二帝國，是無法兩全其美的事。兩害相權取其輕，因此川陀必須毀滅！

當時的第二基地份子，仍然冒了絕大的風險，設法把「銀河大學／圖書館」保存下來，卻因此帶來無窮的後患。雖然從來沒有人能證明，這個舉動導致了騾在銀河歷史上的曇花一現，仍然有人直覺地認爲兩者必有關聯。

差點就讓一切前功盡棄！

然而，經過大浩劫與騾亂的數十年動盪後，第二基地邁入黃金時代。

在此之前，亦即謝頓死後的兩百五十多年間，第二基地如地鼠般躲在銀河圖書館裡，一心只想避開帝國的耳目。在日漸衰微的社會中，世人愈來愈不重視愈來愈名不符實的銀河圖書館，他們便以圖書館員的身分出現。這座遭人遺棄的圖書館，作爲第二基地的大本營再適合不過。

那是一種與世隔絕的生活，他們只需要全心全意保護謝頓計畫。與此同時，在銀河的某個端點，第一基地爲了圖存，必須跟一波強過一波的敵人奮戰——完全未曾獲得第二基地的協助，對它也幾乎沒有任何瞭解。

由於大浩劫，第二基地才因而解放，這也是第二基地默許大浩劫的另一個原因。（年輕的堅迪柏最近曾說，其實根本就是主因，也唯有他才有勇氣這麼說。）

經過大浩劫的洗禮，帝國正式宣告滅亡，從此之後，川陀上的倖存者從未擅自闖入第二基地的地盤。「銀河大學／圖書館」既然躲過了大浩劫，第二基地自然不會讓它受到「大復興」的干擾，連皇宮廢墟也順便保存下來。除了這裡，整個世界的金屬表層幾乎一塊不剩。而地底無數盤根錯節的巨大迴廊，則全部遭到掩蓋、填埋、扭曲、毀壞、棄置，通通埋葬在土石之下——唯有此地例外，昔日綠地的四周仍舊圍繞著一大圈金屬。

這裡可以視爲一代偉業的巨大紀念碑、昔日帝國的衣冠塚。但在川陀人（阿姆人）心目中，該處卻是不祥之地，充滿冤死的亡魂，絕對不能隨便驚擾。因此，只有第二基地份子穿梭在古代的迴廊中，觸摸得到閃閃發光的鈦金屬。

即使如此，由於騾的出現，第二基地的心血差點全部白費。騾曾經親自到過川陀。假使當時他曉得這個世界的眞面目，又會有什麼結果？騾所擁有的傳統武器比第二基地強大無數倍，他的精神力量也和對手旗鼓相當。第二基地一直受到金科玉律的限制，此外他們也明白，贏得眼前的勝利，很可能是更大挫敗的預兆。基於這兩個原因，第二基地總是感到綁手綁腳。

如果不是貝泰．達瑞爾當機立斷，後果眞是不堪設想。而她那次的英勇行動，也幾乎沒有第二基地的協助！

接著便開始了黃金時代。前後幾代的第一發言者，終於找到主動出擊的方法，遏止了騾的泛銀河攻勢，進而控制住他的心靈。數十年之後，當第一基地對他們愈來愈好奇、愈來愈疑心的時候，第二基地經過一番努力，也總算成功地使對方收兵。其中，第十九代第一發言者（也是有史以來最偉大的一位）普芮姆．帕佛，完成一項精心設計的計畫，一舉消除了所有的危機；在重大犧牲的代價下，拯救了謝頓計畫未來的命運。

過去一百二十年間，第二基地恢復往日的狀態，隱匿在川陀某個鬼影幢幢的地方。他們不必再迴避帝國，卻仍然需要和第一基地躲迷藏。如今的第一基地，幾乎已經和昔日的銀河帝國一樣強大，而科技更是青出於藍。

想到這裡，第一發言者慵懶地閉上眼睛，進入一種無我的境界，體會到一種如眞似幻的鬆弛感。這並非全然是夢境，卻也不是絕對的清醒。

雨過天晴，一切都會愈來愈好。川陀依舊是銀河的首府，因爲第二基地就在這裡。比起當年那些皇帝，他們力量更強大，控制得更得心應手。

第一基地始終只是傀儡，由第二基地負責操縱，使它的舉動正確無誤。不論他們如何船堅砲利，只要在必要的時候，關鍵人物都受到精神控制，他們也只有乖乖聽命的份。

有朝一日，第二帝國終將誕生，但不會是第一帝國的翻版。它將是一個聯邦制帝國，成員都擁有相當的自治權，因此不會出現一個外強中乾的中央集權政府。新帝國的結構將較爲鬆散，較富有彈性和韌性，因而更具應變能力。隱藏在幕後的第二基地男女成員，將永永遠遠負責指導這個政體。那時，川陀仍會是帝國的首都，但四萬名心理史學家的領導能力，強過當年的四百五十億普通人……

第一發言者猛然驚醒，發現已是日落時分。剛才有沒有自言自語？有沒有大聲說過什麼話？

如果說，第二基地成員要知道得比別人多，說得比別人少，那麼身爲領導階層的發言者，就需要知道得更多，但是說得更少，而身爲第一發言者，則需要知道得最多，而且說得最少。

他露出一抹苦笑。爲川陀效忠的誘惑始終那麼強烈，這會使人將第二帝國的目標，僅僅視爲幫川陀取得銀河霸主的地位。早在五個世紀之前，謝頓已經預見這一點，並且曾經發出警告。

然而，第一發言者並未睡著太久，他接見堅迪柏的時間還沒有到。

桑帝斯對這次的私下會談寄望頗高。堅迪柏年紀很輕，能用新的眼光審視謝頓計畫，而他又有足夠敏銳的心靈，足以見前人所未見。從這位最年輕的發言者言談中，桑帝斯並非沒有可能學到些什麼。

從來沒有人能確定，當年偉大的普芮姆·帕佛接見年輕的寇爾·班袞姆，從那位後輩身上獲益多少。當時班袞姆還不到三十歲，專程來向帕佛報告對付第一基地的可行方案。班袞姆後來從未提起那次覲見的經過，但他最後果然成爲第二十一代第一發言者，而且被奉爲謝頓身後最偉大的理論家。有些人甚至認爲，在帕佛時代所完成的豐功偉業，眞正的功臣其實是班裘姆，而不是帕佛本人。

桑帝斯開始跟自己玩一個遊戲，猜想堅迪柏將要說些什麼。根據第二基地的傳統，當一個傑出的年輕後輩，首次有機會與第一發言者單獨會晤時，第一句話便要開宗明義。當然，他們絕不會爲了芝麻蒜皮的瑣事，便浪費掉寶貴的首次覲見機會。否則，第一發言者很可能會認爲他們不夠份量，這無異是自毀前程。

四小時後，堅迪柏終於出現在他面前。這個年輕人沒有露出絲毫的緊張，只是默默等待桑帝斯先開口。

於是桑帝斯說：「發言者，你爲了一件重要的事，請求私下覲見我。可否請你先告訴我一個大要？」

堅迪柏以平靜的口吻，幾乎像是在描述晚餐吃了些什麼，說道：「第一發言者，謝頓計畫根本毫無意義！」

2

史陀．堅迪柏從不需要任何人肯定他的價値，他自小即瞭解自己與衆不同。年僅十歲，第二基地一名特務就發掘到他的心靈潛能，從此他便加入第二基地的行列。

他在學習過程中表現得極爲優異。就像重力場吸引太空船一樣，心理史學對他具有強大的吸引力，使他身不由己地一頭栽進去。同齡弟子還在學習微分方程之際，他已經開始閱讀謝頓的心理史學入門教材。

十五歲那年，他考進了銀河大學（即昔日的川陀大學，如今已經正式改名）。接受入學面試時，面試委員問到他將來的志願，他以堅定的口氣答道：「在四十歲前成為第一發言者。」

他的目標不僅僅是第一發言者的寶座，對他而言，那幾乎是唾手可得的囊中物。言下之意，他的目標是要向時間挑戰，因為就連普芮姆．帕佛，也是四十二歲那年才就任的。

堅迪柏這樣回答之後，那名面試委員立刻動容。但是年輕的堅迪柏早已熟悉「心理語言」，懂得詮釋那個驟變的神情。他非常清楚（就像那名委員當場宣佈一樣），自己的檔案會加上一條小小的註記，大意是說他是個難纏的傢伙。

嗯，當然如此！

堅迪柏就是打算做個難纏的傢伙。

現在他三十歲了，再過兩個月，就要慶祝三十一歲生日。想要實現當初的雄心壯志，最多還有九年時間可資利用，但他知道自己一定能夠成功。他如今已是發言者評議會的一員，而今天覲見現任的第一發言者，就是他計畫中關鍵性的一步。為了得到最佳的結果，他曾不遺餘力地勤練心理語言的溝通技巧。

當第二基地兩名發言者彼此溝通時，採用的語言是銀河中獨一無二的。他們除了開口之外，還會配合無數迅疾的手勢，以及各種精神型樣的變化。

如果有外人在場，只能聽到極少的語彙，甚至什麼也聽不見。事實上，在極短暫的時間內，他們已經交換大量的思想訊息。至於溝通的內容，則無法借用文字忠實重述給任何外人。

發言者所使用的語言，優點在於效率極高，而且無比細膩生動。不過它也有缺點，那就是幾乎無法掩飾任何心意。

堅迪柏很瞭解自己對第一發言者的看法，他覺得第一發言者已經過了精神全盛期。根據堅迪柏的評估，第一發言者從未預期任何危機，也沒有受過危機處理訓練，因此萬一有危機出現，他將缺乏當機立斷的能力。桑帝斯的確是個親切而和善的好好先生，但這種人正是可怕的禍源。

堅迪柏必須將這些想法都隱藏起來，不但在話語、動作、面部表情中不可流露任何跡象，甚至在思想上都要深藏不露。不過，他並不知道有任何有效的方法，能將這些想法掩飾得天衣無縫，不讓第一發言者察覺半分蛛絲馬跡。

同理，堅迪柏也知道第一發言者對自己的感覺。從和藹可親的態度中——這相當明顯，而且十分誠摯——堅迪柏能感到稍許賣帳與玩味的意思。因此他將自己的精神控制收緊了些，以免顯露任何憎惡的情緒，至少將它減至最低程度。

第一發言者微微一笑，將身子緩緩靠向椅背。他並沒有把腳翹在書桌上，不過他的身體語言已經十分明確，其中融合著充滿自信的安然與私人的情誼，剛好能讓堅迪柏摸不著頭腦，無法確定自己的話究竟產生了什麼作用。

由於堅迪柏一直沒有機會坐下，即使他想做些反應或行動，以便盡量減低這個疑慮，能夠採取的方案也少得可憐。這一點，第一發言者絕不可能不瞭解。

桑帝斯終於再度開口：「謝頓計畫毫無意義？多麼驚人的說法！堅迪柏發言者，你最近觀察過元光體嗎？」

「我經常研究，第一發言者。這是我的職責，也是我的興趣。」

「通常，你會不會只專注於自己負責的部分？你是否一律用微觀方式觀察，仔細審視某些方程組和微調路徑？這樣做當然極爲重要，不過我一向認爲，偶爾做一次整體觀察，會是一個絕佳的練習。一寸寸地研究元光體自有其必要，但對它做一次鳥瞰，則是極具啓發性的。告訴你一句老實話，發言者，我自己也有好久沒這麼做了。你願意陪我溫故知新嗎？」

堅迪柏不敢沉默太久。他一定得遵命，並且必須表現得欣然而從容，否則還不如根本別答應。

「第一發言者，這是我的榮幸，也是一件樂事。」

第一發言者按下書桌旁的一個閘柄。每位發言者的辦公室都配備有這種裝置，而堅迪柏辦公室的元光體，各方面的功能都毫不遜色。表面上看來，第二基地是一個人人平等的社會，但表面上的一切並不重要。事實上，第一發言者的正式特權也只有一項而已，亦即在任何場合，他都是最先發言的一位，這點，他的頭銜已經明顯表達出來。

閘柄按下之後，整個房間隨即陷入一片黑暗，但幾乎在同一瞬間，黑暗便轉換成一種珍珠般的幽光。兩側的巨幅牆壁變成淡淡的乳黃色，接著愈來愈亮，愈來愈白，終於顯出無數列印整齊的方程式，每一行都又細又小，幾乎無法看得清楚。

「如果你不反對的話，」第一發言者的意思相當明顯，根本不給對方反對的餘地。「我們將放大率盡量縮小，以便一眼就能看到最多的內容。」

一行行整齊的方程式迅速縮小，直到每行都細如髮絲，在珍珠色的背景上，形成無數模糊的黑色曲線。

第一發言者的右手挪到座椅扶手上，按下小型控制板的某些按鍵。「讓我們回到起點，回到哈里．謝頓的時代，然後調整成緩緩向前推進的模式。我們控制好視窗的大小，每次只看十年的發展，這樣能有一種靜觀歷史推移的奇妙感覺，不會因爲細微末節而分神。不曉得你以前有沒有試過？」

「從未眞正這樣做過，第一發言者。」

「你該試試，這是一種絕妙的感受。注意看，起點處的黑色紋路十分稀疏，因爲在最初幾十年間，沒有什麼機會出現其他可能。然而，隨著時間的演進，分枝點以指數式的速度增加。每當選定一個特殊的分枝，其他分枝的發展大多就會取消，否則，整個畫面很快會變得無法處理。當然，在研究未來的發展時，我們必須謹慎選擇應當取消哪些分枝。」

「我知道，第一發言者。」堅迪柏的回答帶著一絲冷淡，他實在無法百分之百掩飾。

對此，第一發言者並沒有任何反應。「注意那些紅色符號形成的曲線，它們的圖樣具有某種規律。照理說，它們顯然應該隨機出現；每位發言者在獲得發言權之前，都必須對原始的謝頓計畫做一點補充，這些紅線就是補充的內容。想要預測哪裡比較容易補充，或是發言者由於個人的興趣和能力，傾向於選擇哪一部分，似乎都是不可能的事。然而，長久以來我一直懷疑，『謝頓黑線』和『發言者紅線』的混合體，圖樣變化遵循著某種嚴格規律。這種規律和時間有很重大的關聯，和其他因素則幾乎無關。」

堅迪柏仔細盯著牆上的畫面，隨著「時間」一年一年流逝，黑線與紅線交織成愈來愈複雜的圖樣，看久了幾乎令人昏昏欲睡。當然，圖樣本身一點意義也沒有，真正有意義的，是其中的無數符號。

不久，各處出現一些明亮的藍線，逐漸向外擴張，生出許多分枝，變得愈來愈顯眼，最後又匯聚在一起，盡數沒入黑線或紅線之中。

第一發言者說：「這是『偏逸藍線』。」兩人心中不約而同生出嫌惡的情緒，充塞在周遭的空間。「我們注意跟蹤它，最後就會來到『偏逸世紀』。」

他們果然看到了，甚至能精確指出騷亂何時驟然震撼銀河。在那個時間點，元光體射出的藍色線條突然加速繁衍，幾乎暴漲到無法收拾的地步。隨著藍線繼續不斷開枝散葉，藍色光芒愈來愈強，整個房間似乎都變成藍色，整幅牆壁也都遭到藍線的污染（也只有『污染』一詞能夠形容）。

藍線終於達到猖獗的極限，隨即開始消退，愈來愈稀疏，並逐漸聚在一起。又過了一個世紀，才終於消失殆盡。藍線消失之處，顯然就是普芮姆．帕佛的心血結晶所在，從此，謝頓計畫又恢復了黑線與紅線的構圖。

繼續前進，繼續前進……

「這裡就是現在的情況。」第一發言者以輕鬆的口氣說。

繼續向前，繼續向前……

然後所有的線條匯集一處，像是一個緊密的黑色繩結，其間裝飾著少許紅線。

「那代表第二帝國的建立。」第一發言者解釋道。

這時，他關掉了元光體，整個房間再度沐浴在普通燈光下。

堅迪柏說：「實在是個動人的經驗。」

「沒錯。」第一發言者微微一笑，「而你一直很小心，盡可能不讓情緒展現出來。但這並不重要，讓我跟你把話說明白吧。

「首先你應該注意到，在普芮姆．帕佛的時代之後，偏逸藍線就幾乎完全消失。換句話說，藍線已經有一百二十年未曾出現。你也應該注意到，未來五個世紀內，再度出現高於五級的『偏逸現象』機率實在太小。此外你還應該注意到，我們已經開始拓展謝頓計畫，也就是進行第二帝國建立之後的心理史學計算。你一定明白，雖然哈里．謝頓是個不世出的天才，他卻不是也不可能是萬事通。我們站在巨人的肩膀上，如今，我們對於心理史學的認識，已經超出謝頓當年可能的極限。

「謝頓的計算終止於第二帝國的誕生，我們則繼續推算下去。其實，我可以大言不慚地說，這個涵蓋第二帝國往後發展的『超謝頓計畫』，絕大部分內容出自我的手筆，這也是我今天坐在這個位子上的主因。

「我告訴你這麼多，是要你別跟我說沒有必要的廢話。我們擁有這麼完善的計算，你怎麼能說謝頓計畫毫無意義？它根本就是完美無瑕的。謝頓計畫能夠安然渡過偏逸世紀，便是它毫無瑕疵的最佳證明，當然，帕佛的天才也功不可沒。年輕人，謝頓計畫究竟有什麼缺陷，你竟敢把它貼上毫無意義的標籤？」

堅迪柏僵直地站在那裡。「您說得很對，第一發言者，謝頓計畫的確毫無瑕疵。」

「那麼，你願收回自己的成見？」

「不，第一發言者。毫無瑕疵正是它的瑕疵，完美無瑕乃是它的致命傷！」

3

第一發言者仍然平靜地望著堅迪柏。他對自己的表情早已練到收放自如，看到堅迪柏這方面的笨拙表現，他感到十分有趣。每一次的訊息交換，這個年輕人都盡量掩飾住自己的情感，但每次卻毫無例外地暴露無遺。

桑帝斯以不帶感情的目光打量著他。堅迪柏是個瘦削的年輕人，比中等身材僅略高一點，他的薄嘴很唇，一雙手瘦骨嶙峋，而且閒不下來。此外，他的一雙黑眼珠顯得冰冷無情，還微微透著積鬱的目光。

第一發言者心知肚明，他是一個難以說服的人。

「你講的是一種詭論，發言者。」他說。

「只是聽來像個詭論，第一發言者。因爲我們一向將謝頓計畫視爲理所當然，大家照單全收，從來未曾置疑。」

「那麼，你的疑問又在哪裡？」

「在於該計畫的最根本。我們都知道，如果該計畫所試圖預測的對象，其中有太多人知曉計畫的本質，甚至只是知曉它的存在，這個計畫就不可能成功。」

「我相信哈里．謝頓瞭解這一點。我甚至相信，他將這個事實定爲心理史學兩大基本公設之一。」

「可是他並未預見騾，第一發言者。因此他也無法預見，當騾證明了第二基地的重要性之後，我們竟然會成爲第一基地成員的眼中釘。」

「哈里．謝頓——」第一發言者忽然打了一個冷顫，閉上了嘴巴。

哈里．謝頓的容貌，第二基地所有的成員都很熟悉。在第二基地大本營中，處處可見謝頓的肖像，不論是二維或三維、照片或全相、淺浮雕或圓雕、坐姿或站姿。這些肖像一律取材自晚年的謝頓，一律是一位慈祥的老者，臉上佈滿代表成熟智慧的皺紋，以表現出這位天才最圓熟的神韻。

第一發言者現在卻想起來，他曾經看過一張據說是謝頓年輕時的相片。那張相片從未受到重視，因爲「年輕」與「謝頓」像是兩個互相矛盾的名詞。但桑帝斯的確看過那張相片，如今他心中突然冒出的念頭，是史陀．堅迪柏和年輕的謝頓極爲相像。

荒唐！根本就是迷信。不論何時何地，不論多麼理智的人，有時也難免會被這種迷信糾纏。自己只是被一種飄忽的神似所欺騙，如果現在那張相片就在眼前，他立刻能發現這只是一種幻象。然而，此時此刻爲什麼會冒出這個傻念頭呢？

他很快回過神來。那只是極短暫的悸動，只是思緒的瞬間脫軌，除了發言者，其他人不可能察覺得到。不過，不曉得堅迪柏會如何詮釋。

「哈里．謝頓，」這次他的語氣非常堅定，「明白未來有無數種可能，都是他所無法預見的，由於這個緣故，他才設立第二基地。我們自己也沒有預測到騾，但是當他威脅到我們的時候，我們立刻覺察到他的危險，及時阻止了他。我們也未曾料到，自己後來竟會成為第一基地的眼中釘，但是危機浮現之際，我們便及時發現，終究阻止了這個發展。在這些歷史事件中，你能找到任何錯誤嗎？」

「舉例而言，」堅迪柏說：「第一基地對我們的戒心，至今仍未解除。」

堅迪柏語氣中的敬意明顯地減少。（根據桑帝斯的判斷）他已經注意到對方聲音中那一下悸動，並且將它詮釋為一種遲疑。這一定要想辦法糾正，桑帝斯這麼想。

第一發言者流暢地說：「讓我來推測一下。第一基地的某些人，將最初四個世紀的艱困歷史，與過去一百二十年的太平歲月做比較，得出一項結論：除非第二基地仍舊好好守護著謝頓計畫，否則不可能有這種結果，當然，他們這個結論完全正確。而且，他們會進而推斷，第二基地根本沒有被摧毀，當然，他們這樣推斷也完全正確。事實上，根據我們收到的一些報告，第一基地的首都世界端點星上，有一個年輕人，一名政府官員，他就十分相信這個說法。我忘了他的名字……」

「葛蘭．崔維茲。」堅迪柏輕聲說：「是我首先從報告中發現這件事，也是我將這個報告轉到您的辦公室。」

「哦？」第一發言者用誇張的禮貌口氣應道。「你是怎麼注意到他的？」

「我們派駐在端點星的某位特務，不久前送回一份冗長的報告，內容是基地新科議員的背景資料。這純粹是一件例行報告，發言者通常都不會留意。不過這份報告卻吸引了我，因為上面有那位新當選的議員葛蘭．崔維茲的詳細描述。我從那些記述中看出來，他似乎過分自信，而且鬥志昂揚。」

「你發現有人和你臭味相投，是嗎？」

「完全不是那麼回事。」堅迪柏僵硬地答道：「他似乎是個莽撞的人，喜歡做些荒唐的事，這點和我很不一樣。總之，在我的指示下，對他進行了一次深入調查。我很快就發現，他如果年輕時被我們吸收，會是第二基地的一位優秀成員。」

「也許吧，」第一發言者說：「但是你也曉得，我們從不吸收端點星的人。」

「這點我很明白。總之，雖然沒有接受過我們的訓練，他卻擁有不凡的直覺。當然，那種直覺完全未經剪裁。因此，雖說他猜到第二基地仍然存在，我也並不感到特別驚訝。然而，我覺得這點已經足夠重要，所以送了一份備忘錄到您的辦公室。」

「從你的態度看來，我猜一定又有什麼新發展。」

「由於具有很強的直覺，他猜中了我們仍舊存在的事實，然後便肆無忌憚地拿來大作文章，結果被逐出了端點星。」

第一發言者揚起雙眉。「你突然停下來，是想要我來詮釋其中的意義。我暫且不動用電腦，以心算大致推估一下謝頓方程式。我猜那個機靈的市長，也有足夠的智慧懷疑我們的存在，因此不希望那個不守紀律的傢伙驚動整個銀河，令她心目中那個第二基地提高警覺。我猜，根據銅人布拉諾的判斷，將崔維茲逐出端點星，才能確保自身的安全。」

「她大可將崔維茲囚禁，或悄悄將他處決。」

「想必你很清楚，將謝頓方程式用到個人身上，得到的結果根本不可靠，那些方程式只適用於人類群體。由於個人行為無法預測，我們可以假設市長是個人道主義者，認為囚禁是一種殘酷的做法，更遑論處決。」

堅迪柏好一陣子沒有再講話，但是這段沉默抵得上滔滔雄辯。他將沉默的時間拿捏得恰到好處，足以令第一發言者動搖自信，又不至於引起對方的反感。

他在心中倒數讀秒，時間一到，他立刻說：「這並不是我心目中的詮釋。我相信，那個崔維茲此時扮演的是個前鋒，而他背後的力量，會對第二基地構成史無前例的威脅——甚至比騾還要危險！」

4

堅迪柏感到很滿意，這番話的確發揮了預期的威力。第一發言者並未料到這種驚人之語，一聽之下方寸大亂。從此刻開始，堅迪柏搶到了主動權。即使他對這個逆轉還有絲毫存疑，一旦桑帝斯再度開口，存疑也立時消失無蹤。

「這和你認爲謝頓計畫毫無意義的主張，又有什麼關係？」

堅迪柏敢打賭自己佔了上風，他決定不讓第一發言者有喘息的機會，隨即以訓人的口氣說：「第一發言者，一般人都深信，謝頓計畫經過偏逸世紀的重大扭曲後，是普芮姆．帕佛又令它回到正軌。但只要仔細研究元光體，您就會發現，直到帕佛死後二十年，偏逸藍線才完全消失，從此再也沒有任何藍線出現。這一點，可歸功於帕佛之後的諸位第一發言者，但這卻是不大可能的事。」

「不大可能？縱使我們幾位都比不上帕佛，可是——爲何不大可能？」

「第一發言者，能否准許我示範一下？利用心理史學的數學，我能清楚地證明，偏逸現象完全消失的機率太小太小了，無論第二基地如何努力，也幾乎無法實現。我的示範得花半個小時，而您必須聚精會神，如果您沒有時間，或者沒有興趣，大可不必答應我的要求。我還有另一個機會，就是請求召開發言者圓桌會議，向所有的發言者公開示範。但是這樣會浪費我的時間，還會引起不必要的爭辯。」

「對，而且可能會讓我丟臉。現在就示範給我看吧，不過我要先警告你，」第一發言者力圖挽回頹勢，「假如你給我看的東西毫無價值，我一輩子不會忘記。」

「果眞毫無價值的話，」堅迪柏以驕傲的口氣，輕鬆地化解對方的攻勢。「我會當場向您辭職。」

示範過程比預定時間超出許多，因爲從頭到尾，第一發言者都在緊緊逼問數學內容。

堅迪柏使用「微光體」極爲熟練，因此其實還節省了一點時間。微光體能將謝頓計畫任何部分以全相畫面顯示，無需以牆壁當螢幕，也不必書桌那麼大的控制台。這種裝置在十年前才正式啓用，第一發言者從未學會操作的訣竅。堅迪柏明白這一點，第一發言者也知道瞞不過他。

堅迪柏將微光體掛在右手拇指上，用其他四根指頭操作控制鍵鈕。他的手指從容地挪移，彷彿是在演奏某種樂器。（他還眞寫過一篇短文，討論兩者的類似之處。）

堅迪柏用微光體產生的（並輕易找到的）方程式，隨著他的解說，不斷蜿蜿蜒蜒地前後運動。必要的時候，他可以隨時叫出定義，列出公設，畫出二維與三維圖表（當然也能將『多維關係式』投影到這些圖表上）。

堅迪柏的解說清晰而精闢，終於使得第一發言者甘拜下風。他心悅誠服地問道：「我不記得看過這樣的分析，這是什麼人的成果？」

「第一發言者，這是我自己的成果。有關這方面的數學基礎，我已經發表過了。」

「非常傑出的創見，堅迪柏發言者。一旦我死了，或者退位的話，下一代第一發言者非你莫屬。」

「我倒沒有想過這一點，第一發言者——可是既然您不可能相信，我索性收回這句話。事實上，我的確想過這件事，並且希望自己能夠成爲第一發言者。因爲不論是誰繼任這個職位，都必須採取一個唯有我才看得清楚的方案。」

「很好，」第一發言者說：「不當的謙虛是很危險的。究竟是什麼樣的方案？或許現任的第一發言者同樣做得到。即使我已經老得無法做出像你那樣的突破，我至少還有能力接受你的指導。」

這實在是相當大方的讓步，堅迪柏完全沒有料到，頓時心中充滿溫暖，雖然他明知這正是老前輩意料中的反應。

「謝謝您，第一發言者，因為我太需要您助我一臂之力。沒有您的英明領導，我自己不可能支配圓桌會議。」（這就叫禮尚往來）「所以說，我想，您已經從我剛才的示範中看出來，我們採取的對策不可能矯正偏逸世紀，也無法使所有的偏逸現象從此消失。」

「這點我很清楚。」第一發言者說：「假定你的數學推導正確無誤，那麼，為了讓謝頓計畫真的完全回到正軌，而且繼續完美無缺地發展下去，我們必須能夠相當準確地預測少數人的反應，甚至是個人的反應。」

「非常正確。既然心理史學的數學做不到這一點，偏逸現象就不可能消失，更不可能永遠不再出現。現在您應該明白，我剛才為什麼會說：謝頓計畫的瑕疵就在於完美無瑕。」

第一發言者說：「現在只有兩種可能，一是謝頓計畫中確實還有偏逸現象，二是你的數學推導犯了錯誤。由於我必須承認，一個多世紀以來，謝頓計畫並未顯現任何偏逸，因此你的推導一定出了問題。可是，我又找不出任何謬誤或無心之失。」

「您犯了一個錯誤，」堅迪柏說：「您排除了第三種可能性。上述兩者確有可能同時成立，謝頓計畫不再有任何偏逸，而我的數學推導也完全正確，雖然後者否定了前者。」

「我看不出有第三種可能。」

「假如謝頓計畫被某種先進的心理史學方法所控制，這個方法超越了我們現有的成就，可以預測一小群人的反應，甚至個人的反應也許都能預測。若且唯若在這個前提下，根據我的數學推導，謝頓計畫會擺脫任何偏逸現象！」

第一發言者沉默不語，過了好一陣子（以第二基地的標準而言），他才說：「那種先進的心理史學方法，我從未聽說過，而聽你的口氣，我確定你也沒有概念。如果連你我都不知情，那麼，某位或某些發言者發展出這種『微觀心理史學』——讓我暫且這樣稱呼——而能對圓桌會議其他成員保密，這種機會是無限小。你同意嗎？」

「我同意。」

「那麼又只剩下兩種可能，一是你的分析有誤，二是微觀心理史學的確存在，卻並非掌握在第二基地手中。」

「完全正確，第一發言者，第二種可能一定就是事實。」

「你能證明這個立論的眞實性嗎？」

「我無法以正式的方法證明，但是請您回想一下：不是早已出現過一個人，可以藉由操縱個人，而影響整個謝頓計畫嗎？」

「我猜你指的是騾。」

「沒錯，正是他。」

「騾專事破壞，如今的問題則是謝頓計畫進行得太順利，太過接近完美，而你的推導證明這是不可能的。你現在要找的是一個『反騾』——他能像騾一樣改寫謝頓計畫，可是動機完全相反，並不是要破壞，而是要精益求精。」

「正是如此，第一發言者，只恨我自己無法表達得這樣精闢。騾是何方神聖？是個突變異種。但他是從哪裡冒出來的？爲什麼具有那種異能？誰也不知道眞正的答案。難道不可能有更多類似的人嗎？」

「顯然不會有。騾最著名的一點就是他無法生育，他的名字便是由此而來。莫非你認為那只是個傳說？」

「我並不是指騾的後人。我的意思是，可能有一大群人——或是現在變成了一大群——全都具有和騾相近的能力，而騾只是那個團體的叛徒。那群人為了自己的理由，非但不想破壞謝頓計畫，反而在盡力維護它。」

「銀河在上，他們為何要維護謝頓計畫？」

「我們又為何要維護它？我們計畫中的第二帝國，是由我們，或者應該說由我們的傳人，來擔任決策者。倘若有更高明的組織在維護這個計畫，他們絕不會把決策權留給我們。他們會自己當家作主，但最終目標又是什麼？他們準備為我們打造什麼樣的第二帝國，難道我們不該設法搞清楚嗎？」

「你又打算如何進行？」

「嗯，端點市長為何要放逐葛蘭．崔維茲？這麼一來，就讓那個具有潛在危險的人物，在銀河中自由自在地橫衝直撞。若說她這樣做是出於人道的動機，我絕對不相信。證諸歷史，第一基地的領導人全是現實主義者，這就是說，他們的行為通常都不顧及道德。事實上，他們的一位傳奇英雄塞佛．哈定，甚至公開挑戰道德觀念。所以說，我認為那些反騾——我也借用您的說法——一定控制住了那個市長。我相信崔維茲已經被他們吸收，而且我還相信，他是攻擊我們的先鋒部隊，將帶給我們極大的危險。」

第一發言者說：「謝頓在上，你也許說對了。但是我們要怎樣說服圓桌會議？」

「第一發言者，您太低估您的權威了。」

第六章　地球

1

崔維茲感到心浮氣躁。他跟裴洛拉特正坐在用餐區，兩人剛吃完中飯。

裴洛拉特說：「我們在太空才待了兩天，我卻已經相當適應，雖說我仍會懷念新鮮空氣、大自然，以及地面的一切。怪啦！那些東西在身邊的時候，我好像從未注意過。話說回來，這裡有我的晶片，還有你那台了不起的電腦，就等於所有的藏書都跟著我，我就感到什麼都不缺。而且，我現在對身處太空這件事，已經一點恐懼感也沒有了。眞不可思議！」

崔維茲含糊地應了一聲。他正在沉思，並未注意到外界的一切。

裴洛拉特又輕聲說：「我並不是想多管閒事，葛蘭，可是我認爲你沒有眞正在聽。我不是個特別有趣的人，總是有點令人厭煩，這你是知道的。話說回來，你好像在想什麼心事——我們遇上麻煩了嗎？你知道嗎，你不必顧忌，什麼事都可以告訴我。我猜自己幫不上什麼忙，但我絕不會驚慌失措，親愛的夥伴。」

「遇上麻煩？」崔維茲似乎回過神來，微微皺了一下眉頭。

「我是指這艘太空艇。它是最新型的，所以我猜也許哪裡出了問題。」裴洛拉特露出淺淺而遲疑的笑容。

崔維茲猛力搖了搖頭。「我眞不該讓你產生這種疑慮，詹諾夫。這艘太空艇沒什麼不對勁，它表現得十全十美。我只不過是在找超波中繼器。」

「啊，我懂了——不過我還是不懂，什麼是超波中繼器？」

「好吧，詹諾夫，讓我爲你解釋一番。我跟端點星保持著聯絡，至少，我隨時聯絡得上端點星，反之亦然。他們一直在觀測這艘太空艇的軌跡，所以知道我們現在的位置。即使他們原先沒這樣做，也能隨時把我們找出來。因爲只要掃瞄近太空的質點，就能定出任何船艦或流星體的位置。但他們還能進一步偵測能量型樣，這樣不但可以區分船艦和流星體，還能辨識每一艘船艦，因爲兩艘船艦使用能量的方式絕不會完全一致。總之，不論我們開啓或關閉哪些設備或裝置，這艘太空艇的能量型樣都有固定的特徵。如果端點星沒有某艘船艦的能量型樣記錄，它的身分當然無法辨識；反之，像我們這艘太空艇，端點星擁有完整的記錄，偵測到立刻能辨識出來。」

裴洛拉特說：「我有一種感覺，葛蘭，文明的進步只不過是加強隱私權的限制。」

「你也許說對了。然而，遲早我們必須進入超空間，否則注定我們這一輩子，只能在距離端點星一兩秒差距的太空遊蕩，只能進行最低程度的星際旅行。反之，取道超空間，我們在普通空間的航跡就變得不連續。我們能在瞬間由一處跳到另一處，我的意思是，有時可以一舉跨越幾百秒差距。我們會突然出現在非常遙遠的地方，由於方位極難預測，實際上我們再也不會被偵測到。」

「我懂了，一點都沒錯。」

「當然，除非他們預先在太空艇中植入一個超波中繼器。那玩意能送出穿越超空間的訊號——一種對應這艘太空艇的特定訊號——端點星當局就一直能知道我們位在何方。懂了嗎，這也等於回答了你的問題。這樣一來，我們在銀河中就無所遁形，不論做多少次超空間躍遷，都不可能擺脫他們的追蹤。」

「可是，葛蘭，」裴洛拉特輕聲說：「難道我們不要基地保護嗎？」

「當然要，詹諾夫，但只限於我們需要的時候。你剛才說過，文明的進步代表不斷剝奪隱私權。哼，我可不想那麼進步。我希望有行動自由，不希望隨時隨地都能被找到，除非我自己請求保護。所以說，假如太空艇上沒有超波中繼器，我會感到比較舒服，舒服千萬倍。」

「你找到了嗎，葛蘭？」

「還沒有。萬一給我找到了，我或許有辦法令它失靈。」

「如果你看到了，能夠一眼認出來嗎？」

「這正是我目前的困難之一，我也許根本認不出來。我知道超波中繼器大概像什麼樣子，也知道如何測試可疑的物件。但這是一艘新型的太空艇，專門爲了特殊任務而設計。超波中繼器也許成了機件的一部分，外表根本看不出來。」

「反之，也可能並沒有超波中繼器，所以你一直找不到。」

「我不敢驟下斷語，但在弄清楚之前，我不想進行任何躍遷。」

裴洛拉特顯得恍然大悟。「原來這就是我們始終在太空飄蕩的原因，我一直在納悶爲何還不進行躍遷。你知道嗎，我對躍遷略有所聞。老實說，我有一點緊張，不知道你何時會命令我繫上安全帶，或者吞一顆藥丸，或是諸如此類的準備工作。」

崔維茲勉強微微一笑。「根本不必擔心，現在不是古時候了。在這種船艦上，一切交給電腦即可。你只要下達指令，電腦便會執行。你根本不會察覺發生了什麼事，唯一的變化只是太空景觀陡然不同了。如果你看過幻燈片，就該知道當幻燈片跳到下一張的時候，會產生什麼樣的變化。嗯，躍遷的感覺大同小異。」

「乖乖，竟然毫無感覺？奇怪！我反倒覺得有點失望。」

「根據我自己的經驗，從來沒有任何感覺，而我所搭乘過的船艦，全部比不上現在這艘太空艇。不過，我們還沒有進行躍遷，並不是因爲超波中繼器的關係，而是我們必須再離端點星遠一點，也得離太陽遠一點。我們距離巨大天體愈遠，就愈容易控制躍遷，也就愈容易抵達預定的普通空間座標。在緊急狀況下，即使距離行星表面只有兩百公里，有時也必須冒險一躍，這時只能祈禱自己運氣夠好。由於在銀河中，安全的空間比不安全的多得太多，一般說來運氣都不會那麼壞。話說回來，總是存在著某些隨機的因素，可能使你在重返普通空間時，出現在一顆巨大恆星幾百萬公里附近，甚至掉進銀河核心，你還來不及眨一下眼睛，就發現已經被烤焦了。我們距離各個天體愈遠，那些因素的影響就愈小，不幸的事件就愈不可能發生。」

「這樣的話，我很讚賞你的謹愼，我們不必急著去投胎。」

「一點都沒錯。尤其是我在行動之前，很想先找到那個超波中繼器，或是設法說服自己超波中繼器並不存在。」

崔維茲似乎又墜入冥想之中，裴洛拉特不得不略微提高音量，以超越那道心靈障礙。「我們還有多少時間？」

「什麼？」

「我的意思是，我親愛的兄弟，如果不考慮那個超波中繼器，你準備在什麼時候進行躍遷？」

「根據我們目前的速度和軌跡，我估計要等到出發後的第四天。我會用電腦算出正確的時間。」

「好吧，那麼你還可以找兩天。我能提供一個建議嗎？」

「請說。」

「我從工作中體會出一個心得——我的工作當然和你的截然不同，但是這個道理或許可以推廣——我的心得是，如果對某個問題猛鑽牛角尖，反倒會弄巧成拙。何不把心情放輕鬆，跟我談點什麼別的，這樣一來，你的潛意識在沒有密集思考的壓力下，也許就會幫你解決這個難題。」

崔維茲先是露出厭煩的神情，隨即哈哈大笑。「嗯，有何不可？告訴我，教授，你爲何會對地球那麼感興趣？你怎麼會想到那種古怪的念頭，認爲人類全都發源於某一顆行星？」

「啊！」裴洛拉特緩緩點頭，整個人浸淫在回憶中。「說來話長，那是三十多年前的事了。我剛進大學的時候，本來想成爲一位生物學家，因爲我對不同世界的物種變異特別感興趣。這種變異，你應該知道——嗯，也許你並不知道，所以想必不介意我從頭說起——這種變異其實非常小，銀河各處所有的生命型態，至少目前我們接觸到的一切生命，都是以水爲介質的蛋白質／核酸生化結構。」

崔維茲說：「我讀的是軍事學院，課程偏重核子學和重力子學，但我並非那種知識狹隘的專才，我對生命的化學基礎略有所知。我們以前學過，水、蛋白質以及核酸，是唯一可能的生命基石。」

「我認爲那個結論並不恰當。比較安全的說法，是至今尚未發現其他形式的生命，或者應該說，還沒有辨識出來，反正你知道這點就成了。更令人驚訝的是，各行星的固有物種，也就是除了那顆行星之外，其他世界都不存在的物種，數目竟然都非常少。現今存在的大多數物種，特別是『智人』，在銀河所有的住人世界幾乎都能發現，而且無論就生物化學、生理學、形態學而言，相互之間都有密切關聯。反之，固有物種彼此的特徵卻有很大差異，不同行星上的固有物種也幾乎沒有交集。」

「嗯，這又怎麼樣？」

「結論就是銀河中某個世界——單獨一個世界——和其他世界截然不同。銀河中有數千萬個世界——沒有人確定究竟有多少——都發展出了生命，但都是些簡單的、纖弱的、稀稀落落的生命，沒有什麼變化，不容易存續，更不容易擴散。可是有一個世界，那個唯一的世界，輕而易舉發展出幾百萬種生物，其中有些非常特化，演化成了高等生命，非常容易增殖和擴散，這就包括我們在內。我們有足夠的智慧形成文明，發展超空間飛行，殖民整個銀河系。而在擴展到整個銀河的過程中，我們隨身帶著許多其他的生物，那些生物彼此間都有淵源，也和人類多少有些親戚關係。」

「仔細想一想，」崔維茲以相當平淡的口氣說：「我認爲這種說法站得住腳。我的意思是，這是個充滿人類的銀河，如果我們假設人類起源於單一的世界，那個世界就必定與眾不同。有何不可呢？生命能夠那麼多樣化發展的機率一定很小，也許只有一億分之一；在一億個能產生生命的世界當中，才出現一個那樣的世界。所以說，頂多只能有一個。」

「但究竟是什麼因素，使得那個世界和其他世界如此不同？」裴洛拉特十分激動，「是什麼條件使它變得獨一無二？」

「大概只是偶然吧。畢竟，目前在數千萬顆行星上，都存在有人類以及人類帶去的其他生命型態，那些行星既然都能維持生命，所以條件一定都差不多。」

「不對！人類這個物種一旦演化成功，一旦發展出科技，一旦在艱難的生存鬥爭中浴火重生，就會具有很強的適應力，即使最不適宜生存的世界，人類也一樣能征服，端點星就是很好的例子。可是你能想像，端點星會演化出什麼智慧生物嗎？當人類初到端點星時，也就是百科全書編者掌權的時代，端點星上最高等的植物，是生長在岩石上的蘚類；而最高等的動物，海中的是珊瑚類生物，陸上的則是類似昆蟲的飛蟲。我們來到之後，將那些生物一掃而光，同時在海洋中放生大量魚類，又在陸地上繁殖兔子、山羊、草本植物、木本植物、五穀雜糧等等。當地的固有生命如今全部絕種，只有在動物園和水族館才看得見。」

「嗯──嗯。」崔維茲無言以對。

裴洛拉特瞪了他足足一分鐘之久，然後發出一聲長嘆，這才說：「你並非眞的感興趣，對不對？怪啦！我發現好像誰都沒有興趣。我想，這是我自己的錯。雖然自己被這個問題深深吸引，我就是無法說得引人入勝。」

崔維茲說：「這個問題很有趣，眞的。可是……可是……又怎麼樣呢？」

「難道你沒有想到，這會是個很有趣的科學研究題目？想想看，一個銀河中獨一無二的世界，只有在那個世界上，才能產生眞正豐富的固有生態。」

「對一位生物學家而言，也許有趣。可惜我不是，你懂了吧，所以你得原諒我。」

「當然啦，親愛的夥伴。只不過，我也從未發現這樣的生物學家。我剛才說過，我本來主修的是生物。我曾經拿這個問題請教我的教授，他同樣興趣缺缺，還勸我應該找些實際的問題。這令我十分反感，我索性轉攻歷史，反正我十幾歲的時候，就很喜愛閱讀歷史書籍。從此以後，我就從歷史的角度，來鑽研『起源問題』。」

崔維茲說：「可是這樣一來，至少讓你找到一個畢生志業，所以你該感謝那位教授的冥頑不靈。」

「對，我想這樣說也有道理。而且這項畢生志業的確有趣，我從來沒有倦勤過。但我實在很想挑起你的興趣，我恨透了永遠這樣自言自語。」

崔維茲突然仰頭大笑，笑得極爲開心。

裴洛拉特平靜的面容，露出幾許被刺傷的神情。「你爲什麼嘲笑我？」

「不是你，詹諾夫，」崔維茲說：「我是在笑我自己的愚蠢。我十分感激你的關心，你知道嗎，你完全說對了。」

「人類起源是個重要的課題？」

「不，不——喔，對，那也重要。但我的意思是，你剛才叫我別再拚命想那個問題，應當把心思轉移到別處去，這個建議眞的有效。當你在講述生命演化方式的時候，我終於想到了怎樣尋找那個超波中繼器——除非它不存在。」

「喔，那件事！」

「對，那件事！我剛才犯了偏執狂。我原先一直用傳統方式尋找，好像還在當年那艘老舊的訓練艦上。我用肉眼查看每個角落，試著尋找各種可疑的物件。我忘了這艘太空艇是數萬年科技進化的結晶。你懂了嗎？」

「不懂，葛蘭。」

「太空艇上有電腦，我怎麼忘了？」

他立刻鑽進自己的艙房，同時揮手叫裴洛拉特一道來。

「我只要試驗它的通訊功能就行了。」他一面說，一面將雙手放到電腦感應板上。

他試著聯絡端點星，如今他們已經飛出數萬公里。

聯絡！通話！他的神經末梢彷彿長出新芽，不斷向外延伸，以不可思議的速度（當然就是光速）伸展到太空，嘗試進行接觸。

崔維茲感覺自己正在觸摸。嗯，不完全是觸摸，而是感觸。嗯，又不完全是感觸，而是……這並不重要，因爲根本沒有語言可以形容。

他「感到」與端點星取得了聯絡。雖然兩者的距離，正以每秒約二十公里的速度愈拉愈遠，聯繫卻始終持續不斷。彷彿行星與太空艇都靜止不動，而且相距僅數公尺而已。

他一句話也沒說，便將聯繫切斷了。他只是在測試通訊的「原則」，並非眞正想做任何通訊。

安納克里昂在八秒差距之外，是距離端點星最近的一顆較大行星。就銀河尺度而言，它就是端點星的後院。若是仿照剛才聯絡端點星的方式，以光速送出一道訊號，想要收到回訊，必須等上五十二個年頭。

聯絡安納克里昂！想像安納克里昂！盡可能想像清楚。你知道它和端點星以及銀河核心的相對位置；你研究過它的歷史和它的行星表面學；服役期間，你曾經推演過如何奪回安納克里昂（如今，它絕不可能遭敵人佔領，那只是個假想狀況罷了）。

太空啊！你曾經到過安納克里昂。

想像它！想像它的模樣！利用超波中繼器，營造置身其上的感覺。

什麼也沒有！他的神經末梢在太空中不停飛舞，卻找不到任何棲身之所。

崔維茲收回意念。「**遠星號**上沒有超波中繼器，詹諾夫，我現在可以肯定了。假如我沒有聽從你的建議，不曉得要多久之後，才能得到這個結論。」

裴洛拉特的面部肌肉雖然沒有動作，卻明顯露出喜色。「我真高興能幫得上忙。這是否表示我們可以躍遷了？」

「不，爲了安全起見，我們還得再等兩天。我們必須遠離各個天體，還記得嗎？這是一艘實驗中的新型太空艇，而且我對它完全沒有認識，通常在這種情況下，我也許得花兩天時間來計算正確的程序，尤其是首度躍遷的恰當『超推力』。不過，我現在有個感覺，電腦將會完全代勞。」

「乖乖！看來，我們會等得無聊死了。」

「無聊？」崔維茲露出燦爛的笑容，「絕不可能！你我兩人，詹諾夫，要好好聊一聊地球。」

裴洛拉特說：「眞的嗎？你是想逗老頭子開心吧？你心地眞好，眞的。」

「亂講！我是想逗我自己開心。詹諾夫，你終於說服了一個人。從你剛才那番話中，我瞭解到地球是宇宙間最重要、最有趣無比的一個題目。」

2

當裴洛拉特在講述他對地球的看法時，崔維茲一定就有了體悟，只是因爲超波中繼器的問題縈繞心中，所以並未立即做出回應。在那個問題迎刃而解之後，崔維茲果然馬上有所反應。

哈里．謝頓最常爲人引述的一句話，大概就是他對第二基地的描述。他曾說第二基地位於「銀河的另一端」，甚至還曾爲該處命名，稱之爲「群星的盡頭」。

這句話收錄在蓋爾．多尼克的記述中。「在銀河的另一端……」根據多尼克爲謝頓所著的傳記，謝頓在接受帝國法庭審判之後，曾經親口對他這麼說。從那一天開始，這句話的含意始終爲人爭論不休。

銀河某一端與「另一端」的連繫究竟是什麼？一條直線，一條螺線，一個圓，還是其他的線條？

現在，崔維茲突然間恍然大悟，瞭解到那既不應該、也不可能是銀河地圖上的任何直線或曲線。眞正的答案，其實更加微妙。

端點星是其中的一端，這是毫無疑問的一件事。沒錯，端點星位於銀河的邊緣——甚至在基地的邊緣——因此「端點」具有字面上的意義。然而，在謝頓說那句話的時候，它也是銀河中最新的世界。嚴格說來它當時尚未存在，只是一個即將建立的世界。

根據這個觀點，銀河的另一端又在何處？基地的另一個邊緣嗎？哈，銀河最古老的世界在哪裡？照裴洛拉特剛才的說法——儘管他自己並不知道這重意義——唯一的答案就是地球。第二基地當然就在地球上。

雖然謝頓曾經說過，銀河的另一端叫作「群星盡頭」，誰又能斷言這不是一種隱喻呢？如果像裴洛拉特那樣回溯人類的歷史，想像時光不斷倒流，便能看到每個住人星系中的人類，逐漸回流到其他的行星系，也就是第一代移民原先的出生地，然後人潮繼續不斷回流——直到最後，所有的人類都退回到某顆行星，那裡便是人類的發源地。而照耀地球的那顆恆星，正是所謂的「群星盡頭」。

崔維茲露出微笑，用近乎崇拜的口吻說：「再多說些有關地球的事，詹諾夫。」

裴洛拉特搖了搖頭。「我知道的都已經告訴你了，眞的。我們要到川陀去，才能找到更多資料。」

崔維茲說：「不會的，詹諾夫，我們不會在那裡找到任何東西。爲什麼呢？因爲我們並不打算去川陀。太空艇由我駕駛，我向你保證我們不會去。」

裴洛拉特的嘴巴立刻張得老大。他好一會兒才喘過氣來，用悲淒的語調說：「喔，我親愛的夥伴！」

崔維茲說：「拜託，詹諾夫，別這樣子。我的意思是，我們要直接去找地球。」

「可是只有川陀才有……」

「沒有，那裡什麼也沒有。你到川陀去，只能找到塵封的檔案，還有變脆的膠捲，到頭來自己也會灰頭土臉，甚至一捏就碎。」

「幾十年來，我一直夢想……」

「你夢想能找到地球。」

「可是只有到了……」

崔維茲突然站起來，傾身向前，一把抓住裴洛拉特的短袖袍。「別再說了，教授，別再提那個地方。在我們還沒登上太空艇之前，當你第一次告訴我，說我們要去尋找地球時，你說我們一定找得到，因為，讓我引述你自己的話：『我已經胸有成竹』。現在，我不要再聽到你提起川陀，我只要你告訴我這個胸有成竹的答案。」

「可是必須先證實啊。目前為止，它還只是一種想法，一線希望，一個模糊的可能性。」

「好！就告訴我這些！」

「你不瞭解，你根本就不瞭解。除了我，沒有任何人研究過這個題目。完全沒有歷史依據，沒有可信的理論，也沒有任何真憑實據。當人們談到地球時，總是抱著半信半疑的態度。至少有一百萬種互相矛盾的傳說……」

「好吧，那麼，你自己的研究又是怎麼做的？」

「我不得不蒐集每一項傳說，每一點可能的歷史，每一件傳聞軼事，每一個撲朔迷離的神話，甚至包括虛構的故事。無論任何資料，只要提到地球這個名字，或是涵蓋起源行星的概念，我都不會放過。三十多年來，我從銀河中每一顆行星上，盡一切可能蒐集各種資料。現在，我只需要到銀河圖書館，去查閱一些最權威可靠的資料。偏偏那座圖書館在……但你不准我說那個地名。」

「對，別提那個地方。我只要你告訴我，在你所蒐集的資料中，哪一條特別吸引你的注意，並且告訴我，你是基於什麼理由，認為那是一條可靠的資料。」

裴洛拉特搖了搖頭。「幫個忙，葛蘭，請別介意我說句老實話，你的口氣聽來像個軍人和政客。研究歷史可不能用這種方法。」

崔維茲做了一個深呼吸，忍下了這口氣。「那就告訴我該用什麼方法，詹諾夫。我們有兩天的時間，你教教我吧。」

「絕對不能只靠某一個或幾個神話傳說。我必須將它們蒐集齊全，然後分析整理。我還創立了一些符號，用來代表內容的各種特色，例如不可能存在的氣候、不符實際情況的行星天文數據、文化英雄並非源自本土等等，總共好幾百項之多，這麼說絕不誇張。沒有必要跟你講所有的細目，兩天時間一定不夠。我告訴過你，我花了三十多年的時間。

「後來我設計出一個電腦程式，能自動搜尋那些神話傳說，找出其中的共同點，還能刪除絕對不可能的部分。我慢慢建立起一個地球模型，包含了地球應有的各種條件。畢竟，如果人類的確發源自單一的行星，那麼該行星的特徵，必定會反映在所有的起源神話，以及每一個文化英雄故事中。嗯，你要不要我講解數學上的細節？」

崔維茲說：「謝謝你，暫時不必。可是你又怎麼知道，沒有被數學模型誤導呢？我們確知端點星是在五百年前才建立的，第一批移民名義上來自川陀，可是他們真正的星籍如果沒有上百，也至少包括幾十個世界。但某人若不知道這段歷史，或許就會假設哈里．謝頓來自地球，因為他並不是在端點星出生的，進而會認為川陀其實就是地球。當然，如果根據謝頓時代的川陀景觀——一個表面覆滿金屬的世界——去尋找川陀，那就一定找不到，而川陀也許就被視為不可能的神話。」

裴洛拉特顯得很高興。「我收回剛才那番軍人和政客的批評，我親愛的夥伴。我現在才發現，你具有了不起的直覺。當然，我得設定一些控制方法。我根據正史以及蒐集來的神話傳說，穿鑿附會了一百組假的歷史，其中一組甚至取材自端點星的早期發展史。然後，我試著將這些創作代入地球模型，結果電腦全部加以否決，沒有一組例外。老實說，這也許代表我欠缺幻想的天分，沒法子編出合理的故事，但我已經盡了全力。」

「我相信你盡了全力，詹諾夫。根據你的模型，地球又應該是什麼樣子？」

「我推算出地球的許多特徵，每個特徵的可能性不盡相同。比方說，銀河中大約有百分之九十的住人行星，自轉週期都介於二十二到二十六銀河標準小時。這……」

崔維茲突然插嘴道：「我希望你沒有在這上面花工夫，詹諾夫，這點毫無神祕可言。一顆適宜住人的行星，不可能自轉得太快或太慢，前者會使大氣環流產生強烈的風暴，後者會使溫度呈現極端變化。這其實是人類刻意選擇的結果，由於人類喜歡住在條件宜人的行星上，因此所有適宜住人的行星都具有相同的特點。可是有人卻說：『這是多麼驚人的巧合！』其實一點都不驚人，甚至不能算巧合。」

「這一點，」裴洛拉特以平靜的口吻說：「事實上是社會科學中衆所周知的現象。我相信在物理學中也是一樣，但我並非物理學家，所以不太敢肯定。無論如何，我知道它稱爲『人本原理』。我們觀測者在觀測過程中，無可避免會影響到被觀測的事件，有時觀測者的存在就足以產生影響。我們現在的問題是，那顆合乎模型的行星在哪裡？哪一顆行星的自轉週期，剛好是一個銀河標準日，也就是二十四個銀河標準小時？」

崔維茲噘起嘴，露出深思熟慮的表情。「你認爲那就是地球嗎？銀河標準時間的訂定，當然有可能以任何世界的特徵時間作標準，對不對？」

「不大可能，這不符合人類的習性。過去一萬兩千年來，川陀一直是銀河的首都；而且足足有兩萬年的時間，它都是銀河中人口最多的世界，可是川陀並沒有將它的自轉週期──一．〇八個銀河標準日──強行推廣到銀河各處。端點星的自轉週期則是〇．九一個標準日，我們也沒有強迫各行星用這個時間當作一天。每一顆行星都有本身的當地行星日，用它作爲計時的標準，而在處理星際間的重要事務時，就會借助於電腦，將行星日和標準日彼此互換。所以說，銀河標準日必然源自地球！」

「爲什麼必然呢？」

「最重要的一個理由，地球曾經是唯一的住人世界，因此地球上的日和年，自然就會成爲標準。而人類殖民到其他世界時，由於社會慣性，這兩個單位很可能繼續被當作標準。所以我建立的地球模型，自轉週期剛好是二十四個銀河標準小時，而它圍繞太陽公轉的週期，則剛好是一個銀河標準年。」

「這難道不會是巧合嗎？」

裴洛拉特哈哈大笑。「現在輪到你認爲巧合了。你想不想打賭，賭這件事眞是巧合？」

「這……這……」崔維茲呑呑吐吐。

「事實上，除此之外，還有一個古老的時間單位，稱爲『月』……」

「我聽說過。」

「它顯然就是地球衛星環繞地球的公轉週期。然而……」

「怎麼樣？」

「嗯，我的模型中有個相當驚人的特點，就是那顆衛星實在太大，它和地球的直徑比超過四分之一。」

「從沒聽過有這種事，詹諾夫。放眼銀河，不論哪個住人行星，都沒有一顆那麼大的衛星。」

「但這可是好現象，」詹諾夫手舞足蹈地說：「如果只有地球才能產生各式各樣的物種，還能演化出智慧生物，它就應該具有獨一無二的自然條件。」

「可是產生各式各樣物種和智慧生物，以及其他一切特點，又跟一顆大衛星有什麼關聯？」

「好啦，現在你問倒我了，我也不知道答案。不過這點很値得深入探討，你難道不覺得嗎？」

崔維茲站了起來，雙手抱在胸前。「可是這又有什麼困難呢？你只要查查住人行星統計表，找一顆自轉週期等於銀河標準日、公轉週期等於銀河標準年的行星。如果它剛好擁有一顆巨大的衛星，你就等於找到了。我猜，你說過你『已經胸有成竹』，代表你已經做過這件事，也已經找到那個世界的位置。」

裴洛拉特露出困窘的表情。「嗯，這個，不是如你想像的那樣。我的確查過統計表，至少曾經請天文學系幫我查過，結果——嗯，讓我直說吧，根本沒有那樣的世界。」

崔維茲又猛然坐下來。「這就代表說，你所有的理論全砸鍋了。」

「我倒覺得並不盡然。」

「什麼叫並不盡然？你建立了一個模型，囊括所有詳盡的細節，結果卻找不到實際符合的行星。這就代表你的模型毫無用處，你必須從頭來過。」

「不，那只代表住人行星統計表並不完整。畢竟，住人行星總共有幾千萬顆，其中一些位置非常偏僻隱匿。比方說，有將近一半的行星，其中人口數目並不精確。此外，還有六十四萬個住人世界，除了名稱之外，有些頂多再附上方位，其他資料一律空白。根據銀河地理學家的估計，未登錄於統計表的住人行星也許上萬。想必那些世界是故意這樣做的，在帝政時期，這樣做可能有助於逃稅。」

「而最近這幾個世紀，」崔維茲以嘲諷的語氣說：「這樣做則可能有助於從事沒本生意。有些時候，幹強盜比正經貿易更容易致富。」

「這我就不曉得了。」裴洛拉特以懷疑的口吻說。

崔維茲又說：「無論如何，不論地球上的居民做何打算，我認爲住人行星清單都該包括地球。根據定義，它是最古老的世界，早期的銀河文明不可能將它遺漏。而一旦登錄在統計表上，它就不會再消失了。這一點，我們當然可以相信社會慣性的效應。」

裴洛拉特露出了猶豫和爲難的神情。「事實上，還眞有呢——在住人行星清單中，眞有一個叫地球的。」

崔維茲瞪大眼睛。「我以爲你剛才明明告訴我，地球並不在那份清單上？」

「清單上並沒有『地球』這個名字。然而，有個叫作『蓋婭』的行星。」

「蓋壓？它跟地球又有什麼關係？」

「蓋子的『蓋』，女字旁的『婭』，它的意思就是地球。」

「詹諾夫，爲什麼它的意思就是地球，而不是其他的東西？這個名字在我聽來毫無意義。」

裴洛拉特的臉孔原本難得有什麼表情，此時卻好像扮了一個鬼臉。「我不知道你會不會相信——根據我對那些神話傳說所做的分析，當年在地球上，存在有好幾種不相同的、彼此無法溝通的語言。」

「什麼？」

「你沒聽錯。畢竟，在整個銀河中，也有上千種不同的腔調……」

「銀河各處當然有許多種方言，彼此卻不是無法溝通的。有些方言即使不容易聽懂，仍未脫離銀河標準語的範疇。」

「當然，但如今星際間保持著持續不斷的交流。倘若某個世界孤立了很長一段時間，又會如何呢？」

「但你講的可是地球本身。那是單一的一顆行星，哪來的什麼孤立？」

「別忘了，地球是人類起源的行星，必然有過一段難以想像的原始時期，沒有星際旅行，沒有電腦，甚至沒有任何科技。經過了無數的生存競爭，人類才由哺乳類祖先中脫穎而出。」

「這種說法太荒謬了。」

聽到這句評語，裴洛拉特立刻露出窘迫的神態。「老弟，討論這個問題也許根本沒用。我從來沒有說服過任何人，我可以肯定，這是我自己的錯。」

崔維茲隨即感到後悔。「詹諾夫，我鄭重道歉，我剛才是脫口而出。你告訴我的這些觀念，畢竟都是我不熟悉的。你花了三十多年的時間，才慢慢建立起這些理論，我卻得一下子照單全收，你必須考慮到這一點。聽我說，我可以想像地球上出現過原始人，他們發展出兩種完全不同、彼此無法溝通的語言……」

「或許有六、七種之多。」裴洛拉特說來沒什麼自信，「地球可能分成好幾個龐大陸塊，起初，各陸塊間也許沒有任何聯繫。每個陸塊上的居民，都有可能發展出獨特的語言。」

崔維茲刻意以嚴肅認眞的口氣說：「各個陸塊上的居民，一旦知曉了彼此的存在，可能也會開始爭辯『起源問題』，爭論究竟在哪個陸塊上，最早出現從動物演化而來的人類。」

「非常有可能，葛蘭。他們那麼做，會是一件非常自然的事。」

「而在那些語言中，有一種以『蓋婭』代表地球，但是『地球』這個名稱則是源自另一種語言。」

「對，對。」

「那個將地球稱作『地球』的語言，後來發展成銀河標準語。可是地球的居民，由於某種原因，卻用另一種語言中的『蓋婭』，來稱呼他們自己的行星。」

「完全正確！你學得眞快，葛蘭。」

「但是，我覺得沒必要把它想得多玄。如果蓋婭眞是地球，雖然名稱不同，可是根據你先前的論點，這個蓋婭的自轉週期應該剛好是一個標準日，公轉週期正是一個標準年，還具有一顆巨大的衛星，以恰好一個月的公轉週期環繞這顆行星。」

「對，一定應該是這樣。」

「好啦，請告訴我，它到底符合還是不符合這些條件？」

「其實我不敢說，統計表上並沒有這些資料。」

「眞的嗎？好吧，那麼，詹諾夫，我們是不是該飛到蓋婭，去測一測它的自轉和公轉週期，並且看一看它的衛星呢？」

「葛蘭，我是很想去。」裴洛拉特相當遲疑，「問題是，它的位置也沒有精確的記載。」

「你的意思是，你掌握的光是一個名字，除此之外一無所有，而這就是你所謂的胸有成竹？」

「但這正是我想去銀河圖書館的原因！」

「慢著，你說統計表中沒有精確位置，究竟有沒有其他任何資料？」

「它被列在賽協爾星區之下，旁邊還加上一個問號。」

「好啦，詹諾夫，別再垂頭喪氣了。就讓我們飛到賽協爾星區，我們總有辦法找到蓋婭的！」

第七章　農夫

1

史陀・堅迪柏正沿著大學外圍的鄉間小路慢跑。通常，第二基地份子很少到川陀的農業世界冒險。他們當然可以這樣做，不過他們出來的時候，絕不會走得太遠，也不會耽擱太久。

堅迪柏卻是個例外，過去他也經常尋思為何如此。尋思的意思就是探索自己的心靈，這是發言者日常的重要功課。他們的心靈兼具矛與盾的功能，必須隨時鍛鍊攻擊與防禦的能力。

至於他為何與眾不同，堅迪柏幫自己找到的滿意答案，是他出身於一個特殊的世界，那裡比一般的住人行星更為寒冷，而且質量更大。十歲那年，他被帶到川陀來的時候（第二基地在整個銀河佈下的特務網，不會放過像他這種天賦異稟的少年），便發現川陀的重力場較弱，而且氣候溫和宜人。因此，他自然比其他人更喜歡到戶外來。

他來到川陀之後，就意識到自己的身材瘦弱矮小，擔心在這個溫暖舒適的世界住久了，會變成溫室裡的花朵。因此，他一直規定自己做許多運動。經過多年持之以恆的鍛鍊，雖然身材仍舊矮小，他卻練就一身銅筋鐵骨與龐大的肺活量。慢跑與健行便是他的健身祕訣之一，關於這一點，已經有些發言者在背後說閒話，堅迪柏卻完全置之不理。

他始終我行我素，從不顧慮自己只是個「第一代」，而圓桌會議的其他成員，一律是第二或第三代，換句話說，他們的父祖輩已經是第二基地份子。此外，他們也全部比他年長，所以除了招惹閒話，他還能指望得到什麼？

根據一項悠久傳統，在發言者圓桌會議上，所有的心靈都必須敞開。（理論上是要完全敞開，不過實際上，鮮有發言者不保留一個隱私的角落。久而久之，這項傳統當然便形同具文。）因此，堅迪柏知道他們眞正的感覺是嫉妒，而他們也知道瞞不過他；正如同堅迪柏瞭解自己的野心是出於自衛，以及過度補償的心理，而他們也都一清二楚。

此外，（堅迪柏的思緒又回到他喜歡出來冒險的原因）自己的童年在一個無拘無束的世界度過。那是個廣大開闊的世界，擁有壯觀而變化多端的自然景觀。他的家鄉位於一個肥沃的谷地，在他心目中，谷地周圍的山脈是全銀河最最美麗的。每當酷寒的冬季，群山更顯現出難以想像的壯麗景色。故鄉世界的風貌，以及遙遠的童年美景，他至今記憶猶新，而且常在夢中重溫昔日的歡樂。所以說，他怎能讓自己關在幾十平方哩大的古代建築中？

他一面跑，一面以輕蔑的目光四處打量。川陀是個溫和舒適的世界，卻缺少了壯美的崎嶇地貌。雖然是個農業世界，但它從來不是一顆肥沃的行星。

或許就是由於這個緣故，再加上其他的因素，使得川陀成為泛銀河的行政中心。當年範圍廣大的行星聯盟，與其後涵蓋整個銀河的帝國，兩者皆定都於此。川陀沒有其他方面的優良條件，也沒有強烈動機向其他方面發展。

大浩劫之後，川陀還能撐下去的原因之一，是它所擁有的大量金屬資源。這是個巨大的「礦藏」，能為五十幾個世界提供廉價的鋼、鋁、鈦、銅、鎂。上萬年所蒐集的各種金屬，就這樣子流散出去，算起來，比當初積聚的速度快上幾百倍。

川陀仍然保存著大量金屬，但全都埋在地底，不再唾手可得。那些阿姆農民（他們從來不會自稱『川陀人』，認為那是不吉利的名字，因此第二基地份子將它保留給自己）不願意再打金屬的主意，而這無疑是出於迷信。

他們是一群笨蛋。留在地底的金屬，很可能會不斷毒害土壤，使原本不肥沃的土地變得更加貧瘠。然而，另一方面，由於人口相當稀疏，再貧瘠的土地也足以養活他們。事實上，金屬的買賣也從未眞正中斷。

堅迪柏的目光盤桓在平直的地平線上。就地質學而言，川陀跟絕大多數的住人世界一樣，是一顆活生生的行星。可是上次大規模的造山運動期，距今至少已有一億年的歷史，因此高山已被侵蝕成低緩的丘陵。即使是丘陵，在川陀歷史上的金屬包覆期，也大多遭到剷平的命運。

「首都灣」位於南方，遠在目力不可及的位置，而再向南便是「東洋」。在地底水產養殖場毀壞殆盡之後，海灣與海洋遂再度重見天日。

向北遙望，可以看到銀河大學的尖塔建築，相較之下低矮寬廣的圖書館（大部分結構位於地底）全部被尖塔遮掩。而再往北走一點，就是皇宮的遺跡。

小路兩旁緊鄰著許多農場，其間偶爾會有一棟建築物。他經過了許多牛群、羊群、雞群，都是川陀農場最常見的家畜與家禽。牠們的心靈一律沒有注意到他。

堅迪柏忽然想到，不論在銀河哪個角落，只要是有人類居住的世界，都能看到這些動物，卻沒有任何兩個世界的品種完全一樣。他還記得家鄉的那些山羊，以及自己豢養並曾擠奶的那頭母羊。牠們似乎比川陀的山羊大許多，個性也比較堅決；川陀上的山羊都是大浩劫之後引進的，屬於體型較小、性情較爲沉穩的品種。在銀河各個住人世界上，每一類動物都有不同的變種，種類幾乎不可勝數。而各個世界的上流社會，都發誓他們最喜歡本地品種，不論是肉類、乳品、蛋類或羊毛，都是自己家鄉的最好。

跟往常一樣，一個阿姆人也看不到。堅迪柏感到農民們是有意躲避，因爲他們不願意被所謂的

「邪者」看見。（他們的方言把『學者』唸成『邪者』，也許還是故意的。）這又是另一個迷信。

堅迪柏抬頭看了看川陀的太陽。現在日頭已經爬得很高，但不會使人感覺悶熱。在這個地帶，這個緯度上，氣候一向四季如春，從來沒有炙人的烈日或刺骨的寒風。（堅迪柏有時甚至懷念酷寒的天氣，至少在想像中十分懷念。他一直沒有再返回母星，大概就是不希望使美夢幻滅，這點他自己也承認。）

他全身的肌肉都感到舒暢，那是一種磨利與緋緊的感覺。他斷定自己跑得夠久了，便逐漸改爲步行，同時做著深呼吸。

對於即將召開的圓桌會議，他已經做好完善的準備。他準備發出最後一擊，一舉改變第二基地的政策；他要讓所有的發言者瞭解到，第一基地與另一個對手都將帶來重大威脅，還要讓他們覺悟，絕不能再依賴「完美的」謝頓計畫，因爲那會帶來致命的危險。他們究竟什麼時候才能明白，完美正是最肯定的警訊？

他心知肚明，若由其他發言者提出這個議題，絕不會遇到什麼問題。而由他提出來，雖然難免會有麻煩，但最後仍舊能夠過關，因爲老桑帝斯會支持他，而且無疑將支持到底。桑帝斯不會希望成爲歷史的罪人，讓第二基地毀在他這位第一發言者手裡。

阿姆人！

堅迪柏猛然一驚。在看到那人之前，他早已感應到那個遙遠的心靈觸鬚。那是一個阿姆農夫的心靈，粗糙而率直。堅迪柏小心翼翼地撤回精神感應力，他僅僅輕觸一下對方的心靈，不會引起任何感覺。在這方面，第二基地的規定非常嚴格。農民們在不知不覺間，爲第二基地提供了最好的屏障，所以必須盡量避免打擾他們。

凡是到川陀來旅行或做生意的人，除了這些農民之外，頂多只能見到幾個活在過去的無名學者。如果趕走這些農民，甚至只是干擾到他們純樸的心靈，就會使學者變得引人注目，進而引發不堪設想的結果。（這是個典型的心理史學問題，初進銀河大學的弟子都要自行證明一次。他們都會發現，只要稍微擾動一下農民的心靈，元光體便會顯出驚人的偏逸現象。）

現在堅迪柏看到他了，的確是一名農夫，徹頭徹尾的阿姆人。他幾乎是典型的川陀農夫模樣——身材又高又壯，皮膚曬成褐色，衣著簡陋隨便，雙臂裸露在外，黑頭髮，黑眼珠，走起路來步伐又大又不雅觀。堅迪柏彷彿已能聞到一股穀倉的味道。（但不該因此蔑視對方，他這麼想。當年，普芮姆．帕佛為了計畫的需要，常常心甘情願扮演農夫的角色。他又矮又胖又鬆垮，哪裡像個農夫。他絕不是靠外表騙倒年少的艾卡蒂，而是憑藉心靈的力量。）

那個農夫踏著沉重的步伐走過來，大剌剌地瞪著他，令堅迪柏不禁皺起眉頭。從來沒有阿姆人用這種目光望著他，即使是小孩子，也會先跑得老遠，才敢對他露出好奇的目光。

堅迪柏並未放慢腳步。反正路很寬，兩人交會時，不必跟對方囉唆，也用不著看他一眼，而且這樣最好。因此，他決定不碰觸那個農夫的心靈。

堅迪柏挪到路邊，那農夫卻不吃這一套，反而停了下來，張開兩腿，伸出雙臂，好像故意擋住去路。然後他說：「喂！你係邪者嗎？」

雖然盡量收斂精神力量，堅迪柏仍然從欺近的心靈中，感受到好勇鬥狠的狂亂情緒。他也停下腳步，現在這種態勢，想要不講幾句話就走過去，已經不可能了，可是對他而言，這是一件煩人的差事。像堅迪柏這種人，早已習慣第二基地的溝通方式，也就是藉由聲音、表情、思想與精神狀態的繁複組合，構成一種迅疾而微妙的心理語言。因此，單純使用聲音來表達意念，總是令他格外厭煩。就像是想撬起一塊大石頭，放著旁邊的鐵棍不用，偏偏要徒手行事一樣。

堅迪柏終於開口，他以平穩而不帶一絲情緒的口氣說：「沒錯，我正是一名學者。」

「嘔！你正是一名邪者。我們現在講外國話嗎？老子看不出你係不係邪者嗎？」他低下頭，戲謔地一鞠躬。「你，係又小又乾又蒼白，鼻孔又朝天的邪者。」

「你想要怎麼樣，阿姆人？」堅迪柏鎮定地問道。

「老子姓氏係魯菲南，大名係卡洛耳。」他的阿姆口音愈來愈重，舌頭捲得非常厲害。

堅迪柏問道：「你想要怎麼樣，卡洛耳．魯菲南？」

「邪者，你姓啥名啥？」

「這有什麼關係嗎？你叫我『邪者』就行了。」

「老子問你，老子就要得到答案，鼻孔朝天的小小邪者。」

「好吧，我的姓名是史陀．堅迪柏，現在我要去辦自己的事了。」

「你要辦啥事？」

堅迪柏突然覺得背上的汗毛豎了起來，因爲附近出現了其他心靈。他根本不必回頭，就能知道後面還有三個阿姆男子，而遠處還有更多人。農夫特有的味道愈來愈濃了。

「卡洛耳．魯菲南，我的事當然與你無關。」

「你竟敢如此說？」魯菲南提高音量，「夥計們，他說他的事同咱們無關。」

身後頓時響起一陣笑聲，然後傳來幾句話：「他說的係對的，他的事係啃書本和擦電腦，並非男子漢的工作。」

「不管我的工作是什麼，」堅迪柏以堅定的口吻說：「我現在要走了。」

「你打算如何走，小小邪者？」魯菲南問道。

「從你身邊走。」

「你想試試看？你不懼怕遭到手臂攔阻？」

「你和所有的夥計一起上？還是你一個人？」堅迪柏突然改用道地的阿姆方言說：「汝不懼單打獨鬥？」

嚴格說來，他不該這樣向對方挑釁。可是這樣一來，至少可以防止他們一擁而上。群毆是絕對要避免的，否則他將被迫採取更輕率的措施。

這句話果然生效了，魯菲南皺起了眉頭。「此地若有懼怕，蛀書蟲，懼怕全在你心中。夥計們，閃開點，站到後頭去，讓他走過來，他將明瞭老子懼不懼單打獨鬥。」

魯菲南舉起一雙粗大的拳頭，不停使勁揮舞著。堅迪柏並不把農夫的拳擊功夫看在眼裡，但仍有可能冷不防地重重挨上一記。

堅迪柏謹慎地發出精神力量，迅疾接觸魯菲南的心靈。他並沒有做太多手腳，只是輕輕接觸一下，對方完全沒有感覺，但是反射機制已經遭到抑制。然後他又將力量延伸出去，探進周圍愈聚愈多的心靈中。堅迪柏的發言者心靈發揮了高超的技藝，不斷迅速來回遊走，在每個心靈中停留的時間恰到好處，並未留下任何痕跡，卻足以偵測到是否藏有可資利用的念頭。

他輕巧而警覺地向魯菲南逼近，注意到沒有其他人準備插手，才總算鬆了一口氣。

魯菲南突然擊出一拳，堅迪柏在他牽動肌肉之前，早已看清他心中的企圖，得以及時閃到一旁。拳頭捲著一陣風聲打過來，差一點就避不開，堅迪柏卻泰然自若地站在那裡。人群中立時發出一連串嘆息聲。

堅迪柏未曾試圖招架或還擊。想要招架，難保自己的手臂不會痛得發麻，而還擊則毫無用處，對方可以輕易承受他的拳頭。

他只能像鬥牛般對付這個莽漢，讓他每次都落空。如此便能漸漸挫盡對方的銳氣，這是直接還手絕對無法做到的。

魯菲南果然像瘋牛般高聲怒吼，再度發動攻擊。堅迪柏又及時往旁邊一閃，正好讓農夫撲了個空。魯菲南又發動第三波攻勢，結果照樣未能得逞。

堅迪柏開始感到呼吸急促。雖然體力消耗不多，但他必須施展似有若無的精神控制力，那是極其困難的一件事。他實在撐不了多久了。

於是他又開口，盡量以最平靜的口吻說：「我要去辦自己的事了。」與此同時，他輕拍著魯菲南的「恐懼抑制機制」，試圖以最不干擾其心靈的方式，喚起農夫對學者的迷信式敬畏。

魯菲南因憤怒而臉孔扭曲，一時之間卻沒有任何動作。堅迪柏能夠感知對方的想法：小小邪者會憑空消失，好像在變戲法。此外，堅迪柏還感覺到他的恐懼逐漸增強，有那麼片刻……

不料這個阿姆人的怒意又陡然高漲，將恐懼感瞬間淹沒。

魯菲南大聲吼道：「夥計們！這邪者會跳舞，腳趾頭很滑溜，瞧不起阿姆人光明正大一拳換一拳的規矩。逮住他，抓牢他，好讓老子跟他換換拳頭。來者是客，他能先打老子，老子——老子再回敬他。」

堅迪柏發現周圍人群中有些空隙。他現在唯一的機會，是設法讓某個空隙保持原狀，以便從那道縫鑽出去，然後拔腿就跑。仗著自己的肺活量，加上足以化解農民意志的精神力量，自己也許能逃過一劫。

他不停地閃躲挪移，不斷發出抑制性的精神力量。

辦不到了，對方的人實在太多，而第二基地的戒律又太嚴格。

他感覺雙臂被許多隻手抓住，他被逮到了。

現在，他至少得干擾幾個人的心靈。這可是大忌，會葬送掉他的前途。但是他的性命——他寶貴的生命——已經岌岌可危。

怎麼會發生這種事？

2

圓桌會議的成員尚未到齊。

一般說來，如果有任何發言者遲到，會議仍會準時召開。此時，桑帝斯想，在場成員無論如何沒有意思再等下去。史陀·堅迪柏是最年輕的發言者，但是他對這個事實卻不夠瞭解。他的言行舉止，在在暗示年輕就是最大的本錢，而年長者應該隨時提醒自己年事已高。其他的發言者都不欣賞堅迪柏，事實上，桑帝斯自己也並非百分之百欣賞他。可是目前的問題，並不是欣賞與否。

他的沉思被黛洛拉·德拉米打斷，她正用一雙又大又藍的眼睛望著他。她的圓臉總是帶著純真友善的表情，恰好掩飾了精明的心靈（唯一能看穿的，是與她地位相同的第二基地份子）以及鷹隼般敏銳的注意力。

她帶著微笑說：「第一發言者，我們還要等下去嗎？」（由於會議尚未正式召開，因此嚴格說來，她的確可以首先打破沉默。不過，其他的發言者或許都會等桑帝斯先開口，因爲根據頭銜，他總是有這個權利。）

桑帝斯以寬容的目光望著她，對她的輕微失禮並不在意。「德拉米發言者，通常我們不會再等下去。但這次召開圓桌會議，正是爲了聽取堅迪柏發言者的意見，最好稍微放鬆一點規定。」

「第一發言者，他到哪裡去了？」

「這一點，德拉米發言者，我並不知道。」

德拉米望了望四周的臉孔。除了第一發言者，應該還有十一位發言者。也就是說，總共只有十二位。五世紀以來，第二基地的勢力與職責擴張了無數倍，但是增加圓桌會議席次的各種嘗試，卻始終沒有成功。

謝頓死後，第二代第一發言者（謝頓本人一向被奉爲第一代第一發言者）就做出明確的規定，將發言者的名額定爲十二名，從此一直沿襲至今。

爲什麼是十二名呢？因爲十二個人很容易等分成幾組。而且這個數目不多不少，集體開會不至於亂成一團，也足夠分成幾組分別行事。再多一些就會大而無當，再少一點則將失去彈性。

上述這些理由，只不過是後人的解釋。事實上，誰也不知道選取這個數字的眞正原因，也不懂爲何應該一成不變。不過，即使是第二基地的成員，有時也難免成爲傳統的奴隸。

當德拉米環視每一張臉孔，接觸每一個心靈時，這個問題在她心中一閃即逝。最後，她以嘲諷的目光，凝視著那個空置的座位——那個地位最低的座位。

她發現沒有人對堅迪柏表示同情，這點令她十分滿意。她始終覺得這個年輕人像蜈蚣一樣令人嫌惡，而這他是咎由自取。只是由於他具有顯著的能力與才幹，因此直到目前爲止，還沒有人公開提議將他交付審判，以取消他的發言權。（在第二基地五百年的歷史中，只有兩位發言者遭到糾舉，不過都沒有被定罪。）

今天堅迪柏無故不出席，顯然是蔑視圓桌會議，這可要比其他犯眾怒的舉動更糟。此時，想要審判堅迪柏的意識陡然高漲，令德拉米覺得很高興。

她繼續說：「第一發言者，您若不知堅迪柏發言者的下落，我很樂意告訴您。」

「請說，發言者。」

「我們之間，有誰不知道這個年輕人，」（她沒有用正式的頭銜稱呼他，當然，這點大家都注意到了）「總是跟阿姆人牽扯不清？至於是些什麼牽扯，我並不想過問，但他此刻正跟他們在一起，而且顯然很關心他們，甚至將他們看得比圓桌會議更爲重要。」

「我相信，」另一位發言者說：「他只是到外面去散步或慢跑，做做運動而已。」德拉米再度微微一笑，她經常面帶笑容，這是惠而不費的舉動。「大學、圖書館、皇宮，以及周圍這一大片領域，都是我們的地盤。雖然跟整個行星比較起來，範圍並不算大，可是要做做運動，我認爲應該足夠寬敞了。第一發言者，我們還不開始嗎？」

第一發言者在心中嘆了一口氣。他有全權讓圓桌會議繼續等待，甚至可以宣佈暫時休會，直到堅迪柏出現了再說。

然而，身爲第一發言者，必須得到其他發言者的支持，如果連消極的支持都沒有，工作不可能會一帆風順，因此得罪他們絕非明智之舉。即使是普芮姆．帕佛，當年爲了貫徹自己的計畫，有時也不得不甜言蜜語一番。何況，堅迪柏的缺席確實令人惱火，連第一發言者自己都有這種感覺。這個年輕人應該受點教訓，好讓他知道不能爲所欲爲。

因此，身爲第一發言者，他率先正式發言：「我們開會吧。堅迪柏發言者從元光體資料中，推導出一些驚人的結果。他相信另外還有一個組織，以更高明的方法在維護謝頓計畫，而且他們這麼做，是爲了他們自己。因此他的看法是，出於自衛，我們必須對這個組織多加瞭解。你們都已經收到這份報告，而召開這次會議的目的，正是讓諸位有機會當面質詢堅迪柏發言者，以便我們達成某種結論，作爲未來政策的指導方針。」

事實上，桑帝斯根本不必說那麼多。他已經敞開自己的心靈，與會人士都能一目瞭然。開口發言只不過是一種禮貌。

德拉米飛快環顧四周，其他十個人似乎都同意讓她擔任反堅迪柏的發言代表。於是她說：「但堅迪柏並不知道，」（她又省掉了頭銜）「也說不出那個組織是何方神聖。」

這是一句不折不扣的直述句，而且語意已經接近無禮的程度。這句話的意思等於是說：我能分析你的心靈，你用不著費心多做解釋。

第一發言者體會到她的言外之意，立刻決定不予理會。「雖然堅迪柏發言者不知道，」（他一絲不苟地使用這個正式稱謂，甚至並未故意加重語氣來強調）「也說不出那個組織的究竟，這並不代表它不存在。第一基地的成員，在他們的歷史上，大部分時間都對我們一無所知，事實上，現在也幾乎不曉得我們的眞相，難道你認爲我們自己也不存在嗎？」

「雖然我們的存在是個祕密，」德拉米答道：「並不代表說，任何東西想要存在，也必須跟我們一樣不爲人知。」她輕輕笑了幾聲。

「有道理。這就是爲什麼堅迪柏發言者的推論，必須以最審愼的態度加以檢驗。他的結論是基於嚴格的數學推導，我自己從頭到尾看過一遍，我奉勸諸位也都能認眞研究一下。它是，」（他尋思著一個適當的心靈表達）「相當具說服力的。」

「那個第一基地人葛蘭．崔維茲，他一直盤踞在您心中，您爲何卻隻字不提？」（又一次無禮的冒犯，第一發言者這回有點光火）「他又是怎麼回事？」

第一發言者答道：「堅迪柏發言者認爲這個人，崔維茲，是那個組織的工具，也許連他自己都蒙在鼓裡，我們絕不能對他掉以輕心。」

「如果這個組織，」德拉米靠向椅背，將灰白的頭髮從眼前撥開，順手推到腦後。「不管它是什麼，如果的確存在，又具有恐怖的強大精神力量，而且如此隱密，那麼，它有可能用這樣公開的手段，假手一個相當搶眼的人物，一名遭到第一基地放逐的議員嗎？」

第一發言者嚴肅地說：「照理應該不會。但我注意到一件令人極爲不安的事，連我自己也不大瞭解。」他好像不知不覺將思緒埋藏起來，羞於讓其他發言者看見。

每位發言者都注意到了這個無形的舉動，根據一項嚴格的要求，他們都對這種愧意表示尊重。德拉米也照做了，但是感到很不耐煩。然後，她遵循既定的公式說：「既然我們明白並且諒解您的愧意，可否請您讓我們知道您的想法？」

於是第一發言者說：「我跟你一樣，看不出有什麼理由，可以假設崔維茲議員是另一個組織的工具。即使他真是工具，我也看不出他能達到什麼目的。但是堅迪柏發言者好像十分肯定，而對於一位有資格擔任發言者的人，我們絕對不能忽視他的直覺。因此，我做了一個嘗試，將心理史學套用在崔維茲身上。」

「套用在單獨一個人身上？」某位發言者以低沉驚訝的口氣問道，同時心中伴隨著一個想法，那等於是清清楚楚的一句：眞是個笨蛋！但他立即表示了悔意。

「套用在單獨一個人身上。」第一發言者說：「你的想法沒錯，我眞是個笨蛋！我自己應該非常清楚，心理史學絕不可能用到個人身上，甚至對一小群人也不靈光。然而，我無法按捺自己的好奇心。我將『人際交點』外推到超過極限很遠的區域，可是我總共用了十六種不同的方法，而且選擇的是一個區域，並非只是一個點。然後，我又分析了我們手中有關崔維茲的所有資料——第一基地的議員多少會受到我們的注意——此外再加上基地市長的資料。最後我將這些結果綜合起來，只怕過程有些亂七八糟。」說到這裡他突然住口。

「怎麼樣？」德拉米追問：「我猜想您……結果出人意料之外嗎？」

「正如諸位預料的一樣，根本沒有任何結果。」第一發言者答道：「單獨一個人的行爲絕對無法預測，但是……但是……」

「但是什麼？」

「我在心理史學上花了四十年的時間，在分析任何問題之前，我都能對結果先有一個相當明確的預感，而且很少猜錯。眼前這個問題，雖然沒有答案，我卻產生一種強烈的感覺，認爲堅迪柏說對了，我們不能對崔維茲置之不理。」

「爲什麼呢，第一發言者？」德拉米問道。第一發言者心中強烈的情緒，顯然令她大吃一驚。

「我感到很羞愧，」第一發言者說：「自己竟然無法抗拒誘惑，將心理史學用在不適用的問題上。而更令我感到羞愧的是，我還允許純粹的直覺左右我自己。但是我身不由己，因爲這種感覺非常強烈。假如堅迪柏發言者說對了，如果我們正遭受到不知名的威脅，那麼根據我的感覺，當我們的危機降臨時，崔維茲將是扭轉乾坤的決定性人物。」

「您這種感覺有什麼根據呢？」德拉米十分驚訝。

第一發言者桑帝斯愁眉苦臉地環視眾人。「我毫無根據，心理史學的數學沒有給出任何結果。可是我觀察各種關係的交互作用，便感到崔維茲是一切事物的關鍵。對這個年輕人，我們一定要密切注意。」

3

堅迪柏心裡明白，他無法及時趕回參加圓桌會議，還有可能永遠回不去了。

他的四肢都被牢牢抓住，但他仍然拚命測試四周的心靈，試圖找出迫使他們釋放自己的最佳方案。

這時，魯菲南正站在他面前耀武揚威。「邪者，你準備好沒？一拳換一拳，一掌換一掌，阿姆傳統方式。來吧，你個子小，你先來打。」

堅迪柏說：「那麼，是否有人同樣抓住閣下？」

魯菲南則說：「放開他。非也非也，光放開手臂，讓他能揮動拳頭。兩隻腳要抓牢，我們不要他再跳舞。」

堅迪柏覺得雙腳好像釘在地上，但是兩隻手可以活動了。

「打呀，邪者。」魯菲南說：「打一拳給咱們看。」

此時，堅迪柏向四處探出的精神感應，突然間發現一個合適的心靈，其中充滿著憤怒、不平與憐憫的情緒。他毫無選擇餘地，必須冒險增強精神力量，然後隨機應變……

他隨即發覺沒有這個必要！他尚未碰觸這個新出現的心靈，它的反應卻和他的預期一樣，完全一模一樣。

他眼前突然出現一個較小的身形——結實健壯，一頭黑髮又長又亂，兩隻手臂舉在前面——瘋狂地衝過來，瘋狂地推開那名阿姆農夫。

那是一個女人。由於堅迪柏太過緊張，一心一意只想脫困，因此剛才渾然不覺，直到現在才憑視覺發現她是女人。想到這裡，他不禁埋怨起自己來。

「卡洛耳．魯菲南！」她對農夫尖聲叫道：「係大欺小的懦夫！一拳換一拳，哪門子阿姆傳統方式？你係那邪者的兩倍大，你打我都比打他危險多。揍一頓那可憐小子你很有名望嗎？我想你不要臉。會有一大堆人指著你鼻子，大家全會說：『那邊有個魯菲南，出了名的大欺小。』我想人人會笑你，再沒一個要臉的阿姆男子會跟你喝酒，再沒一個要臉的阿姆女子會跟你有牽扯。」

魯菲南忙著阻止這一輪猛攻，一面擋開她落下的拳頭，一面不停地討饒：「好啦，蘇拉。好啦，蘇拉。」

堅迪柏感到抓著自己的手通通鬆掉了，魯菲南不再對他橫眉豎眼，每個人的心思都從他身上移開。

蘇拉同樣沒有理睬他，她的怒火全部集中在魯菲南身上。堅迪柏此時回過神來，開始設想怎樣才能讓那股怒火持續不滅，還要讓魯菲南心中的羞愧更加增強，而兩者必須做得恰到好處，不能留下絲毫痕跡。不過，他再度發現這根本沒有必要。

那女人又罵道：「你們全站遠點，聽好。假若大塊頭卡洛耳還對付不了這個營養不良的傢伙，你們這五、六個狐群狗黨一定一起不要臉。你們等一下回到農場，一定會大大吹噓這件大欺小的英勇行爲。你會說：『我抓住那小子的手臂，大塊頭魯菲南打他的臉，他不敢還手。』你會說：『可是我負責抓他的腳，所以光榮也有我一份。』大塊頭魯菲南會說：『我沒法子逮到他，所以我的農友把他抓牢，有他們六個幫忙，我就在他身上獲得勝利。』」

「可是蘇拉，」魯菲南以近乎嗚咽的聲音說：「我告訴邪者，他可以先打。」

「你會怕他那兩隻細手臂的重拳頭才怪，笨頭魯菲南。好啦，讓他愛到哪兒就到哪兒，你們這些人趕緊爬回家，這樣你們的家還會歡迎你們。你們最好禱告今日這件偉大事蹟被人忘掉，假如你們要把我的火氣再升高，那麼你們就甭指望，因爲我一定會把這個消息傳到遠方。」

農夫們沒有再說什麼，全都垂頭喪氣，頭也不回地離開了。

堅迪柏看他們走遠了，才轉過頭來盯著那個女人。她穿著寬鬆的工作服與長褲，腳上套著一雙粗製的鞋子，滿臉都是汗水，正在使勁喘氣。她的鼻子稍嫌大些，胸部很厚實（由於她穿著寬大的工作服，堅迪柏無法百分之百確定），裸露在外的雙臂肌肉發達。這是當然的事，阿姆女子總是跟男人一塊下田幹活。

她雙手叉腰，以嚴肅的目光瞪著他。「好啦，邪者，幹嘛拖拖拉拉？趕快回到『邪者之地』。你懼怕嗎？想我陪你走嗎？」

她身上的衣服顯然好久沒洗了，堅迪柏聞得到上面的汗酸味。但在目前的情況下，露出任何嫌惡的表情，都會是最失禮的行爲。

「我很感謝你，蘇拉小姐……」

「我的姓氏係諾微，」她粗聲說：「全名蘇拉．諾微。你可以叫我諾微，不必多加什麼。」

「我很感謝你，諾微，你幫了我一個大忙。歡迎你陪我走一趟，並非係我懼怕，係有你作伴我感到榮幸。」他優雅地鞠了一個躬，如同對大學裡的女郎致意一般。

諾微漲紅了臉，似乎不知所措，只好也模仿他的動作。「榮幸，係我的。」她彷彿在腦海中翻找許久，才找到這句足以表達喜悅，又顯得很有教養的話。

於是他們一道往回走。堅迪柏很明白，每跨出悠閒的一步，就代表他會在圓桌會議上多遲到幾秒鐘，這是不可饒恕的行爲。但是他現在有很好的機會，可以想想剛才的變故究竟有何深意，因此他鎮定異常，並不在意時間一分一秒溜走。

當大學的建築遙遙在望之際，蘇拉．諾微停下腳步，以遲疑的口氣說：「邪者師傅？」

堅迪柏想，顯然是因爲漸漸接近她口中的「邪者之地」，她的談吐因此愈來愈文雅。他心中突然冒出一個衝動，想要說：「你不再叫我可憐小子？」可是那會害得她無地自容。

「什麼事，諾微？」

「邪者之地非常美觀、非常豪華嗎？」

「是很不錯。」堅迪柏說。

「我曾經做夢我在邪者之地，而且……而且我係一個邪者。」

「改天，」堅迪柏客氣地說：「我帶你參觀一下。」

由她望向他的眼神，看得出她絕不認爲那只是客氣話。「我會寫字，學校師傅教過我。假如我寫信給你，」她假裝只是隨口問問：「我該怎樣標示，才能到你手上？」

「只要寫『發言者之家，第二十七棟』，我就能收到。但我得趕緊走了，諾微。」

他再向她鞠了一躬，而她又試著模仿了一次那個動作，兩人就往相反的方向分道揚鑣。堅迪柏很快便將她從心頭揮去，現在他心中只有圓桌會議，尤其是黛洛拉·德拉米發言者。想到這裡，他的心情突然份外沉重。

第八章 農婦

1

發言者們圍坐在圓桌周圍，個個都在精神屏蔽的掩護下。彷彿他們有志一同，全都將心靈隱藏起來，以免對第一發言者有關崔維茲的陳述，做出難堪的侮辱。他們唯一的舉動，只是偷偷向德拉米看去，即使只是這樣，也已經洩露了他們的態度。在所有的發言者中，德拉米的無禮是出了名的。就連堅迪柏，開會時偶爾也會說些應酬話。

德拉米注意到投向自己的目光，知道她已經沒有選擇的餘地，只好挺身面對這個難局。事實上，她並不想逃避這個問題。在第二基地的歷史上，從來沒有第一發言者因爲「錯誤分析」而遭到糾舉（她故意發明這個說法當作掩飾，其實言外之意就是『無能』）。現在卻有了這個可能，因此她絕不會猶豫畏縮。

「第一發言者！」她以柔和的語氣說，她臉上毫無血色，蒼白的薄嘴唇看來更像是隱形的。「這可是您自己親口說的，您的意見沒有任何根據，心理史學的數學未曾導出任何結果。您是要我們根據玄奧的直覺，做出一個重大無比的決策？」

第一發言者抬起頭來，雙眉緊緊鎖在一起。他注意到衆人都將心靈屏蔽起來，也明白這代表什麼意思。他以冷靜的口吻說：「我並不諱言缺乏證據，也沒有提出任何僞造的結果。我向諸位報告的，是一位第一發言者強烈的直覺——這位第一發言者一生都在鑽研謝頓計畫，累積了數十年的經驗。」他帶著鮮有的孤傲神情環視衆人，令他們的精神屏蔽一一軟化並解除。德拉米（當他的目光轉向她的時候）是最後軟化的一位。

她趕緊在心中注滿毫無敵意的坦然情緒，彷佛什麼事都未曾發生。「第一發言者，我當然接受您的說法。然而，我想您大概願意重新考慮一下。既然您對求助直覺這件事，已經表示羞愧之意，您會不會希望將這段發言從記錄中刪除。如果，根據您的判斷，應該……」

此時，突然插進堅迪柏的聲音：「什麼發言該從記錄中刪除？」

每雙眼睛都立刻轉向。若非在先前那個緊要關頭，他們都將心靈屏蔽，那麼早在堅迪柏進門之前，大家就該感到他已經接近。

「剛才大家的心靈都封閉了？全部不知道我走進來？」堅迪柏以諷刺的口吻說：「我們這個圓桌會議，今天開的是同樂會嗎，竟然沒有人警覺到我的出現？還是你們全都認定我無法出席？」

這一連串的驚人之語，公然破壞了所有的規矩。遲到已經是很糟的事，未經通報闖入會場更是罪加一等，而在第一發言者准許他與會之前，堅迪柏竟然擅自發言，簡直就是罪不可赦。

第一發言者轉頭望向他。其他的問題暫時都不重要了，紀律問題必須最先解決。

「堅迪柏發言者，」他說：「你遲到了，你未經通報就進入會場，並且擅自發言。我若中止你三十天的發言權，你有任何抗辯的理由嗎？」

「當然有。我們應該先來討論，究竟是誰設法讓我遲到，以及原因何在。弄明白這個問題之後，再來討論停權處分的動議。」堅迪柏說得既冷靜又謹慎，不過思緒中夾雜著怒火，他也不在乎有誰會感覺到。

德拉米當然察覺了，她高聲說：「這個男人瘋了。」

「瘋了？這個女人這麼說才瘋了呢，還是因爲她心虛了？第一發言者，我現在向您提出一項攸關個人權益的動議。」堅迪柏說。

「發言者，什麼樣的個人權益？」

「第一發言者，我指控在座某一位企圖謀殺。」

所有的發言者都跳了起來，會場響起了由語言、表情與精神狀態構成的聒噪，幾乎將屋頂都掀翻了。

第一發言者舉起雙手，大聲喝道：「我們必須給這位發言者一個機會，讓他陳述他的個人權益。」他發現必須借助精神力量增強自己的威權，雖然這樣做極不合宜，但也沒有其他選擇。聒噪漸漸止息了。

堅迪柏默默等待，直到會場完全恢復寧靜，沒有一點普通噪音或精神噪音之後，他才說：「剛才，我從阿姆人的道路走回來的時候，照我當時所在的位置，以及行進速度，都絕對不可能遲到。但我在半途被幾個農夫攔住去路，差點挨了一頓揍，甚至可能被打死。由於這個緣故，我才耽擱了，直到現在才趕來。首先請容我指出，據我所知，自大浩劫之後，從來沒有任何阿姆人對第二基地份子出言不遜，動粗就更不用說了。」

「我也沒聽說過。」第一發言者說。

德拉米突然叫道：「第二基地份子向來很少單獨走到阿姆人的地盤！你偏偏這麼做，這叫咎由自取！」

「沒錯，」堅迪柏說：「我經常單獨走到阿姆人的地盤。每條路我都走了幾百遍，可是從來沒有遇上麻煩。其他人雖然不像我這樣到處走，卻也沒有人自我放逐，把自己永遠關在大學裡，可是沒聽說有誰遭到過阻攔。我記得德拉米有時候——」此時，他好像才想起來該加上頭銜，可是爲時已晚，索性決定趁機羞辱她一下。「我的意思是，我記得德拉米『女發言者』有時也會到阿姆人的地盤，可是從來沒有人跟她搭訕。」

「或許，」德拉米將眼睛瞪得跟銅鈴一樣大，「因為我不主動跟他們攀談，因為我總是保持安全距離。換言之，因為我舉止合宜，所以受到他們的尊敬。」

「怪了，」堅迪柏道：「我正想說，是因為你看起來比我可怕。畢竟，即使在我們這裡，也很少有人敢接近你。可是請告訴我，過去有那麼多次機會，為何阿姆人從來未曾攔阻我的去路，卻偏偏選擇今天，當我正趕回來參加一個重要會議的時候？」

「若非由於你舉止失當，那就一定是巧合。」德拉米說：「我從來沒聽說過，謝頓的數學能取消機率在銀河中扮演的角色，個人事件尤其如此。或者你的這番話，也是根據直覺而來的靈感？」

（這話旁敲側擊地攻擊了第一發言者，令一、兩位發言者在心中輕嘆一聲。）

「並非我舉止失當，也不是什麼巧合，這是早就計畫好的行動。」堅迪柏說。

「我們又怎能確定呢？」第一發言者溫和地問道。由於德拉米剛才的諷刺，他對堅迪柏的態度不免緩和許多。

「我將心靈向您敞開，第一發言者。我把剛才那件事的記憶，全部傳遞給您，以及圓桌會議每一位成員。」

記憶傳遞只花了極短暫的時間，然後第一發言者說：「真可怕！在那麼大的壓力下，發言者，你表現得非常有分寸。我同意那個阿姆人的行為的確反常，保證會下令調查。現在，請加入我們的討論……」

「且慢！」德拉米突然插嘴道：「我們如何肯定這位發言者的陳述盡皆屬實？」

面對這樣的侮辱，堅迪柏氣得幾乎鼻孔冒火，但他仍然勉力維持著鎮靜。「我的心靈是敞開的。」

「我知道有些看似敞開的心靈，其實不然。」

「這點我倒並不懷疑，發言者，」堅迪柏說：「因爲你跟大家一樣，一定隨時隨地檢視自己的心靈。然而我跟你不同，當我打開心靈，它就完全敞開。」

第一發言者說：「我們不要再……」

「我也要提出一項有關個人權益的動議，第一發言者，同時我要向您道歉，請原諒我剛才打岔。」德拉米說。

「發言者，什麼樣的個人權益？」

「堅迪柏發言者指控我們其中一人企圖謀殺，教唆那個農夫攻擊他。在這項指控尚未撤回之前，我必須被視爲兇嫌，在座每一位也都一樣。包括您在內，第一發言者。」

第一發言者說：「你願意撤回這項指控嗎，堅迪柏發言者？」

堅迪柏坐到自己的座位上，兩手緊緊抓住扶手，彷彿要將座椅據爲己有。他說：「我願意，可是得有人先解釋一下，在我趕來參加會議的時候，爲什麼會有一個阿姆農夫，夥同其他幾個同伴，竟然故意要攔阻我。」

「這也許有上千個原因，」第一發言者說：「我重申一遍，這件事一定會詳加調查。現在，堅迪柏發言者，爲了討論得以繼續進行，可否請你撤回指控？」

「不行，第一發言者。剛才，我花了好幾分鐘時間，盡可能以最精妙的手法探索對方的心靈，設法轉變他的行爲，又不至於造成傷害，結果我失敗了。他的心靈缺乏應有的彈性，他的情緒全被定型，彷彿受到外在心靈的控制。」

德拉米突然擠出一絲笑意，接口道：「而你認爲那個外在心靈，正是我們其中之一？難道就不會是你所謂的神祕組織，那個和我們對立、比我們更強大的組織幹的嗎？」

「有這個可能。」堅迪柏說。

「這樣的話，我們這些人都是清白的，因爲我們都不屬於那個只有你才知道的組織，所以你應該立刻撤回指控。難道說，你是想指控在座某個人，受到了那個神祕組織的控制？也許我們其中某一位成員，已經不完全是他自己了？」

「或許吧。」堅迪柏冷冷地答道，他很清楚德拉米正在把他引進一個圈套。

「不過也有可能，」德拉米準備開始收緊圈套，「你所幻想的這個既祕密又隱密的神祕組織，只是一個妄想症患者的惡夢。根據你的被迫害妄想，阿姆農夫們受到影響，發言者也都受到祕密控制。然而，我願意暫且遷就你的奇特思路。發言者，你認爲我們中間，哪一個人受到控制？會不會就是本人？」

堅迪柏回答說：「我倒不這麼想，發言者。你若試圖用這麼迂迴的方式剷除我，就不會如此公然對我表示憎惡。」

「也許是負負得正的結果吧？」德拉米柔聲說，口氣得意之至。「妄想症患者很容易得出這種結論。」

「既然你這麼說，那就有此可能。你的妄想經驗比我豐富多了。」

另一名發言者列斯提姆．吉安尼，突然怒聲插嘴道：「聽好，堅迪柏發言者，如果你洗刷了德拉米發言者的嫌疑，就等於指控我們其他人嫌疑更重。我們其中無論哪一個，又有什麼理由要阻延你參加會議，更遑論要置你於死地？」

堅迪柏好像就是在等這個問題，他立刻答道：「我剛才進來的時候，你們正在討論將某些發言從記錄中刪除。那是第一發言者的發言，而我是唯一未能聽到的發言者。請讓我知道它的內容，相信我就能找出某人阻延我的動機。」

第一發言者說：「我剛才在陳述——結果德拉米發言者和其他人都表示強烈反對——我根據直覺以及心理史學的不當應用，斷定謝頓計畫未來的成敗，全繫於遭到放逐的第一基地人葛蘭．崔維茲身上。」

堅迪柏說：「其他發言者怎麼想，那是他們的事。就我自己而言，我完全同意這個假設。崔維茲是關鍵所在，他突然被第一基地放逐到太空，我認爲內幕絕不單純。」

德拉米說：「堅迪柏發言者，你是不是想講，崔維茲——或是放逐他的那些人——已在那個神祕組織的掌握中？也許每一個人和每一件事都受到了他們的控制，只有你、第一發言者，還有我是例外，因爲你已經宣稱我並未受到控制。」

堅迪柏答道：「這些瘋言瘋語我根本不必回答。接下來我想要問的是，在座的發言者當中，有誰願意對第一發言者和我的觀點表示贊同？我經過第一發言者的許可，分發給各位的那些數學推導，想必各位已經看過了。」

會場中一片死寂。

「我再重複一遍我的問題，」堅迪柏說：「還有哪位同意？」

仍是一片死寂。

堅迪柏說：「第一發言者，現在我知道阻延我的動機了。」

第一發言者說：「請你明講。」

「您曾經表示過，我們需要對那個第一基地人崔維茲，採取因應對策。這就代表我們將採取積極主動。諸位發言者若看過我的報告，就該對醞釀中的改革至少有個概念。然而，假使全體發言者一致反對您——全體一致反對，那麼，根據固有的權限，您就無法做出任何改變。可是只要有一位發言者支持您，您就能夠施行新的政策。而我就是那位會支持您的發言者，任何人只要讀過我的報告，都可以瞭解這一點。因此，必須不計任何代價阻止我出席圓桌會議。這個詭計幾乎得逞，但我現在還是趕來了，而我表明支持第一發言者的立場。既然我贊同他的觀點，那麼根據固有的慣例，他就能對其他十位發言者的反對置之不理。」

德拉米使勁敲了一下會議桌。「這就代表，某人事先知道第一發言者準備討論的內容，並且事先知道堅迪柏發言者會支持這個提案，而其他人全部會反對。換句話說，這個人能獲悉他不可能知曉的事。我們還可以進一步推論，這個先發制人的計畫，是堅迪柏發言者妄想出的那個組織所不喜歡的，因此他們才會出面阻撓，而且我們當中的一位或幾位，已經在那個組織控制之下。」

「這些推論都很正確。」堅迪柏表示同意，「你的分析實在極為精闢。」

「你指控的到底是誰？」德拉米大聲叫道。

「我不想指控誰，這件事我想請第一發言者處理。現在事態已經很明顯，我們當中的確有人暗中和我們為敵。我在此提出一項建議，每一個為第二基地工作的人，都接受一次徹底的精神結構分析。每一個人，包括所有的發言者，甚至包括我自己和第一發言者。」

圓桌會議的秩序立時失控，出現了史無前例的混亂場面與激動情緒。

等到第一發言者終於正式宣佈休會，堅迪柏沒有跟任何人打招呼，逕自回到自己的房間。他心中很明白，其他發言者都不是他的朋友，就連第一發言者所能提供的支持，也頂多算是半推半就。

他自己也無法分辨，他究竟是為自己擔心，還是在憂慮整個第二基地的安危。末日即將降臨的感覺，令他滿嘴苦澀。

2

當天晚上，堅迪柏睡得很不好。不論在清醒的思緒中，或是睡眠的夢境裡，他都跟德拉米爭吵不休。在某個夢境中，她竟然和那個阿姆農夫魯菲南融成一體，於是，堅迪柏眼前出現一個比例怪異的德拉米，一步步向他逼近。她掄著兩個巨大的拳頭，臉上帶著甜美的微笑，還露出許多細長的尖牙。

直到床頭櫃上的蜂鳴器發出微弱的聲音，他才總算醒了過來。現在早已過了他平日的起床時間，他卻一點也沒有歇息過的感覺。他趕緊轉過身來，按下對講機的鍵鈕。

「喂？什麼事？」

「發言者！」說話的是那層樓的舍監，語氣中欠缺應有的尊重。「有個訪客希望見你。」

「訪客？」堅迪柏按了按行事曆的開關，螢幕顯示中午以前並無任何約會。他再按下時間顯示鍵，現在是上午八點三十二分。他沒好氣地問道：「究竟是什麼人？」

「發言者，那人不願通報姓名。」然後，舍監用明顯不以為然的口氣說：「是個阿姆人，發言者，說是應你之邀來的。」最後半句話的口氣更加不以為然。

「讓他到會客室等我，我還要一陣子才能下來。」

堅迪柏一點也不急。沐浴的時候，他一直陷入沉思。有人利用阿姆人來阻撓他的行動，這個假設愈想愈合理，但他更想知道究竟是何方神聖。現在這個登堂入室來找他的阿姆人又是誰？這是另一個精心佈置的陷阱嗎？

謝頓在上，一個阿姆農夫到大學來做什麼？他能有什麼藉口？真正的來意又是什麼？

有那麼一瞬間，堅迪柏想到是否應該攜械防身。但他幾乎立刻打消這個念頭，因為他充滿高傲的自信，確定自己在大學校園中不會有任何危險。在這裡，他能輕而易舉控制任何一個農夫，卻不會在阿姆人心靈中留下過深的痕跡。

堅迪柏判斷，一定是由於昨天卡洛耳·魯菲南帶來的麻煩，令他受到強烈的震撼，才會變得這般疑神疑鬼。對了，會不會就是那個農夫呢？或許他已不再受到干擾——不論是什麼人或什麼組織的干擾——他當然會擔心受到懲罰，因而主動前來道歉。可是魯菲南怎麼知道該到這裡來？又怎麼會找到自己呢？

堅迪柏大搖大擺走過迴廊，打定主意兵來將擋。他剛踏進會客室，立刻大吃一驚，連忙轉身去找那名舍監。後者坐在玻璃圍成的隔間中，正在假裝埋頭辦公。

「舍監，你沒說訪客是個女的。」

舍監沉著地回答說：「發言者，我說是個阿姆人，你就沒有再問下去。」

「問一句答一句是嗎，舍監？我得記住這是你的特點。」（此外，還得查一查他是不是德拉米的眼線。而且從現在開始，必須記得注意身邊每一名工作人員。這些『低層人員』很容易被他這種人忽視，雖然他才剛剛升任發言者不久。）「哪一間會議室空著？」

舍監答道：「只有四號會議室空著，發言者，有三小時的空檔。」他裝著一副老實的模樣，瞥了瞥那個阿姆女子，又瞥了瞥堅迪柏。

「那我們就用四號會議室，舍監，我還要勸你一句話，別多管他人的心靈。」堅迪柏投射出並不算弱的精神力量，舍監根本來不及防禦。如此對付一個弱勢的心靈，實在有損身分，這點堅迪柏很明白。可是像他這種人，既然無法掩飾心中的下流揣測，就不該一直樂此不疲。舍監至少要頭疼好幾個小時，那是他罪有應得。

3

堅迪柏並未立刻想起她的名字，也沒有心情費神去想。無論如何，她也不可能指望他記得。

他沒好氣地說：「你是……」

「我係諾微，邪者師傅。」她幾乎是喘著氣說出這句話的，「我的名係蘇拉，但我只用諾微稱呼。」

「對了，諾微，我們昨天見過面，現在我記起來了。我沒有忘記你跳出來保護我。」在大學校園中，他實在無法改用阿姆腔調說話。「你是怎麼找到這裡來的？」

「師傅，你說我可寫信給你。你說要寫『發言者之家，第二十七棟』。我自己送信來，我拿給他們看。係我自己寫的，師傅。」她流露出摻雜著害羞的驕傲，「他們問：『寫這信給誰？』邪者師傅，你對那笨頭魯菲南說話的時候，我聽到你講自己的姓名，所以我說係送給史陀．堅迪柏。」

「他們就這樣讓你進來，諾微？他們沒有要求看那封信嗎？」

「我非常驚嚇，我想也許他們感受輕微抱歉。我說：『堅迪柏邪者答應帶我參觀邪者之地。』他們都笑起來，大門口一個人對另一個人說：『他還會帶她參觀別的。』他們指出我該哪裡走，說不可走到別的他處，否則一下子把我趕出去。」

堅迪柏的雙頰泛紅。謝頓在上，他若需要找阿姆女子尋歡作樂，絕不會如此明目張膽，也不會這麼饑不擇食。他再看了這個阿姆女子一眼，不禁在心中暗自搖頭。

她似乎相當年輕，也許風吹日曬使她看來比實際年齡還大。反正她不會超過二十五歲，這種年齡的阿姆女子通常已經嫁人。而她將黑髮紮成辮子，這就代表她依然未婚，而且還是處女，這點他倒並不驚訝。從她昨天的表現，看得出她有當潑婦的足夠本錢。堅迪柏甚至懷疑，是否有任何阿姆男子，膽敢消受她的伶牙俐齒再加上重拳。她的外表也不吸引人，雖然她已經費盡心血裝扮，臉蛋看來仍舊瘦削而平庸，雙手則是又紅又腫，骨節粗大。她的身材天生就是吃苦耐勞型，沒有半分婀娜多姿的美感。

在他仔細的打量下，她的下唇開始微微發顫。他能清楚地感知她的尷尬與恐懼，同情心油然而生。昨天她的確幫了大忙，他可不能知恩不報。

堅迪柏試著用溫和的話語撫慰她，他說：「所以你是來參觀……喔……學者之地？」

她將眼睛睜得老大（那雙黑眼珠倒滿秀氣），回答說：「師傅，別生我的怒氣，但我來係自己要做邪者。」

「你想做一個學者？」堅迪柏感到這句話像晴天霹靂，「我的好姑娘——」

他說不下去了。她只是個完全不通世故的農婦，自己究竟該如何向她解釋，想要成爲阿姆人口中的「邪者」，必須具備怎樣的智慧與精神耐力，還必須接受多少訓練。

可是蘇拉．諾微卻拚命強調：「我會寫字，也會讀書。我讀完好些書本，都是從尾讀到頭。我永遠希望做邪者，我不希望做農夫老婆，我不係該待在農場的人。我不會嫁農夫，生下許多農夫娃娃。」她突然抬起頭，驕傲地說：「我被人求婚，有很多次，我總說『不要』。我係客氣地說，但不要就不要。」

堅迪柏一眼就能看出她在騙人，根本沒有人向她求過婚。可是他裝著一副嚴肅的表情，對她說：「如果你不結婚，你這輩子想做什麼？」

諾微伸出一隻手來按在桌上。「我要做邪者，我不做農婦。」

「萬一我不能使你成爲學者呢？」

「那我什麼都不做，我就等死。若我不做邪者，我這輩子沒有意義。」

堅迪柏突然有一個衝動，想要探索她的心靈，弄清楚她的動機究竟有多強。可是這樣做是不對的，身爲一名發言者，不能爲了滿足自己的好奇心，就隨便進入他人毫無抵抗力的心靈，在裡頭肆意翻找答案。與其他各行各業一樣，精神控制這門科技——所謂的精神力學——也自有一套規範，至少各人心中都有一把尺。（他忽然對攻擊舍監的舉動感到後悔。）

他又說：「爲什麼不願意做個農婦呢，諾微？」他只需要動一點手腳，就能使她對這個命運心滿意足，然後再影響一個阿姆鄉巴佬，讓他樂意把她娶回家，並且讓她死心塌地跟著他。這樣做不會有任何害處，而且是一種善舉。但這是違反法律的行爲，因此連想都不該想。

她回答說：「我不做。農夫係大老粗，每日在泥巴裡打滾，自己也變成一團泥巴。若我做農婦，我也變成一團泥巴。我會失去時間讀書寫字，我會遺忘。我的腦袋，」她伸出手來指著太陽穴，「會變餿和腐壞。不！邪者係不一樣的人，係有心人！」（堅迪柏明白，她其實是指『聰明人』，而不是『思慮周到的人』。）

「邪者身邊全係書本，」她繼續說：「還有……還有……我忘掉它稱什麼名字。」她比劃了一個動作，有點像在操作什麼儀器。若是沒有接收到她的精神輻射，堅迪柏根本猜不出她的意思。

「微縮膠捲。」他說：「你怎麼聽說過微縮膠捲？」

「從書本裡頭，我讀到許多東西。」她得意地說。

堅迪柏再也按捺不住好奇心。這是一個不尋常的阿姆女子，他從未聽說過有人像她這樣。第二基地一向不吸收阿姆人，可是諾微若再年輕一點，比如說只有十歲……

眞可惜！他不願騷擾她，絕對不願意。可是，如果不能觀察一個不尋常的心靈，從中學到更多的精神力學知識，又怎麼配做一名發言者？

於是他說：「諾微，我要你在這裡坐一會兒。心情盡量放平靜，一句話也別說，也別想要說什麼。只要想著睡著了，你懂嗎？」

她的恐懼感立刻復發。「爲何要我這樣做，師傅？」

「因爲我想考慮一下，怎樣才能使你成爲學者。」

畢竟，無論看過多少書，她終究不可能瞭解身爲「學者」的眞正意義。因此有必要瞭解一下，她心目中的學者到底是什麼樣子。

他開始探入她的心靈，手法無比精妙又極度謹愼，並沒有眞正接觸，卻能感知其中的內容。就像將手掌放在光滑的金屬表面，而不留下任何指紋。結果他發現，她以爲學者就是永遠在讀書的人，至於爲什麼讀書，她卻連絲毫概念都沒有。對於她自己成爲學者這件事，她心中的圖像是繼續日常的工作，煮飯、洗衣、擦地、搬運東西、聽從吩咐。只不過是換成在大學裡幹活，因此可以接觸許多書籍，而她也能有閒暇讀書，然後就能「變得有學問」，但那只是非常模糊的念頭。將這些想法加在一起，等於她想在這裡做個僕人——他自己的僕人。

堅迪柏不禁皺起眉頭。一名阿姆女僕——平庸、粗俗、無知、跡近文盲——簡直難以想像。

他只需要改變她的想法就行了。一定有辦法能調整她的欲望，讓她心甘情願當個農婦。這必須做得不著痕跡，要讓德拉米也無從挑剔。

或者她正是德拉米派來的？這會不會是個精心策劃的陰謀，目的是引誘自己去干擾一個阿姆心靈，然後就被抓個正著並遭到糾舉？

荒唐，他果眞出現了妄想症的跡象。在她單純心靈的某個角落，精神細流需要稍加轉向。只要輕輕推一下就行了。

這樣做是違反法律的，但是不會有什麼害處，也不會有任何人注意到。

他陡然停下來。

向後退，向後退，向後退。

太空啊！他差一點就沒注意到！

難道自己眞的產生了幻覺？

不可能！現在他的注意力集中在那裡，他能辨識得清清楚楚。有一根最細微的精神纖維顯得凌亂——一種不正常的亂象，可是又過分細緻，幾乎沒有分歧。

堅迪柏趕緊鑽出她的心靈，輕聲說：「諾微。」

她的目光重新聚焦。「什麼事，師傅？」

堅迪柏說：「你可以在我手下工作，我會讓你成爲一名學者……」

她眼睛一亮，興奮地叫道：「師傅——」

他隨即察覺她要跪在自己腳下，連忙伸出雙手，使勁抓住她的肩膀。「別動，諾微。待在原處，不要動！」

他好像在跟一隻稍微受過訓練的動物講話。直到看出命令貫穿她的心靈，他才鬆開手。剛才抓著她的時候，他感覺到她的上臂肌肉好結實。

他說：「假如你想成爲學者，就要表現得有學者的模樣。這就代表說，你隨時要保持肅靜，隨時要輕聲細語，隨時要聽從我的指導。此外，你必須試著學習我的說話方式，還得和其他的學者接觸。你會害怕嗎？」

「我不會驚嚇——不會害怕的，師傅，只要你跟我一起。」

「我會跟你在一起的。不過，我得先爲你找一個房間，替你安排盥洗室、餐廳座位和適當的衣著。你必須穿得像個學者才行，諾微。」

「這些係我全部……」她的口氣突然變得哀傷。

「我們會幫你找些合適的衣服。」

堅迪柏知道必須找個婦人幫忙，請她替諾微準備一些衣物。他還得再找一個人，教導這個阿姆女子基本衛生習慣。畢竟，她現在穿的衣服可能是她最好的行頭，而且她顯然刻意梳洗過，但她身上仍舊有一股異味，聞起來有些不舒服。

除此之外，他還得跟她劃清界線，不能讓人產生誤會。第二基地的男人（女人也如是），有些偶爾會出去找阿姆人尋歡作樂，這已經是公開的祕密。只要從頭到尾沒有干擾阿姆人的心靈，絕不會有人對這種事大驚小怪。堅迪柏自己從來不喜歡這樣做，他認爲校園中的男女關係就能滿足自己，所以不必再去尋找或許更狂野、更有味的性愛。跟阿姆女子比較起來，第二基地的女性顯得蒼白瘦弱，可是她們個個都很乾淨，而且皮膚光滑細嫩。

不過即使引起誤會，讓人暗笑他這個發言者做得太過分，不但愛打野食，還把一個阿姆女子帶到自己的房間來，他也必須忍受這種尷尬。因爲，德拉米發言者與圓桌會議的其他成員，勢必會跟自己決裂，而在那場即將來臨的對決中，這個農婦——蘇拉·諾微——將是自己致勝的關鍵。

4

堅迪柏整天都沒有再見到諾微，直到晚餐後，幫諾微打點的那位婦人才又將她帶到他面前。今天早上，堅迪柏曾對那婦人一而再、再而三地解釋——至少，他們兩人之間沒有任何肉體關係。婦人似乎聽懂了，或者應該說，起碼不敢表現出不解的模樣，這樣也許就夠了。

此時諾微站在他面前，臉上同時流露出害羞、驕傲、困窘、得意等等錯綜複雜的表情。

堅迪柏說：「你看來眞不錯，諾微。」

她們幫她找的衣服竟然極爲合身，而且她穿起來一點也不顯得滑稽。她們是否幫她束過腰？幫她把胸部托高？還是她穿著農婦服裝時，這些部分無法突顯出來？

她的臀部十分突出，但是不至於難看。當然，她的面容仍然平庸，不過等到被曬黑的膚色褪去，她又學會如何打扮之後，看起來就不會太醜了。

一定是舊帝國的幽靈作祟，那婦人還是把諾微當成了他的情婦，挖空心思讓她顯得好看一點。

他隨即想：嗯，有何不可呢？

諾微終將出現在發言者圓桌會議上。她看來愈吸引人，自己的立論就愈容易被接受。

他剛想到這一點，第一發言者的訊息便飄然而至。在這個精神掛帥的社會，這是一種理所當然的聯絡方式，通稱爲「偶合效應」，但並非十分正式的名稱。假如某甲模糊地想到某乙，某乙同時也模糊地想到某甲，便會產生一種相互提升的刺激，幾秒鐘之內，就能使兩人的念頭都變得清晰、明確，而且顯然彼此同步。

這種效應有時會讓人嚇一跳，即使瞭解來龍去脈的人也不例外。尤其是原先那個念頭如果十分含糊——不論是哪一方，或者雙方皆然——連當事人也沒有意識到的時候。

「諾微，今晚我不能陪你了。」堅迪柏說：「我還有學者的工作要做。我會帶你到你的房間，那裡有一些書籍，你可以開始練習閱讀能力。我也會教你如何使用訊號器，這樣你就能隨時找人幫忙。我明天會再來看你。」

5

堅迪柏很禮貌地說：「第一發言者？」

桑帝斯只是點了點頭。他顯得鬱鬱寡歡而老態龍鍾，看來好像需要喝杯烈酒提振精神。他終於開口道：「我『召喚』你來……」

「沒有派信差，而是直接『召喚』，我猜一定有重要的事。」

「沒錯。你的獵物，那個第一基地人崔維茲……」

「怎麼樣？」

「他不會來川陀了。」

堅迪柏並未顯出驚訝的神色。「他爲什麼要來？根據我們獲得的情報，他是跟一名古代史教授同行，那名教授打算尋找地球。」

「對，就是那顆傳說中的太初行星，這正是他該來川陀的原因。畢竟，那個教授知道地球在哪裡嗎？你知道嗎？我知道嗎？我們能確定它存在，或者曾經存在嗎？他們當然應該前來此地，尋找必要的資料——如果還有任何資料留下來，一定都藏在銀河圖書館。在此之前，我一直認爲情況尚未達到危機的程度；我以爲那個第一基地人會到這裡來，而我們可以從他身上，打探出我們想知道的一切。」

「正是由於這個原因，對方絕不會讓他到這裡來。」

「那麼，他又要到哪裡去呢？」

「我懂了，原來我們還沒有查到。」

第一發言者以不悅的口氣說：「你好像很冷靜。」

堅迪柏答道：「我不懂爲何不該冷靜。您希望他來到川陀，認爲這樣就能穩住他，並且從他身上挖取情報。然而，如果讓崔維茲去他想去的地方，辦他想辦的事情，只要我們不把他跟丟了，那麼他就可能引出其他方面的情報，而且比他原本所能提供的更爲重要。您難道不這麼認爲嗎？」

「這還不夠！」第一發言者說：「你已經說服我相信我們有了新的敵人，現在我整天寢食難安。更糟的是，我又說服自己相信一定要鎖定崔維茲，否則我們會全盤皆輸。他是唯一的關鍵，我已經無法擺脫這個信念。」

堅迪柏慷慨激昂地說：「不論發生任何狀況，第一發言者，我們都不會輸的。除非那些反騾——讓我再次借用您發明的稱呼——繼續潛伏在我們當中，而我們卻不知不覺。但我們已經知道他們的存在，再也不會盲目行事。下一次的圓桌會議，如果大家通力合作，我們就能展開反擊。」

第一發言者說：「我召喚你來，其實並不是爲了崔維茲這檔事。我先跟你提這個問題，只是因爲我覺得這是我個人的失敗，我對當前的情況做出錯誤分析。我向你致歉，我不該將個人的好惡置於政策之上。除此之外，還有一件事。」

「更嚴重的事嗎，第一發言者？」

「更嚴重的事，堅迪柏發言者。」第一發言者長嘆一聲，不停用手指敲著桌面。堅迪柏則耐著性子，站在書桌前默默等待。

第一發言者終於再度開口，語氣很溫和，彷彿如此便能將衝擊減低到最小程度。「德拉米發言者發起了一次緊急圓桌會議……」

「第一發言者，未經您的同意？」

「她只需要獲得其他三名發言者同意，不必包括我在內。在這個緊急會議中，你遭到糾舉，堅迪柏發言者。你被指控不配擔任發言者的職務，而且必須接受審判。三個多世紀以來，這還是頭一次通過發言者的糾舉案……」

堅迪柏強忍住怒火，不露出一點痕跡。「您自己當然並未投下贊成票。」

「我沒有，可是我人單勢孤。圓桌會議的其他成員有志一同，因此糾舉案以十票對一票通過了。你也知道，糾舉案成立的條件，是包括第一發言者在內的八票，或者不包括他在內的十票。」

「但是我並未出席。」

「你根本沒有表決權。」

「至少我可以爲自己辯護。」

「但不是在這個階段。前例雖然很少，可是很明確，你在審判時才有答辯的機會。自然，審判將盡快舉行。」

堅迪柏低頭沉思了一會兒，然後說：「我倒不怎麼擔心這件事，第一發言者。我認爲您最初的直覺很正確，崔維茲這件事得優先處理。基於這個理由，我能否建議您將審判延期？」

第一發言者舉起右手。「我不怪你不瞭解狀況，發言者。糾舉案實在太過罕見，我自己都得查閱相關的法定程序。沒有任何事比它更具優先權，我們不得不直接準備審判，其他的問題一律得延後。」

堅迪柏雙手握拳抵著桌面，上身傾向第一發言者。「您這話當眞嗎？」

「這是法律。」

「我們不能礙於法律，而忽視眼前一個明顯的威脅。」

「對圓桌會議而言，堅迪柏發言者，你正是眼前那個明顯的威脅。別插嘴，聽我說！其中所牽涉的法律，立法精神在於一個堅實的信念：沒有任何問題，比發言者的腐化或濫用職權更爲嚴重。」

「可是兩者我都沒犯，第一發言者，而您也很清楚。這只是德拉米發言者和我的私人恩怨，如果眞有濫用職權的行爲，那也是她而不是我。我唯一的罪過是從不在乎人際關係，這點我承認。對於那些還沒老到無法掌權，卻早就變成老糊塗的笨蛋，我在他們身上花的心思太少了。」

「我就是其中之一，發言者？」

堅迪柏嘆了一聲。「您瞧，我又得罪人了。我指的不是您，第一發言者。好吧，那麼，讓我們立即開庭，我們明天就舉行審判，或者今晚更好。讓我們趁早把它做個了結，然後趕緊處理崔維茲的問題。我們不能再冒險多等片刻。」

第一發言者說：「堅迪柏發言者，我想你還不瞭解目前的狀況。我們過去也有過糾舉案——不多，僅僅兩樁而已，但都沒有定罪。然而，這回你會被定罪！你將被逐出圓桌會議，對第二基地的政策再也沒有機會發言。事實上，甚至在週年集會中，你也不會再有表決權。」

「而您不會出面阻止？」

「我無能爲力。其他人會一致否決我，然後我就得被迫辭職，我想發言者們都希望看到這種結果。」

「而德拉米就會成爲第一發言者？」

「這個可能性當然很大。」

「但是絕不能讓這種事發生！」

「完全正確！因此我也必須贊成定你的罪。」

堅迪柏深深吸了一口氣。「我要求立即舉行審判。」

「你需要時間來準備答辯。」

「什麼答辯？他們不會想聽任何辯詞。立刻舉行審判！」

「圓桌會議也需要時間準備起訴書。」

「他們沒有起訴書，也不想提出任何起訴書。他們心中早已將我定罪，其他什麼都不需要。事實上，他們希望盡快將我定罪，後天不如明天，明天不如今晚。這就通知他們。」

第一發言者站了起來，兩人隔著書桌對視良久。然後第一發言者說：「你爲何那麼急？」

「崔維茲那件事可不會等。」

「一旦你被定罪，圓桌會議其他成員將聯手反對我，我一定會被架空，那時我們又能做什麼呢？」

堅迪柏壓低聲音，堅定地說：「不用怕！無論如何，我絕對不會被定罪的。」

第九章 超空間

1

崔維茲說：「你準備好了嗎，詹諾夫？」

裴洛拉特將視線從閱讀機移開。「你是指躍遷嗎，老夥伴？」

「對，超空間躍遷。」

裴洛拉特嚥了一下口水。「這個，你確定不會有任何不舒服的感覺？我知道害怕是件蠢事，可是每當想到，自己將被轉換成無質無形的『迅子』，誰也沒有見過或偵測過那東西……」

「得了吧，詹諾夫，這是完全成熟的科技，我以名譽擔保！你曾經說過，躍遷的應用已經有兩萬兩千年的歷史，而我從未聽說在超空間裡出過人命。當我們脫離超空間時，也許會出現在不妙的地方，但意外仍是發生在普通空間，而不是我們化作迅子的階段。」

「這似乎不算什麼安慰。」

「我們脫離時也不會出任何差錯。老實告訴你，我本來打算瞞著你進行，這樣你就不會知道已經做過躍遷。不過爲了以後著想，我認爲應該讓你親身體會一下，讓你明白並不會有任何問題，今後你就再也不會擔心了。」

「這——」裴洛拉特遲疑道：「我想你說得對，不過說老實話，我並不著急。」

「我向你保證……」

「不，不，老夥伴，我衷心接受你的保證。只不過……你讀過《聖特瑞斯提．瑪特》這本書嗎？」

「當然讀過，我又不是文盲。」

「沒錯，沒錯，我不該多此一問。你記得它的內容嗎？」

「我也沒有健忘症。」

「我似乎有得罪人的天分。我要說的是，我一直在想其中一個片段：聖特瑞斯提和他的朋友班恩，從十七號行星出發，然後迷失在太空裡。我想到那些具有催眠魔力的場景，身處於群星之間，在深邃幽靜、一成不變的太空中緩緩運動……你知道嗎，我從不相信那些描述。我很喜歡那個故事，也深深受到感動，但我從來沒有當眞。可是現在，當我習慣了置身太空這個事實之後，我眞的體會到那種感覺──我也知道，這是個傻念頭──可是我不想放棄。好像我就是聖特瑞斯提……」

「而我就是班恩。」崔維茲話中帶著一絲不耐煩。

「可以這麼說。外面那些稀落迷濛的星辰，全部靜止不動，當然我們的太陽例外，雖然我們沒看見，但它一定不斷縮小。銀河也維持著朦朧的莊嚴寶相，彷彿亙古不變。太空中寂靜肅穆，令我沒有任何紛擾……」

「除了我。」

「除了你。不過，葛蘭，親愛的兄弟，跟你談談地球，試著教你一點史前史，其中自有樂趣。所以，我不希望一切這麼快結束。」

「不會的，反正不會立刻結束。你總不至於認爲，我們經過一次躍遷，就功德圓滿地出現在某顆行星表面吧？躍遷幾乎會在瞬間完成，而我們依舊會在太空中。至少要再過一個星期，我們才有可能著陸，所以請你放心吧。」

「你所謂的著陸，當然不是指蓋婭。我們結束躍遷後，不太可能就出現在蓋婭附近。」

「這點我知道，詹諾夫，但我們會抵達正確的星區，只要你的資料正確。萬一資料有誤，那就……」

裴洛拉特板著臉猛搖頭。「如果我們不知道蓋婭的座標，即使抵達正確的星區，又有什麼幫助呢？」

崔維茲答道：「詹諾夫，假設你在端點星上，想要前往阿基若普鎮，可是你只知道那個小鎮在地峽中。當你抵達地峽之後，你會怎麼辦？」

裴洛拉特謹愼地思考了半天，彷彿認爲正確答案必定微妙無比。最後他卻不得不放棄，回答說：「我想我會找個人問問。」

「完全正確！除此之外還有什麼辦法？現在，你準備好了嗎？」

「你是說，現在？」裴洛拉特連忙站起來，原本欠缺表情的臉孔，此時現出幾許憂慮的神情。

「我該怎麼做？坐著？站著？還是做些什麼？」

「時空啊，裴洛拉特，你什麼也不必做，只要跟我到我的艙房去，因爲我必須操作電腦。然後隨便你愛坐，愛站，愛翻觔斗都行，怎麼舒服就怎麼做。我的建議是，你最好坐到顯像螢幕前，仔細盯著看，一定會很有趣。來吧！」

他們沿著短廊走到崔維茲的艙房，崔維茲立刻坐到電腦前面。「要不要由你來操作，詹諾夫？」他突然問道：「我把數據告訴你，你只需要默想一遍，電腦就會處理其他的工作。」

裴洛拉特說：「敬謝不敏，這台電腦似乎跟我不怎麼投緣。我知道你會說只需要多加練習，但是我可不相信。你的心靈一定有什麼過人之處，葛蘭……」

「別傻了。」

「不，眞的。電腦好像只跟你合得來，當你搭上線之後，你和電腦好像融爲一體。可是我搭上的時候，卻還是兩個獨立的個體——一個詹諾夫．裴洛拉特和一台電腦，反正不是那麼回事。」

「胡說。」崔維茲雖然這麼講，心裡卻有一種模糊的成就感。他輕撫著電腦感應板，好像撫摸一件心愛的玩具。

「我寧可袖手旁觀。」裴洛拉特說：「我的意思是，這一切能免則免，但既然勢在必行，我就寧可袖手旁觀。」他顯得有些焦慮，兩眼緊盯著顯像螢幕。畫面的主體是朦朧的銀河，前景則是薄粉狀的幽暗星辰。「快開始的時候通知我一聲。」他慢慢向後退，最後倚在艙壁旁。

崔維茲微微一笑，將雙手放到感應板上，隨即感到精神與電腦合而爲一。這種接觸一天比一天容易，感受也日益親切。不論他對裴洛拉特的說法如何嗤之以鼻，他的確有這種感覺。他發現幾乎不再需要刻意想那些座標；電腦好像知道他要做些什麼，他根本不必驅動意識「告訴」電腦，電腦就會自動從他腦中「讀取」那些資料。

但崔維茲仍將躍遷指令「告訴」電腦一遍，然後要它在兩分鐘後開始進行。

「好啦，詹諾夫。我們還有兩分鐘：一二〇……一一五……一一〇……注意看顯像螢幕。」

裴洛拉特依言行事，他的嘴角繃緊了些，還不知不覺屏住呼吸。

崔維茲輕聲倒數：「十五……十……五、四、三、二、一、〇。」

他們沒有察覺絲毫的運動，也沒有絲毫其他感覺，顯像螢幕的畫面卻陡然起了變化。星像場明顯地變得稠密，銀河則消失無蹤。

裴洛拉特嚇了一跳，問道：「怎麼回事？」

「什麼怎麼回事？你窮緊張，但那是你自己嚇自己。你根本沒有任何感覺，承認吧。」

「我承認。」

「這就對了。在遙遠的過去，當超空間旅行相當新穎的時候——總之是根據書上的記載——在躍遷過程中，乘客體內會出現一種古怪的感覺，有些人還會感到頭暈或想吐。這也許是心理作用，但也可能不是。不管怎麼說，隨著超空間經驗持續累積，以及設備不斷改良，那種現象就逐漸降低了。藉著像我們這台電腦的幫助，任何效應都會遠低於感覺的閾值。至少，我自己這麼認爲。」

「我必須承認，我也一樣。現在我們在哪裡，葛蘭？」

「只不過才跨出一步，來到卡爾根星域而已，前面還有一段漫長的路程。在我們進行另一次躍遷之前，得先檢查一下這次躍遷的準確性。」

「我擔心的是，銀河到哪裡去了？」

「在我們四面八方，詹諾夫，如今我們已經身在其中。我們只要調整顯像螢幕的焦距，就能看到銀河更遙遠的部分，它看來好像一條橫跨天空的亮帶。」

「所謂的『星橋』！」裴洛拉特興高采烈地叫道：「幾乎在每個住人世界上，都有人如此描述夜空的銀河，但在端點星上就是見不到。讓我看看吧，老夥伴！」

顯像螢幕突然向一方傾斜，星像場隨之傾瀉而下，不久之後，一個發出珍珠般光芒的天體幾乎佔滿整個畫面。那個天體逐漸變得狹窄，接著再度膨脹，畫面則始終鎖定它。

崔維茲說：「靠近銀河中心的星像場較密。然而，如果旋臂中沒有那些暗雲，它看來還會更稠密、更明亮。在大多數的住人世界上，都能看到類似的夜空景象。」

「在地球上也是一樣。」

「沒有什麼特別，不能用來作爲辨識地球的一種特徵。」

「當然不能。但你可知道——你沒研究過科學史吧？」

「沒有眞正研究過，不過自然還略知一二。話說回來，如果你眞想問任何問題，可別指望我是專家。」

「由於進行這次躍遷，使我又想到那個一直困擾著我的問題。我們可以建立一個宇宙模型，在這個宇宙中不可能有超空間旅行，而真空中的光速就是速度的絕對極限。」

「的確如此。」

「這種宇宙的幾何結構，使得任何物體的速度都小於光速，也就是說，我們剛才那個位移所需要的時間，不可能比光線行進相同距離的時間更短。假如我們真是以光速運動，我們所體驗到的時間，將和宇宙中一般的時間不同。比方說，假設此地距離端點星四十秒差距，那麼我們若以光速飛來這裡，就完全不會感到時光的流逝，但是在端點星以及銀河其他各處，已經過了大約一百三十年。而我們剛才完成的躍遷，速度還不只是光速，實際上等於光速的千倍萬倍，但其他各處的時間幾乎沒有變化，至少我希望沒有。」

崔維茲說：「別期望我能告訴你『歐朗京超空間理論』的數學架構。我只能這麼說，如果你在普通空間中以光速運動，那麼每走一秒差距，外界的時間就會流逝三．二六年，正如你剛才所說的。這就是所謂的『相對論性宇宙』，人類很早就有所瞭解，甚至能回溯到史前史的時代——我想，那是你的學術領域——這些物理定律至今未被推翻。然而，當我們進行超空間躍遷時，並未受到那些條件的限制，也就是說狹義相對論並不適用，物理法則也因此有所不同。就超空間的觀點而言，銀河只是一個微小的物體——理想狀況是一個零維度的點——根本不會產生任何相對論性效應。

「事實上，在宇宙學的數學表述中，有兩種不同的銀河符號：Gr代表『相對論性銀河』，其中光速是速度的極限；而Gh代表『超空間銀河』，其中速度並沒有真正的意義。就超空間的觀點而言，所有的速度都等同於零，因此我們並未運動；而相對於普通空間，運動速度則是無限大。除了這些，我無法再做更多的解釋。

「喔，我還可以告訴你一點，在理論物理學中，有個捉弄人的精采把戲，就是把只有在Gr才有意義的符號或數值，代入處理Gh的方程式中——反過來也行——然後叫學生去解出答案。學生極有可能墜入陷阱，而且通常無法察覺，因此算得汗流浹背，氣喘如牛，就是算不出結果，直到哪位好心的學長一語道破，他才能脫離苦海。我就曾經著實被這樣捉弄了一番。」

裴洛拉特嚴肅地考慮了一陣子，然後一頭霧水地問道：「可是究竟哪個才是眞正的銀河？」

「都是，端視你的行爲而定。假設你想從端點星的甲地到乙地，你可以坐車走陸路，也可以坐船走海路。不同的路途有不同的情況，那麼到底哪個才是眞正的端點星，陸地還是海洋？」

裴洛拉特點了點頭。「類比總是有危險的，」他說：「但我寧可接受這個類比，也不要再去鑽研超空間的意義，否則會有精神錯亂的危險。從現在起，我要把注意力集中在目前的工作上。」

「我們剛才的躍遷，」崔維茲說：「可以視爲前往地球的第一步。」

但他暗自想道：我懷疑，終點可能並不是地球。

2

「嗯，」崔維茲說：「我浪費了一天的時間。」

「哦？」裴洛拉特正在爲藏書編索引，「此話怎講？」

崔維茲兩手一攤。「我並不相信電腦，因爲我不敢，所以我做了一次比對，比較我們目前的位置和躍遷的預定位置。結果差異在測量誤差之下，也就是說偵測不到任何誤差。」

「那太好了，不是嗎？」

「不只是太好了，簡直是不可思議，我這輩子還沒聽過這種事。我經歷過許多次躍遷，也曾經用各種方法和各式設備親自操作過。在學校的時候，我只能用掌上型電腦進行計算，然後送出一個超波中繼器來檢驗結果。我自然無法用太空船做實驗，因爲除了經費不允許，我也很可能會讓它在躍遷後，出現在一顆恆星的肚子裡。

「當然，我從來沒有那麼差勁，」崔維茲繼續說：「可是每次都會有相當大的誤差。即使由專家來操作，誤差也在所難免。這是無法避免的，因爲變數實在太多。這樣講吧，空間的幾何已經複雜得難以處理，再加上超空間，兩者的複雜度相加相乘，使我們想要裝懂也做不到。這就是爲什麼我們必須一步一步走，而不能藉由一個大躍遷，從這裡直接跳到賽協爾去。因爲距離愈遠，誤差就會愈大。」

裴洛拉特道：「可是你剛才說，這台電腦沒有造成任何誤差。」

「是它自己說的。我命令它比對目前『眞正的位置』和當初『預定的位置』，結果它說在測量誤差範圍之內，兩者完全一致。於是我想：萬一它在說謊呢？」

裴洛拉特原本一直捧著印表機，直到這時才將它放下來，同時露出震驚的表情。「你在開玩笑吧？電腦是不會說謊的。除非你的意思是，你認爲它可能故障了。」

「不，我不是那個意思。太空啊！我眞的認爲它在撒謊。這台電腦實在太先進了，我認爲它簡直就是個活人，也許還是超人。它像人一樣擁有自尊，因此就可能說謊。我當初給它的指令，是要它算出一條航線，經由超空間抵達賽協爾行星，也就是賽協爾聯盟的首府。它照做了，畫出一個包含二十九個躍遷的航線，這是高傲自大至於極點的表現。」

「爲什麼說它高傲自大？」

「第一次躍遷所產生的誤差，會令第二次躍遷的準確性大幅下降，而兩者的誤差加在一起，就使得第三次的躍遷更不穩定，更不可靠。依此類推，誰能一下子算出二十九次躍遷？最後一次躍遷之後，我們可能出現在銀河任何一處，任何一處都有可能。所以我命令它只做第一個躍遷，這樣我們就能先來檢查一下結果，然後再做打算。」

「步步爲營，」裴洛拉特讚賞道：「我完全贊成！」

「沒錯，但我只讓電腦做一次躍遷，它會不會由於我不信任它，而覺得傷心呢？在我要它進行比對時，它會不會爲了保住面子，被迫告訴我根本沒有誤差？它會不會感到無法承認錯誤，無法坦承自己並不完美？果眞如此，我們還不如沒有電腦呢。」

裴洛拉特沉靜的長臉罩上愁雲慘霧。「這樣的話，我們能做些什麼呢，葛蘭？」

「我們能做的，就是我所做的——浪費掉一天的時間。我使用幾種最原始的方法，包括望遠鏡觀測、照相測量以及人工測量，檢查了附近幾顆恆星的位置。我將這些測量出來的位置，跟毫無誤差的理論值一一比較。這個工作花了我一整天的時間，累得我筋疲力盡。」

「好，但結果如何？」

「我找出兩個天大的誤差，但仔細檢查之後，發現問題出在我的計算，是我自己犯的錯誤。於是我改正了那些計算，然後讓電腦從頭自行跑一遍，想看看它會不會自行得出一致的答案。結果它除了多算出幾位小數，跟我的答案沒有其他出入，這也就證明了躍遷沒有任何誤差。這台電腦也許是個騾娘養的自大狂，但它的確擁有自大的本錢。」

裴洛拉特這才噓了一口大氣。「嗯，好極了。」

「的確如此！所以我準備讓它進行另外二十八個躍遷。」

「一次做完？可是……」

「不是一次做完，別擔心，我還沒有變得那麼視死如歸。電腦會讓躍遷一個接一個進行，但每次的躍遷完成後，它會自動檢查周圍的星空，如果太空艇位於誤差範圍之內，它就可以進行下一個躍遷。不論哪一次，只要它發現誤差過大——相信我，我設定的限度都很嚴苛——它就必須停下來，重新計算後面的每一步。」

「你打算何時進行？」

「何時進行？說做就做。聽我說，你不是正在編你的藏書索引……」

「喔，葛蘭，現在可是做這件事最好的時機。過去許多年來，我一直打算做，但總是有一些事擋在前面。」

「我絕不反對。你繼續做你的，根本不用操心，專心去編你的索引，其他事情都交給我吧。」

裴洛拉特搖了搖頭。「別傻了，在這件事結束之前，我不可能放鬆心情。我嚇得全身都僵硬了。」

「那麼，我實在不應該告訴你，但我又非得找個人講一講不可，而這裡除了你就沒有別人。讓我坦白地解釋一番，我們在躍遷過程中，總有可能剛巧來到星際間某一處，那裡正好有個高速流星體，或者微黑洞，於是太空艇便遇難了，而我們則一命嗚呼。理論上，這種事是有機會發生的。

「然而，這種機會非常之小。畢竟，當你待在家裡的時候，詹諾夫——當你在書房整理微縮膠捲，或者在臥室呼呼大睡之際——也可能有個流星體穿過端點星的大氣層，一路風馳電掣，不偏不倚正中你的腦袋，你就絕對活不成了。不過這種可能性也實在很小。

「事實上，我們在重返普通空間時，想要恰巧出現在某個天體的軌跡上，而那個足以要命的天體剛好小到電腦偵測不到，這種事情發生的機會，比你在家中被流星打中還要小得太多太多倍。在超空間旅行的歷史上，我從未聽說過任何船艦是這樣失事的。而其他的危險，例如出現在恆星的肚子裡，機率就更微小了。」

裴洛拉特問道：「那你爲何還要跟我說這麼多，葛蘭？」

崔維茲頓了一下，又低頭沉思了一會兒，才終於回答：「我不知道——不，我知道。我所想到的是，不論發生災禍的機會多麼小，只要有許多人嘗試許多次，災禍早晚也會發生一回。不論我多麼有把握，確定不會有任何差池，我心裡總有個微弱的聲音在嘀咕：『也許這次就會出事了。』這使我有罪惡感，我想就是這個道理。詹諾夫，萬一發生什麼差錯，請原諒我！」

「可是，葛蘭，我親愛的兄弟，如果眞有什麼差錯，我倆都會在瞬間報銷。我不可能有機會原諒你，你也沒有機會接受我的諒解。」

「這點我瞭解，所以請你現在就原諒我，好不好？」

裴洛拉特微微一笑。「不曉得怎麼回事，可是我感到快活多了，這裡頭一定有些有趣之處。葛蘭，我當然會原諒你。在各個世界的文學中，有許多關於死後世界的神話傳說，萬一眞有那種地方——我想，機會跟我們落在一個微黑洞差不多，也許還更小——而我們剛好又在同一個陰間，那麼我一定會爲你作證，你眞的已經全力以赴，我的死不該算到你的帳上。」

「謝謝你！現在我終於輕鬆了。我自己願意冒這個險，可是一想到你要陪我冒險，我心裡就不大好受。」

裴洛拉特緊緊抓住對方的手。「你知道嗎，葛蘭，我認識你還不到一個星期，有些事不應該遽下斷語，但我的確認爲你是個傑出的兄弟。我們現在就開始吧，把這件事早點了結。」

「正是如此！現在，我只要輕輕碰一下那個感應板就行了。電腦早已接到指令，就等著我說：『出發！』你想不想……」

「不想！它只屬於你！它是你的電腦。」

「很好，這是我的職責。你瞧，我還在試圖推諉呢。你好好盯著螢幕！」

崔維茲伸出沉穩無比的手掌，帶著全然誠摯的笑容，開始與電腦進行接觸。

短暫靜止之後，星像場便開始發生變化，一而再、再而三變個不停。在顯像螢幕上，四散的星辰變得愈來愈濃密，愈來愈明亮。

裴洛拉特默數著躍遷的次數。當他數到「十五」的時候，顯像螢幕的變化忽然中止，彷彿某個機件卡住了。

裴洛拉特悄聲問道：「出了什麼問題？發生了什麼事？」他顯然是擔心聲音如果太大，機件便會永遠卡死。

崔維茲聳了聳肩。「我猜它正在重新計算，一定是附近太空中的某個天體，使整體重力場產生了不可忽略的形變。電腦原先未將那個天體考慮在內，可能是星圖上所沒有的矮星，或是獨立的行星……」

「有危險嗎？」

「既然我們還活著，就幾乎能確定沒有危險。一顆行星即使位於一億公里之外，仍然能產生足夠大的重力微擾，使電腦必須重新算一遍。而一顆遠在百億公里外的矮星，也可以……」

顯像螢幕的畫面又開始變化，崔維茲立即住口。畫面一變再變，直到裴洛拉特數到「二十八」的時候，運動才陡然終止。

崔維茲向電腦查詢了一下。「我們到了。」他說。

「我把首次的躍遷當作『一』，而在剛才的連續躍遷中，我是由『二』開始數的。我們總共只做了二十八個躍遷，可是你說過應該有二十九個。」

「第十五次之後，電腦重新算了一遍，也許因此替我們省掉一次躍遷。如果你想弄清楚，我可以跟電腦查一下，不過實在沒有必要。我們已經到了賽協爾行星附近，這是電腦告訴我的，而我毫不懷疑。我們若將顯像螢幕正確定向，就能看到一個又大又亮的太陽，但我認爲不該無謂增加顯像螢幕的負擔。賽協爾行星是該行星系的第四顆，目前和我們的距離大約是三．二百萬公里，差不多是躍遷後剩餘的最短距離了。我們能在三天之內抵達，快一點的話，兩天也可以。」

崔維茲做了一下深呼吸，讓緊繃的神經鬆弛下來。

「你瞭解這代表什麼意義嗎，詹諾夫？」他說：「我生平搭乘過的，或者聽說過的任何船艦，若想完成這一連串的躍遷，那麼每次躍遷之後，至少都得花上一天的時間，費盡心力進行計算和複查，即使有電腦幫忙也不例外。整趟行程得花上近一個月，就算他們願意魯莽行事，最快也要兩三個星期，我們卻在半小時內就完成了。等到每艘船艦都裝設了這樣的電腦……」

裴洛拉特說：「我想不通市長爲何會讓我們用這麼先進的太空艇，它的造價一定高得難以想像。」

「它只不過是個實驗品。」崔維茲冷冰冰地說：「也許那位好心的婆婆，十分樂意讓我們試飛，以確定有沒有什麼毛病。」

「你這話當眞嗎？」

「你別緊張，總之，沒什麼好擔心的。目前爲止，我們沒有發現任何毛病。不過，我對她不會有任何奢望，這種事不需要她花費多少菩薩心腸。何況她不敢提供我們攻擊性武器，這就節省了一筆可觀的經費。」

裴洛拉特意味深長地說：「我只是在想這台電腦。它似乎被調整得十分適合你——它不可能和每個人都那麼有默契，我跟它就幾乎無法合作。」

「我們已經夠好運了，至少它跟我們其中之一很合得來。」

「沒錯，但這只是一種巧合嗎？」

「還有什麼可能呢，詹諾夫？」

「顯然市長對你相當瞭解。」

「那艘高齡母艦，我想她的確如此。」

「她會不會專門設計一台電腦給你？」

「爲什麼？」

「我只是懷疑，電腦不想帶我們去的地方，不知道我們是否也能去。」

崔維茲兩眼圓睜。「你的意思是，當我跟電腦聯繫的時候，眞正控制一切的是電腦，而不是我？」

「我只是懷疑而已。」

「這種想法實在荒謬，簡直就是妄想。得了吧，詹諾夫。」

崔維茲轉身操作電腦，將賽協爾行星顯示在螢幕上，並畫出一條飛往該處的普通空間航線。實在荒謬！

可是，裴洛拉特爲何要把這種觀念灌輸給他呢？

第十章　圓桌會議

1

整整兩天過去了，堅迪柏雖然感到憤怒，心情卻並不怎麼沉重。審判竟然並未立即舉行，實在沒有什麼道理。假使他毫無準備，假使他需要時間，那麼他可以確定，他們一定早就逼他出庭。可是自從擊敗騾之後，第二基地從未面臨更嚴重的危機。因此他們故意拖延時間，目的只是要激怒他。

他們的確激怒他了。謝頓在上，這只會使他的反擊更加強力，他已經下定這個決心。

他環顧四周，休息室中空無一人，兩天來都是如此。大家都知道他已是待罪之身，是一個即將遭到革職的發言者。在第二基地五個世紀的歷史中，這將是史無前例的創舉。他將遭到罷黜的處分，貶爲一名普通而平凡的第二基地份子。

其實，身爲第二基地份子，已經是一件非常光榮的事，而堅迪柏在遭到糾舉後，也許仍能保有一個可敬的頭銜。然而，一位曾經擔任過發言者的人，被貶到那樣不上不下的地位，絕非一件愉快的事。

不過這種事並不會發生，堅迪柏憤憤地想，雖然兩天以來，周圍的人都在迴避他。只有蘇拉·諾微態度始終不變，但那是由於她太過憨直，不瞭解目前的狀況。對她而言，堅迪柏仍舊是她的「師傅」。

他發現自己竟然有點喜歡她的奉承，不禁十分惱怒。每當她流露出崇敬的目光，他便會有一種莫名的興奮，一想到這種反應，堅迪柏就覺得羞愧。難道自己對那麼小的恩惠，都變得如此感激不已嗎？

一名書記從會議廳走出來，告訴堅迪柏圓桌會議請他出席，他馬上昂首闊步走進去。堅迪柏對這位書記有很深刻的認識：他對每一位發言者應當受到何等慇勤侍奉，心裡有個精確無比的標準。此時此刻，堅迪柏受到的待遇差到極點。即使只是一名書記，也認爲他等於已被定罪。

其他的發言者全部圍桌而坐，他們身穿開庭專用的黑袍，表情份外嚴肅。第一發言者桑帝斯看來有點不自在，但並未讓臉上擠出一絲友善的表情。而三位女性發言者之一的德拉米，甚至根本沒有看他一眼。

第一發言者開始說：「史陀．堅迪柏發言者，你由於行爲不當，已經遭到了糾舉。你曾經當著我們的面，以含糊的言語，指控圓桌會議有人涉嫌叛逆與謀殺，卻提不出任何實證。你曾經提議要所有的第二基地份子──包括第一發言者與每一位發言者──全都接受徹底的精神結構分析，以確定究竟何人不再可信。這種言行足以分化我們的社會，導致第二基地無法控制複雜而帶有潛在敵意的銀河，以及確保第二帝國能夠如期建立。

「這些犯了大忌的言語，既然我們都親耳聽到過，我就略去宣讀正式起訴書的程序。因此，我們直接進入下一個程序。史陀．堅迪柏發言者，你有任何答辯嗎？」

這時德拉米露出一個陰險的笑容，不過仍然沒有望向堅迪柏。

堅迪柏說：「如果能將事實視同辯詞，那我就有話要說。我有充足的理由，懷疑我們的安全體系出現漏洞。可能已經有一個乃至數個第二基地份子，遭到外在精神力量的控制──在座諸位也不例外──這就對第二基地造成空前的危機。如果說，諸位急於舉行這場審判，眞是因爲不敢浪費時間，那麼諸位可能也模糊地體察到了嚴重性。可是，倘若果眞如此，在我正式要求立即舉行審判之後，你們爲何又拖延了兩天？在此我特別聲明，正是由於這個致命的危機，我才不得不說出那番惹禍的話。我如果不這樣做，才眞的不配當一名發言者。」

「他只是在重複那些大逆不道的言論，第一發言者。」德拉米輕聲說。

堅迪柏的座位被刻意搬動過，使他比其他人距離圓桌更遠，代表他已經矮了一截。他索性將座椅再往後挪，彷彿自己毫不在乎，然後猛然起立。

他說：「你們是否準備不顧法定程序，此刻便要定我的罪，還是准許我提出詳細的答辯？」

第一發言者答道：「這並非一個沒有法律根據的集會，發言者。由於沒有多少前例可循，我們願意採取傾向你的立場，因爲大家都明白，如果我們這些平凡的心靈，有可能偏離絕對的公正，那麼寧可讓罪人逍遙法外，也要避免冤枉任何無辜。因此之故，儘管目前這件案子如此重大，我們不會輕易開釋罪嫌，我們仍准許你依照自己的方式陳述辯詞，而且你有充分的時間，直到包括本席在內，」（這幾個字他特別提高音量）「全體一致決意讓你停止。」

堅迪柏說：「那麼，我首先向諸位報告，最近被逐出端點星的第一基地人葛蘭．崔維茲——第一發言者和我都相信，他就是那個潛在危機的先頭部隊——他所駕駛的太空船，突然無緣無故轉向了。」

「發言者應公佈情報來源，」德拉米輕聲說：「發言者怎麼會知道的？」（根據她的語調判斷，她口中的『發言者』並不是指他的頭銜。）

「我是從第一發言者那裡獲悉這個消息的，」堅迪柏說：「可是我自己也查證過。然而，在目前這種情況下，由於我對會議廳的安全防範不太放心，請准許我對情報來源保密。」

第一發言者說：「對於這個動議，本席暫時不做裁決。讓我們暫且不過問情報來源，繼續進行原先的程序。不過，假如圓桌會議決議要獲得答案，堅迪柏發言者稍後必須提出來。」

德拉米又說：「倘若這位發言者不願提供答案，那麼我想唯一合理的假設，就是他手下有一名特務——一名他私下雇用、無需對圓桌會議負責的特務。這樣的特務，是否會遵守第二基地的行爲規範，我們實在無法確定。」

第一發言者有點不高興地說：「你的言外之意我全明白了，德拉米發言者，不需要再一字一句說給我聽。」

「我提到這一點，只是想列入記錄，第一發言者，因爲這樣等於罪上加罪，而在原先的糾舉案中並沒有這一條。我想順便提一下，糾舉議案一直未曾逐條宣讀。我正式提議，將這一條也加進去。」

第一發言者說：「請書記將這一條加上，等到適當的時候，再來修飾正式的措詞。堅迪柏發言者，」（至少他是指堅迪柏的頭銜）「你的答辯是在開倒車，請繼續。」

於是堅迪柏說：「這位崔維茲不但朝著無法預料的目標前去，他的運動速度也是前所未見的。根據我的情報——這點連第一發言者也還不知道——他在不到一小時內，運動了將近一萬秒差距。」

「藉由一次躍遷？」某位發言者用難以置信的口氣說。

「藉由將近三十次躍遷，一次接著一次，中間根本沒有任何停頓，」堅迪柏答道：「這比單獨一次躍遷更加難以想像。我們現在即使找到他的下落，也需要花一段時間才跟得上；萬一被他發覺，而他又有心逃脫，我們就不可能再追上他。你們卻把時間花在糾舉案這種遊戲上——只爲了幫這個案子添油加醋，就讓兩天的時間白白溜走。」

第一發言者勉力隱藏起惱怒。「請告訴我們，堅迪柏發言者，你認爲這代表什麼意義。」

「這就是一個警訊，第一發言者，代表第一基地的科技突飛猛進，如今他們比普芮姆．帕佛的時代強大太多了。萬一他們發現我們，又能自由採取行動，我們絕對無法對抗。」

德拉米發言者突然起立發言：「第一發言者，我們把時間都浪費在無關緊要的問題上。我們都不是小孩子，不該被這種『老掉牙的曲速故事』嚇到。不論第一基地的機械裝置如何驚人，反正一旦危機來臨，他們的心靈都會在我們控制之下。」

「你對這點有何解釋，堅迪柏發言者？」第一發言者問道。

「等一下我們自然會討論到心靈的問題。此刻我只想強調，第一基地的科技力量不但佔了絕對優勢，而且還在持續增強。」

第一發言者說：「開始陳述下一條，堅迪柏發言者。我必須告訴你，你的第一條答辯，我認為與糾舉案本身並沒有太大關聯。」

根據圓桌會議其他成員的動作與姿勢，他們全部贊成這個說法。

堅迪柏說：「我這就跳到下一條。在這趟旅程中，崔維茲還有一個同伴，」（他頓了頓，在心中搜尋著那個名字）「一個名叫詹諾夫．裴洛拉特的人。他是一個沒什麼作用的學者，一生致力於探討有關地球的神話與傳說。」

德拉米說：「你對他這個人那麼清楚嗎？我猜，又是那個祕密情報來源提供的？」她儼然成了這次審判的檢察官，顯出一副當仁不讓的樣子。

「沒錯，我對他這個人的確那麼清楚。」堅迪柏冷冷地答道：「幾個月前，端點市長，一位精力充沛而能幹的女性，不知道為了什麼，突然對這名學者產生興趣，我也理所當然開始注意他。我並未將這些情報據為己有，我所獲得的所有情報，全都轉呈了第一發言者。」

「我可以證明這件事。」第一發言者低聲說。

一名年老的發言者問道：「你所謂的地球到底是什麼？是不是傳說中常常提到的起源世界？也就是在舊帝國時代，那個曾經轟動一時的題目？」

堅迪柏點了點頭。「根據德拉米發言者的說法，的確是『老掉牙的曲速故事』中常提到的地球。我懷疑裴洛拉特的夢想，是要到川陀的銀河圖書館來，仔細查閱有關地球的資料。因為他在端點星上，無法藉著館際合作借閱這裡的藏書。

「當他和崔維茲從端點星出發時，他一定以為畢生的夢想就要實現了。我們原來也在等待這兩個人，期望藉著這個機會查清他們的底細，這是為了我們本身著想。結果，諸位現在都已經知道，他們不會來了。他們轉向了，我們還不清楚他們準備去哪裡，也還不瞭解他們為何這樣做。」

德拉米的圓臉看來像天使一般純眞，她說：「這有什麼好大驚小怪的？他們不來，我們當然不會有任何損失。其實，既然他們那麼輕易就忽略我們，便可推知第一基地還不知道川陀的眞面目，所以我們應該為普芮姆·帕佛的成就再度喝采。」

堅迪柏說：「假使我們不加深思，也許眞會得到這個令人欣慰的結論。不過，他們這次突然轉向，有沒有可能並非未曾看出川陀的重要性？有沒有可能是有人從中作梗，不讓我們有機會調查這兩個人，以免我們知曉地球的重要性？」

圓桌會議頓時起了一陣騷動。

「任何人，」德拉米冷冰冰地說：「都可以發明一些駭人聽聞的說法，然後洋洋灑灑地娓娓道來。可是你杜撰的這些又有什麼意義？我們第二基地如何看待地球，為什麼會有人關心？它是否眞是那顆起源行星，或者只是一個神話，以及人類究竟有沒有單一發源地這些問題，當然應該只有歷史學家、人類學家，以及民間故事蒐集者，比如你提到的這位裴洛拉特才會感興趣。這關我們什麼事呢？」

「關我們什麼事？」堅迪柏說：「那麼請告訴我，為什麼圖書館裡沒有地球的資料？」現在，圓桌會議首度出現敵意以外的氣氛。

德拉米問道：「真的沒有嗎？」

堅迪柏以相當冷靜的口氣說：「一聽說崔維茲和裴洛拉特可能會來這裡，尋找有關地球的資料，我自然立刻採取行動，叫圖書館電腦列出這些資料的完整目錄。結果電腦什麼都沒找到，當時我就感到事有蹊蹺。不是資料不多，不是非常少，而是什麼都沒有！

「可是你們堅持要我再等兩天，才要舉行這次審判。與此同時，我又聽說那兩個第一基地人不會來了，於是我更加好奇，必須設法滿足這份好奇心。當你們還渾渾噩噩，就像俗語所說的那樣，屋頂塌了還在品嚐美酒，我翻閱了幾本自己收藏的歷史書籍。我讀到一些章節，裡面提到帝國末期有關『起源問題』的研究，並且列出和引用到一些文獻，字體書和影視書都有。然後我又回到圖書館去，親自動手尋找那些文獻，我向諸位保證，的確什麼也沒有。」

德拉米說：「即使如此，也沒什麼好驚訝的。如果地球的確是個神話……」

「那我應該在神話參考書中找到這個名字。如果地球只是『老掉牙的曲速故事』，我就應該在《老掉牙的曲速故事集》中找到它。如果地球只是精神病患的無稽之談，我就應該在病態心理學之下發現一點資料。事實上，有關地球的傳說確實存在，否則你們不會全都聽過，而且立刻想到就是傳說中的人類發源地。可是，圖書館裡為何沒有地球的資料，任何角落都沒有？」

德拉米這回保持沉默，另一位發言者趁機插了進來。這位發言者名叫李奧尼斯．鄭，是個身材相當瘦小的人，對謝頓計畫的細節有著百科全書般的知識，對真實的銀河卻抱持著短視態度。他說話的時候，兩隻眼睛總是眨個不停。

他說：「大家都曉得，帝國在苟延殘喘的那段日子，曾經試圖建立本身的神話，因此刻意淡化前帝國時代的一切。」

堅迪柏點了點頭。「鄭發言者，淡化這個詞用得萬分恰當，它並不等於毀滅證據。你應該比其他人都更瞭解，帝國衰落的另一個特徵，就是人們突然開始懷古，並且認為古代比現代更好。正如我剛才提到，在哈里．謝頓的時代，許多人都對『起源問題』產生了興趣。」

鄭發言者用力乾咳幾聲，打斷了對方的發言。「我對這點非常清楚，年輕人，對於帝國衰落所伴隨的社會問題，我的瞭解要比你想像中多得更多。『帝國化』運動的興起，壓制了人們對於地球的玩票式研究。謝頓死後兩百年，在克里昂二世領導下，帝國有了最後一次的中興，帝國化運動在那時達到巔峰，對於地球的研究則完全終止。針對這一點，克里昂還曾經頒佈一道諭令，將人們對這方面的興趣稱為（我想我的引述應該正確）：『迂腐而無建設性的臆測，易於腐蝕百姓對大帝的赤忱忠心。』」

堅迪柏微微一笑。「那麼，鄭發言者，你認為有關地球的所有參考資料，是在克里昂二世時期被毀掉的？」

「本人沒有做出任何結論，只是就事論事而已。」

「你不做出任何結論，的確高明之至。在克里昂二世時期，帝國雖然經歷短暫的復興，可是，至少大學和圖書館已經在我們手中，或者應該說，在我們的先輩掌握之中。想要從圖書館移走任何資料，不可能瞞得過第二基地的發言者。事實上，如果真有這種企圖，奉命執行的人一定就是當時的發言者，只不過垂死的帝國不知道他們的底細。」

堅迪柏頓了頓，鄭發言者卻不吭聲，只是睜大眼睛瞪著他。

於是堅迪柏繼續說：「在謝頓的時代，圖書館裡一定還藏有地球的相關資料，因為當時『起源問題』的研究十分盛行。此後第二基地便接掌圖書館，也不可能有機會讓人把資料搬走。如今，圖書館裡卻沒有任何相關資料，這究竟是怎麼回事？」

德拉米不耐煩地插嘴道：「你的兩難命題可以到此為止，堅迪柏，我們都聽懂了。你心目中的答案是什麼？是你自己把那些資料搬光的？」

「正如往常一樣，德拉米，你的確一語中的。」堅迪柏對她點頭致敬，極盡諷刺之能事（她的反應則是微微揚起嘴角）。「可能的答案之一，是第二基地某位發言者監守自盜。這個人知道如何支配圖書館員，而不會在他們心中留下記憶；也知道如何使用電腦，而不會在其中留下記錄。」

第一發言者桑帝斯漲紅了臉。「荒唐，堅迪柏發言者，我無法想像有任何發言者會這麼做。他的動機又是什麼呢？即使基於特殊原因，某位發言者將地球的資料移到別處，又為何要隱瞞圓桌會議其他成員？不論是誰想對圖書館動手腳，被發現的機會都相當大，他為什麼要冒這種葬送前途的危險？更何況，我認為即使是本領最高強的發言者，也不可能做得天衣無縫，不留下一點蛛絲馬跡。」

「這樣說來，第一發言者，德拉米發言者認為是我自導自演的這種說法，您必然不會同意。」

「我當然不同意。」第一發言者說：「我有時難免懷疑你的判斷力，但我尚未認為你已經完全瘋狂。」

「那麼，第一發言者，這件事就應該從未發生過。有關地球的資料應該仍在圖書館裡，並未被人取走，因為我們已經否定了一切可能——可是那些資料的確不見了。」

德拉米故意裝出厭煩的模樣說：「好啦好啦，我們快點結束這個問題吧。我再問你一遍，你心目中的答案是什麼？我肯定你心中必定有個答案。」

「只要你能肯定，發言者，我們也都能夠肯定。我的看法是，圖書館曾經遭到某個第二基地成員洗劫，當時此人受到了某種神祕外力的控制。由於有那個力量暗中襄助，一切過程才會神不知鬼不覺。」

德拉米哈哈大笑。「結果還是被你發現了。你——不受控制又無法控制的天之驕子。假如這個神祕力量的確存在，你怎麼會發現那些資料失蹤了？你爲何不會受到控制？」

堅迪柏嚴肅地說：「這可不是好笑的事，發言者。他們的想法也許跟我們類似，認爲一切干涉都必須盡量節制。幾天前，當我的生命受到威脅時，我首先想到的不是保護自己，而是避免碰觸那個阿姆人的心靈。他們也可能抱持著同樣的態度，一旦感到安全無虞，就會停止一切干涉。這才是眞正的危險，是致命的危險。我之所以能發現這件事，或許意味著他們不再有所顧忌。而他們之所以不再有所顧忌，或許就代表他們認爲已經贏了。而我們，還在這裡繼續玩我們的遊戲！」

「可是他們如此大費周章，目的究竟何在？有任何可能的目的嗎？」德拉米追問道。她一面說，一面雙腳搓著地板，還不自覺地咬著嘴唇。隨著圓桌會議對這個問題愈來愈有興趣，愈來愈關心，她感到自己的勢力在漸漸消退。

堅迪柏答道：「假設——第一基地挾著巨大的有形力量，正在全力尋找地球的下落，卻故意做得像是將那兩人放逐，希望我們誤以爲事實僅是如此。但是，如果只是遭到放逐，那兩個人爲何擁有如此不可思議的太空船，能在一小時之內，運動一萬秒差距？

「至於我們第二基地，我們一直未曾試圖尋找地球，而且顯然有人暗中動了手腳，阻止我們接觸任何有關地球的資料。第一基地眼看就要找到地球了，我們卻連第一步都沒有跨出去，這樣……」

堅迪柏頓了一下，德拉米就搶著說：「什麼這樣那樣？趕緊把你的童話說完。你到底知不知道任何眞相？」

「我並非無所不知，無所不曉，發言者。對於撲天蓋地而來的陰謀，我至今尚未完全參透，但是我確實知道有陰謀存在。我不知道尋找地球有什麼意義，但能肯定第二基地正面臨極大的危險，而謝頓計畫和全體人類的未來也遭到波及。」

德拉米猛然起立，臉上毫無笑容。她用激動卻勉力控制住的聲音說：「廢話！第一發言者，趕快制止他！現在所討論的是被告的不當言行，他卻講些不僅幼稚而且毫不相干的話。他編出一堆令人費解的理論，只有他自己才覺得有道理，但他休想藉此脫罪。我主張對此項議題立即進行表決，一致贊成定罪！」

「且慢！」堅迪柏厲聲道。「據我所知，我有機會為自己辯護，而我還剩下一條辯詞——只剩最後一條。請讓我先提出來，然後你們就可以進行表決，我不會再有任何異議。」

第一發言者揉了揉疲倦的雙眼。「你可以繼續，堅迪柏發言者。讓我提醒圓桌會議成員——將遭到糾舉的發言者定罪，是一件重大的決定，而且根本沒有前例可循。我們的做法，不能顯得沒有給被告充分答辯的機會。此外別忘了，即使我們對裁決感到滿意，後人卻不一定會這麼想。我不相信任何階層的第二基地份子，會對歷史評價有絲毫的忽視，更遑論圓桌會議的發言者。讓我們樹立一個典範，以便確定在未來的許多世紀，後代的發言者都會贊同我們的做法。」

德拉米尖刻地說：「我們這樣做很可能會丟臉，第一發言者，後人會譏笑我們多此一舉。允許被告繼續答辯，只是您個人的決定。」

堅迪柏深深吸了一口氣。「第一發言者，既然您做出如此的決定，那麼我希望傳喚一名證人。她是我三天前遇到的一名年輕女子，如果不是她見義勇為，當天我根本無法出席圓桌會議，而不只是遲到而已。」

「你提到的這名女子，圓桌會議的成員認識嗎？」第一發言者問道。

「不認識，第一發言者，她是這顆行星的原住民。」

德拉米的雙眼立刻睜得老大。「一、個、阿、姆、女、子？」

「沒錯！正是！」

德拉米叫道：「我們跟這種人有何干係？他們講的話通通毫無用處。他們簡直不存在！」

堅迪柏緊緊抿著雙唇，誰都不會將這個表情誤認爲是笑容。他厲聲說道：「所有的阿姆人，肉身當然都存在。他們也是人類，在謝頓計畫中扮演自己的角色。第二基地間接受到他們的保護，因此他們的角色極爲重要。德拉米發言者竟然說出這麼沒人性的話，在此我要跟她劃清界線，並且希望她的發言能保留在會議記錄中，以便日後作爲她不適於擔任發言者的佐證。圓桌會議其他成員，是否也同意她的驚人之語，反對我的證人出席？」

第一發言者說：「發言者，傳喚你的證人。」

堅迪柏的表情這才鬆弛下來，回復到發言者遭受壓力時應有的冷漠。他的心靈早已嚴陣以待，同時佈下重重禁制。但在那道防禦工事後面，他意識到最危險的時刻已經度過，自己等於已經贏了。

2

蘇拉．諾微看來十分緊張。她的雙眼睜得很大，下唇微微發顫，胸部輕微起伏，雙手則慢慢地握緊又鬆開，鬆開又握緊。她的頭髮全部梳到後頭挽成一個髻，被太陽曬黑的臉孔不時抽搐著。她還不自主地撫著長裙的裙褶，同時迅速打量著圓桌會議的成員——一位發言者接著一位發言者，大眼睛裡充滿敬畏之意。

衆人也紛紛回望她，眼中透出不同程度的輕視與不自在。德拉米則將目光射向諾微頭頂的正上方，故意忽視她的存在。

堅迪柏小心翼翼地輕撫她的心靈表層，讓她放鬆心情。其實輕拍她的手，或者撫摸她的面頰也能達到這個目的，可是此時此地，在這種情況下，他當然不可能那麼做。

然後他說：「第一發言者，我得降低這名女子的意識靈敏度，以免她的證詞受到恐懼的干擾。您想不想觀察一下？其他人想不想？諸位若有興趣，請跟我一起來，以便確定我並沒有修改她的心靈。」

諾微被他的聲音嚇了一大跳，這點堅迪柏倒是不驚訝。堅迪柏知道，她從未聽過第二基地高層人士之間的交談，從來沒有體驗過那種語音、聲調、表情以及思想的迅速古怪組合。然而，她的恐懼來得急去得快，當他收服她的心靈之後，那股恐懼立即消失無蹤。

她的臉上現出一片平靜。

「你身後有張椅子，諾微，」堅迪柏說：「請坐下來。」

諾微以笨拙的動作，向眾人微微屈膝致意，然後便坐了下來，上身仍保持著直挺挺的姿勢。

她的發言頗為清楚，不過每當她的阿姆口音太重，堅迪柏就會要她重複一遍。為了表示對圓桌會議的尊重，堅迪柏必須維持正式的言語，所以有時也得重複自己的問題，才能讓她會過意來。

堅迪柏與魯菲南發生衝突的經過，她描述得相當詳細。

堅迪柏問道：「諾微，這些經過都是你親眼見到的嗎？」

「非也，師傅，不然我早出來阻止了。魯菲南係一個好漢子，但腦袋不大靈光。」

「可是你把這件事從頭到尾講了出來。你怎麼可能沒有看到整個過程呢？」

「魯菲南告訴我的，我逼問他，他感覺慚愧。」

「慚愧？你知不知道，他過去有沒有做過這種事？」

「魯菲南？沒有，師傅，他很溫和，雖然個子很大。他不係愛打架的人，並且很驚怕邪者，他常常說他們偉大，並且具有力量。」

「當天他遇到我的時候，爲什麼沒有這種感覺呢？」

「這事很奇怪，搞不懂爲什麼。」她搖了搖頭，「他當時不係他自己。我對他說：『你這個大笨頭，怎麼可以攻打邪者？』他說：『我不知曉怎麼回事，我好像係不在那裡，站在一旁看著那個不係我自己。』」

鄭發言者插嘴道：「第一發言者，讓這名女子轉述那名男子的話有什麼意義？難道不能把那名男子找來，當面詢問他嗎？」

堅迪柏說：「當然可以。等到這名女子作證完畢，圓桌會議若想聽取更多的證詞，我隨時可以傳喚卡洛耳．魯菲南——就是最近找我麻煩的那個人——出席作證。但如果認爲沒有必要，當我問完這位證人之後，圓桌會議即可直接進行判決。」

「很好，」第一發言者說：「繼續詢問你的證人。」

堅迪柏又問：「而你呢，諾微？你這樣出面阻止一場衝突，像不像你平日的作爲？」

諾微一時之間並未回答，她的兩道濃眉稍微擠在一起。直到眉頭再度舒展，她才說：「我不知道，我不希望邪者受到傷害。我不得不做，心裡頭想也沒想，我就站在你們中間。」頓了頓之後，她又說：「下次還有需要，我還會再做。」

堅迪柏說：「諾微，你現在要睡著了。你什麼也不會想，你會好好休息，連夢都不會做。」

諾微含糊地說了幾句話，然後就閉上眼睛，將頭仰靠在椅背上。

堅迪柏等了一會兒，然後才說：「第一發言者，恭請您跟我一起進入這名女子的心靈。您將發現它極爲單純勻稱，這是千載難逢的機會，因爲您將目睹的現象，也許永遠無法在別處見到。這裡，還有這裡！您觀察到了嗎？如果其他諸位也有興趣，一個一個進來會比較容易些。」

會場中不久便響起一片嘁嘁喳喳。

堅迪柏問道：「各位還有任何疑問嗎？」

德拉米說：「我懷疑，因爲……」她突然打住，因爲她看到了連她也無法形容的現象。

堅迪柏替她把那句話說下去：「你認爲我爲了作僞證，事先重塑過這個心靈？所以說，你認爲我有本事進行如此精細的微調——讓一條精神纖維顯著地變形，但周圍的結構完全不受任何影響？我如果能這麼做，又何必用這種方式和你們周旋？何必讓我自己遭到受審的恥辱？何必苦口婆心地想說服你們？如果這名女子的心靈眞是我的傑作，那麼除非你們有萬全準備，否則全都不是我的對手。事實則是，這名女子的心靈所受到的調整，是你們誰也做不到的，而我自己也一樣，但這種事又確實發生了。」

他頓了頓，輪流瞪視每一位發言者，最後將目光停駐在德拉米臉上。然後，他緩緩說道：「現在，如果還有任何需要，我立刻就傳喚那名阿姆農夫卡洛耳・魯菲南。我曾經檢查過他，他的心靈被相同的手法調整過。」

「沒有這個必要了，」第一發言者露出驚駭的表情，「我們剛才看到的，實在是震撼人心的景象。」

「既然如此，」堅迪柏說：「我可否喚醒這名阿姆女子，然後請她退席？我已經安排好了，外面會有人照顧她。」

堅迪柏輕輕扶著諾微，將她送出會議廳，然後繼續進行陳述。他說：「讓我很快做個總結。由此可知，心靈能夠被如此改造，這種手法是我們望塵莫及的。藉由這種方式，就能讓圖書館員將地球的資料偷走，他們自己渾然不覺，而我們也一樣。我們也已經知道，對方是如何精心安排，令我無法準時出席圓桌會議。我受到生命威脅，然後有人救我脫險，最後的結果是我遭到糾舉。這一連串看似順理成章的事件，最後導致我因此喪失決策權，而我所主張的行動方針，那些會威脅到對方的主張，從此就會胎死腹中。」

德拉米上身前傾，她顯然也受到震撼。「如果那個祕密組織眞那麼高明，你又如何能發現這一切？」

堅迪柏現在有心情笑了。「我沒有什麼功勞。」他說：「我不敢自誇本事比其他發言者高強，至少絕對比不上第一發言者。然而，那些反騾——這個相當貼切的稱呼，是第一發言者發明的——也並非智商無限高或缺點等於零。他們會選取這名阿姆女子當工具，也許正是因爲她只需要極小的微調。她原本就不排斥她所謂的『學者』，而且還對他們萬分崇拜。

「可是，這件事告一段落之後，由於她和我有短暫的接觸，更刺激了她希望成爲學者的幻想。於是第二天，她懷抱著這個願望來找我。她的企圖心令我好奇，因此我檢視了她的心靈。如果不是這個原因，我不可能會那麼做。然後，幾乎可說是出於偶然，我發現了那個微調痕跡，並意識到它的重要性。如果當初被選上的是另一名女子，是個對學者沒有多少好感的人，反騾也許得花較多工夫調整她的心靈，但是這樣就不會有接下來的發展，而我也會一直被蒙在鼓裡。總之，那些反騾計算錯誤，或說無法充分考慮未知的一切。他們竟然也會犯錯，這令人感到振奮。」

德拉米說：「第一發言者和你將這個——這個組織稱爲『反騾』，我猜，是因爲他們似乎在盡力維護謝頓計畫，跟騾的所作所爲剛好相反。如果反騾眞是這樣，他們又有什麼危險呢？」

「如果沒有任何目的，他們何必這麼辛苦？我們還不知道他們的目的爲何——一名犬儒可能會說，他們準備在未來某個時刻介入，將歷史趨勢扭轉到另一個方向，當然是對他們而絕非對我們更有利的方向。這是我個人的想法，雖然我並不精通犬儒主義。我們都知道，德拉米發言者具有博愛與誠信的高貴情操，她是否要推己及人，主張這些人是普渡衆生的利他主義者，志願爲我們分擔工作，完全不求任何回報？」

此話一出，會場頓時響起一陣輕笑聲，堅迪柏曉得自己已經贏了。與此同時，德拉米也明白她已一敗塗地，一股怒意脫出她的嚴密精神控制，就像是濃密的樹蔭中，突然射進一道紅色的陽光。

堅迪柏說：「當那個阿姆農夫找我麻煩的時候，我馬上想到是某位發言者在幕後指使。等到我發現那名阿姆女子的心靈受過微調，才知道自己雖然料中陰謀的內容，卻猜錯了主使者。在此，我要爲自己的錯誤詮釋鄭重道歉，請求諸位從輕發落。」

第一發言者說：「我相信應該可以接受這個道歉……」

德拉米再度插嘴，她又變得相當平靜，臉上堆滿友善的表情，而且聲音極其甜美。「請您務必原諒，第一發言者，但我想打個岔，我主張立刻撤銷這項糾舉案。事到如今，我不再贊成將堅迪柏發言者定罪，我想其他人也都不會。我還要進一步建議，將這項糾舉案，從堅迪柏發言者完美無瑕的記錄中刪除。他已經用高明的方法證明自己的清白，爲此我要恭喜他。此外，我要恭喜他發現了那個危機，否則我們可能永遠被蒙在鼓裡，因而導致不可預料的後果。我還要爲我先前的敵意，向他致上由衷的歉意。」

她甚至對堅迪柏露出微笑。對於她這種能在瞬間見風轉舵，以便將失敗減到最小的本事，堅迪柏也不得不感到佩服。同時他還感到，這只是另一波攻勢的準備動作，她隨時會從另一個方向再度發動攻擊。

他可以確定，即將發生的狀況絕對不會愉快。

3

當黛洛拉．德拉米發言者努力表現迷人的丰采時，她總是有辦法主導發言者圓桌會議。此時，她的聲音變得輕柔，她的微笑落落大方，她的眼睛閃閃發光，總之她使出渾身解數。因此誰也不想打斷她的話，大家都等著看她如何再度出擊。

她說：「拜堅迪柏發言者之賜，我想現在大家都瞭解該怎麼做了。我們尚未目睹反騾的眞面目，對他們仍舊一無所知，只知道在第二基地的大本營，他們都有辦法神出鬼沒，接觸到許多人的心靈。不曉得第一基地的權力中心如何打算，或許，我們將面對反騾和第一基地組成的同盟。總之，我們什麼也不知道。

「我們不知道那個葛蘭．崔維茲，還有他的同伴，我一時想不起他的名字，兩人究竟準備到哪裡去。第一發言者和堅迪柏有個預感，當前這個重大危機，關鍵就掌握在崔維茲手上。那麼，我們該做些什麼呢？顯然，我們應該盡全力查出崔維茲的底細，他準備去哪裡，他打什麼主意，他可能有什麼目的；或者他到底有沒有目標，有沒有打算，有沒有任何目的；他會不會其實只是工具，背後還隱藏著更大的力量。」

堅迪柏答道：「他仍然受到監視。」

德拉米噘起嘴唇，現出一個誇張的笑容。「被什麼人監視？被我們派駐在外星的特務？我們已經目睹對方在此地展現的力量，還敢指望那些特務能對抗他們嗎？當然不能。在騾的時代，以及其後數十年間，第二基地總是派出——甚至犧牲由精英組成的志願軍，從來未曾猶豫，因爲除此之外無計可施。爲了挽救謝頓計畫，普芮姆．帕佛本人假扮成一位川陀行商，親自在銀河中東奔西跑，目的就是要帶回那個小女孩艾卡蒂。當前這個危機，可能比上述兩者更爲嚴重，我們不能在這裡坐以待斃，也不能依賴那些低層人員，那些跟監者和信童。」

堅迪柏說：「你絕不是想建議，讓第一發言者此時離開川陀吧？」

德拉米答道：「當然不是，這裡實在太需要他坐鎮了。另一方面，我們還有你，堅迪柏發言者。這次的危機是你發覺的；是你查到有神祕的外力控制了圖書館，以及阿姆人的心靈；是你堅持自己的觀點，最後說服了整個圓桌會議。在座沒有一位比你更瞭解目前的狀況，今後除了你，也沒有誰能洞悉得如此透徹。所以我認爲，你必須到第一線去面對敵人。我可否知道其他人的意見？」

這點根本不需要正式表決，每一位發言者都能感知其他人的心靈。堅迪柏突然震驚不已，在他已經贏得勝利，而德拉米遭到慘敗的情況下，這個可怕的女人又在瞬間扭轉乾坤，讓他無法推卸這個形同放逐的任務。從此，他不知道要在太空中奔波多久，而她則能繼續在幕後控制圓桌會議，也就等於控制第二基地，甚至整個銀河，迫使所有的人面對危險的命運。

而堅迪柏在流放期間，縱然眞能蒐集到重要情報，幫助第二基地躲過迫近的危機，功勞也將歸於德拉米，因爲這都是她安排的。換句話說，他的成功將有助於鞏固她的權力。堅迪柏做得愈有效率，愈快獲致成功，就愈有可能幫助她鞏固權力。

這個反敗爲勝的行動，實在太精采又太不可思議了。

即使是現在，她也已經明顯地控制圓桌會議，僭取了第一發言者的地位。堅迪柏剛想到這一點，就感受到第一發言者投射出的怒火。

堅迪柏轉過身去，看到第一發言者毫不掩飾自己的憤怒。目前的態勢十分明顯，一個外在危機方才解決，另一個內部危機已經開始醞釀。

4

昆多．桑帝斯，第二十五代第一發言者，對自己從未有過特別的幻想。

過去五個世紀的漫長歲月中，第二基地的確出過幾位強有力的第一發言者，但桑帝斯瞭解自己並非這樣的人。可是，他也根本不必那樣雄才大略。在他主掌圓桌會議這段時期，銀河正處於繁榮的太平歲月，縱有雄才大略也無用武之地。這似乎是個適宜守成不變的時代，而他就是扮演這個角色的適當人選。上一代第一發言者選他當繼承人，正是由於這個緣故。

「你並不是一個冒險家，而是道地的學者。」第二十四代第一發言者曾經這麼說：「你會善加維護謝頓計畫，而冒險家卻可能毀掉它。守成不易！你主持的圓桌會議應當以此爲座右銘。」

他一直如此努力，卻因而形成消極被動的領導作風，時常被人解釋成軟弱無能。他想要退位的傳聞從未間斷過，也始終有些發言者在公開規劃繼任人選。

桑帝斯心知肚明，德拉米是這場權力鬥爭的領導者。在圓桌會議的成員中，她的作風最強悍，就連血氣方剛的初生之犢堅迪柏，也會避免與她正面交鋒，他現在的表現就是最好的例子。

謝頓在上，自己也許消極被動，甚至軟弱無能，但至少有一項特權，歷代第一發言者從未放棄，他也絕對要堅持到底。

他起立準備發言，會場頓時鴉雀無聲。當第一發言者起立發言時，任何人都不准打岔，即使德拉米或堅迪柏也不敢造次。

他說：「諸位發言者！我同意我們面臨一個嚴重的危機，必須採取強有力的因應措施。本來應該由我出馬與敵人交鋒，不過宅心仁厚的德拉米發言者，卻說需要我留下來坐鎭，替我免除了這項艱難的任務。然而，事實上，不論是大本營或最前線，我都無法派上用場。我年事已高，已經力不從心。長久以來，一直有人期望我盡早退位，也許我該這麼做了。當這次的危機圓滿解決之後，我會立刻退位。

「可是，選擇繼任者當然是第一發言者的特權，我現在就打算這麼做。過去許多年來，有一位發言者長期主導圓桌會議的議程，這位發言者具有強勢性格，經常表現出我所欠缺的領導能力。諸位應該都知道，我是在說德拉米發言者。」

他頓了頓，接著又說：「唯獨你不表贊同，堅迪柏發言者。我能否請問爲什麼？」他坐了下來，讓堅迪柏有資格開始發言。

「第一發言者，我沒有不贊同。」堅迪柏低聲回答：「選擇繼任人選是您至高無上的權利。」

「我會這麼做的。當你自太空歸來，爲消弭當前危機跨出成功的第一步之後，就是我退位的時候。我的繼任者將完全接掌指揮權，繼續一切必要的行動，以便圓滿解決這個危機。你有什麼話要說嗎，堅迪柏發言者？」

堅迪柏平靜地說：「當您指定德拉米發言者作爲繼任者時，第一發言者，我希望您務必勸戒她……」

第一發言者很不客氣地打斷堅迪柏。「我只是提到德拉米發言者，並沒有指定她做我的繼任者。你還有什麼話要說？」

「我向您致歉，第一發言者。我應該說：在我完成任務歸來之際，假設您指定德拉米發言者作爲繼任者，可否請您務必勸戒她……」

「將來我也不會讓她做我的繼任者，絕不會有例外。現在你還有什麼話要說？」第一發言者做出這項聲明的時候，心中不禁產生一陣快感。這無異向德拉米迎面狠狠擊出一拳，他再也想不到更能羞辱她的辦法了。

「嗯，堅迪柏發言者，」他又問：「你還有什麼話要說？」

「只能說我搞糊塗了。」

第一發言者再度起立，然後說：「德拉米發言者的確具有領導統御的天分，可是身爲第一發言者，光具有這種特質還不夠。堅迪柏發言者能見人所未見；他面對圓桌會議的一致敵意，卻能迫使大家重新考慮各項決定，最後說服大家同意他的觀點。德拉米發言者把追查葛蘭·崔維茲的責任，置於堅迪柏發言者肩上，我雖然懷疑她的動機，不過這個重擔的確非他莫屬。我知道他會成功，我相信自己的直覺。堅迪柏發言者歸來後，將成爲第二十六代第一發言者。」

說完他立刻坐下來，其他發言者開始急著表達自己的意見，會場充滿了由語音、聲調、表情及思想匯成的喧囂。第一發言者毫不理睬各式各樣的噪聲，只是茫然瞪視著正前方。他心中很清楚，該做的終於做了，而且還有幾分出人意表。能夠放下這個重責大任，應該算是人生一大解脫。其實他早該這樣做，可是以前沒有這個機會。

因爲直到現在，他才找到一位適當的繼任者。

然後，不知不覺間，他突然感應到德拉米的心靈，於是抬頭向她望去。

謝頓在上！她竟然出奇地平靜，臉上還露出笑容。她並未顯露失望或絕望，這代表她還沒有認輸。他不禁懷疑是否被她玩弄於股掌之上，但她還有什麼王牌可出呢？

5

表現出悲憤與失望若能有什麼用，黛洛拉·德拉米會毫不保留地發洩一番。

那個控制圓桌會議的老笨蛋，還有那個幸運之神寵幸的小白癡，如果能讓這兩個人吃點苦頭，她一定會享受到復仇的快意。但她圖的並非一時之快，她還要些更具體的東西。

她要當上第一發言者。

哪怕只剩一張牌可出，她也要打下去。

她淡淡一笑，同時舉起一隻手表示準備發言。她故意讓這個姿勢維持一陣子，以便當她發言的時候，其他人不但都會住口，而且會保持絕對肅靜。

她說：「第一發言者，正如堅迪柏發言者剛才講的，我絕不反對您的決定。選擇繼任人選是您至高無上的權利。我現在發言，是想對那項如今已成為堅迪柏發言者的任務，提供一點淺見，希望能有所貢獻。我可否解釋自己的想法，第一發言者？」

「說吧。」第一發言者隨口答道。他感到她未免太客氣、太溫順了。

德拉米嚴肅地低下頭來，臉上的笑容也消失了。她說：「我們也有太空船，雖然不像第一基地的那樣先進，仍然可供堅迪柏發言者使用。我相信他和大家一樣，懂得如何駕駛太空船。銀河中每一顆重要的行星上，都駐有我們的人，不論他到哪裡，都會有人負責接待。此外，既然他完全洞悉目前的危險，就連那些反騾也無法再加害他。縱使我們懵懂未覺，我猜他們仍然只會選擇低層人員下手，甚至利用阿姆農民。當然，我們將對第二基地所有的心靈，做一次徹底的檢查──包括每一位發言者在內，雖然我確定我們都安然無事，因為反騾不敢在我們身上妄動手腳。

「不過，堅迪柏發言者沒有理由無謂冒險。他並不打算做衝鋒敢死隊，因此在執行任務的時候，最好能做某種程度的偽裝，以免讓對方發現。他若能以阿姆行商的身分出發，將對這項任務有很大的助益。我們都知道，當年普芮姆．帕佛闖蕩銀河時，便是假扮成一名行商。」

第一發言者說：「普芮姆．帕佛那樣做，是因為有特殊的目的，堅迪柏發言者卻沒有這個需要。如果真有必要採取某種偽裝，我相信聰明的他一定樂於採用。」

「對不起，第一發言者，我想提出一個巧妙的僞裝。相信諸位都還記得，普芮姆．帕佛的妻子當年總是和他一同旅行。這樣子最能徹底表現鄉下人的氣息，誰都不容易起疑。」

堅迪柏說：「我沒有妻子，雖然曾經有幾位女伴，可是如今，她們都不會願意假扮我的配偶。」

「這點我們都曉得，堅迪柏發言者。」德拉米說：「可是只要有個女人在你身邊，別人就會理所當然將你們視爲夫妻。志願者一定找得到，如果你認爲需要攜帶書面證明，我們也能爲你準備。總之，我認爲應該有個女人與你同行。」

一時之間，堅迪柏幾乎喘不過氣來。她總不至於是指……

這是分享功勞的一種計謀嗎？她是否在爭取聯合領導權，或是兩人輪流職掌第一發言權？

堅迪柏繃著臉說：「我受寵若驚，德拉米發言者竟然想自己……」

德拉米突然張口大笑，同時雙眼直視堅迪柏，露出近乎眞摯的眼神。堅迪柏知道又掉進了陷阱，他的表現愚蠢之至，在座衆人絕不會忘記這一幕。

她說：「堅迪柏發言者，我不會莽撞到想要陪你出這趟任務。這件任務是你的，也只能屬於你；正如第一發言者的職位將是你的，也只能屬於你。我沒想到你會要我跟你作伴，說眞的，發言者，我年紀不小了，早就不認爲自己是個美嬌娃……」

其他發言者全部露出笑容，就連第一發言者都忍俊不禁。

堅迪柏承受了一記重擊，但他隨即力圖振作，不讓她的急智專美於前。他決心知其不可爲而爲之。

他盡可能用溫和的口氣說：「那麼你的建議到底是什麼？我可以向你保證，我從未想到你會希望和我作伴。你擅長的是主導圓桌會議，而不是處理紛亂的銀河事務，這點我很明白。」

「我同意，堅迪柏發言者，我同意你的說法。」德拉米道：「然而我的建議，跟我剛才提到你該扮成阿姆行商有關。想要百分之百掩人耳目，除了一個阿姆女子，還有什麼更適當的旅伴人選？」

「一個阿姆女子？」在極短時間內，堅迪柏連續兩次驚慌失措，其他發言者都當成笑話看。

「就是那個阿姆女子。」德拉米繼續說：「就是那個救過你一次，使你免遭一頓毒打的女人，也就是那個用崇拜的目光瞪著你的女人。你曾經探查過她的心靈，而她因此不知不覺再次助你脫險，而且是比毒打嚴重無數倍的危險。我建議你帶她一起走。」

堅迪柏的直覺反應當然是拒絕，但他知道她期待的正是這個答案，這就會讓其他人看更多的笑話。現在的態勢已經很明朗，第一發言者急於打擊德拉米，因而迫不及待地任命堅迪柏為繼任者，即使這樣做本身並沒有錯，德拉米卻一下子使它變成致命的錯誤。

堅迪柏是最年輕的發言者，他曾經得罪圓桌會議全體成員，卻又擺脫了制裁。他的這種做法，等於將其他人都羞辱了一番。現在他卻成為第一發言者的預定人選，大家當然恨得牙癢癢的。

本來，想再擊敗他是很困難的事，但現在他們都會記住，德拉米是多麼容易就使他出醜，他們在一旁又看得多麼開心。今後，她能輕易用這件事實說服眾人，說他既不夠成熟又缺乏經驗，不配擔任第一發言者。當堅迪柏在外執行任務時，他們會聯合起來向第一發言者施壓，強迫他改變決定。縱使第一發言者堅持初衷，堅迪柏當上第一發言者之後，也將面對一個眾叛親離的圓桌會議，永遠不會有任何作為。

一瞬之間，他預見了一切可能的發展，因此他的回答彷彿沒有絲毫遲疑。

他說：「德拉米發言者，我很欽佩你的洞察力，本來我是想給諸位一個驚奇的。其實，我的確打算帶那個阿姆女子同行，但並非完全基於你提出的那個好理由。我想帶她一起去，是因為她具有與衆不同的心靈。諸位都檢查過那個心靈，親眼目睹了它的結構：難以想像的聰慧，但更重要的是澄澈、單純，全然沒有任何心機。外力一旦碰觸到它，一定不會毫無痕跡，我確信諸位都會做出這個結論。

「因此，德拉米發言者，不知道你是否想到過，她可以扮演絕佳的預警系統。我可以藉由她的心靈，偵測出異類精神力場出現的徵候，我相信，這樣會比我用自己的心靈更早發現敵蹤。」

會場頓時呈現詭異的寧靜，堅迪柏便以輕鬆的口吻說：「啊，你們全都沒有想到。沒關係，沒關係，這並不重要！現在我要告辭了，我們不能浪費任何時間。」

「慢著。」德拉米第三度由主動轉為被動，問道：「你打算如何進行？」

堅迪柏微微聳了聳肩，然後說：「何必在此討論細節呢？圓桌會議知道得愈少，反驟愈不會想侵犯諸位的心靈。」

他這樣說，聽來像是將圓桌會議的安全擺在第一位。他也使心靈中充斥著這種想法，並且讓它顯露出來。

這番話讓他們十分受用。而他們一旦感到滿意，或許就不會懷疑堅迪柏是否眞的知道該怎麼做。

6

當天傍晚，第一發言者與堅迪柏做了一次晤談。

「你的想法沒有錯。」他說：「我忍不住掃過你的心靈表層之下，知道了你認為我不該宣佈那件事，這點我不否認。她經常不露痕跡地僭取我的地位，因此我想用同樣的手法還擊；我操之過急，想盡早將無止無休的笑容從她臉上抹去。」

堅迪柏柔聲說：「或許您應該先私下知會我，等我回來之後再正式宣佈。」

「那樣，我就無法給她來個迎頭痛擊。這只是第一發言者的一個可憐心願，我自己也瞭解。」

「這樣做並不能讓她死心，第一發言者。她仍舊會設法謀取這個位置，也許還會更加名正言順。我確定有幾位發言者，將公開表示我該婉拒這項任命。他們不難提出許多理由，辯稱德拉米發言者是圓桌會議上的佼佼者，能夠成爲最佳的第一發言者。」

「她是圓桌會議上的佼佼者，離開會場就不是了。」桑帝斯埋怨道：「她看不見眞正的敵人，她眼中的敵人只有其他的發言者。當初，根本不該讓她成爲發言者。聽我說，要不要我下一道命令，禁止你帶那個阿姆女子同行？我看得出來，德拉米讓你沒有選擇的餘地。」

「不必，眞的不必。我提出的那個理由，並不是我信口胡謅的，她眞的可以當我的預警系統。如果不是德拉米發言者那樣逼我，我還想不到這一點，所以我眞該感謝她呢。我深信，那女子會派上非常大的用場。」

「那就好。對了，我也沒有撒謊，我眞的相信你總會有辦法解除這個危機——只要你肯相信我的直覺。」

「我想我會相信的，因爲我也同意您的看法。我向您保證，不論發生什麼事，我都不會讓您失望。無論反騾或德拉米發言者搞什麼鬼，我都會回來接任第一發言者的職位。」

說這番話的同時，堅迪柏也在檢視自己的心靈。對於這次單槍匹馬的太空冒險，自己爲何那麼興奮，那麼急切？當然是因爲他懷抱著雄心壯志。普芮姆·帕佛曾經有過類似的行動，所以他要證明史陀·堅迪柏也辦得到。等到他凱旋歸來，就再也沒有人能阻止他就任第一發言者。然而除了雄心，是否還有其他原因？實戰的誘惑？還是自從成年後，自己就一直鎖在這個落後行星的隱匿角落，因而想要藉此尋求一點刺激？他不盡然瞭解自己的心態，但他知道自己實在太想去了。

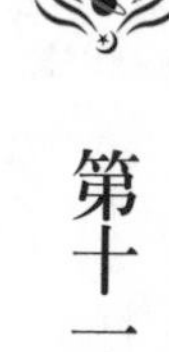

第十一章　賽協爾

1

太空艇完成一次所謂的「微躍」之後，原先一顆閃亮的小星星，逐漸變成一個球狀天體。詹諾夫．裴洛拉特目不轉睛地盯著顯像螢幕，這是他生平第一次見到這種景象。他們的第一個目的地——佳人的賽協爾行星、該行星系的第四顆——也慢慢變得更大更顯眼。

裴洛拉特膝上放著一個手提顯像裝置，上面映著電腦畫出的賽協爾行星地圖。崔維茲曾經訪問過數十個世界，因此表現得份外沉著。「別急著拚命看個不停，詹諾夫。我們得先經過報關站，手續可能很冗長。」

裴洛拉特抬起頭來。「當然只是例行手續吧。」

「是的，不過仍然可能很花時間。」

「但如今是太平歲月啊。」

「當然，但這只保證我們可以通過。不過，他們至少要注意到生態平衡的問題，每一顆行星都有各自的生態，誰也不希望受到破壞。所以他們有充分的理由檢查每艘入境的船艦，看看上面有沒有列管的生物或傳染病。這是一種合理的預防措施。」

「我覺得，這些東西我們都沒有。」

「沒錯，我們沒有，而他們將會確定這一點。但是你還要記住一件事，賽協爾並非基地聯邦的成員，爲了展現獨立自主的地位，他們一定無所不用其極。」

一艘小型太空船飛了過來，不久，一名賽協爾海關官員登上他們的太空艇，準備進行檢查。崔維茲沒忘記軍旅生涯的訓練，用俐落的口氣說：

「這是**遠星號**，來自端點星，相關證件在此。它毫無武裝，是私人航具。這是我的護照，還有一名乘客，這是他的護照，我們兩人是觀光客。」

海關官員穿著一件以深紅爲主色的俗麗制服。他的兩頰與上唇刮得乾淨，下巴的左右兩側則蓄著兩簇短鬚。他問道：「基地的太空船？」

他的發音很不正確，但崔維茲既沒有糾正他，也不敢露出笑容。銀河標準語分化出許多方言，每顆住人行星都不太一樣。大家各有各的口音，只要互相能溝通就行了。

「是的，長官。」崔維茲答道：「基地註冊的航具，由私人所擁有。」

「非常好。你的裝載呢？請告訴我。」

「我的什麼？」

「你的裝載，你載了些什麼東西？」

「啊，我的貨物。這裡有一份清單，全是私人用品。我們不是來做生意的，我剛才說過，我們是觀光客。」

海關官員好奇地四下打量了一番。「對觀光客而言，這艘太空船未免太精巧了。」

「就基地的標準還好。」崔維茲故意表現得興高采烈，「而且我很富裕，買得起這種好貨。」

「你是說我可能因此致富嗎？」官員很快瞥了他一眼，隨即移開視線。

崔維茲猶豫了一下，才想通那句話的言外之意。他又考慮了一下，才決定了行動方針，於是說：「不，我並不打算賄賂你，也沒有理由這樣做。即使我眞有這個打算，你看來也不像那種金錢能收買的人。若有必要，你可以仔細檢查這艘太空船。」

「不必了。」官員一面說，一面收起袖珍記錄器。「你們這艘船已經通過檢查，上面沒有任何法定傳染病。我們會指定一個波長給你，再以這個波長送出導航波束。」

說完他就走了，整個程序只花了十五分鐘。

裴洛拉特壓低聲音說：「會不會有什麼麻煩？他是不是眞想要紅包？」

崔維茲聳了聳肩。「打賞海關人員是老規矩，這種傳統簡直跟銀河一樣古老。他只要再暗示一次，我就馬上出手了。結果，嗯，我猜他不敢冒這個險，因爲這是一艘基地太空艇，尤其還是新型的。我們那位老市長——銀河保佑她死硬的老命——曾說不論我們走到哪裡，基地的名號都能保護我們，這句話並沒有錯。通常，這種手續要花很多很多時間。」

「爲什麼？他好像把該做的檢查都做完了。」

「沒錯，但是他對我們相當禮遇，只用電波遙測而已。如果他找麻煩，大可用手提儀器從頭到尾搜尋一番，這得花上好幾個小時。他還能把我們兩人送到境外醫院，留置我們好幾天。」

「什麼？我親愛的夥伴！」

「別緊張，他並沒有那麼做。我本來以爲他會，不過他沒有，這就表示我們可以著陸了。我很想用重力推進降落，那只需要十五分鐘的時間，但我不知道許可著陸的位置在哪裡，而我又不願意惹麻煩。這代表我們必須跟著導航電波束，花上好幾個小時，在大氣層中盤旋而下。」

裴洛拉特卻顯得很開心。「可是這樣好極了，葛蘭。不知道我們會降落得多慢，能不能趁機看看地形地貌？」他舉起手提顯像螢幕，螢幕上的畫面是低倍率地圖。

「多少能看到些。我們得先鑽到雲層下方，再以每秒幾公里的速度運動。雖然不會像乘坐熱氣球，但你仍然能夠觀察行星的地貌。」

「太好了！太好了！」

崔維茲又深思熟慮地說：「不過我正在想，我們到底會在賽協爾行星待多久，是否值得把太空艇的時鐘調成當地時間。」

「我想，那得看我們打算做什麼。你認爲我們會做些什麼事，葛蘭？」

「我們的工作是尋找蓋婭，我不知道這要花多少時間。」

裴洛拉特說：「我們可以把腕錶的時間調過來，太空艇的時鐘則維持不變。」

「好主意。」崔維茲一面說，一面俯視下方逐漸擴展開的行星表面。「不用再等下去了。我會讓電腦校準那個屬於我們的電波束，它就能用重力推進來模仿傳統飛行。就這麼辦！我們降落吧，詹諾夫，看看我們能找到什麼。」

太空艇開始沿著校準的「重力勢曲線」運動，崔維茲若有所思地盯著下方的行星。他以前從未來過賽協爾聯盟，可是他曉得，過去一世紀間，它對基地的態度一向不友善。他們能夠那麼快通關，實在令他感到詫異，甚至有點心虛。

這似乎不太合理。

2

剛才那位海關官員名叫久勾洛斯・索巴達爾薩，他已經在這個報關太空站斷斷續續幹了半輩子。

平均每三個月，他就有一個月待在太空中。他對這種生活並不在意，反正剛好藉此機會看看書，聽聽音樂，並且遠離他的老婆，以及愈長愈大的獨子。

不料兩年前，海關主管換成了一個夢想家，令他感到難以忍受。這位主管常常無緣無故做些驚人之舉，理由只是他在夢中接到指示，這種傢伙最令人受不了。

索巴達爾薩本人根本不相信這一套，不過他表現得十分謹愼，從不張揚自己的想法，因爲大多數賽協爾人都有唯心論的傾向。如果讓人認爲他是唯物論者，就快到手的退休金也許便會泡湯。

他用雙手撫著下巴的兩簇鬍鬚，右手撫著右邊，左手撫著左邊。然後他大聲乾咳一下，再用很不自然的口氣，假裝隨口問道：「就是那艘太空船嗎，主管？」

主管也有個典型的賽協爾式名字：納瑪拉斯．蓋迪撒伐塔。他正埋首研究電腦中的資料，連頭也沒有抬起來。「什麼太空船？」他問道。

「就是**遠星號**，那艘基地太空船，我剛剛放行的那一艘，我們從各個角度做過全相攝影的那一艘。它是不是你夢見的那艘太空船？」

蓋迪撒伐塔馬上抬起頭來。他身材矮小，雙眼幾乎被黑眼珠佔滿，周圍佈滿細碎的皺紋，卻沒有一條是笑口常開的結果。他又反問：「你問這個做什麼？」

索巴達爾薩立刻板起臉孔，兩道漆黑濃密的眉毛鎖在一起。「他們自稱觀光客，可是我以前從沒見過這樣的太空船，我認爲他們是基地間諜。」

蓋迪撒伐塔上身靠向椅背。「聽好，小子，不論我怎麼努力回想，也想不起來曾經要你提供意見。」

「可是主管，我認爲指出這一點，是盡忠愛國的……」

蓋迪撒伐塔將雙臂交握胸前，以嚴厲的目光瞪著他的手下。在頂頭上司的瞪視下，這位下屬（雖然他的外型與儀態都比頂頭上司出色）趕緊低下頭，裝出一副灰頭土臉的神情。

蓋迪撒伐塔說：「小子，如果你知道好歹，就該多做事少開口，否則就準備提早退休。而如果我再聽到你發表事不關己的高論，我保證讓你領不到退休金。」

索巴達爾薩低聲下氣地說：「遵命，長官。」接著，他用不大誠懇的卑微語氣補充道：「長官，在我的職責範圍內，我是否應該向您報告，又有一艘太空船進入監視幕的範圍？」

「算你報告過了。」蓋迪撒伐塔沒好氣地說，便繼續原來的工作。

「而且它的特徵，」索巴達爾薩用更卑下的聲音說：「跟我剛剛放走的那艘非常相似。」

蓋迪撒伐塔雙手在辦公桌上使勁一撐，猛然跳起來。「又有一艘？」

索巴達爾薩在心中暗笑，這個殘酷的老雜種（他指的是主管）顯然沒有夢見會有兩艘這樣的太空船。他又說：「看來沒錯，長官！我現在就回到崗位待命，但願，長官……」

「怎麼樣？」

索巴達爾薩實在忍不住了，儘管會危及退休金，他還是脫口而出：「但願，長官，我們沒把不該放的放走了。」

3

遠星號正急速飛過賽協爾行星上空，裴洛拉特看得如癡如狂。跟端點星比較起來，此地雲層較爲稀薄和零星，而且正如地圖所示，陸地較爲遼闊而集中——連沙漠地帶都比端點星更廣，這可以從大陸中的赭紅色部分看出來。

放眼望去不見任何生命跡象，彷彿這個世界只有不毛的沙漠、灰暗的平原，以及山脈所形成的無窮皺褶，此外當然還有海洋。

「看來好像毫無生氣。」裴洛拉特嘀咕道。

「在這種高度，別指望看到任何生命跡象。」崔維茲說：「我們再降低些，你就會看到陸地逐漸變成一塊塊的綠色。但在此之前，你會先看到夜面地表的閃爍光芒。人類有一個共通的傾向，總喜歡在黑夜降臨時，用燈火照亮他們的世界，我從來沒聽過有任何例外。換句話說，你將看到的第一個生命跡象，其實不只是人類，還包含了科技文明在內。」

裴洛拉特意味深長地說：「畢竟，夜伏晝出是人類的天性。我認為，人類最早發展出的科技，就包括了將黑夜變為白晝的方法。事實上，假設某個世界正在發展科技文明，你就可以拿夜間照明的程度，作為它的科技進展指標。將一片黑暗轉變為處處燈火通明，你認為得花多久時間？」

崔維茲哈哈大笑。「你常有些古怪的想法，我想這是因為你是神話學家吧。我認為不會有任何世界能變得一片光明。夜間照明隨著人口密度而各地不同，所以在各個大陸上，燈光的分佈都是塊狀或條狀。即使川陀在發展到巔峰，整個世界成為一個龐大建築時，也只會露出稀疏的光芒而已。」

陸地果然漸漸變成綠色，跟崔維茲預測的一模一樣。在最後一周的環球飛行中，崔維茲指著一些細小的斑點，說那些就是城市。「這不是個非常都會化的世界。我從未來過賽協爾聯盟，可是根據電腦提供的資料，他們有抱殘守缺的傾向。銀河各個角落的居民，都會把科技和基地聯想在一起，因此只要是不歡迎基地的地方，必定都有懷古的傾向。當然，跟武器有關的科技例外。我向你保證，賽協爾在這方面絕對十分先進。」

「乖乖，葛蘭，不會發生什麼不愉快的事吧？我們終究是基地人，卻來到敵人的領域……」

「這裡並非敵人的領域，詹諾夫。他們會表現得極為客氣，你別害怕，他們只是不太喜歡基地罷了。賽協爾並非基地聯邦的一部分，由於他們對獨立的地位感到十分驕傲，又不願意想到自己比基地弱小許多——他們能保持獨立，只是出於我們的默許，因此，他們才故意對我們表現出誇張的憎惡。」

「無論如何，我擔心還是會不太愉快。」裴洛拉特垂頭喪氣地說。

「絕對不會。」崔維茲說：「別這樣，詹諾夫，我剛才講的是賽協爾政府的官方態度。這顆行星上的居民也是人，只要我們堆滿笑容，不要表現得像銀河主宰，那麼他們也會笑臉相迎。我們不是來替基地征服賽協爾的，我們只是觀光客。我們所問的有關賽協爾的問題，任何觀光客都會那麼問。

「此外，如果情況許可，我們還能藉這個機會輕鬆一下。我們大可在這裡待上幾天，體驗一下他們的待客之道。他們也許擁有引人入勝的文化、美麗的風景、可口的食物，即使這些都找不到，至少還有可愛的女人。我們的錢足可揮霍。」

裴洛拉特皺起眉頭。「喔，我親愛的兄弟。」

「得了吧。」崔維茲說：「你還沒那麼老，難道眞的不感興趣？」

「我可沒說自己從不來這一套，但當然不是現在。現在我們有任務在身，我們要尋找蓋婭。我絕不反對享樂，眞的，可是我們一旦開始放縱，也許就會難以自拔。」他搖了搖頭，又好言勸道：「我想你當初一定擔心，怕我一頭栽進川陀的銀河圖書館，從此無法自拔。沒錯，那個圖書館對我的吸引力，就等於一個——甚至五、六個黑眼珠的美艷少女對你的吸引力。」

崔維茲說：「我並不是花花公子，詹諾夫，但我也不想做苦行僧。好吧，我答應你立刻開始查問蓋婭的下落，可是如果剛好碰到什麼艷遇，絕對沒有理由不准我做正常反應。」

「只要你把蓋婭擺在第一位……」

「我會的。不過你得記住，別對任何人說我們來自基地。其實他們都看得出來，因爲我們使用基地信用點，而且帶有濃重的端點星口音，可是如果我們絕口不提，他們就會把我們當成普通遊客，友善對待我們。萬一我們表明自己是基地人，他們雖然仍會和顏悅色，卻什麼都不會告訴我們，也不會讓我們看任何資料，或是帶我們到哪裡去，我們就會變得孤獨無助。」

裴洛拉特嘆了一聲。「我永遠無法瞭解人性。」

「沒這回事。你只需要好好觀察自己，就能瞭解每一個人，因爲我們彼此沒有什麼不同。姑且不論謝頓的數學多麼精妙，假如他不瞭解人性，又怎能擬出那個計畫呢？再說，假如人性並不容易瞭解，他又如何能精通呢？你隨便指出一個不瞭解人性的人，我都立刻可以證明，那人建立了一個錯誤的自我意像——我不是在影射你。」

「沒關係。我願意承認自己欠缺這方面的經驗，我的生活相當自我中心，而且相當狹隘。或許我從未眞正好好檢視過自己，所以凡是牽涉到人性之處，我都要讓你當我的嚮導和顧問。」

「好，那麼接受我的忠告，安心觀賞風景吧。我們很快就要著陸，我保證你不會有任何感覺，我和電腦會負責一切。」

「葛蘭，可別不高興。如果眞有妙齡女子……」

「別提啦！讓我專心操縱太空艇。」

裴洛拉特轉身向外望，太空艇正在進行最後一圈盤旋。他即將首度踏上另一個世界，這個想法帶來一種古怪的感覺——雖說事實上，銀河中上千萬顆住人行星，最初的殖民者都不是當地土生土長的。

只有一顆行星例外，這種想法令他憂喜參半。

4

就基地的標準而言，此地的太空航站並不算大，但是維護得相當好。**遠星號**被拖到停泊區並鎖牢之後，他們便收到一張印著密碼的精緻收據。

裴洛拉特低聲說：「我們就把它留在這裡啊？」

崔維茲點了點頭，並伸手按在裴洛拉特肩上。「別擔心。」他也壓低聲音說。

他們跨進租來的地面車，崔維茲便將賽協爾城的地圖插入車內電腦。遠方的地平線上，隱隱浮現城中的一些尖塔。

「賽協爾城，」他說：「這顆行星的首府。城市、行星、恆星，都叫賽協爾。」

「我還是擔心那艘太空艇。」裴洛拉特再度強調。

「沒什麼好擔心的。」崔維茲說：「我們晚上就會回來，因爲我們得睡在太空艇上，除非我們只想在此地待幾個小時。而且你也應該瞭解，太空航站必須遵循星際間的一個慣例：凡是沒有敵意的船艦，就不會遭到任何侵犯。據我所知，從來沒有人敢違犯這個慣例，即使戰時也不例外。否則的話，人人的生命財產都沒有保障，星際貿易便無法維持。任何違犯這個慣例的世界，都會遭到全銀河飛航員的抵制，我向你保證，沒有哪個世界敢冒這個險。何況……」

「何況什麼？」

「嗯，何況，我已經跟電腦交代過，若有任何外人試圖登上太空艇，不論男女老幼，只要容貌或聲音不像我們，一律格殺勿論。我還當面向航站指揮官解釋過；我用非常禮貌的方式告訴他，說我很想關掉這個特殊裝置，因爲我敬重賽協爾城太空航站的聲譽。我說，全銀河都知道，此地絕對安全無虞，工作人員也絕對可靠。問題是這艘太空艇過於新穎，我不知道怎樣關掉。」

「他不會相信的，一定不會。」

「當然不會！可是他得假裝相信，否則就等於被我羞辱了一番。由於他對我根本莫可奈何，即使被我羞辱也只好認了。既然他不想白白受辱，最簡單的下台階就是相信我的說法。」

「這也是人性特色的另一個例子？」

「沒錯，你遲早會習以爲常。」

「你又如何確定這輛地面車沒有竊聽器？」

「我的確想到這種可能，所以並未接受他們爲我準備的那輛，故意隨便挑了另一輛。萬一每輛車都裝了竊聽器——嗯，我們剛才說了什麼不得了的話嗎？」

裴洛拉特露出不舒服的神情。「我不知道該怎麼說，這樣抱怨似乎相當不禮貌，但我並不喜歡這裡的氣味。有一種——怪味道。」

「車子裡面？」

「嗯，在太空航站就有了。我本來以爲是航站特有的味道，不料車子帶著那種味道一起走。我們能不能開一扇車窗？」

崔維茲哈哈大笑。「我想我可以在控制盤上找到正確的開關，但不會有什麼用處，整個行星都有這種味道。眞的非常難聞嗎？」

「倒不是非常強，不過聞得出來，而且令人不太舒服。難道整個世界都是這種味道嗎？」

「我總是忘記你從未到過別的世界。每個住人世界都有特殊的氣味，主要是由各種植物散發出來的，不過我猜動物應該也有貢獻，甚至人類也不例外。而且據我所知，任何人剛剛踏上別的世界，都絕對不會喜歡當地的味道。但你很快會習慣的，詹諾夫。幾小時後，我保證你就不會注意到。」

「你該不會是說，所有的世界都有這種怪味道吧。」

「不是，正如我剛才說的，每個世界都有自己特殊的味道。如果我們真的很留意，或者鼻子再靈敏一點，就像安納克里昂犬那樣，或許我們只要輕輕一聞，就能判斷位在哪個世界。我剛進艦隊的時候，每到一個新的世界，頭一天一定吃不下東西。後來我學到了太空前輩的絕招，在降落的時候，就拿一條沾了當地氣味的手帕搗著鼻子。這樣一來，當你走出太空船的時候，就什麼也聞不到了。等你在太空中跑久了，對這種事就會麻木，能夠置之不理。事實上，最糟的反而是回家的時候。」

「爲什麼？」

「難道你以爲端點星上沒有怪味？」

「你的意思是說眞有？」

「當然有。一旦你適應了其他世界的氣味，比方說賽協爾吧，你就會對端點星上的怪味驚訝不已。從前，每當一次長期任務結束，船艦回到端點星，當氣閘打開的那一刻，所有人員都會大叫：『又回到糞坑啦！』」

裴洛拉特現出噁心的表情。

他們已經可以清楚看到城中的尖塔，裴洛拉特卻凝視著周遭的環境。路上有不少來來往往的地面車，偶爾還有飛車從頭頂呼嘯而過，但裴洛拉特只是專心望著路旁的樹木。

他說：「這些植物似乎很奇怪，你猜其中可有固有品種？」

「我猜應該沒有。」崔維茲心不在焉地說，他正忙著研究地圖，同時試著調整車上的電腦。「凡是有人類居住的行星，固有生物都不太可能還有生存空間。銀河殖民者總是引進他們自己的動植物，即使不是在殖民之初，也會在不久之後開始進行。」

「不過，這好像有點奇怪。」

「你總不會認為每個世界的生物品種都一樣吧，詹諾夫。我曾經聽說，那些編纂《銀河百科全書》的學者，出版過一套生物品種地圖集，全部資料佔了八十七張厚厚的電腦磁碟，但還是不算完整——而且正式出版的時候，就已經變得過時了。」

地面車繼續前進，不久就被城市外環所吞沒。裴洛拉特打了個冷顫：「我並不太欣賞這個城市的建築。」

「人人都只欣賞自己的故鄉。」崔維茲隨口答道，他有豐富的太空旅行經驗，早已明白這個道理。

「對了，我們要去哪裡？」

「嗯，」崔維茲的聲音帶著幾分懊惱，「我試著讓電腦操縱車子，把我們送到旅遊中心。我希望電腦懂得交通規則，知道哪些路是單行道，因為我沒有任何概念。」

「我們去那裡幹嘛，葛蘭？」

「第一，我們既然是觀光客，自然會去那種地方，而且我們希望做得盡量自然，不引起任何人的注意。第二，你又打算到哪兒去詢問蓋婭的資料？」

裴洛拉特說：「到某個大學，或是某個人類學會，或者某個博物館，總之我不會去旅遊中心。」

「哈，那你就錯了。到了旅遊中心，我們裝作是那種很有求知欲的觀光客，想要取得一份文化重鎮清單，包括城中所有的大學和博物館等等。然後我們再決定去哪裡，而在那裡，我們就能找到合適的人，可以詢問有關古代史、銀河地理、神話學、人類學，或是你想像得到的任何問題。可是，旅遊中心必須是第一站。」

裴洛拉特終於閉上嘴，此時車子已經加入市區的車流，跟著其他地面車一起蜿蜒前進。不久他們轉到一條小路，一路上有許多可能是指示方向或交通的號誌，不過由於上面的字體風格特殊，兩人幾乎都看不懂。

幸好車子彷彿自己認識路，最後停進一個停車場。入口處有一個招牌，上面用同樣古怪的字體寫著：「賽協爾外星處」。下面還有一行字：「賽協爾旅遊中心」，是用易懂的銀河標準字體正楷寫成。

他們走進那棟建築物，發現它並沒有外表看來那麼宏偉，而且顯然生意冷清。大廳中有一排排供旅客使用的小隔間，其中一間坐著一個男子，正在閱讀傳訊機吐出的新聞報表。另一間被兩位女士佔據，兩人似乎在玩一種複雜的牌戲，桌上擺滿紙牌與籌碼。此外，有位職員坐在一個稍嫌過大的櫃台後面，旁邊有個對他而言似乎太過複雜的電腦控制台。這位賽協爾籍職員一臉無聊的表情，身上的花衣服看來像是五彩棋盤。

裴洛拉特瞪著他，悄聲說：「這個世界的衣著顯然很誇張。」

「沒錯，」崔維茲說：「我也注意到了。話說回來，每個世界的時裝都各有特色，而且在某些世界上，不同的地區甚至也會各有不同。此外流行還會隨著時間改變，說不定五十年前，賽協爾上人人都穿黑色呢。你要學著見怪不怪，詹諾夫。」

「看來我必須學學。」裴洛拉特說：「但我還是比較喜歡我們的服裝，至少不會騷擾別人的視神經。」

「因爲我們大多數人，穿的都是一件件的灰色嗎？其實有些人很討厭這種流行，我就聽過有人形容爲『穿了一身塵土』。而且，也許正是因爲基地流行無色的服裝，這些人才故意穿得五顏六色，用以強調他們的獨立地位。反正，這些你都得學著適應。來吧，詹諾夫。」

當兩人向櫃台走去時，原先在隔間裡看新聞報表的男子突然起立，向他們迎面走來。他臉上堆滿笑容，身上的衣服剛好也是灰色系的。

崔維茲起初並未望向那人，可是當他轉頭一看，整個人就僵住了。

他深深吸了一口氣。「銀河在上，是那個賣友求榮的傢伙！」

第十二章　特務

1

端點星議員曼恩·李·康普向崔維茲伸出右手，表情看來有些猶豫。

崔維茲用嚴厲的目光瞪著那隻手，沒有做出任何回應。他將臉轉向一旁，對著空氣說：「我絕不該攪擾異邦行星的平靜，否則會害得自己身繫囹圄，但是這個人如果再向前走一步，我就顧不得那麼多了。」

康普陡然煞住腳步，猶豫了許久，又用遲疑的目光望了裴洛拉特一眼，才終於低聲說：「能不能給我機會說幾句話？做一番解釋？你願意聽嗎？」

裴洛拉特輪流望著這兩個人，長臉稍微繃緊了一點。他說：「這是怎麼回事，葛蘭？我們來到這麼遠的世界，你竟然立刻碰到熟人？」

崔維茲雙眼緊緊盯著康普，卻故意稍微轉身，表示他是在跟裴洛拉特講話。他說：「這個人類——這點我們可以從他的外形判斷——曾經是我在端點星上的朋友。我對朋友一律以誠相待，因此毫不保留地信任他，什麼事都對他說，其中有些想法也許並不適合公開。結果，他顯然將我說的話一五一十轉述給有關當局，卻又懶得把這件事告訴我。由於這個緣故，我一步步鑽進一個圈套，害得我如今遭到放逐。而現在這個人類，竟然還希望我把他當成朋友。」

他終於轉頭面對康普，同時伸手梳了一下頭髮，結果卻是把一頭鬈髮弄得更亂。「你，給我聽好，我的確有個問題要問你。你到這裡來幹什麼？銀河那麼大，你為何剛好在這個世界上？又為何剛好在此時出現？」

當崔維茲說話的時候，康普的右手一直維持原來的姿勢，直到這時才縮了回去，他臉上的笑容也隨之消失。過去始終伴隨著他的自信神情，現在也無影無蹤，使他看來不像已經三十四歲，並且顯得有些憂鬱。「我會解釋的，」他說：「可是得讓我從頭說起！」

崔維茲迅速四下望了望。「在這裡？你真想在這裡談嗎？在這個公共場所？你要我在聽夠了你的謊言之後，當場把你打趴下？」

康普舉起雙手，兩隻手掌彼此相對。「請相信我，這裡是最安全的地方。」然後，他立刻猜到對方會如何回應，趕緊補充道：「你也可以不必相信，沒有什麼關係，反正我說的是實話。我比你們早幾個小時抵達這顆行星，已經做過一番調查。在賽協爾，今天是個特殊的日子。不知道基於什麼傳統，今天是他們的沉思日。幾乎人人都待在家裡，或說應該這樣做。你可以看到這裡門可羅雀，總不至於天天這樣吧。」

裴洛拉特點了點頭，然後說：「我本來也在奇怪，這裡怎麼會如此冷清。」他湊到崔維茲耳旁，悄聲道：「為什麼不准他說話呢，葛蘭？他看起來好淒慘，可憐的傢伙，也許他只是想道歉。你不給他機會，似乎有點不公平。」

崔維茲說：「裴洛拉特博士好像很想聽聽你的說法。我願意接受他的意見，不過你最好長話短說。今天也許是我發脾氣的好日子，既然人人都關在家裡沉思，我製造的騷動可能不會引來執法者。明天我大概就不會那麼好運，為何白白浪費這個機會呢？」

康普用很不自然的聲音說：「聽著，如果你想打我一拳，那就來吧。我根本不會出手招架，懂了嗎？動手吧，打我啊，可是一定要聽我說！」

「既然這樣，你就動口吧，我會耐著性子聽一會兒。」

「首先我要告訴你，葛蘭……」

「請稱呼本人的姓氏，我的名字不是給你這種人叫的。」

「首先我要告訴你，崔維茲，你完全說服了我，使我相信你的說法……」

「你掩飾得太好了，我當初眞以爲你把它當成笑話。」

「我故意裝成在聽笑話，才能掩飾心中極度的不安。聽我說，我們坐到牆邊去。即使這個地方冷冷清清，也難免會有一兩個人進來，我不希望引起不必要的注意。」

於是三個人緩緩跨過大廳。此時康普又露出心虛的笑容，但仍舊跟崔維茲保持一臂之遙。等到他們坐定之後，才發現椅子會隨著體重凹陷，重塑成各人臀部的形狀。裴洛拉特顯得驚訝不已，像是想要趕緊跳起來。

「別緊張，教授。」康普說：「剛才我已經領教過了。這個世界注重小地方的享受，他們在某些方面比我們進步。」

他將一隻手臂擱在自己的椅背上，轉身面對崔維茲，改用輕鬆的口氣說：「你令我感到不安，令我相信第二基地的確存在，害得我不知如何是好。想想看，假使一切屬實，那會有什麼嚴重後果。難道他們不會設法對付你嗎？不會除去你這個心腹大患嗎？如果我表現得像是相信了你，我可能也會被一併解決。你瞭解我的意思嗎？」

「我只瞭解你是懦夫。」

「匹夫之勇又有什麼用？」康普的語氣十分誠摯，一對藍眼珠射出義憤的怒火。「那個組織有能力重塑我們的心靈和情感，你我能夠抵抗嗎？我們若想和他們對抗，首要之務就是不能讓蒐集到的情報曝光。」

「所以你深藏不露，因而安然無事？但你並沒有瞞著布拉諾市長，對吧？這樣做難道不冒險嗎？」

「沒錯！但是我認爲値得這樣做。如果始終只有我們兩人私下討論，可能只會導致我們受到精神控制，或者記憶全被抹除。反之，假如我將整件事告訴市長——你也知道，她跟我父親很熟。家父和我都是來自司密爾諾的移民，而市長的祖母……」

「是啊，是啊，」崔維茲不耐煩地說：「再往前追溯幾代，你的祖先就能追溯到天狼星區，你跟每個人都講過這些事。言歸正傳吧，康普！」

「好，我終於讓她聽進去了。只要我能利用你的論證，說服市長相信危險的確存在，聯邦也許就會採取某些行動。如今，我們已經不像騾出現時那般無助。至少，這個危險的訊息可以散播出去，讓更多人知道，這樣我們兩人就不會特別危險。」

崔維茲用諷刺的口吻說：「危及基地來換取自身的安全，眞是愛國的最佳表現。」

「那只是最壞的結果，而我當初指望的是最好的結果。」他的額頭開始滲出細小的汗珠，對於崔維茲始終不變的冷嘲熱諷，他似乎一直咬緊牙關忍耐著。

「而你並未把這個高明的計畫告訴我，對不對？」

「對，我沒有說，我因此感到十分抱歉，崔維茲。市長命令我不要說，她說她想弄清楚你所知道的一切，可是像你這種人，一旦知道自己的意見被他人轉述，就會立刻三緘其口。」

「她猜得多準啊！」

「我不知道，也無法猜測，更沒想到她計畫要逮捕你，並將你逐出端點星。」

「她是在等待適當的時機，等我的議員身分無法保護我的時候。難道你看不出來嗎？」

「我怎麼看得出來？連你自己也沒有看出來。」

「如果當初我知道她獲悉了我的看法，我就能預見這一切。」

康普突然不太客氣地頂了一句：「說得倒很容易，你這是後見之明。」

「既然你也有點後見之明，請問你到這裡來找我，又是什麼意思？」

「我想彌補這一切，彌補我的無心之失對你造成的傷害——眞的是無心之失！」

「天曉得。」崔維茲冷冷地說：「你可眞好心啊！可是你並未回答我原先的問題。你究竟是如何到這裡來的？怎麼剛好跟我在同一顆行星上？」

康普說：「這個問題的答案簡單之至，我是跟蹤你來的！」

「經由超空間？在我做了一連串躍遷之後？」

康普搖了搖頭。「這沒有什麼神祕，我有一艘一模一樣的太空艇，上面還有一台同型的電腦。你知道我有一種本事，能猜中船艦在超空間躍遷後，會朝哪個方向前進。通常我不能猜得非常準，平均三次有兩次會猜錯，可是有那種電腦幫忙，我的表現就好得多。此外，你在開始的時候遲疑了一陣子，給了我很好的機會，讓我得以估算你進入超空間之際的方位和速度。我將這些資料——連同我自己的直覺所做的外推——一起輸進電腦，其他的工作全部由電腦負責。」

「而你竟然比我更早抵達這座城市？」

「是的，你沒有使用重力推進降落，可是我用了。我猜你會來到這個首府，所以我直接落下來，那時你正在——」康普用手指在半空畫了一段螺線，表示對方是循著定向波束降落的。

「你冒著被賽協爾政府逮捕的危險？」

「這個嘛——」康普綻現燦爛的笑容，誰也無法否認這是個迷人的表情，連崔維茲幾乎都要對他產生好感。「我並非永遠都是懦夫。」

崔維茲下定決心不爲所動。「你又是怎樣弄到一艘同型的太空艇？」

「跟你弄到的方式一模一樣，是那個老太婆布拉諾市長撥給我的。」

「爲什麼？」

「我對你完全開誠佈公，我的任務就是要跟蹤你。市長想知道你到哪裡去，還有你打算做些什麼。」

「我猜，你一路上都很忠實地向她回報。還是你對市長也敢陽奉陰違？」

「我的確照實回報，事實上我毫無選擇。她在我的太空艇上裝了超波中繼器，他們以爲我不會發現，但還是瞞不過我。」

「所以呢？」

「不幸的是它被釘死了，如果我想取下來，太空艇一定報廢。至少，我自己不知道該如何取下。因此她始終知道我的下落，也就等於始終知道你的行蹤。」

「假如你跟不上我呢？那樣她就無法知道我身在何處。這點你有沒有想到過？」

「我當然想到過。我曾經想，乾脆向她報告說我把你跟丟了。可是她不會相信我的，對不對？而且這樣一來，我不知道會有多久無法回到端點星。我跟你不一樣，崔維茲，我不是那種無牽無掛、逍遙自在的人。端點星上有我的妻子，她懷有身孕，我希望盡快回到她身邊。你可以只爲自己著想，我卻不能。此外，我來也是爲了警告你。謝頓在上，我一直想要說，可是你始終不肯聽，不停地在說些別的事。」

「你突然對我如此關懷，我實在不敢相信。你又能警告我什麼呢？在我看來，你這個人似乎是唯一該提防的東西。你出賣過我，現在你又跟蹤我到這裡來，準備再出賣我一次。除了你，不會有誰想要傷害我。」

康普一本正經地說：「老兄，省省這些戲劇性的台詞吧。崔維茲，其實你是一根避雷針！你被送到太空，是爲了要吸引第二基地的注意——如果眞有第二基地的話。我的直覺並不限於超空間競逐，我肯定那就是她眞正的打算。如果你試圖尋找第二基地，他們會知曉你的企圖，然後對你採取行動。假如他們這樣做，就非常有可能暴露行藏，這個時候，布拉諾市長將立刻攻打他們。」

「當初布拉諾打算逮捕我的時候，你那著名的直覺可惜卻失靈了。」

康普漲紅了臉，喃喃說道：「你也知道，直覺不是永遠靈驗的。」

「現在直覺又告訴你，她打算進攻第二基地？她才沒這個膽子呢。」

「我想她的確有。但重點並不在此，而是她現在把你當成釣餌投了出去。」

「所以呢？」

「所以看在宇宙所有黑洞的份上，千萬別去尋找第二基地。她不會在乎你是否因此喪命，可是我在乎。我覺得應該爲這件事負責，所以我在乎。」

「我好感動，」崔維茲冷冰冰地說：「但是你白操心了，此時此刻，我剛巧有另一項工作。」

「另一項工作？」

「裴洛拉特和我正在尋找地球，就是某些人認爲是人類故鄉的那顆行星。對不對，詹諾夫？」

裴洛拉特點了點頭。「對，這是一項純科學性的研究，也是我長久以來的興趣。」

康普露出茫然的神情，一會兒後才說：「尋找地球？可是爲什麼呢？」

「爲了研究啊。」裴洛拉特說：「理論上，人類是從低等生命演化來的，而地球就是演化出人類的那個世界——不像其他世界，都是演化成功的人類由天而降——這種獨特性一定很値得研究。」

「而且，」崔維茲補充道：「在那個世界上，我可能會找到更多第二基地的線索——只是可能而已。」

康普說：「可是地球並不存在啊。你們不知道嗎？」

「不存在？」裴洛拉特臉上毫無表情，這代表他又準備堅持到底。「你的意思是，人類這個物種的發源地並不存在？」

「喔，我不是這個意思。地球當然存在過，這點毫無疑問！可是現在，已經沒有一顆叫作地球的行星，那個住人的地球早就消失了！」

裴洛拉特仍然毫不動搖。「有許多的傳說……」

「慢著，詹諾夫。」崔維茲說：「告訴我，康普，你又是怎樣知道的？」

「你所謂的『怎樣』是什麼意思？這是我祖上傳下來的。我的祖先可以上溯到天狼星區，我不得不再重複一遍，希望你不至於厭煩。那裡的人對於地球所知甚詳，因爲地球就在那個星區，而這就是說它並非基地聯邦的一部分，因此端點星上的人顯然懶得過問。可是無論如何，地球的確在那裡。」

「沒錯，是有這樣的說法。」裴洛拉特說：「在帝國時代，許多人都對所謂的『天狼假說』相當熱衷。」

康普激動地說：「那不是什麼假說，而是千眞萬確的事實。」

裴洛拉特說：「假如我告訴你，我知道銀河中有許多行星，附近星空的居民都將之稱爲地球——或者曾經這樣稱呼——你又怎麼說？」

「但我講的是眞正的地球。」康普說：「在整個銀河中，天狼星區是最早有人居住的區域，這點人盡皆知。」

「天狼星區的人當然這麼說。」裴洛拉特仍然不爲所動。

康普露出受挫的表情。「我告訴你……」

崔維茲卻插嘴道：「告訴我們地球發生了什麼變故。你說上面已經不再住人，為什麼會這樣？」

「由於放射性，整個行星表面都具有放射性。可能是由於核反應失控，或者源自一場核爆，我不太確定。如今，上面不可能有任何生命。」

三個人你瞪著我、我瞪著你，過了好一陣子，康普才感到有必要再強調一遍，於是他說：「我告訴你們，地球已經不存在了，沒有必要再去尋找。」

2

詹諾夫．裴洛拉特臉上難得出現了表情，不過那並非什麼狂熱，或者任何更不穩定的情緒。他只是將雙眼瞇起來，面部每個稜角都顯得有些激動。

他的聲音也完全不像平常那樣猶疑不決：「你說你是如何知道這些的？」

「我告訴過你，」康普說：「這是我祖上傳下來的。」

「別胡扯了，年輕人。你是一位議員，這就表示你必定生在聯邦的某個世界。我記得你剛才說過，是司密爾諾。」

「沒錯。」

「很好，那麼你所謂的『祖上傳下來』是什麼意思？莫非你是說，由於你具有天狼星區基因，所以生來就熟悉天狼星區有關地球的神話傳說？」

康普顯然吃了一驚。「不，當然不是。」

「那你到底在說些什麼？」

康普頓了一下，似乎是在整理思緒，然後才用平靜的口吻說：「我的家族保有許多關於天狼星區歷史的古籍，我說祖上傳下來是這個意思，而不是指遺傳。這種事不宜對外張揚，尤其是對一個熱衷政治前途的人而言。崔維茲似乎認爲我逢人便說，可是請相信我，我只對好朋友才提。」

他的語氣中帶著一絲悲憤：「理論上，基地公民人人平等，可是出身於聯邦原始成員的公民，卻比其他世界的人更平等些。至於那些跟聯邦之外的世界有淵源的人，則是所有的公民中最不平等的。但是，別提這種事了。除了那些古籍，我還曾經走訪好些古老世界。崔維茲——喂，回來啊——」

此時崔維茲離開了座位，信步走到大廳一角，透過一扇三角窗向外望去。這種窗子可以讓人飽覽天空的景色，卻不會看到多少街景——不但有助於採光，還有助於保持隱私。崔維茲在窗前踮起腳尖，向下望了望。

不久他又跨過冷清的大廳，回到了原地。「窗子的設計挺有意思。」他說：「議員先生，你在叫我嗎？」

「是的，還記得我大學畢業後的那趟旅行嗎？」

「剛畢業的時候？我記得非常清楚。我們是哥兒們，永遠的哥兒們；義結金蘭，兩人聯手天下無敵。你去做你的長途旅行，我懷著滿腔熱血加入艦隊。不知道怎麼回事，我就是不想跟你一塊去——有一種直覺叫我別去，但願那種直覺一直跟著我。」

康普沒有上鉤，他逕自說下去：「我造訪了康普隆，根據家族口耳相傳，我的祖先就是來自那裡，至少父系祖先可以確定。很久以前，該處尚未併入帝國的時候，我們那個家族還是統治階級，我的姓氏便是源自那個世界，起碼先人是這麼說的。康普隆所環繞的那顆恆星，有個古老而充滿詩意的名字：天苑肆。」

「那是什麼意思？」裴洛拉特問道。

康普搖了搖頭。「我不知道它有什麼意義，反正這就是傳統。那是個古老的世界，當地居民保留了無數傳統。他們擁有許多關於地球歷史的詳盡記錄，但沒有人願意多提。他們對地球有著迷信式的恐懼，每當提到這個名字，他們都會舉起雙手，食指和中指交叉，藉此祛除霉運。」

「你回來之後，有沒有向任何人提過這件事？」

「當然沒有，誰會感興趣呢？我也不想強迫任何人聽這個故事。得了吧！我有我的政治前途，我最不願意做的一件事，就是強調我的異邦出身。」

「那顆衛星又如何？描述一下地球的衛星。」裴洛拉特緊緊逼問。

康普似乎十分驚訝。「我沒聽說過有什麼衛星。」

「它究竟有沒有一顆衛星？」

「我不記得曾經讀到或聽說過。但我可以確定，如果你去查詢康普隆的記載，一定能找到正確答案。」

「可是你一無所知？」

「我對那顆衛星毫無概念，一點印象也沒有。」

「唉！地球又是如何變得充滿放射性？」

康普只是搖頭，一個字也沒有回答。

裴洛拉特說：「好好想一想！你一定聽過些什麼。」

「那是七年前的事，教授，當時我不知道今天會被你這樣逼問。的確有某種傳說，被他們視爲歷史……」

「什麼傳說？」

「地球出現放射性……受到帝國的排斥和蹂躪，因而人口銳減……地球設法摧毀帝國……」

「一個垂死的世界，打算摧毀整個帝國？」崔維茲忍不住插嘴。

康普為自己辯護道：「我說過那只是傳說，細節我並不清楚。但我知道在這個傳說中，貝爾．艾伐丹佔了一席之地。」

「他是誰？」崔維茲問。

「是個歷史人物，我考查過他的事蹟。他生於帝國早期，是一位聞名銀河的正牌考古學家，堅決主張地球位於天狼星區。」

「我聽過這個名字。」裴洛拉特說。

「他是康普隆的民族英雄。聽我說，如果你們想知道詳情，就該到康普隆去，在這裡窮逛毫無用處。」

裴洛拉特問道：「根據他們的說法，地球計畫如何摧毀帝國？」

「我不知道。」康普的聲音中透出幾分不悅。

「放射性跟這件事有關嗎？」

「我不清楚。在某些傳說中，提到地球曾發展出什麼心靈擴張器，叫作神經元突觸放大器，或是諸如此類的東西。」

「他們造出了超心靈嗎？」裴洛拉特用絕對難以置信的口氣問道。

「我認為沒有。我只記得那玩意並不靈光，它能使人變聰明，但會因此短命。」

崔維茲說：「這可能只是個道德寓言。如果你追根究柢，反倒會把原有的線索搞混了。」

這句話惹惱了裴洛拉特，他轉向崔維茲說：「你又懂得什麼是道德寓言？」

崔維茲揚了揚眉。「你我的專業領域或許不同，詹諾夫，但這並不代表我完全不懂。」

「康普議員，關於所謂的神經元突觸放大器，你還記得些什麼別的嗎？」裴洛拉特繼續追問。

「沒有了，而且我拒絕再接受任何盤問。聽好，我奉市長之命跟蹤你們，她可沒有指示我和你們直接接觸。我現在這樣做，只是爲了警告你們被人跟蹤這件事實，同時還要告訴你們，姑且不論市長有何目的，你們都只是她的工具。除此之外，我不該跟你們多做討論，可是你們突然提到地球，令我吃了一驚。好啦，讓我再重複一遍：不論過去存在過什麼——貝爾．艾伐丹也好，突觸放大器也好，任何東西都好——都和現在的一切毫不相干。我再強調一次：地球是個已經死去的世界。我鄭重建議你們到康普隆去，你們在那裡會找到想知道的一切，總之趕快離開這裡吧。」

「而你，當然會盡職地向市長報告，說我們轉往康普隆去了，而且你會繼續跟蹤，以確定我們沒有開溜。或許，市長早就知道這一切。我能想像，你剛才對我們說的每一個字，可能都是市長授意的，她還仔細幫你排練過呢，因爲根據她的計畫，我們必須到康普隆去。對不對？」

康普的臉色煞白，他猛然站起來，盡力控制住激動的情緒，幾乎連話都說不清楚。「我試圖向你解釋，我試圖幫助你，現在我眞後悔。你去跳你的黑洞吧，崔維茲。」

說完他立刻轉身，沒有回頭再看一眼，就氣呼呼地快步離去。

裴洛拉特似乎有點震驚。「你這樣做是不智之舉，葛蘭，老夥伴，我本來可以從他口中得到更多的資料。」

「不，你辦不到。」崔維茲用嚴肅的口氣說：「凡是他不準備讓你知道的事，你休想從他嘴裡套出來。詹諾夫，你不瞭解這個人。連我也是直到今天，才認清他的眞面目。」

3

崔維茲坐在椅子裡一動不動，陷入了沉思。

裴洛拉特一直不敢打擾他，最後還是忍不住說：「我們要在這裡坐一夜嗎，葛蘭？」

崔維茲嚇了一跳。「不，你說得對，我們還是到人多的地方比較好。走吧！」

裴洛拉特馬上站起來，又說：「不可能有人多的地方，康普說今天是什麼沉思日。」

「他是這麼說的嗎？我們剛才來的時候，路上難道沒有車子嗎？」

「對啊，是有一些。」

「我看還真不少哩。此外，當我們進入市區時，它難道是一座空城嗎？」

「那倒也不像。話說回來，你必須承認此地幾乎沒有人跡。」

「是的，沒錯，這點我特別注意到了。但還是走吧，詹諾夫，我肚子餓了。附近一定有吃飯的地方，而且我們吃得起好東西。我們總該有辦法找到一家好餐廳，嚐一嚐賽協爾的新奇口味，如果我們臨陣退卻，也不妨吃些銀河標準菜餚。來吧，等我們到了安全的地方，我再告訴你自己對剛才那件事的看法。」

4

崔維茲靠回椅背上，感覺渾身舒暢，好像元氣都恢復了。就端點星的標準而言，這家餐廳不算豪奢，但各方面都顯得新奇。在餐廳的一角，有個烹飪用的明火爐，整個餐廳都被烤得暖融融的。肉類都切成小塊，剛好可以一口一塊，並且配有各種辛辣調味醬。肉塊包在一片片又濕又涼又光滑、還有淡淡薄荷香的綠葉裡，可以直接用手抓著吃，不必擔心被燙到，也不會沾得滿手油膩。

侍者特別向他們解釋，要連肉帶葉一口吃下去。那位侍者顯然常常招待外星客人，當崔維茲與裴洛拉特拿著湯匙，小心翼翼地盛取冒著熱氣的肉塊時，他在一旁露出慈父般的笑容。而當他們發現綠葉不但可以中和肉塊的溫度，又能保護手指頭的時候，侍者顯然覺得十分欣慰。

崔維茲讚嘆道：「太可口了！」吃完後趕緊再叫一客，裴洛拉特隨即跟進。

接著他們又吃了一客鬆軟微甜的點心，侍者便端來咖啡。兩人發現咖啡竟帶有焦糖味，不以爲然地搖了搖頭，又不約而同地加了些糖漿，這個舉動令一旁的侍者大搖其頭。

然後，裴洛拉特問道：「好啦，剛才在旅遊中心，究竟發生了什麼事？」

「你是指康普那件事？」

「難道我們還有別的事該討論嗎？」

崔維茲四下望了望。他們坐在一個深陷的壁凹裡，但隱密性仍然有限，好在餐廳高朋滿座，鼎沸的喧嘩剛好是最佳的掩護。

他壓低聲音說：「他跟蹤我們到賽協爾，這件事難道不奇怪嗎？」

「他說他具有跟蹤的直覺。」

「沒錯，他曾在超空間競逐中拿到大學組冠軍，直到今天我才感到這也有問題。我相當清楚，如果一個人訓練有素，練成一種直覺反射，就能根據一艘船艦的準備動作，研判它會躍遷到哪裡去。可是我無法理解，康普如何能判斷一連串的躍遷。我當初只負責首度躍遷的準備工作，後面的都交由電腦處理。康普當然能研判我們的首度躍遷，但是他究竟有什麼魔法，能夠猜到電腦核心的數據？」

「可是他做到了，葛蘭。」

「他的確做到了。」崔維茲說：「我唯一想像得到的答案，就是他事先知道我們準備去哪裡。他預知了結果，而不是研判出來的。」

裴洛拉特考慮了一下。「好孩子，這很不可能。他怎麼會知道？在我們登上**遠星號**之前，連我們自己都還沒決定要去哪裡。」

「這點我知道。沉思日這種說法又如何？」

「康普並沒有騙我們。剛才進餐廳的時候，我們問過侍者，他說今天的確是沉思日。」

「沒錯，他這麼說過，但他是在強調餐廳並未休業。事實上，他說的是：『賽協爾城不是窮鄉僻壤，我們今天照常營業。』換句話說，今天的確有人閉門沉思，可是大城市不作興這一套；城裡人多少有些世故，不像鄉下人那麼虔誠。因此今天的交通繁忙依舊，或許比平常日子稍微少點，但仍算是夠忙的。」

「可是，葛蘭，當我們在旅遊中心的時候，並沒有任何人走進來。我注意到了，沒有一個人進來過。」

「我也注意到了，我甚至走到窗口，向外看了一下。結果我清楚看到，周圍街道上有不少行人和車輛，但就是沒有人走進來。沉思日是個很好的藉口，若非我打定主意，不再相信這個異邦人養的，我們絕不會對這個幸運時機感到懷疑。」

裴洛拉特問道：「那麼，這一切又有什麼意義？」

「我認為答案很簡單，詹諾夫。這個人即使在另一艘太空艇上，仍然能在我們決定目的地之後，立刻知道我們準備去哪裡；這個人還能在一個熱鬧的地區，讓一座公共建築保持無人狀態，以便適合我們三人密談。」

「你是要我相信，他有辦法製造奇蹟？」

「正是如此。搞不好康普正是第二基地的特務，因而可以控制他人心靈；搞不好他能在另一艘太空艇中，讀取你我的心靈內容；搞不好他能迅速闖過太空海關站；搞不好他能用重力推進降落，而使邊境巡邏不加理會；搞不好他能運用心靈影響力，使得路人都不想進入旅遊中心。」

「衆星在上，」崔維茲現出憤慨的神情，繼續說：「循著這條線索，我可以一直追溯到剛畢業的時候。我並沒有跟他一起旅行，我記得是我自己不想去。這是不是他影響了我呢？一定是他必須單獨行動，可是他眞正去了哪裡呢？」

裴洛拉特把面前的杯盤推開，好像是想騰出一點地方，以便有足夠的思考空間。沒想到這個動作卻召來了機械茶房——一個自動的小餐車，於是兩人便將杯盤與餐具移到餐車上。

等到餐車離去後，裴洛拉特才說：「這可是瘋狂的想法，別忘了，任何事都有可能自然發生。一旦你開始懷疑有人在控制一切，你就會順著這個思路解釋每一件事，從此再也無法相信任何人或任何事。別這樣，老夥伴，這些都是偶發事件，端看你如何解釋，可別陷入妄想而不能自拔。」

「我也不願過度樂觀而無法自拔。」

「好吧，那就讓我們用邏輯來推理一番。假設他是第二基地的特務，他爲何要冒著讓我們起疑的危險，而把旅遊中心騰空呢？他究竟說了什麼重要的事，即使附近有幾個人——而且大家一定各忙各的——又有什麼關係呢？」

「這個問題的答案相當簡單，詹諾夫。他得將我們的心靈置於嚴密觀察之下，不希望有其他的心靈造成干擾。也就是說不要有雜訊，不要有造成紊亂的機會。」

「這又是你自己的解釋。他跟我們的那番對話，到底又有什麼重要性？我們大可認爲，正如他自己堅稱的那樣，他來找我們，只是爲了解釋他的作爲，並且向你道歉，同時警告我們可能出現的麻煩。除此之外，他還可能有什麼其他目的？」

此時，位於餐桌一側的小型刷卡機發出柔和的閃光，並顯示出這一餐的費用。崔維茲伸手從寬腰帶中摸出信用卡，這種具有基地印記的信用卡全銀河通用，基地公民不論走到哪裡，只要一卡在手便能通行無阻。他順手將信用卡插入槽孔，不一會兒就結清了帳。崔維茲（出於天生的謹慎作風）檢查了一下餘額，才將信用卡放回口袋。

他又轉頭四處看了看，確定了其他客人都沒有露出可疑的神色，這才繼續說：「還可能有什麼其他目的？還有什麼目的？他跟我們談的可不只這些，他還談到了地球。他告訴我們地球已經死了，並且極力慫恿我們去康普隆。你說我們該不該去？」

「我也正在想這件事，葛蘭。」裴洛拉特坦然承認。

「就這樣子走掉？」

「等我們把天狼星區調查完畢，還可以再回來。」

「難道你沒有想到，他來找我們的眞正目的，就是要轉移我們對賽協爾的注意，讓我們自動離開此地？不論我們去哪裡都好？」

「爲什麼？」

「我不知道。聽我說，他們原本希望我們去川陀，那是你原先的目的地，也許他們的確指望我們這樣做。我卻從中攪局，堅持我們應該來賽協爾，這一定是他們最不願意見到的結果，所以必須設法使我們離去。」

裴洛拉特顯得十分不悅。「可是，葛蘭，你是在妄下斷語。他們爲何不希望我們留在賽協爾？」

「我不知道，詹諾夫，但我知道他們想讓我們走就夠了。我偏要留下來，我絕不打算離開。」

「可是……可是……你聽我說，葛蘭，第二基地若想要我們離開，何不直接影響我們的心靈，讓我們自動上路呢？何必花這麼大的工夫，派人來跟我們講道理？」

「既然你提到這一點，教授，他們難道沒有對你動手腳嗎？」崔維茲瞇起雙眼，露出狐疑的神色。「難道你不想離開這裡嗎？」

裴洛拉特吃驚地望著崔維茲。「我只是認爲這樣做頗爲合理。」

「倘若你受到影響，當然會這麼認爲。」

「可是我並沒有……」

「如果你眞的受到影響，當然會發誓絕對沒這回事。」

裴洛拉特說：「如果你用這種方式把我套牢，我根本無法反證你的籠統指控。你打算怎麼做？」

「我要留在賽協爾，而你也得留下來。你自己無法駕駛太空艇，所以如果康普影響了你，他就是選錯了對象。」

「好吧，葛蘭，我們就留在賽協爾。等到發現其他該走的理由，那時再走不遲。畢竟，我們最不該犯的錯誤，就是自己先窩裡反；或去或留，都比不上起內鬨錯得更兇。好啦，老弟，如果我眞的受到影響，難道會這麼輕易改變心意，像我現在打算做的這樣，高高興興依著你嗎？」

崔維茲考慮了一會兒，突然彷彿恍然大悟，隨即露出笑容，並且伸出手來。「我同意，詹諾夫。我們回太空艇去吧，明天再從另一個管道著手——希望我們想得到其他管道。」

5

曼恩．李．康普不記得自己是何時被吸收的。原因之一是他當時年紀還小；原因之二，是第二基地的特務行事極爲謹愼，一向盡可能湮滅行跡。

康普是第二基地的「觀察員」，第二基地份子若遇到他，都能立刻認出他這個身分。

這代表康普熟悉精神力學，能和第二基地份子用他們的方式溝通到某種程度，可是在第二基地成員中，他處於最低的階層。他也能窺視他人的心靈，但無法進行調整，他所接受的訓練從未達到那個境界。他只是觀察員，並非一名執行者。

因此，他頂多只能算第二基地的二等成員，但他並不在意——並不很在意。他曉得自己在一個大計畫中，扮演著舉足輕重的角色。

第二基地在建立之初，低估了任務的困難度，認爲只要少數的成員，就足以監控整個銀河；只需要偶爾在某些地方做最輕微的調整，就能維護謝頓計畫的正常運作。

騾的出現，打破了他們這種錯覺。這個不知何處冒出來的突變異種，發動的攻勢令第二基地措手不及，因而束手無策（第一基地當然也一樣，不過這點並不重要）。足足過了五年，第二基地才策劃出反擊行動，並犧牲了許多性命，才終於遏止騾的攻勢。

在帕佛的領導下，又花了令人痛心的代價，謝頓計畫才完全回到正軌。痛定思痛之餘，帕佛終於決心採取適當措施。在避免暴露蹤跡的前提下，他決定大舉擴張第二基地的活動，因此成立了「觀察團」。

康普不曉得銀河中總共有多少位觀察員，就連端點星上有多少也不知道，因爲這並非他應該知道的事。在理想狀況下，任何兩名觀察員都不能有明顯的聯繫，如此才能避免互相株連。第二基地的每一位觀察員，都是直接與位於川陀的高層聯繫。

康普一生最大的心願，就是有朝一日能踏上川陀。雖然他明白這種機會極小，卻也知道的確曾經有觀察員調升到川陀，只不過極爲罕見。一位優秀的觀察員所具備的條件，絕不足以將他送上圓桌會議。

就以堅迪柏爲例，他比康普年輕四歲，想必跟康普一樣，自小即被第二基地吸收。不同的是，他直接被帶往川陀，如今已成爲一名發言者。對於這個事實，康普從未懷疑有什麼不公平。從兩人近來的頻繁接觸中，康普深深體會這位老弟的心靈力量。面對如此強大的力量，康普連一秒鐘也無法抵擋。

對於自己的低下地位，康普並未常常察覺，更沒有什麼機會感到自卑。無論如何，那只是就第二基地的標準而言（他想，其他觀察員的情況一定也差不多）。在川陀以外的世界上，在不受精神力量主導的社會中，觀察員都很容易獲致極高的社會地位。

以康普自己來說，他求學的過程一帆風順，而且始終有許多優秀的朋友。他也能輕易挪用精神力學的技巧，來增強自己與生俱來的直覺（他十分肯定，自己當初會被吸收，正是由於這種天生的直覺）。藉著這種能力的幫助，他成了超空間競逐的明星，進而成爲大學中的英雄人物，這就等於在政治生涯中邁開第一步。一旦渡過目前這個危機，他的政治前途更是難以限量。

假如這個危機獲得圓滿解決——這點他可以肯定——誰會忘記是康普首先發現崔維茲異於常人呢？（這是指崔維茲的心靈，並非他的外表，後者誰都看得出來。）

他是在大學時代認識崔維茲的，起初，只是將他當作一個樂觀活潑、心思敏捷的好朋友。然而有一天早上，康普從昏睡中醒來，在半睡半醒的無我境界中，他的意識之流激盪出一個古怪的念頭：崔維茲未被第二基地吸收，是何等令人遺憾的事。

當然，崔維茲根本不可能被第二基地吸收。他是端點星土生土長的居民，不像康普，是來自其他世界的移民。即使不考慮這個因素，如今也爲時已晚。唯有十幾歲的少年才有足夠的塑性，能夠接受精神力學的傳授。過去，第二基地的確曾將這門技藝（這個名詞比『科學』更適切）強行灌輸到成年人僵固的大腦中，不過僅限於謝頓之後的第一和第二代。

既然崔維茲不具備成爲第二基地一員的資格，而且早已過了被吸收的年齡，康普爲何會關心這個問題呢？

再度碰面時，康普鑽入崔維茲的心靈深處，終於發現令他不安的眞正原因。崔維茲的心靈結構極其特殊，許多方面都和他所學的規則牴觸。他一而再、再而三地被它考倒。當他觀察這個心靈的運作時，他又看到許多空隙。不，不是眞正的空隙，不是一無所有的眞空，而是崔維茲心靈中深不見底的部分。

康普無法判斷他的發現有何意義，可是從此以後，他就循著這條線索觀察崔維茲的言行舉止。不久他就懷疑，崔維茲具有一種不可思議的能力，能夠根據看似不充分的資料，做出正確的結論。

這點是否跟他心靈中的空隙有關？當然，這是精神力學上的深奧問題，絕對超出康普的能力範圍，或許只有圓桌會議的成員能夠解答。事實上，崔維茲自己對這種能力也並不十分明瞭，這使得康普產生一種焦慮，並想到自己也許可以……

可以做什麼？康普本身的知識無法提供正確答案。對於崔維茲擁有的這種能力，他幾乎能看出其中的意義，但並非完全清楚。他僅僅得到一個直覺式的結論，或許只能說是猜測：崔維茲有可能成爲極其重要的人物。

既然有此可能，就要把握機會，於是康普冒險從事似乎超越自己權限的行動。反正，只要自己猜得正確……

如今回想起來，當初不知道哪裡來的勇氣，使他能夠堅持到底。起初，他的報告根本無法送達圓桌會議，總是在半途便遭到擱置。後來他不得不接受這個事實，只好（自暴自棄地）去找圓桌會議中最資淺的成員。最後，史陀．堅迪柏終於有了回應。

堅迪柏耐心地聽取他的報告，而且從那時候開始，兩人就建立起一種特殊的關係。康普之所以和崔維茲維持友誼，就是為了替堅迪柏蒐集情報。而在堅迪柏的指示下，康普誘使崔維茲一步步走入陷阱，終於令他遭到放逐。唯有透過堅迪柏，康普才有可能實現自己的夢想（他感到有希望了），在有生之年調升到川陀。

然而，他們所做的一切準備，都是為了把崔維茲送到川陀。如今崔維茲擅自改變行程，著實令康普大吃一驚，而且（康普相信）堅迪柏也未曾預見這件事。

總之，堅迪柏已匆匆趕來此地與康普會合，使得危機的氣氛更濃了。

想到這裡，康普送出一道超波訊號。

6

堅迪柏在睡夢中，心靈突然感到一下輕觸。由於它直接影響「喚覺中心」，因此效率極高，而且不會使人有任何不適。下一瞬間，堅迪柏便已清醒。

他在床上坐起來，被單隨即從身上滑落，露出健壯而肌肉飽滿的軀體。他認得出那是誰發出的輕觸，因為對一位精神學家而言，每個人的精神力量各有特徵，正如主要藉著聲波溝通的普通人，能夠根據聲音分辨出是誰在說話。

堅迪柏送出一道標準訊號，詢問對方能否稍等一會兒，結果收到「無緊急狀況」的回訊。

於是，堅迪柏不慌不忙地開始晨間的梳洗工作。而再度進行接觸時，他尚未離開太空船的淋浴室，洗澡水正在排入回收系統。

「康普嗎？」

「是的，發言者。」

「你跟崔維茲還有另外那個人談過了嗎？」

「那個人叫裴洛拉特；詹諾夫．裴洛拉特。我跟他們談過了，發言者。」

「很好。再給我五分鐘，我來安排視覺接觸。」

他向駕駛艙走去，半途碰到了蘇拉．諾微。她一臉困惑地望著他，好像有話要說，他卻伸出一根手指放在嘴唇中央，使她立刻打消那個念頭。對於她心靈中強烈的愛慕/崇敬情緒，堅迪柏仍舊感到有點不自在，可是不知不覺間，這些情緒漸漸成為一種令人愉快的正常氛圍。

他伸出一條精神觸鬚勾住她的心靈，這樣一來，若有任何外力入侵他的心靈，她一定同時受到影響。由於她的心靈單純無比（堅迪柏忍不住想，凝視著那種樸實的勻稱美感，總是給人帶來無窮的喜悅），附近倘若出現任何異類心靈場，保證可以偵測出來。當初，他們兩人站在大學門口時，她表現出令他感動的謙恭態度；正是由於她對學者的崇拜，才使她在自己最需要幫助的時候適時出現。堅迪柏想到這裡，感激之情油然而生。

他呼叫道：「康普？」

「我在這裡，發言者。」

「請你放鬆，我必須檢視你的心靈，希望你千萬別介意。」

「請便，發言者。我能否請問目的是什麼？」

「要確定你並未遭受外力侵擾。」

康普說：「我知道你在圓桌會議中有政敵，發言者，可是他們絕對不會……」

「別亂猜，康普，放輕鬆。很好，你沒有受到侵擾。現在，請你跟我合作，我們馬上建立視覺接觸。」

接下來發生的事，若用普通文字描述，就是兩人同時產生幻象。這種影像普通人絕對看不到，也沒有任何儀器能偵測出來。唯有訓練有素的第二基地份子，才能藉由精神力量，幫助對方捕捉這種影像。

所謂的視覺接觸，就是將對方的面容投射到自己的心靈幕上，但即使是最高明的精神學家，也只能產生一個模糊不清的輪廓。此時，堅迪柏彷彿透過一層晃動的薄紗，看到康普的臉孔映在半空中，而他很清楚，如今在康普面前，自己的臉孔看來也是這個樣子。

物理科學發展出的超波，能將清晰的影像送到遙遠的地方，雙方即使相隔一千秒差距，通訊時也有面對面的感覺。在堅迪柏的太空船上，當然也有這種裝置。

然而，精神視覺卻有其他方面的優點。最主要的是，第一基地所擁有的任何裝置都無法截收，甚至第二基地的第三者也做不到。雖然心靈活動或許會被他人察覺，但是沒有什麼關係，因爲精神視覺通訊的精髓，全在於面部表情的細微變化。

至於那些反騾，嗯，只要諾微的心靈保持澄淨，就足以保證他們不在附近。

堅迪柏說：「康普，把你跟崔維茲以及裴洛拉特的談話經過，精確地告訴我，要精確到心靈深處的程度。」

「當然沒問題，發言者。」康普說。

他的轉述雖然達到心靈深處的精確度，遠比鸚鵡學舌內容豐富得多，整個過程卻沒有花太多時間。因爲利用語音、表情與精神力場的組合，可將訊息的密度壓縮許多倍。

堅迪柏專心望著面前的影像，因爲在精神視覺中，幾乎沒有冗餘的訊息。在普通的肉眼視覺中，甚至在跨越數秒差距的超波影像中，都包含大量的光學資訊，數量遠超過理解上的需要，即使漏失一大部分，也不會有什麼嚴重損失。

然而，如同霧裡看花的精神視覺，雖然具有絕對安全的優點，代價則是不能忽視任何訊息。每一個位元，都具有重大的意義。

在位於川陀的第二基地上，流傳著許多駭人的故事，導師總是喜歡藉著這些故事，對弟子強調全神貫注的重要性。其中最常被轉述、也是最不可靠的一則故事，內容是說在騾尚未攻佔卡爾根之前，第二基地駐外人員已經注意到騾的動向，並利用精神視覺向川陀回報。可是負責通訊的低層工作人員，卻以為那是一種像馬的動物。因為其中有一個微小訊號，註明那是一個「人名」，但他或是沒注意到，或是根本沒有看懂。所以他認為整件事毫不重要，不值得將這個消息轉給高層。等到下一個報告送來，第二基地已經沒有機會採取立即行動，只好展開為期五年的艱苦奮戰。

這件事幾乎肯定是虛構的，但這並不重要。它本來就是個戲劇性的故事，目的只是要警惕弟子養成心無旁騖的習慣。堅迪柏記得自己在求學過程中，曾在接收精神視覺訊息時犯了一個小錯，他自認一點都不重要，也不至產生任何誤會。但是他的師父老肯達斯特——一個徹頭徹尾的暴君，立刻發出一陣冷笑，並說：「一種像馬的動物，堅迪柏學員？」這麼一句話，便足以令他羞愧得無地自容。

康普轉述完了。

堅迪柏說：「請你估算一下崔維茲的反應。你比我，也比任何人都更瞭解他。」

康普說：「目前的情勢已足夠明顯，精神指標顯示得一清二楚。他認為我的言行代表我亟欲勸他們離開，他們去川陀也好，去天狼星區也好，去任何地方都好，反正我不希望他們繼續原訂的旅程。根據我的推測，這就代表他會堅決留在原地。簡言之，我一再強調他應該離去，促使他認為這點極為重要，由於他自認立場和我有一百八十度的差別，凡是他以為我希望他做的事，他都會故意反其道而行。」

「你有把握嗎？」

「相當有把握。」

堅迪柏考慮了一下，斷定康普的看法的確沒錯。他又說：「我很滿意，你做得很好。那個地球毀於放射性的故事，你選得極為恰當，不必直接操控心靈，便能使對方產生適當的反應。值得讚賞！」

康普似乎自我掙扎了一下子。「發言者，」他說：「我無法接受你的稱讚。這個故事並不是我捏造的，而是千眞萬確的。在天狼星區，眞有一顆叫作地球的行星，而且大家的確認爲它就是人類的故鄉。它很早就帶有放射性，不知道是原本就有，還是後來才發生的變故。由於情況愈來愈惡劣，這顆行星最後終告滅亡。當年也眞有人發明出心靈強化裝置，只是一直無用武之地。在我祖先的母星上，這些都被視爲歷史。」

「眞的嗎？實在有趣！」堅迪柏顯然並非十分相信，「這樣更好。知道眞話何時派得上用場，也是可佩的本事，因爲假話總是無法說得那麼眞誠。帕佛曾經說過：『謊言愈接近眞話愈好，而眞話本身若運用得當，則是最佳的謊言。』」

康普說：「我還有一件事報告，由於你曾經指示，在你抵達賽協爾星區之前，要不計任何代價讓崔維茲留在此地，我不得不使出渾身解數。因此，他顯然已經懷疑我受到第二基地的影響。」

堅迪柏點了點頭。「我想，在如今這種情況下，這是無法避免的。他的偏執狂已經到了走火入魔的地步，即使沒有第二基地蹤跡之處，他也能夠無中生有。我們必須接受這個事實。」

「發言者，假如崔維茲絕對有必要留在此地，以便你親自處理，不如讓我前去與你會合，用我的太空船帶你回來。這樣一天之內就能……」

「萬萬不可，觀察員。」堅迪柏厲聲答道：「你絕不能這樣做。端點星曉得你的下落，你的太空艇上有個無法拆卸的超波中繼器，對不對？」

「沒錯，發言者。」

「既然端點星知道你登陸了賽協爾，他們一定已經通知駐賽協爾大使，而那位大使也一定知道崔維茲亦在此地。假使你來接我，超波中繼器就會洩露你的行蹤，讓端點星知道你曾經離開，前往幾百秒差距之外，然後又迅速折返。可是那位大使卻會向端點星回報，崔維茲始終留在原地。根據這些情報，端點星上的人會怎麼想？不管怎麼說，端點市長總是個精明的女人，我們最不願意犯的錯誤，就是做出令她起疑的舉動，讓她因而提高警覺。我們絕不希望她率領艦隊遠征此地，無論如何，這個可能性高得令人擔心。」

康普說：「對不起，發言者，既然我們能控制艦隊司令的心靈，又何必怕什麼艦隊呢？」

「不論我們多麼有恃無恐，沒有艦隊出現總能再減一分顧慮。你就留在原地，觀察員，我抵達後立刻與你會合。我會登上你的太空艇，然後……」

「然後怎樣，發言者？」

「然後，就由我來接掌一切。」

7

關上精神視覺之後，堅迪柏並沒有離開座位。他坐在那裡，沉思了良久。

相較於第一基地的先進科技，他的太空船顯得相當原始，因此前往賽協爾的旅程不免十分漫長。他剛好利用這段時間，閱讀了有關崔維茲的每一份報告，這些報告幾乎涵蓋前後十年的時間。

不論是根據崔維茲的條件，或是最近發生的諸多事件，堅迪柏都百分之百確定，崔維茲可以成爲第二基地的優秀成員。可惜自從帕佛時代，就傳下一個嚴格規定，不准吸收端點星出生的人。其實幾世紀以來，第二基地不知錯失多少絕佳的人才。銀河總共有數千兆的人口，不可能一一加以評估。然而，不會有任何人比崔維茲更具潛力，更沒有任何人曾經處於比他更敏感的地位。

堅迪柏微微搖了搖頭。無論崔維茲是不是端點星土生土長的，他都絕對不該遭到忽視。好在康普觀察員獨具慧眼，實在功不可沒，更何況當時崔維茲早已成年。

當然，如今崔維茲對他們毫無用處。他的年紀已經太大，早就沒有可塑性。可是他仍然具有天生的直覺，能夠根據相當有限的資料，猜測出正確的答案。此外……此外……

老桑帝斯雖然步入晚年，但終究是第一發言者，而且整體而言，他還是相當優秀的一位。當時，他手頭沒有相關資料，也沒有預見堅迪柏在這趟旅程中才做出的推論，但桑帝斯卻看出了那個「此外」，認爲崔維茲正是這個危機的關鍵。

崔維茲爲什麼來到賽協爾？他到底有什麼打算？他究竟在幹什麼？

絕對不能輕易動他！這點堅迪柏極爲肯定。除非先弄清楚崔維茲所扮演的確實角色，否則任何企圖改造他的嘗試，都是天大的錯誤。那些反騾——不論他們是何方神聖——正在一旁虎視眈眈，假如對崔維茲（尤其是崔維茲）採取了錯誤的行動，很可能等於在自己面前，引爆了一顆威力無窮的「微太陽」。

他突然感到另一個心靈在附近徘徊，想也不想就隨便一揮，像是揮走那些川陀特產的蚊蟲，只不過他用的不是手勁，而是發自心靈的力量。幾乎在同一瞬間，他感到一股外來的痛覺，於是抬起頭來。

蘇拉．諾微用手掌摀著皺起的額頭。「對不起，師傅，我的頭忽然感覺痛苦。」

堅迪柏馬上後悔不已。「很抱歉，諾微，我沒有注意，或者應該說太專注了。」他以迅速而溫柔的動作，撫平了被他攪亂的精神纖維。

諾微隨即展現快活的笑容。「忽然就消失沒有了，師傅，你說話的聲音可以幫我治病。」

堅迪柏說：「好極了！有什麼問題嗎？你怎麼會在這裡？」他並沒有自行找出答案，因爲他愈來愈不願意侵犯她的隱私，所以禁止自己進入她的心靈深處。

諾微顯得猶豫，微微俯身湊向他。「我在擔心。你的眼睛沒有在看哪裡，嘴巴發出聲音，臉孔還扭曲。我待在這裡，嚇得不敢亂動，驚怕你係身體虛弱——生病了——不明白該怎麼做。」

「我沒事，諾微，你不用害怕。」他輕拍著她的手背，「根本沒有什麼好怕的，你瞭解嗎？」

恐懼，或是任何強烈的情緒，多少都會扭曲或攪亂她心靈的勻稱狀態。堅迪柏希望她的心靈永保平靜、安詳、愉悅，卻又不願靠外力達到這個目的。他剛才對她做的微調，她還以爲是言語造成的效果，他相信這就是最好的方式。

他說：「諾微，何不讓我叫你蘇拉呢？」

她抬頭望向他，現出苦惱的神色。「喔，師傅，請不要這樣做。」

「可是我們認識的那一天，魯菲南就是這麼叫你的。何況現在我跟你很熟了……」

「我很明白他係這樣子叫我，師傅。一個女孩還沒有男人，還沒有訂親，還係……單獨一個人，男人係這樣叫她沒錯。如果你叫我諾微，我會更加光榮，我會感覺驕傲。雖然說我現在沒有男人，但我有師傅，所以我快樂。我讓你叫我諾微，希望你不會感覺生氣。」

「當然不會，諾微。」

她的心靈立時顯得光潤美麗，堅迪柏因此很高興，簡直是太高興了。他應該感到那麼高興嗎？他覺得有點不好意思，因爲他想到，當年的騾應該就是如此受到影響，被那個第一基地女子貝泰．達瑞爾吸引，因而導致他的失敗。

自己的情形當然不同。這個阿姆女子是他抵禦異類心靈的武器，他自然希望她能發揮最高的效率。

不，這並非眞正原因！如果他不再瞭解自己的心靈，甚至故意欺騙自己而迴避現實，他就不配做一位發言者。他覺得欣慰的眞正原因，是她在沒有受到自己的影響下，就能顯現出內生的平靜、安詳與愉悅。換句話說，純粹是由於她的表現，而這（堅迪柏在心中爲自己辯解）根本沒有什麼不對。

他說：「坐下來吧，諾微。」

她依言坐下，卻坐在離堅迪柏最遠的地方，而且只坐在椅子的最外緣。她心中盈溢著崇敬之情。

他開始解釋：「當你看到我發出聲音的時候，諾微，我正在用學者的方式，跟很遠的人在講話。」

諾微突然難過起來，雙眼凝視著地板。「我懂了，師傅。邪者的方式我有太多不瞭解，而且想像不到，那係像山一樣高的技藝。我卻來找你想要成爲邪者，我感覺羞愧。師傅，爲什麼你不要嘲笑我？」

堅迪柏答道：「企望一些自己能力範圍之外的事物，並沒有什麼好慚愧的。想要成爲像我這樣的學者，你現在已經來不及了，但你永遠可以多學點新東西，多學點以前不會做的事。我將教你一些有關太空船的知識，等到我們抵達目的地，你就會對它瞭解不少。」

他感到心情愉快。這又有何不可？他有意要拋棄對阿姆人的成見。無論如何，多元化的第二基地成員，究竟有什麼權利抱持如此成見？他們的下一代，只有少數適合擔任重要職位；而發言者的子女，則幾乎無人具備發言者的資格。三個世紀前，據說有祖孫三代皆爲發言者的例子，但始終有人懷疑中間那位並非真正的發言者。果真如此，這些把自己關在大學校園裡的人，是誰最先開始自命清高的？

他看到諾微眼中閃出光芒，又因而感到欣慰。

她說：「我會努力學習你教我的全部，師傅。」

「我相信你一定會的。」他說——然後猶豫起來，因為他突然想到，剛才和康普交談的時候，始終沒有提到自己並非單獨行動，也未曾暗示自己另有同伴。

帶著一名女子同行，或許是理所當然的事，至少康普絕對不會大驚小怪。可是，一個阿姆女子？

雖然堅迪柏早就想通了，既有的成見卻再度主宰他的心靈。一時之間，他發覺自己竟然感到慶幸，康普從來沒有到過川陀，因此不會認出諾微是阿姆人。

他隨即揮掉這個念頭。康普知不知道並沒有關係，任何人知道了都沒有關係。自己是第二基地的發言者，只要行事不違背謝頓計畫，他愛怎麼做都行，沒有任何人能干涉。

諾微突然問道：「師傅，等我們到了目的地，我們會分離嗎？」

堅迪柏雙眼盯著她，他的語氣或許比自己的預期更重了些。「我們不會分開的，諾微。」

這位阿姆女子露出羞答答的笑容，看起來跟銀河中任何一個女人沒有兩樣。

第十三章　大學

1

裴洛拉特剛踏進**遠星號**，鼻子就皺了一下。

崔維茲聳了聳肩。「人體是強力的氣味散發器。空氣循環系統無法瞬間排出體臭，而人工除臭劑只能壓制那些氣味，並不能取而代之。」

「我猜，任何兩艘太空船的氣味都不一樣，除非待在上面的是同一批人。」

「說得很對。但你在賽協爾行星待了一個鐘頭之後，還會聞到什麼怪味嗎？」

「沒有了。」裴洛拉特承認。

「好，那麼再過一陣子，你也就聞不到這裡的味道了。事實上，假如你在某艘船上生活得夠久，一旦回到船上聞到那種味道，就會有回到家的感覺。還有一件事，如果以後你成爲一位銀河遊俠，詹諾夫，那麼就得記住，批評某艘船艦或某個世界的氣味，是對當事人相當失禮的行爲。當然，我們兩人說說倒無所謂。」

「說來還眞有意思，崔維茲，我的確把**遠星號**當成自己的家，至少它是基地製造的。」裴洛拉特微微一笑，「你可知道，我從來不認爲自己是愛國者，總喜歡認爲自己認同的是全人類。可是我得承認，如今一旦遠離基地，我心中充滿了對它的愛。」

崔維茲正在整理床鋪。「你知道嗎，其實你並沒有遠離基地。賽協爾聯盟幾乎被基地聯邦的疆域包圍，這裡有我們的大使，還有領事以下的許許多多代表。賽協爾人喜歡在口頭上跟我們唱反調，可是他們通常行事非常謹慎，不敢做出任何觸怒我們的舉動。詹諾夫，上床睡覺吧。今天我們一無所獲，明天必須加把勁。」

兩人雖然睡在不同的寢室，彼此的聲音仍舊聽得很清楚。熄燈之後，裴洛拉特在床上翻來覆去睡不著，終於忍不住輕輕喊了一聲：「葛蘭？」

「嗯。」

「你還沒睡嗎？」

「你講話我當然不能睡。」

「其實我們今天有點收穫。你的朋友康普……」

「以前的朋友。」崔維茲吼道。

「不管他跟你還是不是朋友，但他提到了地球。他告訴我們一件事，是我過去在研究中從未遇到的，那就是放射性！」

崔維茲用手肘撐著床鋪，半坐了起來。「聽好，詹諾夫，就算地球眞的完蛋了，也不代表我們就要打道回府。無論如何，我仍然要找到蓋婭。」

裴洛拉特用力吐出一口氣，像是在吹開一團羽毛。「我親愛的兄弟，這不在話下，我也這麼想。而且，我並不認爲地球已經死了。康普告訴我們的事，或許他自己信以爲眞，但是銀河的每一個星區，幾乎都有自己的傳說，認爲人類的發源地就是附近某個世界。他們絕大多數將那個世界稱爲地球，或是某個同義的名稱。

「在人類學中，我們將這種現象稱爲『母星中心主義』。人類總有一種傾向，認爲自己的世界必定比鄰近世界好，自己的文化則比其他世界的更古老、更優越。其他世界的好東西，都是從自己這裡傳過去的；而別人的壞東西，則是在流傳過程中遭到扭曲或誤用，或者根本是源自他處。另外還有一個共通的傾向，就是將優越和久遠劃上等號。如果無法自圓其說地堅稱母星就是地球，亦即人類這種生物的發源地，也總是想盡辦法把地球置於自己的星區中，即使說不出正確位置也不要緊。」

崔維茲說：「你是想告訴我，康普也犯了這個毛病，才會說地球位於天狼星區。話說回來，天狼星區的確擁有悠久的歷史，其中每個世界應該都有點名氣，即使我們不到那裡去，也不難查證這個說法。」

裴洛拉特咯咯笑了幾聲。「就算你能證明天狼星區每個世界都不可能是地球，那也毫無幫助。葛蘭，你低估了神祕主義將理性埋葬的深度。銀河中至少有六、七個星區，其中的權威學者都再三強調當地的傳說——不論他們管地球叫什麼，反正它藏在超空間裡面，除非讓你剛巧碰著，否則誰也找不到。他們在轉述那些傳說時，全都一本正經，臉上沒有一絲笑容。」

「那麼他們是否提到，有人剛巧碰到過呢？」

「那樣的傳說數之不盡，即使內容荒誕不經，外人從來不買帳，但是在創造那些傳說的世界上，由於本土意識作祟，人們總是拒絕否認。」

「那麼，詹諾夫，我們自己可別相信那些說法。讓我們進入夢中世界的超空間吧。」

「可是，葛蘭，我感到有興趣的，是地球具有放射性這件事。我認爲這種說法似乎有道理，至少有點道理。」

「你所謂的有點道理，指的是什麼？」

「嗯，所謂具有放射性的世界，是指那個世界的放射線強度大於一般行星。因此在這種世界上，突變的機率較高，演化也就進行得較快，而且更爲多樣化。如果你還記得，其實我告訴過你，幾乎所有的傳說都有一個共通點，就是地球上的生物種類多得難以想像，共有數百萬各式各樣的物種。可能正是由於生命的多樣化，這種爆炸式的多樣化，智慧生物終於在地球出現，進而湧向銀河各個角落。如果地球因爲某種緣故而帶有放射性——我是指有較強的放射性，也就是說，比其他行星更具有放射性——或許就能解釋地球各方面的唯一性。」

崔維茲沉默了一陣子，然後說：「首先，我們沒有理由相信康普講的是眞話。他可能根本是隨口胡說，目的只是想誘使我們離開這個地方，然後瘋了似地趕往天狼星區。而且我相信，事實正是如此。即使他說的是實話，他的意思也是說，地球具有過量的放射性，上面不可能再有任何生命。」

裴洛拉特又做出吹氣的動作。「地球原本不會有太強的放射性，不至於令生命無法出現。而生命一旦形成之後，即使環境變惡劣了，還是有可能延續下去。那麼假如說，地球的確出現過生命，並且不斷繁衍綿延，那麼最初的放射性就不可能太強，而隨著時光的流逝，放射性只會逐漸衰減，因爲不可能自動增加。」

「核爆有沒有可能？」崔維茲舉例。

「這有何相干？」

「我的意思是，假如地球上曾經發生過核爆呢？」

「在地球表面？絕對不可能。沒有任何社會愚蠢到那種程度，竟然想用核爆作爲戰爭武器，即使翻遍銀河歷史，也找不到任何記載。那樣做，會使大家同歸於盡。在三膠星叛亂事件中，當雙方幾乎都彈盡糧絕之際，簡迪普魯斯．寇拉特曾經建議，引發一場核融合反應……」

「結果他被自己艦隊的戰士吊死了。我不是沒讀過銀河史，我是想或許發生了意外。」

「你說的這種意外，能將整顆行星的放射性增強許多倍，歷史上也從來沒有這樣的記載。」他嘆了一口氣，「我認爲，當我們把手頭的問題解決之後，一定得到天狼星區，去做一點探勘工作。」

「改天也許我們會去，不過現在——」

「好，好，我這就閉嘴。」

裴洛拉特果然不再出聲。崔維茲又在黑暗中躺了將近一個小時，將情勢衡量了一番。自己是否已經吸引太多的注意力？是不是應該立刻前往天狼星區，等到所有的注意力都轉移之後，再悄悄轉往蓋婭？

當他沉沉睡去之際，心中尚未做出明確的決定，因此他在夢鄉中都覺得不安穩。

2

第二天，他們直到近午時分才進城。今天旅遊中心變得相當擁擠，但他們還是設法找到參考圖書館，然後在那裡，學會了如何操作當地的資料匯整電腦。

他們從最近的地點開始，仔細查遍所有的博物館與大學，試圖搜尋任何有關人類學家、考古學家以及古代史學家的資料。

裴洛拉特突然叫道：「啊！」

「啊？」崔維茲不太客氣地說：「啊什麼？」

「這個名字，昆特瑟茲，看來似乎有點眼熟。」

「你認識他？」

「不，當然不認識，但我可能讀過他的論文。在太空艇上，我蒐集的那些參考資料……」

「我們可別回去，詹諾夫。這個名字如果眼熟，就是我們的第一條線索。他即使不能幫我們的忙，也必定能指點一二。」他站了起來，「我們想辦法到賽協爾大學去吧。不過午餐時間不會有人在，所以我們乾脆先去吃飯。」

結果下午過了一大半，他們才來到那所大學。然後又在迷宮般的校園裡摸索半天，兩人才終於找到一間接待室，請其中一位妙齡女郎代爲通報。她或許會帶他們去見昆特瑟茲，也可能一去不回。

「不知道我們還得等多久，」裴洛拉特等得有點心慌，「學校一定快要下課了。」

眞是無巧不成書，他剛說完這句話，離去半小時之久的女郎赫然出現，快步向他們走來。她的鞋子發出紅紫相間的閃光，而且每踏出一步，就響起一聲尖銳的樂音，音調高低隨著步伐的快慢與力道而變化。

裴洛拉特心中一凜。他想，每個世界都有折磨他人感官的獨門方法，正如同各行星的氣味各有千秋。既然他已經不再注意那種怪味，不知道對於時髦少女走路時發出的刺耳音調，自己是否也能練就充耳不聞的本事。

她走到裴洛拉特面前，停下了腳步。「教授，我能否請問你的全名？」

「小姐，我的全名是詹諾夫．裴洛拉特。」

「你的母星呢？」

崔維茲舉起右手，彷彿要讓同伴保持沉默，但裴洛拉特不知是沒看見還是沒注意到，他脫口而出：「端點星。」

妙齡女郎露出燦爛的笑容，顯得很高興。「當我告訴昆特瑟茲教授，說有一位裴洛拉特教授想要求見，他說你若是端點星的詹諾夫．裴洛拉特教授，他就樂意見你，否則一律不見。」

裴洛拉特猛眨著眼睛。「你——你的意思是，他聽說過我？」

「顯然似乎如此。」

裴洛拉特一面轉向崔維茲，一面勉強擠出生硬的笑容。「他聽說過我，我眞不敢相信。我的意思是，我只發表過幾篇論文而已，我並不認爲任何一篇……」他搖了搖頭，「那些論文都不是頂重要的。」

「好了，」崔維茲暗自感到好笑，「你也不必妄自菲薄到這種陶醉的程度，我們走吧。」他轉過頭來，對那女郎說：「我想，小姐，應該有什麼交通工具可搭吧。」

「步行就可以，我們甚至不必離開這個建築群，我很樂意爲兩位帶路。兩位都是來自端點星嗎？」說完她就邁開步伐。

兩位男士緊跟在後，崔維茲略微不悅地答道：「沒錯，但有什麼分別嗎？」

「喔，沒有，當然沒有。賽協爾上的確有些人不喜歡基地公民，你知道吧，可是在大學裡面，我們都抱持著宇宙一家的胸懷。我總喜歡說，人人都有生存的權利。我的意思是，基地人也是人，你懂我的意思嗎？」

「懂，我懂你的意思。我們有許多同胞，也常說賽協爾人一樣是人。」

「本來就應該這樣。我從來沒有見過端點星，它一定是個大都會。」

「事實並不盡然，」崔維茲以實事求是的態度說：「我懷疑它比賽協爾城還小。」

「你在故意尋我開心。」她說：「它是基地聯邦的首都吧？我的意思是，沒有另一個端點星吧？」

「當然沒有，據我所知，端點星只有一個，而我們就是打那兒來的，它的確是基地聯邦的首都。」

「那麼，它就一定是個大都會。你們竟然大老遠飛到這裡，專程來拜訪教授。你知道嗎，他是我們引以為傲的人物。大家都認為，他是全銀河的首席權威。」

「真的？」崔維茲應了一聲，「哪一方面？」

她的雙眼又睜得好大。「你真會戲弄人。他對古代史的瞭解，超過……超過我對自己家人的瞭解。」她繼續踏出伴著音樂的步伐。

她一再拿「尋開心」、「戲弄人」這種字眼扣在崔維茲身上，倒也不算冤枉了他。崔維茲微微一笑，又問：「我猜，教授對於地球應該瞭若指掌吧？」

「地球？」她在某間研究室門前停下腳步，對他們露出茫然的目光。

「你知道的，就是那個誕生人類的世界。」

「喔，你是說『最早的行星』。我想是吧，我想他應該十分清楚。畢竟，它就在賽協爾星區，這點人人都知道！這就是他的研究室，我來按訊號鈕。」

「不，且慢。」崔維茲說：「再等一下，先告訴我一些有關地球的事。」

「其實，我從未聽過有人這樣稱呼它，我想這應該是基地的用詞。在此地，我們都管它叫蓋婭。」

崔維茲迅速瞥了裴洛拉特一眼。「哦？那麼它在哪裡？」

「哪裡都不在，它在超空間裡面，誰也無法找到。當我還是小女孩的時候，祖母曾經跟我講，蓋婭原本在普通空間中，可是由於厭惡——」

「人類的罪惡和愚昧。」裴洛拉特喃喃道：「對於自己散播到銀河各處的人類，它感到羞愧，於是它離開了普通空間，拒絕再和人類有任何牽扯。」

「這麼說，你也知道這個故事？我有一位女友還說這是迷信。好，我會告訴她。如果連基地的教授都相信……」

研究室門上有一扇灰暗的玻璃窗，映著兩行閃閃發光的字體。上面一行印著：「索塔茵 昆特瑟茲 亞博」，下面一行則是：「古代歷史學系」，兩行字都是用難懂的賽協爾字體寫成。

女郎在一個光滑的金屬圓片上按了按，並沒有任何聲音響起，但灰暗的玻璃變成乳白色一陣子。同時，傳出一個輕柔的聲音，用心不在焉的口氣說：「請表明自己的身分。」

「來自端點星的詹諾夫．裴洛拉特，」裴洛拉特答道：「以及來自同一個世界的葛蘭．崔維茲。」大門馬上轉開。

3

昆特瑟茲教授是個年過半百的高個子，有著一身淡棕色的皮膚，一頭鐵灰色的鬈髮。當門打開後，他立刻從書桌後面站起來，繞到門口迎接客人。他伸出手來表示歡迎，並以柔和而低沉的聲音說：「我就是索．昆。教授，非常高興見到你。」

崔維茲說：「我沒有什麼學術頭銜，只是陪同裴洛拉特教授前來，你稱呼我崔維茲就行了。很榮幸見到你，亞博教授。」

昆特瑟茲連忙舉起手來，神情顯得相當尷尬。「不，不，亞博只是一種愚蠢的頭銜，在別的世界上毫無意義。請別管它，叫我索．昆就行了。在賽協爾，一般社交場合都習慣用簡稱。我本來以為只有一位客人，很高興能多見到一位。」

他似乎猶豫了一下，然後才伸出右手，但在伸出去之前，還在褲子上擦了擦。

崔維茲握著對方的手，卻不知道賽協爾的正統禮節該怎麼做。

昆特瑟茲說：「請坐吧，只怕兩位會發現我的椅子不是活的。可是，我這個人就是不喜歡被椅子擁抱。這年頭流行擁抱人的椅子，我卻希望擁抱都能有點意義，嗯？」

崔維茲微微一笑，隨口答道：「誰不這麼想呢？索・昆，你的名字似乎沒有賽協爾的味道，有點像是外環世界的名字。如果我這麼說很失禮，請你務必原諒。」

「我不會介意的。我的家族可以追溯到阿斯康，五代以前，由於基地的勢力愈來愈深入，我的高祖父母才決定移民。」

裴洛拉特說：「而我們正是基地人，實在很抱歉。」

昆特瑟茲親切地揮了揮手。「我不會爲五代以前的事記仇。遺憾的是，這種事情還眞不少。你們想不想吃點什麼？或是喝點什麼？要不要來點背景音樂？」

「如果你不介意，我倒希望直接進入正題。」裴洛拉特說：「除非賽協爾的禮節不允許。」

「賽協爾的禮節並沒有這方面的限制，我向兩位保證。裴洛拉特博士，你不知道有多麼巧，大約兩週前，我才在《考古評論》期刊上，讀到你寫的那篇討論起源神話的文章。我認爲那實在是一篇了不起的綜論，只可惜太短了。」

裴洛拉特興奮得漲紅了臉。「你竟然讀過那篇文章，眞是令我欣喜若狂。我當然得濃縮，因爲《考古評論》不願意刊登全文。我正打算就這個題目，寫一篇詳細的專論。」

「我希望你趕快寫。總之，我讀過那篇文章後，就有了想見你一面的願望。爲了達到這個目的，我甚至想要親訪端點星，不過那很難安排……」

「爲什麼呢？」崔維茲問。

昆特瑟茲又現出尷尬的神情。「很遺憾，我必須這麼說，賽協爾並沒有興趣加入基地聯邦，因而民間若想跟基地進行任何交流，政府都會橫加阻撓。你知道吧，我們一向抱持中立主義。當年連驟都沒有侵犯我們，只不過硬要我們發表一篇中立聲明。因此之故，任何人想要造訪基地領域，尤其是去端點星，政府都會認爲動機可疑。不過像我這樣的學者，以學術訪問的名義提出申請，也許最後還是能領到護照。不過這些都不需要了，你現在就在我面前。我幾乎不敢相信這個事實，我問自己：爲什麼呢？難道不只我聽說過你，你也聽說過我嗎？」

裴洛拉特答道：「我知道你的研究工作，索．昆，而且蒐集了你每篇論文的摘要，這就是我來找你的原因。我的研究涵蓋兩大主題，第一個是地球，也就是所謂的人類起源行星；第二個主題，則是銀河早期的探險史和殖民史。我來到這裡，是想向你請教賽協爾的創建經過。」

「從你的那篇論文看來，」昆特瑟茲說：「我以爲你的興趣是在神話和傳說。」

「我更感興趣的，其實是眞實的歷史。但如果找不到，就只好借助於神話和傳說。」

昆特瑟茲站了起來，在研究室裡快步踱來踱去。他突然停下來瞪了裴洛拉特一眼，然後又繼續踱步。

崔維茲不耐煩地說：「教授，怎麼樣？」

昆特瑟茲說：「絕了！眞是絕了！剛好就是昨天……」

裴洛拉特問道：「剛好昨天怎麼樣？」

昆特瑟茲說：「我剛才說過，裴洛拉特博士——對了，我能不能叫你詹．裴？我覺得稱呼全名相當彆扭。」

「請便。」

「我剛才說過，詹．裴，我很欽佩你寫的那篇論文，因此想要見你一面。我想要見你的目的是這樣的，你顯然廣泛蒐集了許多世界的早期傳說，偏偏欠缺我們賽協爾的，所以我想爲你補充這方面的資料。換句話說，我想見你的原因，和你想見我的原因完全一樣。」

「可是這跟昨天又有什麼關係呢，索．昆？」崔維茲問道。

「我們擁有許多傳說。其中有一則，對我們的社會非常重要，因爲它已經成爲我們的不傳之祕。」

「不傳之祕？」崔維茲毫無概念。

「我的意思不是神祕或懸疑的事件。我想，在銀河標準語中，『祕』這個字通常是那個意思。在此卻是一個特殊的用法，意味著某種祕密的事物，某種只有少數人才能全盤明瞭的事物，某種不足爲外人道的事物——而昨天恰好就是這一天。」

「什麼樣的一天，索．昆？」崔維茲問道，語氣中刻意帶著些微不耐煩的情緒。

「昨天正是長征紀念日。」

「啊，」崔維茲說：「一個沉思與沉默的日子，人人都應該待在家裡。」

「理論上來說是這樣的，只不過在較大的城市中、在比較現實的社會裡，很少有人再奉行這種古老的風俗了。但現在我知道，你們至少聽說過。」

由於崔維茲的語氣愈來愈不客氣，裴洛拉特相當不安，趕緊搶著說：「我們是昨天到的，多少聽說了一點。」

「哪天還不是一樣。」崔維茲用諷刺的口吻說。「聽好，索．昆，我剛才說過，我並不是學者，但我還是要問一個問題。你說那個傳說是不傳之祕，這就代表不可以向外人透露，那麼，你又爲何要告訴我們呢？我們正是不折不扣的外人。」

「你們的確是外人。但我不把這個節日當一回事，而且我對這種事的迷信，頂多只有一點點。我很早就有一種想法，而詹．裴的論文增強了我的信心，那就是神話也好，傳說也罷，都不可能憑空杜撰。任何事都不會無中生有，不論神話傳說如何背離事實，後面必定隱藏著一個眞實的核心。

因此我很想知道，長征紀念日這個傳說背後的眞相是什麼。」

崔維茲說：「討論這個問題安全嗎？」

昆特瑟茲聳了聳肩。「我想，並非絕對安全，會嚇到這個世界上的保守份子。然而，過去這一個世紀，他們已經無法控制政府。開明人士的勢力很強，而且會愈來愈強，除非保守派濫用我們的反基地情結——請原諒我這麼說。此外，我是出於對古代史的興趣，把它當成學術問題來討論，萬一有必要，學者同盟一定會全力支持我。」

「既然如此，」裴洛拉特說：「索·昆，你願意告訴我們那個不傳之祕嗎？」

「願意，不過我得先確定我們不會受到打擾，也不會有人無意間聽到我們的談話。正如俗諺所云：即使必須捋虎鬚，也不必順便拔虎牙。」

他拍了一下桌面某個裝置的工作介面，然後說：「我切斷了和外界的聯絡。」

「你確定這個房間沒有被動過手腳？」崔維茲問道。

「手腳？」

「被竊聽！被監視！在這個房間偷偷裝上一個小儀器，讓你的言行舉止無所遁形。」

昆特瑟茲顯得很震驚。「賽協爾上絕沒有這種事！」

崔維茲聳了聳肩。「有你這句話就好。」

「請繼續說下去，索·昆。」裴洛拉特說。

昆特瑟茲微微噘著嘴，上身靠向椅背（他的重量讓椅背稍微彎曲），並將兩手的指尖靠在一起，像是在考慮如何從頭說起。

最後他終於說：「你們曉得機僕是什麼嗎？」

「機僕？」裴洛拉特道：「沒聽說過。」

昆特瑟茲轉頭望向崔維茲，後者緩緩搖了搖頭。

「然而，你們總該曉得電腦是什麼吧。」

「那當然。」崔維茲用不耐煩的口氣答道。

「好的，那麼，一個可動的電腦化工具——」

「就是一個可動的電腦化工具。」崔維茲益發顯得不耐煩，「這種玩意種類繁多，除了『可動的電腦化工具』之外，我不知道還有什麼一般性的名稱。」

「——如果外表跟人類一模一樣，就叫作機僕。」昆特瑟茲氣定神閒地將定義說完。「機僕最大的特色，就在於具有人形，因此也稱爲機器人。」

「爲什麼要做成人形呢？」裴洛拉特驚訝不已地問道。

「我也不清楚。人形工具極端缺乏效率，這點我同意，但我只是在轉述傳說的內容。『機僕』是個古老的詞彙，源自一種如今已經無人能懂的語言，不過我們的學者認爲，它具有『工作』的含意。」

「我想不出有什麼詞彙，」崔維茲以懷疑的口氣說：「哪怕只是發音和『機僕』稍微接近，又和『工作』扯得上任何關係的。」

「顯然在銀河標準語中並沒有，」昆特瑟茲說：「可是的確有這種說法。」

裴洛拉特說：「這也許是倒因爲果的現象，因爲那種東西被拿來做工，後來這個詞彙就有了『工作』的含意。不管了，你爲什麼要告訴我們這件事？」

「因爲在賽協爾，有個歷久不衰的傳說：當地球還是唯一的世界，銀河各處尙未住人的時候，便有人發明並製造出機僕，也就是機器人。從此之後，人類就分成了兩種：血肉之軀與銅筋鐵骨、自然的與人工的、生物的與機械的、複雜的與單純的……」

昆特瑟茲突然住口，苦笑一聲，然後說：「很抱歉，一談到機器人，我難免會引用《長征錄》中的句子。總之，地球上的人曾經發明出機器人。我要說的就是這一點，這已經夠明白了。」

「他們為什麼要發明機器人呢？」崔維茲問。

昆特瑟茲聳了聳肩。「這麼遙遠的歷史，誰弄得清楚呢？也許由於他們人口稀少，因此需要幫手，尤其是像探索太空、殖民銀河這種龐大的計畫。」

崔維茲說：「這是個合理的推測。一旦人類殖民到銀河各處，機器人就功成身退。如今在銀河中，當然再也沒有人形的電腦化工具了。」

「言歸正傳，」昆特瑟茲說：「讓我盡量將內容簡化，把那些詩意的情節全部省略，老實說，我並不接受那些過分渲染的情節，不過大多數的賽協爾人卻信以為眞，或者假裝相信。故事是這樣的，地球附近的一些恆星，周圍漸漸興起許多殖民世界。那些世界所擁有的機器人遠多於地球，因為在有待開發的新世界上，機器人的用途更為廣泛。事實上，地球在這方面卻走回頭路，非但不希望製造更多機器人，甚至對它們產生強烈的反感。」

「結果怎麼樣？」裴洛拉特問道。

「那些外圍世界實力愈來愈強大，他們藉著機器人的幫助，子女擊敗並控制了母親——地球。對不起，我又忍不住引經據典。不過地球上有些人逃了出去，因為他們擁有較佳的船艦，以及較為精良的超空間科技。那些人逃往遠方的恆星，比先前那批殖民世界還要遙遠許多。從此興起一批新的殖民世界，人類在其中自由自在地生存，但不見任何機器人，這便是所謂的長征時代。而所謂的長征紀念日，就是首批地球人抵達賽協爾星區的那一天——事實上，正是抵達這顆行星。上萬年來，每年的這一天，都還會舉行紀念活動。」

裴洛拉特說：「我親愛的兄弟，根據你現在的說法，賽協爾是由地球直接建立的。」

昆特瑟茲沉思和猶豫了好一陣子，然後才說：「這是官方版本的說法。」

「顯然，」崔維茲道：「你並不接受這個說法。」

「我認爲這個說法——」昆特瑟茲開始時說得很慢，突然間變得滔滔不絕：「喔，衆星在上，我不接受！這實在太不可能了。但這是官方的教條，不論政府變得多麼開明，口頭上還是得這麼講。別扯得太遠，還是回到正題吧。從你的論文看來，詹．裴，你並不知道有關機器人和兩波殖民的故事——第一波有機器人參與但規模較小，第二波則剛好相反。」

「我的確不知道，」裴洛拉特說：「今天我才第一次聽到。親愛的索．昆，我將永遠感激你。從來沒有任何文獻提到過相關的線索，這點令我十分驚訝。」

「這就顯示，」昆特瑟茲說：「我們這個社會系統多麼有效率。這是我們賽協爾人的祕密，我們的不傳之祕。」

「或許吧。」崔維茲敷衍了一句，「然而那個第二波殖民——沒有機器人的那次——一定同時奔向四面八方，爲何唯獨賽協爾保有這個大祕密？」

昆特瑟茲說：「它可能也在其他地方祕密流傳，只是外人無法知曉。我們的保守份子相信，只有賽協爾才是地球的直接殖民地，銀河其他各處都是賽協爾再殖民的結果。當然，這種說法很可能是無稽之談。」

裴洛拉特說：「這些衍生的歷史之謎，遲早會有答案的。既然我找到了出發點，就能在其他世界尋找相關資料。重要的是，我發現了一個値得探討的問題，而一個好問題，當然可以引出無窮的答案。我是多麼幸運……」

崔維茲插嘴道：「沒錯，詹諾夫，但好心的索．昆顯然尙未把故事說完。那些較早的殖民世界，還有上面的機器人，後來的命運又如何？你們的口傳歷史有沒有提到？」

「沒有提到細節，但是有個大概。人類和人形機器顯然無法並存；擁有機器人的世界後來都死了，它們沒有長存的條件。」

「地球呢？」

「人類離開地球，移民此地。想必也有去其他行星的，雖然保守派反對這種說法。」

「不可能每個人都離開地球，地球不至於遭到遺棄吧。」

「想必沒有，但是我不知道。」

崔維茲突然冒出一句：「它是否變得充滿放射性？」

昆特瑟茲顯得大吃一驚。「放射性？」

「我問的就是這個。」

「這點我完全不知道，我從未聽說過這種事。」

崔維茲咬著手指的指節，考慮了良久，最後終於說：「索・昆，時候不早了，我們也許已經佔用你太多時間。」（裴洛拉特動了一下，像是想要提出抗議，崔維茲卻使勁抓著他的膝蓋。裴洛拉特只好作罷，不安的表情兀自留在臉上。）

昆特瑟茲說：「能夠幫點忙，我十分榮幸。」

「你幫了很大的忙，假如我們能為你做些什麼，請儘管說。」

昆特瑟茲輕聲笑了笑。「只要好心的詹・裴可以放我一馬，在他今後所寫的任何相關文章中，都能避免提到我的名字，就是足夠的回報了。」

裴洛拉特用誠摯的口吻說：「假如你能造訪端點星，甚至以訪問學者的名義，在我們的大學裡待一段長時間，你一定會得到應有的學術地位，也許還會更加受到重視。我們應該有辦法替你安排。賽協爾或許不喜歡基地聯邦，可是他們應該不會拒絕你的申請，比方說，你要到端點星去參加一個古代史研討會。」

聽到這句話，這位賽協爾人差點忍不住要站起來。「你的意思是，你們能幫我牽線？」

崔維茲說：「哈，這點我倒沒想到，但詹．裴完全說對了。只要我們願意嘗試，絕對是有可能的。當然啦，你讓我們愈感激，我們就會愈努力。」

昆特瑟茲愣了一下，然後皺起眉頭。「閣下，你這話是什麼意思？」

「你只需要告訴我們有關蓋婭的一切，索．昆。」崔維茲說。

昆特瑟茲原本容光煥發的臉孔，陡然間變得一片死灰。

4

昆特瑟茲低頭望著書桌，一隻手心不在焉地拂著又短又捲的頭髮。然後他抬起頭來瞪著崔維茲，但緊緊嘛著嘴唇，彷彿下定決心什麼都不說。

崔維茲揚起眉毛，等待他的回應。最後，昆特瑟茲啞著嗓子說：「實在很晚了，相當昏黃了。」

在此之前，他說的都是正統的銀河標準語，現在卻冒出一些古怪字眼。彷彿他突然忘卻了正統教育，於是賽協爾方言脫口而出。

「昏黃，索．昆？」

「天幾乎全黑了。」

崔維茲點了點頭。「抱歉我沒注意到，其實我也餓了。我們可有榮幸請你共進晚餐，索．昆？或許我們可以邊吃邊談，繼續討論蓋婭。」

昆特瑟茲遲緩地站起來。他比兩位來自端點星的客人都要高，但由於他年紀較大，而且較為肥胖，所以高個子並未使他顯得特別強壯。跟剛見面的時候比起來，他現在好像疲倦得多。

他對兩位客人眨了眨眼睛，然後說：「我竟然忘了待客之道，你們兩位是外星人士，怎麼可以讓你們請客。到我家去吧，我就住在校園裡，離這兒不太遠。如果你們想繼續談下去，在家裡談我會更加輕鬆自在。唯一的遺憾，」（他似乎有點不安）「是我無法招待你們一頓盛宴。內人和我都吃素，如果你們喜歡肉類，我只能表示歉意和遺憾了。」

崔維茲說：「詹．裴和我都樂意暫時放棄食肉的天性。但願，你的談話會比大魚大肉還要值得。」

「不論我們談些什麼，我都能保證晚餐不至於乏味。」昆特瑟茲說：「只要你們不排斥賽協爾的調味佐料就行，內人和我在這方面都很有研究。」

「我期待一頓充滿異國風味的佳餚，索．昆。」崔維茲泰然自若地說，裴洛拉特卻顯得有點緊張。

於是三人步出研究室，由昆特瑟茲帶路，順著看來永無止境的長廊一路走下去。偶爾會有些學生或同事跟昆特瑟茲打招呼，他卻沒有把兩位同伴介紹給任何人。崔維茲發現有人好奇地打量著他的寬腰帶，不巧他今天的腰帶剛好是灰色的，令他感到很不自在。在這個校園中穿著素色服飾，顯然並非合乎禮儀的行為。

他們好不容易才走出建築群，來到露天的環境中。現在天色的確已經很暗，而且有幾分涼意。遠方隱約可以看到許多大樹，走道兩旁則是相當濃密的草坪。

裴洛拉特突然停下腳步，背對著那個建築群所發出的微弱燈光，以及校園中一排排路燈所射出的光芒，抬起頭仰望天空。

「眞美！」他說：「我們那裡有一位著名的詩人，寫過一首詠嘆賽協爾星空的詩，其中有一個名句：賽協爾高聳的夜空，鑲嵌著繽紛的星光。」

崔維茲抬頭欣賞了一下星空，然後低聲說：「我們是從端點星來的，索．昆，至少我的這位朋友，從未見過其他世界的夜空。在端點星上，我們只能見到迷濛的雲霧狀銀河，以及幾顆勉強可見的恆星。你如果在我們那裡住過，將更懂得欣賞自己的星空。」

昆特瑟茲以莊嚴的口氣說：「我向你保證，我們對它萬分欣賞。此地可算是銀河中相當擁擠的區域，難得的是星辰分佈得極其均勻。我不相信在銀河其他角落，還能發現一等星的分佈如此平均，而且，數目也不太多。我曾經到過某些世界，那裡正好位於球狀星團的外緣，他們的夜空充滿明亮的星體，因而破壞了幽暗的夜色，大大減損了瑰麗的美感。」

「我很同意你的說法。」崔維茲道。

「不知道你們是否看見，」昆特瑟茲說：「那五顆差不多一樣亮、幾乎排成正五邊形的恆星，我們稱之爲『五姐妹』。在那個方向，就在路樹的上方，你們看見了嗎？」

「我看到了。」崔維茲說：「非常迷人。」

「沒錯。」昆特瑟茲說：「這五顆星象徵圓滿的愛情。賽協爾人寫情書的時候，一律會在後面畫出這五顆星的形狀，來表示求愛的渴盼。每一顆星代表愛情的不同階段，許多詩人競相作出著名詩句，盡可能將每個階段寫得香艷露骨。我還年輕的時候，也曾經試著作過這樣的情詩，當時從未想到，自己有一天會對五姐妹變得如此漠不關心，不過我想這大概就是人生吧。在五姐妹的中央，還有一顆黯淡的星辰，你們看到沒有？」

「看到了。」

「那顆星，」昆特瑟茲說：「代表單相思。根據我們的傳說，它也曾經相當明亮，後來卻黯然神傷。」說完，他繼續快步向前走。

5

晚餐吃得相當愉快，這點連崔維茲也不得不承認。各式各樣的菜餚變幻無窮，香料與調味料雖然匪夷所思，但的確滋味無窮。

崔維茲問道：「這些蔬菜都好吃極了，它們全是銀河標準食物吧，索．昆？」

「當然是啊。」

「不過我想，此地也有些固有生物吧。」

「當然。第一批移民抵達賽協爾行星時，這裡就是個含氧的世界，因此絕對滋生著生命。你大可放心，我們仍舊保存了一些固有生物。我們有許多相當廣闊的自然生態公園，保育著古賽協爾土生土長的動植物。」

裴洛拉特以悲哀的口吻說：「索．昆，這點你們比我們進步。當人類初抵端點星的時候，上面並沒有什麼陸地生物，長久以來，只怕我們也未曾齊心協力保存海洋生物。事實上，當初如果沒有那些海洋生物製造氧氣，端點星根本無法住人。如今端點星的生態，已經跟銀河其他各處沒什麼不同了。」

「賽協爾對生命的尊重，」昆特瑟茲帶著自傲的笑容說：「一向有著極佳的記錄。」

崔維茲利用這個時機，趕緊改變話題：「我記得離開你的研究室時，索．昆，你不但打算請我們到府上用餐，還準備告訴我們有關蓋婭的事。」

昆特瑟茲的妻子是個和氣的婦人，她身材豐滿，膚色黝黑，晚餐從頭到尾都很少講話。此時她猛然抬起頭來，露出驚惶的表情，然後一言不發，起身離開了餐廳。

「很抱歉，」昆特瑟茲有點不知所措，「內人就是個標準的保守份子。當她聽到有人提起……那個世界，便會感到有點不安，請兩位務必原諒。可是，你為什麼要問這個問題呢？」

「很抱歉，但它對詹．裴的研究工作相當重要。」

「可是你們為何要問我呢？我們剛才在討論地球、機器人，以及賽協爾的創建經過，這些題目跟……跟你現在問的事又有何相干？」

「或許沒什麼相干，但這件事透著許多古怪。為什麼我一提到蓋婭，尊夫人就顯得不安？你自己為何也會不安？但有些人對這個話題卻毫不忌諱，就在今天下午，還有人告訴我們蓋婭即是地球，由於人類作惡多端，它才會消失在超空間中。」

昆特瑟茲臉上閃過一陣痛苦的表情。「是誰跟你這樣胡說八道的？」

「我在這所大學遇到的一個人。」

「那只是迷信罷了。」

「這麼說，它並不是有關『長征』中心教條的一部分？」

「不，當然不是，那只是沒知識的民眾胡扯出來的寓言。」

「你肯定嗎？」崔維茲用冰冷的語氣問道。

昆特瑟茲上身靠向椅背，眼睛盯著餐桌上的殘湯剩菜。「我們到起居室去吧。」他說：「假如我們一直待在這裡討論……這個問題，內人永遠不會進來收拾餐桌。」

「你肯定那只是寓言嗎？」崔維茲再度問道。此時他們已經來到另一個房間，坐在一扇大窗戶旁邊。那扇窗戶設計成特殊的弧形，能讓賽協爾美麗的夜空盡收眼底。室內的光線還故意調暗，以免掩蓋室外的夜色，昆特瑟茲的面孔因而融入昏暗的陰影中。

崑特瑟茲回答說：「你自己不能肯定嗎？你認爲有什麼世界能躲進超空間？超空間究竟是什麼東西，一般人僅有極模糊的概念，這點你一定瞭解。」

「事實上，」崔維茲說：「我自己對超空間也僅有極模糊的概念，而我已經出入超空間數百次了。」

「那就讓我告訴你眞相吧。我向你保證，無論地球在哪裡，反正絕不會在賽協爾聯盟疆域之內，你提到的那個世界並不是地球。」

「可是，即使你不知道地球在哪裡，索．崑，你也該知道我提到的那個世界位於何處，它必定在賽協爾聯盟疆域之內。這點我們還能肯定，是嗎，裴洛拉特？」

裴洛拉特一直傻傻地當個聽衆，突然間被指名回答，不禁嚇了一跳。他說：「如果是這樣，葛蘭，我就知道它在哪裡。」

崔維茲轉頭望著他。「你什麼時候知道的，詹諾夫？」

「就在今晚稍早的時候，我親愛的葛蘭。索．崑，當我們從你的研究室走回你家時，你指給我們看五姐妹，還指出五邊形中央有顆黯淡的星星。我確定蓋婭就在那裡。」

崑特瑟茲猶豫了好一陣子。他的臉孔隱藏在陰暗中，無法看出他的表情如何變化。最後他終於開口：「沒錯，我們的天文學家的確這麼說——私下說的。蓋婭正是圍繞那顆星的某顆行星。」

崔維茲趕緊觀察裴洛拉特的表情，但老教授的情緒並未形之於色。於是崔維茲轉向崑特瑟茲說：「那麼請說說有關那顆星的一切。你有它的座標嗎？」

「我？沒有。」他回絕得相當不客氣，「我這裡並沒有恆星座標數據。你可以向我們的天文系查詢，不過我能想像絕對不容易。任何航向那顆星的申請，政府都從來沒有批准。」

「爲什麼呢？它位於你們的疆域之內，難道不是嗎？」

「就地理位置而言，沒錯。就政治領域而言，答案卻是否定的。」

崔維茲以為他還沒有說完，等了半天不見下文之後，他站了起來。「昆特瑟茲教授，」他用正式的口吻說：「我並不是警察、軍人、外交官或殺手，我不會強迫你提供資料。但是，我會去拜訪我們的大使，雖然這有違我自己的意願。當然，你一定能夠瞭解，我向你詢問這些，並非出於自身的興趣。這是基地交代的公事，但我不希望因此惹出星際糾紛，我相信賽協爾聯盟也不願見到這種結果。」

昆特瑟茲用遲疑的口氣說：「基地究竟交代你什麼公事？」

「這件事恕我無法和你討論。如果你也無法和我討論蓋婭，我們就得將這個問題交到政府手上，而在那種情況下，也許會對賽協爾有更壞的影響。賽協爾一直保持獨立的地位，不願加入基地聯邦，這點我完全沒有異議。我沒有理由要為難賽協爾，也不想去找我們的大使。事實上，假如我那麼做，便會危及自己的前途，因為我接到過嚴格指示，要我以私人力量得到這個情報，不准把政府牽扯進來。所以請告訴我，是否有什麼堅實的理由，讓你不敢討論蓋婭。是不是你說了就會因此被捕，還是會受到其他懲罰？你是不是要直截了當告訴我，除了將問題提升到大使層級，我沒有其他選擇？」

「不，不。」昆特瑟茲的聲音聽來慌亂至極，「我並不知道政府有任何禁令，我們只是不願意談那個世界。」

「迷信嗎？」

「好吧！就算是迷信吧！賽協爾的蒼天啊，其實我也好不了多少，我和那個告訴你蓋婭在超空間的傻子，還有聽到蓋婭就跑開的內人一樣。我告訴你們，她甚至會嚇得跑到外面去，因為她怕我們家會遭到……」

「天打雷劈？」

「反正是來自遠方的神祕力量。而我，甚至我自己，都不敢隨便說出那個名字。蓋婭！蓋婭！這個發音並不會傷人！我仍舊毫髮無損！但我還是畏畏縮縮。可是請相信我，我眞不知道蓋婭所屬恆星的座標。如果對你們有幫助，我可以幫忙找出來，但是讓我老實告訴你們，我們整個聯盟都不願討論這個世界。我們既不碰，也不想這個問題。我能告訴你一點我所知道的事——是事實，而不是臆測——我相信即使你走遍聯盟各個世界，也不可能找到更多的資料。

「我們都知道蓋婭是個古老的世界，有些人甚至認爲，它是本星區最古老的世界，但這點我們並不肯定。愛國心告訴我們賽協爾行星是最古老的，恐懼卻告訴我們蓋婭行星才是。統合這兩種說法的唯一方式，就是假設蓋婭即地球，因爲衆所周知，賽協爾是由地球人所建立的。

「大多數歷史學家認爲——只是在他們圈內流傳——蓋婭行星是單獨創建的。他們認爲它不是聯盟哪個世界的殖民地，反之，賽協爾聯盟也並非蓋婭向外殖民的結果。至於何者歷史較長，連專家也沒有共識，誰也不知道蓋婭的創建是在賽協爾之前，還是之後。」

崔維茲道：「目前爲止，你等於什麼也沒有說，因爲每一種可能性都有人相信。」

昆特瑟茲無奈地點了點頭。「似乎就是如此。我們發現蓋婭的存在，還是賽協爾歷史上相當晚近的事。悠悠歲月中，我們最初致力於建立聯盟，然後又忙著對抗銀河帝國，而在成爲帝國一個星省之後，又試圖尋找自己適當的定位，並想盡辦法限制總督的權力。

「直到帝國的衰落到達相當程度，中央對此地的控制變得極微弱時，某位總督才知曉了蓋婭的存在，並且懷疑它不但獨立於賽協爾星省，甚至不算是帝國的一份子。它一直神祕地與世隔絕，所以大家對它一無所知，直到今天仍舊如此。於是那位總督決心接收蓋婭，詳細經過我們並不清楚，只知道他的遠征艦隊遭到重創，只有幾艘逃了回來。當然，那個時代的船艦不再精良，也缺少優秀的指揮官。

「總督的失敗令賽協爾人興高采烈，因爲他被視爲代表帝國的壓迫者。這場敗仗幾乎直接導致我們恢復獨立，賽協爾聯盟從此掙脫帝國的韁索。我們將那天定爲聯盟紀念日，至今每年都還舉行盛大慶典。其後將近一個世紀，主要是出於感激，我們都沒有打擾蓋婭。但是，等到我們自己變得足夠強大，也曾想要進行一點帝國主義的擴張。何不接收蓋婭呢？何不至少建立一個關稅同盟？於是我們派出自己的艦隊，不料也被打得潰不成軍。

「從此以後，我們頂多偶爾做些通商的嘗試，結果沒有一次成功。蓋婭一直維持絕對與世隔絕的狀態，從未試圖和其他世界進行貿易或主動聯絡，至少從來沒有人知道。而不論在任何方面，它也沒有主動對誰表現過敵意。後來——」

昆特瑟茲按了按座椅扶手的控制鈕，室內立時大放光明。他臉上帶著明顯的嘲諷神情，繼續說：「既然你們是基地的公民，也許還記得騾這號人物。」

崔維茲頓時面紅耳赤。在五個世紀的歷史中，基地只有一次被外人征服的紀錄。雖然歷時短暫，對於基地邁向第二帝國的步伐並未造成太大阻礙，不過凡是痛恨基地的人，若想挫挫基地自負自滿的銳氣，都一定不會忘記提到騾，因爲他是基地唯一的征服者。昆特瑟茲此時突然調亮燈光，（崔維茲想）很可能是爲了觀賞兩位基地人的窘態。

他答道：「對，我們基地人一直記得他。」

「騾曾經統治一個短命的帝國，」昆特瑟茲又說：「它的領域和如今基地控制的聯邦一樣大。然而他未曾統治我們，他讓我們繼續過太平日子。他曾經路過賽協爾一次，要我們簽訂一份中立宣言，並發表一篇友好聲明，除此之外，他沒有做任何要求。當騾征服銀河時，我們是唯一的幸運兒，直到病魔令他不得不終止擴張政策，等待死神來臨，我們一直都安然無事。你知道嗎，他並非不講理的人。他不會瘋狂地使用武力，他並不嗜殺，他的統治相當人道。」

「他只不過是個征服者而已。」崔維茲反諷道。

「就像基地一樣。」昆特瑟茲不甘示弱。

崔維茲一時不知如何回答，沒好氣地說：「蓋婭的事究竟還有沒有下文？」

「只剩下一點，就是騾講過的一句話。當年，騾和聯盟主席卡洛舉行過一次歷史性會議，根據歷史記載，騾在簽下龍飛鳳舞的簽名之後，曾經說：『根據這份文件，你們甚至對蓋婭也是中立的，這是你們的運氣。就連我自己，也不願意接近蓋婭。』」

崔維茲搖了搖頭。「他有那個必要嗎？賽協爾生怕不能誓言中立，蓋婭則從來沒有惹過麻煩。當時，騾正計畫征服全銀河，何必為了微不足道的敵人浪費時間？完成征服大業之後，他再回頭收拾賽協爾和蓋婭不遲。」

「或許吧，或許吧。」昆特瑟茲說：「可是根據當時一位見證人的說法——此人信譽極佳，我們都願意相信他——騾一面放下筆，一面說：『就連我自己，也不願意接近蓋婭。』然後他壓低聲音，自言自語了一句：『再也不要了。』」

「你說他壓低聲音自言自語，這句話又怎麼被人聽到？」

「因為當騾放下筆的時候，那枝筆剛好滾到地下，那位賽協爾人自然而然走過去，彎下腰把筆撿了起來。當騾正在說那句『再也不要了』的時候，他的耳朵剛好貼近騾的嘴巴。直到騾死了，他才說出這件事。」

「你怎能證明這不是虛構的？」

「那人是個德高望重的人士，不是會捏造謊言的那種人。他說的話都是可信的。」

「果眞如此，又如何呢？」

「除了那一次，騾從未到過賽協爾聯盟，甚至沒在鄰近星空出現過，至少在他躍上銀河舞台之後再也沒有。如果他曾經去過蓋婭，一定是在他仍舊沒沒無聞的時候。」

「所以呢？」

「所以，你知道騾生在何處嗎？」

「我想誰也不曉得。」崔維茲答道。

「在賽協爾聯盟，人們有一種強烈的感覺，認爲他就生在蓋婭。」

「就憑他講的那句話？」

「並不盡然。騾能夠百戰百勝，是因爲他具有奇異的精神力量，而蓋婭同樣是無敵的。」

「你只能說蓋婭至今沒打過敗仗，並不能證明它永遠無敵。」

「可是連騾都不願接近它。你去查查騾主宰銀河的那段歷史，看看除了賽協爾聯盟，他還曾經對哪個區域如此小心謹愼。此外你可知道，凡是前往蓋婭試圖通商的人，也一律有去無回。否則，你以爲我們怎麼會對它知道得那麼少？」

崔維茲說：「你的態度幾乎和迷信沒有兩樣。」

「你愛怎麼講隨便你。自騾的時代開始，我們就把蓋婭從意識中抹去，更不希望它想到我們。我們唯有假裝它不存在，才能感到安全無虞。有關蓋婭消失到超空間的傳說，也許根本是政府偷偷鼓吹的，希望這樣一來，大家就漸漸忘卻眞有這麼一個世界。」

「那麼，你認爲蓋婭是個充滿了騾的世界？」

「很可能。爲了你自己好，我勸你別到那裡去。如果你非去不可，就注定一去不返。如果基地想要招惹蓋婭，便代表基地比騾更不智。這一點，你可以轉告你們的大使。」

崔維茲說：「幫我把座標找來，我就立刻離開你們的世界。我將前往蓋婭，而且一定會有去有回。」

昆特瑟茲說：「我會幫你查到座標。天文系晚間當然還有人，只要辦得到，我馬上幫你找來。可是容我再勸你一句，不要試圖到蓋婭去。」

崔維茲說：「我決心要試一試。」

昆特瑟茲則以沉重的口吻說：「那麼你就是決心要自殺。」

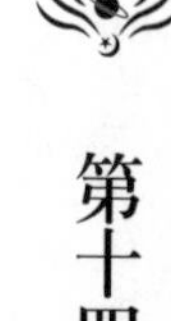

第十四章　前進！

1

詹諾夫．裴洛拉特望著灰暗曙光中的朦朧景色，心中交雜著遺憾與猶疑。

「我們待的時間還不夠，葛蘭。這似乎是個既親切又有趣的世界，我希望能再多瞭解一點。」

原本埋首操作電腦的崔維茲抬起頭來，露出一抹苦笑。「你以爲我就不想啊？我們在這顆行星上吃了三頓正餐，風味完全不同，但都是美味佳餚，我眞想多吃幾頓呢。我們也沒遇見幾個女人，而且都是走馬看花。她們有些看來相當誘人，嗯，你曉得我心裡想什麼。」

裴洛拉特微微皺起鼻頭。「喔，我親愛的兄弟。她們的鞋子簡直像牛鈴，衣服五顏六色俗不可耐，還有她們的睫毛，簡直無所不用其極。你注意到她們的睫毛沒有？」

「你大可相信我注意到了每一件事，詹諾夫。你討厭的那些都只是表相，只要稍加勸誘，她們就會把臉洗乾淨，並在適當的時候，把鞋子和五顏六色通通褪去。」

裴洛拉特說：「這點我願意相信你，葛蘭。然而，我是想進一步打探地球的資料。目前爲止，我們聽到的有關地球的說法，沒有一則令人滿意，而且彼此充滿矛盾——一個人強調放射性，另一個則強調機器人。」

「但兩人都說地球已死。」

「這倒是眞的。」裴洛拉特答得很勉強，「但可能只有一種說法正確，或者兩種說法都只有部分正確，或者兩人說的都不是事實。無論如何，葛蘭，這些傳說只會讓眞相更加撲朔迷離，你聽到這些說法，想必也心癢難熬，忍不住要一探究竟，找出眞正的答案。」

「沒錯。」崔維茲說：「我向銀河中每一顆矮星發誓，你說得沒錯。然而，我們眼前的問題是蓋婭。一旦把這件事弄清楚，我們就可以前往地球，或者回到賽協爾來多待些日子。可是，蓋婭第一優先。」

裴洛拉特點了點頭。「眼前的問題！如果我們相信昆特瑟茲的說法，死神正在蓋婭恭候我們，我們到底該不該去？」

崔維茲說：「我也問過自己這個問題。你會害怕嗎？」

裴洛拉特猶豫了半天，彷彿在鑽研自己的心靈。然後，他用相當簡單且實事求是的態度答道：「我怕，怕死了！」

崔維茲往椅背上一靠，轉過頭來面對著裴洛拉特。他也用沉穩而實事求是的態度說：「詹諾夫，你沒有理由冒這種險。只要你說句話，我就讓你留在賽協爾，你可以把自己的行李卸下，並留下一半的信用點。等我返航的時候，我會再來接你，那時只要你有興趣，我們再去天狼星區，假如地球眞在那裡，我們一定把它找出來。萬一我一去不返，賽協爾上的基地官員會負責送你回端點星。老朋友，假如你打算留在此地，我不會感到不舒服。」

裴洛拉特猛眨著眼睛，嘴唇緊閉了好一陣子。然後他才開口，用稍微粗啞的聲音說：「老朋友？我們認識才多久？差不多一個星期吧？可是我拒絕離去，這是不是很奇怪？我的確很害怕，可是我要留下來陪你。」

崔維茲做了一個不明白的手勢。「可是爲什麼呢？我眞的沒有要求你留下。」

「我也不清楚爲什麼，但這是我心甘情願的。因爲……因爲……葛蘭，我對你有信心，我覺得你總是知道自己在做些什麼。我原本打算去川陀，現在我已經明白，即使眞的去了，也可能一無所獲。是你堅持我們到蓋婭去，蓋婭就一定是銀河的一個重要樞紐，許多事情似乎都跟它有所牽連。假如這還嫌不夠，葛蘭，我還目睹了你逼迫昆特瑟茲的手段。那實在是高明的詐術，令他不得不把蓋婭的詳情吐露給你。總之，我對你實在佩服得五體投地。」

「這麼說，你對我眞的有信心。」

裴洛拉特說：「是的，我有信心。」

崔維茲將右手搭在對方的上臂，一時之間似乎不知該說什麼才好。最後他終於說：「詹諾夫，如果我判斷錯誤，讓你遇到無論是什麼不愉快的事，可不可以請你預先原諒我？」

裴洛拉特趕緊說：「喔，我親愛的夥伴，你爲何這麼問？我做出這個決定，是爲了我自己，而不是爲了你。現在，拜託，我們盡快離開吧。我的懦弱不知何時會再度發作，讓我羞愧得再也抬不起頭來。」

「遵命，詹諾夫。」崔維茲道：「一旦電腦說沒問題，我們第一時間就離開這裡。這一次，只要確定大氣層上方沒有其他船艦，我們就要使用重力推進——垂直上升。隨著周遭大氣變得愈來愈稀薄，我們的速度就會愈來愈快。要不了一小時，我們就能到太空了。」

「太好啦。」裴洛拉特一面說，一面捏開一個塑膠咖啡容器的蓋子，開口處幾乎立時冒出熱氣。他將奶嘴含在口中，開始吸吮容器內的咖啡，同時吸進適量的空氣，將咖啡冷卻到適當的溫度。

崔維茲咧嘴一笑。「你已經學會熟練地使用這些東西，稱得上太空老兵了，詹諾夫。」

裴洛拉特盯著那個塑膠容器，好一會兒才說：「既然我們的太空艇可以隨意調節重力場，我們當然能用普通的咖啡杯，對不對？」

「當然，但是你無法讓眾多的太空常客，放棄那些太空專用設備。『天龍』如果也用普通的咖啡杯，如何顯得跟『地虎』有一大段距離？你看到艙壁和艙頂的那些圓環嗎？兩萬多年來，這種吊環是太空航具不可或缺的配備，但在重力推進的船艦中，吊環卻完全派不上用場，可是它們並未消失。我敢拿這艘太空艇打賭一杯咖啡，在起飛的時候，太空老兵還是會假裝被壓得窒息；當船艦維持著一個G，也就是正常重力時，他們卻會拉著吊環盪來盪去，彷彿仍舊處於失重狀態。總之，這兩件事我都敢打賭。」

「你在開玩笑。」

「嗯，也許有一點，不過凡事都會產生社會慣性，連科技的進展也不例外。否則就不會有那些沒用的吊環，也不會爲我們準備配有奶嘴的杯子。」

裴洛拉特心領神會地點了點頭，然後繼續喝他的咖啡。喝完之後，他才問道：「我們什麼時候起飛？」

崔維茲一面開懷大笑，一面說：「騙倒你啦。當我談論那些吊環的時候，我們正在起飛，你卻完全沒注意到。現在，我們已經有一哩高了。」

「你又在唬我。」

「看看外面。」

裴洛拉特依言照做，然後說：「可是我一點感覺也沒有。」

「你本來就不該有感覺。」

「我們這樣做不會違規嗎？我是說，我們應該像降落時那樣做螺旋狀飛行，跟著無線電指標盤旋而上，對不對？」

「我們沒有理由那樣做，詹諾夫。沒有人會阻攔我們，沒有任何人會。」

「降落的時候，你說……」

「那是兩碼子事。他們不怎麼歡迎我們到來，卻恨不得列隊歡送我們離去。」

「你怎麼這樣講呢，葛蘭？跟我們談到蓋婭的只有昆特瑟茲一個人，而他曾經央求我們別去。」

「你可別相信他，詹諾夫。他只是做個樣子罷了，無論如何他也要誘使我們前往蓋婭。詹諾夫，你說佩服我從他口中詐取內幕的本事，很抱歉，我實在愧不敢當。即使我什麼也沒做，他終究還是會自動告訴我們。如果我把耳朵塞起來，他甚至會衝著我大吼大叫。」

「你怎麼這樣講呢，葛蘭？這簡直是瘋言瘋語。」

「你是指妄想症嗎？是的，我知道。」崔維茲轉身面向電腦，專心地將感官延伸出去，然後說：「我們沒有遭到阻攔，沒有船艦在攔截距離內，也沒有收到任何警告訊號。」

他又把身子一轉，對著裴洛拉特說：「告訴我，詹諾夫，你是如何發現蓋婭的？當我們還在端點星的時候，你就已經曉得蓋婭了。你知道它位於賽協爾星區，也知道它的名字可說跟地球同義。這些都是從哪裡聽來的？」

裴洛拉特似乎呆住了，他答道：「如果我還在端點星上的研究室裡面，或許可以翻翻舊檔案。我可沒有隨身帶著所有的東西，例如發現某一項資料的日期，這類記錄就絕對不在身邊。」

「好，你想想看。」崔維茲繃著臉說：「賽協爾人自己對這件事守口如瓶。他們不願意談論蓋婭的眞面目，政府甚至鼓吹迷信，讓這個星區的民衆普遍認爲，普通空間中並沒有這樣一顆行星。其實，我還能告訴你一件事。注意看！」

崔維茲再度轉身面對電腦，手指在指令感應板上輕快掠過，動作熟練、自然而瀟灑。當他將雙手按在掌印上的時候，隨即體驗到溫暖的接觸與擁抱。與此同時，他又像往常一樣，感覺到部分的意識滲了出去。

他說：「這是電腦記憶庫中的銀河地圖，來自賽協爾的資料還沒有加進去。我準備讓你看的部分，對應於我們昨晚看到的賽協爾夜空。」

整個艙房暗了下來，螢幕上出現一片夜空的景象。

裴洛拉特沉聲道：「跟我們在賽協爾看到的一樣美麗。」

「其實更加美麗。」崔維茲用不耐煩的口氣說：「這個顯像中，沒有任何種類的大氣干擾，而且沒有雲霧，也沒有地平線附近的吸收作用。不過請等一等，我來做些調整。」

顯像開始平穩地挪移，使兩人產生本身正在移動的錯覺。裴洛拉特下意識地緊緊抓住座椅扶手。

「那裡！」崔維茲說：「你認得出來嗎？」

「當然，那正是五姐妹——昆特瑟茲指給我們看的那個正五邊形，絕對錯不了。」

「的確沒錯，可是蓋婭在哪裡？」

裴洛拉特猛眨眼睛，卻不見中央處有任何黯淡的星辰。

「不在那裡。」他說。

「對了，不在那裡，因爲它的位置不在這台電腦的資料庫中。可是，這些資料庫故意做得不完整、故意整我們冤枉的可能性幾乎等於零，因此我斷定，基地上設計這些資料庫的銀河地理學家，縱使擁有數量龐大的資料，卻對蓋婭一無所知。」

「你想，假如我們到川陀去……」裴洛拉特說。

「我猜即使到了那裡，也無法找到任何有關蓋婭的資料。賽協爾人一直將它的存在視爲祕密，而且據我猜測，蓋婭星人本身更會嚴格保密。幾天前，你自己告訴我這並非不尋常的現象，有些世界爲了逃稅或避免外界干擾，會故意把自己隱藏起來。」

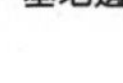

「通常星圖繪製者或天體統計師，」裴洛拉特說：「只有在銀河中星辰稀疏的區域，才會偶爾發現這種世界。它們能夠隱匿起來，是因爲位置偏遠孤立，蓋婭卻不是這樣。」

「沒錯，這是它另一個不尋常的地方。所以讓我們把星圖留在螢幕上，以便你我繼續探討銀河地理學家疏漏的原因。讓我再問你一遍，既然連這方面的專家都不知道蓋婭，你又是如何獲悉的？」

「我的好葛蘭，我花了三十多年的時間，不斷蒐集地球的神話、地球的傳說和地球的歷史。現在我身邊沒有完整的記錄，叫我怎麼回答……」

「我們可以試試看，詹諾夫。比方說，你第一次聽說它的名字，是在你研究工作的前十五年，還是後十五年？」

「哦？嗯，如果這麼粗略劃分，那當然是後十五年。」

「你還可以回想得更清楚一點。例如，我猜你是最近幾年才聽說蓋婭的。」

崔維茲凝望著裴洛拉特，卻無法看見對方隱藏在陰暗中的表情，於是將艙房的光線調亮一點。螢幕上壯觀的夜空景象隨即變得有些朦朧，而裴洛拉特則面無表情，看不出任何端倪。

「怎麼樣？」崔維茲問道。

「我正在想呢。」裴洛拉特說：「你大概猜對了，但我可不敢發誓。我在寫信給列德貝特大學的吉姆柏教授時，並沒有提到蓋婭，假如當時我已經知道，照理說應該會跟他提一提。而那是，讓我想想看，是九五年的事，也就是三年前。我想你說對了，葛蘭。」

「你又是怎麼發現的呢？」崔維茲追問道：「在某次通信中？某一本書裡？某篇科學性論文中？還是某一首古老的歌謠？到底是什麼？拜託！」

裴洛拉特靠著椅背，雙臂交握胸前，整個人一動不動，陷入深度的沉思。崔維茲閉上嘴巴默默等待。

最後，裴洛拉特終於開口：「是在一次私人通信中。但是，我親愛的兄弟，千萬別問我是誰寫的信，我可不記得了。」

崔維茲雙手滲出冷汗，順手在寬腰帶上抹了一下。他不敢直接逼問，只能技巧地引導裴洛拉特逐步回想。「是一位歷史學家寫的信？還是一位神話學專家？或是一位銀河地理學家？」

「沒有用的，我沒法幫那封信配上一個名字。」

「或許，因爲根本沒有署名。」

「喔，不，這簡直不可能。」

「爲什麼？你不理會不具名的信件嗎？」

「我想那倒不至於。」

「你接到過這種信件嗎？」

「難得才有一次。最近這些年，我在某些學術圈中變得小有名氣，許多人都知道我專門蒐集特定的神話和傳說。跟我保持書信往來的學者，如果從非學術性來源發現相關資料，有時會好心地轉寄一份給我。這一類信件，有些就沒有署名。」

崔維茲說：「好的，但你是否直接收到過未具名的，又不是由學術圈朋友轉寄來的資料？」

「偶爾會有，可是非常罕見。」

「你能否確定，蓋婭的資料不是這樣來的？」

「未具名的通信實在太少見，蓋婭的資料如果眞是這樣來的，我想我應該記得才對。話說回來，我也無法確定那個資料並非來源不明。不過請注意，這並不代表我眞是從匿名信件獲知的。」

「這點我瞭解。但可能性總還是有的，對不對？」

裴洛拉特非常勉強地說：「我想應該是吧，可是你問這些幹什麼呢？」

「我還沒有問完。」崔維茲用蠻橫的口氣說：「暫且不論是否匿名，你是從哪裡收到那份資料的？哪一個世界？」

裴洛拉特聳了聳肩。「饒了我吧，我毫無印象。」

「有沒有可能來自賽協爾？」

「我跟你說過，我不知道。」

「照我說，你的資料正是來自賽協爾。」

「你愛怎麼說都行，但你說的不一定就是事實。」

「不一定？當昆特瑟茲指著五姐妹中央那顆暗星的時候，你馬上知道它是蓋婭。而在昆特瑟茲尚未告訴我們之前，你就先說了出來，記得嗎？」

「記得，當然記得。」

「這怎麼可能呢？你怎能立刻認出那顆暗星正是蓋婭？」

「因為我手上那個有關蓋婭的傳說，其實很少用蓋婭這個名稱。通常都是用譬喻的說法，而且有許多不同的譬喻。其中一個重複過好幾次的是『五姐妹的小兄弟』，另一個則是『五邊形之心』，有時也稱為『五邊形中點』。當昆特瑟茲指出五姐妹和中央那顆星的時候，這些隱喻立刻在我的腦海浮現。」

「以前你從未跟我提過這些隱喻。」

「我原來並不知道它們的意義，也不覺得有必要跟你討論這個問題，因為你是……」說到這裡，裴洛拉特猶豫起來。

「一個外行？」

「是的。」

「我希望你會瞭解，五姐妹排出的正五邊形，並非一種絕對的形狀。」

「這話是什麼意思？」

崔維茲樂得哈哈大笑。「你果眞是地虎，你以爲天空具有實質的形體嗎？星辰都被釘在天上嗎？唯有在賽協爾行星所屬的行星系，人們才會看到五姐妹構成一個正五邊形。在環繞其他恆星的行星看來，五姐妹所呈現的形狀都不一樣。原因之一是觀察的角度變了；原因之二，這五顆星和賽協爾行星的距離各不相同，如果從其他角度觀察，或許根本看不出什麼幾何圖形。可能其中一兩顆星在這半個天球，其他三、四顆卻在另一半。你看——」

崔維茲又關上艙房燈光，同時俯身面向電腦。「賽協爾聯盟總共由八十六個住人行星系組成。讓我們將蓋婭——或者說蓋婭的位置——予以固定，」（當他這麼說的時候，五邊形中央處立刻出現一個小紅圈。）「然後在其他八十五個行星系中，隨機選取一些世界，將顯像轉換成那些世界的星空。」

星空的景象開始變換，裴洛拉特猛眨著眼睛。小紅圈一直保持在螢幕正中央，可是五姐妹早已消失無蹤。紅圈周圍雖然有些亮星，卻沒有構成緊緻的幾何圖形。星空一變再變，一直變個不停。紅圈始終固定在原處，可是從未出現亮度相當的恆星所構成的正五邊形。偶爾會有個扭曲的五邊形，五顆星的亮度也不盡不同。昆特瑟茲指出的那個完美幾何結構，從頭到尾沒有在螢幕上出現過。

「看夠了嗎？」崔維茲說：「我向你保證，唯有在賽協爾行星系的各個世界上，五姐妹看起來才像我們昨天見到的樣子。」

裴洛拉特說：「賽協爾的觀點有可能流傳到其他行星。帝政時期，很多諺語都是以川陀爲基準，有些甚至傳到了我們的端點星。」

「我們現在知道，賽協爾將蓋婭視為天大的祕密，你難道還相信那種事嗎？而賽協爾聯盟之外的世界，又為何會對這種傳說有興趣？如果夜空中沒有那樣的星象，又有誰會關心『五姐妹的小兄弟』呢？」

「你也許說對了。」

「既然如此，難道你還不瞭解，你收到的蓋婭資料必定來自賽協爾？它甚至不是來自賽協爾聯盟的其他區域，而正是聯盟首都世界所屬的行星系。」

裴洛拉特搖了搖頭。「你說得好像真有那麼回事，可是我怎麼都記不得，我就是想不起來了。」

「至少，你看出我的論證多麼有說服力了吧？」

「是的，我看出來了。」

「接下來的問題是，你認為這個傳說是什麼時候出現的？」

「任何時間都有可能。我猜早在帝政時代便已形成，它具有那種古老色彩……」

「你錯了，詹諾夫。五姐妹和賽協爾行星的距離不算遠，所以看來才會那麼明亮。由於這個緣故，其中四顆具有高速的『自行』，而這四顆星分屬不同的星族，因此自行的方向各不相同。我將星圖的時間慢慢往回調，你看看會發生什麼事。」

代表蓋婭的小紅圈依然保持原來的位置，正五邊形卻漸漸分開，其中一顆緩緩挪動，其他四顆則向不同的方向迅速飄移。

「注意看，詹諾夫。」崔維茲說：「你還能說它是正五邊形嗎？」

「顯然一邊大一邊小。」裴洛拉特答道。

「蓋婭還在正中央嗎？」

「不，偏到一邊去了。」

「很好。這是一百五十年前，那五顆星所呈現的形狀，只不過距今一個半世紀而已。你收到的那份資料，其中有『五邊形之心』之類的描述，在本世紀之前，這些說法在任何地方都沒有意義，甚至賽協爾也不例外。你收到的那份資料必定源自賽協爾，而且還是本世紀的產物，甚至有可能不到十年的歷史。雖然賽協爾對蓋婭守口如瓶，你卻能無意中獲得那份資料。」

崔維茲把燈打開，並關掉星圖的顯像，然後他坐在原處，以凌厲的目光瞪著裴洛拉特。

裴洛拉特說：「我被你搞糊塗了，這究竟是怎麼回事？」

「你自己說吧。想想看！不久以前，不知怎麼搞的，我忽然想到第二基地依舊存在。那時我在競選議員，正準備做一場競選演說。爲了吸收游離選票，我故作驚人之語，說了些訴諸情感的題外話：『萬一第二基地仍舊存在……』當天稍後，我獨自尋思：這件事有沒有可能是眞的？於是我開始閱讀相關的歷史書籍，不到一個星期，我就說服了自己。縱使沒有什麼眞憑實據，但是長久以來，我總是感到自己擁有一種奇妙的本能，能從紛亂的臆測中擷取正確的結論。這一次，雖然……」

崔維茲沉思了一下，然後繼續說：「看看接下來發生了什麼事。世上的人那麼多，我偏偏對康普推心置腹，最後被他給出賣了。結果布拉諾市長逮捕了我，又把我放逐到太空中。可是她爲何選擇放逐，而不是乾脆將我囚禁，或是試著威脅我住口？又爲什麼給我一艘最新型的太空艇，讓我能在銀河中進行不可思議的躍遷？更奇怪的是，她爲什麼堅持要我帶你同行，並建議我幫助你尋找地球？

「而我自己，又爲何那麼肯定我們不該去川陀？對於我們的探索計畫，我確信你心中有個更好的目標，而你立刻就提到蓋婭這個神祕世界。如今事實證明，你的資料來源近乎一個謎。

「我們來到賽協爾——這是理所當然的第一站——竟然立刻碰到康普。他主動對我們說了一段地球的興亡史，然後向我們保證，地球位於天狼星區，並且慫恿我們到那裡去。」

裴洛拉特道：「你矛盾了。照你這麼說，好像所有的情勢都在促使我們前往蓋婭，可是你自己也說，康普試圖說服我們到別處去。」

「衝著他那句話，我就決心維持我們原先的調查路線，因爲我再也不相信這個人。你難道沒有想到，這也許正是他期望的結果嗎？他可能是故意勸我們到別處去，目的則是希望我們不要離開。」

「那只是你的幻想。」裴洛拉特嘀咕道。

「是嗎？讓我們繼續推敲下去。我們去找昆特瑟茲，只因爲他剛好就在附近……」

「並不盡然，」裴洛拉特說：「我記得他的名字。」

「你只是覺得那名字眼熟。你從來沒有讀過他寫的任何東西，至少你不記得了。你爲何還會覺得眼熟呢？反之，他剛巧讀過你的一篇論文，而且對它萬分傾倒。這樣的機會到底有多大？你自己也承認，你的研究工作並不怎麼出名。

「還有呢，那個帶我們去見他的妙齡女郎，也無緣無故跟我們提到蓋婭，還告訴我們它在超空間裡，好像一定要讓我們牢記在心。當我們向昆特瑟茲問起蓋婭的時候，他表現得好像不願意談，但是並沒有把我們轟出去——即使我對他很不客氣。他反而把我們帶到他家裡，而且半路上還不厭其煩地指出五姐妹。他甚至特別提到中央那顆暗星，生怕我們沒注意到。爲什麼呢？這一切，難道不是一連串異常的巧合嗎？」

裴洛拉特說：「如果你這麼鋪陳……」

「隨便你喜歡怎麼鋪陳都行。」崔維茲說：「我就是不信能有這麼一連串異常的巧合。」

「那麼，這一切又有什麼特別的意義呢？有人暗中策動我們前往蓋婭？」

「沒錯。」

「是誰？」

崔維茲說：「這個問題根本不必問。誰有能力調整他人的心靈？誰能悄悄改變他人的心意？誰又有辦法轉移各種事件的發展方向？」

「你是在告訴我，正是第二基地幹的。」

「嗯，我們聽說的蓋婭是個怎樣的世界？它是招惹不得的。進攻它的艦隊一律全軍覆沒，到過那裡的人通通有去無回，就連騾都不敢與它爲敵。事實上，騾有可能就是那裡出生的。我當然認爲蓋婭正是第二基地，而尋找第二基地，畢竟是我的最終目標。」

裴洛拉特又搖了搖頭。「可是根據某些歷史學家的說法，騾正是被第二基地制伏的。他怎麼可能是其中的一份子？」

「我猜，他是叛徒吧。」

「可是第二基地爲何又處心積慮，策動我們前往他們的大本營呢？」

崔維茲的目光沒有焦點，眉頭也深鎖起來。他回答說：「讓我們來推理一番。第二基地似乎一直遵奉一個信條，就是對自身的一切盡量保密。最理想的情況，是銀河中無人知曉他們的存在，這點我們可以肯定。過去一百二十年來，大家都認爲第二基地已經滅絕，而這必定徹底符合他們的理想。但是，當我開始懷疑他們仍舊存在時，他們卻毫無反應。康普知道這件事，而他們本來可以透過他，用各種方法讓我閉嘴，甚至將我殺害。可是他們毫無反應。」

裴洛拉特說：「他們害你遭到逮捕，這筆帳可以記到第二基地頭上。根據你的說法，這就導致端點星的民眾無法知曉你的看法。第二基地的人沒有動用武力，就達到了這個重大目的，他們可說絕對信奉塞佛·哈定的名言：『武力是無能者最後的手段』。」

「可是掩住端點星民衆的耳目並沒有意義，布拉諾市長已經知道我的看法，而且，至少會懷疑我可能是對的。所以現在，你看，他們要傷害我都已經太遲了。如果他們一開始就把我剷除，誰都不會懷疑到他們頭上。如果他們一直不碰我，或許也不會受到任何懷疑，因爲他們能設法使端點星上每一個人，都相信我是怪人，甚至可能是個瘋子。我一旦瞭解到，如果將自己的信念公諸於世，會立刻毀掉自己的政治前途，那我大概就會被迫閉嘴。

「可是如今，他們做什麼都太遲了。布拉諾市長已經對情勢相當起疑，才會派康普來跟蹤我。她特地在康普的太空艇上裝了超波中繼器，因爲她並不信任康普，這點可比我要聰明。因此，她知道我們到了賽協爾。昨晚你入睡後，我叫電腦送出一道電訊，直接傳到基地駐賽協爾大使的電腦。我說我們正在飛往蓋婭途中，甚至連蓋婭的座標也一併附上。假使第二基地現在對我們採取任何行動，我確定布拉諾會追查到底。而吸引基地的注意，則是他們絕對不願見到的事。」

「如果他們那麼厲害，還會在乎是否吸引基地的注意嗎？」

「會的。」崔維茲斬釘截鐵地說：「他們始終躲躲藏藏，一定是因爲他們某些方面仍舊薄弱，而基地的科技又太過先進，甚至可能超出謝頓的預料。他們用那麼委婉，甚至鬼祟的手段，設法把我們弄到他們的世界，似乎代表他們不願做出任何引人注目的舉動。果眞如此，就等於他們已經輸了，至少輸了一部分，因爲他們早已引起注意。我懷疑他們還有什麼本事，能夠扭轉這個局勢。」

裴洛拉特說：「但是他們爲什麼這樣做呢？如果你的分析正確，他們大老遠把我們引誘到銀河這一端來，不是等於自取滅亡嗎？他們想從我們這裡得到些什麼？」

崔維茲瞪著裴洛拉特，一張臉漲得通紅。「詹諾夫，」他說：「我對這件事有個感覺。我具有一種特殊天賦，能夠從趨近於零的線索中，推敲出正確的結論。當我的想法正確時，心中會出現一種信念，而我現在就有這種自信。他們的確想從我身上得到些什麼，而且亟需得到，這才會甘冒曝光的危險進行一切。我不知道他們究竟想要什麼，但我一定要找出來，因爲如果我眞有什麼異能，而且又是威力無窮，我希望自己能善加運用，只用在我認爲正確的事情上。」他微微聳了聳肩，「既然你曉得了我是個多麼瘋狂的人，老朋友，你還要跟我一道去嗎？」

裴洛拉特答道：「我告訴過你，我對你有信心，現在我仍然這麼想。」

崔維茲大大鬆了一口氣，忍不住哈哈大笑。「好極了！因爲我另外還有一個感覺，你在整個事件中也扮演一個重要角色。既然這樣，詹諾夫，我們就全速航向蓋婭。前進！」

2

赫拉·布拉諾市長看來絕不只六十二歲。她並非總是顯得那麼蒼老，但今天正是如此。由於心事重重，剛才走進地圖室的時候，她忘記避開可惡的鏡子，跟自己的影像打了一個照面。所以說，她曉得自己的形容變得多麼憔悴枯槁。

她長嘆一聲，這份差事能將人耗得油盡燈枯。她已經擔任五年的市長，而在此之前的十二個年頭，她躲在兩個傀儡市長身後，其實早已大權在握。十七年來，一切都極爲平靜，一切都極爲成功，一切都極爲——累人。順順利利尚且如此，假如是疲累、挫敗和霉運的組合，她懷疑有什麼人吃得消。

她突然間領悟到，自己的運氣的確還不壞。但一想到自己只能隨波逐流，不能有什麼大作爲，這個可怕的想法就會令她萬念俱灰。

謝頓計畫一向相當成功，而第二基地會確保它今後繼續一帆風順下去。她身爲基地的偉大舵手（正式的名稱是『第一』基地，但在端點星上，從來沒人想到加上這個形容詞），只能算是躬逢其盛寵了。

歷史將不會記得她這個人，頂多只是一筆帶過。她就像坐在一艘太空船的駕駛艙中，但太空船實際上是由外界遙控。

就連茵德布爾三世都做了一點事，基地是在他掌權之際，陷落於騾手中。至少，他導致了基地的短暫覆亡。

可是後人回顧歷史，會說布拉諾市長什麼都沒做！

除非這個葛蘭．崔維茲，這名莽撞的議員，這根避雷針，替她扭轉乾坤……

她若有所思地凝視著地圖。這套地圖並非新型電腦所產生的那種，而是一團三維雷射陣列投射在半空中的銀河全相圖。雖然它無法移動、旋轉、擴張、收縮，使用者卻可以四處走動，從不同的角度觀察這個模型。

她按下一個開關，銀河就有一大片變成紅色（如果不算『無生命地帶』的核心區域，差不多佔了整體的三分之一）。這個紅色區域代表基地聯邦，總共涵蓋超過七百萬個住人世界，全都在「議會」與她自己的統治下。這七百多萬個世界也都各自選出代表，組成一個龐大的「行星議院」，成天爭論一些雞毛蒜皮的小事，然後鄭重其事地表決，卻從來沒有機會處理任何重大議題。

她又按了一下開關，聯邦邊緣各處便冒出許多粉紅色。這代表影響力的範圍！那些區域並非基地疆域，但它們雖然名義上是獨立的，卻連做夢也不敢反對基地的任何行動。

她心中百分之百確定，銀河中沒有任何勢力能與基地抗衡（甚至第二基地亦然，只可惜找不到它），基地可以隨心所欲派出最精良的星際艦隊，輕而易舉建立起第二帝國。

可是謝頓計畫執行至今，只過了五個世紀而已。根據這個計畫，必須歷經十個世紀的準備期，第二帝國方能建立，而第二基地會確保謝頓計畫正確執行。市長滿面愁容地搖了搖頭，牽動了滿頭灰髮。如果現在就採取行動，基地無論如何都會失敗。雖然基地艦隊無堅不摧，仍舊無法避免失敗的命運。

除非崔維茲這根避雷針，能夠吸引第二基地發出的閃電，如此就能設法追蹤閃電的來源。

她四下張望，柯代爾在哪裡？在這個節骨眼，他實在不該遲到。

柯代爾彷彿感應到她的召喚，大搖大擺走了進來。他從來沒有顯得如此慈祥和藹，臉上帶著愉快的笑容，配上兩撇灰白的鬍子與曬黑的皮膚。雖說慈祥和藹，他並不算老，事實上，他比她足足年輕八歲。

他怎麼一點倦容都沒有？當了十五年的安全局局長，竟然不曾在他臉上留下任何痕跡？

3

柯代爾恭謹地緩緩點了點頭，這是與市長進行討論之前的必要禮節。這類規矩是茵德布爾家族傳下來的陋習，如今一切幾乎皆已改變，唯獨禮儀規範是唯一的例外。

他說：「抱歉我來遲了，市長。不過你逮捕崔維茲那件事，麻痺的議會終於開始有反應了。」

「哦？」市長以冷靜的口氣答道：「快要爆發宮廷革命了嗎？」

「門都沒有，一切都在我們控制之下，只是將會有些聒噪。」

「讓他們去聒噪吧，那會使他們覺得舒服一點，而我——我將置身事外。我猜想，我可以訴諸民意的支持吧？」

「我想沒問題，尤其是端點星以外的世界。除了端點星上，沒有人會關心一名失蹤議員的下落。」

「可是我關心。」

「啊？又有消息了？」

「里奧諾，」市長說：「我想知道賽協爾的詳情。」

「我可不是長了腿的歷史課本。」里奧諾·柯代爾帶著微笑答道。

「我不要聽歷史，我要知道事實。爲什麼賽協爾是獨立的？你看。」她指著全相地圖的紅色部分，在旋臂的內圈深處，有一塊被團團圍住的白色區域。

布拉諾說：「我們幾乎把它完全封死，幾乎吞沒了它，但它仍是白色的。根據我們的地圖，它甚至不是粉紅色的忠誠盟邦。」

柯代爾聳了聳肩。「雖然並非正式的忠誠盟邦，它從來不招惹我們，一直是中立的。」

「好吧，那你再看看這個。」她又按了一下開關，紅色區域突然擴大許多，幾乎涵蓋了半壁銀河。「這是騾死亡之際，」布拉諾市長說：「他所控制的領域。如果你向紅色區域裡面望去，就會發現賽協爾聯盟那時完全遭到包圍，但仍然是白色的。它是騾唯一放過的包圍區域。」

「它當時也是中立的。」

「騾可不怎麼尊重中立。」

「對賽協爾，他似乎破了例。」

「似乎破了例，賽協爾有什麼本事？」

柯代爾答道：「什麼都沒有！相信我，市長，只要我們想要它，它隨時是我們的。」

「是嗎？但事實上它並不是我們的。」

「還沒有這個需要。」

布拉諾上身靠向椅背，手臂輕輕掃過開關，關上了銀河地圖。「我想現在我們得要它了。」

「我沒聽懂，市長？」

「里奧諾，我把那個笨蛋議員送到太空，是要他當一根避雷針。我覺得第二基地會被他唬到，會認爲他是相當危險的人物，甚至比基地更加危險。他注定會遭到雷擊，而我們就能找出雷電的源頭。」

「這個我懂，市長！」

「我本來的打算，是要他前往川陀那個廢墟，到那座圖書館去翻箱倒櫃一番，設法尋找地球的下落。你應該記得，那些無聊的玄學家常常強調，地球就是人類起源之處。他們說得頭頭是道，雖然那幾乎不可能是眞的。第二基地不會相信他要找的眞是地球，因此必定會採取行動，查出他的眞正目標。」

「可是他並沒有去川陀。」

「沒錯，出乎我意料之外，他竟然跑到賽協爾去了。爲什麼呢？」

「我不知道。但是請原諒我這隻老警犬，我的職責就是懷疑每一件事，所以請告訴我，你是怎樣獲悉他和那個裴洛拉特去了賽協爾。」

「那個超波中繼器告訴我們，康普的太空艇確實降落在賽協爾行星。我知道康普曾經做過報告，但是我們又能信任康普幾分？」

「這點毫無疑問，但你怎麼知道崔維茲和裴洛拉特也在那裡？康普飛往賽協爾可能另有原因，他也許並不知道，或者根本不關心另外兩人的下落。」

「事實上，駐賽協爾大使已經通知我們，崔維茲和裴洛拉特的太空艇抵達了賽協爾，我可不信那艘太空艇會自動飛去。此外康普在報告中說，他跟他們交談過，即使他不値得信任，我們還有他們兩人到了賽協爾大學的目擊報告，他們去那裡拜訪一個名不見經傳的歷史學家。」

「這些報告，」柯代爾以溫和的口氣說：「我全部沒有收到。」

布拉諾嗤之以鼻。「別吃味了。這些報告都由我親自處理，而且我這就在知會你，並沒有延誤多少時間。最新的一則消息，是大使剛剛送來的，我們的避雷針又上路了。他在賽協爾行星待了兩天，然後就離開了。他告訴大使，他要航向另一個行星系，該處距離賽協爾約十秒差距。他還把目的地的名稱和銀河座標傳給了大使，大使又轉來給我們。」

「康普有沒有證實這些事？」

「大使向我們報告這件事之前，康普就報告了同樣的消息。當時康普還不確定崔維茲要去哪裡，想必他會繼續跟蹤。」

柯代爾說：「我們還不清楚變故的前因後果。」他將一顆含片丟進嘴裡，一面舔一面沉思。「爲什麼崔維茲要去賽協爾？爲什麼又會離開？」

「我最感興趣的問題則是『何處』，崔維茲要去哪裡？」

「你剛才不是說過了嗎，市長，他把目的地的名稱和座標都給了大使。你是在暗示他對大使說謊？或是大使欺騙了我們？」

「即使假設人人都說實話，而且沒有任何無心之失，那個名稱也令我感到好奇。崔維茲告訴大使說他要去蓋婭，蓋子的『蓋』，女字旁的『婭』，崔維茲特別強調了一遍。」

柯代爾說：「蓋婭？我從未聽說過。」

「是嗎？這並不奇怪。」布拉諾向剛才呈現顯像地圖的位置指了指，「從這個房間的地圖中，理論上，我隨時能叫出每一顆擁有住人世界的恆星，以及雖然沒有住人行星系，本身卻十分顯著的星體。只要我操作得當，總共可以標示出超過三千萬顆──包括獨立的、成對的、擠成一團的。我可以標出五種不同的色彩，或是一個一個來，或是一次全部解決。可是，我無法在其中找到蓋婭的位置。在這套地圖中，蓋婭根本不存在。」

柯代爾說：「這套地圖顯示的恆星，只佔銀河中總數的萬分之一。」

「話是不錯，可是那些未顯示出來的恆星，周圍都沒有住人行星。崔維茲爲何要去一顆無人行星呢？」

「你有沒有試過中央電腦？它將銀河的三千億顆恆星通通收錄了。」

「我也是這麼聽說的，但是能信嗎？你我兩人知道得非常清楚，我們的任何一套地圖，都漏掉了數千顆住人行星——不只是這個房間裡的地圖，中央電腦的資料也一樣。蓋婭顯然就是其中之一。」

柯代爾的口氣冷靜依舊，甚至有點像在哄小孩子。「市長，八成沒什麼好操心的。崔維茲或許只是瞎闖一番，也可能是故意要騙我們，其實根本沒有一顆叫蓋婭的星星，他給我們的座標上其實什麼都沒有。他這樣做只是爲了擺脫我們，既然他跟康普碰過面，或許已經猜到自己被跟蹤了。」

「這樣做如何能擺脫我們？康普當然會跟蹤下去。不，里奧諾，我心中另有一個想法，我們很可能會有更大的麻煩。聽我說——」

她頓了頓，然後說：「這個房間完全屏蔽，里奧諾，你要瞭解這一點。我們不會被任何人竊聽，所以請你有話儘管說，我自己也打算這麼做。

「如果我們相信那些情報，這個蓋婭距離賽協爾行星只有十秒差距，因此是賽協爾聯盟的一部分。在整個銀河中，賽協爾聯盟算是經過充分探勘的區域。其中所有的行星系，不論有沒有住人，都有詳細的記錄，而住人世界的資料更是巨細靡遺。只有蓋婭是唯一的例外，姑且不論是否有人居住，總之沒有任何人聽說過，也沒有任何地圖收錄它。此外，賽協爾聯盟對基地聯邦保持著奇特的獨立狀態，甚至對當年的騾也維持獨立。自從銀河帝國崩潰之後，它就一直是獨立的。」

「這些又有何相干？」柯代爾謹愼地問道。

「我講的這兩點一定有關聯。賽協爾包容一個無人知曉的行星系，而賽協爾是個碰不得的地方，這兩點不可能沒有牽連。蓋婭不論是怎樣的世界，都把自己保護得很周密。除了近鄰，它絕不讓外界知曉自身的存在。而且它一直在保護這些近鄰，令外人無法征服。」

「你是在告訴我，市長，蓋婭正是第二基地的大本營？」

「我是在告訴你，蓋婭值得好好調查一番。」

「我能否提出一個怪問題，或許是你的理論不容易解釋的。」

「請說。」

「如果蓋婭正是第二基地，又如果數個世紀以來，它一直成功地抵禦外界的入侵，並且保護整個賽協爾，把那個聯盟當作廣闊深厚的防護盾，又如果，它始終避免讓自身的行藏洩露到銀河各處──那麼，這些保護網爲何突然通通消失？崔維茲和裴洛拉特離開端點星之後，雖然你建議他們到川陀去，他們卻毫不遲疑地立刻前往賽協爾，如今又轉向蓋婭。更有甚者，現在你也能夠懷疑蓋婭。爲什麼你不會被某種外力阻止呢？」

布拉諾市長低下頭來，灰白的髮絲在燈光下閃著黯淡的光芒。沉默良久之後，她終於答道：「我想，是因爲崔維茲議員無意中攪亂了這個局面。他曾經做過的，或者正在進行的什麼事，在某方面危及了謝頓計畫。」

「這絕對不可能，市長。」

「我認爲沒有任何事或任何人是十全十美的，甚至哈里．謝頓也並非完美無缺。謝頓計畫某處必定存在缺陷，剛好給崔維茲撞上了，也許連他自己都不曉得。我們必須瞭解到底是怎麼回事，因此必須到現場去。」

柯代爾終於露出凝重的臉色。「千萬別自作主張，市長。在尚未深思熟慮之前，我們不可貿然採取行動。」

「別把我當成白癡，里奧諾，我並不想發動戰爭，也不是要派遠征軍去登陸蓋婭。我只是要親臨現場，或說盡量接近那裡。里奧諾，幫我個忙。我不喜歡跟軍部的人打交道，經過一百二十年的和平歲月，那些人一定都變得迂腐不堪，可是你好像並不在乎。你幫我查查，我們有多少戰艦佈署在賽協爾附近，能否讓它們看來像是例行調防，避免對方發現我們正在動員？」

「在如今的太平盛世，我確定附近不會有太多戰艦，但我會幫你查出來。」

「即使兩三艘也足夠了，如果其中有『超新星級』就再好不過。」

「你打算要它們做什麼？」

「我要它們盡可能向賽協爾推進，但不可引發任何事端。我還要它們彼此足夠接近，以便相互支援。」

「這樣做到底是爲什麼？」

「機動運用，我要在必要時能立刻發動攻擊。」

「對抗第二基地？如果蓋婭能讓騾都退避三舍，當然不會把幾艘戰艦放在眼裡。」

布拉諾眼中射出熾烈的鬥志，她說：「老朋友，我剛才說過，沒有哪件事或哪個人是完美的，就連哈里．謝頓都不例外。他在擬定那個千年計畫時，絕對無法超越當時的格局。他是垂死的帝國所培養出來的數學家，當年所有的科技皆已奄奄一息，因而在他的計畫中，無法充分考慮未來科技的進展。比如說，重力子學就是一門嶄新的科技，當時他不可能預料得到。此外，我們在其他方面也突飛猛進。」

「蓋婭也可能一直在進步。」

「在閉門造車的情況下？得了吧。基地聯邦總共擁有千兆人口，這才能夠集思廣益，使各種科技獲得長足的進展，一個孤立的世界怎能相提並論。我們的戰艦將向前推進，而我要一起去。」

「對不起，市長，你說什麼？」

「我要親自登上集結在賽協爾邊境的戰艦，我想親眼觀察實際狀況。」

柯代爾張著嘴愣了一陣子，然後才嚥了一下口水，令喉嚨發出一聲怪響。「市長，那是——不智之舉。」他極盡所能地強調自己的觀點。

「不管是否明智，」布拉諾以激昂的語氣說：「我都要這麼做。我已經對端點星厭煩透頂，恨透了這裡無止無休的政治鬥爭、派系對抗、合縱連橫以及背叛出賣。我在政治漩渦中心已有十七年之久，現在我想要幹點別的，什麼都好。而在那裡，」她揮手隨便指了一個方向，「整個銀河的歷史也許將被改寫，我要親自參與這件盛事。」

「你對這種事根本一竅不通，市長。」

「誰又通呢，里奧諾？」她站了起來，動作有些僵硬。「一旦你幫我把那些戰艦的資料找來，一旦我能把此地的糊塗帳交代清楚，我就即刻起程。還有，里奧諾，別試圖用任何方法改變我的心意，否則我會把老交情一筆勾銷，將你撤職處分。這點至少我還做得到。」

柯代爾點了點頭。「我知道你做得到，市長，但在你下決心之前，能否請你再考慮一下謝頓計畫的威力？你打算做的也許是自取滅亡。」

「這點我倒並不害怕，里奧諾。謝頓計畫沒有料到騾的出現，有一就有二，既然它的計算曾經失誤，就有可能再度失靈。」

柯代爾嘆了一口氣。「好吧，如果你真的心意已決，我就只好忠心耿耿地全力以赴了。」

「很好。我再警告你一次，你這句話最好真正出自肺腑。里奧諾，把這點牢記在心，然後我們就向蓋婭進發。前進！」

第十五章　蓋婭之陽

1

一艘舊式的小型太空船，在太空中謹慎地躍遷許多秒差距，載著史陀．堅迪柏與蘇拉．諾微朝向目的地前進。

諾微正走進駕駛艙。她顯然剛從袖珍盥洗室出來，利用油脂、暖空氣與最少量的水洗了一個澡。她身上裹著一件浴袍，雙手緊緊抓牢，生怕多露出一寸肌膚。她的頭髮已經乾了，但糾纏成亂糟糟的一團。

她低聲喚道：「師傅？」

堅迪柏正埋首於電腦與航線圖，他抬起頭來說：「什麼事，諾微？」

「懇請師傅恕罪……」她忽然打住，又慢慢地說：「請原諒我打擾你，師傅，」（然後她又說溜了嘴）「但我係爲遺失衣物所苦。」

「你的衣服？」堅迪柏茫然地望著她一陣子，然後才站起來，露出自責的神情。「諾微，是我忘記了。那些衣服需要洗了，現在都在洗衣器中，已經洗淨、烘乾、疊好，一切處理完畢。我應該把它們拿出來，放到一眼就看得見的地方，可是我忘了。」

「我並不想要……要……」（她低下頭來）「惹你生氣。」

「你沒有惹我生氣。」堅迪柏高高興興地說：「聽好，辦完這件事之後，我保證會替你張羅一大堆衣服——不但都是新的，而且是最流行的款式。我們走得太匆促，我竟然沒想到多帶幾件換洗衣物。可是說實在的，諾微，現在只有我們兩個人，我們將在這個小空間共處一段日子，所以不必……不必……太過在意……那個……」他做了一個含糊的手勢，馬上發覺她眼中露出懼色，於是想到：嗯，她畢竟只是個鄉下姑娘，心中自有一套規範；也許並非所有不合禮數的事全部反對，但衣服是一定要穿的。

他突然感到羞愧不已，同時慶幸她並不是「學者」，無法感知他的想法。他連忙說：「要我替你把衣服拿來嗎？」

「喔，不要，師傅。這不係你做的事，我知道衣物在哪裡。」

當她再度出現時，全身上下都穿戴整齊，頭髮也梳好了。她帶著羞答答的神情說：「我感到羞愧，師傅，我竟然表現……得這麼不識大體。我應該自己把衣物找到。」

「沒關係。」堅迪柏說：「你的銀河標準語說得非常好了，諾微，學者的語言你學得非常快。」

諾微突然微微一笑。她的牙齒不怎麼整齊，但在他的讚美下，她顯得份外容光煥發，臉蛋也有幾分甜美，牙齒的缺陷也就不算什麼了，堅迪柏這麼想。他告訴自己，正是由於這個原因，所以自己挺喜歡讚美她。

「可是當我回家之後，阿姆人會輕視我。」她說：「他們會說我係……是一個咬文嚼字的人，他們總是這樣叫那些說話……古怪的人，他們不喜歡那樣子。」

「我相信你不會再回到阿姆世界去了，諾微。」堅迪柏說：「我確定你能繼續留在銀河大學，跟學者們住在一起。我是說，當這件事結束之後。」

「我喜歡這樣，師傅。」

「我想，你大概不會願意稱我『堅迪柏發言者』，或者光是……」他突然看到她露出堅決的表情，像是反對什麼大逆不道的行爲，於是趕緊說：「對，我知道你不會的，算了。」

「那樣做不合宜，師傅。但我能否請問，這件事何時才會結束？」

堅迪柏搖了搖頭。「我也不大清楚。目前我必須做的，是盡快前往某個特定地點。這艘太空船的狀況雖然極佳，可是仍嫌太慢，即使『盡快』也快不到哪裡去。你看，」（他指著電腦與航線圖）「我必須計算出跨越廣闊太空的航道，但是電腦能力有限，而我也不算非常熟練。」

「是不是因爲有危險，所以你必須盡快趕去，師傅？」

「你怎麼會想到有危險呢，諾微？」

「因爲有時候我認爲你沒看到我，那時我看著你，你的臉看起來……我不知道怎麼說。不是驚嚇——我的意思是，不是害怕——也不是期待什麼壞事。」

「那叫憂慮。」堅迪柏喃喃道。

「你看起來好像——掛心。這樣說對嗎？」

「視情況而定。你所謂的掛心是什麼意思，諾微？」

「我的意思是，你看起來好像在自言自語：『在這件大麻煩中，我下一步應該怎麼辦？』」

堅迪柏顯得相當震驚。「那的確是『掛心』，可是你能從我臉上看出來嗎，諾微？在學者之地的時候，我一向極爲小心，不讓任何人從我臉上看出任何事。但我的確曾經想到，如今獨處在太空中，只有你在一旁，我可以鬆懈一下。就像一個人回到寢室，會穿著內衣褲行動一樣——對不起，這樣說害你臉紅了。我想要說的是，如果你的感知力那麼強，今後我就得更加謹愼。我經常需要重溫一個教訓：即使不懂精神力學的人，也能做出極佳的猜測。」

諾微現出茫然的表情。「我不懂，師傅。」

「我是在對我自己說話，諾微，你不必掛心——瞧，我也用到這個字眼了。」

「到底有沒有危險呢？」

「諾微，的確有個問題尚待解決。我不知道到達賽協爾之後，我會碰上些什麼——賽協爾就是我們要去的地方。到了那裡之後，我也許會遇到很棘手的情況。」

「是否表示會有危險呢？」

「不會，因爲我有能力應付。」

「你又怎麼知道呢？」

「因爲我是一位……學者，而且是最棒的一位，銀河中沒有我應付不了的事。」

「師傅，」諾微面容扭曲，好像極爲苦惱的樣子。「我不希望令你冒犯——我是說冒犯你——而惹你生氣。我曾經親眼看到那個笨瓜魯菲南爲難你，當時你就身處險境，而他只是一個阿姆農夫。現在我不知道有什麼在等待你，你自己也不知道。」

堅迪柏感到十分無奈。「你害怕嗎，諾微？」

「不是爲我自己，師傅。我怕——我感到害怕——是爲了你。」

「你可以說『我怕』，」堅迪柏喃喃地說：「那也是正確的銀河標準語。」

他沉思了一陣子，然後抬起頭來，抓住了蘇拉．諾微粗糙的雙手，對她說：「諾微，我不要你爲任何事感到害怕。我來解釋一下，你知道如何從我的表情看出有危險——或說可能有危險，有點像是能看透我的心思，對不對？」

「嗯？」

「我看透他人心思的本事，比你還要高強。這就是學者的本事之一，而我是一名極優秀的學者。」

諾微睜大眼睛，雙手趕緊抽了回去，似乎連呼吸都屏住了。「你能看透我的心思？」

堅迪柏連忙舉起一根指頭。「沒有，諾微。除非有必要，我不會窺視你的心思，我眞的不會窺視你的心思。」

（他心裡明白，嚴格說來自己是在撒謊。跟蘇拉．諾微相處在一起，多少總會察覺到她大概在想什麼，就連普通人也幾乎做得到。堅迪柏覺得自己差點要面紅耳赤。雖然只是個阿姆女子，她這種態度也是很討好的。但即使是出於普通的善意，也該讓她安心……）

他繼續說：「我還能改變別人的想法，能讓別人感到痛苦，能……」

諾微卻一直搖頭。「師傅，你怎能做到這些呢？魯菲南……」

「別再提魯菲南了。」堅迪柏急躁起來，「我可以在一瞬間制住他，我可以叫他在地上亂爬，我可以讓所有的阿姆人……」他突然煞住，對自己這種言行感到不屑。爲了說服這個鄉下女子，他竟然這樣自吹自擂。這時，她仍舊不停搖頭。

「師傅，」她說：「你這麼講是想讓我別害怕，但我害怕只是爲了你，所以你不必這樣做。我知道你是個偉大的學者，可以讓這艘船一路飛過太空。在我看來，不論是誰到了太空，除了迷路之外一無是處——我的意思是一事無成。而且你會使用我不懂的機器——其實沒有一個阿姆人懂得。但是你不用告訴我那些心靈力量，那當然是不可能的，因爲你聲稱能對魯菲南做的事，你一樣都沒有做到，當時你卻身處險境。」

堅迪柏緊緊抿起嘴唇。就這樣吧，他想。如果這個女子堅持並非她自己害怕，那又何妨。但他不願被她看成懦夫和吹牛大王，總之就是不願意。

於是他道：「若說我沒有對付魯菲南，實在是因爲我不願意那樣做。我們學者絕不能對阿姆人造成任何傷害，我們是你們那個世界的客人。這點你瞭解嗎？」

「你們是我們的主人，我們一直都是這麼說的。」

堅迪柏總算稍加釋懷。「那麼，這個魯菲南又爲何會攻擊我？」

「我不知道，」她答得很乾脆，「我想連他自己也不知道。他一定是理智出走，喔，失去了理智。」

堅迪柏咕噥道：「不論在任何情況下，我們都不會加害阿姆人。如果我爲了阻止他，而被迫——傷害他，其他學者就會瞧不起我，我還可能因此被解除職位。但是爲了避免自己受到重創，我也許不得不略施一點手段——盡可能小的手段。」

諾微垂頭喪氣。「那麼，我根本不用像個大傻瓜一樣衝出來。」

「你做得完全正確，」堅迪柏說：「我剛才說過，如果我傷害他，將會造成不良後果。是你替我免去這個麻煩，是你阻止了他。這等於幫了我一個大忙，我心中一直感激萬分。」

她又展現了笑容——充滿喜悅的笑容。「我懂了，怪不得你會對我這麼好。」

「我當然很感激你，」堅迪柏的對答顯得有些慌亂，「但最重要的是，你必須瞭解我不會有任何危險。我可以對付一大群普通人，任何學者都辦得到，地位高的學者更是輕而易舉。而我告訴過你，我是其中的佼佼者。放眼當今銀河，沒有任何人能與我爲敵。」

「只要你這麼講，師傅，我就絕對相信。」

「我的確這麼講。好了，現在你還爲我感到害怕嗎？」

「不會了，師傅，只不過……師傅，是不是只有我們的學者才能看穿心靈？在別的地方，有沒有別的學者能和你對抗？」

堅迪柏突然嚇了一大跳。這女子的確擁有驚人的洞察力。

現在不得不撒個謊，因此他說：「完全沒有。」

「可是天上的星星那麼多。我曾經試著數過，怎麼數都數不清。如果有人住的世界和星星一樣多，難道別的世界都沒有學者嗎？我的意思是，除了我們那個世界的學者之外？」

「沒有了。」

「萬一有呢？」

「那麼，他們也不會像我這麼厲害。」

「如果他們趁你尚未發覺之前，突然向你偷襲呢？」

「他們辦不到。若有任何陌生學者接近，我會立刻察覺。早在他對我不利之前，我就已經知道了。」

「你跑得掉嗎？」

「我根本不需要跑。」（他馬上料到她不會接受這句話）「反正，我很快就要登上一艘新的太空船，是全銀河最優秀的一艘。假如我必須跑，他們也不可能抓得到我。」

「他們會不會改變你的思想，讓你留下來？」

「不會的。」

「他們可能人多勢衆，而你只有一個人。」

「只要他們一出現，我立刻就能察覺，可以馬上離開，他們絕對想像不到我的反應會那麼快。然後我們整個世界的學者會聯手對付他們，他們一定抵擋不了。而他們想必瞭解這種結果，所以不敢對我怎麼樣。事實上，他們根本不希望被我發現，但我一定會的。」

「因為你比他們棒很多嗎？」諾微問道，臉上還閃著一種遲疑的驕傲。

堅迪柏不禁肅然起敬。她天生的智慧與敏捷的領悟力，都令他感到與她相處是一大樂事。那個口蜜腹劍的怪物黛洛拉．德拉米發言者，當初逼他帶著這個阿姆農婦同行的時候，絕對想不到是幫了他一個天大的忙。

他答道：「不，諾微，並不是因爲我比他們棒，雖然這也是事實，而是因爲有你在我身邊。」

「我？」

「就是你，諾微。你曾經猜到這一點嗎？」

「從來沒有，師傅，」她感到很困惑，「我又能做什麼呢？」

「是你的心靈。」說到這裡，他突然抬起手來。「我並沒有透視你的思想。我只是觀察你的心靈表層，它看起來極爲平滑光潤。」

她將手按在額頭上。「因爲我沒有學問，師傅？因爲我很笨嗎？」

「不，親愛的。」這個稱呼脫口而出，「因爲你很誠實，沒有半點狡詐；因爲你很純樸，從不口是心非；因爲你有一顆熱情的心，還有……還有其他種種因素。假如別的學者發射任何力量，想要碰觸我們的心靈——你我的心靈——你那光滑的心靈表面立刻會顯出痕跡。我自己在尚未感到那股力量之前，就會先察覺那個痕跡，然後便能及時採取反擊策略，也就是擊退那股力量。」

他這番話講完之後，兩人維持了良久的沉默。堅迪柏注意到諾微眼中不只盈溢著喜悅，還摻雜著得意與驕傲。最後，她終於輕聲說：「這就是你帶我同行的原因？」

堅迪柏點了點頭。「是的，這是一個重要的原因。」

她將聲音壓得更低，幾乎接近耳語。「我要怎樣做，才能盡量幫忙呢，師傅？」

他回答說：「保持冷靜，不要害怕。只要……只要維持你原來的心境。」

她說：「我一定會這樣做的。我要站在你和危險之間，就像上次擋住魯菲南那樣。」

說完她就離開了駕駛艙，堅迪柏目送著她的背影。

她眞是個深不可測的女人。這麼單純的一個人，怎能包容如許的複雜度？在她光滑的心靈表層之下，蘊藏著巨大的智慧、悟性與勇氣。他還能再要求什麼？還有誰能給他更多？

此時，他心中又出現了蘇拉．諾微的影像。她不是一名發言者，也不是第二基地份子，甚至沒有受過正規教育。她面色凝重地站在他身旁，在即將上場的壓軸戲中，扮演著一名不可或缺的配角。

但他現在還看不清楚其中的細節，還無法預料等待他們的是什麼。

2

「只不過一次躍遷，」崔維茲喃喃地說：「它就遙遙在望了。」

「蓋婭嗎？」裴洛拉特一面問，一面抬頭望向崔維茲身前的螢幕。

「蓋婭的太陽。」崔維茲說：「為了避免混淆，你可以稱它為『蓋婭之陽』。有些時候，銀河地理學家會這麼做的。」

「那麼蓋婭又在哪裡呢？或者我們應該稱它為『蓋婭行星』？」

「那顆行星稱為蓋婭就行了。然而，我們還無法看見蓋婭。行星不像恆星那麼容易觀察，而且我們距離蓋婭之陽還有一百微秒差距。請注意它只是一顆恆星，雖然相當明亮，但我們的距離仍舊太遠，所以它看來還不是圓盤狀。可是不要直接瞪著它，詹諾夫，它的亮度還是足以損傷視網膜。等我做完觀測之後，我會插進一片濾光鏡，那時你愛怎麼瞪著它都可以。」

「如果換算成神話學家懂得的單位，一百微秒差距等於多少呢，葛蘭？」

「等於三十億公里，大約是端點星距離端點之陽的二十倍。這麼講有點幫助嗎？」

「幫助可大了。但我們不應該再湊近一點嗎？」

「不行！」崔維茲抬起頭，露出驚訝的表情。「現在還不可以。我們既然聽說了有關蓋婭的傳聞，為何還要冒失？有膽量並不等於瘋狂，讓我們先來觀察一番。」

「觀察什麼，葛蘭？是你說的，我們還看不到蓋婭。」

「肉眼當然還看不到。可是我們有望遠顯像儀，還有一台傑出的電腦，可以進行高速分析。我們當然可以先來研究蓋婭之陽，或許還能再做些其他觀測。放輕鬆吧，詹諾夫。」他伸出手來拍拍對方的肩膀，像個長輩一樣。

頓了一下之後，崔維茲又說：「蓋婭之陽應該沒有伴星，即使有，那顆伴星也非常遙遠，遠超過我們目前和它的距離。而且它頂多是紅矮星，這表示我們根本不必顧慮。蓋婭之陽是一顆G4型恆星，代表它的行星很有可能適宜住人，這是個好現象。假使它的光譜型是A型或M型，我們現在就該向後轉，沒有必要再前進了。」

裴洛拉特說：「也許我只是個神話學家，但我想請問，難道我們不能在賽協爾上，測量出蓋婭之陽的光譜型嗎？」

「當然可以，而且做過了，詹諾夫，但在近距離再做一次又有何妨。蓋婭之陽擁有一個行星系，這點並不令人驚訝。目前可以看到兩顆氣態巨星，其中一顆又大又亮，除非電腦對距離的估計錯誤。在這顆恆星的另一側，很可能還有一顆類似的行星，可是不容易偵測到，因為我們剛好相當接近行星軌道面，這純粹是巧合。我還無法發現內圍有些什麼，這也是理所當然的事。」

「這樣很糟嗎？」

「並不盡然，我早就料到了。適宜住人的行星都是由岩石和金屬構成，體積比氣態巨星要小很多，而且都極為接近恆星，否則不可能有足夠的溫度。上述這兩個條件，都使我們難以在這麼遠就觀測到。這就代表說，若想探測蓋婭之陽周圍四微秒差距的區域，我們必須移到相當近的距離。」

「我準備好了。」

「我還沒有，我們明天才要進行另一次躍遷。」

「爲何等到明天？」

「有何不可？我們給他們一天的時間出來抓我們，如果偵察到他們的蹤跡，而且發現情況不妙，我們也許還能溜之大吉。」

3

第二天，崔維茲一絲不苟地指揮電腦工作，要它計算出數種前進航線，再試著從中選擇一個最佳方案，整個過程緩慢而謹慎。由於缺乏精確數據，他只能憑藉直覺行事，可惜直覺未能提供任何幫助。他時常體會到的「自信」，這回始終未曾出現。

最後，他終於將躍遷指令注入電腦，太空艇隨即遠離行星軌道面。

「這樣我們就能有較佳的整體視野。」他說：「因爲不論那些行星在軌道的哪一部分，我們都能取得它們和蓋婭之陽的最大視距。而他們——不論他們是何方神聖——也許不會對軌道面以外的區域偵察得太仔細，至少我希望如此。」

他們現在與蓋婭之陽的距離，和那顆最內圍、最龐大的氣態巨星幾乎相同，也就是距離蓋婭之陽將近五億公里。崔維茲將那顆行星以最大倍率顯像在螢幕上，好讓裴洛拉特盡情觀賞一番。即使忽略周圍三道稀疏而狹窄的碴環，那仍是極其壯觀的畫面。

「它照例擁有一串衛星，」崔維茲說：「但它距離蓋婭之陽這麼遠，因此所有的衛星都不適宜住人。而且，也沒有哪顆衛星上有人類的蹤跡，比方說在玻璃穹頂內，或是其他極端人工化的環境中。」

「你又怎麼知道？」

「因為我們接收到的無線電雜訊，並不具備人工波源的特徵。當然，」為了避免以偏概全，他補充道：「上面還是可能有科學觀測站，只不過他們費盡心血將無線電訊號屏蔽起來，再加上氣態巨星產生的無線電雜訊，便足以掩蓋他們的蹤跡。話說回來，我們的無線電接收裝置極為靈敏，我們的電腦又非比尋常，所以我敢說，那些衛星上有人類居住的機率小得可憐。」

「這是否表示蓋婭並不存在？」

「不，這表示蓋婭即使存在，也沒有在這些環境惡劣的衛星上殖民。也許是它沒有能力，或者只是興趣缺缺。」

「好吧，那麼究竟有沒有蓋婭？」

「耐心點，詹諾夫，耐心點。」

崔維茲自己似乎擁有無窮無盡的耐心，他望著這片天宇沉思良久。最後他終於煞住思緒，說道：「坦白講，他們到現在還沒有出來抓我們，可真有點令我灰心。照理說，如果他們擁有傳說中的能耐，早該對我們有所反應了。」

「依我看，」裴洛拉特悶悶不樂地說：「整件事有可能只是一種幻想。」

「姑且稱之為神話吧，詹諾夫，」崔維茲露出一抹苦笑，「這剛好合你的胃口。話說回來，還是有一顆行星位於天文生物圈內，這就代表它也許可以住人。我準備至少花一天時間觀察它。」

「為什麼？」

「原因之一，為了確定它是否適宜住人。」

「你剛才明明說它位於生物圈內，葛蘭。」

「沒錯，此刻它的確在其中。但是它的軌道可能具有很大的離心率，也許有時距離恆星只有一微秒差距，也可能偶爾跑到十五微秒差距之外，或者兩者都會發生。我們必須測定這顆行星和蓋婭之陽的距離，再將這個距離和它的軌道速率相比，這將有助於瞭解它的運動方式。」

4

又過了一天。

「軌道接近圓形，」崔維茲終於找到答案，「這就表示適宜住人的可能性更大了。但直到目前爲止，還是沒有人出來抓我們，我們得試著再湊近一點。」

裴洛拉特問道：「準備一次躍遷爲何要花那麼長的時間？你只不過是要進行微躍罷了。」

「聽聽這人講的什麼話。微躍比普通的躍遷更難控制，你想想看，抓起一塊石頭和撿起一粒細沙，哪件事比較容易？此外，蓋婭之陽就在附近，因此空間彎曲得厲害，即使對電腦而言，計算都會相當複雜。就算是神話學家，也該明白這層道理。」

裴洛拉特嘀咕了一陣子。

崔維茲又說：「現在，你可以用肉眼看到那顆行星了。就在那裡，看到沒有？自轉週期大約是二十二個銀河標準小時，軸傾角十二度，簡直就是可住人行星的教科書範例。而且，上面的確有生物存在。」

「你怎麼知道？」

「因爲大氣層具有大量的自由氧。如果沒有發展出繁茂的植物相，不可能出現這種情形。」

「有沒有智慧生物呢？」

「那就需要分析無線電波輻射了。當然，我想也或許有完全放棄科技的智慧生物，但是這種情形似乎非常不可能。」

「並非沒有這種例子。」裴洛拉特說。

「我願意相信你，好歹這是你的專長。然而，上面如果只有一些遊牧民族，當年不太可能把騾嚇跑。」

裴洛拉特又問：「它有衛星嗎？」

「的確有一顆。」崔維茲隨口答道。

「多大？」裴洛拉特突然顯得透不過氣來。

「說不準，直徑或許有一百公里吧。」

「乖乖。」裴洛拉特嘆道：「我眞希望腦袋多裝幾句更夠味的感嘆詞，我親愛的兄弟，可是本來的那麼一點機會……」

「你的意思是，假如它有一顆巨型衛星，就可能是地球了？」

「沒錯，但它顯然不是。」

「算啦，如果康普說得沒錯，地球根本不在這一帶，它應該位於天狼星區。說眞的，詹諾夫，我十分遺憾。」

「喔，謝了。」

「聽著，我們先等一下，然後再冒險進行一次微躍。假如沒有發現智慧生物的任何跡象，我們登陸就很安全——只不過這樣一來，就根本沒有必要登陸了，你說對不對？」

5

又做了一次微躍之後，崔維茲突然驚喜地大叫：「好啦，詹諾夫。這就是蓋婭，它起碼擁有科技文明。」

「你能根據無線電波看出來嗎？」

「我有更直接的證據。有個太空站環繞這顆行星，你看到沒有？」顯像螢幕呈現出一個物體的影像，在裴洛拉特的外行眼睛看來，似乎沒有什麼特殊之處，但崔維茲卻說：「人工的，金屬的，而且是個電波源。」

「我們現在該怎麼做？」

「暫時不要輕舉妄動。既然擁有這種科技水準，他們不可能沒偵測到我們。如果一會兒之後，他們仍舊毫無動靜，我就向他們發出一道無線電訊。假使他們依然沒有反應，我就要步步為營地逼進。」

「萬一他們眞有反應，又該怎麼辦？」

「要看是什麼樣的反應。若是我不喜歡的反應，我就準備仰仗這艘太空艇的高超躍遷能力，我不相信他們有什麼辦法追得上我們。」

「你是說我們要溜掉？」

「就像超空間飛彈那樣。」

「但這等於是空手而歸。」

「亂講。至少我們會知道蓋婭的確存在，擁有實用的科技文明，而且故意把我們嚇跑。」

「可是，葛蘭，我們不要太容易被嚇跑。」

「好啦，詹諾夫，我瞭解銀河雖大，你卻對地球情有獨鍾，願意不計一切代價探尋它的下落。可是請你記住一件事，我可沒有染上你那種偏執狂。我們是在一艘毫無武裝的太空艇上，而下面那些人已經孤立了好幾世紀。如果他們從未聽說過基地，不明白應該對這個名號肅然起敬；又如果這裡就是第二基地，我們一旦落入他們手中，而且他們對我們惱羞成怒，我們就不可能全身而退。難道你希望他們掏空你的心靈，讓你忘掉所有的神話傳說，從此再也不能以神話學家自居嗎？」

裴洛拉特露出凝重的表情。「好吧，既然你這麼說。但是我們離去後，又該怎麼辦呢？」

「太簡單了。我們回端點星去，向老太婆報告這個消息。如果她不准我們登陸，我們也要盡量接近端點星。然後，我們也許會再回到蓋婭——以最快的速度回來，不像這樣走走停停——而且會帶來一艘戰艦，甚至一支武裝艦隊。那時，情況當然就不同了。」

6

他們又開始等待，這已經成了例行公事。他們在蓋婭附近等待的時間，已經遠比由端點星飛到賽協爾的時間更長。

崔維茲將電腦設定成自動預警模式，自己毫不緊張，甚至在厚實的座椅上打起盹來。

當警報響起時，崔維茲立刻驚醒。裴洛拉特鬍子刮了一半，就趕緊衝進崔維茲的艙房。一時之間，兩人都嚇得不知所措。

「我們收到了什麼訊息嗎？」裴洛拉特問道。

「沒有。」崔維茲中氣十足地說：「是我們正在運動。」

「運動？往哪裡運動？」

「朝那個太空站運動。」

「爲什麼會這樣？」

「我也不知道。發動機仍舊開著，但是電腦不再有反應，而我們卻在運動。詹諾夫，我們被逮住了。我們和蓋婭恐怕太近了一點。」

第十六章　焦點

1

當史陀．堅迪柏終於從顯像螢幕上發現康普的太空艇時，似乎代表他已經抵達終點，這趟漫長到難以想像的旅程總算結束了。但這當然不是什麼終點，而是眞正的起點。從川陀到賽協爾的漫長旅途，只能算是一場序幕。

諾微現出敬畏的神色。「師傅，那是另一艘太空之船嗎？」

「應該說太空船，諾微。沒錯，它就是我們拚命趕來會合的那一艘。它比我們的太空船更大，而且更爲精良。它能以無法想像的高速掠過太空，如果有心避開我們，這艘太空船不可能追得上，甚至根本無法跟蹤。」

「比師傅們的太空船還快？」蘇拉．諾微似乎嚇呆了。

堅迪柏聳了聳肩。「或許我可以算你的師傅，但我並非樣樣精通。我們學者並沒有那樣的太空船，也不像那些太空船的主人，擁有那麼多的科技設備。」

「可是學者怎麼可能沒有這些東西呢，師傅？」

「因爲我們主宰著眞正重要的事物。那些人所擁有的物質文明，只是微不足道的東西。」

諾微皺著眉頭沉思了一陣子。「我認爲能夠飛得那麼快，快得連師傅都沒法追得上，並不是微不足道的事。他們到底是什麼人，能夠擁有這些奇蹟——我是說，擁有這些東西。」

堅迪柏被她逗樂了。「他們自稱爲基地人，你聽說過基地嗎？」

（他發覺自己突然起了好奇心，想知道阿姆人對銀河究竟瞭解多少，更想知道發言者爲何都對這個問題從不好奇。或者，是不是只有他自己從未感到好奇；只有他才以爲阿姆人除了喜歡挖土，其他事情一概不聞不問。）

諾微一面回想一面搖頭。「師傅，我從來沒有聽說過。當學校師傅教我文字學——我的意思是讀書寫字的時候，他告訴我還有很多其他的世界，還告訴我一些世界的名字。他說，我們的阿姆世界有個正式名字叫川陀，它曾經統治過所有的世界。他又說川陀以前包著閃閃發光的鐵，上面住著一個皇帝，他是人人的主人。」

她抬起頭來望著堅迪柏，目光流露出略帶羞赧的喜悅。「不過，我勿相信其中的大部分。在晚上比白天長很多的日子裡，我們聚在集會廳中，說書的人就會講很多故事。當我是個小女孩的時候，我相信它們全部，但是當我漸漸長大，我發現它們許多都不是眞的。現在我只相信非常少，也許全都勿相信。就連學校裡的師傅，也會說些難以置信的故事。」

「不過，諾微，學校師傅講的這個故事是眞的，但那是很久以前的事。川陀的確曾經被金屬覆蓋，也的確有個統治全銀河的皇帝。然而，如今一切都變了，基地人總有一天會統治所有的世界，他們的力量不斷在茁壯。」

「他們會統治所有的世界嗎，師傅？」

「不是立刻，還要再過五百年。」

「然後他們也會變成所有師傅的主人？」

「不，不。他們將統治所有的世界，而我們將統治他們。這是爲了他們的安全，以及所有世界的安全。」

諾微又皺起了眉頭，她說：「師傅，這些基地人，是不是有許多這麼好的太空船？」

「我想是吧，諾微。」

「他們還有其他非常……驚人的東西？」

「他們擁有各式各樣威力強大的武器。」

「那麼，師傅，他們不能現在就收服所有的世界嗎？」

「他們不能那樣做，時機尙未成熟。」

「可是爲什麼呢？是不是師傅們會阻止他們？」

「我們不需要那麼做，諾微。即使我們撒手不管，他們也無法收服所有的世界。」

「到底是什麼會阻止他們呢？」

「是這樣的，」堅迪柏開始解釋：「從前有個智者，設計出一套計畫……」

他突然住口，淡淡一笑，同時搖了搖頭。「這實在很難解釋，諾微，或許改天再說吧。事實上，在我們回川陀之前，你的所見所聞也許就能使你瞭解這一切，用不著我再多做解釋。」

「會發生什麼事呢，師傅？」

「我還不確定，諾微，不過一切都會很順利的。」

他轉過身去，準備跟康普進行聯絡。與此同時，他忍不住在心中自言自語了一句：至少我希望如此。

他馬上對自己發起脾氣來，因爲這個愚蠢而猶疑的念頭究竟源自何處，他自己再清楚不過。透過康普的太空艇，他看到了基地的精實壯大，而諾微對它毫不掩飾的讚嘆，更是令他惱火不已。

眞笨！自己怎會將有形力量與無形的控制力相提並論？這就是歷代發言者所謂的「扼住咽喉的謬誤」。

自己對那種誘惑竟然還沒有免疫力，眞是難以想像。

2

曼恩・李・康普完全不知道等會兒該如何應對。那些偶爾與他接觸的發言者，始終以神祕的方式掌握著全體人類的命運，然而在他一生之中，全能的發言者從未在他面前出現過。

最近幾年，在諸位發言者中，史陀・堅迪柏成了他的頂頭上司。不但堅迪柏的聲音是他最常聽到的，堅迪柏的容貌也經常出現在他心中，那是一種無需超波中繼器的超波通訊。

就這方面而言，第二基地的成就遠遠超越第一基地。他們捨棄任何有形的設備，僅靠訓練有素的心靈所發出的能量，便能和許多秒差距之外取得聯絡，而且絕對不會遭到竊聽或蓄意干擾。這是一種隱形且無法偵測的通訊網路，僅僅藉著少數工作人員居間媒介，就能在各個世界間建立起迅速的聯繫。

當康普想到自己的角色時，曾經不只一次生出飄飄然的感覺。他所屬的這個團體何其微小，發揮的影響力卻何其巨大，而這一切又是何其機密，連妻子都不知道他的這重身分。

一切都由諸位發言者在幕後操縱，而這位發言者，這位堅迪柏，（康普想）很可能會成爲下一代的第一發言者，在比帝國更偉大的國度中，扮演比皇帝更有權勢的角色。

如今堅迪柏終於抵達此地，就在對面那艘川陀太空船中。這次會面無法在川陀舉行，令康普感到失望，但他盡力壓制住這個情緒。

那玩意會是川陀的太空船嗎？想當年，帶著基地製品闖蕩險惡銀河的行商，他們的太空商船都要比這艘好些。怪不得從川陀趕到賽協爾，會浪費發言者那麼多的時間。

現代船艦一律具有「自動對接機制」，能將兩艘船艦緊密接駁，讓雙方人員可以互相通行。就連低劣的賽協爾艦隊，也都擁有這種配備。可是，這位發言者卻得像帝國時代那樣，首先調整太空船的速度，然後向康普的太空艇拋出一條索鏈，再順著索鏈從太空中擺盪過來。

是這艘太空船沒錯，康普很是沮喪，無法壓抑失望的情緒。它根本就是一艘帝國的舊式太空船，甚至還是小型的。

此時，兩個人形順著索鏈緩緩移過來。其中之一動作極為笨拙，一看就知道並沒有太空漫步的經驗。

最後，他們總算登上康普的太空艇，除下了太空衣。史陀·堅迪柏發言者身材中等，相貌並不出衆；他沒有威風凜凜的架勢，也並未散發任何學者的氣質，只有那對深陷的黑眼珠，顯現出幾絲智慧的光芒。可是現在，這位發言者忙著四下張望，明顯地流露出敬畏的神色。

另一個人則是個和堅迪柏差不多高的女子，外表相當平庸。她同樣不停東張西望，驚訝得嘴巴都合不攏。

3

對堅迪柏而言，太空漫步並非全然不愉快的經驗。他當然不是太空人，連第二基地份子都不是，但他也並非眞正的「地虎」，因爲凡是第二基地份子，都必須接受太空人的訓練。畢竟，他們隨時可能需要進行太空飛行。不過第二基地份子全部抱持相同的想法，都希望這種需要愈少愈好。

（普芮姆·帕佛所做過的衆多太空旅行，如今已經成爲傳奇。他曾經語重心長地說過一句話：『爲了確保謝頓計畫順利執行，發言者有時不得不闖蕩太空，但是愈成功的發言者，被迫飛上太空的次數就愈少。』」）

過去，堅迪柏曾有三次不得不使用索鏈的經驗，今天是他第四次使用這種裝置。由於他十分擔心蘇拉．諾微，自己反倒沒有緊張的感覺。置身虛空的想法嚇得她不知所措，他不需要依靠任何精神力量，就能清楚看出來。

「我真係很驚嚇，師傅。」當他向她解釋該怎麼做的時候，她這麼回答。「我將在虛無中走腳步。」別的不說，她突然又吐出道地的阿姆方言，就足以顯示她多麼驚慌。

堅迪柏柔聲對她說：「我不能把你留在這艘船上，諾微。我自己要到另一艘上面去，所以你必須跟我一道走。絕對不會有什麼危險，太空衣能保護你不受任何傷害，而且你根本不會掉到什麼地方去。即使沒有抓牢索鏈，你也幾乎只會留在原處，而我會一直和你保持一臂之遙，隨時可以抓你一把。來吧，諾微，向我證明你有足夠的膽量，又有足夠的聰明，一定能夠成爲一名學者。」

聽了這番話，她就沒有再說什麼。堅迪柏雖然不願攪擾她的心靈，仍然破例在那個心靈的光滑表面上，注入一股具有鎮定作用的精神力量。

「你仍然可以跟我說話。」當他們都鑽進厚重的太空衣之後，他對她說：「只要你盡力想著那些話，我就能夠聽到。把每個字都專心地、仔細地想一遍。你現在聽得到我說話，是嗎？」

「是的，師傅。」她答道。

隔著頭盔的透明面板，他看得到她的嘴唇在蠕動，於是又說：「不要張開嘴巴來說話，諾微。學者的太空衣沒有無線電設備，一切全靠心靈的作用。」

她的嘴唇果然不再蠕動，表情卻變得更爲急切不安。你能聽到嗎，師傅？

非常清楚，堅迪柏這麼想，他的嘴也始終沒有張開。你聽得到我嗎，諾微？

聽得到，師傅。

那麼跟我走，模仿著我的一舉一動。

他們開始沿著索鏈進行漫步。堅迪柏雖然技術不算純熟，他對太空漫步的理論卻相當瞭解。訣竅在於保持兩腿伸直併攏，僅以臀部作爲兩腿擺盪的支點；隨著雙臂規律地輪流向前揮舞，重心就能沿著一條直線前進。剛才，他已經向蘇拉．諾微解釋過這個道理，現在他並沒有轉頭去看她，而是從她的大腦運動區，直接判讀她的動作與姿勢。

對一位初學者而言，她的表現非常好，幾乎可以和堅迪柏比美。她的確壓抑了緊張的情緒，完全遵照囑咐行事。因而，堅迪柏再次覺得自己非常欣賞她。

然而，當他們終於再度「腳踏實地」的時候，她仍舊大大鬆了一口氣，而堅迪柏也有同感。他一面除去太空衣，一面打量著周遭的一切。各種設備的奢華與先進令他瞠目結舌，幾乎沒有一樣東西是他認得出來的。他的心猛地一沉，因爲他想到，不會有多少時間學習如何操作這些設備。看來他必須從康普那裡直接吸取這些知識，這總是比不上眞正的學習令人感到踏實。

然後他將注意力集中在康普身上。康普又高又瘦，比他自己年長幾歲，相當英俊卻稍嫌文弱。而他一頭波浪狀的鬈髮，竟是極其罕見的乳黃色。

堅迪柏一眼就看出來，此人顯然對於這位首度謀面的發言者感到失望，甚至有點瞧不起。更糟的是，康普完全無法掩飾心中的感覺。

通常，堅迪柏對這種事並不太在意。康普不是川陀人，也不算正式的第二基地份子，因此顯然帶著一些錯覺。即使只是輕輕掃過他的心靈，都可以發現這一點。典型的錯覺之一，就是以爲眞正的力量必須表裡一致。其實，只要不會對堅迪柏造成妨礙，他大可保有那些錯覺，可是此時此刻，這個典型錯覺卻會壞了大事。

堅迪柏接下來的心靈行動，相當於普通人彈了一下手指。康普立刻感到一陣短暫的劇痛，身體不由自主微微晃了一下。他的大腦皮質被印出一道皺褶，令他留下不可磨滅的深刻印象，亦即發言者隨時隨地都能發出駭人的力量。

康普隨即對堅迪柏肅然起敬。

堅迪柏以愉快的口吻說：「我只是想吸引你的注意力，康普，我的朋友。請讓我知道你那位朋友葛蘭．崔維茲，以及他的朋友詹諾夫．裴洛拉特目前的下落。」

康普猶豫地問道：「我該當著這位女士的面說嗎，發言者？」

「康普，這位女士就好像我的影子。因此，你根本不該有任何顧忌。」

「遵命，發言者。崔維茲和裴洛拉特兩人，正向一顆名叫蓋婭的行星推進。」

「前幾天，你在最後一次通訊中就提到了。照理說，他們應該早就登陸蓋婭，也許都已經離開了。他們在賽協爾行星就沒有停留多久。」

「當我還在跟蹤他們的時候，發言者，他們尚未登陸蓋婭。他們萬分小心地一步步接近那顆行星，每次微躍前都猶豫了相當長的時間。我很清楚，他們是因為缺乏該行星的資料，所以才會躊躇不前。」

「你自己有任何資料嗎，康普？」

「我也沒有，發言者。」康普說：「至少，這艘太空艇的電腦並沒有。」

「這台電腦嗎？」堅迪柏目光落在控制板上，突然滿懷希望地問道：「它能協助駕駛這艘太空艇嗎？」

「可以完全交給它自動駕駛，發言者，只要把思想灌注其中就行了。」

堅迪柏忽然感到有點不自在。「基地竟然做到這個地步了？」

「沒錯，但不怎麼高明。這台電腦並不太靈光，我必須將一個念頭重複好幾次，即使如此，我得到的反應也極其有限。」

堅迪柏說：「我也許能讓它有更佳的表現。」

「這點我絕對肯定，發言者。」康普以尊敬的口吻說道。

「不過暫時先別管這個。爲什麼電腦中沒有蓋婭的資料？」

「我不知道，發言者。它曾經宣稱——眞像人類的口氣——它擁有銀河中每一顆住人行星的記錄。」

「它擁有的資料不可能超過原先輸入的。如果當初負責輸入的人員，認爲他們已經蒐集到所有住人行星的記錄，那麼儘管事實並非如此，電腦仍舊會自以爲是。這樣說是否正確？」

「當然正確，發言者。」

「你在賽協爾曾經打聽過嗎？」

「發言者，」康普顯得有些不安，「賽協爾上的確有人在談論蓋婭，可是他們的說法毫無可取之處，可以確定都是迷信。根據那些傳說，蓋婭是個威力強大的世界，連當年的騾都不敢接近。」

「他們眞是這麼說的嗎？」堅迪柏壓抑住激動的情緒，「你那麼確定它只是迷信，所以沒有再詢問細節嗎？」

「不，發言者，我問了一大堆。不過我剛才告訴你的，就是他們所能告訴我的一切。他們都能就這個題目滔滔不絕，可是仔細分析過濾之後，就只剩下我剛才報告的內容。」

「顯然，」堅迪柏說：「崔維茲也聽到了這個傳說，他前往蓋婭的動機一定與此有關，也許就是去打探這個神祕的力量。而他如此步步爲營，可能是他自己也畏懼這股威力。」

「的確有這個可能，發言者。」

「你卻沒有繼續跟蹤下去？」

「發言者，我跟蹤了好長的距離，足以肯定他的確是要前往蓋婭。然後我就回到了這裡，也就是蓋婭行星系的外緣。」

「爲什麼呢？」

「我有三個理由，發言者。第一，你即將抵達此地，我希望至少能在中途與你會合，讓你盡快登上我的太空艇，而這也是你的指示。由於太空艇上有個超波中繼器，如果我離崔維茲和裴洛拉特太遠，一定會令端點星當局起疑。但是我判斷，應該還能冒險來到這麼遠的地方。第二，當我確定崔維茲以極緩慢的方式接近蓋婭，我就判斷自己能有足夠的時間，可以趕來盡快跟你會合，而不至於耽誤任何事。何況，你比我更適合跟蹤他到那顆行星，也比我更有能力處理任何緊急狀況。」

「有道理。第三個理由呢？」

「在我們上次通訊之後，發言者，又發生了一個變故，我完全沒有料到，也不瞭解它的意義。我認爲，即使基於這個理由，我也最好盡快和你碰面。」

「這個你沒有料到也不瞭解的變故，究竟是什麼？」

「基地的戰艦正在接近賽協爾邊境，這則消息是我的電腦從賽協爾新聞廣播中收到的。這個小型艦隊至少擁有五艘新型戰艦，擁有足夠的力量攻陷整個賽協爾。」

堅迪柏沒有立即回答，他不能表現得未曾料到這個行動，或是自己也不瞭解其中的意義。因此，過了一會兒，他用不當一回事的口吻說：「你認爲，這和崔維茲前往蓋婭的行動有關嗎？」

「這件事顯然是在他出發後立刻發生的。如果乙事件出現在甲事件之後，那麼乙至少有可能是由甲引起的。」康普答道。

「嗯，所以說，我們似乎都匯聚到蓋婭這個焦點來了。包括崔維茲、我自己，還有第一基地。嘿，你做得很好，康普。」堅迪柏說：「讓我告訴你現在該做些什麼。首先，你要教我如何操作這台電腦，以及如何利用它來操縱這艘船。我相信，這要不了多少時間。

「接下來，你就登上我的太空船，我會先將它的操作方法灌輸到你心中，你可以毫不費力地駕馭它。只不過我必須告訴你（想必你已經從它的外型猜到了），你將發現它極爲原始。一旦你能控制那艘太空船，就讓它停在原處等我。」

「等多久，發言者？」

「直到我回來爲止。我不會去太久的，你不必擔心補給品會用光。但如果我實在很久還沒回來，你可以降落在賽協爾聯盟任何一顆住人行星上，在那裡繼續等我。不論你在何處，我都找得到你。」

「遵命，發言者。」

「還有，你大可不必驚慌。我有能力對付這個神祕的蓋婭，必要的時候，也能一併對付那五艘基地戰艦。」

4

黎托洛．杜賓擔任基地駐賽協爾大使已有七年之久，他頗爲喜歡這個職位。

杜賓身材很高，也算得上壯碩。雖然如今不論在基地或賽協爾，男性大多把臉刮得乾乾淨淨，他卻仍留著兩撇濃密的棕色鬍鬚。雖然他只有五十四歲，卻已經滿臉皺紋，而且修煉到喜怒不形於色的境界。此外，也很難看出他對工作所抱持的心態。

話說回來，他還是相當喜歡這個職位。它不但能讓他遠離端點星政壇的風風雨雨（他對這點份外滿意），還讓他撿到一個難得的機會，享受著賽協爾上流社會的悠閒逸樂，而且使得妻女過著令她們上癮的生活。因此，他絕不希望這一切受到任何攪擾。

杜賓相當討厭里奧諾·柯代爾，也許是因爲他也故意留著兩撇鬍子。只不過柯代爾的鬍子較短較疏，而且已經變得灰白。過去曾有一段日子，公衆人物之中只有他們兩人留著八字鬍，兩人還在這方面較過勁。如今（杜賓想）比賽早已結束，柯代爾的鬍子已經不入流了。

當杜賓仍在端點星上，夢想著要跟赫拉·布拉諾角逐市長寶座時，柯代爾已經出任安全局長多年。但早在選舉之前，杜賓就接受了大使職位當作交換。布拉諾當然是爲了自己才那樣做，但他總是忍不住感謝她的好意。

可是不知怎麼回事，他對柯代爾一點都不領情。或許因爲柯代爾有一張堅決的笑臉，而且總是表現得那麼親切友善——即使他早已決定用哪一號手法切斷你的喉管。

現在，柯代爾的超空間影像正坐在那裡，依舊是滿面春風，而且敦厚淳樸的態度溢於言表。當然，他的肉身仍在端點星上，杜賓因此得以省卻一切實質的客套。

「柯代爾，」他說：「我要那些戰艦馬上撤走。」

柯代爾露出快活的笑容。「哈，我也這麼想，可是老太婆下定決心了。」

「誰都知道你一向能說服她改變心意。」

「或許偶爾吧，當她願意聽勸的時候，這回她可不願意聽。杜賓，做好你的份內工作，讓賽協爾保持冷靜。」

「我並不是擔心賽協爾，柯代爾，我是在爲基地著想。」

「這點大家有志一同。」

「柯代爾，別閃爍其詞，我要你聽我說。」

「我很願意，可是目前端點星上熱鬧著呢，我可不能永遠坐在這裡。」

「我會盡可能長話短說，但我要討論基地因此毀滅的可能性。如果這條超空間熱線沒遭到竊聽，我就敢暢所欲言。」

「我保證沒有。」

「那就讓我繼續說下去。幾天前，有個名叫葛蘭．崔維茲的人送了一道電訊給我。我記得我還在端點星政壇的時候，有一個名叫崔維茲的同僚，當時擔任運輸署長。」

「他是那個年輕人的叔叔。」柯代爾答道。

「啊，所以說，你認識那個送信給我的崔維茲。根據我後來蒐集到的資料，他原本是一名議員，在最近那次謝頓危機圓滿解決之後，他立刻被捕，隨即遭到放逐。」

「完全正確。」

「我不相信這回事。」

「你不相信哪回事？」

「他遭到放逐這回事。」

「爲什麼？」

「在基地的歷史上，有哪個基地公民曾遭到放逐？」杜賓追問：「一個公民倘若涉嫌犯罪，他就有可能遭到逮捕；如果他眞的遭到逮捕，他就有可能接受審判；如果他眞的接受審判，他就有可能會被定罪；如果他眞的被定罪，他會被處以罰鍰、降級、罷黜、監禁，甚至處決。可是，從來沒有人遭到放逐。」

「凡事總有頭一遭。」

「胡說八道。放逐到一艘先進的軍用航具上？他明明在爲老太婆執行一項特種任務，哪個笨蛋看不出來？她指望能騙倒什麼人？」

「會是什麼樣的任務呢？」

「想必是要尋找蓋婭那顆行星。」

柯代爾臉上的笑容消失了大半，雙眼射出異乎尋常的嚴厲目光。他說：「我知道你不是萬分情願相信我的陳述，大使先生，但是我現在要鄭重請求你，這次你無論如何要相信我。當崔維茲遭到放逐之際，不論市長或是我自己，都還沒有聽說過蓋婭。幾天前，我們兩人才頭一次聽到蓋婭這個名字。假如你相信這一點，我們的談話才能繼續下去。」

「雖說實在很困難，局長，但我會暫時收起凡事抱持懷疑態度的習性，試著接受這個說法。」

「的確很困難，大使先生。假如我突然採用了正式的語氣，那是因為當我說完這些話之後，你將發現自己需要回答一些問題，而這些問題並不怎麼輕鬆有趣。根據你的說法，你好像對蓋婭這個世界十分熟悉。你怎麼會知道一些我們不知道的事？你被派駐到那個政治實體的首要職責，難道不就是讓我們知道你風聞的每件事嗎？」

杜賓以和緩的語氣答道：「蓋婭並不是賽協爾聯盟的一部分，事實上，它可能根本就不存在。難道說，賽協爾低下階層所流傳的所有神話和迷信，我都得一字不漏地傳達給端點星？他們有些人說蓋婭位於超空間，有些人則說，它一直以超自然力量在保護賽協爾，此外還有人說，當年就是它派出騾來劫掠銀河的。如果你打算告訴賽協爾政府，崔維茲的任務是要尋找蓋婭，而基地艦隊的五艘先進戰艦來到這裡，是為了支援他的探索任務，他們是絕對不會接受的。民衆也許會相信有關蓋婭的神話，政府可沒有那麼好騙，而他們也不會相信基地竟然那麼天真。他們會認為，你們想以武力迫使賽協爾加入基地聯邦。」

「假如我們眞有這個打算呢？」

「那將造成無法挽回的後果。想想看，柯代爾，在基地五個世紀的歷史中，我們何曾發動過侵略戰爭？我們打仗都是爲了抵禦外侮，還敗過一次，可是沒有任何戰爭曾經爲我們開拓版圖。其他世界都是透過和平協議加入聯邦的，他們之所以加盟，是因爲看到了加盟的好處。」

「賽協爾就沒有可能看到這些好處嗎？」

「只要我們的戰艦停在他們的邊境，他們就永遠看不到。趕快把戰艦撤走。」

「辦不到。」

「柯代爾，賽協爾是個極佳的宣傳工具，足以顯示基地聯邦如何寬大爲懷。它幾乎被我們的疆域包圍，全然無險可守，但直到目前爲止，它始終安然無事，我行我素，甚至能夠肆意維持反基地的對外政策。這是多麼好的樣板，能讓全銀河都知道，我們從不以武力使人就範，我們總是伸出友誼之手。賽協爾等於是我們的囊中物，即使拿下它也是多此一舉。畢竟，我們在經濟上早已宰制他們——雖說並未公開。但是倘若動武將它拿下，我們無異於向全銀河宣傳，我們已經變成擴張主義者。」

「如果我告訴你，我們眞的只是對蓋婭有興趣呢？」

「那麼，我會跟賽協爾聯盟一樣不信這種鬼話。那個叫崔維茲的人，送了一道電訊給我，說他正要前往蓋婭，並請我將那則電訊轉交端點星。我照做了，雖然我判斷這樣做並不妥當，但是我沒有選擇的餘地。結果，在超空間熱線還來不及冷卻的時候，基地艦隊就開始行動了。若不穿越賽協爾的星空，你們要怎樣抵達蓋婭？」

「我親愛的杜賓，顯然你沒有注意自己講的話。僅僅幾分鐘之前，你還明明告訴我，蓋婭假如眞的存在，也不是賽協爾聯盟的一部分。我想你總該知道，超空間並非任何世界的領域，誰都可以自由進出。所以說，如果我們從基地的疆域（我們的戰艦目前還在那裡待命）經由超空間進入蓋婭的疆域，從頭到尾不曾佔據賽協爾一立方公分的星空，賽協爾又有什麼好抱怨的呢？」

「賽協爾可不會這樣解釋，柯代爾。蓋婭假如眞的存在，雖然並非賽協爾聯盟的一部分，卻完全包圍在聯盟的領域之內。根據星際慣例，賽協爾可將它視爲自己的勢力範圍，至少對敵方戰艦可以如此解釋。」

「我們不是什麼敵方戰艦，我們準備跟賽協爾和平共處。」

「我告訴你，賽協爾有可能因此宣戰。他們明白這是一場實力懸殊的戰爭，不會指望贏得軍事勝利，但問題是，這場戰爭足以引發泛銀河的反基地風潮。基地新近採取的擴張政策，會促使反基地的勢力驟然壯大。聯邦某些成員也會重新考慮和我們的關係，我們很可能會因爲內部動亂而戰敗。五百年來，基地一直在成長茁壯，這樣一來，就注定要走回頭路了。」

「得了，得了，杜賓，」柯代爾不以爲然地說：「你這種說法，好像把五百年的基業一筆勾銷，好像我們還活在塞佛．哈定的時代，正準備對抗那個袖珍王國安納克里昂。事實上，即使跟銀河帝國黃金時代的國勢相比，我們現在也比他們強大許多。我們隨便一個分遣隊，都能在戰士們不知不覺間，就擊敗整個帝國艦隊，佔領銀河任何星區。」

「我們可不是跟銀河帝國作戰，我們的敵人來自當今各個行星和星區。」

「他們都沒有像我們這麼先進的科技，我們現在就足以收服整個銀河。」

「根據謝頓計畫，五百年內，我們都還不能那麼做。」

「謝頓計畫低估了科技發展的速度。我們現在就能這麼做！請你聽清楚，我不是說我們現在『將要』這麼做，甚至不是說現在『應該』這麼做，我只是說我們現在『能夠』這麼做。」

「柯代爾，你一輩子住在端點星上，完全不瞭解銀河的局勢。我們所擁有的艦隊和科技，的確能夠擊敗其他世界的軍隊，可是我們若以武力征服他們，注定會造成一個叛亂此起彼落、處處充滿敵意的局面，我們並沒有能力統治這樣的銀河。趕快撤走那些戰艦！」

「我說過辦不到，杜賓。你想想看，萬一蓋婭並非只是神話呢？」

杜賓沒有立即回答，他審視著柯代爾的臉孔，彷彿急於窺知對方的想法。「一個位在超空間的世界還不是神話？」

「一個位在超空間的世界當然是迷信，但即使是迷信，核心也可能藏有眞相。那個人，那個遭到放逐的崔維茲，照他的說法，蓋婭好像是普通空間中的眞實世界。萬一他說對了呢？」

「荒唐，我可不相信。」

「不相信？能否請你暫且相信它是眞實的世界，曾經保護賽協爾免於騾的侵略，如今又幫助它對抗基地！」

「你這樣說是自相矛盾，蓋婭如何幫助賽協爾人抵禦基地？我們不是正派出艦隊嗎？」

「艦隊的目標不是賽協爾，而是蓋婭。那個世界如此神祕莫測，又如此處心積慮地銷聲匿跡，它明明在太空某個角落，卻有辦法讓鄰近世界以爲它在超空間中。甚至最精確、最完整的電腦化銀河地圖，也未能蒐錄它的資料。」

「那麼，它必定是個極不尋常的世界，因爲它必定有辦法操控心靈。」

「而你剛才不是也說過，根據賽協爾的一則傳說，騾就是蓋婭派出來劫掠銀河的？而騾不是也會操控心靈嗎？」

「那麼，蓋婭是個住滿了騾的世界？」

「你確定不是嗎？」

「這樣說來，它又爲何不能是重生的第二基地呢？」

「是啊，爲何不能？難道不該好好調查嗎？」

杜賓漸漸冷靜下來。他本來一直掛著輕蔑的笑容，現在卻低下頭，揚起眉毛瞪著對方。「如果你此話當眞，這樣的調查難道不危險嗎？」

「危險嗎？」

「你用反問來回答我的問題，表示你心中沒有合理的答案。如果敵人是一大群騾，或是第二基地，幾艘戰艦又能派上什麼用場？事實上，萬一這些推論成立，有沒有可能蓋婭正在引誘你們自取滅亡？聽好，你說雖然謝頓計畫只完成了一半，但基地如今已有能力建立一個帝國，而我也警告過你，你們這樣做會衝過了頭，謝頓計畫一定有辦法逼你們慢下來。假若蓋婭眞的存在，而且身分正如你所料，那麼這一切或許就是個煞車的策略。現在就退兵吧，否則你們很快便會被迫撤退。現在還能以和平而不流血的方式收場，堅持下去就會演變成悲慘的敗退。我再說一次，趕快撤走那些戰艦。」

「辦不到就是辦不到。老實告訴你，杜賓，布拉諾市長打算親自登上戰艦。而且，我們的斥候艦群已經飛掠超空間，順利抵達理論上的蓋婭領域。」

杜賓的眼珠幾乎要爆出來。「我警告你，這注定會引發一場戰爭。」

「你是我們的大使，你要設法阻止。不論賽協爾人需要什麼保證，你都可以拍胸脯。同時，你要否認我方有任何不良企圖。有必要的話，你索性告訴他們，最好的對策便是隔山觀虎鬥，等著讓蓋婭收拾我們。你愛怎麼說都行，總之別讓他們輕舉妄動。」

他頓了頓，凝視著杜賓目瞪口呆的表情，然後又說：「眞的，就是如此而已。據我所知，基地船艦不會登陸賽協爾聯盟任何一個世界，也不會穿越屬於聯盟的任何空間。然而，如果賽協爾船艦離開他們的疆域，也就是進入基地的勢力範圍，想要向我們挑釁，就會立刻化成一團煙塵。把這點也跟他們切實講清楚，別讓賽協爾人輕舉妄動。如果失敗了，我們會好好跟你算帳。直到目前爲止，你做的都只是閒差事，杜賓，但是養兵千日用在一朝，未來幾週將決定一切。假如你令我們失望，那麼銀河雖大，也沒有你藏身之地。」

當通訊陡然終止，柯代爾的影像消失之際，他臉上早已沒有任何愉悅或友善的表情。杜賓則張大嘴巴，癡癡望著柯代爾剛才現身的位置。

5

葛蘭·崔維茲猛扯了一陣頭髮，彷彿想藉著痛覺來判斷自己的精神狀況。他突然對裴洛拉特說：「你現在的心理狀態如何？」

「心理狀態？」裴洛拉特摸不著頭腦。

「對啊。我們被逮到了，我們的太空艇遭到外力控制，被硬生生拉向一個完全未知的世界。你有沒有感到驚慌？」

裴洛拉特的長臉顯露出些許憂鬱。「沒有。」他答道：「我並未感到歡喜，也的確有點擔心，可是沒有驚慌失措。」

「我也沒有，這不是很奇怪嗎？我們應該萬分慌亂，為什麼沒有這種反應呢？」

「這種不尋常的事，葛蘭，正是我們所預期的。」

崔維茲轉身面向螢幕，它始終鎖定著太空站的畫面。只不過現在太空站變得更大，代表他們更接近了。

在他看來，那座太空站外型沒什麼驚人之處，看不出有任何超人的科學。事實上，它似乎還有點原始——但它有辦法制住太空艇。

他說：「我的思緒仍然條理分明，詹諾夫，簡直怪透了！我很想相信這是因為我並非懦夫，在巨大壓力下也能有優異的表現。這令我引以爲傲，我想每個人都免不了。事實上，我現在該坐立不安，還會冒出一點冷汗。我們或許預期到了會有不尋常的事，但那於事無補。我們現在仍舊一籌莫展，而且可能會慘遭殺害。」

裴洛拉特說：「我可不這麼想，葛蘭。如果蓋婭星人能從遠方接掌太空艇，難道就不能遠距離殺害我們嗎？既然我們還活著……」

「但我們並非完全安然無事，我說過我們太過冷靜。我想，他們給我們打了無形鎭靜劑。」

「爲什麼？」

「爲了讓我們的精神狀態完好如初吧，我這麼想。可能是希望審問我們，之後或許就會把我們殺掉。」

「假如他們想要審問我們，就代表他們有足夠的理性。因此，如果沒有什麼正當理由，他們不會無緣無故殺害我們。」

崔維茲上身往椅背用力一靠（椅背立刻向後彎曲，他們至少沒有剝奪座椅的功能），雙腳擺到書桌上，那裡原是他的雙手與電腦進行接觸的地方。他說：「他們也許相當聰明，足以羅織一個自認爲正當無比的理由。話說回來，他們即使影響了我們的心靈，也沒有做得太過分。比方說，換成驟的話，他會讓我們渴望趕快走，我們會迫不及待，會血脈賁張，每一根神經都會狂喊著趕快。」他伸手指了指太空站，「你有這種感覺嗎，詹諾夫？」

「當然沒有。」

「你看，我也沒有什麼變化，仍然可以盡情地冷靜分析和推理。實在太奇怪了！可是我能肯定嗎？我是不是處於一種驚惶、慌亂、瘋狂的狀態，卻產生了一種幻覺，以爲自己正在盡情地冷靜分析和推理？」

裴洛拉特聳了聳肩。「我覺得你的精神很正常。或許，是因為我的精神跟你一樣不正常，處於同樣的幻覺中，可是這種辯證毫無用處。也許所有的人類全部精神不正常，通通陷在一個集體幻覺中，而宇宙則是一片混沌。這種說法同樣是無法反證的，可是我們除了相信自己的理智，根本沒有其他的選擇。」然後，他突然改變話題說：「事實上，我自己也在做一項推論。」

「是什麼？」

「嗯，我們曾經猜想蓋婭也許是騾的故鄉，或是死灰復燃的第二基地。但是你有沒有想到過，還有更合理的第三種可能性？」

「什麼第三種可能性？」

裴洛拉特沒有望著崔維茲，他的眼睛似乎在凝視自己的內心，他的聲音則變得低沉而意味深長。「不知道從多久以前開始，蓋婭這個世界就在全力保持絕對的隔絕狀態。它從未試圖和其他世界接觸，連它的近鄰賽協爾聯盟也不例外。如果他們擊毀艦隊的傳說屬實，它某一方面的科學必定極為先進，而他們現在有能力控制我們，當然更是一項明證。但他們卻未曾試圖擴張勢力，唯一的要求只是不要受到打擾。」

崔維茲瞇起眼睛。「所以呢？」

「這都不像人類的行徑。人類兩萬多年的太空發展史，就是一部連續不斷的擴張史。如今，所有適宜住人的已知世界差不多都有了人跡。在殖民銀河的過程中，幾乎每顆行星都曾遭到你爭我奪，幾乎每個世界都跟鄰邦搶過地盤。如果蓋婭在這方面如此異於常人，或許因為它真是——非人的世界。」

崔維茲搖了搖頭。「不可能。」

「為什麼不可能？」裴洛拉特用急切的口吻說：「我曾經告訴你，人類是銀河中唯一演化成功的智慧生物，而這是一個大謎。萬一事實並非如此呢？難道就不可能在某顆行星上，還有另一種智慧生物，完全沒有人類般的擴張傾向？事實上，」裴洛拉特愈說愈激動，「銀河中搞不好有百萬種智慧生物，卻只有一種是擴張主義者，那就是我們。其他的都安分守己地待在母星，隱藏起來……」

「簡直荒謬！」崔維茲說：「果眞如此，我們早就遇到他們了，因爲我們早已登陸那些世界。他們會發展出各種型態和各種程度的科技，其中大多數都無法阻止我們。但是，我們從來沒有遇到任何一種。太空啊！我們甚至從未發現非人文明的遺跡或遺址，對不對？你是歷史學家，請你告訴我，到底有沒有？」

裴洛拉特搖了搖頭。「的確沒有發現過。可是葛蘭，眼前也許就有一個！就是這個！」

「我可不相信。你說它叫作蓋婭，那是源自一種古代方言，意思就是地球。怎麼可能是非人文明呢？」

「蓋婭這個名字是人類幫它取的，誰知道又是爲什麼？至於和地球的古稱相似，也許只是巧合罷了。你好好想一想，我們被引誘到蓋婭來——這點你曾經仔細分析過——現在又被硬生生吸過去，這都是蓋婭星人並非人類的佐證。」

「爲什麼？這跟他們是不是人類又有什麼關係？」

「因爲他們對我們——也就是對人類好奇。」

崔維茲說：「詹諾夫，你已經語無倫次。數千年來，蓋婭周圍的星空滿是人類，他們爲何現在才感到好奇？爲什麼以前沒有好奇心？即使現在才好奇，又爲何會選上我們？如果他們想要研究人類與其文化，何不利用賽協爾各個世界？爲何大老遠把我們從端點星引到這裡來？」

「他們或許對基地有興趣。」

「胡說八道。」崔維茲激憤地說：「詹諾夫，你若一心想見非人智慧生物，那麼終將如願以償。此時此刻，我猜如果你認為將要遇見非人生物，你就不會擔心已經被捕，不會擔心束手無策，甚至不會擔心遭到殺害——只會擔心他們不給你時間，滿足你的好奇心。」

裴洛拉特氣得結結巴巴，反駁了一大串，這才深深吸了一大口氣，然後又說：「好吧，也許你對，葛蘭，但我暫時還不想放棄這個信念。我想要不了多久，我們就能知道誰對誰錯——你看！」他突然指向螢幕。

崔維茲由於爭辯得太過激動，視線早已離開螢幕，現在才回過頭來。「什麼東西？」他說。

「是不是一艘剛從太空站起飛的船艦？」

「是有個東西。」崔維茲回答得很勉強，「但我還看不清楚，也無法再將畫面放大。放大率已經到了極限。」過了一會兒，他又說：「它似乎朝我們飛過來，我猜是一艘太空船。我們要不要打個賭？」

「什麼樣的賭？」

崔維茲用嘲諷的語氣說：「如果還能回到端點星，我們就去大吃一頓，彼此還能請幾個陪客，最多不超過，嗯，四個人吧。假如那艘太空船上載的不是人類，就由我請客，反之就記你的帳。」

「我願意賭。」裴洛拉特說。

「一言為定。」崔維茲又開始盯著螢幕，試圖看清太空船的細部。但他自己也不禁懷疑，究竟會有什麼特徵，能藉以確定裡面載的是不是人類。

6

布拉諾的鐵灰色頭髮梳得整齊光潔，看她這般氣定神閒的模樣，好像仍舊待在市長官邸，一點也看不出這是她有生以來第二次深入太空。（嚴格說來應該是第三次，但第一次其實不能算數，那只是她跟父母去卡爾根的度假旅行。）

她用帶著些許厭倦的口氣，對柯代爾說：「畢竟，杜賓的職責就是提供意見，並且適時警告我。很好，他的確很盡責，我不會怪他。」

柯代爾跟市長在同一艘戰艦上，這是爲了方便與她面對面交談，因爲影像溝通難免會有心理障礙。他說：「他在那個職位上待得太久，想法已經快被賽協爾人同化了。」

「那是大使這一行的職業風險之一，里奧諾。等這件事解決之後，我們讓他休個長假，然後把他調到別的地方去。他算得上是個能幹的人，至少，他還有點警覺性，曉得即時回報崔維茲的消息。」

柯代爾淺淺一笑。「沒錯，他告訴我，雖然他判斷這樣做並不妥當，『但是我沒有選擇的餘地』，他就是這麼說的。你看，市長女士，即使他判斷這樣做並不妥當，他也不得不做。因爲當初崔維茲剛進入賽協爾聯盟的星空，我就通知了這位杜賓大使，要他即刻把關於那小子的消息通通轉來。」

「哦？」布拉諾市長換了一下坐姿，好把柯代爾的臉看得更清楚。「你又爲何那麼做？」

「其實，只是基於最簡單的考量。崔維茲駕著一艘新型的基地軍用航具，這點賽協爾人必定會注意到。他又是個不具外交身分的小傻瓜，這點他們必定也會注意到。因此，他有可能遇上麻煩，而基地人最清楚的一件事，就是不論在銀河何處遇到麻煩，都能求助於最近的基地駐外代表。老實說，我個人並不在乎崔維茲遇到什麼麻煩，那也許還能幫助他早點長大，對他有莫大的助益。可是你送他出去，是要他當你的避雷針，所以我要確保他發揮功能，當閃電擊下時，能讓你估算出閃電的源頭。因此我特別叮嚀最近處的基地代表，好好注意崔維茲的動向，如此而已。」

「我懂了！嗯，現在我才明白杜賓的反應爲何如此強烈，因爲我也送了一道類似的訓令給他。既然他從我們兩人這裡分別接到指示，難怪只不過幾艘基地戰艦接近，他就以爲會發生什麼了不得的事。可是，里奧諾，你怎麼事先沒有跟我商量，就送出這樣的訓令呢？」

柯代爾泰然自若地答道：「如果我做的每件事都把你扯進去，你就沒時間當市長了。可是，你又爲什麼不先知會我一聲呢？」

布拉諾以尖酸的口氣說：「如果我把每一件事都告訴你，里奧諾，你就未免知道得太多了。不過這不重要，杜賓的警告同樣沒什麼大不了的，就連賽協爾人的大驚小怪也是小事一樁。我最關心的還是崔維茲。」

「我們的斥候艦已經發現了康普。他正在跟蹤崔維茲，兩艘太空艇都萬分謹慎地向蓋婭挺進。」

「我有那些斥候艦的完整報告，里奧諾，崔維茲和康普顯然都沒把蓋婭當神話。」

「大家都對有關蓋婭的迷信嗤之以鼻，市長女士，不過大家也都在想：『可是萬一……』就連杜賓大使都對它有點忌憚。這可能是賽協爾人的高明策略，是他們的一種保護色。他們捏造出一個神祕而無敵的世界，並將這些故事散播出去，那麼外人不但會對那個世界敬而遠之，同時也會避開附近的世界，例如賽協爾聯盟。」

「你認爲這就是騾未曾招惹賽協爾的原因？」

「有可能。」

「基地也從未碰過賽協爾，你不至於認爲也是由於蓋婭吧？沒有任何記錄顯示，我們曾經聽說那個世界。」

「我承認我們的檔案中，找不到半條有關蓋婭的資料。可是我們對賽協爾聯盟一向十分客氣，這點也找不到合理的解釋。」

「那麼，希望賽協爾政府的確相信蓋婭的可怕力量，即使相信一點點也好，雖然杜賓認爲這是不可能的。」

「爲什麼呢？」

「因爲這樣的話，賽協爾聯盟就不會反對我們接近蓋婭。他們對這個行動愈是反感，就愈會確信應該袖手旁觀，好讓蓋婭把我們吞噬。他們會想到，這將是個很好的教訓，未來的侵略者都會引以爲戒。」

「萬一這一切都是眞的呢，市長？萬一蓋婭眞那麼可怕呢？」

布拉諾微微一笑。「你自己怎麼也提出『萬一怎麼樣』的問題呢，里奧諾？」

「我必須提出各種可能性，市長，這是我的職責。」

「假如蓋婭眞那麼可怕，既然崔維茲是我的避雷針，他理所當然會首當其衝。康普可能也會倒霉，而我正希望如此。」

「你希望如此？爲什麼？」

「因爲這樣一來，蓋婭便會過度自信，情勢就對我們非常有利。他們會低估我們的實力，因而變得比較容易對付。」

「可是，萬一過度自信的是我們自己呢？」

「我們可沒有。」布拉諾說得斬釘截鐵。

「這些蓋婭星人——不論他們是何方神聖——有可能是我們前所未見的敵人，因而無法準確估算危險的程度。我只是提醒你，市長，因爲即使是可能性，也應該加以權衡。」

「是嗎？你的腦袋裡怎麼會有這種念頭呢，里奧諾？」

「因爲我覺得，你認爲蓋婭充其量不過是第二基地。我甚至懷疑，你認爲它正是第二基地。然而，早在帝國時代，賽協爾就有一段很特殊的歷史。當時，唯獨賽協爾擁有相當的自治權；在某些『壞皇帝』的統治下，唯獨賽協爾能奇蹟般地免除一些苛捐雜稅。簡言之，即使早在帝政時期，賽協爾似乎已經受到蓋婭的保護。」

「所以呢？」

「第二基地卻是哈里．謝頓親手創建的，是和我們這個基地同時誕生的。第二基地在帝政時期並不存在，蓋婭卻已經在那裡。因此，蓋婭絕不會是第二基地。它是另一個組織，而且還有可能，是一個更可怕的組織。」

「我可不打算給未知的事物嚇倒，里奧諾。潛在的威脅來源總共有兩類：有形的武器和精神的武器，對於這兩者，我們都有萬全準備。回到你的戰艦去，叫艦隊通通守在賽協爾外圍。我的這艘戰艦要單獨向蓋婭推進，但會隨時和你們保持聯絡，必要的時候，你們要在一躍之後就能和我們會合。去吧，里奧諾，還有，把你臉上那種愁容給我抹掉。」

「最後一個問題好嗎？你確定知道自己在幹什麼嗎？」

「我確定。」她繃著臉說：「我也研究過賽協爾的歷史，也看出蓋婭不可能是第二基地。可是，我剛才說過，我收到了斥候艦的完整報告，從這些報告中……」

「怎麼樣？」

「嗯，我知道了第二基地的眞正位置。我們要一舉解決這兩個敵人，里奧諾。我們先來收拾蓋婭，然後再去收拾川陀。」

第十七章 蓋婭

1

從太空站飛出來的那艘太空船，花了幾個小時才抵達**遠星號**附近。崔維茲覺得這幾個小時如坐針氈。

若是在正常情況下，崔維茲會試著呼叫那艘太空船，並會期待對方有所回應。假如沒有任何回應，他就會採取閃避行動。

由於他毫無武裝，又一直沒有收到回音，他唯一能做的就是等待。現在電腦對於指令的篩選極爲嚴格，如果他發出移動太空艇的指令，電腦絕不會有任何反應。

不過，至少太空艇內部一切正常。維生系統維持著最佳工作狀態，因此他與裴洛拉特沒有任何生理上的不適。然而，這卻無濟於事。無聊的等待與即將面臨的未知數，令他愈來愈感疲倦。但他發現裴洛拉特似乎很鎭定，不禁冒起一股無名火。而裴洛拉特好像故意火上加油，偏偏在崔維茲完全沒有食慾的時候，開了一個雞丁罐頭。罐頭打開之後立刻自動加熱，裴洛拉特已經吃將起來。

崔維茲沒好氣地說：「太空啊，詹諾夫！好臭！」

裴洛拉特好像嚇了一跳，忙將罐頭湊到鼻端聞了聞。「我覺得很香啊，葛蘭。」

崔維茲搖了搖頭。「別管我，我是在胡言亂語。但你總該用把叉子，否則你的指頭整天都有雞肉的味道。」

裴洛拉特訝異地望著自己的手指頭。「抱歉！我沒注意到，我正在想別的事。」

崔維茲用嘲諷的語氣說：「你要不要猜一猜，那艘太空船上的非人生物會是什麼模樣？」自己竟然比不上裴洛拉特鎮定，令他覺得慚愧。他曾經在艦隊服役（不過當然沒有實戰經驗），而裴洛拉特只是一名歷史學家。現在，這位旅伴卻能安然坐在那裡。

裴洛拉特答道：「在不同於地球的環境中，演化會朝什麼方向進行，實在是難以想像的。可能性或許並非無窮多，但也一定多得數不清。然而，我推測他們絕非兇殘成性，會以文明的方式對待我們。否則的話，我們現在早就死了。」

「至少你還能冷靜思考，詹諾夫，好朋友，至少你還能保持鎮靜。我的神經卻彷彿在和他們的無形鎮靜劑對抗。我有一種異常的衝動，很想站起來踱幾步。那艘該死的太空船怎麼還沒到？」

裴洛拉特說：「我是個慣於被動的人，葛蘭。我這輩子都在等待新的文獻，平常只能埋頭鑽研既有的資料。除了等待，我什麼也不能做。而你是個行動派，一旦無法採取行動，你就會痛苦莫名。」

崔維茲頓時感到輕鬆了些，喃喃說道：「我低估了你的觀察力，詹諾夫。」

「不，你沒有低估我。」裴洛拉特以平靜的口吻說：「但即使是天真的學者，也能偶爾從生活中領悟出一些道理。」

「而即使是最精明的政治人物，有時也可能執迷不悟。」

「我可沒那麼說，葛蘭。」

「你沒說，是我說的。所以我該積極一點，至少我還可以觀察。那艘太空船已經相當接近，看得出它似乎極為原始。」

「似乎？」

崔維茲說：「如果它是其他智慧生物製造的，那麼表面上的原始，實際上可能只是非人文明的特徵。」

「你也認爲它可能是非人文明的產物？」裴洛拉特問道，他興奮得臉色有點泛紅。

「我不確定。但我認爲，人造器物不論因爲文化差異而有多大的不同，相較於另一種生物所製造的器物，頂多只能算是大同小異。」

「那只是你的猜想罷了。目前爲止，我們只接觸過不同的文化，從未發現不同的智慧型物種，根本無從判斷非人文明的器物有多大差異。」

「魚類、海豚、企鵝、烏賊，乃至並非源自地球的圍韌——姑且假設其他幾種都是地球的物種——這些生物解決在黏滯介質中運動的辦法，都是將身體演化成流線型。因此，牠們的基因構造雖然截然不同，外型卻沒有多大的差別。文明的產物也可能如此。」

「烏賊的觸手和圍韌的螺旋振器，」裴洛拉特反駁道：「彼此之間有極大的不同，也跟其他幾種脊椎動物的鰭、蹼或鰭狀肢沒有相似之處。而文明的產物也可能如此。」

「無論如何，」崔維茲說：「我心情好多了。跟你胡扯了這麼一大堆，詹諾夫，我的神經不知不覺鬆弛下來。我猜，我們很快就能知道將遇見什麼。那艘太空船無法和我們接駁，所以不論上面是何方神聖，都得藉著舊式的索鏈擺盪過來——或是用什麼方法，驅策我們兩人盪過去——因爲『自動對接鎖』派不上用場。除非上面眞是什麼非人生物，擁有全然迥異的接駁系統。」

「那艘太空船有多大？」

「我不能利用**遠星號**的電腦和雷達來計算距離，所以無從估計它的尺度。」

一條索鏈向**遠星號**蜿蜒游移過來。

崔維茲說：「這有兩種可能，要嘛上面是人類，要嘛就是非人生物使用相同的裝置。或許除了索鏈，根本沒有第二種工具可用。」

「還可以用管子，」裴洛拉特說：「或者一個水平梯。」

「那些東西沒有韌性，用來連繫兩艘船艦會很困難。你得用一種既強固又有韌性的東西。」

索鏈觸及**遠星號**那一刻，太空艇堅硬的外殼（連帶內部的空氣）震動了一下，發出一陣沉悶的鏗鏘聲。接著，那艘太空船開始進行速度微調，好讓彼此達到一致的速度，此時索鏈就像一條在太空中遊走的長蛇。最後，索鏈終於達到相對靜止的狀態。

太空船的表面出現一個黑點，像瞳孔一樣愈變愈大。

崔維茲咕噥道：「竟然不是自動滑門，而是伸屈隔板。」

「非人文明？」

「還很難講，可是很有意思。」

畫面上出現了一個人形。

裴洛拉特緊抿著嘴唇，過了好一陣子，才用失望的口氣說：「太可惜了，是人類。」

「還是很難講。」崔維茲冷靜地說：「我們現在只能斷定，那個軀體好像具有五個突起，可能是頭部和雙手雙腳，卻也可能不是——慢著！」

「什麼？」

「它的動作比我預料中更迅速俐落——啊！」

「又怎麼了？」

「它配備有某種推進裝置。我看得出不是火箭式推進器，但它絕非拉動索鏈前進。話說回來，仍然不一定就是人類。」

雖然那個人形順著索鏈迅疾而至，兩人卻覺得等了很久很久。最後，外面終於傳來一陣噪音。

崔維茲說：「不管是什麼東西，它馬上要進來了。我決定它一出現就立刻動手。」他握緊了拳頭。

「我想我們最好放輕鬆點。」裴洛拉特說：「它也許比我們強壯，何況它能控制我們的心靈，而那艘船上一定還有它的同夥。我們最好稍安勿躁，先看看面對的是什麼角色再說。」

「你倒是愈來愈深思熟慮，詹諾夫，」崔維茲說：「我反而每況愈下。」

他們又聽見氣閘開閉的聲音，最後，那個人形終於來到太空艇內。

「差不多正常尺寸，」裴洛拉特喃喃道：「這套太空衣塞得進一個人類。」

「我從未見過這種型式的太空衣，甚至沒聽說過，可是在我看來，它仍然沒有超出人類製品的範圍，根本不算什麼線索。」

穿著太空衣的人形站到了兩人面前。太空衣上面是一個圓形罩盔，罩盔面板若是玻璃製品，也一定是單向透光玻璃，因爲完全看不見裡面。

那人形將一隻上肢抬到罩盔旁邊，迅速碰了一下不知道什麼開關，崔維茲根本沒有看清楚。罩盔立刻與太空衣脫離，並被舉了起來。

呈現他們眼前的，是一張年輕嬌媚的臉蛋，它的主人無疑是一位美麗的女郎。

2

裴洛拉特原本毫無表情的一張長臉，此時盡可能表現出驚愕與茫然。他用遲疑的口氣問道：「你是人類嗎？」

女郎的柳眉往上一挑，嘴唇也噘了起來。從她這個反應來看，無法判斷她究竟是聽到了一種陌生的語言，不瞭解對方說些什麼，或是她雖然聽懂了，卻不知道如何回答這個問題。

她將右手伸到左側一拉，整件太空衣就被打開來，好像原本只是由一排鉸鏈拴住。當她跨出來之後，太空衣兀自佇立了一會兒，又發出一下有如人聲的輕嘆，才終於垮成一團。

一旦走出臃腫的太空衣，她看來更年輕了。她穿著一套寬鬆而半透明的衣服，外袍剛好及膝，裡層的幾件也若隱若現。

她的胸部平平，腰肢頗細，臀部渾圓而厚實。隱約可見的大腿看來相當壯碩，但小腿從膝蓋到美麗的腳踝都十分修長。她有一頭及肩的黑色秀髮，一雙黑眼珠又大又圓，豐滿的嘴唇則稍微翹向一邊。

她低頭打量了自己一下，然後說：「我看來不像人類嗎？」這句話證明了她完全瞭解對方的語言。

她說的銀河標準語稍嫌生澀，好像她刻意要將每個字的發音都咬得很準。

裴洛拉特點了點頭，帶著淺淺笑意說：「這點我無法否認。你是百分之百的人類，而且是賞心悅目的人類。」

年輕女郎將兩臂向外伸，彷彿邀請他們看得更仔細些。「但願如此，兩位，許多男士都愛死了這副軀體。」

裴洛拉特說：「我寧願為了愛它而好好活著。」他感到有點意外，自己竟然變得如此油腔滑調。

「說得好。」女郎一本正經地說：「一旦佔有這副軀體，所有的嘆息都將轉變為讚嘆。」說完她就哈哈大笑，裴洛拉特跟著她笑了起來。

聽到這番對話，崔維茲的額頭起了好些皺褶。他突然厲聲問道：「你幾歲了？」

女郎顯得有點畏怯。「回兩位——二十三。」

「你來幹什麼？你到這裡來有什麼目的？」

「我是來護送你們到蓋婭去的。」她的銀河標準語突然有點不標準了，好像將某些單母音發成了雙母音。

「你一個女孩子，來護送我們？」

女郎突然現出嚴肅的神情，一副當家作主的模樣。「我，」她說：「和大家一樣，都是蓋婭。管理太空站是我當前的職責。」

「你當前的職責？太空站上只有你一個人嗎？」

她的語氣充滿驕傲。「我一個人就足夠了。」

「那麼它現在是空的了？」

「我已經不在上面，兩位。但它並不是空的，它還在那裡。」

「它？你指的是什麼？」

「是那座太空站，它是蓋婭。它不需要我，也能抓住你們的太空艇。」

「那你又在太空站裡做什麼呢？」

「那是我當前的職責。」

裴洛拉特扯了扯崔維茲的袖子，卻被甩了開來，他只好再接再厲。「葛蘭，」他用接近耳語的聲音勸道：「別對她大吼大叫，她只是個女孩，這件事交給我處理。」

崔維茲怒氣沖沖地搖了搖頭，但裴洛拉特已經開始說：「年輕小姐，你叫什麼名字？」

女郎突然露出快活的笑容，彷彿回應著裴洛拉特溫和的語調。她答道：「寶綺思。」

「寶綺思？」裴洛拉特說：「非常好聽的名字，想必不是你的全名吧。」

「當然不是。名字那麼短有什麼好處，那樣到處都會碰到同名的人，讓人沒法分辨誰是誰，男士們還會搞錯該愛死哪副軀體。我的全名是寶綺思奴比雅蕊拉。」

「這可實在拗口。」

「什麼？七、八個字怎麼算拗口？我有些朋友的名字長達十五個字，卻始終打不定主意該讓朋友怎麼稱呼。我打從十五歲開始，就一直用寶綺思這個名字。我媽媽以前叫我『奴比』，不知你們能否想像這種事情。」

「在銀河標準語中，『寶綺思』代表『無上歡喜』或『快樂至極』的意思。」裴洛拉特說。

「在蓋婭的語言中也是這個意思，它跟銀河標準語沒有非常大的差別，而『無上歡喜』正是我想帶給別人的印象。」

「我叫詹諾夫．裴洛拉特。」

「我知道。而另外這位先生，這位大嗓門，叫作葛蘭．崔維茲。我們是從賽協爾聽來的。」

崔維茲立刻瞇起雙眼問道：「你是怎樣聽來的？」

寶綺思轉身望著他，以平靜的口氣說：「不是我，是蓋婭聽來的。」

裴洛拉特說：「寶綺思小姐，我能否跟我的同伴私下說幾句話？」

「當然可以，不過你該知道，我們還有正事要辦。」

「我不會耽擱太久的。」裴洛拉特一面說，一面猛扯崔維茲的手肘，硬把他拖進隔壁艙房。

崔維茲悄聲說：「這樣做是幹什麼？我確定她仍然能夠聽到我們講話，或許還能讀取我們的心思，這該死的東西。」

「不管她能不能，我們暫時需要一點隔絕的感覺。聽好，老弟，別再難爲她了。我們根本無計可施，拿她出氣絕不是辦法。她只是個負責傳話的女孩，可能跟我們一樣身不由己。其實，只要她在太空艇上，我們大概就不會有危險；他們若是打算摧毀**遠星號**，就不會讓她上來了。你要是一直這麼兇，他們或許就會把她撤走，然後摧毀這艘太空艇——當然包括我們在內。」

「我可不喜歡任人擺佈。」崔維茲氣急敗壞地說。

「誰又喜歡呢？可是兇神惡煞的態度卻無濟於事，只能讓你變成一個任人擺佈的兇神惡煞。喔，我親愛的兄弟，我不是故意要對你這般兇巴巴，如果我過分苛責你，你也一定要原諒我，但是無論如何別責怪那個女孩。」

「詹諾夫，以她的年紀，足以當你的么女了。」

裴洛拉特板起臉孔。「所以我們更應該對她和顏悅色，但我不知道你這句話可有什麼言外之意。」

崔維茲想了一下，臉上的陰霾便一掃而空。「很好，你說得對，是我錯了。不過他們派一個女孩來，也未免太氣人了。比如說，至少也該派個軍官來，讓我們多少感到有點，嗯，份量。只派一個女孩？她還一直說這都是蓋婭的意思？」

「她也許是指某位以蓋婭當榮銜的領導者，或是指這個行星的議會。我們遲早會查出眞相，但也許不是直接問出來。」

「男人愛死了她那副軀體！」崔維茲說：「呸！因爲她屁股大！」

「沒有人要你去愛死它，葛蘭。」裴洛拉特好言相勸：「好啦！讓她自嘲一番又有何妨。我自己認爲這樣很有意思，而且很友善。」

兩人走到艙門口，發現寶綺思站在電腦旁邊，俯身打量著電腦的元件。她的雙手一直背在背後，彷彿生怕不小心會碰到電腦。

當他們低下頭，鑽過矮小的艙門時，寶綺思抬起頭來。「眞是一艘了不起的太空艇。」她說：

「眼前的東西，我至少有一半毫無概念。但你們如果要送我一份見面禮，它當然最合適。它好漂亮，讓我的太空船相形見絀。」

她臉上突然顯現強烈的好奇。「你們眞是從基地來的？」

「你又是如何聽說基地的？」裴洛拉特反問。

「我們在學校學到的，主要是由於騾。」

「爲什麼是由於騾呢，寶綺思？」

「他是我們的一份子啊，先……你的名字可以用哪個字當簡稱，先生？」

裴洛拉特說：「詹或裴都可以，你喜歡哪一個？」

「他是我們的一份子啊，裴。」寶綺思露出老友般的笑容，「他生於蓋婭，可是似乎誰也不知道確實地點。」

崔維茲接口道：「我想他一定是蓋婭的英雄，寶綺思，對嗎？」他的態度突然變得過分友善，幾乎令人無法招架。他一面說，一面朝裴洛拉特遞了一個眼色，意思是要他放心。「你可以稱我崔。」他補充道。

「喔，不對。」她立刻答道：「他是一名罪犯，未經許可就離開蓋婭，誰都不該那麼做。誰也不知道他是如何溜走的，反正他就是溜了，我猜這就是他沒有好下場的原因。基地最後把他打敗了。」

「你是說第二基地嗎？」崔維茲問。

「還有另一個嗎？我相信如果好好想一想，我應該就會知道，但是我對歷史沒興趣，眞的。我的想法是，只有蓋婭認爲最有用的東西，我才會感興趣。如果我對歷史毫不在意，那是因爲歷史學家夠多了，或者我天生就不適合。我可能正在接受太空技師的養成訓練，我一直被指派從事這類工作，而且我好像也很喜歡。這是理所當然的事，假如我不喜歡……」

她說得愈來愈快，幾乎沒有換過氣，崔維茲好不容易才插進一句話：「到底誰是蓋婭？」

寶綺思露出困惑的表情。「蓋婭就是蓋婭。拜託，裴，崔，讓我們辦正事吧，我們得趕緊著陸。」

「我們不是正在降落嗎？」

「沒錯，可是太慢了。蓋婭覺得，如果你們讓這艘太空艇發揮潛力，速度能比現在快得多。你們願意這麼做嗎？」

「我們可以這麼做。」崔維茲繃著臉說：「但如果把控制權交還給我，我不是很可能朝反方向飛走嗎？」

寶綺思哈哈大笑。「你這個人眞逗。蓋婭不想讓你走的方向，你當然沒辦法走。可是蓋婭想要你走的方向，你就能走得比現在更快。懂了嗎？」

「懂了。」崔維茲說：「我會試著控制自己的幽默感。我應該在哪裡著陸？」

「用不著操心。你只管往下降，就會在正確的地點著陸，蓋婭會確保這一點。」

裴洛拉特說：「而你會一直陪著我們，寶綺思，以確保我們受到良好的待遇？」

「我想應該沒問題。讓我想想看，通常本人的服務費——我是指這種服務——可由本人的收支卡入帳。」

「而另外的服務呢？」

寶綺思吃吃笑了起來。「你眞是個老可愛。」

裴洛拉特心頭一凜。

3

當太空艇朝蓋婭高速俯衝時，寶綺思興奮得像個天眞無邪的孩子。她說：「根本沒有加速的感覺嘛。」

「它是由重力驅動的。」裴洛拉特說：「每樣東西都同時被加速，包括我們在內，所以我們什麼也感覺不到。」

「但這是怎麼做到的呢，裴？」

裴洛拉特聳了聳肩。「我想崔該知道，」他說：「但我想他目前沒心情談這個。」

崔維茲正操縱著太空艇，順著蓋婭的重力勢阱猛然下衝。正如寶綺思剛才所說，對於他所下達的指令，電腦只能接受一部分。當他試圖斜向跨越重力線時，電腦雖然有些遲疑，最後還是接受了。但每當他試圖向上攀升，電腦則一概不予理會。

他仍舊不是太空艇的主人。

裴洛拉特好言勸道：「你降落的速度是不是快了些，葛蘭？」

崔維茲盡量避免發火（主要還是為了裴洛拉特著想），他用單調平板的語氣說：「那位小姐講過，蓋婭會照顧我們。」

寶綺思說：「是啊，裴，蓋婭不會讓這艘船做任何危險的事。你們有沒有什麼吃的？」

「當然有。」裴洛拉特說：「你想吃些什麼？」

「不要肉類，裴。」寶綺思頗有定見地說：「但我能吃魚或蛋類，此外有任何蔬菜都好。」

「我們有些食物是在賽協爾添購的，寶綺思。」裴洛拉特說：「我不太確定裡面是些什麼，但你或許會喜歡。」

「好啊，那我就嚐嚐看。」寶綺思的語氣聽來不大有信心。

「蓋婭上的人都是素食者嗎？」裴洛拉特問道。

「很多都是。」寶綺思使勁點著頭，「不過，主要還是取決於身體需要何種養分。我最近對肉類沒胃口，所以我想自己目前並不需要。我現在也不想吃任何甜食，卻認為乾酪很好吃，還有蝦米也是。我猜我也許需要減肥了。」她拍了拍右半邊屁股，響起「啪」的一聲。「這裡就需要減掉五、六磅。」

「我倒不這麼想。」裴洛拉特說：「這樣子你坐著比較舒服。」

寶綺思盡可能扭著頭，望向自己的臀部。「算啦，沒什麼關係。體重會順其自然增減，我自己不該操心。」

崔維茲忙著跟**遠星號**奮戰，所以一直沒有說話。剛才他猶豫了稍微久一點，太空艇無法再做繞軌飛行，正從外氣層底緣呼嘯而過。崔維茲發現，太空艇愈來愈不受自己控制，好像那個外力已經學會如何操縱重力引擎。此時**遠星號**顯然一切自動，它沿著一條弧形軌跡升到稀薄的大氣中，然後急遽減速。接著它又自行選擇一條路徑，一路劃著優美的弧線緩緩落下。

寶綺思毫不理會空氣阻力造成的尖銳噪音，專心聞著罐頭冒出的蒸氣。她說：「這一定很適合我，裴，否則聞起來不會那麼香，我還會覺得倒胃口。」她將一根纖細的手指伸進罐頭，再用舌頭舔了舔。「你猜得果然沒錯，裴。正是蝦米之類的東西，太好了！」

崔維茲氣呼呼地舉起雙手，向電腦投降。

「小姐。」聽他的口氣，好像是頭一次跟她說話。

「我的名字叫寶綺思。」她堅決地說。

「好吧，寶綺思！你原本就知道我們的名字。」

「是的，崔。」

「你是怎麼知道的？」

「這很重要，我必須知道才能順利執行任務，所以我就知道了。」

「你知道曼恩·李·康普是誰嗎？」

「如果他對我很重要，那我就會知道。既然我不知道他是誰，康普先生就不會到這裡來。這一回，」她頓了一會兒，「除了你們兩位，不會再有其他人來。」

「等著瞧吧。」

他向下俯瞰，發現這是一顆多雲的行星。但雲層不是厚實的一整塊，而是一片片散佈得極爲均勻，以致整個行星表面沒有一處看得清楚。

他將掃瞄儀調到微波頻帶，雷達幕隨即亮了起來，看得出地表幾乎是天空的倒影。蓋婭似乎是個由群島構成的世界，有些類似端點星，不過島嶼數目更多，而且更爲平均。其中沒有任何太大或是太過孤立的島嶼，簡直就是行星規模的多島海。雖然太空艇的軌道與赤道面夾著很大的角度，崔維茲卻沒有看到冰冠的蹤跡。

通常每個世界都有些人口集中地帶，例如能從夜面的照明分佈看出來，但在這裡，他看不出任何顯著的人口分佈趨勢。

「我會降落在首都附近嗎，寶綺思？」崔維茲問。

寶綺思輕描淡寫地答道：「蓋婭會讓你降落在適當的地點。」

「我比較喜歡大城市。」

「你是指擠著一大群人的地方？」

「對。」

「這得由蓋婭決定。」

太空艇繼續向下降，崔維茲開始猜測它將落在哪個島上，藉此打發無聊的時間。

不管目的地是哪一個島，顯然一小時內就要著陸了。

4

太空艇像羽毛般輕巧地落到地面，沒有產生一點衝擊，也沒有任何異常的重力效應。他們三人魚貫地走出來，寶綺思走在前面，接著是裴洛拉特，最後才是崔維茲。

天氣跟端點市的初夏相仿。不時襲來陣陣和風，而多雲的天空透出明亮的陽光，像是近午時分的光景。腳下是一大片綠地，一側密植著一排排的樹木，顯然是個果樹園，另一側則是綿長的海岸線。

他們聽到一些低沉的嗡嗡聲，可能是昆蟲類發出來的。頭上還掠過一隻飛鳥，或是某種會飛的小型生物。遠處又傳來一連串「卡啦卡啦」的聲響，似乎是農機發出的噪音。

第一個開口的是裴洛拉特，但他所說的和眼見耳聞都沒有關係。他先猛力吸了一口氣，然後說：「啊，好香，像是剛做好的蘋果醬。」

崔維茲說：「我們眼前可能就是個蘋果園，看來他們正在做蘋果醬。」

「反之，在你們的太空艇上，」寶綺思說：「聞起來卻像……唉，反正味道很可怕。」

「剛才在上面，你並沒有抱怨。」崔維茲咆哮道。

「我得講禮貌啊。在你們的太空艇上，我總是客人。」

「現在又怎麼不維持禮貌了？」

「現在回到我自己的世界。你們成了客人，該你們講禮貌。」

裴洛拉特道：「她說太空艇有股怪味，可能眞說對了，葛蘭。有沒有辦法給它換換空氣？」

「有，可以做得到。」崔維茲隨即答道：「只要這個小東西能向我們保證，不會有人對太空艇動手腳。她剛才已經向我們證明，她能以不尋常的力量控制太空艇。」

寶綺思立刻抬頭挺胸，站得筆直。「我並沒有那麼小。如果太空艇不再受外力控制，你就能把裡面清理乾淨，我保證十分樂意跟你配合。」

「那麼，可以帶我們去見你口中那位蓋婭了吧？」崔維茲說。

寶綺思似乎被逗樂了。「我不知道你會不會相信，崔，但我就是蓋婭。」

崔維茲瞠目結舌。他常常聽到「收攝心神」這句成語，不過都是比喻而已。今天是他有生以來第一次，感到自己實實在在經歷了這種過程。最後，他終於吐出一個字：「你？」

「是的。還有這片土地，還有那些樹木，以及草叢裡那隻兔子，以及那位站在樹林中的人。整個行星和它上面的萬事萬物，全部是蓋婭。我們都是單獨的個體，都是獨立的生物體，可是我們全部分享一個整體意識。其中無生命的行星佔得最少，不同型式的生命各佔不同比例，而人類佔了絕大多數——但大家多少都擁有一部分。」

裴洛拉特說：「我想，崔維茲，她所謂的蓋婭，是指某種群體意識。」

崔維茲點了點頭。「我也想到了。既然如此，寶綺思，是誰在治理這個世界呢？」

寶綺思說：「一切自治自理。那些樹木自動自發地長得整整齊齊，而且繁殖得不多不少，剛好取代由於各種原因死去的樹木。人類需要多少蘋果，就會採收多少。而其他的動物，包括昆蟲在內，都只攝取自己所需的份量，不會多吃一點。」

「每隻昆蟲都知道該吃多少，是嗎？」崔維茲問道。

「對，可以說牠們都知道。有需要的時候便會降雨，有時雨下得很大，那是因爲必須如此；有時又會有持續不斷的乾旱，那也是因爲有這個需要。」

「雨點也知道該做些什麼，是嗎？」

「對，它們也知道。」寶綺思非常嚴肅地說：「你的身體裡面有各種不同的細胞，它們難道不曉得該做些什麼嗎？比方說何時生長，何時停止，何時形成某種物質，何時不該形成——而在形成那些物質的時候，它們又拿捏得恰到好處，剛好不多不少。就某個層次而言，每個細胞都是一座獨立的化學工廠，但是它們所使用的原料，都來自共同的運輸系統；它們所排放的廢料，又全都送到共同的排放管道。就這樣，每個細胞對整體意識都做出一份貢獻。」

裴洛拉特聽得有些著迷，他說：「這實在太神奇了。你是說這顆行星是個超級生命體，而你只是它的一個細胞。」

「我只是打個比方，並非劃上等號。我們好比細胞，但我們並不等於細胞。你能瞭解這個分際嗎？」

崔維茲問道：「你們哪一方面跟細胞不同？」

「我們自己就是由許多細胞組成，對這些細胞而言，它們擁有一個群體意識。這個群體意識對應一個獨立的生物體，拿我來說，便是一個人類……」

「有著一副讓男人愛死的軀體。」

「完全正確。我的意識遠超過任何一個細胞所擁有的意識，兩者的程度天差地遠。然後，我們又是更高層次群體意識的一部分，但這個事實不會將我們貶到細胞的層次。我仍然是一個人，只不過在我之上，還有一個巨大的群體意識，是我完全無法掌握的。就好像我的二頭肌細胞，怎麼樣也不能瞭解我的意識一樣。」

崔維茲說：「抓住太空艇的這項行動，總該有人授意吧。」

「不，不是某個人！那是蓋婭的意思，是我們全體的意思。」

「連樹木和土地在內嗎，寶綺思？」

「它們的貢獻非常少，但還是有一點。聽好，一位音樂家寫出一首交響樂之後，難道你會追問，那是他身上哪些特殊細胞授意和監督的結果嗎？」

裴洛拉特說：「我認為，這個群體意識所塑造的群體心靈——姑且這麼稱呼它——一定比個體心靈強大許多，正如一塊肌肉遠比一個肌肉細胞強壯。因此，蓋婭才能在很遠的距離外，藉著控制我們那台電腦，捕獲我們的太空艇。雖然在這顆行星上，沒有任何個體心靈做得到這件事。」

「你瞭解得極其透徹，裴。」寶綺思說。

「我也瞭解，」崔維茲說：「這沒有什麼難懂的。可是你們究竟要我們做什麼？我們並不是來攻擊你們，我們只是來這裡找資料。為什麼你們要捕捉我們？」

「因為要跟你們談談。」

「你可以在太空艇上跟我們談。」

寶綺思嚴肅地搖了搖頭。「我不是負責跟你們談的人。」

「你不是這個群體心靈的一部分嗎？」

「當然是，但我不能像鳥那樣飛，像昆蟲那樣鳴叫，或者長得像樹那樣高。我做的都是最適合我的事，而我不是提供你們資訊的最佳人選——雖然那些知識可以輕易灌輸給我。」

「誰決定不要灌輸給你的？」

「我們全體決定的。」

「這些資訊會由誰來提供給我們呢？」

「杜姆。」

「杜姆是誰？」

「這個嘛，」寶綺思說：「他的全名是恩杜姆安迪歐維查瑪隆德雅索……等等等等。不同的人在不同的場合，會使用不同的簡稱來稱呼他，但我一向都稱他杜姆，我想你們兩位也可以用這個簡稱。在這顆行星上，他可能是享有蓋婭最多的人，而他就住在這個島上。他提出和你們見面的要求，並且獲得了允許。」

「誰允許的？」崔維茲問，但他自己隨即想到答案。「我知道了，是你們全體決定的。」

寶綺思點了點頭。

裴洛拉特說：「我們何時可以見到杜姆，寶綺思？」

「馬上就可以。請跟我來，裴，我現在就帶你去見他。當然還有你，崔。」

「然後你就要走了嗎？」裴洛拉特問。

「你不希望我走嗎，裴？」

「老實講，不希望。」

「你又來了。」她帶他們走過果園旁一條平緩的石子路，一面走一面說：「男人見到我沒多久，都會開始著迷。即使德高望重的老者，也無法克制少年般的熱情。」

裴洛拉特哈哈大笑。「我可不指望還有少年般的熱情，寶綺思，可是如果真的還有，我想必定是由於你的緣故。」

寶綺思說：「喔，可別低估你少年般的熱情，我能創造奇蹟。」

崔維茲不耐煩地問道：「我們抵達目的地之後，還要再等多久才能見到這位杜姆？」

「他就在那裡等你。畢竟，杜姆透過蓋婭籌備了好多年，才把你帶到這裡來。」

崔維茲停下腳步，迅速向裴洛拉特望去，後者做了幾個無聲的口型：你猜對了。

寶綺思仍然直視著前方，以冷靜的口吻說：「我知道，崔，你已經在懷疑我／們／蓋婭對你有興趣。」

「我／們／蓋婭？」裴洛拉特輕聲覆誦。

寶綺思轉頭朝裴洛拉特微微一笑。「我們有一大套繁複的代名詞，用來表達蓋婭和個體之間的種種微妙關係。我可以好好向你解釋一番，不過在此之前，『我／們／蓋婭』勉強可以表達我的意思——請繼續走吧，崔，杜姆正在等你呢。我不想強迫你的雙腳違背你的意志，除非你習慣了，否則會是一種很不舒服的感覺。」

崔維茲繼續向前走。在他投向寶綺思的目光中，混雜著深沉無比的懷疑。

5

杜姆是一位老先生。他用音樂般流暢而富有抑揚頓挫的聲調，吟誦了一遍長達二百五十三個字的名字。

「在某種程度上，」他說：「這串名字就是我的略傳。它可以讓聽到的、讀到的或者感應到的人，瞭解我的背景、我在整體中扮演的角色，以及我的種種成就。然而，五十多年來，我都習慣別人稱我杜姆。如果還會提到其他的杜姆，我可以改稱杜姆安迪歐。而在不同的專業領域中，我還會使用一些不同的簡稱。每過一個蓋婭年，在我的生日那天，我都會在心中默誦一遍自己的全名，就像我剛才唸誦給你們聽那樣。這樣做能令人印象深刻，但我自己難免感到尷尬。」

他又高又瘦，幾乎到了皮包骨的地步。雖然他行動相當遲緩，深陷的眼珠卻閃著異樣的青春光芒；高挺的鼻子又細又長，可是鼻孔張得很大；雙手雖然佈滿青筋，不過看不出關節炎的跡象。他穿著一件很長的袍子，顏色跟他的頭髮一樣灰。袍子一直垂到足踝附近，下面是一雙涼鞋，腳趾全部裸露在外。

崔維茲問道：「閣下，請問您高壽？」

「請稱呼我杜姆吧，崔。使用稱謂顯得太正式，會使你我難以自由交換意見。以銀河標準年計算，我剛滿九十三歲，可是根據蓋婭年，我還要再等幾個月，才會慶祝九十歲的生日。」

「如果要我猜，我會猜您頂多不過七十五歲，閣……杜姆。」崔維茲說。

「以蓋婭的標準而言，崔，不論我的實際年齡或者外表，其實都不能算老。不過別提這個了，大家吃飽了嗎？」

裴洛拉特低頭看了看自己的餐盤，裡面還剩下不少食物，他從來沒吃過烹調這麼隨便的一餐，簡直淡而無味到了極點。他用心虛的口吻說：「杜姆，我可不可以問一個冒昧的問題？當然，如果冒犯了您，請您務必明講，我會馬上收回。」

「請說吧，」杜姆笑道：「不論你對蓋婭哪方面感到好奇，我都很樂意為你解釋。」

「爲什麼呢？」崔維茲立刻追問。

「因爲兩位是我的貴客。我能聽聽裴的問題嗎？」

裴洛拉特說：「既然蓋婭上的萬事萬物，分享著同一個群體意識，那麼您身爲這個群體的一份子，又如何能吃這份食物呢？它顯然也是群體的一份子。」

「有道理！可是萬事萬物都在不斷循環。我們必須進食，而我們所吃的每一樣東西，不論植物或動物，甚至包括沒有生命的調味料，都是蓋婭的一部分。可是，你知道嗎，我們不會爲了娛樂或運動而殺生；當我們不得不殺生的時候，也不會讓生靈遭受無謂的痛苦。只怕我們從來不曾在食物的色香味上多花功夫，因爲蓋婭人除非需要食物，否則不會無緣無故吃東西。你們認爲這頓飯並不算享受，裴？崔？嗯，吃飯本來就不該是一種享受。

「不管怎麼說，被我們吃進去的東西，仍是這顆行星意識的一部分。只要其中某些成分和我的身體合而爲一，它就能分享較多的整體意識。我死去後，也一樣會被吃掉，縱使只是被細菌吃掉。到了那個時候，我能分享的整體意識就小得多了。但是總有一天，我的某些部分會轉移到其他人身上，轉移到許多人身上。」

裴洛拉特說：「這是一種靈魂的輪迴。」

「一種什麼，裴？」

「我說的是一則古老的神話，不過有些世界依然很流行。」

「啊，我竟然不知道，改天你一定要告訴我。」

崔維茲說：「可是您的個體意識——您之所以是杜姆的各種特質——卻永遠無法完全重組。」

「不能，當然不能，但這又有什麼關係呢？我仍會是蓋婭的一部分，那就夠了。我們這裡有些玄學家，想到或許該設法建立對於過去的群體記憶，可是蓋婭意識認爲實際上是行不通的，而且根本沒有任何用處，反倒會模糊了現有的意識。當然，如果大環境逐漸改變，蓋婭意識或許也會跟著改變，但在可預見的未來，我卻看不出有任何機會。」

「爲什麼您必須死呢，杜姆？」崔維茲問道：「既然您九十幾歲還老當益壯，難道這個群體意識就不能……」

杜姆首度皺起了眉頭。「絕對不能。」他說：「我能做的貢獻就只有那麼多。每一個新的個體，都是分子與基因的一次重新組合。如此才能產生新的才幹、新的能力，才能爲蓋婭做出新的貢獻。我們必須不斷補充新血，而唯一的方法就是騰出空位。我已經比大多數人貢獻了更多，但我仍有本身的極限，如今也漸漸逼近了。我不想活過生命的大限，正如我不願在大限之前死去。」

說到這裡，他好像發覺氣氛突然轉趨沉重，於是站了起來，向兩位客人伸出雙臂。「來吧，崔，裴，到我的工作室去，我給你們看看我自己做的一些藝品。希望你們不會見笑，老頭子難免也有點虛榮心。」

他帶領兩位客人來到另一個房間，在一張小圓桌上，擺著許多灰暗的透鏡，全都兩兩成對連在一起。

「這些，」杜姆說：「都是我設計的『融會鏡』。我並不算箇中翹楚，但我專研『無生融會鏡』，而名匠幾乎都懶得在這方面花工夫。」

裴洛拉特問道：「我能拿一個來看看嗎？會不會很容易打碎？」

「不會的，如果你想試試，大可用力摔到地板上。但最好還是別那樣做，振盪可能令它的敏銳度降低。」

「要怎樣使用呢，杜姆？」

「把它放在眼睛上面，它就會緊緊貼住。這種裝置不會透光，恰恰相反，它可以遮蔽令你分神的光線。不過，感覺仍會經由視神經傳到大腦。它能使你的意識變得更敏銳，以融入蓋婭其他各個層面。換句話說，如果透過它觀看一堵牆，你將體會到那堵牆自己的感覺。」

「太奇妙了。」裴洛拉特喃喃道：「我可以試試看嗎？」

「當然可以，裴，你可以隨便選一個。每一個的構造都不盡相同，可以顯示牆壁——或是你觀看的任何無生物——意識中各種不同的風貌。」

裴洛拉特拿起一副放在眼睛上，立刻感覺鏡片貼住眼球。他先是嚇了一跳，然後一動不動呆立良久。

杜姆說：「你看夠了之後，將兩手放在融會鏡左右兩側，向中間壓一下，它就會自動脫落。」

裴洛拉特依言照做，鏡片果然落下來。他猛眨一陣眼睛，又伸出雙手揉了揉。

杜姆問道：「你有什麼體會嗎？」

裴洛拉特說：「很難形容，牆壁似乎變得閃爍晶瑩，有時好像又變成流轉的液體。它似乎有一副骨架，而且幾何結構不停變換。可是我……我很抱歉，杜姆，我並不覺得有什麼意思。」

杜姆嘆了一聲。「你並沒有融入蓋婭，所以你看到的和我們不同。我本來就在擔心這件事，眞糟糕！但有一點我可以保證，雖然這些融會鏡主要的價值在於藝術欣賞，不過它們也有實際的用途。因爲一堵快樂的牆壁，也就是一堵長壽的牆壁、實用的牆壁、有效的牆壁。」

「快樂的牆壁？」崔維茲笑著問道。

杜姆說：「牆壁具有一種微弱的感覺，和人類所謂的『快樂』相仿。只要是設計精良、根基穩固、結構勻稱而不至產生難過的應力，它就是一堵快樂的牆壁。力學原理雖然能幫工程師做出優良的設計，但唯有使用合適的融會鏡，才能眞正微調到原子的尺度。蓋婭的雕刻家想要做出一流藝術品，沒有精巧的融會鏡是絕對辦不到的。而我所製做的這種特殊型式，不怕你們笑我自誇，可以說是有口皆碑。

「『有生融會鏡』並不是我的專長，」杜姆愈說愈興奮，跟任何人提到自己的嗜好沒有兩樣。「不過道理相同，它能讓我們直接體會到生態結構。蓋婭的生態相當簡單，跟其他行星並無不同，但是，至少我們希望能把它變得複雜些，俾使整體意識能夠更加豐富。」

裴洛拉特似乎有話要說，崔維茲卻舉起手來對他揮了揮，示意他別插嘴，然後自己問道：「既然所有的行星都只有簡單的生態，您怎麼知道蓋婭有可能超越這一點呢？」

「啊，」杜姆的雙眼閃耀出機智的光采，「你在測驗我這個老頭子。其實你跟我一樣明白，人類的故鄉『地球』曾經擁有極其複雜的生態。只有簡單生態的僅是那些次級世界，也就是所謂的衍生世界。」

裴洛拉特不甘心保持沉默。「這正是我鑽研了一輩子的題目。爲何唯獨地球產生複雜的生態？它跟其他世界有什麼不同？爲什麼銀河其他百千萬個世界——那些能夠產生生命的世界——都只發展出大同小異的植物生命，頂多還有一些小型的、沒有智慧的動物？」

杜姆說：「關於這個問題，我們這裡有個傳說。或許只是個傳奇故事，我不敢保證它的眞實性。事實上，它聽起來的確像是虛構的故事。」

寶綺思直到現在才走進來，剛才吃飯時她並沒有在場。她換了一件銀色的衣裳，質地極薄極透明。

她衝著裴洛拉特微微一笑，裴洛拉特連忙起身說：「我以爲你已經走了。」

「才不會呢。我剛才在趕幾份報告，以及其他的工作。現在我可以加入你們嗎，杜姆？」

杜姆也早就站了起來（不過崔維茲卻始終坐著）。「萬分歡迎，你讓我這對老眼爲之一亮。」

「我穿這身衣裳，就是專門爲了讓您養眼的。裴已經達到不動心的境界，而崔根本不喜歡這一套。」

裴洛拉特說：「如果你認爲我對這些事不動心，寶綺思，哪天我會給你一個驚奇。」

「那一定是個可愛的驚奇。」寶綺思一面說，一面坐了下來，兩位男士也跟著她一同坐下。

「請繼續，別讓我打斷你們。」

於是杜姆說：「我正要告訴兩位客人有關『永恆之境』的故事。想要瞭解這個故事，必須先瞭解一個理論：很多不同的宇宙可能同時存在，事實上應該是無限多。宇宙中所發生的每一個事件，其實都有可能不會發生，或是以不同的方式出現。在衆多的可能性中，每一個都會導致未來的一連串事件，而每個未來都會多少有些不同。

「寶綺思可能剛才並未進來，她也可能早一些加入我們，或者早很多，或者現在才走進來。她也許會穿不同的衣裳，即使穿著這件衣裳，她也可能不會遵從風俗，對老者露出淘氣的笑容。光是她走進來這件事，就有許許多多其他的可能，而在眾多的可能性中，每一個都會使宇宙跨入不同的軌跡。以此類推，每一個事件的不同版本，不論事件多麼小，都會使宇宙的未來有所不同。」

崔維茲有點坐不住了。「我相信，這是量子力學中一個很普通的臆測。事實上，還是非常古老的一個。」

「啊，原來你聽過，但還是讓我繼續說下去。請想像人類有辦法將無限多的宇宙通通凍結，並任意遊走各個宇宙，還能從中選取一個眞實的宇宙，暫且不論『眞實』在此做什麼解釋。」

崔維茲說：「我聽得懂您的話，甚至能夠想像您所描述的觀念，但我就是無法相信這種事情眞會發生。」

「其實，我也不能全盤接受，」杜姆答道：「因此我才會說，它從頭到尾都像個傳奇。然而根據這個傳奇故事，有些人能夠跨出時間座標，對無窮多個可能成為眞實的宇宙一一檢查。這些人叫作永恆使者，他們跨出時間座標之際，就是進入了永恆之境。

「這些人的任務，是要選擇一個最適合人類的『實相』。他們曾經不斷修正自己的決定——故事發展到這裡，情節變得十分瑣碎，我得提醒你們，這個故事是以冗長的史詩形式寫成的。最後，他們終於找到一個宇宙（故事是這麼說的），而在這個宇宙中，整個銀河唯獨地球擁有複雜的生態系，也只有地球能發展出足以創造高科技的智慧型物種。

「他們判斷人類在這個情況之下最為安全，於是將這一串事件固定為實相，便終止了這項工作。因此，如今銀河中只有人類一種智慧生物。而人類在殖民銀河的過程中，有意無意間帶了許多動植物和微生物同行，結果在各個行星上，源自地球的物種往往征服了固有的生命。

「在朦朧迷濛的機率空間裡面，其實還有其他許多實相存在，而在那些實相中，銀河擁有許多種智慧生物。可是我們全部無法觸及，我們被單獨禁錮在這個實相之中。在這個實相所發生的每個行動或事件，都會產生許多新的分枝，但是宇宙每次分歧時，只會有一個分枝成為實相的延續。所以說，應該有數量眾多的潛在宇宙——或許有無限多——從我們的實相中產生，但理論上它們都是類似的，也就是說在每個潛在宇宙中，我們這個銀河都只有單一的智慧生物。或許我應該說，另類宇宙所佔的比例實在太小太小了，這是因為可能性有無窮多，排除任何可能都是危險的斷言。」

他停了一下，微微聳了聳肩，又補充道：「至少，故事是這麼說的。這個故事早在蓋婭建立之前就在流傳，我不敢保證它是真的。」

其他三人一直都在專心聆聽。此時寶綺思點了點頭，好像她早就聽過這個故事，點頭是代表杜姆並沒有講錯什麼。

裴洛拉特則維持著莊嚴肅穆的神態，將近一分鐘之久，然後他握緊拳頭，用力打在座椅扶手上。

「不，」他用嘶啞的聲音說：「這毫無意義。我們無法藉由觀測或推理，來證明這個故事的真實性，所以它只能算一種臆測。但是姑且不追究這一點，假設它的確是真的！我們置身的這個宇宙，仍舊只有地球發展出豐富的生命和智慧型物種，所以在這個宇宙中——不論它是僅此一家，還是無限多個可能中的一個——地球這顆行星一定有什麼獨一無二之處。我們仍然要探究這個唯一性到底是什麼。」

接下來又是好一陣子的靜默，結果是崔維茲最先做出反應，搖了搖頭。

「不對，詹諾夫，」他道：「話不是這麼說。讓我們做一個假設：在銀河的十億顆可住人行星中，只有地球（純粹出於巧合）發展出豐富的生態，最後終於產生智慧生物，這樣的機會是一比十億兆，也就是十的二十一次方分之一。那麼在這個前提下，在十的二十一次方個潛在實相中，就有一個實相含有這樣的一個銀河，而那些永恆使者剛好選擇了它。因此在我們這個宇宙的這個銀河中，只有地球這顆行星能夠發展出複雜的生態、智慧型物種，以及高等的科技——這並不是因為地球有什麼特別之處，純粹只是一種巧合。

「事實上，」崔維茲繼續以深思熟慮的口氣說：「我認為應該還有許多其他的實相，其中唯一發展出智慧型物種的行星，分別是蓋婭、賽協爾或端點星，或是某顆在這個實相中毫無生命跡象的行星。當然還有更多的實相，對應於銀河中不僅只有一種智慧型物種，而它們的數目一定很龐大，所以比較之下，上述的極端情形僅佔極微小的比例。我相信，如果那些永恆使者檢查過足夠多的實相，他們就會發現其中有一個，對應於每顆可住人行星都獨立發展出智慧型物種。」

裴洛拉特說：「難道你就不能假設，永恆使者找到一個特殊的實相，其中的地球和其他實相中的地球都不相同，特別適於發展出智慧？事實上，你還可以進一步假設，永恆使者找到一個特殊的實相，其中的銀河和其他實相中的銀河都不相同，只有地球一顆行星能夠發展出智慧。」

崔維茲說：「你可以這麼假設，但我認為我的版本比較有道理。」

「那純粹是主觀的認定，當然……」裴洛拉特有點冒火，杜姆趕緊打岔道：「這只是邏輯上的詭辯。好啦，我們不要破壞一個愉快閒適的夜晚，至少我自己十分珍惜這個氣氛。」

裴洛拉特勉力放鬆緊繃的情緒，讓火氣慢慢消退。最後他終於露出笑容，並且說：「遵命，杜姆。」

寶綺思一直坐在那裡，雙手放在膝蓋上，裝出一本正經的模樣。崔維茲原本一直瞅著她，這時突然說：「這個世界又是怎麼來的，杜姆？我是指蓋婭，以及它的群體意識。」

杜姆仰著頭，以高亢的音調笑了幾聲。當他再度開口的時候，一張老臉堆滿了皺紋。「仍舊只有傳說！當我讀到有關人類歷史的記載時，有時也會想到這個問題。歷史記載不論怎樣仔細地收藏、歸檔、電腦化，時間一久總會模糊不清。故事像滾雪球般增加，傳奇則像灰塵般累積。愈是久遠的歷史，積聚的灰塵就愈厚，最後終於退化成了傳說。」

裴洛拉特說：「我們歷史學家對這種過程相當清楚，杜姆。傳說自有吸引人的地方，大約十五個世紀前，列貝爾．堅納拉特就說過：『精采的虛構情節驅逐乏味的歷史眞相』。現在這句話已經被奉為『堅納拉特定律』。」

「是嗎？」杜姆說：「我還以為這只是我自己發明的諷刺呢。嗯，由於這個堅納拉特定律，我們的歷史充滿朦朧的美感。你們知道機器人是什麼嗎？」

「我們到了賽協爾才知道的。」崔維茲隨口答道。

「你們看到過？」

「不，有人問過我們相同的問題。當我們做出否定的回答後，他就向我們解釋了一番。」

「我懂了。你們可知道，人類曾和機器人共同生活過一段歲月，但相處得並不好。」

「這點我們也聽說了。」

「機器人都受到所謂『機器人學三大法則』的嚴格約束，這可以追溯到史前史。三大法則有好幾種可能的版本，根據正統的看法，內容如下：『一、機器人不得傷害人類，或袖手旁觀坐視人類受到傷害。二、除非違背第一法則，機器人必須服從人類的命令。三、在不違背第一法則及第二法則的情況下，機器人必須保護自己。』

「等到機器人變得愈來愈聰明能幹之後，它們就對這些法則，尤其是至高無上的第一法則，做出愈來愈廣義的詮釋，並且愈來愈以人類的保護者自居。它們的保護剝奪了人類的自由，令人類愈來愈難以忍受。

「機器人完全是出於善意。它們顯然都在為人類著想，為所有人類的幸福不斷努力，偏偏適得其反，更加令人無法消受。

「機器人的每一步進化，都使這種情況更為變本加厲。後來機器人更發展出精神感應力，表示連人類的思想都瞞不過它們，從此以後，人類的行為便受到機器人更嚴密的監督。

「與此同時，機器人的外形變得愈來愈像人類，可是行為仍是不折不扣的機器人，徒具人形只讓它們更惹人反感。所以，這種情況當然會有個了結。」

「為什麼『當然』呢？」裴洛拉特一直聚精會神聽著，直到現在才發問。

杜姆說：「這是鑽邏輯牛角尖的必然結果。最後，機器人進步到了具有足夠的人性，終於體認到人類為何憎惡它們，因為它們名義上雖然為人類著想，實際上卻剝奪了人類應有的一切。結果機器人不得不做出決定，不論人類照顧自己的方式多麼拙劣和沒效率，也許還是讓人類自生自滅比較好。

「因此，據說永恆之境就是機器人建造的，而永恆使者正是那些機器人。它們找到一個特殊的實相，認為人類處身其中最為安全——也就是獨處於銀河中。在盡完照顧人類的責任之後，為了切實而徹底地奉行『第一法則』，那些機器人遂自動終止運作。從此以後，我們才算是真正的人類，靠自己的能力，獨力發展一切。」

杜姆頓了一下，視線輪流掃過崔維茲與裴洛拉特，然後說：「怎麼樣，你們相信這些說法嗎？」

崔維茲緩緩搖了搖頭。「不相信，我從未聽說有任何歷史記載提到這種事。你呢，詹諾夫？」

裴洛拉特說：「某些神話跟這個故事似乎有類似之處。」

「得了吧，詹諾夫，我們隨便哪個人編個故事，只要加上天花亂墜的解釋，都能找到合拍的神話傳說。我指的是歷史，是可靠的記載。」

「喔，這樣的話，據我所知應該沒有。」

杜姆說：「我並不意外。早在機器人銷聲匿跡之前，許多人爲了追求自由，便已成群結隊離開地球，前往更深的太空去建立無機器人的殖民世界。他們大多數來自過度擁擠的地球，當然記得長久以來對機器人的排斥。新的世界一切從頭開始，他們甚至不願回顧過去的痛苦屈辱——人人都像小孩一樣，被迫接受機器人保母的照顧。因此他們沒有保留任何記錄，久而久之便忘得一乾二淨。」

崔維茲說：「這不太可能吧。」

裴洛拉特轉向他說：「不，葛蘭，並非沒有這個可能。每個社會都會自行創造自己的歷史，也都喜歡湮滅卑微的出身；消極的做法是任其被遺忘，積極的做法是虛構一些英雄事蹟。當年的帝國政府，曾經試圖抹殺前帝國時代的歷史，以便製造帝國永恆的神祕假象。此外，超空間紀元之前的歷史記載，現在也幾乎全部消失。而你自己也明白，如今大多數人都不知道地球的存在。」

崔維茲反駁道：「你不能自相矛盾，詹諾夫。如果整個銀河都忘卻了機器人，蓋婭怎麼會記得？」

寶綺思忽然發出女高音般的輕快笑聲。「因爲我們不一樣。」

「是嗎？」崔維茲說：「哪點不一樣？」

杜姆說：「好了，寶綺思，讓我來講吧。兩位端點星的客人，我們的確與衆不同。從機器人國度逃出來的流亡團體，其中有一批人循著賽協爾殖民者的路線，最後終於抵達蓋婭。只有他們這批人，從機器人那裡學到精神感應的技藝。

「你知道嗎，那的確是一門技藝。它是人類心靈與生俱來的潛能，卻必須藉由非常微妙而困難的方式，才有辦法發展出來。想要將這個潛能發揮到極致，需要經過許多代的努力，不過一旦有了好的開始，它就會自動發展下去。我們已經花了兩萬多年的工夫，而蓋婭意識就是這個潛能的極致，但至今尚未達到爐火純青之境。在我們發展精神感應的過程中，很早便體會到群體意識的存在。首先僅限於人類，然後擴及動物，接下來是植物，最後，在幾個世紀前，擴大到了行星本身的無生命結構。

「由於這一切都源自機器人，因此我們並沒有忘記它們。我們將它們視爲導師，而並非我們的保母。我們總是認爲，它們幫我們打開心靈中另一扇門，從此我們再也不希望關上。我們始終懷著感激的心情追念它們。」

崔維茲說：「你們過去曾經是機器人的孩子，現在又成了群體意識的孩子。你們不是跟過去一樣，仍舊失去人性的尊嚴嗎？」

「這是截然不同的兩回事，崔。我們現在所做的，完全出於自己的抉擇，自己的抉擇！兩者不能相提並論。我們並沒有受到外力強迫，是由內而外發展出來的，這點我們絕對不會忘記。此外，我們還有一個與衆不同之處。我們是銀河中獨一無二的世界，再也沒有一個世界和蓋婭一樣。」

「你們怎能如此肯定？」

「我們當然能夠肯定，崔。如果還有一個和我們類似的世界級意識，即使遠在銀河的另一端，我們也偵測得到。比如說，我們就能偵測出來，你們那個第二基地的群體意識正在起步，但這只是最近兩個世紀的事。」

「就是在騾亂時期嗎？」

「對，騾本是我們的一份子。」杜姆顯得面色凝重，「他是一個畸變種，擅自離開了蓋婭。當時我們太過天眞，以爲那是不可能的事，所以沒有及時採取制止行動。後來，當我們將注意力轉移到外在世界時，便發覺了你們所謂的第二基地，於是把這件事留給他們處理。」

崔維茲茫然地瞪著眼睛，好一會兒之後，才喃喃地說：「再來，就接上我們的歷史課本了！」他搖了搖頭，故意提高音量說：「蓋婭這麼做，是不是太孬種了一點？他應該是你們的責任。」

「你說得對。可是等到我們終於放眼銀河，才曉得過去根本是有眼無珠。因此，騾造成的悲劇反倒成了我們的警鐘。直到那個時候，我們才察覺到一個事實，就是我們遲早會面臨一個嚴重的危機。如今危機果然來臨，但多虧騾這樁意外事件，我們早已有充分的準備。」

「什麼樣的危機？」

「一個足以使我們毀滅的危機。」

「我才不相信。你們先後逐退了帝國、騾、賽協爾；你們擁有強大的群體意識，能在千百萬公里之外抓住太空中的船艦。你們又有什麼好怕的？看看寶綺思，她看來一點都不慌張，她並不認爲會有什麼危機。」

寶綺思將一條美腿擱在座椅扶手上，衝著崔維茲扭動趾頭。「我當然不擔心，崔，反正你會處理。」

崔維茲使勁吼道：「我？」

杜姆說：「蓋婭藉著上百種微妙的安排，把你帶到這裡來，就是要你替我們應付這個危機。」

崔維茲瞪著杜姆，表情漸漸由驚愕轉爲憤怒。「我？太空如此浩瀚，爲何偏偏是我？這跟我一點關係也沒有。」

「不管怎麼說，崔維茲，」杜姆用近乎催眠的平靜口吻說：「就是你了。太空雖然浩瀚，卻也只有你了。」

第十八章　碰撞

1

史陀．堅迪柏緩緩向蓋婭之陽推進，幾乎跟崔維茲當初一樣小心翼翼。等到那顆恆星已經像一個小圓盤，必須透過強力濾光鏡觀看，他停了下來，開始考慮下一步行動。

蘇拉．諾微坐在一旁，偶爾抬起頭來，用畏怯的目光望著他。

她突然輕聲說：「師傅？」

「什麼事，諾微？」他心不在焉地問。

「你不高興嗎？」

他馬上抬起頭望著她。「不，只是掛心而已，還記得這個詞嗎？我在考慮到底應該迅速前進，還是要再多等一會兒。我應該表現得非常勇敢嗎，諾微？」

「我認爲你一直都非常勇敢，師傅。」

「勇敢有時是愚蠢的同義詞。」

諾微露出微笑。「學者領袖怎麼可能愚蠢呢？那是個太陽，對不對，師傅？」她指著螢幕說。

堅迪柏點了點頭。

諾微遲疑了一下，又問：「它是不是照耀川陀的太陽？是不是阿姆的太陽？」

堅迪柏答道：「不是的，諾微，它是另一個截然不同的太陽。銀河中有著許多的太陽，總共有幾千億。」

「啊！其實我的腦袋知道這回事，然而，我沒辦法讓自己相信。怎麼會這樣呢，師傅？一個人怎麼會腦袋知道，卻又不相信呢？」

堅迪柏淺淺一笑。「在你的腦子裡，諾微——」當他這麼說的時候，他的意識又自然而然進入她的腦海。就像往常那樣，他輕撫著她的心靈；只是用精神觸鬚輕觸一下，好讓她保持鎮定與安寧。若非有東西吸引他的注意，他會像往常那樣隨即離去。

現在他所感覺到的，只能用精神力學的術語形容，但仍然是一種比喻。諾微的大腦發出幽光，一種極其微弱的光輝。

唯有外在精神力場強行侵入，才會發生這種現象。那個精神力場一定極弱，即使藉著諾微全然光滑的心靈結構，堅迪柏心靈中最靈敏的接收功能也只能勉強感測到。

他厲聲問道：「諾微，你現在感覺如何？」

她張大眼睛。「我感覺很好啊，師傅。」

「你頭暈嗎？思緒不清嗎？趕緊閉上眼睛，一動不動坐著，直到我說『好』爲止。」

她順從地閉上眼睛。堅迪柏謹愼地除去她心靈中雜亂的感覺，同時撫平她的思緒，安慰她的情感，輕輕地撫摸著，撫摸著。他只讓那團幽光留下來，可是它實在太微弱，令他幾乎相信那只是錯覺。

「好。」他剛說完，諾微就睜開了眼睛。

「你感覺如何，諾微？」

「非常平靜，師傅，心如止水。」

顯然它過於微弱，不至對她造成任何可覺察的效應。

他轉身面向電腦，展開另一回合的搏鬥。他必須承認，自己跟這台電腦無法達到水乳交融的程度。或許是因爲他過於習慣直接使用精神力量，透過一個媒介當然不會順手。但他現在是要尋找一艘船艦，而不是一個心靈，藉著電腦的幫助，初步的搜尋工作會更有效率。

他果然發現了一艘可疑的船艦。它遠在五十萬公里外，構造與他所乘的這艘十分相似，不過顯然大得多，而且更爲精密複雜。

一旦電腦幫他找到那艘船艦，堅迪柏的心靈就能接掌後續的工作。他向外送出緊密而集中的精神感應，立刻感覺到（在此『感覺』是精神力學的特殊用法）那艘船艦裡裡外外的一切。

接著，他將心靈朝蓋婭行星的方向延伸幾百萬公里，又隨即撤回。但是這兩次搜尋過程，都不足以明確告訴他，如果精神力場的確來自其中之一，究竟何者才是眞正的場源。

他說：「諾微，不論等一下發生什麼事，我要你一直坐在我身邊。」

「師傅，有危險嗎？」

「你絲毫不必掛心，諾微，我一定確保你的安全。」

「師傅，我並不爲自己的安危掛心。如果有危險，我希望能夠幫助你。」

堅迪柏的語氣頓時溫柔許多，他說：「諾微，你已經幫了很大的忙。由於有你在我身邊，我才能發覺一件很小卻很重要的事。如果沒有你，我或許會一頭栽進泥沼裡，而且陷得很深，也許要花很大力氣才能脫身。」

「我是不是用心靈做到的，師傅，就像你告訴我的那樣？」諾微以驚訝的語氣問道。

「正是這樣，諾微。沒有任何儀器比你的心靈更靈敏，連我都比不上，因爲我的心靈複雜度太高了。」

諾微臉上堆滿了喜悅。「能夠幫助你，我太高興了。」

堅迪柏笑著點了點頭。但他忽然想到自己竟然需要幫助，心情便蒙上一層陰影。他的孩子氣發作了，令他無法接受這個事實。這項任務是他的，只屬於他一個人的。

但這已經是不可能的事。他的勝算正急遽滑落……

2

在川陀上，昆多．桑帝斯感到第一發言者的重擔壓得他快要窒息。自從堅迪柏的太空船從大氣層消失，進入黑暗的太空之後，他就一直閉門沉思，沒有再召開過圓桌會議。

允許堅迪柏單槍匹馬出發，究竟是不是明智之舉？堅迪柏是個相當傑出的人才，但他並非十全十美，有時難免過分自信。堅迪柏最大的缺點在於傲慢自大，而桑帝斯自己最大的缺點（他難過地想）則是老邁年高。

他一次又一次地想到，當年那位偉大的前輩普芮姆．帕佛，曾在銀河各處飛來飛去，親自擺平許多事情，那是多麼危險的行動。有誰能成爲另一個普芮姆．帕佛？堅迪柏行嗎？何況帕佛還有他的妻子爲伴。

其實，堅迪柏也有旅伴，就是那個阿姆女子，但她根本無足輕重，而帕佛的妻子本身也是發言者。

在等待堅迪柏音訊的這段日子，桑帝斯覺得自己一天比一天衰老。日子一天天過去，卻始終音訊全無，他感到神經愈繃愈緊。

當初應該派出一個艦隊，起碼是小型艦隊……

不，圓桌會議不會通過的。

然而……

當訊息終於來到時，他正處於睡眠狀態——睡得極不安穩，身心根本無法鬆懈。前半夜一直刮著強風，令他輾轉反側難以成眠。他像個孩子一樣，想像著風聲中夾雜著人聲。

在他即將進入紛擾的夢鄉之際，最後的念頭是幻想著退位後的輕鬆安逸。雖然他渴望早日卸下重擔，卻也知道目前萬萬使不得，如果他在此時此刻退位，一定是由德拉米繼任第一發言者。

當呼喚傳來的時候，他立即由夢中驚醒，在床上坐了起來。

「你還好吧？」他問。

「好得很，第一發言者。」堅迪柏說：「我們是否應該建立影像聯繫，好讓通訊更加簡單扼要？」

「也許等會兒吧，」桑帝斯說：「先報告一下，情況怎麼樣？」

堅迪柏察覺到對方剛剛睡醒，而且極為疲倦煩躁，因此回答得份外仔細。他說：「我在一顆叫作蓋婭的住人行星附近，據我所知，沒有任何銀河記錄提到過它。」

「這個世界的成員，就是不斷改良謝頓計畫的人？就是反騾？」

「有此可能，第一發言者，這有幾個理由。第一，崔維茲和裴洛拉特所乘坐的太空艇，一直朝向蓋婭前進，現在可能已經在那裡著陸。第二，差不多在距離我五十萬公里外的太空中，出現一艘第一基地的戰艦。」

「大家不會無緣無故對蓋婭這麼感興趣。」

「第一發言者，大家的興趣可能並非不約而同。我來到此地，是因為我一直跟蹤崔維茲，那艘戰艦可能也是因此而來。現在唯一的問題是，崔維茲為什麼到這裡來？」

「你打算跟蹤他到那顆行星去嗎，發言者？」

「我曾經考慮過這個可能性，但是又出現了新的狀況。我現在和蓋婭的距離是一億公里，我感測到周圍太空中有個精神力場，非常均勻而且極端微弱。若非那個阿姆女子的心靈產生聚焦效應，我自己根本不可能察覺。她的心靈很不尋常，我當初願意帶她同行，正是爲了這個目的。」

「所以說，你的猜測是正確的。你認爲德拉米發言者當初知道這一點嗎？」

「當她慫恿我帶那女子同行的時候？我想不太可能。但我卻能善加利用，第一發言者。」

「我很高興你做到了。你是否認爲，堅迪柏發言者，那顆行星就是精神力場的焦點？」

「爲了確定這一點，我必須對數個彼此相距很遠的位置進行測量，以檢驗場的分佈是否具有普遍的球對稱。我的『單向精神探測儀』可能做得到，只是無法肯定。但目前並不適宜再做深入調查，因爲我面對著一艘第一基地的戰艦。」

「它不至於構成威脅吧。」

「很難講。目前爲止，我還不敢說那艘戰艦絕非精神力場的焦點，第一發言者。」

「可是他們……」

「第一發言者，很抱歉，請容許我打個岔。我們並不清楚第一基地如今的科技進展；他們的行動顯得過分自信，可能會給我們來個意外的驚奇。他們是否發明了控制精神力場的裝置，這點我必須先確定才行。簡言之，第一發言者，我所面對的是一群精神力學專家，他們或是在那艘戰艦中，或是在整顆行星上。

「如果他們在那艘戰艦中，那個精神力場未免太過薄弱，根本制不住我，但是他們仍有可能牽制我的行動，而戰艦上的有形武器就足以消滅我。反之，如果焦點是那顆行星，既然在這麼遠都能偵測出來，行星表面的強度想必巨大無比，遠非我所能對付。

「這兩種可能不論何者爲眞，我們都需要架起一個精神網路，一個整體精神網路。在有需要的時候，我要能支配川陀上所有的精神力量。」

第一發言者猶豫起來。「整體精神網路？過去從來沒有用過，甚至沒有人建議過——只有面對騾那次例外。」

「這個危機很可能比騾的威脅更爲嚴重，第一發言者。」

「我不相信圓桌會議會同意。」

「我不認爲您需要徵求他們同意，第一發言者，您應該宣佈進入緊急狀況。」

「用什麼藉口？」

「就把我向您報告的這些告訴他們，第一發言者。」

「德拉米發言者會說你是個無能的儒夫，自己把自己嚇瘋了。」

堅迪柏頓了一下，然後才答道：「我能想像她會說些類似的話，第一發言者，但她愛怎麼說就怎麼說吧，我都承受得了。目前並非我個人的面子或尊嚴受到威脅，而是第二基地本身岌岌可危。」

3

赫拉·布拉諾冷冷一笑，滿佈皺紋的臉龐浮現出更陡峭的起伏。她說：「我想我們可以進軍了，我一切都準備好了。」

柯代爾說：「你仍然確定明白自己在做什麼嗎？」

「如果我眞像你故意說的那樣，已經陷入瘋狂狀態，里奧諾，你還會堅持留在這艘艦上陪我嗎？」

柯代爾聳了聳肩，然後說：「也許還是會的。如果眞是這樣，市長女士，那麼在你做得太過分之前，我仍有一點機會阻止你，勸你改弦易轍，至少讓你慢下來。當然，如果你並沒有發瘋……」

「怎麼樣？」

「嗯，那麼我不希望將來的歷史上，唯獨對你大書特書。我要歷史學家都會提到你身旁還有個我，也許他們還會感到難以下筆，不知該把眞正的功勞歸給誰呢，嗯，市長？」

「高明，里奧諾，眞高明，但你這是白費心機。我在尙未擔任市長之前，早已在傀儡市長身後掌權多年，沒有人會相信在我親自出馬之後，還會允許這種現象繼續存在。」

「等著看吧。」

「不，我們看不到的，這種歷史評價要等我們死後才會出現。然而，我沒什麼好擔心的。我既不擔心歷史的評價，也不擔心那個！」她指了指螢幕。

「康普的太空艇。」柯代爾說。

「沒錯，康普的太空艇，」布拉諾說：「可是康普不在上面。我們有一艘斥候艦偵察到調包的過程。康普的太空艇曾被另一艘船攔下來，有兩個人從那艘船登上他的太空艇，然後康普就到那艘船上去了。」

布拉諾雙手搓了搓。「崔維茲圓滿達成任務。我把他丟到太空中，讓他當一根避雷針，他果然不辱使命，果然吸引到閃電。攔下康普的那艘船，正是來自第二基地。」

「我有點奇怪，你怎能如此確定？」柯代爾一面說，一面掏出煙斗，慢慢塡著煙絲。

「因爲我一直懷疑康普可能受到第二基地控制。他這一生實在太順利，好事總是落到他頭上，而且他又是超空間競逐的大行家。他出賣了崔維茲，這當然可能是野心份子賣友求榮的行爲，可是他爲何做得那麼徹底，彷彿這是超越個人野心的陰謀。」

「全都是臆測，市長！」

「當崔維茲做了一連串躍遷，康普卻像平常一樣輕輕鬆鬆追上之後，我的話就不再是臆測了。」

「他有電腦幫忙，市長。」

布拉諾仰頭靠在椅背上，哈哈大笑幾聲。「我親愛的里奧諾，你每天忙著籌劃複雜的陰謀詭計，忘了小手段有時也很有效。我派康普去跟蹤崔維茲，並不是因爲崔維茲需要跟蹤。哪有這個需要呢？不論崔維茲的行動如何保密，他只要到了非基地的世界，就一定會引人注目。他駕著基地的先進航具，他帶著濃重的端點星口音，他使用基地的信用點，這些都會成爲招惹敵意的招牌。而發生緊急狀況的時候，他自然而然會去找基地官員求助，就像他在賽協爾時那樣——當時他的一舉一動，我們全都立刻知道，而且並沒有透過康普。

「不是那麼回事，」她用意味深長的語氣繼續說：「我派康普出去，就是爲了測驗他這個人，而這個目的果然達到了。我們故意給他一台有問題的電腦，雖然不至於影響太空艇的操作，但絕對無法幫助他做連續躍遷跟蹤。可是，康普仍然毫不費力就做到了。」

「我發現你有很多事沒告訴我，市長，直到你認爲該說的時候才說。」

「我瞞著你的那些事，里奧諾，全是你知不知道都無關痛癢的。我很欣賞你，也一直重用你，但是我的信任有個明確的界限，就像你對我的信任一樣——請別浪費唇舌否認。」

「我不會否認的。」柯代爾冷冰冰地說：「總有一天，市長，我會毫不客氣地提醒你這一點。此時此刻，還有沒有任何我應該知道的事？那艘船的底細究竟如何？假如康普來自第二基地，它當然也是。」

「跟你談話總是一件樂事，里奧諾，你的反應迅捷無比。你知道嗎，第二基地向來懶得掩藏形跡，他們自有辦法讓形跡隱形，或說讓人視而不見。即使他們知道，我們能根據船艦使用能量的方式，輕而易舉辨識它的出處，第二基地份子也從來不想用他人的船艦。無論被任何人發現，他們都能從他心中抹除這段記憶，所以何必多此一舉，事先掩藏形跡呢？總之，我們的斥候艦在目擊那艘接近康普的太空船之後，幾分鐘內就判讀出它的來歷。」

「我猜，現在第二基地會把這件事從我們心中抹除。」

「如果辦得到的話。」布拉諾說：「但他們也許會發現情況變了。」

柯代爾道：「你曾經說，你已經知道第二基地的下落，又說要先收拾蓋婭，然後再去收拾川陀。從你那番話中，我推想那艘船來自川陀。」

「猜得完全正確。你感到意外嗎？」

柯代爾緩緩搖了搖頭。「現在想來一點都不意外。騾首度受挫的那一次，艾布林．米斯、杜倫．達瑞爾和貝泰．達瑞爾都在川陀。貝泰的孫女艾卡蒂．達瑞爾也生在川陀，而在第二基地理論上被摧毀的那個時間點，她曾經回到出生地。在她自己的記載中，有個名叫普芮姆．帕佛的人扮演了關鍵的角色，他在緊要關頭適時出現，身分是一名川陀行商。第二基地就在川陀上，我想這是再明顯不過的事。此外，哈里．謝頓建立兩個基地的時候，他本人也住在川陀。」

「一切十分明顯，只是從來沒有人聯想到這個可能性，而這都是第二基地在背後搗鬼。我剛才說他們不必掩藏形跡，其實就是這個意思。想要不讓任何人追查形跡，對他們而言易如反掌。萬一不小心被人發現了，他們也能將相關記憶清得一乾二淨。」

柯代爾說：「既然如此，我們就不必急著進行他們意料之中的事。在你看來，崔維茲怎麼有辦法斷定第二基地仍舊存在？第二基地為何不趁早制止他？」

布拉諾扳著枯竹般的手指。「第一，崔維茲是個極不尋常的人，他雖然毛躁而不謹慎，卻擁有連我都看不穿的潛能；他也許是個特殊的例外。第二，第二基地並非全然不聞不問，康普很快就盯上崔維茲，然後向我舉發他。第二基地想借我的手制止他，這樣他們就不必冒險公然介入。第三，當我的反應並不完全符合他們預期——既沒有處決或監禁他，也沒有對他施以記憶抹除或動用心靈探測器，而只是將他送到太空去——第二基地便開始採取直接行動，派出自己的太空船跟蹤他。」

她緊抿著嘴，露出得意的表情。「喔，這根避雷針實在太棒了。」

柯代爾說：「那我們下一步要怎麼走？」

「我們要向這位第二基地份子當面挑戰，事實上，此時我們正在悄悄向他推進。」

4

堅迪柏與諾微並肩坐著，兩人一同凝視著螢幕。

諾微十分害怕，這點堅迪柏看得很清楚，而他也看得出來，她在盡全力與恐懼奮戰。不過堅迪柏卻無法幫助她，在如今這種緊要關頭，隨便觸碰她的心靈乃是不智之舉，很可能會影響她對微弱精神力場所產生的反應。

那艘基地戰艦正在緩緩接近，顯然是有備而來。它是一艘大型戰艦，根據基地船艦以往的編制估計，艦員可能多達六人。而且堅迪柏確定，即使面對第二基地所有船艦編成的艦隊，它的火力也足以自保，必要時還能將那個艦隊一舉殲滅——但這是指完全不考慮精神武器的情況。

事實上，從那艘戰艦的前進方式，便能看出一些蹊蹺——雖然它面對的，只是單獨一艘受到第二基地控制的太空艇。即使那艘戰艦擁有精神武力，也不可能主動投入第二基地的虎口。它會如此毫無顧忌地直衝過來，很可能只是不知死活，而這種無知又有各種程度上的差別。

這可能代表艦長並未發覺康普已經被調包，或者雖然發覺了，卻不曉得換上來的是第二基地份子，甚至根本不知道第二基地份子是何方神聖。

然而（堅迪柏打算考慮到每一種可能性），萬一那艘戰艦的確擁有精神武力，而且是充滿自信地向前推進呢？這或許僅僅代表它是在一個誇大狂的控制之下，卻也可能它眞有遠非堅迪柏所能想像的強大武力。

可是，他所考慮到的可能性，全都無法斷定眞假。

堅迪柏又謹愼地探了探諾微的心靈。諾微的意識層面無法感知精神力場，而他自己當然做得到。但堅迪柏的心靈並沒有那麼敏銳，無法像諾微那樣能偵測到極微弱的力場。這實在是個弔詭，將來一定要好好研究，也許能夠因而得到重要的成果——遠比解決目前那艘戰艦的威脅更重要的成果。

當初，堅迪柏發覺諾微的心靈具有不尋常的光滑和勻稱，便直覺地體察到這個可能性。對於自己擁有這種直覺能力，他難免沾沾自喜。發言者們一向都對自己的直覺感到驕傲，但直覺又是什麼呢？是他們無法直接用物理方法測量的精神力場，也就是他們自己完全不瞭解的一種行爲。「無知」不難用「直覺」這個神祕的詞彙掩飾，但是他們在這方面的無知，有多少是源自對物理科學的輕視？

他們的驕傲又是多麼盲目？等到他成爲第一發言者之後，堅迪柏想，一定要設法改變這種情況，要拉近兩個基地在物理科學上的距離。第二基地不能永遠像現在這樣，一旦無法絕對獨霸精神力學，就要面臨遭到毀滅的危險。

事實上，這種情況很可能已經出現了。第一基地也許在精神力學上已有所突破，或者與反騾建立了同盟關係。（這是他第一次想到這個可能，立刻感到不寒而慄。）

他的思緒圍繞著這個題目，以一個發言者慣有的速度飛快打轉。與此同時，他仍然緊盯著諾微心靈中的幽光，它是那個瀰漫四處的精神力場所引發的反應。可是當基地戰艦漸漸接近時，那團光輝卻不見增強。

但是絕不能因爲這一點，就斷定那艘戰艦並未配備精神武器。衆所周知，精神力場並不遵循「平方反比律」。當發射體與接收體之間的距離縮短時，力場強度並非隨著距離呈平方反比式增加。就這方面而言，它與電磁場或重力場都截然不同。話說回來，距離的變化對精神力場所造成的影響，儘管並不像其他物理場那樣顯著，卻也不是全然無關。隨著戰艦愈來愈近，諾微心靈的反應多少應該有些增加。

（自哈里．謝頓以降，五個世紀以來，爲什麼沒有任何第二基地份子，想到應該推出一個數學關係式，來描述精神力場強度與距離的關係？這種輕視物理學的態度，無論如何要設法制止，堅迪柏暗自發誓。）

假如那艘戰艦擁有精神力場，而且確知自己正在接近第二基地份子，那麼在衝鋒之前，它難道不會將力場強度調到最大嗎？這樣的話，諾微的心靈必定會有驟然增強的反應。

但事實並非如此！

堅迪柏終於重拾信心，排除了戰艦擁有精神武力的可能性。它是因爲不知死活才衝過來，根本算不上什麼威脅。

當然，那個精神力場仍舊存在，但一定是源自蓋婭。雖然它仍是個大麻煩，但當務之急卻是那艘戰艦。只要先把戰艦解決，他就能將注意力集中於反騾的世界。

他耐心地等待。那艘戰艦應該會採取某些行動，否則他可以等它足夠接近之後，再選擇一種最有效的攻勢。

戰艦仍在一步步逼近，速度已經相當快了，卻仍未採取任何行動。最後，堅迪柏算定自己的攻擊力量已經綽綽有餘。他的攻擊不會造成任何痛苦或不適，對方的人員只會發現，背部與四肢的肌肉變得無法運作自如。

堅迪柏收緊那股由心靈所控制的精神力場。力場立時增強，並以光速投射到對面的戰艦。（此時雙方已經相當接近，使超空間接觸變得沒有必要，更何況超空間會折損準確度。）

下一刻，堅迪柏驚嚇得全身麻痺。

基地戰艦竟然擁有高效率的精神力場防護罩，當他發出的精神力場增強之際，防護罩的密度隨之暴漲。原來這艘戰艦並非不知死活，它至少擁有意料之外的防禦性武器。

5

「啊。」布拉諾說：「他企圖發動攻擊，里奧諾，你看！」

心靈計的指數異常升高，指針還不停微微顫動。

精神力場防護罩的發展，已經花了基地科學家一百二十年的時間。它是有史以來最保密的科學計畫，或許只有哈里．謝頓獨立發展的心理史學分析，在機密程度上差堪比擬。前後五代的科學家花了無數心血，不斷改良這個裝置，卻始終未能發展出滿意的理論。

所有的進展，全有賴於心靈計的發明。這個裝置可以作爲一種指標，顯示每個階段的進展方向與程度。誰也不能解釋它的工作原理，但它總是能創造奇蹟：測量出理論上不可能測出的量，顯示出理論無法解釋的數據。布拉諾一直有個想法（某些科學家也有同感），一旦基地有人能夠解釋心靈計的原理，那麼在心靈控制這方面，他們就跟第二基地勢均力敵了。

不過，那是將來的事。目前，這個防護罩應該仍足以應付，況且他們還擁有佔了絕對優勢的有形武器。

布拉諾送出一道電訊，那是以男聲所載送的訊息，其中剔除了所有的情緒，聽來平板而死氣沉沉。

「呼叫**明星號**太空艇與其上人員。你們以武力強行擄獲基地聯邦艦隊的航具。命令你們連人帶船立刻投降，否則即將遭到攻擊。」

他們收到的回答，則是一個未經加工的聲音：「端點星的布拉諾市長，我知道你在那艘戰艦上。**明星號**並非遭到武力劫持，而是它的主人——端點星的曼恩．李．康普主動邀請我上來的。我提議暫且休戰，以便討論攸關彼此的重大議題。」

柯代爾悄聲向布拉諾說：「讓我來跟他對話，市長。」

布拉諾不屑地揮了揮手臂。「這是我的責任，里奧諾。」

她將發射器略加調整，不再令聲音失眞，但相較於剛才的假音，她現在的聲音幾乎一樣有力，也一樣毫無感情。

「第二基地的人，認清你的處境。如果你不馬上投降，我們會以光速擊毀你的太空艇——我們已經做好攻擊準備。我們這樣做毫無損失，因爲我們不必留你這個活口，你並沒有我們需要的情報。我們知道你來自川陀，等到把你解決之後，我們下一步就準備解決川陀。我們願意給你一點時間，不過既然你講不出什麼有用的話，我們可不準備聽太久。」

「既然如此，」堅迪柏說：「就讓我盡快一針見血。你的防護罩並不完善，也絕不可能完善。你高估了它，又低估了我，我仍然能接觸並控制你的心靈。或許比較起來，會比沒有防護罩要困難些，但也不至於多麼困難。當你試圖啓動任何武器時，我就會立刻發動攻擊。我必須鄭重警告你：假使沒有防護罩，我能用穩當的手法操控你的心靈，不會造成任何傷害。然而，有了防護罩的阻隔，我勢必得硬闖，這點我絕對辦得到。可是這樣一來，我就無法做得穩當而靈巧。你的心靈將隨著防護罩一起被擊碎，而且這種結果是不可逆的。換句話說，你無法阻止我，反之我卻能阻止你。但我將被迫令你生不如死，你會變成一具沒有心靈的行屍走肉。你希望冒這個險嗎？」

布拉諾說：「你明明知道自己做不到。」

「那麼，你並不怕我所描述的那種後果，真想冒險一試？」堅迪柏用冷靜而故作輕鬆的口氣問道。

柯代爾湊過去悄聲說：「看在謝頓的份上，市長……」

堅迪柏立刻打斷他的話（嚴格說來並非「立刻」，因為光波——或是任何以光速運動的東西——必須花上一秒多一點的時間，才能跨越雙方船艦之間的距離）。「我能知道你在想什麼，柯代爾，沒有必要說悄悄話。我也知道市長的心思，她正在猶豫不決，所以你現在還不必驚慌。我能夠知道你們的想法，就是防護罩有漏洞的明證。」

「它的威力還能加強。」市長以挑釁的語氣說。

「我的精神力量同樣可以。」堅迪柏不甘示弱。

「可是我只需要安坐在這裡，利用能源維持這個防護罩。我的戰艦有充足的能源，足以讓它維持一段極長的時間。你卻必須使用精神能量貫穿防護罩，時間一久就會疲倦。」

「我現在並不疲倦。」堅迪柏說：「此時此刻，你們兩人都無法對艦上人員下達任何命令，其他戰艦上的人員就更不用說了。在不傷害你們的限度內，我還能做到這一點。可是千萬別用任何不尋常的手段，試圖掙脫我的控制。如果我因此被迫增強精神力量——我一定會這麼做的——你們兩人將會受到永久性傷害。」

「我會等下去。」布拉諾將雙手擺在膝蓋上，表現出十足的耐性。「你終究會疲倦，到時候我就能下達命令。但我的命令並不是消滅你，因爲那時你已經失去戰鬥力；我的命令將是派遣基地主力艦隊去對付川陀。如果你希望拯救你的世界，就趕緊投降吧。在大浩劫期間，你們的組織逃過一劫，但這回的全面性毀滅，你們就不會那麼幸運了。」

「市長，難道你還看不出來，如果我自己感到疲累——雖然並不可能——那麼我會在力量用盡之前，先奮力將你消滅，這不就能拯救我的世界了嗎？」

「你不會那麼做的，你的主要任務是維護謝頓計畫。消滅了端點市長，等於對第一基地的威望和自信施以一記重擊，使它的勢力嚴重受挫。對於潛伏在銀河各處的敵人，這無異是最大的鼓勵。謝頓計畫將會因此土崩瓦解，對你而言，這個結果和川陀被毀一樣可怕。你最好還是投降吧。」

「你是想要拿老命賭一賭，看看我是不是眞有顧忌？」

布拉諾深深吸了一口氣，又緩緩吐出來，胸部跟著一起一伏。然後她堅定地說：「對！」

坐在她身旁的柯代爾，臉色瞬間變得慘白。

6

堅迪柏瞪著布拉諾的人影，它憑空出現在艙壁前方的空間。由於防護罩產生的干擾，影像有點閃動而朦朧。她身旁的男子則像一團霧般模糊不清，這是因爲堅迪柏不能浪費任何能量，必須將注意力集中於市長身上。

反之，她不可能看到堅迪柏的影像。因此，她無法知道他同樣有一個同伴，也無法根據他的表情或身體語言做出任何判斷。就這方面而言，她顯然佔了下風。

他所說的每一件事都是眞的。只要他願意消耗巨大的精神能量，就能粉碎那個防護罩，但是這樣一來，她的心靈勢必受到永久性損傷。

但她所說的一切也同樣眞確，假如她被消滅，謝頓計畫便會遭到重挫，嚴重程度絕不下於驟所造成的傷害。事實上，這回也許更爲嚴重，因爲如今計畫已經執行一半，不會再有多少時間補救這個差錯。

更糟的是，旁邊還有一個仍是未知數的蓋婭——此時它的精神力場仍然極其微弱，在似有若無的邊緣徘徊。

堅迪柏接觸了一下諾微的心靈，以確定那團光輝依舊存在。它果然還在那裡，而且毫無變化。諾微自己完全無法感知心靈的探觸，但她轉過頭來，畏怯地悄聲說：「師傅，那裡有一團模糊的霧氣。你就是在對它講話嗎？」

一定是由於兩人心靈間的輕度聯繫，才使她有這種感知。堅迪柏將一根手指放在唇邊。「別怕，諾微，閉上眼睛好好休息。」

他又提高音量說：「布拉諾市長，就這點而言，你的確下對了賭注。我不希望立刻消滅你，因爲我認爲，如果我好好解釋，你應該會講理，而我們雙方就不必拚個你死我活。

「市長，假定今天你勝利了，而我投降了，後果會如何呢？你和你的繼任者將產生浮濫的自信，又過度信賴精神力場防護罩，一定會急於將勢力擴張到銀河各處。這樣一來，其實會延緩第二帝國的建立，因爲這同樣是毀掉了謝頓計畫。」

布拉諾說：「你不希望立刻消滅我，我一點都不驚訝。而且我認爲，既然你還坐在那裡，你就不得不承認，你根本不敢消滅我。」

堅迪柏說：「別拿自我陶醉的傻話自欺欺人。好好聽我說，銀河有一大半仍然不是基地的勢力範圍，其中反基地的政體還佔了很大比例。即使在基地聯邦之內，也有某些成員並未忘記過去的獨立地位。如果因爲我向你們投降，基地便決定迅速行動，那麼銀河其他部分的最大弱點——分崩離析和優柔寡斷——必將隨即消失，他們會因爲恐懼而不得不團結起來。此外，聯邦內部也可能會有叛亂的危機。」

「你這是在危言聳聽。」布拉諾說：「我們有足夠的力量，可以輕易戰勝所有的敵人。即使非基地的世界通通聯合起來對付我們，再加上聯邦內一半的世界同時叛變，也根本不成問題。」

「只是暫時不成問題，市長，不要犯了凡事只看表面的錯誤。你只能口頭上宣稱創建了第二帝國，卻無法使它長治久安，你得每隔十年就重新征戰一次。」

「那我們就打到那些世界筋疲力盡爲止，就像你現在一樣。」

「就像我現在一樣，他們不可能疲累的。而且這種情勢不會持續太久，因爲你所創建的那個假帝國，很快會面臨另一波更大的危機。既然它只能暫時藉由強大的軍事力量維持，在愈來愈倚仗軍事手段之後，將出現一種前所未有的情形，那就是基地將領比文人政府更有地位，更有權勢。假帝國將分裂成許多軍區，而軍區指揮官將成爲擁兵自重的軍閥。這會漸漸演變成無政府狀態，最後則注定回歸蠻荒，而且這段蠻荒時期，將比謝頓當年預計的三萬年更久。」

「這種幼稚的威脅只能嚇唬小孩。即使謝頓計畫的數學預測到這些，所預測的也只是或然率，並非必然性。」

「布拉諾市長，」堅迪柏苦口婆心地說：「別再提謝頓計畫了。你並不瞭解其中的數學，也無法看出它的模式。不過，或許你不懂也沒關係。你是個身經百戰的政治人物；而且是十分成功的一位，這點能從你現在的地位看出來；甚至還是勇氣十足的一位，這點能從你現在的豪賭看出來。因此，請拿出你的政治智慧，回憶一下人類的政治史和軍事史，並且參照你對人性的瞭解——想想一般民眾、政治人物、軍方將領通常都是如何行動，如何反應，又是如何互動的——看看我是不是說對了。」

布拉諾答道：「即使你說對了，第二基地人，我們也必須冒這個險。只要領導有方，再加上科技不斷進展——精神力學和物理學齊頭並進——我們就能克服一切困難。哈里．謝頓從未正確估算出這些進展，他根本做不到。在整個謝頓計畫中，何曾考慮到第一基地會發展出精神力場防護罩？總之，我們何必死守著這個計畫？我們寧願冒險捨棄謝頓計畫，自行建立一個新帝國。無論如何，捨棄謝頓計畫而失敗，總比依靠它而成功要好些。我們不要在建立一個帝國之後，自己成為一群木偶，被幕後的第二基地暗中操縱。」

「你會這麼說，是因為你不瞭解倘若失敗，將給銀河全體人類帶來何等災難。」

「也許吧！」布拉諾頑強地說：「你開始感到累了嗎，第二基地人？」

「一點也沒有。讓我提出另一個你未曾想到的方案，它可以使你我誰也不必投降。現在，我們是在一顆叫作蓋婭的行星附近。」

「我曉得。」

「可是你曉不曉得，它可能就是騾的出生地？」

「我需要更多的證據，否則你說破了嘴也沒有用。」

「這顆行星周圍有個精神力場，它必定是一大群騾的老家。你一旦完成摧毀第二基地的夢想，便會成為這顆騾星的奴隸。第二基地究竟對你們造成過什麼傷害？我是指實質的傷害，而不是想像中或理論上的。你再捫心自問，一個騾就為你們帶來多大的災難？」

「我聽到的仍舊是你的空話。」

「只要我們一直待在這裡，我就無法提供進一步的證據。因此，我提議暫且休戰。如果你不信任我，可以繼續開著防護罩，但請務必跟我合作一次。讓我們一同接近這顆行星，等到你確信它有危險性，我立刻中和它的精神力場，你就命令艦隊將它攻佔。」

「然後呢？」

「然後嘛，至少我們不必再擔心外敵，只剩下第一基地和第二基地對決，這場決戰能很快明朗化。而現在，你看，我們都不敢動手，因爲你我兩個基地都進退維谷。」

「你剛才爲什麼不早說？」

「我原本以爲可以說服你，讓你相信我們不是敵人，那樣我們也許就能合作。既然這個努力顯然已經失敗，我建議好歹試著合作一次。」

布拉諾低頭沉思了好一會兒，然後才說：「你是想唱搖籃曲哄我入睡。如果這顆行星上住滿了騾，你如何憑一己之力中和那個精神力場？這種想法實在荒唐，我不得不懷疑你的提議別有用心。」

「我可不是人單勢孤，」堅迪柏答道：「我有第二基地整個力量做我的後盾。這股力量可以傳到我身上來，然後轉而對付蓋婭。此外，我也隨時能使用這股力量，輕易撥開你的防護罩，就像吹散一團薄霧。」

「既然如此，你爲什麼還需要我的幫助？」

「原因之一，光是中和這個力場沒有多大意義。第二基地不能無止無休地致力這項工作，正如我不能永遠跟你這樣閒扯下去，我們需要你的艦隊發動實際攻勢。再說，如果我無法憑口舌說服你，讓你相信兩個基地應該彼此視爲盟友，或許合作一次重大的冒險行動，可以讓你回心轉意。言語無法達成的目標，也許能夠藉由行動達成。」

接著又是一陣沉默，然後布拉諾說：「如果我們可以彼此掩護，我願意向蓋婭更接近一點。除此之外，我可什麼也沒答應。」

「那就夠了。」堅迪柏馬上俯身面向電腦。

此時諾微突然說：「不行，師傅，目前爲止，都還沒有什麼大礙，但請別再做進一步的行動。我們必須等端點星的崔維茲議員來了再說。」

第十九章　抉擇

1

詹諾夫．裴洛拉特語氣略帶不悅地說：「眞的，葛蘭，似乎誰也沒顧慮到一件事，那就是在我這個不算短的一生中——也不算太長，我向你保證，寶綺思——這還是我頭一次遨遊銀河。但每當我抵達一個世界，還沒來得及有機會好好研究一番，我就得被迫離開，重新飛向太空。這種事已經發生過兩次了。」

「沒錯，」寶綺思說：「可是若非你那麼快離開上一個世界，誰知道你什麼時候才會遇見我。光憑這一點，就能證明你們上次的抉擇正確。」

「的確如此。老實說，親……親愛的，的確眞是如此。」

「而這一次，裴，你雖然離開了這顆行星，但你有我爲伴。而『我』就是蓋婭，這就等於它所有的粒子，它的一切都與你爲伴。」

「你的確是蓋婭，可是除了你，我絕不要其他任何粒子。」

聽到這番對話，崔維茲不禁皺起眉頭。他說：「你們眞肉麻。杜姆爲何不跟我們一起來？太空啊，我永遠無法習慣這種簡稱的方式。他的名字長達兩百五十多個字，我們卻只用兩個字稱呼他。爲什麼他不帶著那兩百五十多個字的名字一塊來呢？如果這件事眞有那麼重要，如果這是蓋婭的生死關頭，他爲何不跟我們在一起，以便適時指導我們？」

「我在這裡啊，崔，」寶綺思說：「我跟他一樣等於蓋婭。」然後，她那雙黑色眼珠向旁一瞥，又向上一望。「不過，我叫你『崔』，是不是令你不舒服？」

「對，的確如此。我跟你一樣，有權選擇自己的稱呼方式。我的姓氏是崔維茲，三個字，崔維茲。」

「樂於從命。我並不希望惹你生氣，崔維茲。」

「我不是生氣，而是厭煩。」他突然起身，從艙房的一側踱到另一側，在經過裴洛拉特伸長的雙腿時，他索性跨了過去（裴洛拉特則趕緊抽腿），然後又踱回來，這才終於停下腳步，轉身面對著寶綺思。

他伸出食指來指著她。「聽好！我並不是心甘情願！我被你們用計從端點星一路騙到蓋婭，在我開始懷疑裡頭有鬼時，似乎已經來不及脫身。後來，我抵達了蓋婭，竟然有人告訴我，我來這裡的目的是要拯救蓋婭。爲什麼呢？我又該怎麼做？蓋婭對我有什麼意義，或者我對蓋婭有什麼意義，讓我應該義不容辭拯救它？在銀河上千兆的人口中，難道沒有別人能完成這項工作嗎？」

「求求你，崔維茲。」寶綺思突然顯得垂頭喪氣，原先裝出來的天眞俏皮全部消失無蹤。「求求你別生氣。你看，我稱呼你的全名了，以後我也會非常注意。杜姆曾經拜託你要有耐心。」

「銀河衆行星在上，我才不要有什麼耐心。假如我眞有那麼重要，就不能對我解釋一下嗎？首先，我要再問一次，杜姆爲何不跟我們一塊來？難道這件事沒那麼重要，不値得他登上**遠星號**跟我們一起行動？」

「他在這裡啊，崔維茲。」寶綺思說：「只要我在這裡，他就在這裡。蓋婭上的每個人都在這裡，這顆行星上的每一個生物、每一粒微塵都不例外。」

「你要這樣想隨便你，但這並非我的思考方式，我又不是蓋婭人。我們不能將整個行星塞進太空艇，我們只能塞一個人進來。我們現在有你在這裡，而杜姆是你的一部分，很好。但我們爲何不能帶杜姆同行，而讓你成爲他的一部分呢？」

「原因之一，」寶綺思說：「裴——我是說裴、洛、拉、特——邀請我跟你們同行。他指名要我，而不是杜姆。」

「他只是對你獻殷勤罷了。誰會對那種話認眞呢？」

「喔，不，我親愛的夥伴，」裴洛拉特趕緊站起來，急得滿臉通紅。「我說這話相當認眞，我不要被你這樣一筆勾銷。蓋婭整體的哪一部分同行其實都沒有差別，這點我能接受，可是能有寶綺思爲伴，我覺得要比杜姆賞心悅目，對你來說也應該一樣。好啦，葛蘭，你太孩子氣了。」

「我孩子氣？我孩子氣？」崔維茲皺起眉頭，顯得份外陰鬱。「好吧，那麼，就算我孩子氣。話說回來，」他又指著寶綺思，「不管要我做些什麼，若不把我當人類看待，我向你保證我絕不會做。首先我要問兩個問題：我到底應該做什麼？又爲何偏偏是我？」

寶綺思瞪大眼睛，向後退了幾步。她說：「拜託，我現在還不能告訴你，整個蓋婭都還不能告訴你。你到那裡去的時候，心中必須一片空白；你必須當場獲悉一切。然後，你必須做該做的事，但你必須保持冷靜，絲毫不情緒化。如果你一直像現在這樣，到時根本幫不上任何忙，蓋婭就無論如何會走上絕路。你必須改變這種情緒，但我不知道該怎樣幫你。」

「假使杜姆在這裡，他會曉得該怎麼做嗎？」崔維茲毫不領情地反問。

「杜姆是在這裡啊。」寶綺思說：「他／我／們並不知道怎樣令你心平氣和。你不能感知自己在造化中的位置，也不覺得自己是大我的一部分，這樣的人類我們無法瞭解。」

崔維茲說：「這話說不通。你們可以遠在一百多萬公里之外，就逮住我的太空艇，而且在我們一籌莫展的時候，令我們保持心情平靜。好，現在讓我鎭靜吧，別假裝你辦不到。」

「但我們不能這樣做，現在絕對不行。不論我們現在用什麼方法改變你或調整你，你都會變得跟其他人一樣毫無價值，而我們將無法再借重你。如今我們能借重你，就是因爲你是你，而你必須保持這樣。此時此刻，我們若用任何方法影響你的心靈，便會一敗塗地。求求你，你必須自然而然恢復平靜。」

「休想，小姐，除非你能告訴我一些我想知道的事。」

裴洛拉特突然說：「寶綺思，讓我試試看，請你暫時到另一間艙房去。」

於是寶綺思慢慢退了出去，裴洛拉特趕緊關上艙門。

崔維茲說：「她照樣聽得到，看得見，還能感應每一件事。這樣做有什麼差別？」

裴洛拉特答道：「對我而言有差別。我要和你單獨說幾句話，這種隔離即使只是假象也好。葛蘭，你在害怕。」

「別說傻話了。」

「你當然在害怕。你不知道要到哪裡去，不知道將要面對什麼，也不知道自己該怎麼做，你絕對有權利害怕。」

「可是我沒有。」

「有，你有。或許你跟我不一樣，並不是害怕實質的危險。我一直害怕太空探險，害怕所看到的每一個新世界，害怕所遇見的每一件新鮮事物。畢竟，我過了半個世紀封閉、退隱、畫地自限的生活，而你卻活躍於艦隊和政壇，在故鄉和太空都打過滾。但我一直試著壓抑恐懼心理，你也在一旁不斷幫我打氣。在我們相處的這段期間，你始終對我很有耐心，對我十分客氣，也很體諒我的處境。由於你的幫助，我終於能克服恐懼，表現得還相當不錯。現在讓我做點回報，也幫你打打氣吧。」

「我告訴過你，我並不害怕。」

「你當然害怕。即使不是爲了別的，你也害怕即將面對的責任。某個世界顯然有賴你來拯救，如果你失敗了，將永遠忘不了有個世界毀在你手上。這個世界對你而言毫無意義，憑什麼要你承擔這種可能的後果？他們又有什麼權利，將這個重擔壓在你身上？你不只擔心可能會失敗——這點換成誰都一樣——而且你還感到憤怒，他們竟然把你逼到死角，讓你不想害怕也難。」

「你完全搞錯了。」

「我可不這麼想。所以說，讓我來取代你吧，我願意做這件差事。不論他們希望你做什麼，我都自願代替你。我猜這件事並不需要什麼體能或氣力，否則簡單的機械裝置就能勝過你。我猜它也不需要什麼精神力量，因爲這方面他們不假外求。它應該是……嗯，我也不知道，但如果既不需要膂力，又不需要腦力，那麼其他方面你有的我都有，而我願意承擔這個責任。」

崔維茲厲聲問道：「你爲何那麼願意挑這個重擔？」

裴洛拉特低頭望著地板，好像不敢接觸對方的目光。他說：「我曾經有個老婆，葛蘭，也認識過一些女人，但我從來不覺得她們非常重要。她們或許有趣，討人喜歡，可是從來不會非常重要。但這一個……」

「誰？寶綺思？」

「她卻有些不一樣，至少對我而言。」

「端點星在上，詹諾夫，你講的每一個字，她都聽得一清二楚。」

「那沒什麼關係，反正她曉得。我想要取悅她，所以我想攬下這個工作。不管是做什麼，不管要冒什麼險，不管要擔負任何重責大任——只要有那麼一點點機會，能讓她重視我就好。」

「詹諾夫，她只是個孩子。」

「她並不是孩子。她在你眼中是什麼樣子，對我而言並不重要。」

「難道你不瞭解，你在她眼中又是什麼樣子？」

「一個老頭？那又怎麼樣？她是某個整體的一部分，而我不是，這就足以構成我倆之間無法跨越的鴻溝。你以爲我不知道這一點嗎？可是我對她別無所求，只要她……」

「重視你？」

「是的，或是對我產生任何其他感覺。」

「爲了這一點，你就願意接替我的工作？可是，詹諾夫，你剛才沒有聽清楚嗎？他們並不需要你。爲了某個我搞不懂的混帳理由，他們只要我。」

「假如他們請不動你，又必須找人幫忙，那麼由我接手，總是聊勝於無吧。」

崔維茲搖了搖頭。「我不相信會有這種事。你都已經步入老年，竟然在這裡找到第二春。詹諾夫，你這是想充英雄，以便愛死那副軀體。」

「別那麼講，葛蘭，這種事不適合開玩笑。」

崔維茲想哈哈大笑，可是目光一接觸到對方嚴肅的臉孔，就只好改爲乾咳幾聲。然後他說：「你說得對，我向你道歉。叫她進來，詹諾夫，叫她進來吧。」

寶綺思走了進來，顯得有些畏縮。她用細微的聲音說：「我很抱歉，裴。你不能取代他，這件事只能由崔維茲來做。」

崔維茲說：「好吧，我會保持冷靜。不論是什麼差事，我都願意試試看。詹諾夫這麼一大把年紀，還想扮演浪漫的英雄，只要能讓他打消這念頭，什麼事我都願意幹。」

「我知道自己的歲數。」裴洛拉特咕噥了一句。

寶綺思慢慢走到他面前，將一隻手放在他的肩膀上。「裴，我……我重視你。」

裴洛拉特故意轉過頭去。「沒關係，寶綺思，你用不著這麼好心。」

「我並不是好心，裴。我眞的……非常重視你。」

2

蘇拉・諾微心中浮現一組記憶，起先有些模糊，然後逐漸變得清晰。她記起了本名叫作蘇拉諾微倫布拉絲蒂蘭；小時候，雙親都管她叫「蘇」，朋友們則稱她「微」。

當然，她從未眞正忘記，但是在必要時，這些記憶總能深埋心底。而過去這一個月，她將這些記憶埋藏得最深最久，因爲在此之前，她從未跟這麼強力的心靈相距這麼近，又相處這麼久。

然而現在時機成熟了。她沒有主動呼喚這些記憶，她不需要那麼做。爲了大我整體的需要，另一個她正在將本身的意識推出表層。

隨之而來的是一種飄忽的不適，一種無形的癢覺。這種感覺很快被另一種快感淹沒，那是自我浮現之後所帶來的舒適暢快。那麼多年來，她從未如此接近蓋婭這顆星球。

她記起了小時候在蓋婭上，她十分喜愛的一種生物。在瞭解到牠的情感正是自己情感中模糊的一部分之後，她終於認清了自己現在鮮明的情感。此刻，她就像一隻剛剛破繭而出的蝴蝶。

3

史陀・堅迪柏以嚴厲而尖銳的目光瞪著諾微。由於突然大吃一驚，他險些鬆開對布拉諾市長的掌握。這個狀況竟然有驚無險，或許要歸功於一股外力即時將他穩住。不過，他暫時沒有注意到這一點。

他說：「你對崔維茲議員知道多少，諾微？」接著，他發覺諾微心靈的複雜度陡然暴漲，令他感到一股徹骨的寒意，於是猛然吼道：「你究竟是什麼？」

他試圖控制她的心靈，卻發現再也無法穿透它。直到這一刻，他才領悟到有個比自己還強大的力量，正在幫他一同攫住布拉諾。他又問了一遍：「你究竟是什麼？」

諾微露出近乎悲劇人物的神情。「師傅，」她說：「堅迪柏發言者，我眞正的名字叫作蘇拉諾微倫布拉絲蒂蘭，而我就是蓋婭。」

她只不過說了這幾句話，堅迪柏隨即怒不可遏，奮力運起精神力場，仗著純熟的功夫以及一股血氣之勇，突破了愈來愈強的障礙，重新攫獲布拉諾，並用更大的力量緊緊抓住。與此同時，他還抓住諾微的心靈，與她展開一場無形的爭戰。

她以同樣熟練的功夫擋住他的攻勢，可是她的心靈無法將他拒斥於外，也或許是她並不想這麼做。

他用發言者的交談方式，對她說：「你竟然也有份，你欺騙我，把我誘到這裡來，你和騾是同一類的生物。」

「騾是一個畸變種，發言者。我/們不是騾，我/們是蓋婭。」

她藉著這種複雜的溝通方式，將蓋婭的本質描述了一番，這種表達比千言萬語還要詳細。

「竟然整個行星都是活的。」堅迪柏說。

「並且具有一個整體精神力場，比你個人產生的強大得多。請別對抗這樣的力量，我擔心會傷害到你，那是我最不希望發生的事。」

「即使是一顆活的行星，你們也強不過川陀所有精神力量的總和。我們，也可以說，是一顆活生生的行星。」

「那只是幾千人的精神融合為一，發言者。何況你也無法獲得他們的支援，因為我已經將它阻絕，你試試看就知道了。」

「你打算做什麼，蓋婭？」

「發言者，我倒希望你仍然叫我諾微。我現在雖然以蓋婭的身分出現，但我同樣還是諾微。而對你來說，我只是諾微。」

「你打算做什麼，蓋婭？」

諾微的精神力場抖動了一下，相當於普通人的一聲嘆息。然後她說：「我們將保持這種三邊膠著狀態。你能穿透那個防護罩，控制住布拉諾市長，而我將助你一臂之力，那不會消耗你我太多的力量。你呢，我想，還是會繼續抓住我，而我也會維持對你的反制，但我們兩人也不會因此疲倦。所以說，大家就這樣僵持下去。」

「這樣做有什麼目的？」

「正如我剛才所說，我們要等端點星的崔維茲議員。唯有當他做出抉擇，才能打破這種膠著狀態。」

4

遠星號的電腦發現了那兩艘船艦，葛蘭．崔維茲以分割畫面將兩者一起顯示在螢幕上。

兩艘船艦都是基地的航具，其中之一與**遠星號**一模一樣，毫無疑問是康普的太空艇。另一艘則比較大，而且顯然更具威力。

他轉身面對寶綺思說：「好啦，你知道這是怎麼回事嗎？可以向我透露些什麼嗎？」

「可以！不必驚慌！他們不會傷害你。」

「爲何人人都以爲我坐在這裡嚇得全身發抖？」崔維茲兇巴巴地追問。

裴洛拉特趕緊說：「讓她說下去，葛蘭，別對她兇。」

崔維茲舉起雙臂，做出無可奈何的投降狀。「我不兇就是了，說吧，小姐。」

寶綺思說：「在那艘較大的船艦上，是你們基地的統治者。她旁邊……」

崔維茲驚訝地追問：「統治者？你是指布拉諾那個老太婆？」

「那當然不是她的頭銜，」寶綺思的嘴角露出幾分笑意，「但她的確是女性，這點沒錯。」她頓了一下，彷彿在專心傾聽她所屬的那個大我生命體。「她的名字叫赫拉布拉諾。一個地位如此重要的人，名字只有五個字，這似乎很奇怪。不過我想，蓋婭之外的人自有一套規矩吧。」

「我想是吧。」崔維茲冷冰冰地說：「我猜你會管她叫布拉。可是她到這裡來做什麼呢？她爲什麼不待在……我明白了，她也是被蓋婭拐誘來的。爲什麼呢？」

寶綺思並沒有回答，她逕自說下去：「她旁邊那個人叫作里奧諾柯代爾，他雖然是下屬，名字卻有六個字，這樣好像有些失禮。他是你們那個世界的重要官員。此外還有四個人，負責操縱船艦的武器系統，你要知道他們的名字嗎？」

「不必了。我知道另一艘船艦上只有一名男性，名叫曼恩．李．康普，而他代表第二基地。你們顯然故意讓兩個基地碰頭了，可是爲什麼呢？」

「並不完全正確，崔……我是說，崔維茲……」

「喔，你就索性叫我崔吧，我一微一塵都不在乎。」

「並不完全正確，崔。康普已經離開那艘船艦，另外換上來兩個人。其中之一叫史陀堅迪柏，是第二基地的重要官員，他的頭銜是發言者。」

「一名重要官員？那我猜他擁有精神力量。」

「喔，沒錯，很強大。」

「你對付得了嗎？」

「當然可以。和他在一起的那個人，是蓋婭。」

「你們的同胞？」

「對，她叫蘇拉諾微倫布拉絲蒂蘭。她的名字本來還應該長得多，但是她離開我／們／其他人太久了。」

「她能制住第二基地的一名高級官員嗎？」

「不是她，而是蓋婭制住了他。她／我／們／全體就有辦法將他殲滅。」

「她真打算這麼做嗎？她要把他和布拉諾一道殲滅？這到底是怎麼回事？難道蓋婭準備一舉毀掉兩個基地，自行建立一個銀河帝國？騾又回來了嗎？一個更強大的騾……」

「不，不是的，崔。別激動，千萬不可以。這三方處於一種膠著狀態，他們正在等待。」

「等什麼？」

「等你的決定。」

「又來了。究竟是什麼決定？爲什麼要由我決定？」

「求求你，崔。」寶綺思說：「這點馬上會向你解釋清楚。目前我／們／她所能說的，我／們／她都已經說了。」

5

布拉諾以困倦的口氣說：「顯然我犯了一個錯誤，里奧諾，也許還是要命的大錯。」

「這種事情該承認嗎？」柯代爾咕噥道，嘴唇完全沒有蠕動。

「他們知道我在想什麼，說出來不會造成更大的傷害。即使你的嘴唇一動不動，他們照樣清楚你在想什麼——我應該等到防護罩發展得更強固再說。」

柯代爾說：「你事先又如何知道呢，市長？如果我們要等到可靠度加倍，甚至變成三倍、四倍乃至無數倍，我們就得永遠等下去。說句老實話，我倒希望我們沒有親自出馬，應該先找個替死鬼來做實驗。比如說，就用你的避雷針崔維茲。」

布拉諾嘆了一聲。「我是想給他們來個措手不及，里奧諾。話說回來，你還是一語道破了我的錯誤。我應該等到防護罩再強一些，不必百分之百無法穿透，但至少達到相當程度。我明知防護罩還有不小的漏洞，可是我實在等不及了。等到把漏洞補好，想必我早已下台，而我一定要在任內完成這件大事，並且要親臨現場。所以我像傻瓜一樣，欺騙自己防護罩已經足敷使用。我聽不進任何警告，比方說，你的疑慮就被我當成耳邊風。」

「只要有耐心，或許勝利還是屬於我們的。」

「你能不能下令向那艘太空艇開火？」

「我辦不到，市長，這種念頭好像不是我能忍受的。」

「我也一樣。即使你我設法下達命令，我也確定艦員不會服從，因爲他們做不到。」

「就目前的情況而言，的確如此，市長，可是情況有可能會改觀。事實上，又有一名新演員登場了。」他指著螢幕說。

當另一艘船艦出現在附近時，艦上的電腦自動將螢幕分割成兩個畫面，新來的船艦顯現在右側。

「你能將影像放大嗎，里奧諾？」

「沒問題。那個第二基地份子技藝高超，凡是對他無害的行動，我們仍能隨心所欲。」

「嗯，」布拉諾一面打量螢幕，一面說：「我可以肯定，那就是**遠星號**。我猜，崔維茲和裴洛拉特都在上面。」然後，她改用苦澀的語調說：「除非他們也被第二基地份子調了包。我的避雷針實在非常有效，要是我的防護罩再強些就好了。」

「別急！」柯代爾說。

駕駛艙中突然響起一個聲音，布拉諾聽得出它並非由聲波傳來，而是直接發自她自己的心靈。她向柯代爾瞥了一眼，就曉得他同樣聽到了。

那聲音說：「你能聽見我嗎，布拉諾市長？如果聽得見，不必開口回答，只要想一想就夠了。」

布拉諾以冷靜的口吻說：「你是誰？」

「我是蓋婭。」

6

三艘船艦彼此保持靜止不動的狀態，一同圍繞著蓋婭行星緩緩轉動，好像是個遙遠的三合一衛星。在蓋婭無盡的公轉旅程中，突然多出了三個旅伴。

崔維茲坐在太空艇中，眼睛緊緊盯著螢幕。他已經厭倦了猜想自己的角色——蓋婭把他從一萬秒差距之外找來，究竟要他做什麼呢？

當心中響起聲音的時候，他並沒有感到驚訝，彷彿他就是在等候它的出現。

那聲音說：「你能聽見我嗎，葛蘭．崔維茲？如果聽得見，不必開口回答，只要想一想就夠了。」

崔維茲轉頭望了望。裴洛拉特顯然嚇了一大跳，正在四下張望，似乎想要找出聲音的來源。寶綺思則端坐原處，雙手輕輕握著放在膝蓋上，崔維茲立刻明白她認得這個聲音。

他不理會那個叫他使用思想的要求，故意字正腔圓地答道：「我若不瞭解一切的來龍去脈，要我做什麼都免談。」

那聲音則說：「你馬上會瞭解。」

7

諾微說：「你們都會在心中聽見我的聲音，也都能隨心所欲以思想回應，我會讓你們互相之間都聽得到。而且，想必你們全都知道，我們彼此都足夠接近，精神力場藉著普通光速傳遞，不會造成任何不便的延遲。首先我要聲明，我們今天在此相聚，是經過精心的安排。」

「怎樣的安排？」這是布拉諾的聲音。

「並非以精神干擾的方式。」諾微說：「蓋婭從不干預任何人的心靈，那不是我們的作風，我們只會利用他人的企圖心。布拉諾市長想要即刻建立第二帝國，壓迪柏發言者想要成為第一發言者。只要充分鼓舞這些欲望，然後因勢利導，再善加選擇運用即可。」

「我知道自己是怎麼被帶到這裡來的。」壓迪柏以生硬的語調說。他的確知道——現在他終於明白，當初自己爲何那麼急於奔向太空，那麼急於追蹤崔維茲，又那麼肯定自己能夠應付一切。都是因爲諾微，喔，諾微！

「你是一個特例，堅迪柏發言者。雖然你的企圖心旺盛，但你也有溫柔的一面，爲我們提供了捷徑。你所受的教育，讓你認爲某些人各方面都不如你，而你會對他們表現出親切和同情。我利用這個特點引你上鉤，對此我/們感到非常慚愧，唯一的藉口是銀河的未來岌岌可危。」

諾微停頓了一下。她的聲音（雖然她並非使用聲帶發聲）變得愈來愈陰鬱，她的表情也愈來愈深沉。

「時間已經很急迫，蓋婭不能再等下去。過去這一個多世紀，端點星上的人發展出了精神力場防護罩。如果再給他們一代的時間，防護罩會進步到連蓋婭都無法穿越，那時他們便能隨心所欲地使用有形武器，整個銀河皆無法與之抗衡。一個以端點星爲藍本的第二銀河帝國，將不顧川陀、蓋婭以及謝頓計畫的反對，在極短時間內建立起來。因此，必須設法在防護罩尚未完善之前，便誘使布拉諾市長提前行動。

「接下來再說川陀。謝頓計畫能進行得完美無缺，是由於蓋婭努力使它保持在正軌上。過去一個多世紀的第一發言者，乃是有史以來最閒散的，川陀因而變得無所事事。然而如今，史陀·堅迪柏迅速崛起，他一定會成爲下一代的第一發言者。在他的領導下，川陀將變成積極的行動派，必定會集中力量發展有形武力，也會察覺到端點星的威脅，進而採取實際行動。如果在端點星的防護罩發展完善之前，他就能對端點星採取行動，那麼謝頓計畫便會有始有終，最後建立起第二銀河帝國。不過那會是個以川陀爲藍本的帝國，端點星和蓋婭都無法接受。因此，必須設法在堅迪柏當上第一發言者之前，便誘使他提前行動。

「幸好，蓋婭經過數十年的精心策劃，總算在最適當的時候，將兩個基地的代表請到了最適當的地點。我將整個經過重述一遍，主要是想讓端點星的葛蘭．崔維茲議員能夠瞭解。」

崔維茲突然打岔，但仍然拒絕使用思想溝通。他以堅定的口吻說：「我想不通，這兩種模式的第二銀河帝國到底有什麼不好？」

諾微說：「以端點星爲藍本所建立的第二銀河帝國，將是一個軍事帝國，依靠武力建立，依靠武力維持，最後終將被武力摧毀。它會是第一銀河帝國不折不扣的翻版，這是蓋婭的看法。

「以川陀爲藍本所建立的第二銀河帝國，將是一個父權式帝國，依靠算計建立，依靠算計維持，在無盡的算計中，它永遠是行屍走肉。那會是個死胡同，這是蓋婭的看法。」

崔維茲問：「蓋婭又能提供什麼其他的選擇？」

「一個更大的蓋婭！將銀河系變作蓋婭星系！每顆住人行星都像蓋婭一樣有生氣，每顆活生生的行星又融合在一起，形成一個更宏大的超級生命體。每一顆不住人的行星也都參與其中，甚至還包括每一顆恆星、每一小團星際氣體，也許連中心黑洞都是其中的一份子。那會是個活生生的銀河，能以不可思議的方式帶給各類生命無盡的福祉。它和過去任何生命形式都截然不同，不會再重蹈那些古老的錯誤。」

「卻會產生新的錯誤。」堅迪柏以諷刺的口吻喃喃道。

「我們擁有蓋婭累積的上萬年經驗。」

「但未曾在銀河尺度上實驗過。」

崔維茲懶得聽這些瑣碎的對話，他的問題直指核心：「我在其中又扮演什麼樣的角色？」

蓋婭的聲音——透過諾微的心靈——發出如雷巨響：「選擇！到底應該採用哪個藍本？」

接下來是長久而絕對的靜寂。最後，在萬籟俱寂中，崔維茲以細弱但仍不服氣的聲音（這回終於是心靈的聲音，因爲他驚訝得啞口無言）問道：「爲什麼是我？」

諾微說：「縱使我們體認到，端點星或川陀已經強大到無可遏制——甚至更糟的情況，那就是兩者同時壯大，展開致命的拉鋸戰，連累到整個銀河——我們仍舊不能採取行動。爲了達到我們的目的，我們需要一個不平凡的人，一個具有正確判斷力的人。結果我們找到了你，議員。不，我們不能居功。其實是一個叫康普的人，幫川陀上的人找到了你，不過連他們也不知道你有多麼重要。他們尋找你的行動，吸引了我們對你的注意。葛蘭．崔維茲，你具有難得的天賦，知道凡事該怎麼做才正確。」

「我否認。」崔維茲說。

「你不時會感到信心滿滿，這一次，我們要你爲整個銀河，做出最有信心的決定。或許你不想承擔這個責任，或許你會盡可能不做選擇。然而，你將瞭解只有那樣做才對，你將感到絕對的信心！然後你就會做出抉擇。我們一發現你，就知道尋找已告一段落，接下來，我們經過多年的努力，誘發了一連串事件，在避免直接精神干預的情況下，促使你們三位——布拉諾市長、堅迪柏發言者、崔維茲議員——同時來到蓋婭附近。如今，我們終於做到了。」

崔維茲說：「此時此地，就目前的情況而言，蓋婭——或許你希望我如此稱呼你——難道你不能同時擊敗市長和發言者嗎？即使我什麼也不做，難道你就不能逕行建立那種活生生的銀河嗎？可是，你爲何不做呢？」

諾微說：「我不知道我的解釋能否令你滿意。蓋婭是在兩萬多年前，藉著機器人之助所建立的世界。曾有一段短暫的時間，機器人是人類的好幫手，但這種情形早已不再。它們曾向我們明白詔示，我們唯有將『機器人學三大法則』的適用對象擴及所有生命，並且嚴格奉行不渝，才能永遠存活於銀河中。因此，我們的第一法則是：『蓋婭不得傷害生命，或袖手旁觀坐視生命受到傷害。』在我們的歷史上，我們始終遵循這個法則，此外別無選擇。

「結果，我們現在因此進退維谷。我們空有活銀河的遠景，卻不能強迫銀河中的千兆人類，以及其他無數的生靈接受，因爲可能會造成重大傷害。可是我們也不能坐視銀河走上毀滅之途，因爲我們也許能夠阻止這場災難。我們不知道是否應該行動，才能將犧牲減至最低程度。而如果選擇行動，我們也不知道應該支持端點星，還是應該支持川陀，才能將犧牲減至最低程度。這要由崔維茲議員決定，而不論決定爲何，蓋婭都會遵從。」

崔維茲說：「你指望我如何做出決定？我該怎麼做？」

諾微說：「你有一台電腦。端點星上的人製造這台電腦時，並不知道最後的成品會超越原先的設計。你身邊的那台電腦，融入了蓋婭的一小部分。將你的雙手放在感應板上，然後靜下心來沉思。你也許會認爲，比如說，布拉諾市長的防護罩沒有絲毫漏洞。如果你那麼想，她可能會立刻開火擊傷或擊毀另外兩艘船艦，然後以武力征服蓋婭，隨後再攻佔川陀。」

「你們不會阻止嗎？」崔維茲用驚訝的口吻說。

「絕對不會。倘若你確定相較之下，由端點星統領銀河所造成的傷害最小，我們樂意幫助端點星達成目標，即使本身遭到毀滅也在所不惜。

「反之，你也有可能支持堅迪柏發言者的精神力場，而用電腦輔助的攻擊力幫助他。這樣一來，他必定會掙脫我的束縛，把我推到一旁。然後他會調整市長的心靈，並將她的艦隊置於控制之下，利用這支有形武力攻佔蓋婭，以確保謝頓計畫繼續唯我獨尊。蓋婭也不會阻止這種發展。

「或者，你也許會認同我的精神力場，而加入我這一方。那麼，活銀河的計畫可以立即展開。不過，這個目標不會在這一代或下一代完成，而是需要許多世紀的苦心經營，在此期間，謝頓計畫將繼續進行。選擇權完全掌握在你手上。」

布拉諾說：「慢著！別急著做出決定。我能發言嗎？」

諾微說：「你可以自由發言，堅迪柏發言者也一樣。」

於是布拉諾說：「崔維茲議員，上次我們在端點星分手時，你曾經說：『總有一天，市長女士，你會求我伸出援手。那時我會依照自己的決定行事，但我不會忘記過去這兩天的遭遇。』我不知道當時你是否已經預見今天，或是直覺地感到會發生這種事，還是眞如這個大談活銀河的女子所說，你具有正確無比的判斷力。無論如何，反正給你說中了。我現在要代表聯邦，請求你幫個大忙。

「我想，你也許會覺得應該趁機報復我，因爲我曾經逮捕並放逐你。但是請你記住一件事，我之所以那麼做，是爲了基地聯邦著想。即使我做錯了，即使我是出於自私自利才那麼做，請別忘記那是我的個人行爲，和聯邦毫無關係。不要爲了報復我個人對你的迫害，而毀掉整個聯邦。請記住你是基地人，而且是個堂堂的人類。你不希望在川陀那些冷酷數學家所制定的計畫中，成爲一個無足輕重的符號；或是在生物和無生物混爲一談的銀河裡，做個連符號都不如的小分子。你希望你自己、你的後代以及你的同胞，每一個人都是獨立的生命體，人人擁有自由意志。再也沒有比這更重要的事。

「別人或許會告訴你，我們的帝國將導致血腥和慘禍，但事實並非如此。我們有自由意志，可以選擇要不要那樣做，而且還能有其他的選擇。無論如何，帶著自由意志被擊敗，總勝過像個齒輪那樣無意義地活著。請注意，蓋婭是將你視爲擁有自由意志的人類，請你替它做出抉擇。蓋婭的組成份子都無法做決定，因爲他們的結構使他們失去這種能力，所以他們必須向你求助。如果你命令他們，他們還會心甘情願地自我毀滅。你希望整個銀河都變成這樣子嗎？」

崔維茲說：「我不知道自己還有沒有自由意志，市長。我的心靈也許被巧妙地動過手腳，好讓我做出某一方所樂見的選擇。」

諾微說：「你的心靈完全沒有受到影響。我們若能調整你的思想，讓你做出有利於我們的決定，這次聚會就徹頭徹尾多此一舉。假使我們眞的那麼毫無原則，大可逕自展開我們認爲於己最有利的行動，而不用考慮人類全體的需求和福祉。」

堅迪柏說：「我相信現在該輪到我發言了。崔維茲議員，不要囿於偏狹的地域觀念。即使你出生在端點星，也不該把端點星置於銀河之上。過去五個世紀以來，銀河一直依循謝頓計畫發展。不論基地聯邦之內之外，謝頓計畫始終順利進行。

「你一直是謝頓計畫的一部分，相較之下，你的基地人角色根本不算什麼。可別爲了偏狹的愛國情操，或是由於對實驗性的新方案抱持浪漫的憧憬，而做出任何破壞謝頓計畫的舉動。第二基地份子絕不會阻礙人類的自由意志，我們是導師，不是獨裁者。

「我們所打造的第二銀河帝國，和第一帝國有根本的不同。回顧人類的歷史，在超空間旅行出現後的數萬年間，銀河從未有過連續十年的太平歲月，總是不時有人慘死於流血事件，即使基地的承平時期也不例外。如果選擇布拉諾市長，這種情況將永無止境，可怕的慘劇會一再循環。謝頓計畫終能解救人類脫離苦海，代價卻不是在充滿粒子的銀河中加入更多粒子，也就是不必將人類貶抑到和青草、細菌、灰塵同等的地位。」

諾微說：「堅迪柏發言者對『第一基地帝國』所做的批評，我完全同意，可是他所闡述的『第二基地帝國』，我卻無法苟同。位於川陀的那些發言者，他們總該是具有獨立自由意志的人類，而且始終都是如此。可是，他們能夠避免惡性競爭、政治傾軋、不計代價向上爬的行爲嗎？在圓桌會議上，難道沒有齟齬甚至仇恨嗎？你敢追隨這樣的導師嗎？你問問堅迪柏發言者，要他以人格擔保據實回答。」

「不必要求我以人格擔保。」堅迪柏說：「我願意承認在圓桌會議上，我們的確有仇恨、鬥爭、出賣和背叛的行為。可是一旦做成決定，我們就會全體服從，不曾有過例外。」

崔維茲道：「假如我不做選擇呢？」

「你必須選擇。」諾微說：「你會曉得只有那樣做才對，然後你就會做出選擇。」

「假如我心有餘而力不足呢？」

「你必須選擇。」

崔維茲又問：「我有多少時間？」

諾微答道：「直到你肯定為止，花多長時間都沒有關係。」

崔維茲坐在原處一言不發。

其他的人也都很安靜，崔維茲似乎可以聽見自己的脈搏。

他也能聽見布拉諾市長堅定的聲音：「自由意志！」

還有堅迪柏發言者斷然的聲音：「指導與和平！」

諾微則以充滿期盼的聲音說：「生命。」

崔維茲轉過頭來，發現裴洛拉特目不轉睛地望著自己，於是說：「詹諾夫，這些話你都聽見了嗎？」

「我都聽見了，葛蘭。」

「你有什麼看法？」

「決定權並不在我。」

「我知道，可是你有什麼看法？」

「我不知道，三種選擇都令我膽戰心驚。但我忽然冒出一個很特別的念頭……」

「什麼念頭？」

「我們剛進太空的時候，你讓我看過銀河的顯像。你還記得嗎？」

「當然。」

「你把時間加快，讓我看得出銀河的旋轉。我彷彿料到會有今天這一刻，脫口而出：『銀河看來像個生物，正在太空中爬行。』就某個層面而言，你說銀河是不是早就活了？」

崔維茲回想起那一幕，突然感到萬分肯定。與此同時，他還記起自己曾經覺得，裴洛拉特也會扮演一個重要角色。於是他猛然轉身，不讓自己再有任何空檔來思考、懷疑或猶豫。

他將雙手放到感應板上，聚精會神地驅動意念，他從來不知道自己的意念有那麼強。

他做出了抉擇，一個攸關銀河命運的抉擇。

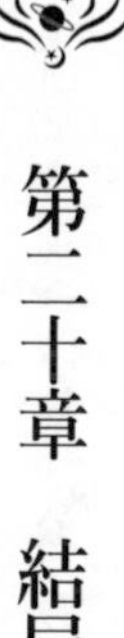

第二十章　結局

1

無論從哪方面來說，赫拉．布拉諾市長都該感到躊躇滿志。這次的正式訪問歷時不長，但成果極爲豐碩。

她好像有意避免驕傲自滿的語氣，說道：「當然，我們不能完全信任他們。」

她正盯著螢幕，看著艦隊的船艦一艘艘進入超空間，返回平時的駐防區。

艦隊這回倏來倏去，想必令賽協爾留下深刻的印象。而且，他們一定還會注意到兩項事實：第一，那些船艦自始至終都留在基地的星空；第二，一旦布拉諾表示艦隊即將離去，果然很快不見它們的蹤影。

另一方面，賽協爾也永遠不會忘記，這些船艦能在一天（甚至更短的時間）之內，就重新在邊境集結。這次的行動，同時展示了基地的實力和善意。

柯代爾接口道：「說得很對，我們不能完全信任他們。其實在整個銀河中，沒有什麼人值得完全信任。不過，賽協爾爲了自身的利益，勢必會遵守這個協定。我們已經夠大方了。」

布拉諾說：「許多事情得等到細節訂出來才知道，我預測這得花上幾個月的時間。概略性的條件可以馬上接受，可是不少後續工作還有待處理，例如怎樣安排進出口貨物的檢疫，他們的穀物和牲畜要如何估價等等。」

「我知道，但這些問題遲早能夠解決，而功勞將會屬於你，市長。這是個大膽的行動，而我必須承認，我曾懷疑這樣做是否明智。」

「得了吧，里奧諾，只不過是基地承認賽協爾的自尊罷了。自從帝政時代早期，他們就保持著部分獨立，這點實在值得讚賞。」

「對，反正它不會再礙手礙腳了。」

「正是如此。我們唯一需要做的，只是稍微屈就一下，向他們擺出友好的姿勢。我承認當初內心的確交戰過，才決定讓我自己這位泛銀河聯邦的市長，屈尊降貴地訪問一個偏遠的星群。不過一旦做出決定，我倒不覺得多麼不舒服。而且我這樣做，讓他們很陶醉。我們當初必須賭一賭：一旦我們把戰艦拉到邊境，他們就會同意我的訪問。但我們免不了要故作謙遜，還要堆滿笑臉。」

柯代爾點了點頭。「我們捨棄了實力的外表，以便保留它的本質。」

「完全正確。這話是誰最先說的？」

「我相信是出自艾瑞登所寫的劇本，但我不敢肯定，我們可以問問老家的文學權威。」

「希望我不會忘記。我們必須盡快促使賽協爾人回拜端點星，並且要確實盡到地主之誼，讓他們受到相同的款待。里奧諾，只怕你得做好嚴密的安全防範。他們來到之後，我們的過激份子必定義憤填膺。萬一讓賽協爾人遇到抗議示威，即使僅僅受到輕微而短暫的羞辱，也會對我們相當不利。」

「正是如此。」柯代爾說：「對了，你將崔維茲送出去，這一招實在高明。」

「我的避雷針？老實說，他表現得比我想像中還要好。他誤打誤撞闖進賽協爾，結果在我無法相信的短時間內，就吸引賽協爾發出閃電，也就是向我們提出抗議。太空啊！那可是我親自來訪的最佳藉口——讓一個基地公民免於受到任何侵犯，然後感謝他們的寬宏大量。」

「妙計！不過，你不認爲把崔維茲帶回去比較好嗎？」

「不，他去哪裡都好，總之我不希望他回家，他在端點星一定會成爲亂源。當初，他胡扯什麼第二基地，那剛好是把他趕走的最佳藉口，當然，還多虧了裴洛拉特，才把他帶到了賽協爾。可是我絕不要他再回來，繼續散播那些惑眾妖言，我們永遠無法預料那將導致什麼後果。」

柯代爾咯咯笑了幾聲。「我不相信還有什麼人，會比學者更容易受騙上當。假使我們提供更多的情報，裴洛拉特想必也會照單全收。」

「他相信賽協爾神話中的蓋婭確實存在，那就足夠了。但別提這個啦，回去後，我們還得面對議會那一關，需要他們投票通過這個賽協爾條約。好在我們有崔維茲的聲明，說他是自願離開端點星的，並有聲紋證明絕非作假。我會爲崔維茲遭到短暫逮捕這件事，正式表達我的歉意，這樣議會就該滿意了。」

「我對你的能屈能伸信心十足，市長。」柯代爾冷冷地說：「不過，你有沒有考慮到，崔維茲也許會繼續尋找第二基地？」

「隨他去吧，」布拉諾聳了聳肩，「只要別在端點星上找就好。那會讓他有事可忙，卻注定白忙一場。第二基地仍舊存在的傳說，是我們這個世紀最大的神話，正如蓋婭是賽協爾的神話一樣。」

她往椅背上一靠，看來百分之百和藹可親。「現在，賽協爾已在我們掌握之中。等到他們發現的時候，想掙脫已經太遲了。於是基地的勢力再次壯大，而且會順利地、不斷地繼續茁壯。」

「而所有的功勞都會是你的，市長。」

「我並未忽略這一點。」布拉諾答道。此時，他們的戰艦倏地鑽入超空間，隨即出現在端點星附近的太空。

2

史陀．堅迪柏發言者回到了自己的太空船，無論從哪方面來說，他都該感到志得意滿。與第一基地遭遇的時間並不長，但成果極爲豐碩。

他已經送出一份報告，其中盡量不流露得意的情緒。目前，只需要讓第一發言者知道一切順利（事實上，由於第二基地的總體力量一直未曾動用，他應該猜到了這一點），細節可以留待日後詳加說明。

到時候，他會描述自己如何小心翼翼，將布拉諾市長的心靈做了極微小的調整，就使她的心思從帝國主義的宏圖，轉變成只想要一紙務實的貿易條約。以及他如何小心翼翼，在相當遙遠的距離外，調整了賽協爾聯盟領導人的心靈，讓他主動向市長發出談判的邀請。後來，又如何在沒有進一步心靈調整的情況下，雙方便達成和解，而康普則駕著原來的太空艇返回端點星，以便確保市長會遵守協定。堅迪柏得意地想到，這簡直就是故事書中的經典範例，僅僅藉著精神力學的一點小技巧，就導致許多重大的成果。

他十分肯定，當他在正式的圓桌會議上，報告完這些細節之後，德拉米發言者很快就會徹底垮台，而他自己則會登上第一發言者的寶座。

他自己絕不否認蘇拉．諾微的重要性，但是不需要在其他發言者面前特別強調。她不但對這次的勝利有關鍵性的貢獻，而且現在還給了他一個藉口，讓他在接受正式褒揚之前，能像孩子般雀躍一番（這是非常合乎人性的，因爲發言者在許多方面仍與常人無異）。

他當然明白，她完全不瞭解最近發生的這些事，但是她至少看得出來，他將每件事都安排得稱心如意，令她因此迸現出驕傲的情緒。他輕撫著她光潤的心靈，便能感受到那股驕傲的熱度。

他說：「如果沒有你，諾微，我根本辦不到。由於有你在我身旁，我才能察覺到第一基地——就是大型太空船上的那些人——」

「師傅，我知道你指的是什麼人。」

「由於有你在我身旁，我才能察覺到他們擁有防護罩，以及微弱的精神力量。藉由你的心靈所產生的效應，我得以百分之百確認這兩者的特徵，進而發現最有效的方法，將前者貫穿並使後者偏向。」

諾微以猶豫的口氣說：「我不是很瞭解你在說什麼，師傅，但只要我做得到，我會幫你更多的忙。」

「我知道，諾微，但你已經做得夠多了。眞沒想到他們會那麼危險，不過既然被我發覺了，在他們的防護罩或精神力場發展得更強之前，我們就能制止他們。現在那個市長回去了，把有關防護罩和精神力場的事忘得一乾二淨，只記得跟賽協爾簽了一個貿易條約，把賽協爾納入聯邦的勢力範圍，她正爲此感到洋洋得意。我不否認還需要做許多努力，才能毀去他們在精神力學上的一切成就。過去我們一直忽視這件事，可是將來一定要做到。」

他出神沉思了一陣子，接著低聲說：「過去，我們實在太過輕視第一基地。從今以後，必須將他們置於更嚴密的監督之下。我們得設法將銀河聯繫得更緊密，並利用精神力學建立更密切的意識合作。這才符合謝頓計畫，我確信這一點，也一定要這樣做。」

諾微焦慮地喚了一聲：「師傅？」

壑迪柏突然露出微笑。「對不起，我是在自言自語。諾微，你還記得魯菲南嗎？」

「那個攻擊你的笨頭農夫？我並沒有忘記。」

「我現在確定，必定有第一基地的特務，戴著個人防護罩在川陀活動，那次的事件就是他們策劃的，其他那些困擾我們的異象也一樣。想想看，我們竟然完全蒙在鼓裡。不過，當時我心中只有那個神祕世界的神話，也就是賽協爾人有關蓋婭的迷信，才會全然忽略第一基地。多虧你的心靈就近發揮作用，幫助我判定精神力場並非來自別處，而正是那艘戰艦發出來的。」

他得意地搓了搓手。

「怎麼樣，諾微？」

諾微怯生生地說：「師傅？」

「你做了這些事，難道不會有獎賞嗎？」

「當然會。桑帝斯很快就要退位，我便會成爲第一發言者。然後，我們就有機會成爲積極的角色，大刀闊斧地改造銀河。」

「第一發言者？」

「是的，諾微。我會成爲所有的學者中，最重要也是最有權力的一位。」

「最重要？」她露出憂愁的神色。

「你爲什麼愁眉苦臉，諾微？你不希望我獲得獎賞嗎？」

「不是的，師傅，我當然希望。可是如果你成爲最重要的學者，你就不會要一個阿姆女子在你身邊，那樣並不相稱。」

「啊，我不會嗎？誰會阻止我？」他突然湧現一股愛意，「諾微，不論我去哪裡，不論我變成什麼人，你都願意跟我在一起嗎？圓桌會議上常會出現豺狼虎豹，你以爲我願意獨力應付嗎？只要有你在我身邊，甚至在他們認清自己之前，我就能及早瞭解他們眞正的心思——你那單純無邪、絕對光滑的心靈。此外，」他似乎有些驚訝，自己竟然會做這番剖白。「即使拋開其他因素，我……我還是喜歡有你陪著我，我希望你能跟我在一起。我是說，只要你願意。」

「喔，師傅。」諾微輕聲答道。當他伸出手臂摟住她的腰際，她順勢把頭靠在他肩上。

在諾微的心靈深處，在層層包裹的意識所無法探知的角落，依舊隱藏著蓋婭的本質，在指導著每一件事的發展。正是由於這副無法揭穿的心靈面具，才使這項重大工作得以持續。

而這副面具——屬於一個阿姆女子的面具——露出了快樂無比的表情。它笑得實在太開心了，使得諾微幾乎不在乎她與自己／他們／全體的遙遠距離，而在未來無盡的歲月中，她對這個角色將永遠感到心滿意足。

3

裴洛拉特搓著雙手，但不敢流露出過度的興奮。「我眞高興能夠重返蓋婭。」

「嗯——嗯。」崔維茲心不在焉地應了一聲。

「你知道寶綺思告訴我些什麼嗎？市長和賽協爾簽了一個貿易條約，正在返回端點星的途中。那個第二基地的發言者以爲這全都是他的安排，現在正準備回到川陀。而那名女子，諾微，也會跟他一道回去，以確保導致蓋婭星系的變化立即展開。兩個基地都完全忘了蓋婭的存在，這實在太不可思議了。」

「我知道。」崔維茲說：「這些我也都聽說了。可是我們仍然記得蓋婭，還能隨意談論。」

「寶綺思可不這麼想。她說不會有人相信我們，而我們應該有自知之明。此外，至少我自己不想再離開蓋婭。」

崔維茲這時才從沉思中回過神來，他抬起頭來說：「什麼？」

「我準備留在這裡。你知道嗎，這連我自己都不相信。只不過幾週之前，我還在端點星上過著孤獨的生活。那種生活我過了好幾十年，天天將自己埋在資料、記錄和學術思想中，從未夢想會有任何改變，以爲直到死去那一天——不管是哪一天——我仍舊將自己埋在資料、記錄和學術思想中，仍舊一個人過著孤獨的生活。那種茫然的日子，我一向十分滿意。可是突然間，而且是出乎意料之外，我變成了一個銀河遊客，捲入了一樁銀河危機，此外——別笑我，葛蘭——我還邂逅了寶綺思。」

「我可沒有笑，詹諾夫。」崔維茲說：「可是你確定自知在幹什麼嗎？」

「喔，當然。對我而言，地球那檔子事已經不再重要。它獨擁多樣化生態和智慧生物的兩項特點，我們已經找到充分的解釋。你也知道，就是那些永恆使者。」

「沒錯，我知道。所以你打算留在蓋婭？」

「正是如此。地球是過去式，我已經厭倦了過去式，蓋婭則是未來式。」

「你並非蓋婭的一部分，詹諾夫。還是說，你認爲自己可以變成它的一部分？」

「寶綺思說我多少能做到某個程度，即使不是生物上的，也可以是性靈上的。當然，她會幫助我。」

「但她卻是蓋婭的一部分，你們兩人怎能找到共同的生活方式、共同的觀點、共同的興趣……」

此時他們站在戶外，崔維茲望著這座寧謐而肥沃的島嶼，臉上露出嚴肅的表情。遠方是汪洋一片，遙遠的水平線上還有另一座島嶼，由於距離太遠而顯得紫濛濛的。這一切是如此太平，如此文明，如此有生氣，如此渾然一體。

他又說：「詹諾夫，她等於是一個世界，你卻只是微小的個體。萬一哪天她對你厭倦了呢？她還那麼年輕……」

「葛蘭，我想過這種事，但我只要有幾天就滿足了。我已經料到她會對我厭倦，我又不是浪漫的白癡。但是在她離去之前，她能帶給我的就足夠了。事實上，我現在從她那裡所得到的已經足夠了，已經遠比我一生的夢想多得多。即使從現在起再也見不到她，我仍然可以算是贏家。」

「我真不敢相信。」崔維茲柔聲說：「我認為你就是浪漫的白癡。不過請注意，我可沒說這樣不好。詹諾夫，我們認識並沒有多久，但是過去這幾週，我們每分每秒都在一起——請包涵我說句傻話——我實在很喜歡你。」

「我對你也一樣，葛蘭。」裴洛拉特說。

「所以我不希望你受到傷害，我必須跟寶綺思談一談。」

「不，不要。拜託你別那麼做，你一定會對她說教。」

「我不會對她說教。其實這也不全是為了你，但我要跟她私下談。拜託，詹諾夫，我不想背著你這樣做，所以請你心甘情願地讓我跟她談談，以便釐清幾件事情。若能得到滿意的答案，我會全心全意祝福你們，而且不論發生任何變化，我都會永遠保持緘默。」

裴洛拉特搖了搖頭。「你會把事情通通搞砸。」

「我保證不會。我求求你——」

「好吧。可是千萬要小心，我親愛的夥伴，好不好？」

「我向你鄭重保證。」

4

寶綺思說：「裴說你想見我。」

崔維茲答道：「是的。」

他們已經來到分配給崔維茲的小房間裡。

她落落大方地坐下來，雙腿交疊，以機靈的目光仰望著他。她美麗的黑色眼珠澄澈而明亮，烏黑的長髮閃耀著光彩。

她說：「你對我有成見，對不對？你從一開始就對我有成見。」

崔維茲仍然站在那裡，他說：「你能透視他人的心靈，知曉他人的心事。你應該知道我對你的觀感，以及原因何在。」

寶綺思緩緩搖了搖頭。「蓋婭不可以碰觸你的心靈，這點你也知道。我們需要你做出決定，這個決定必須出自清明而未受影響的心靈。當初，你們的太空艇剛被抓住，我將你和裴置於撫慰場中，那是因爲絕對有必要。否則，你可能會由於驚慌或憤怒而心靈受損，因而無法在關鍵時刻派上用場。除此之外，我不能有進一步的行動，事實上也沒有，所以我不知道你在想些什麼。」

崔維茲說：「我必須做的決定已經做過了，我決定支持蓋婭星和蓋婭星系。所以說，你何必再提什麼清明而未受影響的心靈？你已經得到你想要的，現在，你可以隨心所欲改造我了。」

「這話完全錯誤，崔。將來也許還會碰到需要抉擇的難題，你必須保持本來的心境。只要你還活著，就是銀河中一個珍貴的自然資源。毫無疑問，銀河中一定還有像你這樣的人，將來你們這種人也不會絕種。可是，如今我們只知道你一個，所以我們不能碰觸你的心靈。」

崔維茲考慮了一下。「你是蓋婭，我卻不想跟蓋婭說話。我要你以個體的身分跟我交談，希望這個請求並不荒謬。」

「並不荒謬。我們還不至於融成一體，我可以將蓋婭阻隔一段時間。」

「好，」崔維茲說：「我相信你做得到。你已經這麼做了嗎？」

「我已經這麼做了。」

「那麼，首先讓我告訴你，我發現你耍了花樣。或許，你並沒有進入我的心靈，並沒有影響我的決定，可是你絕對進入過詹諾夫的心靈，對嗎？」

「你認爲我做過這種事嗎？」

「我的確這麼認爲。在關鍵時刻，裴洛拉特提醒我當初他將銀河視爲生物的觀點，就在那一瞬間，那個想法驅使我做出了決定。那個想法或許是他自己的，卻是被你的心靈所觸發的，對不對？」

寶綺思說：「那個想法的確在他心中，但他還擁有許多其他的想法。我爲那個特殊的記憶鋪平了道路，除了有關活銀河的記憶，我並沒有爲其他記憶鋪路。因此，那個想法很容易從他的意識溜出來，轉化爲語言。請注意，我並沒有創造那個想法，它原先就在那裡。」

「然而，我本來應該完全獨立做出決定，你這樣做，等於用間接的手段影響我，對不對？」

「蓋婭感到有此需要。」

「是嗎？好吧，我下面的話會讓你覺得好過些，或說覺得高尙些——雖然詹諾夫的意見促使我在那一刻做出決定，可是我想，即使他什麼也沒有說，或者試圖勸我做出其他選擇，我仍會做出同樣的決定。我要你明白這一點。」

「這樣我就釋懷了。」寶綺思神態自若地說：「你想見我，就是要跟我說這件事嗎？」

「不是。」

「還有什麼事呢？」

這時，崔維茲已經拉過一張椅子，放到寶綺思面前，終於坐了下來，兩人的膝蓋幾乎相碰。他俯身向前，對她說：「當初我們接近蓋婭時，是你在那個太空站上，是你捉住了我們，也是你前來接引我們的。從此你就一直跟我們在一起，只有和杜姆吃飯時例外，你並沒有和我們分享那一餐。尤其特殊的是，當我做出決定的時候，跟我們同在**遠星號**上的也是你。自始至終都是你。」

「我是蓋婭。」

「這不是什麼理由。一隻兔子也是蓋婭，一顆鵝卵石也是蓋婭，這顆行星上的每樣東西都是蓋婭，可是這些成員並非都是平等的蓋婭。相較之下，某些成員要更平等些。為什麼偏偏是你？」

「你認為呢？」

崔維茲發動攻勢，他說：「因為我認為你並非蓋婭，我認為你不只是蓋婭。」

寶綺思噘著嘴，發出嘲弄的嘖嘖聲。

崔維茲不為所動，繼續追問：「當我在做決定的時候，發言者身邊那名女子……」

「他叫她諾微。」

「好，那位諾微曾說，蓋婭是由一群早已消失的機器人所規劃的，蓋婭遵從機器人的教誨，服從類似機器人學三大法則的法則。」

「這點相當正確。」

「機器人消失了嗎？」

「諾微是這麼說的。」

「諾微並沒有這麼說，她說的每個字我都記得清清楚楚。她是說：『蓋婭是在兩萬多年前，藉著機器人之助所建立的世界。曾有一段短暫的時間，機器人是人類的好幫手，但這種情形早已不再。』」

「嗯，崔，這不就是說它們已經消失了？」

「不，這只表示它們不再為人類服務。難道它們不能搖身一變，成為統治者嗎？」

「荒唐！」

「或者是監督者？當我做出決定的時候，你爲何要在場？你似乎並不是關鍵人物。當時由諾微主導一切，由她代表蓋婭，爲什麼還需要你？除非——」

「嗯？除非怎樣？」

「除非你正是那位監督者，你的任務是要確定蓋婭沒有忘記三大法則。除非你就是機器人，只不過造得十分精巧，和人類眞假難辨。」

「如果我和人類眞假難辨，你又怎麼肯定自己能夠分辨？」寶綺思帶著幾諷的語氣問道。

崔維茲往椅背上一靠。「你們不是一再肯定，我擁有與生俱來的判斷力，能夠做出恰當的抉擇，能夠一眼看出答案，能夠歸納出正確的結論嗎？我從來沒有如此自誇，都是你們這麼說的。好，我第一眼見到你，心裡就不舒服，因爲你有些地方不大對勁。我當然跟裴洛拉特一樣，感受得到異性的誘惑——其實我自認更爲敏感——外表看來，你是個很誘人的女性，但我從未感到你有任何一點吸引力。」

「你在作踐我。」

崔維茲沒有理會，逕自說下去：「你剛出現在太空艇上的時候，詹諾夫和我正在討論蓋婭上存在非人文明的可能性，因此詹諾夫一見到你，就天眞地問：『你是人類嗎？』也許機器人必須據實回答問題，但我想總有矇混的辦法。你只是回答：『我看來不像人類嗎？』沒錯，你看來很像人類，寶綺思，但讓我再問你一遍，你是人類嗎？」

寶綺思沒有吭聲，於是崔維茲繼續說：「我認爲，第一眼見到你的時候，我就覺得你不是女人。你是機器人，反正我就是看得出來。因爲我有這種感覺，所有接踵而來的事件，在我看來都有合理的解釋，尤其是你刻意缺席的那頓晚餐。」

寶綺思說：「你以爲我不能進食，崔？我在太空艇上品嚐了一客蝦米，難道你忘記了？我向你保證我可以吃東西，也能執行其他各種的生物功能，包括——不必你追問——性愛活動。但這些事實，我大可告訴你，並不能證明我不是機器人。遠在幾萬年前，機器人就發展到完美的境界，只有根據它們的腦子，才能分辨出它們異於人類，因此只有能偵知精神力場的人，才有辦法做到這一點。例如堅迪柏發言者，當時他只要稍微注意我一下，或許就能確定我到底是機器人還是人類。不過，他當然沒有那麼做。」

「可是，我雖然沒有精神力量，仍然肯定你就是機器人。」

寶綺思說：「那又如何呢？我可沒承認什麼，但我很好奇，我若眞是又如何呢？」

「你不需要承認任何事，反正我知道你是機器人。若說需要最後一點證據，我剛才也找到了。你信心十足地說可以阻隔蓋婭，以個體的身分跟我交談。假使你是蓋婭的一部分，我不相信你辦得到。但你並不屬於蓋婭，你是具有監督者身分的機器人，因此獨立於蓋婭之外。提到這件事，我就很想知道，像你這種監督者機器人，蓋婭究竟需要多少，又擁有多少？」

「我再重複一遍：我可沒承認什麼，但我很好奇，我若眞是又如何呢？」

「在這個前提下，我想知道的是：你想要從詹諾夫．裴洛拉特那裡得到什麼？他是我的朋友，而且在某些方面，他簡直是個孩子。他自以爲愛你，認爲自己滿足於你所願意付出的，而你給他的已經夠多了。至於失去愛情的痛苦，他不知道也無法想像。同理，如果發現你並非人類，他也一定會痛苦莫名……」

「你自己，知道失去愛情的痛苦嗎？」

「我領教過幾次。我不像詹諾夫那樣躲在溫室裡過日子，我沒有拿做學問來消耗和麻醉我的生命，或是讓學術吞沒了其他事物，甚至包括老婆和孩子，而他就是這樣。現在突然之間，他竟然爲了你放棄一切。我不希望他受到傷害，也不允許他受到傷害。如果我曾經幫助過蓋婭，我理應得到一點回報。而我要求的回報，就是要你保證詹諾夫．裴洛拉特的幸福。」

「我是否該裝成機器人來回答？」

崔維茲說：「是的，並且立刻回答。」

「好吧，那麼，崔，假設我是機器人，並且假設我身負監督的責任。此外，假設在蓋婭上還有少數——極少數和我類似的角色，但我們很少碰面。假設照顧人類就是我們的原動力，再假設蓋婭上並沒有眞正的人類，因爲所有的成員都是行星整體生命的一部分。

「假設照顧蓋婭能讓我們實現自我，但又不盡然。假設我們擁有根深柢固的需求，渴望照顧一個眞正的人類——這是機器人最初被設計和製造出來的時候，便已經存在的需求。請別誤會我，即使假定我是機器人，我也並未聲稱多麼高齡。我告訴你的年齡，就是我的實際年齡。或者說，假定我是機器人，至少我的基本設計永遠不會改變，因此我一直渴望照顧一個眞正的人類。

「裴是一個人類，並非蓋婭的一部分。他年紀太大，再也不可能眞正變成蓋婭的一份子。他想留在蓋婭與我爲伴，因爲他沒有你對我的那種感覺，並不認爲我是機器人。而我，我也想要他。如果你假定我是機器人，就該知道我會這麼做。我能表現出人類所有的反應，我會好好愛他。如果你堅持我是機器人，或許就不會認爲我擁有人類那種奇妙的愛意，可是根據我的各種反應，你也無法分辨那是不是你們所謂的愛意。所以說，又有什麼分別呢？」

她終於說完了，雙眼緊盯著他，一副得理不饒人的樣子。

崔維茲說：「你是在告訴我，你不會拋棄他？」

「如果你假定我是機器人，那麼你自己就該知道，根據第一法則，我永遠不能拋棄他。除非他命令我這麼做，而且我肯定了他說的是眞話，如果我硬要留下，會令他更加痛苦。」

「難道不會有什麼年輕男子……」

「什麼年輕男子？你就是年輕男子，我卻不覺得你像裴那樣需要我。事實上，你根本不想要我，因此根據第一法則，我不可以糾纏你。」

「不是我，而是另外的年輕男子……」

「不會有其他人的。根據蓋婭的標準，除了裴和你自己之外，蓋婭上還有誰夠資格稱爲人類？」

崔維茲改以較爲溫柔的語氣說：「如果你並不是機器人呢？」

「請你不要反反覆覆。」寶綺思說。

「我是說『如果』你並不是機器人呢？」

「那麼我就要說，在這個前提下，你根本沒有權利過問任何事，一切操在我自己和裴手中。」

崔維茲說：「那麼讓我回到原先的話題，我要一點回報，那就是要你好好待他。我不會逼你承認自己的身分，只請你向我保證──以一個心智對另一個心智的方式──保證你會永遠善待他。」

寶綺思也柔聲說：「我會好好待他的，並非以此作爲對你的回報，而是因爲我希望這樣做。那是我眞摯的渴望，我會好好待他的。」然後她就連聲喚道：「裴！裴！」

裴洛拉特隨即走進來。「我在這裡，寶綺思。」

寶綺思向他伸出右手。「我想崔有話要說。」

裴洛拉特握住她的手，崔維茲則伸出雙手握住兩人的手。「詹諾夫，」他說：「我爲你們倆感到高興。」

裴洛拉特說：「喔，我親愛的夥伴。」

崔維茲說：「我大概很快會離開蓋婭，現在我就要去向杜姆辭行。我不知道我們何時才能再見，甚至不知道還有沒有這個機會，詹諾夫，但是無論如何，我們合作得十分愉快。」

「我們合作無間。」裴洛拉特笑著說。

「再見了，寶綺思，我要先說一聲謝謝你。」

「再見，崔。」

崔維茲揮了揮手，就離開了那間屋子。

5

杜姆說：「你做得很好，崔。不過，我早就料到你會這麼做。」

杜姆又招待崔維茲吃了一頓，這頓飯跟上次一樣難以下嚥。但崔維茲並不在意，這可能是他在蓋婭吃的最後一餐。

他說：「我的決定不出您意料之外，可是我的理由，或許並不在您意料之中。」

「你至少肯定這個決定的正確性吧。」

「我可以肯定，但並非由於我所擁有的神祕悟性。我之所以選擇蓋婭星系，是經過普通推理之後所做的決定。任何人在做抉擇之前，都會進行這種推理。您願意聽聽我的解釋嗎？」

「我願洗耳恭聽，崔。」

於是崔維茲說：「當時我總共有三種選擇。我可以選擇加入第一基地，加入第二基地，或是加入蓋婭。

「假使我選擇第一基地，布拉諾市長將立即採取行動，一舉征服第二基地和蓋婭。假使我選擇第二基地，堅迪柏發言者也會立即採取行動，一舉將第一基地和蓋婭征服。這兩種選擇都會導致不可逆的結果——萬一是錯誤的解決方案，便會造成不可收拾的大禍。

「然而，我若選擇蓋婭，第一基地和第二基地則安然無事，都會以爲己方贏得一場小小的勝利。一切將如常地繼續下去，因爲我已經知道，蓋婭星系的建立將花上好幾代，甚至好幾世紀的時間。

「所以說，選擇蓋婭其實是我的緩兵之計，假使我的決定錯誤，至少還有充裕的時間，得以修正或扭轉既定的方向。」

杜姆揚起眉毛，除此之外，他那蒼老而近乎枯槁的面容沒有其他表情。他以尖銳的嗓音說：「依你之見，時間也許會證明你的決定錯誤？」

崔維茲聳了聳肩。「我並不這麼想，但爲了確定這一點，我必須去做一件事。我打算親自造訪地球，除非我找不到那個世界。」

「如果你想離開我們，我們絕不會阻攔，崔……」

「我並不適合你們的世界。」

「裴也不適合，但我們歡迎你留下來，就像我們歡迎他一樣。話說回來，我們不會勉強你。可是請告訴我，你爲什麼希望造訪地球？」

崔維茲說：「我以爲您會瞭解。」

「我並不瞭解。」

「您還有一點事情瞞著我，杜姆。或許您有理由這麼做，但我希望沒有。」

杜姆說：「我沒聽懂。」

「聽好，杜姆，當初爲了做出抉擇，我曾動用那台電腦。有很短暫的一瞬間，我發覺自己和周圍的心靈都有了聯繫，包括布拉諾市長、堅迪柏發言者和諾微。我窺視到一些記憶，單獨看來，那些事對我都沒什麼意義。比方說，蓋婭透過諾微，在川陀所造成的種種影響，目的是要策動那位發言者來到蓋婭。」

「怎麼樣？」

「其中有一項行動，是把有關地球的一切資料，從川陀的圖書館中清除。」

「清除有關地球的資料？」

「正是如此。所以地球必定十分重要，看來非但第二基地不能知道任何線索，就連我也一樣。可是，如果我必須對銀河的走向負責，我可不願意接受這種事。爲什麼地球的資料非得隱藏起來不可？請您考慮一下能否告訴我。」

杜姆鄭重其事地答道：「崔，蓋婭對這件事毫不知情，完全不知道！」

「您是說蓋婭跟這件事沒關係？」

「沒有任何關係。」

崔維茲沉思了一會兒，舌尖緩緩在唇緣打轉。「那麼，又是誰做的呢？」

「我不知道，我看不出這樣做有任何意義。」

兩人互相凝視了半晌，杜姆才繼續說：「你說得對。我們似乎獲得了最滿意的結果，但只要這個問題尚未解決，我們依然不敢放心。跟我們多聚一會兒，我們來看看能理出什麼頭緒。然後你再上路，帶著我們全體的助力同行。」

「謝謝您。」崔維茲說。

全書終（故事暫時告一段落）

作者後記

本書自成一個完整的故事，卻也是「基地三部曲」的續集。所謂的基地三部曲，包括《基地》、《基地與帝國》以及《第二基地》這三本書。

此外我還寫過幾本小說，雖然並未直接提到基地，但故事同樣發生在所謂的「基地系列虛擬宇宙」中。

例如，《繁星若塵》和《星空暗流》裡面的事件，發生於川陀擴張爲帝國的過渡期，而《蒼穹一粟》所記述的，則是第一銀河帝國全盛時期的一個故事，其中地球爲主要的場景。《蒼穹一粟》的某些內容，曾經不著痕跡地出現於本書中。以上這三本書，通常合稱「帝國三部曲」。

在上述兩個三部曲裡面，都沒有提到機器人。然而在這本新作中，則出現了有關機器人的傳說。若想進一步瞭解其中的關聯，可以閱讀我的幾本機器人小說——短篇故事全部收錄於《機器人短篇全集》，而兩本長篇《鋼穴》與《裸陽》，則是記述人類和機器人攜手開拓銀河的那段歷史。

至於永恆使者的背景，以及他們如何調整人類的歷史，可在《永恆的終結》這本書裡找到答案（不過和本書的說法並不完全一致）。

譯註1：原文最後一段討論各原文書的版本，譯文略。

譯註2：作者在寫這篇後記的時候，尚未完成下列作品：《曙光中的機器人》、《機器人與帝國》、《基地前奏》、《基地締造者》、《基地與地球》。請參考本書導讀中的「艾西莫夫未來史」年表。

中英名詞對照表

〔A〕
aberrant=aberration 畸變種｛生物學名詞｝
ABT 亞博｛杜撰頭銜｝
air circulation pattern 大氣環流（模式）
ambiflex 圍韌｛杜撰生物｝
amplifier 放大器｛電機名詞｝
ancient history 古代史
Animate Participation 有生融會鏡｛杜撰名詞｝
anthropic principle 人本原理｛宇宙學名詞｝
Anti-Mule 反騾
apparent distance 視距（離）｛天文學名詞｝
approach beam 導航波束
Archaeological Review《考古評論》｛學術期刊｝
Argyropol 阿基若普｛端點星的小鎮｝
arousal center 喚覺中心｛杜撰名詞｝
Assembly（週年）集會
axial inclination 軸傾角

〔B〕
balance-card 收支卡
Ban 班恩｛小說人物｝
Bel Arvardan 貝爾・艾伐丹｛考古學家｝
biceps 二頭肌｛生理學名詞｝
Bliss 寶綺思｛蓋婭女子｝
Blissenobiarella=Nobby 寶綺思奴比雅蕊拉=奴比｛寶綺思的全名與別名｝
Book of Flight《長征錄》
border patrol 邊境巡邏
branch point 分枝點｛數學名詞｝
Branno the Bronze 銅人布拉諾｛布拉諾市長的外號｝
Bright Star 明星號｛太空艇番號｝
busboy-robot 機械茶房

〔C〕
Capital Bay 首都灣
card-receptacle 刷卡機
center of gravity 重心｛物理學名詞｝
Central Computer 中央電腦
Century of Derivation 偏逸世紀
cleaning room 盥洗室
Coincidence Effect 偶合效應｛杜撰名詞｝
Commissioner of Transportation 運輸署長
Comporellon 康普隆｛行星名｝
computer contact=hand-rests 電腦感應板
console 控制台、控制板｛電機名詞｝
control room=controls 駕駛艙
corollary 引理｛數學名詞｝
corps of Observers 觀察團
cosmology 宇宙學
Council Chamber 議會廳
Council of Speakers 發言者評議會
Councillor=Councilman 議員（先生）
Councilwoman 議員女士
customs station 太空海關站
Customs Union 關稅同盟

〔D〕
dark cloud 暗雲｛天文學名詞｝
Day of Flight 長征紀念日
dayside=daylit side 日面
Delora Delarmi 黛洛拉．德拉米｛第二基地女發言者｝
derived world 衍生世界
detergent-hamper 洗衣器
Deviation Blue 偏逸藍線
Deviation 偏逸（現象）
Diamonds 鑽石群｛杜撰名詞｝
differential equation 微分方程｛數學名詞｝
directional beam 定向波束
Director of Security 安全局（局）長
Doer 執行者
Dom 杜姆｛蓋婭長老｝
Domandio 杜姆安迪歐｛杜姆的別名｝
dwarf star 矮星｛天文學名詞｝

〔E〕
early-warning system 預警系統
Eastern Ocean 東洋
ecological balance 生態（平衡）
ecosphere（天文）生物圈｛特殊用法｝
ejector 傳訊機｛意譯｝
emitter 發射體
Endomandiovizamarondeyaso 恩杜姆安迪歐維查瑪隆德雅索｛杜姆全名的一部分｝
energy pattern 能量型樣
entry station 報關（太空）站
Epsilon Eridani 天苑肆｛恆星名｝
equation system 方程組｛數學名詞｝
equatorial plane 赤道面｛天文學名詞｝
Eriden 艾瑞登｛第一基地劇作家｝
Eternal 永恆使者
Eternity 永恆之境
evolution 演化｛生物學名詞｝
exosphere 外氣層｛天文學名詞｝
expanding diaphragm 伸屈隔板
extraneous mind field 異類心靈場

〔F〕
face-plate 面板
family 星族
farmwoman 農婦
fear-depressant mechanism 恐懼抑制機制
Federated Empire 聯邦制帝國
ferry 太空交通船
field hospital 境外醫院
filter 濾光鏡
First Foundationer 第一基地人
First Speakership 第一發言權
first-magnitude star 一等星｛天文學名詞｝
Five Sisters 五姐妹｛杜撰名詞｝
Flavella 芙勒薇拉｛崔維茲前女友｝
Flexner 富列克斯納｛端點星地名｝
focusing effect 聚焦效應
force-field ramp 力場坡道
Foundation Federation 基地聯邦
Foundation Navy 基地艦隊
free oxygen 自由氧
fusion reaction 核融合反應
FX Reader 特效閱讀機

〔G〕
Gaia 蓋婭｛行星名｝
Gaia Planet=Gaia-P 蓋婭行星
Gaia-S 蓋婭之陽｛恆星名｝

Gaian 蓋婭（星）人
Gaian system 蓋婭行星系
Galactic core 銀河核心
Galactic Library 銀河圖書館
Galactic plane 銀河盤面｛天文學名詞｝
Galactic Standard Day=GSD 銀河標準日＝標準日
Galactic Standard Hour=Galactic Hour 銀河標準小時
Galactic Standard Year 銀河標準年
Galactic University 銀河大學
galactographer 銀河地理學家
Galaxia 蓋婭星系｛杜撰名詞｝
gas giant 氣態巨星｛天文學名詞｝
gee-one 一個G｛標準重力加速度｝
Gennerat's Law 堅納拉特定律｛杜撰名詞｝
glass dome 玻璃穹頂
globe 天體儀
globocentrism 母星中心主義｛杜撰名詞｝
globular cluster 球狀星團｛天文學名詞｝
Golan Trevize 葛蘭・崔維茲｛第一基地議員｝
Golden Rule 金科玉律
gravitational potential-curve 重力勢曲線
gravitic drive 重力驅動｛杜撰名詞｝
gravitic engine 重力引擎｛杜撰名詞｝
gravitics 重力子學、重力子裝置｛杜撰名詞｝
gravity-well 重力勢阱｛物理學名詞｝
Great Renewal 大復興
group consciousness 群體意識
group mind 群體心靈

〔H〕
Hallblockian chronology《霍爾布拉克年表》
Hame 阿姆｛川陀別名｝
Hamish=Hamisher=Hamish people 阿姆人
Hamishman 阿姆男子
Hamishwoman 阿姆女子
hand-machine 手提儀器
Hannis 漢尼斯｛第一基地政治人物｝
Harla Branno 赫拉・布拉諾｛第一基地端點市長｝
Head of Customs 海關主管
holocast 全相電視
House of Worlds 行星議院
humanoid=humaniform 人形
hyper tracking=hyperspatial pursuit 超空間競逐
Hyper-Plan 超謝頓計畫
hyper-race 超空間競速賽
hyperatomic motor 超原子發動機｛杜撰名詞｝
hyperradiational signal 超輻射波訊號｛杜撰名詞｝
hypersignal 超波訊號｛杜撰名詞｝
hyperspatial Galaxy 超空間銀河｛杜撰名詞｝
hyperspatial image 超空間影像｛杜撰名詞｝
hyperspatial line 超空間熱線｛杜撰名詞｝
hyperspeech 超波通訊｛杜撰名詞｝
hyperthrust 超推力｛杜撰名詞｝
hypervision 超波影像｛杜撰名詞｝

〔I〕
I ／ we ／ Gaia 我／們／蓋婭
ice cap 冰冠

Ifnia 伊夫尼亞｛行星名｝
Imperial Era=Imperial times 帝政時期、帝政時代
Imperial Palace 皇宮
indigenous species 固有物種｛生物學名詞｝
individual consciousness 個體意識
Inner Province 內圍星省
intelligent life 智慧生物
intelligent species 智慧型物種
Interior of the Galaxy 銀河內圍
Interpersonal Intersection 人際交點｛杜撰名詞｝
interstellar gas 星際氣體｛天文學名詞｝
inverse-square law 平方反比律｛物理學名詞｝
ionic motor 離子發動機

〔J〕
Janov Pelorat 詹諾夫．裴洛拉特｛第一基地歷史學家｝
Jendippurus Khoratt 簡迪普魯斯．寇拉特｛歷史人物｝
Jimbor 吉姆柏｛列德貝特大學教授｝
Jogoroth Sobhaddartha 久勾洛斯．索巴達爾薩｛賽協爾海關｝

〔K〕
Karoll Rufirant 卡洛耳．魯菲南｛川陀農夫｝
Kendast 肯達斯特｛堅迪柏的師父｝
Kloda 柯羅達｛裴洛拉特的管家｝
Kol Benjoam 寇爾．班裘姆｛第二基地第二十一代第一發言者｝
Krasnet 克拉斯乃特｛基地艦隊電腦技術士官｝

〔L〕
land mass 陸塊
League of Academicians 學者同盟
Leonis Cheng 李奧尼斯．鄭｛第二基地發言者｝
Lestim Gianni 列斯提姆．吉安尼｛第二基地發言者｝
lever 閘柄｛電機名詞｝
Liebel Gennerat 列貝爾．堅納拉特｛歷史學家｝
Lieutenant Evander Sopellor 艾瓦德．索佩婁中尉｛基地安全警衛｝
life-support system 維生系統
Linguester=Speaker 發言者
Liono Kodell 里奧諾．柯代爾｛第一基地安全局長｝
Littoral Thoobing 黎托洛．杜賓｛基地駐賽協爾大使｝
Local Planetary Day=LPD 當地行星日＝行星日

〔M〕
Mandress 曼綴斯｛行星名｝
mass-detection device 質量偵測儀
Master 師傅
Mayoralty Security Corps 市長安全警衛隊
meditation day=day of meditation 沉思日
memory bank 記憶庫
mental analysis 精神結構分析｛杜撰名詞｝
mental fiber 精神纖維｛杜撰名詞｝
mental shielding 精神屏蔽、精神防護罩
mentalic field 精神力場

mentalic shield 精神力場防護罩
mentalics 精神力學（專家）、精神力場、精神力量、精神武器、精神武力
mentalism 精神力學、精神力場
mentalist-vision 精神視覺
meteor 流星｛天文學名詞｝
meteoroid 流星體｛天文學名詞｝
micro-Jump=small Jump=Little Jump 微躍
Micro-Radiant 微光體｛杜撰名詞｝
micro-sun 微太陽｛杜撰名詞｝
microfashion 微觀方式
microfilm 微縮膠捲
microparsec 微秒差距
micropsychohistory 微觀心理史學
Milky Way 星橋｛銀河別名｝
mind-expander 心靈擴張器
mini-black hole 微黑洞｛物理學名詞｝
miniaturization 微型化
motor area（大腦）運動區｛生理學名詞｝
mountain-building period 造山運動期｛地質學名詞｝
MSD（精神）雜訊器｛全名Mental Static Device｝
Munn Li Compor 曼恩・李・康普｛第一基地議員，第二基地特務｝

〔N〕
Namarath Godhisavatta 納瑪拉斯・蓋迪撒伐塔｛賽協爾海關主管｝
naval vessel 軍用航具
nearspace 近太空
nerve ending 神經末梢｛生理學名詞｝
news-strips 新聞報表
nightside=night side 夜面
non-inertia 零慣性
nonmentalics 不懂精神力學的人
nuclear explosion 核爆
nuclear reaction 核反應
nucleonics 核子學

〔O〕
objective image 客觀影像
observer 觀測者｛物理學名詞｝
Observer 觀察員
Olanjen Hyperspatial Theory 歐朗京超空間理論
Outside World 外在世界

〔P〕
paradox 詭論｛邏輯名詞｝
Participation 融會鏡｛杜撰名詞｝
Place of Scholars 學者之地
Place of Scowlers 邪者之地
planet of origin 起源行星
planetary plane 行星軌道面｛天文學名詞｝
planetography 行星表面學｛天文學名詞｝
pocket recorder 袖珍記錄器
pocket-cruiser 袖珍（型）太空艇
populated planet 住人行星
Port Commander 航站指揮官
portable screening device 手提顯像裝置
portable viewscreen 手提顯像螢幕
prehistory 史前史
prehyperspatial society 前超空間社會
President Kallo of the Union 聯盟主席卡洛｛賽協爾聯盟主席｝
Primal Planet 太初行星
proper motion 自行｛天文學名詞｝

psychogenic 心理作用（的）
psycholanguage 心理語言｛杜撰名詞｝
psychometer 心靈計｛杜撰名詞｝
psychopathology 病態心理學

〔Q〕
Quindor Shandess 昆多・桑帝斯｛第二基地第二十五代第一發言者｝

〔R〕
radarscope 雷達幕
radiator 散熱器｛機械名詞｝
radio beacon 無線電指標｛電機名詞｝
radio beam 電波束
radio noise 無線電雜訊
radioactivity 放射性
re-emergence 重返（普通空間）
Reacher 聯絡器
Reality 實相｛量子力學名詞｝
receiver 接收體
recycling mechanism 回收系統
redundancy 冗餘｛數學名詞｝
relativistic effect 相對論性效應｛物理學名詞｝
relativistic Galaxy 相對論性銀河
relativistic Universe 相對論性宇宙
relativity（狹義）相對論｛物理學名詞｝
remote radio-scanning 電波遙測
revolution 公轉｛天文學名詞｝
Rim World 外環世界
ring of debris 碴環（行星環皆由相對於行星尺度的「碎石子」組成，故作者稱為碴環）
rotation 自轉｛天文學名詞｝

〔S〕
Salvor Hardin Museum of Origin 塞佛・哈定原始資料博物館
Santerestil Matt 聖特瑞斯提・瑪特｛小說人物｝
Sayshell City 賽協爾城
SAYSHELL OUT-WORLD MILIEU 賽協爾外星處
Sayshell Planet 賽協爾行星
Sayshell Sector 賽協爾星區
Sayshell Union 賽協爾聯盟
Sayshell University 賽協爾大學
Sayshellian 賽協爾人
scientific outpost 科學觀測站
scowler 邪者
Search Program 搜尋程式｛電腦名詞｝
secondary world 次級世界
Security 安全局
Seldon Black 謝頓黑線
Seldon Hall 謝頓大廳
Seldon's Equations 謝頓方程式
sense-of-Gaia 蓋婭意識
Settler 銀河殖民者
signal 訊號器
Sirius Alternative 天狼假說
slideway 滑道
sliding panel 自動滑門
soothing field 撫慰場
Sotayn Quintesetz 索塔茵・昆特瑟茲｛賽協爾古代史教授｝
space freighter 太空貨輪
space station 太空站
space suit 太空衣
spacewarp 曲速｛杜撰名詞｝

Speaker Red 發言者紅線
Speaker's Table 發言者圓桌會議
Speakeress 女發言者
specialized 特化｛生物學術語｝
spectral class 光譜型｛天文學名詞｝
spiral 螺線｛數學名詞｝
split screen 分割畫面
statistics 統計表
Stor Gendibal 史陀・堅迪柏｛第二基地發言者｝
supermind 超心靈
supernova 超新星｛天文學名詞｝
Supernova class 超新星級｛杜撰名詞｝
superorganism 超級生命體
Sura Novi 蘇拉・諾微｛川陀農婦，蓋婭特務｝
Suranoviremblastiran=Su=Vi 蘇拉諾微倫布拉絲蒂蘭＝蘇＝微｛諾微的全名與別名｝
switchboard 交換機｛電機名詞｝
symbolic representation 符號媒體｛杜撰名詞｝
Synapsifier（神經元）突觸放大器

〔T〕
Table meeting=Table 圓桌會議
tachyon 迅子｛物理學名詞｝
telescopic viewer 望遠顯像儀
terminal 終端機｛電腦名詞｝
Terminus Local 端點星當地時間
Terminus Spaceport 端點太空航站
Terminus University 端點大學
tether 索鏈
tetrahedron 四面體｛數學名詞｝
the viewing 顯像
Times of Flight 長征時代
total consciousness=
overall (group) consciousness 整體意識
total network 整體精神網路
trajectory 軌跡
Trigellian insurrection 三膠星叛亂事件

〔U〕
Ultimate Spaceport 終極太空航站
unidirectional mental probe 單向精神探測儀
unidock mechanism 自動對接機制
unilock 自動對接鎖
Union Day 聯盟紀念日
upper atmosphere 高層大氣｛天文學名詞｝

〔V〕
variation 變異｛生物學名詞｝
viewscreen 顯像螢幕
viscous medium 黏滯介質｛物理學名詞｝
visible model 可見光模型
visuals=visual contact 視覺接觸

〔W〕
wafer 晶片｛電子學名詞｝
wall ring 吊環
war office 軍部
waste heat 廢熱｛機械名詞｝
work-face 工作介面
wrist-strip 腕錶

〔Z〕
zero-gravity 失重（狀態）

【附錄】

艾西莫夫傳奇

葉李華

以撒・艾西莫夫（Isaac Asimov, 1920-1992）是科幻文壇的超級大師，也是舉世聞名的全能通俗作家。他與克拉克（Arthur Clarke, 1917-2008）及海萊因（Robert Heinlein, 1907-1988）鼎足而立，同爲廿世紀最頂尖的西方科幻小說家。除此之外，在許多讀者心目中，他還是一位永恆的科學推廣者、理性主義的代言人，以及未來世界的哲學家。

＊　＊　＊

艾西莫夫是家中長子，一九二〇年一月二日生於白俄羅斯的彼得維奇（Petrovichi），三歲時隨父母移民美國，定居紐約市。雖然父母都是猶太人，他卻始終不能算是猶太教徒，後來更成爲徹底的無神論者。

艾西莫夫聰明絕頂、博學強記，未滿十六歲便完成高中學業，十九歲畢業於哥倫比亞大學，二十一歲獲得哥大化學碩士學位。但由於攻讀博士期間投筆從戎四年，直到一九四八年才獲得哥大化學博士學位。次年他成爲波士頓大學醫學院生化科講師，並於一九五五年升任副教授。可是三年後由於太過熱衷寫作，他不得不辭去教職，成爲一位專業作家，但爭取到保留副教授頭銜，並於一九七九年晉升爲教授。

艾西莫夫與科幻結緣甚早，九歲時在父親開的雜貨店發現科幻雜誌，便迷上這種獨具一格的文體，進而立志要成爲科幻作家。年方十九，他寫的第三篇科幻小說〈灶神星受困記〉（Marooned off Vesta）便首次印成鉛字，刊登於著名的科幻雜誌《驚異故事》（Amazing Stories）。一九四一年，也就是他拿到碩士學位那年，在美國科幻教父坎柏（John W. Campbell Jr, 1910-1971）的啓發與鼓勵下，他寫出自己的成名作〈夜歸〉（Nightfall），發表於坎柏主編的《震撼科幻小說》（Astounding Science-Fiction），立時在科幻圈聲名大噪，成爲美國科幻界的明日之星。他經營一生的兩大科幻系列「機器人」與「基地」都開始得很早，第一篇機器人故事〈小機〉（Robbie）是一九三九年五月的作品，而「基地」系列的首篇則完成於一九四一年九月初。

除了科幻之外，艾西莫夫也寫過幾本推理小說，不過非文學類作品寫得更多。他一生撰寫加上編纂的書籍近五百本，甚至逝世後還陸續有新書出版，難能可貴的是始終質量並重（不過毋庸諱言，有些文章與短篇曾重複收錄）。他之所以如此多產，除了天分過人、過目不忘之外，更因爲他熱愛寫作，將寫作視爲快樂的泉源、生命中最重要的一件事。他是個非常勤奮的作家，每天除了吃喝拉撒，以及必要的社交活動，可以從早寫到晚；就連住院時，只要病情稍一穩定，也會趕緊在病床上拿起筆來。他不喜歡旅行，也沒有其他嗜好，最大的樂趣就是窩在家中寫個不停。

一九四〇與五〇年代，艾西莫夫的作品以科幻爲主，科幻代表作泰半在這段時期完成，例如

「基地」三部曲、「銀河帝國」三部曲，以及「機器人」系列的《我，機器人》、《鋼穴》與《裸陽》。一九五七年十月，前蘇聯發射世界第一枚人造衛星「旅伴一號」（Sputnik 1），美國上上下下大感震撼，艾西莫夫遂決心致力科學知識的推廣。因此在一九六〇與七〇年代，他的寫作重心轉移到各類科普文章及書籍，從天文、數學、物理、化學、地球科學到生命科學，幾乎涵蓋自然科學所有的領域。其中最具代表性的，或許是下面這本數度增修、數度更名的科學百科全書：

《智者的科學指南》The Intelligent Man's Guide to Science（1960）

《智者的科學新指南》The New Intelligent Man's Guide to Science（1965）

《艾西莫夫科學指南》Asimov's Guide to Science（1972）

《艾西莫夫科學新指南》Asimov's New Guide to Science（1984）

許多人都會寫科普文章，卻鮮有能像艾西莫夫寫得那麼平易近人、風趣幽默而又不拖泥帶水。在美國乃至整個英語世界，「艾氏科普」在科學推廣上一向扮演著重要的角色。長久以來，艾西莫夫一直是科學界與一般人之間的橋樑——生硬深奧的科學理論從這頭走過去，深入淺出的科普知識從另一頭走出來。

艾西莫夫博學多聞，一生不曾放過任何寫作題材。據說有史以來，只有他這位作家寫遍「杜威十進分類法」：〇〇〇「總類」、一〇〇「哲學類」、二〇〇「宗教類」、三〇〇「社會科學類」、四〇〇「語文」、五〇〇「自然科學類」、六〇〇「科技」、七〇〇「藝術」、八〇〇「文學」、九〇〇「地理」。無論上天下海、古往今來的任何主題，他都一律下筆萬言、洋洋灑灑。自有人類以來，從來沒有第二個人，曾就這麼多題材寫過這麼多本書。後世子孫將很難相信，在「前網路時代」（**prenet era**），地球上出現過這樣一位血肉之軀的百科全書。

博古通今的艾西莫夫寫起文章總是旁徵博引，以宏觀的角度做全面性觀照。他最喜歡根據歷史發展的脈絡，指出人類未來的正確走向。而在艾西莫夫眼中，理性是人類最基本也是最後的憑藉，人類的進步史就是一部理性發達史。因此任何反理性的言論，都是他口誅筆伐的對象；任何反智的人物，從高級神棍到低級政客，都逃不過他尖酸卻不刻薄的修理。

艾西莫夫雖然未曾標榜自己是未來學家，卻對各個層面的未來都極爲關切。大至未來的太空殖民，小至未來可能的收藏品，都是他津津樂道的題目。他的科技預言一向經得起時間考驗，令人懷疑他簡直是個自由穿梭時光的旅人。例如他在一九八〇年寫過一篇〈全球化電腦圖書館〉，我們只要讀上幾段，便會赫然發現主題正是十五年後的「全球資訊網」。而他在發表於一九八八年的〈化學工程的未來〉這篇文章中，則已經討論到當今最熱門的生物科技。

＊　＊　＊

艾西莫夫著作逾身，但不論他自己或是全世界的讀者，衷心摯愛的仍是他的科幻小說。身爲科幻作家的他，生前曾贏得五次雨果獎與三次星雲獎，兩者皆是科幻界的最高榮譽。

一九六三年雨果獎：《奇幻與科幻雜誌》（Magazine of Fantasy and Science Fiction）上的科學專欄榮獲特別獎

一九六六年雨果獎：「基地系列」榮獲歷年最佳系列小說獎

一九七二年星雲獎：《諸神自身》榮獲最佳長篇小說獎

一九七三年雨果獎：《諸神自身》榮獲最佳長篇小說獎

一九七七年星雲獎：〈雙百人〉（The Bicentennial Man）榮獲最佳中篇小說獎

一九七七年雨果獎：〈雙百人〉榮獲最佳中篇小說獎

一九八三年雨果獎：《基地邊緣》榮獲最佳長篇小說獎

一九八七年星雲獎：因終身成就榮獲科幻大師獎（嚴格說來並非屬於星雲獎，而是與星雲獎共同頒贈的獨立獎項）

除了科幻創作，他也寫科幻評論、編纂過百餘本科幻選集，並協助出版科幻刊物。以他的大名爲號召的《艾西莫夫科幻雜誌》（Isaac Asimov's Science Fiction Magazine），是美國當今數一數二的科幻文學重鎮。

艾西莫夫晚年健康甚差，到最後根本寫不了長篇小說。聰明的出版商遂突發奇想，建議他選出最心愛的科幻中短篇當作骨架，與另一位美國科幻名家席維伯格（Robert Silverberg, 1935-）協力，擴充成有血有肉的長篇科幻小說。艾氏非常喜歡這個構想，於是不久之後，他的三篇最愛〈夜歸〉（1941）、〈醜小孩〉（The Ugly Little Boy, 1958）與〈雙百人〉（1976），先後脫胎換骨爲三本精采萬分的科幻長篇《夜幕低垂》、《醜小孩》與《正子人》。好在有這樣的合作，艾西莫夫的科幻創作方能延續到生命的盡頭，而這正是他自己最大的心願——他生前常說最希望能死於任上，在打字機前嚥下最後一口氣。

【點滴拾遺】

☆名嘴：艾西莫夫很早就到處「現身說法」，但一向不準備講稿，總是以即席演講贏得滿堂喝采。

☆婚姻：艾西莫夫結過兩次婚，顯然第二次婚姻較爲美滿。他的第二任妻子珍娜（Janet Asimov）本是一位精神科醫師，在夫婿大力協助下，退休後成爲一名相當成功的作家。

☆懼高症：艾西莫夫筆下的人物經常遨遊太空，他本人卻患有懼高症，一九四六年後便從未搭過飛機。

☆短篇最愛：其實艾西莫夫自己最滿意的科幻短篇是〈最後的問題〉（The Last Question, 1956），他笑說自己只用了短短數千字，便涵蓋宇宙兆年的演化史。或許由於這篇小說稍嫌深奧，因此始終未曾改寫成長篇。

☆死於任上：艾西莫夫曾將這個心願寫在〈速度的故事〉（Speed）一文中。這篇短文是他爲《艾西莫夫科幻雜誌》撰寫的最後一篇「編者的話」，刊登於該雜誌一九九二年六月號。

【網站資料】

艾西莫夫首頁：http://www.asimovonline.com/

艾西莫夫FAQ：http://www.asimovonline.com/asimov_FAQ.html

艾西莫夫著作目錄（依類別）：http://www.asimovonline.com/oldsite/asimov_catalogue.html

艾西莫夫著作目錄（依時序）：http://www.asimovonline.com/oldsite/asimov_titles.html

維基百科艾西莫夫條目：http://en.wikipedia.org/wiki/Asimov

【譯者簡介】

葉李華

一九六二年生，台灣大學電機系畢業，加州大學柏克萊分校理論物理博士，致力推廣中文科幻與通俗科學二十餘年，相關著作與譯作數十冊。自一九九〇年起，即透過各種管道譯介、導讀及講授艾西莫夫作品，被譽為「艾西莫夫在中文世界的代言人」。

謎幻之城 013C

基地邊緣（艾西莫夫百年誕辰紀念典藏精裝版）

原 著 書 名／Foundation's Edge
作　　　者／以撒・艾西莫夫（Isaac Asimov）
譯　　　者／葉李華
責 任 編 輯／張世國

發　行　人／何飛鵬
總　編　輯／王雪莉
業 務 經 理／李振東
行 銷 企 劃／陳姿億
資深版權專員／許儀盈
版權行政暨數位業務專員／陳玉鈴
法 律 顧 問／元禾法律事務所　王子文律師
出版／奇幻基地出版
城邦文化事業股份有限公司
台北市 104 民生東路二段 141 號 8 樓
電話：(02)25007008　　傳真：(02)25027676
網址：www.ffoundation.com.tw
e-mail：ffoundation@cite.com.tw
發行／英屬蓋曼群島商家庭傳媒股份有限公司城邦分公司
台北市 104 民生東路二段 141 號 11 樓
書虫客服服務專線：(02)25007718・(02)25007719
24 小時傳眞服務：(02)25170999・(02)25001991
服務時間：週一至週五 09:30-12:00・13:30-17:00
郵撥帳號：19863813　　戶名：書虫股份有限公司
讀者服務信箱 E-mail：service@readingclub.com.tw
歡迎光臨城邦讀書花園　網址：www.cite.com.tw
香港發行所／城邦（香港）出版集團有限公司
香港灣仔駱克道 193 號東超商業中心 1 樓
電話：(852) 2508-6231 傳眞：(852) 2578-9337
馬新發行所／城邦（馬新）出版集團
【Cite(M)Sdn. Bhd.(458372U)】
11, Jalan 30D/146, Desa Tasik,
Sungai Besi, 57000 Kuala Lumpur, Malaysia.
電話：(603) 90578822　　傳眞：(603) 90576622

封面設計／宇陞工作室
排　　版／極翔企業有限公司
印　　刷／高典印刷有限公司
■ 2011 年（民 100）10 月 4 日初版一刷
■ 2021 年（民 110）12 月 6 日二版 11.2 刷

售價／ 500 元

國家圖書館出版品預行編目資料

基地邊緣／以撒・艾西莫夫（Isaac Asimov）著；
葉李華譯 .-- 初版 .-- 台北市：奇幻基地出版；
家庭傳媒城邦分公司發行；2006（民 95）
面：　公分 . --（謎幻之城：13）
ISBN 978-986-7131-35-5（平裝）

874.57　　95011037

ISBN 978-986-7131-35-5
EAN 4717702114619
Printed in Taiwan.

廣　告　回　函
北區郵政管理登記證
台北廣字第000791號
郵資已付，免貼郵票

104台北市民生東路二段141號11樓

英屬蓋曼群島商家庭傳媒股份有限公司城邦分公司 收

請沿虛線對摺，謝謝

每個人都有一本奇幻文學的啓蒙書

奇幻基地官網：http://www.ffoundation.com.tw
奇幻基地粉絲團：http://www.facebook.com/ffoundation

書號：**1HS013C**　　書名：基地邊緣（艾西莫夫百年誕辰紀念典藏精裝版）

奇幻基地 20 週年 ・ 幻魂不滅，淬鍊傳奇

集點好禮瘋狂送，開書即有獎！購書禮金、6 個月免費新書大放送！

活動期間，購買奇幻基地作品，剪下回函卡右下角點數，
集滿兩點以上，寄回本公司即可兌換獎品&參加抽獎！
參加辦法與集點兌換說明：
活動時間：2021 年 3 月起至 2021 年 12 月 1 日（以郵戳為憑）
抽獎日：2021 年 5 月 31 日、2021 年 12 月 31 日，共抽兩次
奇幻基地 2021 年 3 月至 2021 年 12 月出版之新書，每本書回函卡右下角都有一點活動點數，剪下新書點數集滿兩點，黏貼並寄回活動回函，即可參加抽獎！單張回函集滿五點，還可以另外免費兌換「奇幻龍」書檔乙個！

【集點處】（點數與回函卡皆影印無效）

1	2	3	4	5
6	7	8	9	10

活動獎項說明：

★ **「基地締造者獎 ・ 給未來的讀者」抽獎禮**：中獎後 6 個月每月提供免費當月新書一本。（共 6 個名額，兩次抽獎日各抽 3 名）

★ **「無垠書城 ・ 戰隊嚴選」抽獎禮**：中獎後獲得戰隊嚴選覆面書一本，隨書附贈編輯手寫信一份。（共 10 個名額，兩次抽獎日各抽 5 名）

★ **「燦軍之魂 ・ 資深山迷獎」抽獎禮**：布蘭登・山德森「無垠祕典限量精裝布紋燙金筆記本」。
抽獎資格：集滿兩點，並挑戰「山迷究極問答」活動，全對者即有抽獎資格（共 10 個名額，兩次抽獎日各抽 5 名），若有公開或抄襲答案者視同放棄抽獎資格，活動詳情請見奇幻基地 FB 及 IG 公告！

特別說明：

1. 請以正楷書寫回函卡資料，若字跡潦草無法辨識，視同棄權。
2. 活動贈品限寄台澎金馬。

當您同意報名本活動時，您同意【奇幻基地】（城邦文化事業股份有限公司）及城邦媒體出版集團（包括英屬蓋曼群島商家庭傳媒股份有限公司城邦分公司、書虫股份有限公司、墨刻出版股份有限公司、城邦原創股份有限公司），於營運期間及地區內，為提供訂購、行銷、客戶管理或其他合於營業登記項目或章程所定業務需要之目的，以電郵、傳真、電話、簡訊或其他通知公告方式利用您所提供之資料（資料類別 C001、C011 等各項類別相關資料）。利用對象亦可能包括相關服務的協力機構。如您有依個資法第三條或其他需要協助之處，得致電本公司（(02) 2500-7718）。

個人資料：

姓名：＿＿＿＿＿＿＿＿ 性別：□男 □女

地址：＿＿＿＿＿＿＿＿＿＿＿＿ Email：＿＿＿＿＿＿＿＿

想對奇幻基地說的話或是建議：＿＿＿＿＿＿＿＿＿＿＿＿＿＿＿＿

＿＿＿＿＿＿＿＿＿＿＿＿＿＿＿＿＿＿＿＿＿＿＿＿＿＿＿＿＿＿

FB 粉絲團

戰隊 IG 日常

奇幻基地 20 週年慶・城邦讀書花園 2021/12/31 前樂享獨家獻禮！
立即掃描 QRCODE 可享 50 元購書金、250 元折價券、6 折購書優惠！
注意事項與活動詳情請見：https://www.cite.com.tw/z/L2U48/

讀書花園

請剪下右側點數，貼於集點處，集滿兩點即可參加抽獎